RALF ISAU • Das Museum der gestohlenen Erinnerungen

cbt

DER AUTOR Ralf Isau wurde 1956 in Berlin geboren. Er arbeitet neben dem Schreiben als Computer-Fachmann und lebt mit seiner Familie in der Nähe von Stuttgart. Da der Umgang mit seelenlosen Maschinen seinen Gedanken – nach seinen eigenen Worten – „die Farbe nimmt", sucht und findet er schon lange seine Freiräume in der fantastischen Literatur. Inzwischen zählt Ralf Isau in diesem Bereich zu den bekanntesten deutschen Jugendbuchautoren.

RALF ISAU

Das Museum der gestohlenen Erinnerungen

cbt

cbt – C. Bertelsmann Taschenbuch
Der Taschenbuchverlag für Jugendliche
Verlagsgruppe Random House

»Die Erinnerung ist das einzige
Paradies, woraus wir nicht
vertrieben werden können.«
Jean Paul

Meinen Eltern

FSC
Mix
Produktgruppe aus vorbildlich
bewirtschafteten Wäldern und
anderen kontrollierten Herkünften

Zert.-Nr. SGS-COC-1940
www.fsc.org
© 1996 Forest Stewardship Council

Verlagsgruppe Random House
FSC-DEU-0100
Das für dieses Buch verwendete
FSC-zertifizierte Papier *München Super*
liefert Mochenwangen.

1. Auflage
Erstmals als cbt Taschenbuch September 2007
Gesetzt nach den Regeln der Rechtschreibreform
© 1997 bei Thienemann Verlag GmbH, Stuttgart/Wien
Alle Rechte dieser Ausgabe bei cbt/cbj Verlag, München
in der Verlagsgruppe Random House GmbH
Umschlagillustration: Dieter Wiesmüller
Umschlaggestaltung: init.büro für gestaltung, Bielefeld
SK · Herstellung: CZ
Satz: KCS GmbH, Buchholz bei Hamburg
Druck und Bindung: GGP Media GmbH, Pößneck
ISBN: 978-3-570-30385-6
Printed in Germany

www.cbj-verlag.de

1. KAPITEL

DER VERGESSENE VATER

*Unsere kostbarsten Besitztümer bemerken wir oft erst,
wenn wir sie verloren haben.*

Anonymus

EINE BÖSE ÜBERRASCHUNG

»Aufmachen! Polizei! Wir wissen, dass ihr da drin seid. Öffnet jetzt sofort die Tür!«

Oliver und Jessica schauten sich ängstlich an. Es hatte wohl keinen Zweck, einfach so zu tun, als wären sie nicht zu Hause. Jetzt klopfte es schon zum dritten Mal, und wer immer da im Treppenhaus auf die Haustür einhämmerte, er schien allmählich die Geduld zu verlieren. Draußen trommelte der Regen gegen die Scheiben. Für einen Augenblick war dies das einzige Geräusch in der Wohnung der Pollocks.

»Sollen wir aufmachen?«, fragte Oliver so leise er konnte.

»Wird uns wohl nichts anderes übrig bleiben«, antwortete Jessica.

Sie atmete tief durch und versuchte die Beklommenheit abzuschütteln. Schließlich war sie älter als ihr Bruder – vier Minuten und einundfünfzig Sekunden, um genau zu sein. Sie musste ihm also Mut machen.

Wenn sie nur wüsste, *warum* die Polizisten da draußen standen! Die letzten Tage zogen noch einmal an ihrem geistigen Auge vorbei. Nun, da war nichts, was einen Ordnungshüter interessieren konnte ...

Somit blieb als Täter nur noch Oliver übrig.

Es wäre nicht das erste Mal, dass sie Oliver aus einer brenzligen Lage befreien musste. Er war ein Träumer – er selbst benutzte lieber das Wort »Künstler«. Er neigte dazu, die Wirklichkeit zu ignorieren, was ihn nicht selten in haarsträubende Situationen brachte. Oliver war der Prototyp eines rastlosen Schlafwandlers.

Aus dem Gefängnis hatte sie ihn allerdings noch nie holen müssen.

»Was hast du angestellt?«, raunte sie ihrem Bruder zu.

Der zog ein langes Gesicht und hob die Schultern. »Natürlich nichts!«

»Wahrscheinlich genauso ›natürlich nichts‹ wie letztens im Laden. Weißt du noch? Du hast einen Pinsel in die Hosentasche gesteckt und der Mann an der Kasse hat ihn wieder herausgeholt. Mir wird jetzt noch ganz schlecht, wenn ich daran denke! Was war es doch gleich, das dich gerade zu einem neuen Gemälde inspiriert hatte? Ich glaub, die Anordnung einiger heruntergefallener Gummiringe auf dem Fußboden. Jedenfalls tat sich der Verkäufer ziemlich schwer, dir deine Entschuldigung mit der ›momentanen kreativen Konzentrationsverschiebung‹ abzunehmen. Ich hab mir den Mund fusselig geredet, damit er dich nicht als Ladendieb anzeigt. So viel zu deinem ›natürlichen Nichts‹. Und jetzt rück raus damit. Was hast du ausgefressen, Olli? Ein Anwalt muss wissen, wie es um seinen Klienten steht, sonst kann er ihn nicht rauspauken.«

Wieder donnerte es gegen die Tür. Die Zwillinge zuckten zusammen.

»Dies ist die letzte Aufforderung«, dröhnte dieselbe Männerstimme wie schon zuvor durch das Holz. »Wenn ihr nicht umgehend die Tür öffnet, brechen wir sie auf.«

»Schon gut«, rief Jessica und funkelte ihren Bruder warnend an. »Lass *mich* reden. Irgendwie kriege ich das schon wieder hin.«

Oliver gehorchte. Er kannte seine Schwester. Es war besser so. Außerdem wusste er sowieso nicht, was er zu dieser verrückten Situation sagen sollte. Mit großen Augen verfolgte er jede Bewegung Jessicas.

Sie brauchte genau drei entschlossene Schritte, um den Flur zu durchqueren. Ein kurzer Blick durch den Spion bestärkte Jessica offenbar in ihrem Plan, denn sogleich öffnete sie schwungvoll die Wohnungstür. Im niedrigen Rahmen stand mit triefend nassem Regenmantel ein Mann, der so groß war, dass er den Kopf einziehen musste, um unter dem Türholm hindurchblicken zu können. In seinem Schatten befand sich ein uniformierter Polizist von normalem Wuchs, der eine Axt in den Händen hielt und ein Gesicht machte, als hätte Jessica ihn gerade bei etwas Verbotenem ertappt.

»Bist du Jessica Pollock?«, kam der Große ohne Umschweife zur Sache. Er gab sich alle Mühe bedrohlich zu wirken.

»Sagen Sie mir erst, wer *Sie* sind«, antwortete Jessica mit vorgerecktem Kinn.

So viel Unerschrockenheit hatte der tropfende Beamte wohl nicht erwartet, denn für einen Moment starrte er regungslos auf das rotblonde Mädchen und den dicklichen, nicht minder rotblonden Jungen herab, der soeben hinter ihr aufgetaucht war. Dann aber gewann er seine Fassung zurück.

»Ihr wisst ganz genau, dass wir von der Polizei sind. Ich habe es schließlich oft genug gesagt.«

Jessica blieb hartnäckig. »Haben Sie eine Dienstmarke?«

»Natürlich habe ich die.«

»Und warum zeigen Sie sie nicht?«

»Also, jetzt reicht's aber ...!«

»Ohne Dienstmarke sage ich gar nichts mehr.« Jessica verschränkte die Arme vor der Brust und widerstand dem wütenden Blick des Kriminalbeamten.

Der schien eine ganze Weile zu überlegen, welche Schwierigkeiten ihm dieses trotzige Mädchen wohl noch bereiten konnte. Sein Blick wanderte herab zu dem axtbewehrten Kollegen. Aber der war auch keine große Hilfe, sondern zuckte nur ratlos mit den

Schultern. Der Polizist schnaufte etwas Unverständliches und griff in die Tasche. Seine Hand förderte eine ovale, messingfarbene Metallplatte zu Tage und bewegte sie so weit auf Jessicas Nase zu, wie es die Kette zwischen Marke und Gürtelschlaufe zuließ.

Jessica war offenbar mit der Gravur auf dem Plättchen zufrieden, denn sie nickte, trat einen Schritt zur Seite und sagte: »Kommen Sie bitte herein, meine Herren.«

Der große Beamte trat in den Flur; seine Augen begannen sogleich das Terrain zu sondieren. Der Uniformierte bezog mit seiner Axt vor der Tür Stellung, als wolle er von vornherein die Nutzlosigkeit jeglichen Fluchtversuchs klarmachen.

»Wir haben einen Durchsuchungsbefehl«, begann der Kriminalbeamte, nachdem er sich als Kommissar Gallus vom Einbruchsdezernat vorgestellt hatte. Er zog ein Formular aus der Brusttasche, hielt es gerade lange genug vor Jessicas Gesicht, damit sie die Überschrift lesen konnte, und fuhr fort: »Es geht um Thomas Pollock. Wir beobachten die Wohnung seit gestern Vormittag und glauben nicht, dass er sich noch hier versteckt hält. Aber um sicherzugehen, müssen wir uns trotzdem hier umsehen. Ich nehme an, ihr habt nichts dagegen ...«

»Und ob wir was dagegen haben«, fuhr Jessica dem Kommissar in die Parade.

Der Beamte runzelte unwillig die Stirn.

Jessica war verwirrt, ließ sich das aber nicht anmerken. Warum hatte Kommissar Gallus sich nach einem *Thomas* Pollock erkundigt? Ob Oliver jetzt schon so zerstreut war, dass er sogar seinen eigenen Namen vergaß? Aber vielleicht handelte es sich hier auch nur um eine unglückliche Verwechslung, die sich schnell aufklären ließ. Ja, das war eine plausible Erklärung.

Sichtlich erleichtert fügte sie hinzu: »Es gibt hier nämlich keinen Thomas Pollock und wir kennen auch niemanden, der so heißt. Tut mir Leid, Herr Kommissar Gallus.«

Oliver konnte beobachten, wie sich an dem Kriminalbeamten eine beunruhigende Veränderung vollzog: Seine Hände formten sich zu Fäusten, zerknüllten dabei den Durchsuchungsbefehl, sein

Gesicht wurde tiefrot und seine Zähne mahlten knirschend aufeinander. Oliver befürchtete schon, der Herr Kommissar könne jeden Augenblick explodieren oder zumindest die Pfütze, die sich inzwischen unter ihm gesammelt hatte, würde zu sieden beginnen, aber nichts von alledem geschah. Stattdessen schrie der Kommissar unvermittelt: »Eine so dreiste Antwort, eine so plumpe Lüge ist mir in meiner dreiundzwanzigjährigen Dienstzeit noch nicht untergekommen! Soll ich euch das etwa abkaufen? Meint ihr wirklich, die Polizei besteht nur aus lauter Schwachsinnigen?«

Jessicas mühsam aufrechterhaltene Fassade der Unerschrockenheit stürzte in sich zusammen wie ein Kartenhaus. Oliver schien mindestens genauso verstört wie sie zu sein, aber es war typisch für sein unberechenbares Wesen, dass er gerade in diesem Augenblick sein Schweigen brach.

»Wir wissen wirklich nicht, wer dieser Thomas Pollock ist, Herr Kommissar«, sagte er mit leiser Stimme. »Vielleicht haben wir es ja auch nur vergessen. Können Sie uns nicht helfen?«

»Kinder!«, schnaubte Kommissar Gallus wütend. »Wollt immer schon wie Erwachsene behandelt werden und benehmt euch wie im Buddelkasten. Na schön, dann bringen wir euer Spielchen jetzt zu Ende – aber nach meinen Regeln: Thomas Pollock – der Mann, an den ihr euch angeblich nicht mehr erinnern könnt –, dieser Thomas Pollock also ist euer *Vater*!«

Frau Waczlawiak aus dem ersten Stock sorgte sich rührend um Oliver und Jessica. Sie hatte Pfefferminztee gekocht und flößte nun ihren jungen Patienten das heiße Gebräu gleich kannenweise ein. Ringsherum herrschte ein heilloses Durcheinander. Nicht weniger als sechs Polizisten durchkämmten die Wohnung der Pollocks wie Ameisen auf der Futtersuche. Einige kauten dabei noch an den Schmalzbroten, die Frau Waczlawiak für alle geschmiert hatte, was erkennen ließ, dass nicht der Hunger sie antrieb.

Vielmehr widmeten die emsigen Polizeiameisen sich systematisch der Entfernung jeglicher Ordnung aus dem Heim der Zwillinge. Hin und wieder packten die Beamten bei ihrer Durchsuchung auch einige Gegenstände oder Dokumente ein – diesen Vorgang nannten sie dann eine »vorläufige Beschlagnahmung«.

Oliver und Jessica bekamen nicht viel davon mit. Sie waren immer noch ganz verstört. Die Stimme von Kommissar Gallus drang nur wie durch ein dickes Kissen zu ihrem Bewusstsein vor. Was sie von dem Kriminalbeamten erfahren hatten, klang auch viel zu ungeheuerlich, um es so mir nichts, dir nichts wegzustecken. Obwohl es einiges erklärte. Einiges, was sie seit Tagen beschäftigt hatte, ohne dass sie recht wussten, seit wann genau.

Sie hätten bis vor einer Stunde nicht einmal wirklich beschreiben können, *was* ihnen fehlte. Es war – eine beunruhigende Leere, die, wie sie später herausfanden, genau zur selben Zeit von ihnen beiden Besitz ergriffen hatte. Die Gleichzeitigkeit an sich schien nicht einmal so erwähnenswert – die Zwillinge hatten schon oft verspürt, dass ein unsichtbares Band sie vereinte, sie manchmal sogar dasselbe denken oder fühlen ließ, obwohl sie räumlich weit voneinander entfernt waren. So auch in den letzten Tagen.

Beide hatten in den Herbstferien die Gelegenheit erhalten, einen Freizeitkurs zu besuchen. Nicht etwa dieselbe Veranstaltung, wie man denken könnte. Oliver und Jessica waren nämlich zwei sehr ungleiche Zwillinge, wenn man von ihrer Haarfarbe einmal absah. Das begann schon beim Körperbau. Oliver war einen halben Kopf kleiner als seine Schwester, glich diesen »Rückstand« aber durch einige Speckringe in der Taillengegend locker aus. Auch bei den Interessen ging jeder seinen eigenen Weg. Olivers Leidenschaft galt der Kunst, Jessicas der Mathematik und allen Naturwissenschaften, vor allem aber dem Computer. Wenn die Tastatur eines PCs nur in ihre Nähe kam, hatte sie im Handumdrehen die Grenzen des Geräts ausgelotet. Folgerichtig hatte Oliver einen Ferienkurs für fortgeschrittene Mal- und Zeichentechniken besucht, Jessica dagegen sich in einem Informatikseminar vergnügt.

Die Begabungen der Zwillinge waren schon vor einigen Jahren aufgefallen, zuerst den Lehrern und durch deren Empfehlung weiteren Personen, die sich um die Förderung junger Talente bemühten. Das blieb nicht ohne Folgen. Mal erhielten sie ein Stipendium für ein Ferienseminar, dann wieder gab es öffentliche Fördermittel zur Anschaffung von Utensilien wie Pinsel, Farben, PC-Festplatten oder -Hauptspeichererweiterungen. So waren Oliver und Jessica in den Genuss mancher Annehmlichkeit gekommen, für die die Haushaltskasse der Familie sonst zu schmal gewesen wäre. Auch die Kurse, von denen sie gerade erst zurückgekehrt waren, hatte das Land Berlin bezahlt.

Im Grunde besitzt ja jeder Mensch einige ganz besondere Gaben: Manche Zehnjährigen können flüssig die Namen aller bekannten Dinosaurier hersagen, andere Jugendliche kennen sämtliche Sportergebnisse ihrer Lieblingsmannschaft aus den letzten dreißig Jahren und wieder andere werden aus dem Schlaf gerissen und leiern, ohne nachzudenken, die Lebensgeschichte ihres Idols lückenlos herunter, einschließlich aller Kinderkrankheiten, Zeugnisnoten und Allergien, versteht sich. Manche bemerken nie – oder viel zu spät –, dass sie etwas ganz Einzigartiges sind. Oliver und Jessica dagegen hatten einfach das Glück, schon früh in ihrem Leben festzustellen, was sie zu etwas Besonderem machte.

Abgesehen davon aber waren sie zwei ganz normale Vierzehnjährige, wie tausende andere auch. In diesem Moment hatten sie sogar eher das Gefühl, zu den bemitleidenswertesten aller Lebewesen zu gehören. Frau Waczlawiaks Tee brannte in ihren Mägen und die Fragen von Kommissar Gallus in ihren Köpfen. Unglaublich, welche Geschichte ihnen der große Mann da aufgetischt hatte!

Thomas Pollock – Olivers und Jessicas Vater, wie der Kommissar nach wie vor steif und fest behauptete – sei als Nachtwächter im Pergamonmuseum beschäftigt gewesen, jedenfalls bis vorletzte Nacht. Gestern früh war Thomas Pollock nicht mehr zur Wachablösung erschienen. Und mit dem Nachtwächter fehlte auch ein kostbares Ausstellungsstück. Eine Statue, von der niemand so genau wisse, wie viele tausend Jahre sie eigentlich alt sei, war aus dem Museum gestohlen worden. Für Kommissar Gallus lag der Fall klar: Thomas Pollock hatte man erst vor kurzem die Stellung gekündigt (neue elektronische Überwachungsanlagen machten es unnötig, weiter so viel Wachpersonal zu beschäftigen); also hatte der Vater der Zwillinge sich kurzerhand gerächt: Er hatte die alte Götterstatue gestohlen und sich selbst auf und davon gemacht. »Nur seltsam«, schloss der Kommissar, »dass euer Vater auch den schweren Steinsockel entwendet hat, auf dem die Statue von Xexano stand.«

»Xexano?«, wiederholte Oliver wie im Schlaf.

Kommissar Gallus nickte mürrisch. »Irgend so ein griechischer oder babylonischer Gott. Ich verstehe nicht viel davon, aber ein Direktor im Pergamonmuseum – er leitet jenen Teil, den man das Vorderasiatische Museum nennt – hat versucht es mir zu erklären. Man hat die Statue in dem Teil der Ausstellung aufgestellt, die dem alten Babylon gewidmet ist, genauer gesagt, unmittelbar vor dem Ischtar-Tor. Es heißt, Alexander der Große habe das Standbild errichten lassen, als er den Plan fasste, Babylon zu seiner neuen Hauptstadt zu machen. Vermutlich wollte er sich damit selbst ein Denkmal zur ewigen Erinnerung an seine Großtaten setzen. Vielleicht hat er auch gedacht, er könne die alten Götter Babylons und die jüngeren aus Griechenland für sein Vorhaben gnädig stimmen. Na ja, das ging jedenfalls gründlich schief – Alexanders Wunsch wurde zum Fluch und er starb kurz darauf, noch während er sich in Babylon aufhielt.«

»Dieser Xexano scheint nicht gerade ein Glücksgott zu sein«, murmelte Oliver, wobei er auch an seine und Jessicas missliche Lage dachte.

»Wohl kaum«, sagte Kommissar Gallus. »Der Museumsdirektor, Herr Professor Hajduk, erzählte mir, dass dieser Xexano die Fachwelt vor einige Rätsel stelle. Lange Zeit gab es nur Vermutungen über ein Standbild, das ihm zu Ehren beim Ischtar-Tor gestanden habe – eine Inschrift, verborgen auf der Rückseite eines Lehmziegels, machte eine diesbezügliche Andeutung. Aber da es sonst keine weiteren Artefakte von diesem Xexano gab, hielt man diese Theorie lange für zu abwegig, um sie ernsthaft weiterzuverfolgen. Als man daher vor wenigen Wochen in der Nähe der babylonischen Ruinen die Statue des Gottes fand, war die Sensation komplett.«

»Woher wusste man denn, dass es Xexano war, dessen Standbild man gefunden hatte?«

»Weil zu dem wenigen, was man von Xexano weiß, der Umstand gehört, dass er *zwei* Gesichter hat – eines, das nach vorne, und eines, das nach hinten gerichtet ist. Er galt bei den Griechen als der Herrscher über das Reich der Erinnerungen, daher wohl das zurückgewandte Gesicht. Da man sich aber später nur derjenigen Dinge erinnern kann, die sich im Jetzt, in der Gegenwart, *vor* unseren Augen abgespielt haben, ist sein anderes Gesicht nach vorne gerichtet.«

»Ich habe noch nie von diesem Xexano gehört«, warf Frau Waczlawiak ein. »Möchte noch jemand eine Schmalzstulle?« Während sie das fragte, stellte sie eine neue Kanne Pfefferminztee auf den Tisch.

Der Kommissar angelte sich die vorletzte Schnitte vom Teller und antwortete: »Wie ich schon sagte, nur ganz wenige kennen diesen Gott. Der Direktor meinte, Xexano umgebe ein Schleier von Geheimnissen. Der Legende nach habe sich einst ein Hirte zu seinem Hohepriester aufgeschwungen, aber dann hörte die Verehrung Xexanos schlagartig und scheinbar ohne erfindlichen Grund auf ...«

Ein Polizist in Uniform näherte sich dem Kommissar und flüsterte ihm eine Mitteilung ins Ohr, die den großen Beamten von der Couch hochfahren ließ.

Die Durchsuchung sei nun beendet, ließ er Oliver, Jessica und Frau Waczlawiak wissen. Letztere hatte sich erboten die Zwillinge unter ihre Fittiche zu nehmen, bis sich ein anderer Familienangehöriger finden würde, und da Kommissar Gallus keine Lust verspürte, sich mit der resoluten Witwe anzulegen – vielleicht auch, weil er sich noch recht gut an Jessicas widerborstiges Verhalten erinnerte –, gab er ihrem Vorschlag nur allzu bereitwillig nach. Er vergaß jedoch nicht mit Nachdruck darauf hinzuweisen, dass sein Verhör noch nicht beendet sei. Nur mit Rücksicht auf die augenscheinlich desolate Verfassung der Geschwister wolle er es für heute dabei bewenden lassen. Die beiden hätten sich aber weiterhin der Polizei zur Verfügung zu halten.

Oliver und Jessica waren froh, als endlich Ruhe in der Wohnung einkehrte. Nur der Novemberregen hämmerte noch immer gegen die Fensterscheiben. Draußen war es längst dunkel geworden. Frau Waczlawiak hatte ihnen noch einmal aufgezählt, was jetzt gut und was sehr schädlich für sie sei, und war nach einer letzten Aufstockung des Schmalzbrotbestandes in die erste Etage entschwunden.
»Was denkst du?«, fragte Oliver, als mit der Stille auch wieder das alte Gefühl der Leere zurückkehrte.
»Über Herrn Kommissar Gallus?«
»Vor allem über das, was er gesagt hat – über unseren Vater.«
»Kannst du dich wirklich nicht an ihn erinnern?«
Oliver schüttelte den Kopf. Seine Miene hatte sich verdüstert.
»Ich auch nicht. Obwohl ... das kann doch gar nicht sein! Unsere Mutter ist tot, an sie *können* wir uns erinnern.« Jessica sprang auf und begann durch das Zimmer zu laufen. Ihre Stimme klang nun sehr erregt. »Hast du dich einmal hier umgeschaut, Olli? Die Fotos meine ich.«
Oliver nickte. Er wusste, wovon Jessica sprach. Sie war eine leidenschaftliche Hobbyfotografin und die ganze Wohnung hing voll von ihren Werken. Auf vielen waren die Zwillinge zu sehen. Und ein Mann! Ein blonder Mittvierziger mit schmalem, meist traurigem Gesicht. Oliver folgte Jessica durch die Wohnung. Wie Museumsbesucher betrachteten sie ein Bild nach dem anderen, und je länger sie dieser Beschäftigung nachgingen, umso fühlbarer wurde das Nichts in ihrem Inneren, das die Stelle ausfüllte, an der sich eigentlich dieser Mann dort mit den traurigen Augen hätte befinden müssen.
Wie hätten sie es auch länger leugnen können? Natürlich wohnten sie nicht alleine hier. Ohne Frage formten die gleiche schmale Nase und dasselbe Grübchen im Kinn ihre eigenen Gesichter wie

auch dasjenige des Fremden dort. Es musste ihr Vater sein. Es war nur der Schatten einer Erinnerung – hervorgerufen durch die Betrachtung der Bilder –, der ihnen diese Wahrheit verriet. Und doch war dieser Schatten so schwach, dieses Gefühl des Kennens so vage, als betrachte man die Fotos eines Kassierers, den man fast jeden Tag im Supermarkt trifft, ohne jedoch wirklich mit ihm vertraut zu sein.

Der Rundgang endete in Olivers Zimmer.

»Ich hab Angst, Olli.«

»Was meinst du?« Oliver wusste genau, was seine Schwester meinte. Er spürte es ja selbst.

»Irgendetwas Unheimliches geht hier vor.«

»Kann es wirklich sein, dass wir unseren Vater so einfach vergessen haben?«

»Alle Kinder haben Mutter *und* Vater. Ich nehme an, dass wir da keine Ausnahme bilden.«

»Mir ist nicht zum Scherzen zumute, Jessi.«

»Mir auch nicht. Es war nur ... Du weißt schon.«

Oliver nickte. Er wusste genau, was in seiner Schwester vorging. Der Scherz sollte nur die Beklommenheit vertreiben. Bestimmt hatte Jessica in den letzten Tagen genau dasselbe erlebt wie er. Die Beschäftigung mit den Dingen, die so ungeheuer interessant für ihn waren, hatte ihn völlig in Anspruch genommen. Er war ein leidenschaftlicher Maler. Seine Augen wanderten zu dem Poster an der Wand. Sein Lieblingsbild. *The Harp of the Winds.* Eine Gruppe von unterschiedlich hohen Bäumen, die sich in einem See spiegelten und dadurch die Illusion von Harfensaiten erschufen. Da er auch ein Musikfreund war – er spielte Gitarre, Klavier und Flöte –, liebte er den Vergleich des Bildes mit der Äolsharfe, ein Instrument mit einem ganz besonderen Zauber. Kein Mensch, sondern nur der Wind konnte es richtig spielen. Die stilisierten Harfensaiten aus dem Landschaftsgemälde von Homer Dodge Martin, das war auch das »Markenzeichen« Olivers, das sein Stift auf jedem geeigneten Malgrund hinterließ.

Ein Räuspern Jessicas brachte ihn wieder in die Wirklichkeit zurück und er fragte spontan: »Kann es sein, dass unsere Lieblingsbeschäftigungen uns so sehr in Anspruch genommen haben, dass wir darüber unseren eigenen Vater vergessen konnten?«

Jessica antwortete nicht sogleich, sondern starrte mit leeren Augen vor sich hin. »Ich hab mal gehört, dass das Erste, was man von einem Menschen vergisst, sein Gesicht ist.«

»Uns fehlt mehr als nur sein Gesicht, Jessi!«

»Aber vielleicht hat es damit angefangen?«

»Ich weiß nicht, was du meinst.«

»Ich kann es selbst noch nicht so genau sagen. Es ist nur so ein Gefühl. Genauso wie ich fühle, dass unser Vater nicht der Dieb dieser Xexano-Statue ist.«

»Und *das* kannst du alles fühlen?«, fragte Oliver ungläubig.

»Ich bin eine Frau, Olli.«

»Und ich dachte immer, du seist eine Wissenschaftlerin.«

DAS BUCH AUS EINER ANDEREN WELT

Die Untersuchung von Vaters Schlafzimmer förderte keine neuen Erkenntnisse zu Tage. Die Polizei hatte seine persönlichen Dokumente mitgenommen, einschließlich der Briefe, und außerdem die meisten seiner Kleidungsstücke. Auf ihrer Suche nach dem Dieb Thomas Pollock hatte sie gründlich jede Spur des Menschen Thomas Pollock verwischt.

Was Oliver und Jessica suchten, waren auch weniger neue Hinweise auf die Existenz ihres Vaters – die stand ohnehin außer Frage. Es interessierte sie vielmehr, wie er so gründlich aus ihrer Erinnerung verschwinden konnte. Nachdem sie die von der Polizei als belanglos liegen gelassenen Gegenstände der Wohnungseinrichtung ein zweites Mal umgepflügt hatten – ohne nennenswertes Ergebnis –, begannen sie reihenweise wilde Theorien aufzustellen und beinahe ebenso schnell wieder zu verwerfen.

So schlug Jessica etwa vor, sie könnten doch an einem Virus erkrankt sein, der die Erinnerung ausgelöscht habe. Bei Computerviren sei es sogar normal, dass sie die Daten auf den Festplatten zerstörten oder sogar löschten. Oliver wandte ein, dass offenbar auch Frau Waczlawiak sich nicht mehr an ihren Vater erinnern könne; sie hatte es zwar nicht offen zugegeben, aber ihre ausweichenden Antworten auf die Fragen des Kommissars hätten Bände gesprochen. Vielleicht sei das ganze Haus von dem Virus befallen, möglicherweise sogar die gesamte Bergstraße oder ganz Berlin, meinte Jessica. Oliver merkte an, Menschen seien keine Computer und Festplatten hätten sie in der Regel auch nicht. Jessica musste eingestehen, dass dieser Einwand nicht so leicht zu entkräften war.

Daraufhin fand Oliver Gelegenheit, eine eigene Idee zu entwickeln: Vielleicht litten sie beide unter einer besonders hartnäckigen kreativen Konzentrationsverschiebung, so wie er kürzlich, als er den Pinsel in der Hosentasche vergessen hatte. Beide hätten ja schon festgestellt, wie sehr sie von ihren Ferienseminaren abgelenkt gewesen seien. Jessica wischte seine so plausibel klingende Erklärung mit einer einfachen Feststellung vom Tisch: Wenn es denn wirklich so etwas wie kreative Konzentrationsverschiebungen gebe, dann hätte spätestens Kommissar Gallus sie mit seinen schonungslosen Fakten ganz schnell wieder zurechtgerückt – ebenso schnell, wie der Verkäufer im Laden Oliver wieder in die Wirklichkeit zurückgeholt hatte. Aber das war nicht passiert. Sie mussten sich zwar eingestehen, dass sie einen Vater hatten, aber die Erinnerung an ihn fehlte immer noch, gerade so, als hätte sie jemand klammheimlich gestohlen.

Vielleicht hätten er und seine Schwester ja durch ihre besondere Art des gemeinsamen, des zeitgleichen Vergessens eine neue Wirklichkeit geschaffen, murmelte Oliver; eine schwache Verteidigung seiner Idee, wie er meinte, weil ihm so schnell nichts Besseres einfallen wollte, aber Jessica griff diese neue Hypothese begeistert auf. Sie sprudelte etwas von Quantenmechanik hervor, etwas, was Oliver absolut nicht verstand.

»Beim Quantensprung kann man unmöglich vorhersagen, in welche Richtung sich das Teilchen bewegen wird – nach links oder nach rechts. Manche Wissenschaftler sagen sogar, es teilt und verzweigt sich in beide Richtungen. Und mit ihm das ganze Universum. So entstehen dann zwei fast gleiche Universen. Und beim nächsten Quantensprung wieder zwei ...«

»Aber dann müsste es ja außer der unsrigen Welt noch unzählige andere geben«, fiel Oliver seiner Schwester ins Wort.

»So ist es«, erwiderte diese und verfiel plötzlich in ein geheimnisvolles Flüstern. »Was ist, wenn ... wenn Vater aus irgendeinem Grund in ein anderes Paralleluniversum abgezweigt ist?«

»Du denkst, er hat sich mit diesen komischen Quanten nicht mitgeteilt und ist jetzt aus unserer Welt verschwunden?«

Jessicas Augen fieberten fast vor Aufregung. Ihre ganze Antwort bestand in einem schnellen Nicken.

Oliver blickte sie eine ganze Weile sprachlos an. Sein rundes Gesicht verriet nicht, was er dachte. Dann sagte er: »Jessi, ich glaube, du spinnst.«

Jessicas Fieberblick klärte sich und sie fing unvermittelt an zu weinen.

»Meinst du, das weiß ich nicht? Ich bin nur ... nur so durcheinander. Ich hab das, glaub ich, nur gesagt, weil es mir Angst macht, darüber nachzudenken, was *wirklich* passiert sein könnte. Wie kann denn ein Vater einfach so mit Haut und Haaren aus der Erinnerung seiner Kinder verschwinden? Das geht doch nicht! Beinahe könnte man wirklich denken, er wäre von hier in eine andere Welt verschwunden.«

Sie zog ein zerknülltes Papiertaschentuch aus der Hosentasche und putzte sich die Nase. Wieder etwas gefasster, fügte sie hinzu: »Natürlich ist das Unsinn ...«

»Die Truhe!«, rief Oliver plötzlich dazwischen, nein, er schrie es geradezu, keuchte, wie er es sonst nur nach einem Zwanzigmeterlauf tat, und starrte seine Schwester mit weit aufgerissenen Augen an.

»Was ist mit dir, Olli?« Jessica machte sich ernstlich Sorgen um ihren Bruder.

»Erinnerst du dich nicht mehr, Jessi?«

»*Woran* soll ich mich erinnern?«

»An Mutters Truhe natürlich!«

»Die auf dem Dachboden?«

»Es gibt ja nur die eine.« Olivers Stimme überschlug sich fast, so schnell sprudelten seine Worte hervor. »Als du von der anderen Welt gesprochen hast und von Vaters Verschwinden, hat es mit einem Mal hier oben ›Klick!‹ gemacht.« Er tippte sich mit dem Zeigefinger gegen die Stirn.

»Ist das wieder so eine kreative Verschiebung?«

»Nein, *du* würdest sagen, es sei eine Assoziation. Ich aber würde es eher Inspiration nennen: Der Dachboden war doch für uns immer eine fremde Welt. Wir haben uns, als wir noch kleiner waren, gefürchtet allein dort hinaufzusteigen. Später hat der Hausmeister gesagt, das sei kein Platz zum Spielen. Aber weißt du noch, wie wir doch einmal hochgeschlichen sind?«

Jessica nickte. »Es war düster da oben. Lauter komische Sachen hingen und standen herum – irgendwie unheimlich!«

»Alles, was von Mutters Sachen noch übrig ist, befindet sich auf dem Boden in einer großen Truhe.«

»Weißt du, woran ich gerade denken muss?«

Oliver zuckte die Schultern.

»Vaters Augen. Ist dir aufgefallen, dass er auf fast allen Fotos hier in der Wohnung traurig aussieht?«

»Ja, das hab ich auch gesehen. Und?«

»Vermutlich hat er sehr unter Mutters Tod gelitten, so sehr, dass er es nicht mehr ertragen konnte, ständig ihre persönlichen Dinge um sich zu haben. Deshalb hat er alles, was ihm von ihr noch geblieben war, dort oben eingeschlossen.«

Jessica blickte zur Decke, als könne sie geradewegs durch sie hindurchschauen, bis zur Truhe auf dem Dachboden hinauf. Oliver konnte nicht anders, er musste ihrem Beispiel folgen.

»Verstehst du jetzt, warum ich an Mutters Truhe denken musste?«, fragte er leise. Beide schauten immer noch zur Zimmerdecke.

Jessica tippte sich mit der Spitze ihres Zeigefingers ans Grübchen auf dem Kinn, wie sie es immer tat, wenn sie das Gleiche fühlte wie ihr Zwillingsbruder, und antwortete: »Ja, ganz genau.

Wenn es irgendeinen Hinweis gibt, der Licht in das Geheimnis von Vaters Verschwinden bringt, dann finden wir ihn da oben. Auf dem Dachboden. In Mutters Truhe.«

Oliver und Jessica starteten praktisch gleichzeitig. Er sprang auf, um den Schlüssel für den Dachboden zu holen, und sie wollte noch ihren Fotoapparat aus dem Reisegepäck mitnehmen. Der Schlüssel hing mit einigen anderen an einem Brett im Wohnungsflur. Oliver konnte dadurch einen Vorsprung herausarbeiten und erreichte als Erster den Treppenabsatz auf halbem Wege zum Dachboden. Aber dann flog Jessica mit ihrer Kamera an ihm vorüber.

So war es immer. Jessica war nicht nur ein Ass in den Naturwissenschaften, sondern obendrein auch noch sportlich. Oliver ging jedem Kräftemessen mit seiner Schwester aus dem Weg, es sei denn, er hatte einen uneinholbaren Vorsprung. Diesmal hatte er sich verrechnet.

»Du solltest unbedingt mehr Sport treiben, Bruderherz«, empfing ihn Jessica, als er schnaufend die Tür zum Dachboden erreichte – der lag immerhin ein ganzes Stockwerk über der Wohnung der Pollocks.

»Ohne mich«, gab Oliver unwirsch zurück. »Du weißt doch: Jede körperliche Anstrengung ist eine Vergeudung kreativer Energie.« Mit diesen Worten machte er sich an der Tür zu schaffen.

Da der Dachboden aus den genannten Gründen nicht sehr häufig von den Pollock-Kindern besucht wurde, nahm es einige Zeit in Anspruch, bis Oliver das Schloss überlistet und die widerspenstige Tür aufgestemmt hatte. Die Hausnummer 70 gehörte mit ihren fast einhundert Jahren zu den Jubilaren in der Bergstraße. Wie bei vielen anderen Adressen hier auf dem Kiez schlossen sich dem Vorderhaus noch mehrere Hinterhöfe an – dreieinhalb, um genau zu sein. Die Pollocks wohnten im dritten Hinterhaus. Danach kam nur noch ein schmaler Hof, der von einer Mauer begrenzt wurde.

Als Oliver und Jessica die Tür zum Dachboden aufstießen, glaubten sie die ganze Geschichte des Hauses vor sich zu sehen. Der Dielenboden stand voll mit altmodischen Möbeln und anderem Gerümpel. Vieles davon hatte schon längst keinen Besitzer mehr. Von einem Haken blickte ein Hirschkopf aus glasigen Augen vorwurfsvoll auf die Störenfriede herab; auf einem Drahtbügel hing ein fadenscheiniges geblümtes Kleid mit einer gewaltigen Stoffrose im Ausschnitt. Irgendwer musste es dort nur kurz hingehängt, dann aber aus unerfindlichem Grund nicht mehr abgenommen haben. Oliver erinnerte sich an Frau Waczlawiaks Erzählungen: In diesem Viertel hatten früher einmal zahlreiche Juden gelebt. Als die Nazis an die Macht kamen, verschwanden viele der ehemaligen Hausbewohner über Nacht.

Sein Vater kam ihm wieder in den Sinn.

»Die Truhe muss irgendwo da drüben stehen.« Er deutete in die Finsternis zu seiner Linken, machte aber keine Anstalten sich von der Türklinke zu lösen. Die einzige Glühlampe hier oben war kaputt. Nur der Hausflur warf einen gelben Lichtfächer in dieses verwunschene Reich – kaum genügend Helligkeit, um Olivers Missbehagen zu vertreiben. Auch Jessica rührte sich nicht. Die langen Schatten der beiden klebten am Boden, als hätte eine Planierraupe sie platt gewalzt. Draußen regnete es noch immer. Die Tropfen trommelten pausenlos auf die Ziegel. Dann wurde es plötzlich stockdunkel. Olivers Herz setzte für einen Moment aus.

»Bist du sicher, dass sie da steht und nicht *dort* drüben?« Ein helles Licht bohrte sich plötzlich durch die Finsternis. Jessica hatte an eine Taschenlampe gedacht, den Lichtstrahl benutzte sie als Zeigefinger.

Oliver atmete erleichtert auf. Die Beleuchtung im Hausflur hatte sich automatisch abgeschaltet, kein Grund zur Beunruhigung also, machte er sich Mut. Dann konzentrierte er sich auf den Lichtfinger. »Nein, ein bisschen weiter rechts.«

Jessica betrat den Dachboden und ließ ihren Bruder im Dunkeln stehen. Oliver zischte etwas Unverständliches und folgte ihr. Die impulsive Art seiner Schwester konnte manchmal ziemlich nervtötend sein.

»Da ist sie!«, riefen beide wie aus einem Munde, als ein länglicher Kasten in den Lichtkreis rückte.

Sie umrundeten ein altes Bettgestell mit eisernen Sprungfedern und Oliver erschrak zutiefst, als er mit einer einbeinigen, armlosen Gestalt zusammenstieß, der der Kopf fehlte.

»Nur eine Schneiderpuppe«, beruhigte ihn Jessica, die schon bei der Truhe kniete. Mit ihrer Taschenlampe erhellte sie den dunklen Kasten.

Oliver konnte nur schwer den Blick von dem Torso lösen, um sich der Truhe zuzuwenden.

Es handelte sich um einen jener ausladenden Reisekoffer, mit denen wohlhabende Leute in der guten alten Zeit für die körperliche Ertüchtigung ihrer Bediensteten sorgten. Seine Längskanten waren abgerundet, sein Korpus schwarz oder tiefbraun – das ließ sich bei dem schwachen Licht schlecht sagen –, einzig die hölzernen Rippen, die den Kasten umspannten, leuchteten in einem helleren Ton. Wie alles auf dem Dachboden, bedeckte auch die Truhe eine dicke Staubschicht. Merkwürdigerweise wirkte der Bereich um das Schloss herum aber wie blank poliert.

»Sie ist abgeschlossen!«, hauchte Jessica verzweifelt, als sie den Klappbeschlag und das Schloss bemerkte.

Oliver schien das nicht sehr zu beunruhigen. »Zu dem Dachboden hat jeder Hausbewohner Zutritt. Eigentlich klar, dass Vater sie abgesperrt hat. Ist dir das Fehlen des Staubes rund um das Schloss aufgefallen? Wie es scheint, war er öfter bei Mutters alten Sachen, als wir geglaubt haben.«

»Und was machen wir jetzt? Sollen wir sie etwa aufbrechen?«

»Die typische Frage einer Kraftsportlerin! ›Wo rohe Kräfte sinnlos walten …‹«

»Hast du eine bessere Idee, du Schlaumeier?«

»Wie wär's hiermit?« Oliver hielt einen kleinen silbernen Schlüssel in den Lichtstrahl, den Jessica wütend auf seine Nase gerichtet hatte.

»Wo hast du denn *den* her?«

»Von einem Ort, der einer Athletin wie dir sicher nicht auf Anhieb einfällt.«

»Nun sag schon.«

»Vom Schlüsselbrett.«

»Sehr witzig! Und woher willst du wissen, dass er passt? Da hängen mindestens eine Million Schlüssel. Ich hab vergessen, warum, aber wahrscheinlich liegt es daran, dass Vater Nachtwächter ist und er ohne Schlüssel nicht leben kann.«

Oliver steckte den glitzernden Gegenstand in das Schloss an der Truhe, drehte ihn mit erstaunlicher Leichtigkeit herum und klappte den Beschlag hoch.

»Frag mich bitte nicht, woher ich es wusste«, sagte er darauf an Jessica gewandt. »Ich habe ihn mit einem Mal unter all den anderen Schlüsseln gesehen und war mir sicher, dass ich *ihn* nehmen musste und keinen anderen.«

»Das Ganze wird mir immer unheimlicher, Olli.«

Oliver schaute seine Schwester eine Weile nachdenklich an, bevor er erwiderte: »Wäre es nicht möglich, dass ich Vater einmal dabei beobachtet habe, wie er den Schlüssel vom Brett nahm und zum Dachboden hinaufging? Vielleicht bin ich ihm sogar nachgeschlichen. Wer oder was immer uns die Erinnerung an unseren Vater gestohlen hat, Jessi, er oder es konnte uns nicht alles nehmen. Bestimmt gibt es noch viele Dinge, die indirekt mit Vater zusammenhängen. Wenn es uns gelingt, diese – wie soll ich es nennen? – diese *Neben*erinnerungen wieder in einen Zusammenhang zu bringen, können wir vielleicht auch hinter das Geheimnis seines Verschwindens aus unseren Köpfen kommen.«

Jessica nickte langsam und nachdrücklich. »So wie in einer Gleichung: Man isoliert die Unbekannte auf einer Seite und kann dann ihre Größe anhand des Terms auf der anderen Seite ausrechnen.«

»Ich hasse Gleichungen!«

»Gut. Dann können wir ja endlich in die Truhe schauen.«

Jessica richtete den Kegel der Taschenlampe auf den Kistendeckel. Beide starrten ihn an.

»Mach du sie auf, Olli.«
»Nein, du. Du bist die Ältere.«
Welche Schätze würde die Truhe enthalten? Welche Gegenstände hatte ihr Vater nicht länger in der Wohnung haben wollen, aber doch für zu kostbar gehalten, um sie einfach in den Müll zu werfen? Jessica nahm allen Mut zusammen und klappte vorsichtig den Deckel der Truhe auf.

Die Zwillinge blickten mit großen Augen in das Lichtfenster der Taschenlampe. Was da die mit geblümtem Papier ausgeschlagene Koffertruhe füllte, war auf den ersten Blick enttäuschend: ein säuberlich zusammengeschnürter Packen Briefe, ein zum Dreieck gefaltetes Seidentuch, eine Flöte, vier oder fünf Bücher, eine reich verzierte Haarbürste, ein hohes Glas voller Haarspangen, zwei Bilderrahmen mit Fotos, ein zusammengerolltes Stück Leinwand – vielleicht ein Gemälde –, eine kleine runde Schmuckschatulle aus Wurzelholz, ein paar Ballettschuhe in beklagenswertem Zustand, ein mit einem Faden zusammengehaltenes Büschel Schafswolle, eine knallrote Pudelmütze ... Noch einige andere Dinge gab es da, aber unter der obersten Lage von Erinnerungsstücken konnte man sie nur undeutlich erkennen.

Auf einem Flohmarkt hätte der Inhalt der Truhe kaum den Gegenwert für eine warme Mahlzeit eingebracht, aber je länger die beiden Geschwister die einzelnen Gegenstände betrachteten, umso deutlicher erkannten sie ihren wahren Wert. Keiner der beiden war zu irgendeiner Äußerung fähig. Jeder hing seinen eigenen Gedanken nach.

Oliver erinnerte der Kasten unweigerlich an einen Sarg. Natürlich lag nicht wirklich seine Mutter darin, aber irgendwie war es doch ihr Wesen, von dem all diese Erinnerungsstücke zeugten. Jeder der Gegenstände erzählte eine eigene Geschichte, und das machte ihn zu etwas Besonderem. Jetzt, während nur die hämmernden Tropfen des Herbstregens die Stille auf dem Dachboden störten, begannen die Schätze in der Truhe zum Leben zu erwachen. Sie erzählten von Ereignissen, die Oliver und Jessica unmöglich aus dem Munde ihrer Mutter gehört haben konnten – sie starb, als ihre Kinder noch sehr klein waren.

Die Pudelmütze etwa hatte Mutter getragen, als Vater sie zum ersten Mal sah. Es war in der Mensa der Universität gewesen, in einem kalten Winter. Sie hatte sich erkältet gehabt, aber das wusste natürlich niemand. Jeder, der sie appetitlos vor ihrem vollen Teller sitzen sah, musste sich unwillkürlich fragen, warum diese junge Studentin in dem warmen Speisesaal ihre Pudelmütze nicht abnahm. Auch Vater – weshalb nur war er überhaupt dort gewesen? – hatte sich wohl diese Frage gestellt. Vielleicht hatte er Mutter auch gefragt, warum sie das lange rote Haar, dessen Locken unter der Mütze hervorquollen, nicht offen trug.

Mutters Haar! Das war wirklich etwas ganz Besonderes! Beim Bürsten ihrer Haare konnte sie nachdenken, Lieder summen oder von den Ereignissen des Tages plaudern. Sie besaß ein ganzes Arsenal von Spangen, Kämmen, Reifen, Bändern und Perlen, mit denen sie ihre rote Lockenpracht immer wieder anders schmückte.

Oliver blickte wie gebannt auf das Glas mit den Haarspangen. Es war irgendwann umgefallen und eine Spange funkelte ihn besonders intensiv an. Seltsam, wie viel er noch von seiner Mutter wusste, obwohl sie doch schon so lange tot war, und wie wenig von seinem Vater, den er seit höchstens zwei Wochen nicht mehr gesehen haben konnte.

Wie von allein bewegte sich Olivers Hand zu dem Glas in die Truhe hinab.

»Vorsicht!«, rief Jessica, dass es ihm wie ein Stromschlag durch die Glieder fuhr.

»Bist du verrückt, mir einen solchen Schrecken einzujagen?«

»Nicht verrückt, nur vorsichtig. Lass mich zuerst ein Foto vom Inhalt der Truhe machen, ehe wir alles durcheinander bringen.«

»Ich finde, jetzt übertreibst du aber.«

»Ohne meine Bilder wüssten wir vielleicht nicht einmal mehr, wie Vater aussieht. Hast du das etwa schon vergessen?«

»Schieß endlich dein Foto, damit wir uns Mutters Sachen genauer ansehen können.«

Jessica lichtete das geblümte Rechteck gleich zweimal ab, die Blitze warfen bizarre Schatten über den Dachboden.

Oliver hatte über seinem Unverständnis für Jessicas Dokumentationseifer ganz das Glas mit den Spangen vergessen und wandte sich stattdessen dem Stapel mit Büchern zu. Vor allem der oberste, in Leder gebundene Band erweckte sein Interesse.

»Sieht aus wie ein Tagebuch«, sagte Jessica. »Genau das, was wir suchen – wenn man davon absieht, dass es sich nicht gehört, in den privaten Aufzeichnungen anderer herumzuschnüffeln, schon gar nicht in denen der eigenen Mutter.«

Oliver warf ihr einen tadelnden Seitenblick zu. »Erstens lebt Mutter nicht mehr, sodass es ihr kaum etwas ausmachen dürfte, wenn wir ihre Erinnerungen lesen, zweitens schnüffel ich nicht – das machen nur Hunde und ausgeflippte Klebstoffliebhaber –, und drittens ist dies hier gar nicht Mutters Tagebuch.«

Jessica leuchtete Oliver ins Gesicht, als wolle sie dort nach irgendwelchen Anzeichen von Konzentrationsverschiebungen suchen. »Wem soll es denn sonst gehören, etwa Frau Waczlawiak?«

»Unsinn. Wenn du nicht mich, sondern den Deckel dieses Buches anleuchten würdest, wärst du vermutlich schon selbst darauf gekommen.«

Jessica schwenkte den Reflektor der kleinen Stablampe unverzüglich herum. »Da stehen zwei Initialen drauf, ein T und ein P!«

»Der Kommissar hat behauptet, unser Vater heiße *Thomas* mit Vornamen.«

»Das hatte ich im Moment ganz vergessen.«

»Womit wir wieder bei unserem Problem wären … Aber wie kriegen wir das Ding auf?«

»Was?«

»Das Tagebuch hat ein Schloss.«

»Sag bloß, du hast keinen Schlüssel dafür?«

»Jessica! Lass das. Sag mir lieber, wie wir es aufbekommen.«

»Ganz einfach, Bruderherz: mit roher Gewalt.«

Einen Lederriemen mit einer scharfen Schere zu durchschneiden ist eine Angelegenheit von wenigen Sekunden. Mit einer stumpfen dauert es höchstens eine Minute. Oliver hatte das Gefühl, jetzt schon mindestens eine halbe Stunde in der Küche mit dem Tagebuch zu kämpfen.

»Das Ding ist stumpf wie eine Mohrrübe.«

»Lass mich mal ran.« Jessica entriss ihm das Objekt der Begierde, setzte ein enorm langes Küchenmesser an und durchtrennte den Verschlussriemen mit einem einzigen Schnitt.

»Und jetzt klapp es endlich auf, damit wir sehen können, was drinsteht.«

Oliver blickte zuerst das Messer an, dann – ziemlich missbilligend – seine Schwester, die ihm das Buch entgegenstreckte. Dann tat er, was Jessica ihm geheißen hatte.

Die Tagebucheintragungen begannen kurz vor der Geburt der Zwillinge. Sie waren nicht regelmäßig erfolgt, manchmal klafften Lücken von mehreren Monaten zwischen den verschiedenen Abschnitten.

Vaters Aufzeichnungen waren gut zu lesen, seine Handschrift schwungvoll. Er habe das Buch von Mutter anlässlich seiner Promotion geschenkt bekommen, schrieb er in seiner ersten Eintragung.

»Vater ist ein *Doktor?*«, rief Jessica erstaunt aus.

»Kommissar Gallus hat gesagt, er sei ein Nachtwächter«, erwiderte Oliver. »Irgendwas muss da ungeheuer schief gelaufen sein.«

»Am besten, du blätterst weiter. Vielleicht hat er auch etwas über die letzten Tage geschrieben.«

Er hatte. Thomas Pollocks Handschrift war nicht mehr dieselbe. Sie wirkte jetzt fahrig, eilig hingeworfene Worte.

Oliver und Jessica waren gerade erst in ihre Ferienorte abgereist, so lautete die Eintragung vom 26. Oktober, als Vater seine Kündigung erhielt. Im Vorderasiatischen Museum sei man jetzt auch dabei, die neuen elektronischen Überwachungsanlagen einzurichten, da brauche man nicht mehr so viel Personal, lautete die lapidare Begründung der Museumsleitung. Aber er, der Vater der Zwillinge, glaube nicht an diese Erklärung. Er sei der Überzeugung, dass alles mit der Statue zusammenhänge, die man erst kürzlich gefunden habe.

Oliver schaute von dem Buch auf. »Ob er die gestohlene Figur von diesem Xexano meint?«

»Was weiß ich. Das sieht ja so aus, als hätte der Kommissar Recht gehabt mit seinem Verdacht. Am besten, du gehst einige Wochen weiter zurück. Möglicherweise finden wir da mehr über die Statue.«

Jessicas Vermutung war richtig. Nach kurzem Blättern und eiligem Überfliegen der Seiten hatte Oliver die richtige Stelle gefunden.

»Hier«, sagte er und begann direkt aus dem Tagebuch vorzulesen:

19. September

Meine schlimmsten Vermutungen haben sich bestätigt. Die Statue, die man vor kurzem nordöstlich von Babylon gefunden hat, ist wirklich die von Xexano – das jedenfalls glauben die Archäologen, die meine Vorarbeiten und Veröffentlichungen benutzt haben, um an der richtigen Stelle zu suchen. Wenn es sich bei dem Fundort wirklich um die alte Königsstadt Kisch handelt – und ich hege keine Zweifel, dass es so ist –, dann ist man daran, den schlimmsten Fehler zu begehen, den ein Altertumsforscher machen kann: die Dinge, die vormals eine große Macht auf die Menschen ausgeübt haben, zu simplen Museumsstücken zu degradieren.

Leider hat sich niemand für die „unwissenschaftlichen Warnungen eines vergessenen und offenbar nicht ganz zurechnungsfähigen Kollegen" interessiert – keiner nimmt meine Aufzeichnungen von damals mehr ernst. Zuallerletzt Doppelgesicht, der es eigentlich besser wissen müsste. Dabei gehörte die Kultur der alten Berber zu meinen Spezialgebieten. Niemand kannte ihre Überlieferungen so gut wie ich. Aber was macht das heute schon? Die Welt hat mich vergessen ...

Dafür jubelt jetzt die Welt der Wissenschaft. Alle glauben, mit dem Fund endlich einen greifbaren Hinweis auf den griechischen Gott Xexano zu haben. Aber niemand scheint sich über die sumerischen Keilschriftzeichen Gedanken zu machen, die unter dem Sockel der Statue gefunden wurden. Jedenfalls nicht die richtigen Gedanken. Bei der Inschrift handelt es sich um den alten sumerischen Herrschertitel „König der vier Weltgegenden", der schon mehr als zweitausend Jahre vor Alexander dem Großen aufkam; man könnte ihn auch mit „König der Welt" übersetzen. Die Herren Kollegen hatten auch sehr schnell eine Erklärung parat, worum es sich bei dieser Welt handelt. Nichts anderes als das mythische Quassinja, die Welt der verlorenen Erinnerungen – also das angestammte Reich Xexanos –, sei damit gemeint. Von Alexander dem Großen behaupten sie, er habe den alten Titel als eine Art Zauberformel angesehen, habe ihn mit den Zeichen der chaldäischen Priester unter seine Statue meißeln lassen, um sich selbst der Macht der alten Götter zu versichern. Diese Narren!
Jetzt soll die Statue nach Berlin geschafft, restauriert und vor dem Ischtar-Tor aufgestellt werden. Die irakische Regierung hat der Ausfuhr schon zugestimmt – wohl, um dadurch ihr ramponiertes Ansehen vor der Weltöffentlichkeit wieder etwas aufzupolieren.
Ich verstehe nicht, warum es die Museumsleitung so eilig hat. Warum investiert man nicht etwas mehr Zeit in die Spurensicherung vor Ort? Warum ist man so erpicht darauf, die alten Weissagungen herauszufordern? Ich muss alles daransetzen, die Rückkehr Xexanos unter das Ischtar-Tor zu verhindern ...

Wieder blickte Oliver von dem Tagebuch auf. »Puh! Mir schwirrt der Kopf«, sagte er. »All diese Namen! Xexano, das Reich Quassinja, Babylon, Kisch, die Sumerer, die Chaldäer, Alexander der Große ...«

»Für einen Museumsnachtwächter ist das, was Vater über die babylonischen Altertümer und Götter weiß, allerdings beachtlich!«, stimmte Jessica zu.

»Wie es scheint, ist er allerdings der einzige Mensch, der diese Statue *so* ernst nimmt und der glaubt, sie sei in Wirklichkeit viel älter und stelle jemand ganz anderen dar als diesen griechischen Gott.«

»Leider schreibt er nicht, wer dieser andere sein könnte.«

Oliver überflog die nächsten Absätze, und während sein Zeigefinger den Zeilen folgte, schüttelte er den Kopf.

»Nein. Bis auf den Titel ›König der vier Weltgegenden‹, der sich unter der Figur befindet, erwähnt er nichts. Hier, etwas später, schreibt er noch, dass eine Wiederverwendung von Götterbildnissen im Altertum absolut nichts Ungewöhnliches war.«

»Du meinst so eine Art Recycling für ausgediente Götter?«

»Vater schreibt, dass es sogar in der Peterskirche, im Vatikan, eine Statue des heiligen Petrus gibt, die früher einmal ein Bildnis des römischen Gottes Jupiter gewesen sei. Von Jupiter aber weiß man, dass er mit dem griechischen Zeus gleichzusetzen ist, und dieser geht auf den assyrischen Enlil zurück, auch Bel genannt, der wiederum mit dem babylonischen Marduk identisch ist …«

»Hör auf, hör auf! In meinem Kopf dreht sich alles. Diese vielen Namen …!«

»Zumindest muss Vater geglaubt haben, dass all das wichtig ist, sonst hätte er es nicht in sein Tagebuch geschrieben.«

Jessica nickte. »Er hat sogar geglaubt, die Rückkehr der Statue unter das Ischtar-Tor mit allen Mitteln verhindern zu müssen.«

»Wobei wir wieder beim Verdacht unseres Herrn Kommissars wären.«

Jetzt schüttelte Jessica den Kopf, und zwar sehr energisch. »Vater ist kein Dieb. Frag mich nicht, woher ich das weiß. Vielleicht weil wir beide anders wären, wenn ein solcher Mensch uns erzogen hätte.«

»Stellt sich nur die Frage, was – oder wer – ihn zu dem machte, was er heute ist. Hier im Tagebuch steht, dass er einmal der wissenschaftliche Leiter des Vorderasiatischen Museums war. Ich kann mir beim besten Willen keine Umstände ausmalen, die so einen Mann zu einem Nachtwächter machen.«

»Warte mal: Hast du nicht vorhin von jemandem gelesen, der Vater schon lange kennen müsste? Einen ›Doppelkopf‹ oder so ähnlich. Er hätte es eigentlich besser wissen müssen, schrieb Vater doch wohl.«

Oliver hatte noch einmal zurückgeblättert. »Hier!«, sagte er. »*Doppelgesicht*. Komischer Name. Nie von ihm gehört.«

»Vielleicht ein ehemaliger Kollege.«

Oliver blätterte schnell weitere Seiten vor – Wochen, Monate und schließlich Jahre. »Da!«, entfuhr es ihm plötzlich und sein Finger bohrte sich in ein einzelnes Wort.

»Mach's nicht so spannend, Olli. Sag schon, was da steht.«

»Das gibt's doch nicht! Schau, das Datum.«

»Da waren wir ja noch zwei Knirpse und haben in die Hosen gemacht.«

»Und Mutter hat noch gelebt. Schau, was hier steht!«

Die Entdeckung, die ich in der Bibliothek des Museums machte, ist mir zum Verhängnis geworden. Doppelgesicht hat mich denunziert. Er hat ein Lügengebäude errichtet, um mich um meine Stellung zu bringen. Dem Klassenfeind hätte ich geholfen! Als wenn wissenschaftliche Entdeckungen wie die meine nicht das Eigentum aller wären! Ein Wunder, dass dieser Stasi-Spitzel mich nicht gleich der Spionage bezichtigt hat. Dann läge mein Kopf demnächst unter dem Fallbeil.
Aber fünf Jahre Gefängnis sind auch nicht viel besser. Was soll nur aus Maja und den Kindern ...

»Vater hat im Gefängnis gesessen!«, unterbrach Jessica fassungslos den Vortrag ihres Bruders.

Der nickte grimmig. »Und dieses Doppelgesicht ist daran schuld. Er war ein Mitarbeiter des Ministeriums für Staatssicherheit.«

»Ein gemeiner Spitzel. Einem Stasi-Hund haben wir das alles hier zu verdanken.« Jessica machte eine umfassende Geste, mit der sie wohl nicht nur die kleine Küche, sondern die gesamte Wohnung der Pollocks einschließen wollte. Sie war ziemlich erregt.

Oliver nickte nur langsam, und während sein Finger die Zeilen im Tagebuch nachfuhr, sagte er: »Als Vater im Gefängnis saß, hat

Mutter mit viel Glück diese Bruchbude hier ergattert. Vater wurde zwar sonderbarerweise schon nach einem Jahr aus dem Gefängnis entlassen, aber das verbesserte unsere Situation wenig. Einen Sommer lang gab es noch einen Hoffnungsschimmer. Vater erhielt die Stelle als Nachtwächter im Vorderasiatischen Museum, aus dem er zwölf Monate zuvor herausgeschwindelt worden war. Seltsamerweise schien ihn dort niemand mehr zu kennen – mit Ausnahme von Doppelgesicht, der inzwischen Vaters Stellung eingenommen hatte. Vater schreibt hier, dass er glaubt, Doppelgesicht habe ihm diese Stelle nur besorgt, damit er sich täglich an Vaters Demütigung weiden könne. Jedenfalls gingen im November die Probleme erst richtig los. Damals war unsere Wohnung noch mieser als jetzt. Mutter wurde krank, und was anfangs nur nach einer Erkältung ausgesehen hatte – ›… ganz normal‹, meint Vater, ›weil es zu Hause nie richtig warm wurde …‹ –, entwickelte sich bald zu einem ernsten Leiden. Mit Mutter ging es schnell bergab. Zuletzt verlor sie sogar die Haare. ›All ihre wunderschönen roten Locken!‹, schreibt Vater. Eine Zeit lang wurde Mutter schwer mit der Situation fertig. Sie tobte. Als ihr die Haare ausgingen, warf sie das meiste von ihrem schönen Haarschmuck weg. Nur einige wenige Spangen – solche, mit denen Vater eine besondere Erinnerung verband – rettete er aus dem Müll. Er versteckte sie auf dem Dachboden, zusammen mit Mutters Lieblingsbürste. In ihren letzten Wochen wurde Mutter immer schwächer, aber auch gefasster. Die Ärzte konnten ihrer geheimnisvollen Krankheit nicht Herr werden. Aber sie tat alles, um es Vater und uns nicht noch schwerer zu machen. Bis sie dann im Frühling starb …«

Oliver versagte die Stimme.

Jessica tränkte ein Papiertaschentuch abwechselnd mit den Flüssigkeiten, die Augen und Nase absonderten. Plötzlich brauste sie auf: »Wenn ich den Schweinehund zwischen die Finger bekomme, der für all das verantwortlich ist, dann mach ich Hackepeter aus ihm!«

Oliver schaute erschrocken zu Jessica auf. Er traute ihr durchaus zu, dass sie dazu imstande wäre.

»Wir wissen weder, wer dieses Doppelgesicht ist, noch können wir ihm direkt die Schuld für Mutters Tod geben.«

»Das sagst du nur, um mich zu beruhigen«, zischte Jessica.

»Stimmt.«

»In Wirklichkeit fühlst du aber genauso wie ich.«

Oliver holte tief Luft und versuchte sehr vernünftig zu klingen, als er antwortete: »Natürlich denke ich ähnlich wie du, Jessi! Aber mit Mordplänen kommen wir nicht weiter. Lass uns lieber herausbringen, was Vater in der Bibliothek des Museums entdeckt hat. Möglicherweise ist das der Grund für Doppelgesichts Verrat. Ich weiß zwar nicht, ob allein die Erinnerung an ein Verbrechen ausreicht, um damit auch den Übeltäter zu brandmarken, aber wenn wir bei unserer Suche die Wahrheit über Doppelgesichts Intrigen ans Tageslicht zerren, dann bekommt er vielleicht doch noch, was er verdient.«

Jessica schnäuzte sich noch einmal die Nase, nickte entschlossen und sagte: »Dann lass uns in dem Tagebuch noch weiter zurückgehen. Vater schien über seine Entdeckung sehr beunruhigt gewesen zu sein; bestimmt hat er auch was über den Grund dafür aufgeschrieben.«

Es dauerte nicht lange und Oliver hatte die Stelle gefunden. Laut las er die Worte des Vaters vor.

3. Februar

In meinem Buch über die sumerischen Altertümer habe ich mehrmals die Beziehungen zwischen den Überlieferungen der nomadisierenden Berbervölker und der Götterwelt der alten Sumerer erwähnt.

Vor fünf Tagen nun stieß ich auf eine Spur, die offenbar zum ersten Mal ein originäres schriftliches Zeugnis von einem Gott liefert, der von den Gelehrten bisher nur mit dem griechischen Namen Xexano spezifiziert wurde. Seinen ursprünglichen sumerischen Namen konnte bisher niemand enträtseln. Er ist der Herrscher des Reiches der verlorenen Erinnerungen, das in die Literatur unter dem Namen Quassinja eingegangen ist – so jedenfalls nennen es die Berberlegenden,

die man bis auf das dritte Jahrtausend vor Christus zurückverfolgen kann, in eine Zeit also, als einige Berberstämme mit ihrem Vieh durch die fruchtbaren Flussniederungen Mesopotamiens zogen.
Vor fünf Tagen nun entdeckte ich in der Museumsbibliothek hinter einem alten Stapel mit Inventarbüchern ein Ausgrabungstagebuch von Robert Koldewey, das wohl seit Ende der Zwanzigerjahre niemand mehr zu Gesicht bekommen hat. Ja, jetzt, da ich seinen Inhalt kenne, frage ich mich sogar, wie viele Menschen überhaupt je von dem wussten, was der Leiter der Ausgrabungen in Babylon darin niedergeschrieben hat. Und diejenigen, die das Geheimnis kannten, das unser Museum seit der feierlichen Einweihung der Prozessionsstraße birgt, haben es aus einem Grund verschwiegen, der weder mit Vernunft noch mit dem üblichen Vorgehen in solchen Fällen zu erklären ist.
Die Entdeckung Koldeweys ist sensationell! Als er das Ischtar-Tor in Babylon untersuchte, fand er ein zweites, offenbar wesentlich älteres Tor, das unter den Ziegeln des von Nebukadnezar II. errichteten Bauwerks verborgen war. Wahrscheinlich handelte es sich dabei ursprünglich um einen frei stehenden Torbogen, der einem unbekannten rituellen Zweck diente. Einen Anhaltspunkt hierfür habe ich in der rätselhaften Inschrift gefunden, die Koldewey auf dem oberen Schlussstein des Torbogens entdeckt und – ohne selbst eine Übersetzung zu liefern – in sein Tagebuch übertragen hat. Koldewey plante, dieses innere Tor zusammen mit den glasierten Ziegeln des äußeren Ischtar-Tores nach Berlin zu schaffen. Von nun an beginnt die ganze Angelegenheit mysteriös zu werden.
Allgemein bekannt ist der Umstand, dass die Ausgrabungsarbeiten im Irak 1917 aufgrund der Kriegswirren eingestellt wurden und der Abtransport der Kisten nach Berlin sich um zehn Jahre verzögerte. Erst 1926 konnte man sich mit der irakischen Regierung über die Fundteilung einigen, und ich habe den Verdacht, dass nicht zuletzt deshalb so viel Zeit verstrich, weil der Verhandlungsgegenstand wesentlich bedeutsamer und auch wesentlich umfangreicher war, als es die hinlänglich bekannten Dokumente bezeugen. Offiziell trafen am 20. Januar 1927 in Berlin fünfhundertsechsunddreißig Kisten mit unterschiedlichsten Fundstücken und noch einmal vierhundert mit glasierten Ziegeln ein, die in

den kommenden drei Jahren für die Rekonstruktion des Ischtar-Tores im Neubau des Pergamonmuseums verwendet wurden.
Durch die von Koldewey geäußerten Pläne hellhörig geworden, untersuchte ich andere Dokumente aus den Jahren 1926 und 1927. Aus Frachtlisten konnte ich entnehmen, dass die aus dem Irak angelieferte Zahl der Kisten um ein Vielfaches größer war als durch die obigen Angaben belegt – deklariert waren diese zusätzlichen Kisten als Grabungsausrüstung. Völlig verblüfft war ich jedoch, als ich beim Studium des Vertrages zwischen dem Museum und der Regierung des Irak den Passus fand, dass sowohl die von Koldewey errichteten Gebäude als auch – bis auf wenige Ausnahmen – „die vollständige Grabungsausrüstung dem Irak übereignet" werden sollte. Was also befand sich wirklich in den zusätzlich nach Berlin verbrachten Kisten?
Weitere Notizen – oft nur Randbemerkungen –, die ich, jetzt durch gezieltes Suchen, fand, deuten darauf hin, dass es während der Rekonstruktion des Ischtar-Tores im Museumsneubau einen Bauabschnitt gegeben hatte, der unter großer Geheimhaltung durchgeführt wurde. Dieses Zeitfenster passt exakt in jene Wochen, in denen man das „innere Tor" hätte errichten müssen, um es nachher mit den Ziegeln des Ischtar-Tors zu verblenden.
Aber warum? Warum versteckt man einen derart bedeutenden archäologischen Fund, nachdem man so viel Mühe darauf verwendet hat, ihn den Irakern abzuschwatzen? Lange haben mich so viele Zweifel und Fragen geplagt, dass ich erst heute den Mut finde, meine Entdeckung überhaupt niederzuschreiben.
Nicht nur, dass die Geschichte des Tores selbst rätselhaft ist: Wer hat es ursprünglich errichtet? Und warum hat Nebukadnezar II. einen solchen Aufwand damit getrieben? Natürlich, es ist allgemein bekannt, dass man in Mesopotamien religiöse Bauwerke wie die zahlreichen Hochtempel über Jahrhunderte hinweg ständig erweiterte und oft auch überbaute. Selbst an unseren großen Kirchenbauten kann man ein solches Vorgehen ja heute noch nachvollziehen. Aber warum hat Nebukadnezar das verborgene Tor im Ischtar-Tor mehrmals anheben lassen? Man hat herausgefunden, dass das ursprüngliche Ischtar-Tor völlig abgetragen wurde, um einem Neubau auf höherer Ebene Platz zu machen. Aber auch das

spätere Monument durchlebte mindestens drei Bauphasen, in denen die Prozessionsstraße, die durch das Ischtar-Tor führte, um insgesamt fünfzehn Meter angehoben wurde. Und mit ihm das innere Tor, wie ich aus Koldeweys Aufzeichnungen entnehmen konnte! Das „Tor im Tor" war also nicht belassen worden, um lediglich Material zu sparen wie in anderen historisch belegten Fällen. Die mehrmalige Wiederherstellung des gesamten Artefakts musste den Baumeistern Nebukadnezars sogar erhebliches Kopfzerbrechen bereitet haben. Was also war der Anlass für diesen enormen Aufwand?
Wenn dieses Verhalten der alten Chaldäer schon merkwürdig erscheint, dann umso mehr das meiner Kollegen aus den Zwanzigerjahren. Anstatt den Geheimnissen nachzuspüren, die uns die Funde aufgeben, schaffen sie neue. Warum bauen sie mit derselben Akribie das innere Tor in das Ischtar-Tor ein, wie es Nebukadnezar II. einst tat? Und warum halten sie dann das Ganze auch noch geheim?
Es wäre noch zu verstehen, wenn einer der Verantwortlichen die Absicht verfolgt hätte, zu einem bestimmten, wohl bedachten Zeitpunkt die wissenschaftliche Bombe platzen zu lassen, um sich selbst einen Namen zu machen – auch Wissenschaftler sind nur Menschen. Wer aber wartet ein ganzes Menschenalter lang?
Zuletzt bin ich mit meinen Überlegungen immer wieder bei einem Gedanken hängen geblieben: Könnte dieses seltsame Schweigen etwas mit der Inschrift zu tun haben, die Robert Koldewey auf dem Schlussstein des älteren, des verborgenen Tores gefunden hat? Sein Tagebuch enthielt nur eine Abschrift der sumerischen Keilschriftzeichen, aber mir ist es gelungen, die uralten Verse fast vollständig zu übersetzen.

Oliver hielt inne und runzelte die Stirn. »Wahnsinn!«

»Was ist?«, wollte Jessica wissen.

Er drehte ihr das Tagebuch zu, sodass sie vier Blöcke von Keilschriftzeichen sehen konnte.

»Sieht aus, als wäre eine Krähe von einem Tintenfass direkt über das Papier gelaufen.«

»Vater muss ein Genie sein. Warum hat er uns nie erzählt, dass er *so* etwas lesen kann?«

Jessicas Gesicht verdüsterte sich. »Ich glaub, allmählich ahne ich, warum er auf den Fotos immer so in sich gekehrt wirkt. Er braucht unsere Hilfe, Olli! Wir haben wahrscheinlich viel zu lange nur an uns gedacht und an das, was uns am meisten Spaß macht. Jetzt wird es Zeit, dass wir Vater finden und diesem ganzen Spuk ein Ende bereiten. Wolltest du nicht vorlesen, was auf dem Schlussstein des versteckten Tores steht?«

Oliver hätte gern gewusst, was seine Schwester mit ihrer Anspielung auf die Verschlossenheit des Vaters meinte. Aber er kannte Jessica. Im Moment wollte sie nicht darüber sprechen. Also wandte er sich wieder dem Tagebuch zu, genauer gesagt, der Übersetzung der alten Inschrift.

»Die vier Keilschriftblöcke stehen für vier Verse einer Weissagung oder eines Fluchs«, fasste er die Vorbemerkungen seines Vaters zusammen, bevor er die eigentliche Übersetzung vorlas:

VERGESST IHN NIE!
Denn sein wahrer Name bindet ihn.
Alles, was im Herzen vergessen ist, geht seinen Weg.
Und jedem, der etwas im Herzen Vergessenes bei sich trägt,
öffnet Sin das Tor.

VERGESST IHN NIE!
Damit er im Schoß seines Vaters bleibe.
Denn kehrt er in die Arme Ištars zurück,
wird er jeden Gedanken nehmen, den er begehrt.
Und er wird jede Erinnerung stehlen,
nach der sein Herz verlangt.

VERGESST IHN NIE!
Denn sonst wird er, noch bevor das Jahr sich wendet,
über zwei Welten herrschen –
die der lebenden und die der verlorenen Erinnerungen.

VERGESST IHN NIE!
*Denn niemand, auf den er einmal seine Hand gelegt,
kann sich ihr wieder entziehen, es sei denn ...*

Oliver stutzte. »Komisch.«

»Was ist?«

»Für die letzten Worte hat Vater wieder Keilschriftzeichen verwendet.«

»Schreibt er nicht, warum?«

»Doch. Hier steht etwas. Er sagt, die letzten Keilschriftzeichen seien ihm völlig unbekannt. Sie sähen zwar vertraut aus, aber er hätte in keiner wissenschaftlichen Veröffentlichung auch nur einen einzigen Hinweis auf die Bedeutung dieser Zeichen und Worte gefunden.

»Wirklich komisch.«

Oliver nickte. »Das meint Vater auch. Er schreibt, er wolle unbedingt der Bedeutung dieser rätselhaften Verse nachgehen; vielleicht hätte ja Doppelgesicht ...«

»Jetzt wird mir einiges klar!«, fiel Jessica ihrem Bruder ins Wort. »Vater hat diesen Mistkerl um Rat gefragt. Er hat ihm vertraut ...«

»... und der hat ihn dafür fertig gemacht.«

Jessica nickte, langsam, nachdenklich, wie jemand, der gerade zu einer folgenschweren Erkenntnis gelangt ist. Plötzlich begannen ihre Augen zu leuchten. »Warte mal.«

Sie sprang von der Eckbank, schob sich am Küchentisch vorbei und verschwand auf den Flur hinaus. Oliver ahnte, was gleich passieren würde, und tatsächlich – nur Sekunden später war seine Schwester mit ihrer Kamera zurück.

»Kannst du nicht einmal diese dämliche Knipserei vergessen? Wir haben zu arbeiten, Jessi. Deine Schnappschüsse kannst du ein andermal machen.«

Jessica funkelte ihren Bruder gefährlich an und zischte: »Nimm nie wieder die beiden Worte ›Knipsen‹ und ›Schnappschüsse‹ in den Mund! Jedenfalls nicht, wenn es um meine fotografischen

Arbeiten geht. Ich denke, du bist selbst Künstler. Da müsstest du eigentlich besser wissen, wie man mit den Werken einer Kollegin umgeht.«

»Und ich dachte, du seist Wissenschaftlerin«, schmollte Oliver. Mehr traute er sich nicht zu sagen. Seine Schwester konnte ziemlich anstrengend werden, wenn man sie in ihrer Ehre kränkte. Griesgrämig beobachtete er, wie Jessica ihrer dokumentarischen Arbeit nachging: Sie rückte das Tagebuch direkt unter die Küchenlampe, glättete die Doppelseite, auf der sich die Keilschriftzeichen und die daneben stehende Übersetzung befanden, und fixierte das Ganze durch ein Gurken- und ein Marmeladenglas; schließlich bannte sie alles auf Zelluloid.

Nachdenklich ließ sie den Fotoapparat sinken. »Weißt du was, Olli?«

Oliver zuckte mürrisch mit den Schultern. Er hatte sich von Jessicas Drohung noch nicht völlig erholt.

»Vielleicht steckt mehr hinter diesem alten Fluch, als Vater anfangs dachte. Er selbst muss es zuletzt jedenfalls geglaubt haben.« Sie befreite das Tagebuch von seiner Gurken- und Marmeladenlast und blätterte hastig darin herum, bis sie die Stelle fand, die ihr Bruder bereits vorgelesen hatte. Sie nickte. »Ist dir aufgefallen, wie fahrig Vaters Handschrift aussieht, wenn er hier schreibt: ›Ich muss alles daransetzen, die Rückkehr Xexanos unter das Ischtar-Tor zu verhindern.‹ – Was er wohl damit gemeint hat?«

»Du hast mich vorhin nicht ausreden lassen«, sagte Oliver, ohne auf Jessicas Frage einzugehen. Er schlug die letzte beschriebene Seite im Tagebuch auf. Dann schob er es über den Tisch zurück.

»Hier. Lies selbst.«

Jessica beugte sich vor und las laut die Stelle, die Olivers Finger markierte:

Das scheinbare Vergessen von Koldeweys Entdeckung des verborgenen Tores, der Verlust jeder Erinnerung meiner Kollegen an den Thomas Pollock, der ich vor dem gemeinen Verrat war – all das nährt in mir einen Verdacht, der so unglaublich und zugleich so furchtbar ist, dass ich ihn selbst diesem Buch nicht anvertrauen kann. Bestimmt würde mich jeder Wissenschaftler, der etwas auf sich hält, auslachen, aber ich habe keine andere Wahl: Ich muss das Tor durchschreiten. Xexanos Figur wurde heute dort hingestellt, wo sie niemals wieder hätte hingelangen dürfen. Heute, nach Dienstbeginn, muss ich ihr folgen.

Es wurde spät in dieser Nacht. Oliver und Jessica blätterten noch einige Zeit in dem Tagebuch des Vaters, fanden aber keine eindeutige Antwort auf ihre Fragen. Wohin wollte er der Xexano-Statue folgen? Durch das Tor? Was für einen Sinn ergab das? Oliver und Jessica kannten das Ischtar-Tor im Vorderasiatischen Museum sehr gut. Es war weltberühmt, weil die perfekte Kombination von alten babylonischen Reliefziegeln mit den strahlend blauen Nachbildungen aus den Zwanzigerjahren einen imposanten Eindruck von der Kunstfertigkeit vermittelte, welche die Handwerker bereits im sechsten Jahrhundert vor Christus besessen hatten. Dem Museumsbesucher erschloss sich die Welt des alten Babylon nach einer fast märchenhaften Verwandlung: Eben noch befand er sich auf einem Marktplatz im alten Milet – Rundbögen, Säulen und Giebel im römisch-hellenistischen Stil bestimmten die Szene –, nichts ahnend durchschritt er eines der antiken Portale, da erhob sich plötzlich das Ischtar-Tor über ihm. Er sah Stiere und Drachen, deren Schwänze Schlangen waren, und vor seinen Augen lag eine lange Prozessionsstraße, zu beiden Seiten geschmückt mit je einer Reihe von Löwen.

Ohne Zweifel war diese Rekonstruktion sehr beeindruckend. Mit ein bisschen Phantasie konnte man sich leicht in die Welt der alten Chaldäer versetzen. Aber man mochte auch noch so viel Einbildungskraft besitzen, beim Durchschreiten des Ischtar-Tores würde nie etwas anderes geschehen, als dass man von einer Halle des Museums in die nächste gelangte. Hunderte von Museumsbesuchern praktizierten diese Übung jeden Tag. Warum glaubte Vater, dass er ihrem Beispiel folgen müsse und dabei auch noch irgendeine Bedrohung abwenden könne?

Sosehr sich Oliver und Jessica auch den Kopf zerbrachen, sie fanden nur *eine* Erklärung, die halbwegs sinnvoll war. »Jedem, der etwas im Herzen Vergessenes bei sich trägt, öffnet Sin das Tor«, endete der erste Vers der sumerischen Inschrift vom Schlussstein des »inneren Tores«, wie Vater es nannte.

Irgendetwas musste beim Durchschreiten des Tores geschehen, wenn man etwas »im Herzen Vergessenes« bei sich trug.

Oliver und Jessica diskutierten lange, was diese sonderbare Redewendung bedeuten konnte. Schließlich einigten sie sich auf Olivers Auslegung: Man muss etwas bei sich haben, dessen *wahre* Bedeutung verloren gegangen ist. Neben seinen künstlerischen Ambitionen war Oliver auch ein Büchernarr. So hatte er schon oft vom Herzen als einem Sinnbild für den wahren Kern einer Sache gelesen; in der Bibel stand das Herz oft für den Sitz der innersten Beweggründe eines Menschen.

Die Zwillinge beschlossen vor dem Schlafengehen, gleich am nächsten Tag das Museum aufzusuchen. Sie hofften dort weiteren Aufschluss über die rätselhafte Inschrift vom Schlussstein zu erhalten, irgendeinen Hinweis. Oliver machte sich noch daran, die Keilschriftzeichen und deren Übersetzung auf ein Blatt Papier zu übertragen – er und seine Schwester waren übereingekommen das Tagebuch des Vaters niemand anderem zu zeigen, und für die Entwicklung von Jessicas Fotos blieb nicht genügend Zeit.

Wenigstens regnete es nicht mehr. Für den kommenden Tag hatten sie sich einiges vorgenommen. Schließlich besaßen sie wenig Übung darin, abhanden gekommene Väter aufzuspüren.

DAS TOR

Draußen war es noch dunkel, im November eher der Normalfall. Sie hatten nicht viel geschlafen. Jeder hatte für sich nach Erklärungen gesucht, was beim Durchschreiten des Ischtar-Tores geschehen könnte – die meisten dieser Möglichkeiten waren ausgesprochen bizarr ausgefallen. Um sieben Uhr hatte dann Frau Waczlawiak mit Hilfe der Türglocke jedem weiteren Schlafversuch die Grundlage entzogen. Als Jessica ihr gähnend öffnete, brachte die Witwe ihre Sorge um die von der Polizei so heftig gebeutelten Geschwister zum Ausdruck. Außerdem hatte sie noch Stullen und Pfefferminztee mit in den vierten Stock hinaufgebracht.

Die Nahrungsmittelspende wurde von Oliver und Jessica umgehend ihrer Zweckbestimmung zugeführt. Am Frühstückstisch saßen sie dann noch lange vor den leeren Tassen und entwarfen den Schlachtplan für den Tag. Vermutlich besprachen sie deshalb alles so gründlich, weil sie sich vor dem fürchteten, was sie erwartete, wenn sie endlich zu handeln begännen.

Als die Mittagszeit bereits sehr nahe war, ließen sich beim besten Willen keine Strategievarianten mehr finden, die man noch diskutieren konnte.

»Ich gehe noch mal auf den Dachboden«, sagte Oliver.

Seine Schwester schaute ihn fragend an.

»Ich brauche irgendetwas, dessen wahre Bedeutung vergessen ist. Mutters Truhe ist voll von solchen Gegenständen. Ich werde mir von dort etwas ausleihen.«

»Gut, ich komme mit.«

»Besser nicht, Jessi. Wenn du dich erinnern kannst, was ich mir ausgesucht habe, dann funktioniert es vielleicht nicht.«

»Na gut, dann packe ich inzwischen meine Fotoausrüstung zusammen.«

Oliver seufzte und machte sich an die Ersteigung des Dachbodens. Erst als er die Tür am Ende der Treppe aufstieß, wurde ihm bewusst, dass er allein war. Das Gefühl der Beklemmung löste sich jedoch schnell wieder. Jetzt, im fahlen Licht, das durch die beiden

Dachfenster fiel, war alles hier oben nur noch halb so bedrohlich wie am Abend zuvor. Er konnte sich eigentlich gar nicht mehr erklären, warum er tags zuvor an selber Stelle so bleierne Füße gehabt hatte.

Mit Unterstützung der Taschenlampe inspizierte er wenig später das geblümte Rechteck der geöffneten Truhe. Zunächst war er ratlos. Was sollte er auswählen? Bücher? Ballettschuhe?

Dann streifte sein Blick das umgefallene Glas mit den Haarspangen. Einige waren herausgefallen, der Deckel lag daneben. Eine einzelne – goldfarben, mit gelben und roten Steinen besetzt – stach ihm besonders ins Auge. Ohne das Glas zu bewegen, langte er mit den Finger hinein und fischte die Spange heraus.

»Mutters rote Haare«, murmelte er vor sich hin. Ihre Locken waren wirklich etwas Besonderes gewesen, selbst die wenigen Fotos in der Truhe ließen das noch immer erkennen. Vater musste einen guten Grund gehabt haben, warum er gerade *diesen* Haarschmuck aus dem Müll rettete. Oliver steckte die Spange ein und überließ die unheimlichen Schatten unter dem Dach wieder sich selbst.

»Und? Hast du etwas gefunden?«, begrüßte ihn Jessica, als er die Wohnungstür hinter sich zuschnappen ließ.

»Frag nicht so scheinheilig. Ich werde dir sowieso nicht verraten, wofür ich mich entschieden habe.«

Jessica tippte sich mit dem Finger ans Grübchen auf dem Kinn. »Ist es eine von Mutters Haarspangen?«

»Woher …?« Oliver biss sich auf die Unterlippe.

Jessica grinste ihn schelmisch an. »Ich hätte auch eine von den Spangen genommen. Wir sind uns eben doch ähnlicher, als man auf den ersten Blick vermuten könnte, Bruderherz.«

»Aber ich sage dir nicht, welche von den Spangen ich ausgesucht habe.«

»Schon gut. Ich will's auch gar nicht wissen. Hauptsache, du verrätst keiner meiner Freundinnen, auf was für ein verrücktes Experiment ich mich hier eingelassen habe. Bist du fertig? Können wir losgehen?«

»Ja.«

»Also, dann los.«

»Nein!«

»Wie bitte?«

»Was ist, wenn Vater plötzlich nach Hause kommt und das alles nur ein Alptraum war? Sollten wir ihm nicht irgendeine Nachricht hinterlassen? Ich meine, immerhin ist es ja nicht ganz ... sagen wir, nach der Hausordnung, was wir im Museum vorhaben, oder?«

»Du hast Recht. Ich schalte den PC an und drucke ihm eine Nachricht aus.«

»Bist du verrückt? Viel zu aufwendig!« Oliver angelte einen alten Einkaufszettel vom Küchenschrank und formulierte eine kurze Nachricht an den Vater. Wie alles, was aus seiner Feder stammte, unterzeichnete er die Mitteilung mit der Windharfe, den stilisierten Baum-Saiten aus Homer Dodge Martins Bild.

»So«, sagte er, als hätte er gerade ein Kunstwerk von epochaler Bedeutung geschaffen. Er stellte den Zettel an die leere Pfefferminzteekanne auf dem Küchentisch. »Jetzt können wir gehen und diesem Xexano auf den Zahn fühlen.«

Auf dem Vorplatz des Pergamonmuseums herrschte reger Publikumsverkehr. Gleich vorne links, bei der sitzenden ägyptischen Figur, stand eine japanische Reisegruppe, wohl auf neue Anweisungen ihres Reiseführers wartend. Fünf oder sechs der Touristen hatten sich direkt neben dem versteinerten Ägypter aufgebaut und vollzogen ein merkwürdiges Ritual: Jeder Einzelne der kleinen Gemeinschaft fotografierte die übrigen an der Seite des Pharao, oder wen immer die Figur darstellte. Ein hinzutretender Nichtasiate fragte, ob er dem Club behilflich sein könne, indem er *alle auf einmal* ablichtete, aber die mandeläugigen Touristen beharrten mit der ihnen eigenen Freundlichkeit darauf, dass die Bildserie von ihnen selbst vervollständigt werden müsse.

Jessica war noch immer nicht zurück. Sie hatte in der Eingangshalle ausspähen wollen, ob sich dort irgendein bekannter Museumsmitarbeiter aufhielt, um sie in das Gebäude zu lassen, ohne dass sie dafür Eintritt zahlen müssten.

Oliver wandte sich nach rechts. Auf der anderen Seite des Vorplatzes entdeckte er eine junge Frau, die interessiert die Statue eines splitternackten Mannes betrachtete. Wie um von seiner Blöße abzulenken, deutete der Schönling mit ausgestrecktem Zeigefinger in den Himmel. Aber die junge Frau ignorierte die grauen Novemberwolken. Sie fühlte sich eher von der Wohlgestalt des Adonis angezogen und Oliver fühlte, wie seine Ohren zu glühen anfingen.

»Da bist du ja«, schreckte ihn Jessicas Stimme hoch. »Hast du noch nie einen nackten Mann gesehen?«

»Den da bestimmt schon tausendmal. Warum hast du so lange gebraucht?«, entgegnete Oliver unwirsch.

»Ich hab dich zwischen all den Leuten nicht gleich entdeckt. Ich glaube, es wird schwierig, ohne Geld ins Museum zu kommen.«

»Dann zahlen wir eben; ich habe in den letzten zwei Wochen sowieso kaum was von meinem Taschengeld ausgegeben.«

»Oder wir gehen zu Plan B über.«

Mit Plan B sprach Jessica eine Taktik an, die beide zwar bei Frau Waczlawiaks Pfefferminztee besprochen hatten, die aber Oliver – jetzt, da dieses waghalsige Unternehmen Wirklichkeit zu werden drohte – überhaupt nicht schmeckte. Jessica wollte sich an den Kartenschaltern »vorbeischummeln«, wie sie es nannte.

Oliver hasste unnötige Risiken. Und ein wachsamer Museumswärter war für ihn solch ein Risiko. Eigentlich hätten sie als Familienangehörige eines Museumsmitarbeiters die Ausstellungshallen betreten dürfen, ohne Eintrittsgeld bezahlen zu müssen, aber Jessica merkte an, dass sie als Kinder eines vermeintlichen Diebes womöglich nicht mit so viel Entgegenkommen rechnen durften.

Kurz darauf erreichte die japanische Reisegruppe – vorübergehend um zwei wenig asiatisch aussehende Mitglieder verstärkt – ehrfürchtig fotografierend die erste Ausstellungshalle.

Der hier aufgebaute Pergamonaltar war in der Welt mindestens ebenso bekannt wie die babylonische Prozessionsstraße mit dem

Ischtar-Tor. Dem Altar verdankte das Museum auch seinen Namen. Tatsächlich teilten sich in diesem Gebäudekomplex jedoch drei verschiedene Museen ein Dach: das Vorderasiatische Museum, das Museum für Islamische Kunst und die Antikensammlung. Aber solche Feinheiten interessierten die japanischen Besucher wenig. Ihnen war vielmehr daran gelegen, zu Hause die Fotos vom Pergamonaltar vorzulegen – versteinerte Helden, muskelbepackt, die sich redlich mühten, in ihrem Kampf gegen Schlangen, Löwen und andere Gegner die Oberhand zu behalten. Solche Fotodokumente waren eindrucksvolle Beweismittel, wenn man daheim von seiner 7-Tage-Europa-Rundreise berichtete.

Die zwei Reisegruppenangehörigen mit den längsten Nasen hatten den kürzesten Atem beim Ablichten der antiken Skulpturen. Während die Mehrzahl der Kameraobjektive noch nach links schwenkte, um dort einige besonders bemerkenswerte Details des Marmorfrieses einzufangen, stahlen Oliver und Jessica sich in die entgegengesetzte Richtung davon. Sie betraten die angrenzende Halle, in der rechter Hand die rekonstruierte Fassade des Marktplatzes von Milet aufragte. Durch ein Marktplatztor gelangten sie zum eigentlichen Ziel ihrer Expedition – in den zentralen Oberlichtsaal mit dem Ischtar-Tor.

Für jemanden, der diesen Weg zum ersten Mal beschritt, war es eine verblüffende Metamorphose. Der Rundbogen, den man aus der antiken römischen Szenerie betrat, weitete sich jäh nach oben und bekam eine Hülle aus leuchtend blau glasierten Ziegeln. Man stand mitten im Ischtar-Tor, noch bevor man sich davor umwenden und es richtig betrachten konnte. Doch bereits im Torbogen erhielt man einen Vorgeschmack von der Pracht des Bauwerks. Dicht über dem Fußboden befanden sich zwei ockerfarbene Bänder mit quadratischen schwarz-weiß-schwarzen Feldern darin. Zwischen den Bändern waren Blüten in Weiß und Ocker zu sehen, die sich deutlich von dem blauen Untergrund abhoben. Noch eindrucksvoller waren jedoch die beiden großen Stiere und zwischen ihnen der Drache, die sich reliefartig – gleichfalls in gelblich braunen Tönen – aus der blauen Ziegelwand erhoben.

Oliver und Jessica nahmen ihre Umgebung mit der Distanz von regelmäßigen Museumsbesuchern wahr. Vor ihnen öffnete sich – leicht nach rechts versetzt – der bogenförmige Durchgang zur babylonischen Prozessionsstraße. Diese lag in einer langen, schmalen, etwa fünfzehn Meter hohen Halle, die sozusagen das Rückgrat jenes Teils des Gebäudes bildete, den man korrekterweise als Vorderasiatisches Museums bezeichnete. Wie schon das Ischtar-Tor war auch die Prozessionsstraße reich mit glasierten Ziegeln verziert. Hier allerdings bildeten einherschreitende Löwen das Hauptmotiv, oben und unten wiederum umsäumt mit weißen und ockerfarbenen Rosetten.

Doch so weit kamen die Zwillinge gar nicht. Ihre routinemäßige Zurückhaltung schlug jäh in Erstaunen um, noch bevor sie ganz unter dem Bogen des Ischtar-Tores hervorgetreten waren.

»Schau nur!«, entfuhr es Jessica. Mit oft geübten Griffen brachte sie ihren Fotoapparat in Anschlag und schaffte es außerdem noch, aufgeregt an die gegenüberliegende Hallenwand zu deuten, dorthin also, wo sich auch der Durchgang zur Prozessionsstraße befand. Über die gesamte Breite der Halle erstreckte sich ein riesiges Wandgemälde, das von einer verwirrenden Lebendigkeit erfüllt war und damit nicht nur Jessica in helle Aufregung versetzte. Auch Oliver, dessen künstlerisches Interesse ihn oft in diese Museumshallen führte, war bass erstaunt. Wie kam das Bild dorthin? Er wusste, dass es bei seinem letzten Besuch noch nicht diese Wand gegenüber dem Ischtar-Tor geziert hatte. Ein so großes Gemälde – es reichte vom Fußboden bis hinauf zum Oberlicht – konnte doch nicht von heute auf morgen entstehen. Er war schließlich Maler und konnte sich vorstellen, wie viel Zeit und Arbeit die Ausführung eines solchen Werkes benötigte. Aber er hatte weder in der Zeitung davon gelesen noch im Radio davon gehört. Es gab nur eine Erklärung und die war gleichzeitig völlig absurd: Das Bild musste in den vergangenen zwei Wochen dort angebracht worden sein.

»Irgendwie ist dieses Bild sonderbar«, flüsterte Jessica, während sie den Fotoapparat wieder sinken ließ.

»Das kann man wohl sagen«, antwortete Oliver. »Es sieht fast aus, als würde es leben.«

Oliver blickte seine Schwester entgeistert an. Er hatte genau denselben Gedanken gehabt. Seine Augen wanderten zu dem Bild zurück. Das riesige Wandgemälde stellte genau genommen ein einziges Tohuwabohu dar. Hunderte von Menschen und Tieren wimmelten darauf durcheinander. Auch Gestalten, denen man in der Wirklichkeit besser nicht begegnete, waren zu erkennen. Oliver hatte eine Zeit lang Sagen und Legenden aus verschiedenen Kulturkreisen verschlungen wie andere Altersgenossen ihre Comic-Hefte und erkannte deshalb auf dem Bild Fabelwesen wie Greife, Chimären, Einhörner, Faune, Zentauren, Drachen, Trolle, Kobolde und viele mehr. Sosehr ihn diese mythischen Gestalten fasziniert hatten, so wenig Sympathien hatte er ihnen entgegengebracht – vom künstlerischen Standpunkt einmal abgesehen. Er war froh, dass sie nur zwischen – meist ziemlich dicken – Buchdeckeln ihr Unwesen treiben konnten.

Allmählich begann sein geschultes Auge eine Ordnung im Aufbau des Bildes zu erkennen. Direkt über dem Torbogen zur Prozessionsstraße ragte ein stufenförmiger Turm in den Himmel. Er wuchs aus einer tiefen Schlucht hervor und bildete dadurch eine Art Staudamm für einen See, der die Wurzeln des gewaltigen Bauwerks netzte. Seine Spitze umvölkerten Scharen von Vögeln und anderem fliegenden Getier. Offenbar war der Turm noch nicht ganz fertig, denn man konnte auch Baugerüste erkennen und Handwerker, die sich um die Vollendung des Gebäudes bemühten. Ihr Wirken war aber offenbar nicht nur von Harmonie bestimmt. Oliver sah hässliche Szenen: Hier benutzte einer den Spaten, um die Mütze seines Kollegen zu plätten – gleich auf dessen Kopf –, und da schubste ein anderer einen Kameraden vom Gerüst und fand das zudem noch lustig. In benachbarten Bereichen gab es ebenfalls unappetitliche Schlachtendarstellungen. Aber auch ganz alltägliche Motive konnte man ausmachen: dicht bevölkerte Marktplätze, Bauern bei der Arbeit, Vasallen, die ihrem Herrscher den Tribut darbrachten, Handwerksmeister, die ihre Gesellen ohrfeigten. In der Ferne war ein gewaltiges Gebirge zu erkennen, über dem geflügelte Löwen kreisten. Und rechts – irgendwie passte er gar nicht in dieses wuselnde Gemälde – ragte ein stiller, dichter Wald auf. Oliver wusste nicht, warum, aber er war sicher, dass dieser Wald schon uralt sein musste. Im Schatten der Bäume glaubte er einen Kopf zu erkennen. War das ein Einhorn?

»Vorsicht!«

Oliver zuckte zusammen. Ein Zischen wie von einem asthmatischen Drachen war Jessicas Warnruf vorausgegangen. »Was ist …?«

»Nichts passiert. Nur eine automatische Tür.«

Oliver drehte sich um und blickte überrascht auf die Spiegeltür, die sich ganz von allein in seinem Rücken, unmittelbar unter dem Bogen des Ischtar-Tores, geschlossen hatte. Auch sie war neu, wohl in der Absicht eingebaut, eine optische Täuschung hervorzurufen. Wer sich aus Richtung der Prozessionsstraße dem Ischtar-Tor näherte, musste durch die geschlossene Spiegeltür den Eindruck gewinnen, die Straße würde sich auf der anderen Seite fortsetzen. Oliver und Jessica betrachteten ihre verschreckten Spiegelbilder.

Jessica hatten den Schock zuerst überwunden. »Wie mir scheint, hat sich einiges hier geändert, seit wir das letzte Mal im Museum waren.«

Jetzt löste sich auch Olivers Zunge. »Und ich dachte schon …«
»Was?«
»Na, Mutters Haarspange. Ich hab sie doch in der Tasche. Irgendwie muss ich wohl geglaubt haben, dass im selben Moment, in dem wir durch das Tor hindurchgehen … Ach, Unsinn, vergiss, was ich gesagt habe.«

Die Haarspange! Jessica hatte sie ganz vergessen. Eigentlich war sie sowieso nie so richtig davon überzeugt gewesen, dass es plötzlich irgendeine Explosion geben würde, oder davon, dass Oliver in Xexanos Königreich Quassinja gebeamt würde, oder was immer sie sich in der vergangenen Nacht noch so alles ausgemalt hatte. Andererseits … »Vielleicht haben wir was falsch gemacht.

Vater war wohl allein, als er durchs Tor gegangen ist. Kann ja sein, dass im Augenblick einfach zu viele Menschen hier sind.«

In diesem Moment öffnete sich die zweiteilige Spiegeltür und ein grelles, blitzendes Licht umfunkelte die Zwillinge. Oliver wagte nicht zu atmen. So gewaltig hatte er sich die Wirkung des Tores nun doch nicht vorgestellt. Dann fanden seine geblendeten Augen zur alten Sehkraft zurück und er blickte in etwa drei Dutzend Kameraobjektive.

Die japanische Reisegruppe umströmte die Zwillinge, um das Ischtar-Tor in den Sucher zu bekommen. Viele fotografierten auch die leere Stelle, an der noch drei Tage zuvor die wissenschaftliche Sensation mit Namen Xexano gestanden hatte.

»Und was jetzt?«, fragte Oliver seine Schwester.

»Na, was schon – natürlich Plan C.«

»Wen haben wir denn da?«

Oliver und Jessica fuhren herum. Die Stimme, die sich da so überschwänglich nach der Identität der beiden erkundigt hatte, war von einer Stelle direkt hinter ihren Köpfen erklungen.

Erschrocken erkannten sie den Museumsdirektor, Herrn Professor Doktor János Hajduk. Oliver zweifelte keinen Augenblick daran, dass man ihrem Plan B auf die Schliche gekommen war. Nur, dass man gleich den Museumsdirektor höchstpersönlich mit der Ergreifung der beiden »Schwarzseher« beauftragt hatte, erschien ihm sehr ungewöhnlich.

»Herr Professor Hajduk«, hörte er jetzt Jessica sagen. »Was für eine Überraschung!«

»Ich muss gestehen, dass ich gar nicht so sehr überrascht bin, euch zwei hier zu treffen ... Ihr seid doch die beiden Kinder von Thomas Pollock, oder etwa nicht?«

Oliver und Jessica warfen sich einen Blick zu und wandten sich dann wieder zum Direktor. Sie nickten gleichzeitig.

»Bestimmt seid ihr hierher gekommen, um euch – wie soll ich mich ausdrücken? –, um euch den Tatort gewissermaßen aus der Nähe anzuschauen.«

»Wir sind gekommen, um herauszufinden, was *wirklich* geschehen ist«, gab Oliver prompt zurück und wunderte sich über die eigene Courage.

Der Museumsdirektor schaute sich nervös um und sagte: »Warum gehen wir nicht in mein Büro und unterhalten uns dort? Die ganze Angelegenheit ist vielleicht zu – wie soll ich sagen? –, zu delikat, um sie hier in aller Öffentlichkeit zu besprechen.«

Der Weg in den Verwaltungstrakt der Museumsinsel schien gar nicht enden zu wollen – so jedenfalls empfand es Oliver. Professor Hajduk gefiel sich in der Rolle des Fremdenführers. Leicht hinkend ging er durch die Ausstellungshallen voran und erzählte, dass die gesamte Museumsinsel in Wirklichkeit aus siebzehn einzelnen Museen und Sammlungen bestünde, von denen die drei, die man im Volksmund unter dem Namen des Pergamonmuseums zusammenfasste, nur ein kleiner Teil waren. Nicht weniger als vierhundert Menschen arbeiteten in diesem »gewaltigen Gebilde, das wie ein großes Schiff in der Spree« lag und nur über Brücken zu erreichen war.

Wenn man dem Professor zuhörte, hätte man fast glauben können, er sei ganz allein für all diese Menschen verantwortlich. Aber Oliver wusste es besser. Er war schließlich nicht zum ersten Mal hier. Professor Hajduk leitete zwar das Vorderasiatische Museum, aber er war durchaus nicht der Kapitän dieses ganzen »Spreedampfers«. Oliver war sich auch sicher, dem Direktor irgendwann schon einmal persönlich begegnet zu sein – vielleicht bei einem »Tag der offenen Tür« für die Angehörigen der Museumsmitarbeiter –, aber je mehr er sich den Kopf darüber zerbrach, umso unwohler fühlte er sich. Ja, ihm wurde fast übel, wenn er versuchte sich Einzelheiten in den Sinn zu rufen, die mit dem Museum zusammenhingen. Seine Erinnerungen schienen von dichten Nebelschleiern verhangen zu sein – mal etwas deutlicher sichtbar und dann wieder gänzlich verschwommen. Ob dies daran lag, dass alles hier irgendwie mit seinem Vater verbunden war? Konnte es sein, dass diese Gedankennebel immer dann dichter wurden, wenn Professor Hajduk etwas erwähnte, das Oliver früher schon einmal von seinem Vater gehört hatte?

Ein Seitenblick auf Jessica verriet ihm, dass seine Schwester genauso fühlte; sie tippte sich nachdenklich ans Grübchen. Irgendetwas oder irgendwer musste ihnen sämtliche Erinnerungen an den Vater gestohlen haben, dessen glaubte er sich jetzt ganz sicher.

Das Zimmer des Museumsdirektors war eher nüchtern gehalten, das Büro eines höheren Beamten eben. Es lag am Ende eines langen Flures und man musste erst einen kleineren Raum durchqueren, von dem aus die Sekretärin den persönlichen Besucherstrom des Direktors regulierte.

János Hajduk hatte mit nachdenklichem Gesicht an einem schnörkellosen Schreibtisch aus heller Eiche Platz genommen. Gelegentlich zupfte er an seinem grau melierten Kinnbart, aber meistens spielten seine Finger mit einem flachen, rötlich gelben Stein, möglicherweise auch einem Bruchstück von etwas, dessen ursprüngliche Form nicht mehr zu erkennen war.

»Ich kann mich an euren Vater kaum erinnern«, sagte der Leiter des Museums gerade, »eigentlich gar nicht. Aber die jüngsten Ereignisse haben mich bedauerlicherweise – wie soll ich es ausdrücken? –, bedauerlicherweise gezwungen, mich eingehender mit seiner Personalakte auseinander zu setzen.«

Zum Beweis für seine beklagenswerte Zwangslage wedelte der Professor mit einem braunen Aktendeckel, auf dem Thomas Pollocks Name stand. Als er die Akte wieder auf den Tisch warf, rutschte ein Passbild heraus.

Dieselben traurigen Augen, dachte Oliver, den das Bild des Vaters sogleich in seinen Bann zog; er achtete kaum noch auf die leeren Floskeln, mit denen der Museumsdirektor noch einmal wiederholte, wie Leid ihm das Ganze täte, wie wenig er sich vorstellen könne, dass Thomas Pollock wirklich der Dieb der Xexano-Statue sei, und wie viel weniger er im Übrigen den Zwillingen bei ihrer Spurensuche weiterhelfen könne.

Dabei erzählten János Hajduks dunkle Augen eine eigene Geschichte. Sie verrieten, dass den Direktor längst ganz andere Dinge beschäftigten als die Sorgen seiner Gäste. Der kleine untersetzte Mann wirkte fast gehetzt. Immer wieder schien er nach einem ruhenden Punkt zu suchen, um sich daran festzuhalten; immer wieder lenkte er den Blick auf den Tonklumpen in seinen Händen. Selbstverständlich dürften die beiden Geschwister sich im Museum umschauen, betonte er dann noch, um abschließend darauf hinzuweisen, wie sehr er unter Termindruck stehe, weshalb er sich nun nicht mehr länger um seine Gäste kümmern könne. Wenn sie etwas Neues erführen oder sonst noch Hilfe benötigten, dürften sie zu einem anderen Zeitpunkt natürlich gerne wiederkommen. Damit war die Audienz beendet. Die vollschlanke Sekretärin schob die beiden Gäste auf den langen Flur zurück und schloss die Glastür hinter ihnen.

»Ist dir aufgefallen, was mir aufgefallen ist?«, fragte Oliver sogleich.

»Meinst du seine schleimige Freundlichkeit oder dass er ständig nervös mit diesem Steinbrocken herumspielte?«

»Ich meine, dass er gesagt hat, er kenne Vater praktisch gar nicht, aber *uns* hat er im Museum sofort erkannt.«

»Wir beide kennen uns ja auch noch, obwohl wir unseren Vater vergessen haben. Vielleicht geht es ihm einfach genauso wie uns.«

»Warum hat er dann nichts dergleichen zugegeben? Ich hatte fast den Eindruck, als sei er auf der Suche nach uns gewesen.«

»Du siehst Gespenster, Olli. Professor Hajduk ist ein viel beschäftigter Mann. Er hat ja selbst gesagt, dass er sich nicht um jeden einzelnen seiner Mitarbeiter so kümmern kann, wie er es gerne täte.«

»Ich schlage vor, wir verschwinden hier erst mal. Plan C muss noch vorbereitet werden.«

Jessica nickte und folgte ihrem Bruder, der eine für ihn ungewohnte Eile an den Tag legte. Gerade als er die Ecke am Ende des Ganges umrundete, stieß er mit einer Frau zusammen, die mit gleicher Zielstrebigkeit in die entgegengesetzte Richtung unterwegs gewesen war.

»Hallo, hallo«, sagte die Dame mit seltsamem Akzent. »Da haben wir ja einen ganz flinken jungen Mann. Wohin des Wegs, ihr beiden? Habt euch wohl verlaufen, was?«

Oliver starrte die Frau entgeistert an. Sie war ungefähr Mitte dreißig, mittelgroß und mittelschlank. Aber ihr mit Sommersprossen übersätes Gesicht sah überdurchschnittlich freundlich aus – trotz Olivers stürmischer Attacke. Das Auffallendste an der Frau aber waren ihre Haare: Sie besaß lange rote Locken.

»Was ist? Hast du dir bei der Karambolage die Zunge abgebissen?«, erkundigte sich die Rothaarige.

»Er ist nur ein wenig schüchtern«, sprang Jessica für ihren Bruder ein. »Entschuldigen Sie bitte sein stürmisches Auftreten, aber wenn Oliver erst mal in Fahrt gekommen ist, hält ihn so schnell nichts mehr auf.«

Jessicas Anspielung auf sein Übergewicht gab Oliver die Sprache zurück. Er warf seiner Schwester noch einen wütenden Blick zu und wandte sich dann mit ausgesuchter Höflichkeit an die Dame, mit der er gerade eben kollidiert war.

»Bitte entschuldigen Sie meine Unachtsamkeit, aber ich war gerade sehr in Gedanken. Um auf Ihre Frage zurückzukommen: Nein, wir haben uns nicht verlaufen, sondern wir waren gerade bei Herrn Professor Hajduk im Büro.«

»Ach, beim heiligen Johannes, unserem Oberhirten!«, sagte die rothaarige Fremde und lächelte dabei spitzbübisch.

Oliver und Jessica blickten sie fragend an.

»Wir sind hier eine internationale Truppe«, fügte sie schnell hinzu. »Wobei mir einfällt, dass ich mich ja noch gar nicht vorgestellt habe. Ich bin wissenschaftliche Mitarbeiterin im Vorderasiatischen Museum, heiße Miriam McCullin und komme aus Irland. Der Name Miriam ist allerdings nicht sehr irisch. Er stammt aus dem Hebräischen und bedeutet wahrscheinlich so viel wie ›rebellisch‹.« Sie grinste schelmisch, wobei sich zwei tiefe Grübchen auf ihren Wangen zeigten. »Ich hoffe nicht, dass es sich dabei um so eine Art Vermächtnis handelt, das mir meine Eltern da in die Wiege gelegt haben.«

»Und der Professor?«, fragte Oliver, den nun doch interessierte, warum Miriam McCullin den Direktor als Heiligen bezeichnet hatte.

»Ach, unser Oberhirte. Ja.« Miriam lachte abermals. (Sie schien überhaupt ein sehr sonniges Gemüt zu besitzen.) »Ich weiß nicht, ob er diesen Spitznamen so sehr gerne hört. Unser Herr Museumsdirektor kommt aus Ungarn. Sein Vorname János ist die ungarische Form von ›Johannes‹. Und sein Familienname Hajduk bedeutet eigentlich ›Hirte‹. Fertig ist die Assoziationskette.«

Die Zwillinge schauten sie wieder fragend an.

Miriam McCullin erkannte, dass sie deutlicher werden musste. »Es liegt wohl daran, dass ich aus einem streng katholischen Land stamme. Also: ›Johannes‹ erinnert an den Apostel Johannes, der das vierte Evangelium schrieb. Und ›Hirte‹? Na, da fällt einem doch gleich der *Pastor* ein, was ja bekanntlich Latein ist und nichts anderes bedeutet als eben Hirte. Und weil János Hajduk hier das Heft in der Hand hat, ist er eben der ›heilige Johannes‹, unser ›*Ober*hirte‹. Ist doch ganz einfach, oder?«

»Na, ich weiß nicht«, sagte Jessica und dachte daran, wie der »Oberhirte« ihnen gerade eben in glatten Worten klargemacht hatte, dass sie mit ihrem Problem allein zurechtkommen müssten.

»Ich will ja nicht neugierig sein, aber was haben zwei wie ihr denn bei unserem Hirten gewollt? Schreibt ihr für eine Schülerzeitung?«

»Wir haben versucht irgendetwas über unseren verschwundenen Vater herauszukriegen«, antwortete Oliver.

»Halt, jetzt geht mir ein Licht auf. Seid ihr beiden etwa die Kinder von unserem Nachtwächter? Dem, der die Polizei von ganz Berlin auf Trab hält?«

»Wir sind Jessica und Oliver Pollock, die Kinder von Thomas Pollock, den man ungerechtfertigterweise für den Dieb der Texaco-Statue hält«, sagte Jessica, nicht eben freundlich.

»Xexano-Statue.«

»Wie bitte?«

»Das gestohlene Artefakt stellt den Gott der verlorenen Erinnerungen dar, nicht den der Petrodollars.« Miriam McCullin zwinkerte verschwörerisch mit dem rechten Auge. »Das zweite ›x‹ wird übrigens als ›ch‹ gesprochen – wie in Lachen.«

»Das ist mir ziemlich egal, solange man unseren Vater beschuldigt ein Dieb zu sein.«

Oliver war das Benehmen seiner Schwester gegenüber dieser freundlichen Frau ziemlich peinlich. »Seien Sie ihr bitte nicht böse«, sagte er, noch bevor Jessica weitere Unhöflichkeiten einfallen konnten.

»Schon gut«, erwiderte Miriam McCullin. Sie lachte schon wieder. Überhaupt wirkte die Irin sehr quirlig. Wenn sie redete, konnte sie keinen Augenblick die Hände still halten. »Ich kann euch beide verstehen. Wenn ihr mich fragt, dann glaube ich selber nicht, dass Thomas Pollock den Gott gestohlen hat.«

»Können Sie sich etwa an unseren Vater erinnern?«, fragte Oliver.

»Na ja, Herr Pollock arbeitete zu einer Zeit, da die meisten anderen Mitarbeiter des Museums immer längst das Haus verlassen hatten. Jetzt, wo du mich so direkt fragst, fällt es mir wirklich schwer, mich an euren Vater zu erinnern. Ich mache oft Überstunden und dann begegne ich gelegentlich dem Wachpersonal, das die Nachtschicht schiebt.«

Die Zwillinge tauschten viel sagende Blicke.

»Gibt es irgendetwas von unserem Vater, das Ihnen vielleicht doch noch einfällt?«, setzte Oliver nach.

Miriam McCullin wurde plötzlich ungewöhnlich ruhig. Sie schien einen weit entfernten Punkt ins Visier genommen zu haben. Ohne mit den Händen zu gestikulieren, sagte sie: »Seine Augen. Ich glaube, ich bin ihm einmal begegnet.« Sie fasste sich an die Stirn. »Ich kann mir einfach nicht sein ganzes Gesicht ins Gedächtnis rufen, aber an seine Augen, daran erinnere ich mich. Sie sahen irgendwie ... traurig aus. Ich glaube, ich habe einmal versucht mich mit ihm zu unterhalten – ihr müsst wissen, dass ich eine ziemliche Plaudertasche sein kann! –, aber er hat nur mit wenigen Worten geantwortet ...« Sie hob wie zur Entschuldigung die Schultern und lächelte schief. »Ich muss es wohl sehr schnell aufgegeben haben, diesen schweigsamen Nachtwächter von seiner Arbeit abzuhalten. Aber ich bleibe dabei: Thomas Pollock ist bestimmt nicht der Dieb der Xexano-Statue. Das kann ich mir einfach nicht vorstellen.«

Einen Moment lang standen die drei schweigend auf dem leeren Flur, als wären sie selbst zu Figuren erstarrt. Durch das Fenster am Ende des Ganges drang nur wenig Licht herein. Jessica nickte langsam und wollte sich schon verabschieden, als Oliver auf einmal einen Zettel in der Hand hielt.

»Haben Sie diese Verse schon einmal gesehen?«, fragte er.

»Das wird Frau McCullin bestimmt nicht interessieren. Sie hat wahrscheinlich wahnsinnig viel zu tun«, sagte Jessica eilig, wobei sie ihrem Bruder in den Hintern zwickte – offenbar war ihr die Vertrauensseligkeit Olivers gar nicht recht. Aber ihr Eingreifen kam zu spät.

»Nein, nein, das macht mir überhaupt nichts aus«, sagte die Wissenschaftlerin und nahm das Blatt aus Olivers Hand. »Was ist das?«

»Mein Vater hat ein Tagebuch geführt. Daraus habe ich es abgeschrieben – au!« Oliver fühlte ein neuerliches Kneifen im Gesäß.

»Was ist?«

»Ach, nichts. Können Sie damit etwas anfangen?«

»Das sind eindeutig sumerische Keilschriftzeichen. Der Ausformung nach aus dem dritten Jahrtausend vor Christus.«

»Mein Vater hat sie übersetzt. Da, auf der rechten Seite des Blattes. Wissen Sie, wer oder was ... Ištar ist?«

Miriam McCullin nickte. »Diese wissenschaftliche Schreibweise steht für Ischtar, die babylonische Göttin der Liebe und der Fruchtbarkeit.«

Oliver fühlte, wie das Blut in seine Ohren schoss und sich von dort über seine Wangen ausbreitete.

»Komm jetzt endlich, Olli. Wir haben heute noch viel zu tun«, drängte Jessica und kniff ihn abermals in den Po.

»Warte!« Er befreite sein Hinterteil aus ihrem zangenartigen Griff und wandte sich erneut an die rothaarige Irin. »Mein Vater hat zwar die Keilschriftzeichen übersetzt, aber ich werde trotzdem nicht schlau daraus. Können Sie verstehen, was da steht?«

Miriam McCullin schaute Oliver forschend ins Gesicht. »Bist du dir sicher, dass dein Vater – unser Nachtwächter Thomas Pollock – diese Zeichen übersetzt hat?«

Oliver nickte. Mit einem Seitenblick auf Jessica erklärte er: »Ich kann im Moment nicht darüber sprechen, aber können Sie uns trotzdem verraten, ob diese Verse da irgendeinen Sinn ergeben?«

Die Wissenschaftlerin schien noch eine Weile nach Anzeichen von Hintergedanken in Olivers rundem Gesicht zu suchen. Als sie aber offenbar nichts dergleichen fand, senkte Sie ihren Blick wieder auf den Zettel. »Es liest sich fast wie ein Fluch«, sagte sie nach einigem Grübeln, »oder wie eine Warnung. Hier: ›Sin‹, das ist der babylonische Mondgott. Mit den ›Armen Ištars‹ könnten die Pfeiler des Ischtar-Tores gemeint sein. Dann würden die Worte ›öffnet Sin das Tor‹ bedeuten, dass man das Tor nachts – eben wenn der Mond regiert – zu durchschreiten hat.«

Abermals vertiefte sich Miriam McCullin in den Text. Dabei wirkte sie mit einem Mal gar nicht mehr so zappelig wie noch zuvor, eher wie eine Art weiblicher Sherlock Holmes auf Spurensuche.

»Das Ganze klingt sehr mysteriös«, gab sie schließlich zu. »Aber das ist bei so alten Texten nichts Ungewöhnliches. Wenn ihr wollt, kann ich ja mal einige dicke Bücher wälzen. Vielleicht finde ich irgendetwas, das euch bei eurer Suche weiterhelfen kann.«

»Nicht nötig«, sagte Jessica schnell.

»Das wäre wirklich nett«, fügte Oliver nahtlos an. »Warten Sie. Ich schreibe Ihnen unsere Adresse und Telefonnummer auf. Dann können Sie sich ja melden, wenn Sie irgendwas finden.«

Er nahm Miriam McCullin den Zettel aus der Hand, förderte aus den Tiefen seiner Jeans einen Bleistift zu Tage und kritzelte die Informationen auf die Rückseite. Zum Schluss signierte er die Notiz mit der Äolsharfe.

Als Miriam McCullin den Zettel wieder in der Hand hielt, musterte sie erst Olivers »Markenzeichen« und dann ihn selbst. Ein Lächeln schob sich über ihr Gesicht.

Oliver wurde rot. »Das ist so ein Tick von mir«, erklärte er beiläufig. »Diese Linien sind das Motiv von meinem Lieblingsbild. Es stammt von Homer Dodge Martin, einem amerikanischen Landschaftsmaler. Das Bild heißt: *The Harp of the Winds*. Es erinnert mich an ein besonderes Musikinstrument, die Äolsharfe. Das ist eine Windharfe – nur der Wind kann sie richtig spielen.«

Die Wissenschaftlerin nickte anerkennend. »Ich stamme aus einem Land, in dem es sehr viel Wind gibt. Und ich habe auch schon den geheimnisvollen Klang der Äolsharfe gehört. Du beeindruckst mich, junger Mann.«

Oliver erhielt einen Stoß von hinten, der so heftig war, dass er Miriam McCullin nicht entging. Sie lächelte noch einmal und blickte auf ihre Uhr. »Oh! Ich habe ja noch meinen Termin beim heiligen Johannes. Ihr entschuldigt mich jetzt bestimmt. Ich verspreche, dass ich mich melde. So oder so. Macht euch keine allzu großen Sorgen. Ihr findet euren Vater bestimmt bald wieder und dann klärt sich alles auf.« Sie verabschiedete sich – wieder ganz die quirlige Wissenschaftlerin – und stob mit fliegenden Haaren den Flur hinab.

»Spinnst du jetzt eigentlich völlig?«

Die Frage stammte von Jessica, die die Fäuste in die Seiten gestemmt hatte, Oliver aus braunen Augen gefährlich anfunkelte und mit schief gelegtem Kopf auf eine Antwort wartete. Im Museumsflur herrschte wieder Totenstille.

»Keine Ahnung, was du meinst.«

»Du kannst doch nicht einfach einer wildfremden Frau das Tagebuch unseres Vaters anvertrauen. Ich glaub fast, dir ist jetzt auch noch das letzte Fünkchen Verstand abhanden gekommen.«

»Ich bin ein Künstler und die handeln oft mehr aus dem Bauch heraus. Außerdem können wir wirklich jede Hilfe gebrauchen, die uns jemand anbietet. Ich bin überzeugt, diese Miriam McCullin ist in Ordnung. Wir können ihr vertrauen.«

»So. Glaubst du also.« Der Ausdruck in Jessicas Augen wurde etwas weicher. »Oliver! Ich finde diese Frau McCullin ja auch ganz sympathisch, aber sei doch mal ehrlich: die roten Haare, die Sommersprossen – du hast ihr das alles doch nur verraten, weil sie dich an Mutter erinnert!«

Oliver spürte, wie das Blut in seine Ohren schoss. Verärgert warf er die Arme in die Höhe und rief: »Meine Schwester ist übergeschnappt!« Mit einer Geschwindigkeit, die man ihm nicht zugetraut hätte, stapfte er davon und ließ Jessica allein zurück.

Der Nachmittag wollte überhaupt nicht vergehen. Während es draußen schon dämmerte, wuselte und wimmelte es in den Hallen noch immer. Die Besucher konnten sich nicht satt sehen an all den Museumsstücken, die man hier versammelt hatte wie Zeugen in einem Gerichtssaal, einzig zu dem Zweck, längst Vergangenes nicht vergessen zu machen; allein durch ihr Hiersein klagten sie an oder sprachen frei von all dem, was die Menschen seit Jahrhunderten mit ihresgleichen trieben.

Olivers Gedanken waren trübe, so finster wie der Raum, in dem er steckte. Zwar hatten Jessica und er sich schnell wieder vertragen, die Klärung der Frage, ob eine Ähnlichkeit zwischen Miriam McCullin und ihrer verstorbenen Mutter bestehe, hatten sie bis auf weiteres vertagt.

Das Aufsuchen eines Verstecks war der erste Punkt von Plan C gewesen. Sie wollten sich im Museum einschließen lassen. Später, wenn alles ruhig wäre, würden sie sich zum Ischtar-Tor schleichen und das Experiment starten.

Das war auch der Teil, der Oliver Magendrücken verursachte. Während er und seine Schwester in einer nachgebauten Gruft hinter einem steinernen Sarkophag kauerten und darauf warteten, bis der letzte Besucher das Museum verlassen hatte, wurde Oliver immer klarer, wie absurd dieser ganze Plan war, dem Jessica den wissenschaftlich klingenden Buchstaben »C« verpasst hatte.

Erst hatten sie sich an der Kasse vorbeigeschlichen, dann waren sie von Professor Hajduk erwischt worden und jetzt schienen sie drauf und dran, in das typische Verhaltensmuster eines Museumsdiebes zu verfallen. »Kein Wunder!«, würden die Leute sagen, wenn sie sie erst erwischt hätten. »Der Apfel fällt eben nicht weit vom Stamm: der Vater ein Dieb und die Kinder seine gelehrigen Schüler.« Er konnte sich schon jetzt die Blamage ausmalen. In den schillerndsten Farben!

»Still, Olli, da kommt jemand!«

Oliver zuckte zusammen. »Ich habe doch gar nichts gesagt.«

»Halt endlich den Mund!«

Oliver hörte Schritte. Jemand lief die Prozessionsstraße herunter, direkt auf ihr Versteck zu. Er hätte sich denken können, dass nach Kassenschluss noch ein Sicherheitsmann die Räume inspizieren würde.

Jetzt kamen die Schritte die Treppe herunter. Der Wachmann stieg zu den Grabgewölben hinab, die, wie bereits erwähnt, nur Nachbildungen alter assyrischer Privatgrüfte waren, aber Oliver fühlte sich trotzdem wie ein echter Todeskandidat. Das Atmen hatte er vorsichtshalber schon eingestellt. Aber dafür klopfte sein Herz irgendwo hinter dem linken Ohr. Garantiert würde der Lärm sie beide verraten.

Der Strahl einer Taschenlampe zuckte durch den Raum. Zum Glück setzte Olivers Herzschlag in diesem Augenblick ganz aus. Dann entfernten sich die Schritte wieder.

»Gut, dass wir den hinteren Grabraum gewählt haben«, flüsterte Jessica.

Oliver versuchte es mit einem tiefen Atemzug.

»Bist du in Ordnung, Olli?«

»Ich hätte mir beinahe in die Hosen gemacht.«

»War doch halb so schlimm.«

»Mir wär's trotzdem lieber, wenn du solche Sachen in Zukunft ohne mich unternehmen würdest.«

»Darf ich dich daran erinnern, dass es *deine* Idee war, mitten in der Nacht durch das Tor zu spazieren?«

»Ich denke, *du* bist die Mathematikerin von uns beiden. Ich habe nur deine Arbeit gemacht: eins und eins zusammengezählt. Du weißt schließlich genauso gut wie ich, was der erste Vers aus Vaters Tagebuch sagt: ›Und jedem, der etwas im Herzen Vergessenes bei sich trägt, öffnet Sin das Tor.‹ Hier in meiner Tasche«, er klopfte auf selbige, »ist Mutters Haarspange. Und dass wir noch warten müssen, bis Sin die Regentschaft übernimmt, wissen wir von Miriam McCullin … Ob der Mond schon aufgegangen ist?«

»Keine Ahnung. Besser, wir warten noch ein, zwei Minuten.«

Aus den Minuten wurden Stunden. Weniger, weil die Zeit mit einem Mal rasend schnell vergangen wäre – ganz im Gegenteil. Auch nicht, weil Olivers Beine eingeschlafen waren. Der Grund für sein Zögern bestand vielmehr in der Furcht vor dem, was passieren würde, wenn er Plan C endlich mit Leben erfüllte.

Jessica verstand ihren Bruder sehr gut. Lange saß sie schweigend neben ihm; ihr Zeigefinger tippte rhythmisch in die Kuhle auf ihrem Kinn. Aber dann wurde ihr das Warten doch zu bunt.

»Entweder du marschierst jetzt durch das Tor da oben oder wir gehen nach Hause.«

Oliver sah ein, dass Jessica Recht hatte. Er streckte die Beine aus und massierte sie mit beiden Händen. Eine Armee von Ameisen schien durch sie hindurchzuwandern.

Endlich zirkulierte das Blut wieder so, wie es sich gehörte, und er konnte aufstehen. Seine Hand wanderte in die Hosentasche. Die Haarspange war noch da.

»Kann's losgehen?«, fragte Jessica.

Oliver nickte stumm.

Gemeinsam stiegen sie die Treppe hoch und betraten den langen Gang auf Höhe der Stele des assyrischen Königs Asarhaddon. Die Ausstellungsräume waren durch die Notbeleuchtung nur dürftig erhellt. Zu ihrer Rechten sahen sie die Schatten der steinernen Figuren, die in der Halle mit den Funden aus Syrien und Kleinasien aufgestellt waren. Für einen Moment glaubte Oliver, eine Bewegung zu erkennen, als hätte sich der Kopf einer Statue ihm zugewandt. Er schloss die Augen, drückte sie ganz fest zusammen und öffnete sie wieder. Alles war still. Nur bewegungslose Schatten.

»Das Ischtar-Tor liegt da, auf der anderen Seite«, flüsterte Jessica.

»Das weiß ich selbst«, entgegnete Oliver leicht gereizt. »Ich dachte nur, eine der Figuren da hätte sich eben bewegt.«

»Die? Die sind aus Stein, Olli! Steinfiguren sind äußerst träge Gesellen. Und nun lass uns endlich gehen.«

Er löste sich vom Anblick des regungslosen Standbildes und folgte seiner Schwester durch die babylonische Prozessionsstraße in Richtung des Prunktores.

Die gelblich braunen Löwen, die zu beiden Seiten die Wände der Straße schmückten, kamen den Zwillingen nun gewissermaßen entgegen. Oliver fand, die Löwen hätten Flügel, die eng am Körper anlagen, aber Jessica meinte, diese dunkleren Konturen an den Flanken der Tiere stellten nur deren Mähnen dar.

Die beiden erreichten nun das Ende der Prozessionsstraße und blieben unter dem bogenförmigen Durchgang stehen, der in den zentralen Oberlichtsaal führte. Auf der gegenüberliegenden Seite stand das Ischtar-Tor.

»Von hier an musst du alleine gehen«, sagte Jessica.

Zum ersten Mal glaubte Oliver so etwas wie Sorge in ihrer Stimme zu hören. »Kannst du nicht noch ein paar Meter mitkommen?«

»Weißt du nicht mehr, Olli? Du musst den Schlüssel gebrauchen – Mutters Haarspange. Wenn ich sie sehe, war vielleicht alles umsonst.«

Oliver nickte bedrückt. Natürlich hatte Jessica Recht. »Sollte mit mir irgendwas passieren ... Du weißt schon. Dann musst du Vater allein finden.«

»Keine Sorge, Olli. Es wird alles gut gehen. Außerdem darfst du eines nicht vergessen: Wir beide sind durch ein unsichtbares Band verbunden. Irgendwie bin ich also immer bei dir. Und du bei mir. Wenn wir nur wollen, dann sind wir ein unschlagbares Team.«

Ehe Oliver es verhindern konnte, hatte Jessica ihn umarmt. Nicht nur das, sie küsste ihn auch noch auf die Wange. Er glaubte, in dem Dämmerlicht eine Träne in ihrem rechten Augenwinkel zu erkennen, aber er war sich nicht sicher.

»Also, dann bringen wir es hinter uns«, sagte er schon etwas entschlossener. Er drückte noch einmal Jessicas Hände und drehte sich um.

Das Ischtar-Tor ragte dunkel vor ihm auf. Das spärliche Licht ließ die Stier- und Drachenornamente nur erahnen. Deutlich zu erkennen war nichts. Langsam näherte sich Oliver dem Torbogen. Hinter sich hörte er ein leises Rascheln. Er wusste, dass Jessica ihre Kamera bereitmachte. Sie hatte sich das nicht ausreden lassen. Plötzlich sah er eine Bewegung vor sich, direkt unter dem Bogen des Ischtar-Tors. Zum zweiten Mal an diesem Abend drohte sein Herz auszusetzen. Er wollte sich umdrehen, Jessica warnen ...

Der Spiegel! Der Gedanke zuckte wie ein Blitz durch sein Hirn. Er hatte sich von seinem eigenen Spiegelbild erschrecken lassen. Jetzt, wo keine Besucherscharen mehr durch die Hallen tobten, war die Spiegeltür natürlich geschlossen. Hoffentlich hörte niemand das laute Zischen, wenn Oliver erst unter dem Torbogen stand und sie aufspringen würde.

Er schritt weiter voran, näherte sich langsam dem hohen Durchgang. Schon ragten die Innenwände des Tores zu beiden Seiten neben ihm auf, über sich sah er den runden Torbogen. Wenn Vater Recht hatte, dann musste sich irgendwo dort oben der Schlussstein mit der geheimnisvollen Inschrift befinden, versteckt unter blau glasierten Ziegeln.

Nichts geschah. Kein Blitzen, kein Donner, nicht einmal die Spiegeltür im Durchgang öffnete sich – wahrscheinlich war ihr Bewegungsmelder nachts abgestellt.

Und jedem, der etwas im Herzen Vergessenes bei sich trägt, öffnet Sin das Tor.

Die Worte der Inschrift hallten durch Olivers Geist, so als hätte sie ihm jemand zugerufen. Die Haarspange! Hatte er vielleicht den falschen Gegenstand aus Mutters Truhe gewählt? Seine Hand schob sich in die Tasche. Sie umfasste das Schmuckstück und zog es heraus. Aber dann verharrte sie auf Hüfthöhe, als koste es viel zu viel Anstrengung, die Spange vor das Gesicht zu heben. Oliver senkte den Blick und schaute auf das Erinnerungsstück seiner Mutter herab.

Zuerst glaubte er, sich zu täuschen. Es schien, als blitze einer der geschliffenen Glassteine kurz auf. Doch wo sollte er das Licht hernehmen, um es in Olivers Richtung zu reflektieren? Aber dann blinkte ein anderer Stein. Und gleich darauf überzog ein helles Leuchten in den verschiedensten Farben die Haarspange, aber nicht nur sie, sondern auch Olivers Hände, Arme, seinen ganzen Körper.

»Oliver! Schau nur!«, hörte er in seinem Rücken. Auch Jessica hatte es also gesehen.

Seine Augen lösten sich endlich von der Haarspange. Sein Kopf flog in die Höhe. Der ganze Torbogen war mit einem Mal nicht mehr dunkel und bedrohlich, sondern funkelte in tausend verschiedenen Farben. Leuchtende Sterne jagten über den Rundbogen und tauchten die ganze Halle in ein wunderbares Licht. In der Spiegeltür, von der er nur noch etwa drei Meter entfernt war, konnte Oliver das Wandgemälde erkennen, das dem Tor gegenüberlag. Die Figuren darin schienen lebendiger als jemals zuvor. Menschen, Tiere und Sagengestalten wogten umeinander. Und plötzlich – die Veränderung kam völlig überraschend, wie das ganze Farbenspektakel ohne den geringsten Laut – verschwand die Spiegeltür.

Oliver blickte in einen Wald. Er schloss die Augen, wie er es auf der anderen Seite der Prozessionsstraße getan hatte, aber diesmal verschwand die seltsame Erscheinung nicht. Als er die Augenlider vorsichtig wieder anhob, waren die Bäume noch immer da.

Es musste ein ziemlich alter Wald sein. Die braunen Stämme waren gigantisch! Im Berliner Stadtforst oder im Tiergarten jedenfalls gab es so riesige Bäume nicht und auch nicht im Botanischen Garten. Wie die Säulen eines Tempels, dessen Decke sich dem Blick des Betrachters entzog, ragten die Stämme in die Höhe. Sie standen weit auseinander, sodass man tief in den Wald hineinblicken konnte. Eine seltsame, friedliche Stille herrschte dort. Kein Vogel zwitscherte, kein Insekt summte. Nur ein leiser Windhauch war zu erahnen, weil die Zweige der Baumriesen sich sanft bewegten und vereinzelte feine Dunstschleier über den Boden waberten.

Oliver empfand ein tiefes Gefühl des Friedens, als er auf dieses Bild blickte. Er verspürte den Wunsch, Teil dieses harmonischen Gefüges zu werden. Ja, mehr noch: Es war ein tiefes Verlangen, das ihn mit unwiderstehlicher Kraft zu diesem Ort hinzog. Er wollte diesen Wald nicht nur mit seinen Augen erkunden, sondern selbst darin wandeln, ihn mit allen Sinnen erfassen.

Erstaunt stellte er fest, dass seine Füße bereits auf dem Waldboden standen. Der Grund war weich und trocken. Er wagte einen ersten Schritt. Nebelschwaden wirbelten um seine Beine. Für einen Augenblick lenkte ihn ein heller Blitz ab, ein kaltes Aufleuchten, das wie eine lächerliche Kopie der herrlichen bunten Lichter über seinem Kopf wirkte.

Oliver drehte sich zu Jessica um. Ihr Blitzgerät hatte den Lichtschein verursacht. Er sah ihre weit aufgerissenen, besorgten Augen und lächelte ihr beruhigend zu. Dann wandte er sich wieder um und trat in den Wald.

2. KAPITEL

QUASSINJA

Die Welt wird Traum, der Traum wird Welt.
Novalis

Die Zeit verrann, ohne dass Oliver es bemerkte. Er stand einfach nur da und sog den Wald mit allen Sinnen in sich auf. Wenn er ausatmete, bildeten sich kleine Wölkchen, die langsam davonschwebten, um sich mit den Bodennebeln zu vereinen. Die Luft war kühl und würzig wie ein erfrischender Trunk. Doch auch auf die Gefahr hin zu frieren hätte Oliver sich am liebsten die lange Regenjacke vom Leib gerissen und das Sweatshirt noch dazu, nur um den Wald noch näher an sich heranzulassen.

Wie gebannt lauschte er einer sanften Brise, die durch die hohen Äste strich und dabei ein Rauschen verursachte, das schöner klang als ein Sinfonieorchester; so jedenfalls empfand es Oliver. Auch später konnte er niemals sagen, wie lange er so dagestanden und diesen Ort bestaunt hatte, aber als er sich nach einer Weile noch einmal umdrehte, war das Museum verschwunden.

Er bemerkte, dass er zwischen zwei riesigen Stämmen stand, die noch etwas gewaltiger waren als die anderen Bäume ringsum.

Ganz allmählich sickerte eine Frage in Olivers Bewusstsein: Wie konnte das alles sein? Wie war es möglich, dass er eben noch im Pergamonmuseum gewesen war und sich nun hier, mitten in einem uralten Wald befand? Daran, dass dieser Ort weit älter als der Berliner Tiergarten sein musste, bestand nicht der geringste Zweifel. Dort hatte man nach dem Krieg fast alle Bäume abgeholzt, um den strengen Winter von 1948 auf 1949 zu überstehen. Brennmaterial war damals ebenso knapp gewesen wie Nahrung, weil die sowjetische Besatzungsmacht alle Landwege von und nach Berlin gesperrt hatte ...

Seltsam, warum er gerade jetzt daran denken musste? Als hätte er sich an frühe Kindheitserlebnisse erinnert. Aber das war natürlich Unsinn. Damals hatte noch nicht einmal sein Vater das Licht der Welt erblickt, geschweige denn ...

Sein Vater? Oliver wurde sich jäh bewusst, warum er überhaupt hierher gekommen war. Er musste seinen Vater finden! Mit einem Mal waren wieder alle seine Erinnerungen da. Natürlich war Thomas Pollock sein Vater! Eine Flut von Bildern überschwemmte Olivers Geist.

Er konnte es wieder sehen, dieses melancholische Gesicht, das seinem Vater gehörte, diesem Mann, der selten ein Wort zu viel sagte. Jessicas Verdacht die traurigen Augen des Vaters betreffend war richtig gewesen: Der frühe Tod seiner Frau hatte etwas in ihm zerstört, etwas, das weder er noch seine Zwillinge in all den Jahren wieder reparieren konnten. Häufig hatte sich Vater entschuldigt, wenn die Kinder zu Scherzen aufgelegt waren, aber ihre Unbekümmertheit einfach nicht auf ihn abfärben wollte. Er litt oft unter Depressionen. Wenn er seinen freien Tag hatte, saß er in der abgedunkelten Wohnung und redete kein Wort. Oliver und Jessica hatten sich immer wieder darüber unterhalten, wie sie ihrem Vater nur helfen könnten. Sie liebten ihn sehr! Aber ihre Ausdauer war begrenzt. Wenn er auf ihre Versuche, ihn abzulenken, einfach nicht reagierte, was konnten sie dann noch tun?

Vor einigen Jahren waren dann ihre Begabungen den Lehrern aufgefallen. Jessica hatte sich schon damals den Ruf erworben ein

Ass in Mathematik zu sein. In ihrer Freizeit entwickelte sie Geheimsprachen, indem sie Wörter und Sätze erst zerlegte und sie dann nach einem selbst erdachten System wieder neu zusammensetzte. Währenddessen hatte Oliver die Aufmerksamkeit seines Kunstlehrers erregt. Beim bildnerischen Gestalten legte der damals erst Neunjährige ein erstaunliches Gefühl für Farben und Formen an den Tag. Sein Lehrer ließ sich gar zu der Prognose hinreißen, aus seinem Schüler werde einmal ein großer Meister werden.

Langsam wurde Oliver das ganze Ausmaß der Tragödie klar. Er und Jessica waren einfach ihre eigenen Wege gegangen. Sie hatten nicht mehr wirklich *mit* dem Vater gelebt, sondern nur noch *neben* ihm her. Dabei hatten sie sich innerlich immer weiter von ihm entfernt – und schließlich irgendwie verloren …

An dieser Stelle riss Olivers Erinnerung ab. Obwohl es ihn selbst betraf, wollte ihm einfach keine plausible Erklärung einfallen, wie man den eigenen Vater so ganz und gar vergessen konnte.

Zumindest hatte er in diesem seltsamen Wald einen Teil seiner Erinnerungen zurückgewonnen. Vielleicht würde auch bald der Rest folgen. Er wusste jedenfalls wieder, warum er das Ischtar-Tor durchschritten hatte. Er musste seinen Vater finden. Das war jetzt das Wichtigste.

Oliver drehte sich von den Baumriesen weg, diesen hölzernen Pfosten, die noch vor kurzem ein babylonisches Tor gewesen waren, und beschloss, so schnell wie möglich mit seinem Vater hierher zurückzukehren. Seine Hand tastete nach der Haarspange. Sie war noch da und zeichnete sich als längliche Beule außen an der Hosentasche ab. Als Oliver wieder den Blick erhob, fuhr er erschrocken zusammen.

Kaum fünf Meter von ihm entfernt stand ein bronzenes Einhorn. Die Statue war bestimmt über drei Meter hoch. Viele Partien des ansonsten eher dunkel und matt wirkenden Körpers schimmerten wie abgewetzt. Die Sonne spiegelte sich darin, verwirrende Reflexionen jener Lichtspeere, die das Astwerk durchdrangen; sie verliehen dem Einhorn einen beinahe übernatürlichen

Glanz. Oliver musste mit den Augen blinzeln, um es genauer betrachten zu können. Die Gestalt des Standbildes wirkte anmutig und kraftvoll zugleich, wie diejenige eines edlen Rennpferdes; teilweise erinnerte sie ihn aber auch an einen Hirsch oder eine Antilope. Unweigerlich musste er an jenen unklaren Schemen denken, den er auf dem Wandgemälde im Museum gesehen hatte. War das nicht auch ein Einhorn gewesen? Oliver überlegte, ob er wohl selbst irgendwie in dieses geheimnisvolle Bild geraten sein könnte.

Noch während sein geschulter Künstlerblick über die Plastik wanderte, ereilte ihn ein neuer Schrecken, nicht wegen der Größe dieser Figur, nicht einmal wegen ihres plötzlichen Auftauchens. Was ihn so sehr beunruhigte, war der Umstand, dass die Statue sich bewegt hatte.

»Du scheinst nicht recht zu wissen, ob du hier richtig bist«, sagte das Einhorn. Dabei wippte es mit dem gebogenen Hals und schnaubte einmal kurz.

Olivers Kinnlade fiel herunter. Dieses Ding war also wirklich lebendig. Schlimmer noch: Es wollte sich mit ihm unterhalten.

»Wie es aussieht, bist du auch nicht sehr gesprächig«, fuhr das Einhorn fort. Seine Stimme war ruhig, weder freundlich noch wirklich feindlich.

»Ich ...« Oliver brachte nur ein Krächzen hervor. Er schluckte den Kloß hinunter, der ihm im Hals steckte, und zwang sich zur Ruhe. »Ich ... bin hierher gekommen, weil ich jemanden suche.«

»So etwas hatte ich schon vermutet«, antwortete das Einhorn mit gedämpfter Stimme. »Die meisten, die hierher kommen, sucht allerdings niemand mehr.«

»Kannst du mir denn sagen, wo ich hier bin?«

»Warum fragst du mich das?«

Oliver merkte, wie sein inneres Gleichgewicht ins Taumeln geriet. Die Äußerungen dieses merkwürdigen Standbildes klangen allesamt wie Rätsel für ihn. Deshalb antwortete er vielleicht etwas heftiger als beabsichtigt: »Ich frage danach, weil ich nicht sicher bin, ob das hier der richtige Ort ist.«

»Dann habe ich also Recht gehabt.«

Jetzt erinnerte sich Oliver an die ersten Worte des Einhorns und wurde noch gereizter. »Ist das hier nun Quassinja oder ist es nur ein Traum?«

»Warum ›oder‹?«

»Wie bitte?«

»Du fragtest, ob dies Quassinja sei *oder* ein Traum. Ich dachte mir schon, dass du sehr genau weißt, wo du dich befindest. Quassinja ist nicht einfach nur Quassinja, genauso wenig wie das Horn an meiner Stirn nur ein Horn ist. Es ist eine Welt wie die, aus der du gerade kommst. Aber sie ist in gewisser Hinsicht auch das Reich der Träume.«

Am liebsten hätte Oliver diese Bronzestatue in einem großen Bogen umrundet, um selbst eine Antwort auf seine Fragen zu finden. Was hatte es für einen Sinn, sich mit jemandem zu unterhalten, der nur in Rätseln sprach? Aber er wusste, dass er nicht so einfach davonlaufen konnte. Diese Statue übte eine eigenartige Macht aus, eine sanfte, stille Gewalt, die ihn zwang stehen zu bleiben und sich dieser seltsamen Unterhaltung zu stellen. Er beschloss seinen Verstand zu gebrauchen und das Einhorn in seinen eigenen Worten zu fangen.

»Wenn ich träume, dann liege ich gewöhnlich im Bett. In jedem Fall bin ich in meiner Welt, auf der Erde. Das ›Reich der Träume‹, wie du es nennst, kann daher nur auf der Erde sein.«

Das Einhorn schnaubte abermals und scharrte mit dem rechten Vorderhuf über den Waldboden. »Dann sage mir eins: Wenn du erwachst, wo sind deine Träume dann?«

»Ganz einfach. Hier oben.« Oliver tippte sich an die Stirn.

»An wie viele deiner Träume kannst du dich nach dem Aufwachen noch erinnern?«

Oliver begriff, worauf das Einhorn hinauswollte. Oftmals schreckte er aus einem Traum hoch, war noch ganz erregt, konnte sich aber kaum noch an irgendwelche Details erinnern. Es schien, als würden die meisten Träume rasend schnell aus der Erinnerung entfliehen. Ausweichend antwortete er: »Keine Ahnung. Sollte ich einige Träume vergessen haben, dann kann ich sie dir kaum aufzählen – sie sind ja schließlich weg aus meinem Kopf.«

»Sagtest du nicht gerade, sie wären ebenda? Und jetzt behauptest du, sie würden aus deinem Kopf verschwinden. Wo sollen sie denn hingekommen sein?«

»Was weiß ich!« Oliver wurde langsam richtig wütend; sein Magen meldete sich mit einem unangenehmen Ziehen. »Vielleicht haben sie sich ja nach Quassinja abgesetzt ...« Er stockte. Erst als die Worte heraus waren, wurde ihm bewusst, *was* er da eben gesagt hatte. Irgendwie konnte er sich des Eindrucks nicht erwehren, das Einhorn würde ihn angrinsen. Aber das war natürlich absurd. Weder Pferde noch Hirsche noch Antilopen können grinsen, Einhörner also bestimmt auch nicht.

Außerdem war er nicht hierher gekommen, um einer blank gewetzten Bronzestatue Rede und Antwort zu stehen. »Wer bist du überhaupt?«, fragte er von neuem Mut beseelt.

»Wenn du mir sagen kannst, wer du bist, dann wirst du es wissen.«

Wieder so eine Antwort. Er hätte aus der Haut fahren können! »Ich heiße Oliver Pollock.«

»Und Quassinja heißt Quassinja und mein Horn Horn.«

»Ich weiß sehr genau, was man sich über Quassinja erzählt; mein Vater hat alles in sein Tagebuch geschrieben. Es sei das Reich der verlorenen Erinnerungen, sagen die alten Legenden. Alles, was auf der Erde vergessen wird, gelangt hierher. Quassinja heißt also nicht nur Quassinja. Sein Name hat eine Bedeutung.«

»Und deiner nicht, Oliver Pollock?«

Oliver schluckte. »Ich habe keine Ahnung, was mein Name bedeutet. Aber ich weiß, warum ich hier bin. Ich muss meinen Vater finden. Er hat natürlich auch einen Namen und heißt Thomas.«

»Dann bist du *Oliver der Sucher*. Wie du siehst, besitzt du also doch einen Namen.«

Allmählich begriff Oliver, worauf das Einhorn hinauswollte. Ein Name ist nichts wert, solange er keine Bedeutung hat. Die

Verse aus Vaters Tagebuch kamen ihm in den Sinn: *Alles, was im Herzen vergessen ist, geht seinen Weg. Und jedem, der etwas im Herzen Vergessenes bei sich trägt, öffnet Sin das Tor.* Hatte er nicht selbst seiner Schwester die Erklärung für diese Worte gegeben? Natürlich! Wenn die wahre Bedeutung einer Sache verloren geht – egal, ob es sich um einen Gegenstand, einen Traum oder ein Lebewesen handelt –, dann verschwindet sie von der Erde und durchschreitet das Tor nach Quassinja ...

Und hier traf sie auf das Einhorn. »Bist du etwa so etwas wie ein Wächter?«, fragte er freiheraus.

»Der Torhüter Quassinjas? Deine Frage ist schlau, Sucher.«

»Heißt das, du lässt nicht jeden durch dieses Tor nach Quassinja eingehen?«

»Wäre das die einzige Aufgabe, die deiner Meinung nach ein Torhüter wie ich erfüllen könnte?«

Oliver musste nicht lange nachdenken, um eine Antwort zu finden. »Es könnte auch bedeuten, dass nicht jeder Quassinja verlassen darf, der es gerne möchte ...«

Abermals blieben ihm die Worte im Halse stecken. Bisher hatte er nur darüber nachgedacht, wie er den Aufenthaltsort seines Vaters finden könnte. Aber er hatte noch keinen einzigen Gedanken daran verschwendet, wie für sie der Übergang zurück zur Erde möglich war. Oliver versuchte sich keine Furcht anmerken zu lassen, als er das Einhorn noch einmal genauer betrachtete. Warum hatte es immer wieder von seinem Horn gesprochen? War dieses bronzene Horn mehr als ein gemeinsames anatomisches Merkmal aller Einhörner? Ein Wächter braucht eine Waffe, sie gibt ihm die nötige Autorität für sein Amt.

Oliver fühlte, wie die Furcht zurückkehrte. Die ruhige Art dieser lebendigen Statue konnte Berechnung sein. Vielleicht suchte sie nur nach einer Gelegenheit, ihn mit diesem langen kalten Horn aufzuspießen ...

»Du besitzt einen wachen Verstand«, unterbrach das Einhorn Olivers Gedanken, und auf die möglichen Schwierigkeiten beim *Verlassen* Quassinjas anspielend fügte es hinzu: »Was würde wohl passieren, wenn etwas, das die Erde für immer verlassen hat, versuchte wieder dorthin zurückzukehren?«

Woher sollte Oliver das wissen? Er wollte endlich weg von diesem unheimlichen Wesen. Beinahe trotzig warf er ihm die Antwort hin: »Wenn Feuer einen Gegenstand vollständig verbrennt, ist er für immer verloren. Genauso kann etwas, was man ganz und gar vergessen hat, nicht wieder zurückkommen. Es hat sich aufgelöst, ist zu Asche zerfallen, zum Nichts geworden.«

»›Hat sich aufgelöst, ist zu Asche zerfallen, zum Nichts geworden‹«, wiederholte das Einhorn mit seiner nervtötenden Gelassenheit. »Deine Worte sind sehr bildhaft, Oliver Sucher. Du musst ein Künstler sein.«

Oliver spürte, wie er in Panik geriet. Er hatte diesem Ding da so viele Fragen gestellt und es hatte keine einzige beantwortet. Im Gegenteil, er selbst hatte die Antworten zu allem geliefert, was er wissen wollte. Er fühlte sich selbst wie ein Standbild, allerdings eines aus Glas, durch das dieses Einhorn ganz nach Belieben hindurchschauen konnte. Allmählich drängte sich ihm bezüglich der lebendigen Bronzestatue ein ganz bestimmter Verdacht auf, eine schlimme Ahnung, die seine Gedanken lähmte. Aber er wollte trotzdem noch eine letzte Frage stellen; vielleicht erhielt er wenigstens hierauf eine klare Antwort. Er raffte den Rest von der Kraft und dem Mut, die ihm noch geblieben waren, zusammen und sagte: »Wenn du mich jetzt schon so genau kennst und weißt, warum ich hier bin, dann verrate mir wenigstens, ob mein Vater auch in Quassinja ist und wo ich ihn finden kann. Bitte!«

»Du selbst kennst die Antwort, Oliver.«

»Ich möchte sie aber von dir hören, Hüter des Tores!«

»Der, welcher am Tor steht, ist selten der Eigentümer des Anwesens. Bevor die Erinnerungen an mir vorübergehen, ist längst entschieden, ob sie verloren oder wiedergewonnen sind. Kann der Torwächter wissen, woher sie kommen, warum sie an ihm vorbeiwollen oder wohin sie gehen? Beantworte dir eine Frage und du weißt, wo du deinen Vater zu suchen hast: *Warum* bist du Oliver der Sucher?«

Oliver war einfach davongelaufen. Er hatte sich Hals über Kopf nach links abgesetzt, im Zickzackkurs zwischen den Bäumen hindurch, bis ihm die Puste ausgegangen war. Jedenfalls hatte ihn das bedrohlich blitzende Horn des Torhüters nicht erwischt. Er wusste zwar nicht, warum, aber das war ihm auch ziemlich egal. Hauptsache weg von diesem Rätsel spuckenden Ungeheuer.

Es kam ihm vor, als wäre er Stunden gelaufen, aber wenn er ehrlich war und seine körperliche Verfassung in Betracht zog, konnten es höchstens ein oder zwei Minuten gewesen sein.

Die Fragen des Einhorns hatten ihn ganz durcheinander gebracht. Und dann dieses Gerede von Quassinja und den Träumen! Oliver glaubte nach wie vor, dass seine Träume in seinem Kopf eingesperrt waren. Wenn Quassinja nicht nur die Welt der verlorenen Erinnerungen, sondern auch ein Traumreich war, dann hätte es ja auch dort, in seinem Schädel stecken müssen. Aber er konnte ja schlecht in sich selbst spazieren gehen. Oder meinte das Einhorn, das Reich Quassinja sei nur ein Traum? Oder war dies hier die Wirklichkeit und der nächtliche Besuch im Pergamonmuseum der Traum?

Oliver hatte der Kopf geschwirrt. Das Einhorn – dieser Verdacht war immer stärker geworden – konnte nur ein Verbündeter Xexanos sein. Vater hatte diesen Herrscher Quassinjas als sehr gefährlich eingestuft. Bestimmt verfügte Xexano hier, in seiner eigenen Welt, über ein Heer von Dienern, deren wichtigste Aufgabe darin bestand, Spione zu entdecken und auszuschalten. Thomas Pollock musste zweifellos als ein solcher Spion gelten, da er ja Xexanos Rückkehr mit aller Macht verhindern wollte. Und wenn sein Sohn, Oliver, einfach so hier aufkreuzte – was würde Xexano dann wohl davon halten?

Schließlich war mitten in diesen Sturm, der ohnehin schon in Olivers Kopf tobte, jener gewaltige Blitz gefahren, diese gemeine Frage des Einhorns, die ihm den Rest gegeben hatte. Wie ein Stich war es ihm durchs Herz gegangen. Er hatte sich jetzt schon oft genug klargemacht, dass ein guter Sohn seinen Vater nicht einfach vergisst. Da war es ein schwacher Trost, dass auch die Tochter, Jessica, ihn aus der Erinnerung verloren hatte. Aber wenn wirklich alles Vergessene nach Quassinja hinüberwechselte, war auch Olivers Vater hier. Damit hatte er sich auch die letzte Frage selbst beantwortet. Er drehte sich um und blickte in die Richtung, aus der er geflohen war.

Von dem Einhorn fehlte jede Spur.

3. KAPITEL

ZU VIELE FRAGEN

Der Glaube ist die gesicherte Erwartung erhoffter Dinge,
die offenkundige Darstellung von Wirklichkeiten,
obwohl man sie nicht sieht.

Paulus

EINE FLUCHT INS LEERE

Jessicas Atem ging wie nach einem Hundertmeterlauf. Ihr war ganz schwindelig. Dabei stand sie doch nur ruhig auf der Stelle.
Ruhig? Nein, ruhig war sie bestimmt nicht. Sie musste sich setzen. Am besten gleich hier. Der Fotoapparat klapperte auf den Boden, als sie den Schneidersitz einnahm und sich zwang wieder normal zu atmen. Sie musste einen klaren Kopf bekommen, alles streng wissenschaftlich analysieren.
Wo befand sie sich hier? Die Frage war einfach zu beantworten: im Pergamonmuseum, präzise ausgedrückt, im zentralen Oberlichtsaal des Vorderasiatischen Museums, direkt gegenüber vom Ischtar-Tor. Soweit die gesicherten Fakten. Aber wie war sie hierher gekommen?
Bis auf einige Lämpchen der Notbeleuchtung war das Museum dunkel. Sie schaute auf ihre Taucheruhr. Die grünlich schimmernden Zeiger verrieten, dass es kurz vor neun war. Morgens oder abends? Das Museum öffnete um neun Uhr und schloss nachmit-

tags um fünf. Es musste demnach Abend sein, denn am Morgen wäre es sicher schon heller. Licht würde brennen und Museumsmitarbeiter wären zu sehen.

Allmählich gelang es Jessica, sich wieder unter Kontrolle zu bekommen. Sie erhob sich langsam vom Fußboden – ihre Beine funktionierten wieder. Auch das Schwindelgefühl war weg. Höchste Zeit zu verschwinden.

Zum Glück kannte sie sich gut im Museum aus. Die Angestellten benutzten einen Personaleingang, der hinter der Nationalgalerie auf die Bodestraße führte. Wenn sie Glück hatte, war der Eingang noch offen.

Sie schaute noch einmal auf das Ischtar-Tor, das dunkel vor ihr aufragte. Ein seltsames Gefühl der Übelkeit überkam sie dabei und sie fürchtete schon, gleich wieder ohnmächtig zu werden. Ohne länger zu zögern, drehte sie sich um und betrat die Prozessionsstraße. Nach wenigen Metern zweigte links ein Treppenaufgang ab. Gerade hatte sie diese Richtung eingeschlagen, als ein Geräusch ihre Aufmerksamkeit erweckte.

Jessica drückte sich dicht an die Wand des Treppenhauses und lugte vorsichtig um die Ecke zurück. Die Prozessionsstraße lag still im Dämmerlicht der Notbeleuchtung. Das Geräusch war nicht mehr als ein leises Knirschen gewesen, wie es entsteht, wenn man eine sandige Steinplatte über einen harten Boden schiebt. Aber jetzt war alles ruhig. Jessica wollte sich gerade zum Gehen wenden, als sie eine Bewegung bemerkte. Oder war es nur eine Täuschung ihrer arg strapazierten Nerven gewesen? Nein, sie glaubte ganz sicher, dort hinten, in der Halle mit den Funden aus Syrien und Kleinasien, einen dunklen Schatten gesehen zu haben. Nur für einen Moment war er in dem Teil des benachbarten Saales erschienen, auf den die Prozessionsstraße den Blick freigab, und sogleich wieder verschwunden.

Jessica lauschte angestrengt. Da! Wieder das leise Knirschen. Ein Schauer lief ihr über den Rücken. Wer immer da in der Dunkelheit durch die Museumshallen streifte, sie hatte wenig Lust ihm zu begegnen. Auf leisen Sohlen machte sie sich aus dem Staub. Als sie die verborgene Stahltür gefunden hatte, die in jenen Teil des Gebäudekomplexes führte, der nur dem Personal vorbehalten war, fühlte sie sich wieder etwas besser. In dem dahinter liegenden Gang brannte Licht. Doch das Gefühl der Erleichterung hielt nicht lange an. Sie erinnerte sich mit einem Mal an die neuen elektronischen Überwachungseinrichtungen, die Kommissar Gallus erwähnt hatte. Schnell sah sie sich um, aber es waren keine Kameras zu entdecken. Sie hoffte inständig, dass es nicht doch irgendwelche verborgenen Glasaugen gab, die nach ihr Ausschau hielten. Leise schlich sie weiter.

Wenig später fand sie die Tür, die auf den Platz hinter dem Museum hinausführte. An der Fassade des Gebäudes hing eine einzelne Leuchte. Obwohl ihr Licht kaum den schmutzigen Glasschirm durchdringen konnte, erschien es Jessica verräterisch hell. Noch immer hatte niemand Alarm geschlagen. Vielleicht schaute der Nachtwächter ja lieber einen Film im Fernsehen an, da gab es sicher mehr Action als auf den langweiligen Überwachungsmonitoren.

Die angrenzende Nationalgalerie war im antiken hellenistischen Stil gehalten. Mit dem Säulenkranz und dem hohen Quadersockel glich das Gebäude einem korinthischen Tempel. Was einst »Der deutschen Kunst« geweiht worden war, diente Jessica nun als schnöder Schattenspender. In geduckter Haltung tastete sie sich eng am Unterbau entlang und gelangte so bis dicht zu dem kleinen Pförtnerhäuschen. Jetzt kam das schwierigste Stück.

In der Baracke brannte Licht. Jessica hörte Stimmen: zwei Männer, wenn sie sich nicht irrte. Mit ein paar schnellen Schritten huschte sie unmittelbar unter das Fenster. Ihr Fotoapparat hatte einen umklappbaren Sucher, sodass man auch von oben hineinblicken konnte. Als die beiden Wachmänner laut zu lachen anfingen, glaubte sie, es wagen zu können: Sie drehte ihre Kamera um und hob sie gerade weit genug in die Höhe, damit das Objektiv vor das Fenster gelangte. Im Sucher waren die beiden Nachtwächter so klein wie Ameisen – wie Karten spielende Ameisen, um genau zu sein. Jessica traute ihren Augen kaum, aber die beiden Hüter der Museumsinsel saßen an einem kleinen viereckigen Tisch und vertrieben sich die Zeit mit angeregtem Kartenspiel.

Die Gelegenheit konnte kaum besser sein. Jessica beschloss, sich unter dem Fenster entlangzuschleichen; auf der anderen Seite des Pförtnerhäuschens wäre sie nicht mehr als eine nächtliche Passantin. Niemand konnte ihr dort noch etwas anhaben.

Sie schlüpfte mit dem rechten Arm durch den Riemen der Kamera, damit diese nicht herumschlenkern und womöglich noch irgendwo verräterisch anschlagen konnte. Dann atmete sie tief durch und schob sich um die Ecke der Holzbaracke.

Im nächsten Moment kauerte sie wieder in ihrem Versteck. Eine unangenehme Entdeckung hatte sie zurückfahren lassen. Erst jetzt begann ihr Verstand dem Reflex zu folgen.

Wie konnte das sein? Was hatte der Museumsdirektor um diese Zeit hier zu suchen? Sie schaute auf die Uhr: halb zehn. Hoffentlich hatte Professor Hajduk sie nicht gesehen. Ihr Herz begann erneut zu rasen und sie zog sich tiefer in die Schatten hinter dem Pförtnerhaus zurück.

Wenige Sekunden später entfesselte sich vor der Baracke eine lautstarke Diskussion um die Pflichten des Sicherheitsdienstes der Museumsinsel. Professor Hajduk legte mit sich überschlagender Stimme seine Ansicht dar, dass Kartenspielen mit dem Berufsethos eines Nachtwächters nicht zu vereinbaren sei. Die beiden Wachleute dagegen vertraten den Standpunkt, dass um diese Zeit nie etwas los sei und man sich schließlich irgendwie wach halten müsse. Das gehöre ja immerhin zu den obersten Pflichten von Wachleuten: jederzeit *wach* zu sein.

Der Professor hatte offenbar Probleme, dieser Argumentation zu folgen, zumal ihm hierfür nach eigenem Bekunden auch wenig Zeit zur Verfügung stand. Daher erklärte er sich zum vorzeitigen Sieger des Wortstreits. Den Unterlegenen drohte er zum Abschied »ernsthafte disziplinarische Maßnahmen« an, dann stob er mit Riesenschritten in Richtung Museum davon.

Kaum war der Direktor außer Hörweite, entspann sich ein neues Rededuell, diesmal zwischen den beiden Wachmännern. Es wurde kaum weniger kämpferisch ausgetragen als der Wortstreit zuvor, beinahe so, als müsse nach Vergabe der Goldmedaille nun über den zweiten Platz entschieden werden. Jessica atmete tief durch. Das war ihre Chance! Zum Glück hatten weder die Nachtwächter noch Hajduk sie entdeckt. Jetzt galt es, so schnell wie möglich zu verschwinden.

Während die Männer in der Baracke noch lautstark den Punkt erörterten, wie viel Kleinlichkeit sich ein Vorgesetzter eigentlich leisten dürfe, schlüpfte Jessica unter ihrem Fenster vorbei und schlug sich nach links in die Dunkelheit.

Noch einmal bekam sie einen Schreck, als sie sich wenige Schritte später unvermittelt einer riesenhaften dunklen Gestalt gegenübersah. Aber dann atmete sie erleichtert auf und musste sogar leise lachen. Es war nur ein Standbild, eine Reiterin, die wie zur Mahnung an ihre neuzeitlichen Kollegen in der Baracke eine Axt in der Rechten hielt. Die Streiterin war gnädig und ließ Jessica ungehindert ziehen – wahrscheinlich beschäftigte sie doch mehr der korrekte Sitz des knappen Tüchleins, das der Bildhauer ihr als einziges Kleidungsstück auf den Leib gegossen hatte.

Mit schnellen Schritten eilte Jessica unter den Kolonnaden hindurch, die zur Spreebrücke führten. Auf dem Fluss spiegelten sich die Lichter der gegenüberliegenden Straßenlaternen. Sie lief über die Friedrichsbrücke und folgte dann ein kurzes Stück der Burgstraße. Wenn sie den kürzesten Weg nahm, würde sie bald zu Hause sein.

In der Großen Hamburger Straße fiel allmählich die Spannung von ihr ab. Doch seltsamerweise fühlte sie sich nicht erleichtert. Im Gegenteil, eine bleierne Schwere kroch in ihre Glieder und verstärkte nur den Wunsch, sich im eigenen Zimmer zu verkriechen. Was war nur geschehen? Aus welchem Grund hatte sie sich im Museum aufgehalten? Ganz allein, lange nach Kassenschluss. Und warum hatte sie sich gerade vor dem Ischtar-Tor wieder gefunden?

In der Torstraße stand der Verkehr still. An der Kreuzung zur Ackerstraße hatten sich zwei Autos ineinander verkeilt. Während die Passanten den Haufen aus Blech, Plastik und Glas wie ein seltenes Kunstwerk bestaunten, versuchten die Polizisten den Überblick zu behalten. Jessica hörte jemanden sagen, dass einer der beiden Fahrer wohl vergessen habe, wie die Farbe Rot aussehe. Dann hatte sie sich schon an den Schaulustigen vorbeigeschoben und überquerte die Fahrbahn. Ein Fahrer schaute sie aus seinem stehenden Auto wütend an. Endlich konnte sie in die Bergstraße einbiegen.

Kaum war sie dem Trubel entronnen, kehrten die beunruhigenden Gedanken zurück. Sie fühlte eine seltsame Leere in ihrem Inneren. Ob sie wohl ohnmächtig geworden war? Das wäre immerhin eine plausible Erklärung, die zu ihren leidvollen Erfahrungen passte. Ab und zu spielte ihr Kreislauf verrückt – ganz normal in diesem Alter, hatte der Arzt gesagt. Vielleicht war sie in irgendeiner Ecke des Museums umgekippt und niemand hatte sie entdeckt. Als sie dann wieder zu sich kam, war sie zunächst benommen bis zum Ischtar-Tor getaumelt und hatte erst dort ihr Bewusstsein ganz wiedererlangt. Ja, so könnte es gewesen sein.

Sie ging am Zille-Park vorüber, in dem noch eine Gruppe Jugendlicher bei der Holzstatue des Berliner Milieupoeten auf Bänken hockten und miteinander herumalberten. Jessica beeilte sich weiterzukommen, nur noch wenige Schritte, dann hatte sie es endlich geschafft.

Die zweiflügelige Tür des Vorderhauses kam ihr an diesem Abend besonders trostlos vor. Sie wusste nicht, warum. Ebenso wenig konnte sie sich später erklären, weshalb sie nun, da sie endlich die Bergstraße 70 erreicht hatte, nicht sogleich die Türklinke gedrückt, die Hinterhöfe durcheilt hatte und in die Wohnung hinaufgelaufen war. Einen Moment lang stand sie auf dem Gehweg und betrachtete die Verzierungen an der heruntergekommenen Fassade. Über der Tür blieben ihre ziellos umherwandernden Augen plötzlich stehen. Eine Reihe von Gesichtern blickte ihr von dort oben entgegen. Sie hatte nie herausgefunden, ob es sich dabei um Engel oder um Dämonen handelte oder um was auch immer. Geblieben waren nur noch von der Zeit und den Autoabgasen bis zur Unkenntlichkeit zerfressene Fratzen. Warum wusste niemand mehr, wen diese Gesichter darstellten? Man hatte es wohl einfach vergessen.

Aus dem Café im Nachbarhaus schwappten jäh laute Stimmen auf die Straße heraus. Es gab nicht selten Streit hier vorne, wenn jemand wieder mal über den Durst getrunken hatte. Jessica beeilte sich den Weg zum dritten Hinterhof anzutreten. Wie alle anderen besaß auch die Tordurchfahrt zum letzten Hof zwei Aufgänge. Jessica nahm den rechten. Leise schlich sie sich das Treppenhaus hinauf. Frau Waczlawiak im ersten Stock hatte ein enorm feines Gehör; Jessica stand im Augenblick nicht der Sinn nach Schmalzbroten oder Pfefferminztee.

Im dritten Stock blieb sie einen Moment stehen. Eine alte Frau sollte hier wohnen, aber Jessica hatte sie nie zu Gesicht bekommen. Nur ab und zu hörte man durch den Fußboden ihr Rumoren. An der Wohnungstür gab es nicht mal ein Namensschild. Doch daneben hing eine alte Garderobe, in der ein langer, an einigen Stellen schon blinder Spiegel eingelassen war. Jessica betrachtete sich darin.

Sie sah furchtbar aus. Blass und müde. Wieder fühlte sie die seltsame Leere in ihrem Inneren, ohne sich erklären zu können, weshalb. Was würde sie erwarten, wenn sie oben die Wohnungstür aufschloss? Sie hatte keine Ahnung. Nachdenklich fuhr ihre Hand zum Kinn. Sie beugte sich näher zum Spiegel vor. Augenringe hatte sie auch! Wirklich kein schöner Anblick. Die Kuppe ihres Zeigefingers berührte wie von selbst das Grübchen. Da erstarrte sie.

Für einen Moment hatte es so ausgesehen, als blicke ein anderes Gesicht ihr aus dem Spiegel entgegen, dem ihren zwar in manchem ähnlich, doch in anderem auch wieder völlig verschieden. Ehe sie diese offensichtliche Sinnestäuschung näher untersuchen konnte, ging das Licht im Hausflur aus.

Jessica verkniff sich einen Fluch. Sie tastete nach dem Lichtschalter, der grünlich in der Dunkelheit schimmerte, genauso wie das Zifferblatt ihrer Taucheruhr. Kurz vor halb elf! Sie war zum Umfallen müde. Höchste Zeit, dass sie ins Bett kam.

Im vierten Stock schloss sie die Wohnungstür auf, warf ihre rote Jacke über einen Haken an der Garderobe und hielt direkt auf ihr Zimmer zu. Sie schaffte es gerade noch, den Fotoapparat im Regal zu verstauen. Die Schuhe streifte sie ab, während sie schon bäuchlings auf dem Bett lag. Dann fiel sie in einen tiefen, dunklen Schlaf.

Jessica stieg aus ihrem Bett auf wie eine Rakete. Es war bereits zehn Minuten nach zehn! Dann fiel ihr ein, dass ja Sonntag war. Bis zum Schulbeginn blieb ihr noch eine eintägige Galgenfrist.

Mit vom Schlaf verklebten Augen tastete sie sich zum Badezimmer vor. Die beste Methode, um wach zu werden, war noch immer ein heilsamer Schock, also ein Blick in dieses zerknitterte Gesicht, das sie jeden Morgen aus dem Spiegelschrank anglotzte. Wenn sie dieses Gesicht mit ein paar Hand voll Wasser bespritzte, dann würde es ihr gleich besser gehen.

An diesem Morgen kam das Gesicht ihr zuvor. Als Jessica ihr zerknittertes Spiegelbild sah, vergaß sie das Wasser. Die vergangene Nacht fiel ihr wieder ein. Und das Gesicht im Spiegel, ein Stockwerk tiefer. Obwohl jetzt nichts mehr von diesem anderen Antlitz zu sehen war, wurde Jessica mit einem Mal von einer großen Unruhe erfasst. Sie stürzte aus dem Badezimmer auf den Flur hinaus.

»Ist da jemand?«

Niemand antwortete auf ihren Ruf.

Sie lief ins Wohnzimmer. »Ist denn niemand zu Hause?«, rief sie, jetzt noch lauter.

Wieder keine Reaktion.

Die Küche war auch leer, ebenso die beiden anderen Räume, auf deren Funktion sich Jessica keinen rechten Reim machen konnte. Der eine sah aus wie ein Schlafzimmer, der andere ähnlich wie ihr eigenes Zimmer, nur nicht ganz so chaotisch.

Sie zog sich in die Küche zurück, weil ihr beim Anblick der letzten beiden Räume schlecht geworden war. Ihr Rachen war trocken wie ein Lüftungsschacht. Sie musste etwas trinken und dann in Ruhe über alles nachdenken.

Die Milch im Kühlschrank hatte schon einen leichten Stich, aber der Orangensaft schmeckte noch. Jessica saß am Küchentisch und schaute durchs Fenster. Die Gehörlosenschule jenseits der Hofmauer lag an diesem Sonntag so ruhig da, wie sie es für ihre Schüler jeden Tag sein musste.

»Warum bin ich allein hier?« Jessica sprach ganz langsam und versuchte sich nicht wieder aufzuregen. »Was ist passiert?«

Das Museum. Richtig. Sie war dort aufgewacht – wenn man das so nennen durfte –, ganz allein, lange nachdem die Kartenschalter geschlossen hatten. Sie war nach Hause gelaufen. An der Torstraße hatte es diesen verrückten Verkehrsunfall gegeben. Zumindest einer der beiden Autofahrer musste mit voller Geschwindigkeit über die rote Ampel gefahren sein. Die Polizei hatte alle Mühe ...

Polizei? Kommissar Gallus! Natürlich! Gestern, nein, vorgestern war sie von ihrem Ferienseminar zurückgekehrt und der Kommissar hatte ihr hier aufgelauert. Er suchte ihren Vater ...

Allmählich stellte sich die Erinnerung wieder ein, als würde Herbstlaub vom Fußboden geweht und darunter ein vertrautes Mosaik sichtbar. Aber das Laub war nass; besser gesagt, es gab überall Stellen, an denen das Erinnerungsbild verdeckt blieb. Da waren das Tagebuch und die geheimnisvolle Inschrift, die Vater übersetzt hatte. Aber was hatte Jessica im Museum gesucht? Vielleicht wollte sie beim Ischtar-Tor nach irgendwelchen Anhaltspunkten suchen, doch welche neuen Erkenntnisse sollte ihr das schon bringen? Sie war bereits so oft in diesem Museum gewesen und kannte das Ischtar-Tor in- und auswendig.

So viele Fragen! Und dazu noch das dumme Gefühl, dass nicht nur die Antworten nicht passten, sondern auch die wichtigste Frage von allen überhaupt noch nicht gestellt war. Das Bild blieb unvollständig. Ein dicker Haufen Laub verdeckte den vielleicht bedeutendsten Teil des Mosaiks.

Jessica fuhr von der Bank hoch und begann in der Küche herumzulaufen. Da der Raum hierfür wenig Entfaltungsmöglichkeiten bot, fing sie an aufzuräumen. Sie ließ Wasser in das Spülbecken ein, stellte das trockene Geschirr in den Küchenschrank. Und immer wieder fragte sie sich, wer wohl diese Teller und Tassen benutzt hatte.

Als sie mit einem Lappen das Wachstuch auf dem Tisch abwischte, fegte sie einen alten Einkaufszettel zu Boden. Sie hob ihn auf und betätigte den Fußtritt, der den Mülleimerdeckel öffnete. Der Zettel taumelte wie ein weiteres Herbstblatt durch die Luft – und fiel neben den Eimer.

Verärgert über das widerspenstige Blatt bückte sich Jessica, um es aufzuheben ... Da fiel ihr Blick auf die Rückseite des Zettels, die nun obenauf lag. Was sie sah, stürzte sie in einen Abgrund der Verwirrung: eilige Zeilen, von fremder Hand hektisch auf das Blatt geworfen.

Ein paar Sekunden lang verharrte sie wie gebannt in der augenblicklichen Haltung: ein Fuß auf dem Mülleimertritt, der andere leicht angewinkelt daneben; ein Spüllappen in der nach hinten zeigenden linken Hand, die rechte ausgestreckt nach dem Zettel; der Oberkörper weit vorgebeugt – eine Pose wie in einem Aerobic-Lehrbuch.

Endlich – im Rücken machte sich ein leises Ziehen bemerkbar – hob sie den Zettel auf. Sie las den Inhalt inzwischen zum dritten Mal.

Lieber Papa!

Gestern war die Polizei hier und hat nach dir gefragt. Jessica und ich wissen aber auch nicht, wo du bist. Uns ist fast so, als wüssten wir nicht mal, wer du bist. Wir haben dein Tagebuch gefunden und suchen dich da, wo du deine Suche nach Xexano wohl auch begonnen hast. Wenn du vor uns zu Hause bist, komm bitte so schnell wie möglich hinterher. Du könntest uns damit vielleicht eine Menge Ärger ersparen.

Oliver

»Oliver?« Jessica sprach den Namen so aus, als wäre es derjenige des achten Wochentages und sie hätte ihn eben zum ersten Mal gehört.

Erst Thomas und jetzt Oliver. Ihr wurde ganz schwindelig, so wie am Abend zuvor im Museum. Schnell zog sie den einzigen Küchenstuhl heran und setzte sich darauf. Sie las den Zettel ein viertes Mal und betrachtete das seltsame Symbol neben dem Namenszug: eine Reihe von parallelen, immer kürzer werdenden Linien, die etwa von der Mitte an wellig wurden, wie Fahnenmasten, die sich im Wasser spiegeln.

Das konnte doch nicht sein. Dieser Oliver schrieb ja gerade so, als wäre er ihr Bruder! Aber wie war das möglich? Man konnte doch nicht innerhalb von ein paar Tagen erst den Vater und dann den eigenen Bruder aus dem Gedächtnis verlieren.

Ihr fielen die Zimmer wieder ein. Das eine musste dem Vater gehören; früher hatte Mutter dort geschlafen. Aber das andere ... Sie fuhr hoch und rannte aus der Küche – das Schwindelgefühl hatte sie ganz vergessen.

Die Tür zu ihrem Nachbarzimmer flog auf und knallte gegen den Kleiderschrank. Jessicas Augen wanderten über die Einrichtung. Da hing eine Gitarre an der Wand, in der Ecke lehnte eine Staffelei und auf dem Boden standen mehrere Gemälde, manche noch in halb fertigem Zustand. An den Wänden hingen zahlreiche Zeichnungen, Aquarelle und zwei weitere Ölgemälde. Viele Bilder zeigten Landschaften, die von seltsamen Fabelwesen bewohnt waren. Dann fiel ihr Blick auf das Plakat über dem Bett.

Eine Reihe von Bäumen war darauf zu erkennen, die wie die Orgelpfeifen immer kürzer wurden. Die Silhouette spiegelte sich in einem See, sodass die Stämme – erst gerade, in der Reflexion gewellt – ein Linienmuster bildeten, dessen Fläche einem Dreieck entsprach, von dem eine Spitze abgebrochen war. Unter dem Bild stand der Text: »*The Harp of the Winds* – Homer Dodge Martin«.

Jessica verstand den Titel sogleich. Als Computerfreak bereitete ihr Englisch keine Schwierigkeiten. »Die Harfe der Winde«, flüsterte sie und glaubte für einen Moment den verzaubernden Klang von Harfensaiten zu hören.

Natürlich hatte sie das Motiv des Bildes sofort wieder erkannt. Sie betrachtete die Rückseite des Einkaufszettels, den sie noch in der Hand hielt, und verglich die Zeichnung darauf mit dem Original auf dem Poster.

»Stark vereinfacht«, murmelte sie. »Aber trotzdem wieder zu erkennen. Du scheinst ein Künstler zu sein, Oliver.«

Ihr fielen die Fotos im Flur und im Wohnzimmer ein. Vorhin, als sie wie ein Derwisch durch die Wohnung gefegt war, hatte sie die Bilder nur unbewusst wahrgenommen. Jetzt kehrte sie zu ihnen zurück. Was sie auf den Fotografien fand, entsprach in etwa ihren Befürchtungen.

Auf den offensichtlich ältesten Bildern waren zwei kleine rotblonde Babys in für Kinder dieser Altersklasse typischen Posen zu sehen: Mal badeten sie gemeinsam in einem großen Waschzuber, dann wieder saßen sie in trauter Zweisamkeit nebeneinander auf Plastiktöpfen, um dort gewisse Notwendigkeiten zu verrichten. Die Erwachsenen schienen solche Motive zu lieben! Auf einem der Bilder war sogar Mutter zu sehen, mit einem Mann, der nur Jessicas Vater sein konnte – zu diesem Schluss war sie vorgestern schon einmal gekommen. Aber erst jetzt fiel ihr dieser andere Knirps auf, der da immer an ihrer Seite war. Der Kleine hatte dieselbe Haarfarbe wie Jessica, wirkte aber gerade auf den jüngeren Fotos immer ein wenig molliger und auch etwas kleiner als sie. Keine Frage: Jessica hatte einen Bruder, der genauso alt war wie sie.

»Klarer Fall von Zwillingsbruder«, murmelte sie.

Ihre Knie wurden mit einem Mal ganz weich und sie ließ sich einfach auf den Teppichboden im Wohnzimmer sinken. In der einen Hand hielt sie den Einkaufszettel mit Olivers Nachricht und in der anderen ein Foto, das höchstens zwei Jahre alt sein konnte. Sie selbst sah darauf sehr ernst aus, als arbeite sie gerade an einem schwierigen mathematischen Problem. Ihr Zwillingsbruder dagegen strahlte wie ein Honigkuchenpferd.

Langsam dämmerte es Jessica, dass etwas Unheimliches vorging. Ihre Erinnerungen lösten sich auf und mit ihnen die Menschen, die zu vergessen einem eigentlich am schwersten fallen sollte. Wenn diese Entwicklung so weiterging, was würde sich dann noch alles verflüchtigen und sich einfach aus ihrem Gedächtnis davonschleichen?

Jessica musste diesen zerstörerischen Prozess aufhalten. Nein, sie musste ihn *umkehren*. Das Gefühl der Leere wich allmählich einem Sturm, der in ihrem Inneren aufzog. Sie war wütend. So wütend wie jemand, dem man das Liebste gestohlen hatte, das er besaß. Und schließlich war es ja wohl auch so. Selbst wenn sie ihren Vater und den Bruder vergessen hatte, war sie sich doch sicher, dass sie sie geliebt haben musste. Die Fotos in der Wohnung ließen jedenfalls keinen anderen Schluss zu.

Aber wer konnte ihr helfen? Würde sie nicht jeder auslachen, dem sie ihre unglaubliche Geschichte erzählte? So viele Fragen – und keine passenden Antworten.

Der Museumsdirektor! Sie erinnerte sich daran, dass sie am Tag zuvor Professor Hajduk besucht hatte. Wohl weil in Vaters Tagebuch so seltsame Sachen über diese Xexano-Statue und das Ischtar-Tor standen. Sie konnte den kleinen Mann zwar nicht besonders leiden, aber ihr fiel im Moment nichts Besseres ein, als den Museumsdirektor noch einmal aufzusuchen.

Wenig später schnappte die Wohnungstür hinter Jessica zu. Weil es Sonntag war und sie außerdem bei Professor Hajduk einen guten Eindruck machen wollte, hatte sie ihr Sweatshirt gegen eine schwarzweiß karierte Flanellbluse eingetauscht. Sogar die Turnschuhe ließ sie weg und zog stattdessen die halbhohen rotbraunen Wildlederschuhe an. Auf die blauen Jeans wollte sie jedoch nicht verzichten, selbst die Politiker im Bundestag trugen heute manchmal solche Hosen.

An diesem Morgen vermied es Jessica, in den Spiegel auf der dritten Etage zu blicken. Sie schlich das Treppenhaus hinab wie eine Katze auf Spatzenjagd. Frau Waczlawiak sollte sie nicht hören. An der Tür im ersten Stock steckte sie der hilfsbereiten Witwe eine kurze Nachricht in den Briefschlitz:

Liebe Frau Waczlawiak!

Mir geht es gut. Gegessen habe ich auch schon was. Ich bin heute wahrscheinlich den ganzen Tag nicht zu Hause. Machen Sie sich bitte keine Sorgen.

Viele Grüße

Jessica

DIE ENTTÄUSCHUNG

Als die schwere Tür vom Vorderhaus hinter ihr zufiel, blieb Jessica für einen Augenblick gedankenverloren stehen. Wie viele tausend Mal war sie hier schon auf die Straße hinausgetreten! Sie kannte jedes Haus in diesem Viertel wie die Pinselstriche eines wohl vertrauten Gemäldes. Wie nur war es dazu gekommen, dass jemand einfach zwei der Gesichter aus diesem Bild herausgeschnitten hatte? Langsam blickte sie über die Schulter und ihre Augen wanderten an der Haustür empor. Ein Spalier zerfressener Fratzen schaute zu ihr herab. Nein, es waren wohl doch keine Engel.

Auf dem Weg zum Museum dachte sie darüber nach, was sie den Professor eigentlich fragen sollte. Sie beschloss, an diesem Tag die etwas weitere Strecke zu nehmen, um mehr Zeit für ihre Überlegungen zu haben. Im Himmelsgrau zeigten sich einige blaue Flecken. Es wehte ein frischer Wind.

In der Bergstraße pulsierte wie immer jene Art von Leben, die nur in diesem Viertel der Stadt anzutreffen war. Der Kiez hatte seine eigenen Naturgesetze. Aus einem offenen Fenster hallte laute Rockmusik. Die vielen winzigen Cafés und Imbissstuben hatten längst geöffnet und selbst in dieser kalten Jahreszeit gab es einige, vor denen Tische auf der Straße standen; zwei oder drei davon waren sogar besetzt.

An der Torstraße wandte sie sich zunächst nach rechts, kreuzte die Fahrbahn und bog kurz darauf links in die Kleine Hamburger Straße ein. Früher, als sie noch die Grundschule am Koppenplatz besucht hatte, war sie immer diese Strecke gegangen. Ihre Füße kannten also den Weg und sie konnte sich voll auf das Gespräch mit Professor Hajduk konzentrieren.

Hoffentlich war er heute, am Sonntag, überhaupt im Museum. Aber gestern hatte sie ihn ja auch angetroffen. Sogar die Sekretärin hatte am Samstag gearbeitet. Erst jetzt fiel ihr dieser seltsame Umstand auf. Vielleicht lag es an dem spektakulären Diebstahl, dass die Angestellten des Museums Überstunden schieben mussten.

Die Sackgasse endete vor dem Sportplatz von Jessicas alter Grundschule. Dahinter befand sich eine Mauer. Die Eisentür, hinten links, sah noch verrosteter aus als vor Jahren schon. Da in der Schule fast immer irgendwelche Veranstaltungen stattfanden, stand die Tür meistens offen. So auch an diesem Tag. Jessica durchquerte den kleinen Schulhof, der an drei Seiten von dem Schulhaus eingeschlossen war. Die großen Bäume darin reckten ihre kahlen Äste dem Himmel entgegen. Ohne lärmende Kinder wirkte hier alles ziemlich trostlos. Es schien eine Ewigkeit her zu sein, dass sie unter diesen Bäumen mit ihren Klassenkameradinnen die Pausenbrote getauscht hatte.

Jessica betrat das Schulhaus. Wie die meisten Gebäude in diesem Viertel war es schon sehr alt. Einen Moment lang blieb sie in dem hohen Treppenhaus stehen und lauschte. Auf beiden Seiten befanden sich Türen, durch die man zu den Klassenräumen gelangte. Aus der Ferne hallte Musik herüber. Irgendjemand lachte. Vielleicht das Sonntagstreffen eines Gesangsvereins.

Das durch die Flure schallende Geräusch einer zuschlagenden Tür weckte sie aus ihrer andächtigen Starre. Schnell lief sie die Treppe hinab und verließ das Gebäude auf der anderen Seite. Dort, am Koppenplatz, wandte sie sich nach rechts und befand sich in der Großen Hamburger Straße.

Gestern wären ihr hier beinahe die Füße weggesackt. Die Umstände ihres Erwachens im nächtlichen Museum erschienen ihr noch immer sehr merkwürdig. Wie viel konnte sie Professor Hajduk anvertrauen? Sollte sie ihm von dem Tagebuch ihres Vaters erzählen?

Sie bog nach rechts in die Krausnickstraße ein. Dieser kleine Umweg war nötig, um mehr Zeit zum Nachdenken zu gewinnen. Über den Dächern des alten Judenviertels glänzte die vergoldete Kuppel der Neuen Synagoge. Soweit sie sich mit den Gegebenheiten des Museums auskannte, oblag dem Direktor nicht nur die Verwaltung des Instituts, sondern er war auch und vor allem für die wissenschaftliche Arbeit dieser Forschungseinrichtung verantwortlich. Die ständige Ausstellung war sozusagen nur der Teil, den die Öffentlichkeit zu Gesicht bekam. Professor Hajduk musste somit ein lebhaftes Interesse an den Entdeckungen und Vermutungen haben, die Thomas Pollock in seinem Tagebuch äußerte.

Nur einen Steinwurf weit von der Neuen Synagoge entfernt kreuzte sie die Oranienburger Straße. Ob Oliver, ihr verschwundener Bruder, sie gestern begleitet hatte? Dann würde Professor Hajduk sich vielleicht noch an ihn erinnern können. Sie musste ihn unbedingt danach fragen.

Jessica erreichte die Spree und damit das Nordwestende der Museumsinsel. Sie überlegte, ob sie gleich hier an der Monbijoubrücke auf die andere Seite des Flusses wechseln sollte, um zum Haupteingang des Pergamonmuseums zu gelangen, entschied sich aber dagegen.

»Du brauchst noch ein paar Minuten«, sagte sie zu sich selbst und bog nach links in den angrenzenden Park ein.

Die lang gestreckte Insel lag wie ein gestrandeter Wal im Fluss. Dort drüben schlummerte ein Geheimnis, davon war Jessica überzeugt. Angesichts ihrer beunruhigenden Erinnerungslücken musste sie sogar damit rechnen, dass dieses unerklärliche Etwas sehr gefährlich sein konnte. Vielleicht war dies der wirkliche Grund, warum sie sich dem Pergamonmuseum auf solchen Umwegen näherte. An der Friedrichsbrücke schloss sich der Kreis, den ihre Füße in der Nacht zuvor begonnen hatten.

Während sie den Fluss überquerte, fuhr ein Polizeiwagen an ihr vorbei. Ob man wohl entdeckt hatte, dass in der vergangenen Nacht ein Fremder durch die Museumshallen gewandert war? Vielleicht arbeitete die Spurensicherung der Polizei schon fieberhaft daran, Jessicas Fingerabdrücke einzusammeln, die sie bestimmt überall zurückgelassen hatte.

»Unsinn, du spinnst, Jessi!«, beruhigte sie sich selbst. Es liefen täglich tausende von Menschen durch die Ausstellung und hinterließen abertausende von Fingerabdrücken. Als Jessica sah, wie der Polizeiwagen am Ende der Brücke nach rechts abbog und gleich darauf durch den Personaleingang in das Museumsgelände fuhr, wurde sie doch wieder unruhig.

Schnell durcheilte sie die Insel, die an dieser Stelle sehr schmal war, um sie über die Eiserne Brücke wieder zu verlassen. Am Kupfergraben, so hieß hier die Uferstraße, nahm die Zahl der Passanten plötzlich stark zu. Sie erinnerte sich, dass auch gestern viele Menschen vor dem Museum gewartet hatten, aber das hier war nicht normal.

Jessica bahnte sich ihren Weg zu der breiten Treppe hin, deren Stufen zugleich die Funktion einer Brücke erfüllten, über die man auf die Insel zurückgelangte. Den Vorplatz des Pergamonmuseums bevölkerten hunderte von Schaulustigen. Jessica hatte inzwischen einige Gesprächsfetzen von den umstehenden Personen aufgeschnappt: Es hatte einen neuen Diebstahl gegeben.

Über das, was abhanden gekommen war, gingen die Meinungen allerdings auseinander. Einige behaupteten, die Asarhaddon-Stele aus Sam'al sei spurlos verschwunden. Jessica erinnerte sich dunkel daran, die großen Reliefplatten am Vortag noch gesehen zu haben. Sie konnte sich kaum vorstellen, dass jemand versuchen würde, diese sperrigen Ausstellungsstücke davonzutragen, aber dann fiel ihr wieder dieser knirschende Schatten ein, dem sie im nächtlichen Museum begegnet war. Seltsam, dass sie erst jetzt wieder darauf kam.

Beim Weitergehen vernahm sie auch andere Gerüchte. Manche Zuschauer meinten etwas von einer syrischen Statue gehört zu haben, ein Königsstandbild oder irgendein vergessener Held des

Altertums. Jedenfalls sei die Figur über Nacht samt Sockel verschwunden.

Jessicas Herzschlag beschleunigte sich. Hatte Kommissar Gallus nicht auch von der Xexano-Statue gesagt, sie sei samt Steinsockel gestohlen worden? Ob die Geräusche, die sie letzte Nacht im Museum gehört hatte, womöglich von den Dieben stammten? Vielleicht war sie ihnen fast in die Arme gelaufen! Ihr wurde jetzt noch ganz schlecht bei dem Gedanken, was solche Kriminelle dann wohl mit ihr angestellt hätten.

Sie musste unbedingt mehr über die Sache erfahren. Schließlich hatte man ihren Vater des vorigen Diebstahls beschuldigt. So, wie die Dinge nun standen, konnte sie sich nicht vorstellen, dass Kommissar Gallus immer noch daran glaubte, dass ein einzelner Mann für all das verantwortlich war.

Durch Schieben, Drücken und – wenn es einmal besonders eng wurde – auch durch gezielte Knüffe gelang es ihr, sich bis zum Haupteingang vorzuarbeiten. An den Glastüren klebten provisorisch aussehende Plakate mit der Aufschrift:

```
Das Vorderasiatische Museum und
das Museum für Islamische Kunst
bleiben heute geschlossen.
Wir bitten um Ihr Verständnis.

Danke.

Die Museumsleitung
```

Jessica gelang es, in das Foyer des Museums vorzudringen. Auch hier war es voll, aber es herrschte weniger Gedränge, als sie vermutet hätte. Sie blieb einen Augenblick stehen, um sich einen Überblick zu verschaffen. Links, beim Buch- und Souvenirshop, stand ein Fernsehteam. Ein Sprecher erzählte der Videokamera des Kollegen betroffen, welche schrecklichen Dinge sich hier zugetragen hätten; die Qualität seiner Bestürzung wurde von einem dritten Mann mit einem Tonaufzeichnungsgerät kontrolliert. Rechts, da, wo sich die Kassen befanden, kämpfte ein wirres Knäuel aus Menschenleibern um die Eintrittskarten. Dem Ansturm nach zu urteilen, mussten die begehrten Papierschnipsel wohl jeden Moment zur Neige gehen.

Jessica hatte keine Lust, lange nach einem bekannten Gesicht zu suchen, das ihr freien Eintritt ins Museum gewähren konnte. Außerdem hatte Direktor János Hajduk ihr gestern ja ausdrücklich erlaubt, sich frei in den Ausstellungsräumen zu bewegen. Also schummelte sie sich unauffällig an den zwei Angestellten vorbei, die ohnehin viel mehr Interesse für die hektisch umherlaufenden Polizisten und Medienvertreter aufbrachten als für die Eintrittskarten, die ihnen manche pflichtbewussten Besucher noch zu zeigen versuchten.

Schnell durcheilte sie den Vorraum, in dem die elektronischen Museumsführer verteilt wurden, und trat in die große Halle mit dem Pergamonaltar ein. Hier wurde es wieder eng. Nur mit Mühe konnte sie sich nach rechts in den Saal schieben, der die römische Baukunst beherbergte. Zu beiden Seiten des Markttores von Milet standen messingfarbene Ständer, zwischen denen eine dicke rote Kordel gespannt war.

»Durchgang verboten!«, sagte ein Polizist, der zusammen mit einem Mann vom Sicherheitsdienst des Museums vor der Absperrung stand. »Durchgang verboten!« Er wiederholte die Worte wie ein Papagei alle fünf bis zehn Sekunden. Aber immer wieder kamen Neugierige und rückten den beiden Männern auf den Pelz, beinahe so, als fänden sie es besonders aufregend, sich von ihnen zurückweisen zu lassen.

Jessica konnte einen Blick zwischen den dicht gedrängten Menschen hindurchwerfen und etwas erkennen, das ihr einen Ausruf der Verzückung entlockte. Was für ein Glück! Auf der anderen Seite des Durchgangs stand János Hajduk. Der Museumsdirektor hatte den Schaulustigen den Rücken zugewandt und schilderte gerade einem Kamerateam seine Beurteilung der Lage – so jedenfalls vermutete Jessica.

»Professor!«, schrie sie und drängelte sich näher an die rote Kordel heran.

»Durchgang verboten!«

»Ich weiß«, antwortete Jessica, ohne den Polizisten anzuschauen. »Professor Hajduk!«

»Durchgang verboten!« Diesmal kam die Information von dem hauseigenen Sicherheitsmann. Jessica ignorierte auch ihn.

»Professor Hajduk! Ich muss Sie dringend sprechen!«

»Das geht nun wirklich nicht, junge Dame«, sagte der Wachmann des Museums streng. »Du siehst doch, dass der Professor ein Interview gibt. Außerdem, wo kämen wir denn da hin, wenn jeder einfach unseren ...«

»... Oberhirten, den heiligen Johannes sprechen wollte?«, vollendete Jessica den Satz.

Der Wachmann blickte sie entgeistert an. »Woher ...?«

»Ich bin kein gewöhnlicher Museumsbesucher«, erklärte Jessica geduldig, als sie merkte, dass der verdutzte Mann seine Frage wohl nicht zu Ende bringen würde. »Ich kenne den Professor und muss ihn dringend sprechen.«

Das sollte eigentlich genügen. Sie überließ die beiden Männer ihrer Verwunderung und rief erneut: »Professor Hajduk!«

Der Professor wandte sich um. Er beugte den Oberkörper leicht vor, als könne er die Ruferin dadurch deutlicher wahrnehmen. Jessica winkte ihm aufgeregt zu. Jetzt hatte er sie entdeckt. Zur Verwunderung des Wachpersonals ließ er das Fernsehteam stehen und kam hinkend auf die Absperrung zu.

»Was ist denn passiert, Kind?«

»Können wir uns irgendwo in Ruhe unterhalten?«, gab Jessica zurück.

János Hajduk zögerte einen Moment. Er schien nachzudenken. Dann nickte er. »Komm mit. Ich muss nur kurz die Fernsehleute abspeisen, sonst beißen sie mir den Kopf ab. Danach können wir miteinander reden.«

Jessica war schneller unter der Kordel durch, als Polizist und Wachmann schauen konnten. Auf der anderen Seite schenkte sie den beiden noch ihr bestes Sonntagslächeln und eilte dem Professor hinterher.

»Du bist heute allein?«, fragte der, als sie ihn eingeholt hatte.

Jessica blieb wie angewurzelt stehen.

Auch János Hajduk hielt inne. »Was ist? Geht es dir nicht gut? Du siehst so blass aus.«

»Ich ...« Jessica war verunsichert. »Ich bin eigentlich hier, weil ich Oliver suche. Er ist seit gestern verschwunden.«

In einem einzigen Augenblick wich alle Farbe aus dem Gesicht des Professors. Er wirkte wesentlich bestürzter als gestern noch, wo es um das Verschwinden von Thomas Pollock gegangen war. »Ich wusste ja nicht ...«, murmelte er mit leerem Blick. Dann ging ein Ruck durch den kleinen Mann und er sagte wesentlich beherrschter: »Gedulde dich bitte einen Augenblick. Ich habe gleich Zeit für dich.«

Während der Museumsdirektor die hungrige Meute der Fernsehjournalisten mit Informationsbrocken fütterte, fragte sich Jessica, warum die Nachricht von Olivers Verschwinden ihn wohl so erschüttert hatte. Der Professor hatte sie gefragt, ob sie heute allein hier sei. Sie konnte sich diese Äußerung nur damit erklären, dass János Hajduk sich noch an ihren Bruder erinnerte.

So zuversichtlich sie dieser Gedanke stimmte, so verunsichert war sie doch über die heftige Reaktion des Direktors. Wenn sie genau nachdachte, hatte Hajduk Olivers Namen nicht erwähnt. Vielleicht hatte sie auch einfach das gehört, was sie hören wollte.

Während Jessica grübelnd auf das Ende der Journalistenfütterung wartete, betrachtete sie nachdenklich das Wandgemälde gegenüber dem Ischtar-Tor. Sie hätte schwören können, dass das Bild gestern noch anders ausgesehen hatte. Das Merkwürdige daran war nur, dass sie sich nicht erklären konnte, *was* sich eigentlich verändert hatte. Da gab es den unfertigen Turm, die Schlachtenszenen und die Menschen auf den Feldern: Nichts schien zu fehlen. Und doch hätte sie schwören können, dass irgendein Detail dieses riesigen Kunstwerkes anders war als noch am Tag zuvor.

»Können wir gehen, junge Dame?«

Jessica blickte erschrocken in das Gesicht des Museumsdirektors. »Ich war ganz in Gedanken versunken. Entschuldigen Sie bitte, Herr Professor.«

»Schon gut. Ich habe jetzt etwas Zeit. Am besten gehen wir in mein Büro.«

»Und du bist dir sicher, dass dein Bruder erst gestern verschwunden ist?« János Hajduk wiederholte diese Frage nun schon zum dritten Mal.

Wie konnte Jessica sich da sicher sein? Sie hatte die Erinnerung an Oliver ja verloren! »Nein. Ich muss gestern wohl … ohnmächtig geworden sein. Das passiert mir öfter. Der Kreislauf, wissen Sie.«

Hajduk nickte verständnisvoll.

»Ich fürchte, ich hab mir irgendwo den Kopf angestoßen. Jedenfalls kann ich mich nicht mehr erinnern, wann ich meinen Bruder zuletzt gesehen hab.«

Dieses Eingeständnis schien Hajduk zu beruhigen. Er zog dieselbe Tonscherbe aus der Jackentasche, der er sich schon tags zuvor so hingebungsvoll gewidmet hatte, und begann damit herumzuspielen. »Warst du schon beim Arzt?«

Jessica schüttelte den Kopf.

»Das solltest du aber.«

Sie nickte zustimmend.

»Leider weiß ich auch nicht, wie ich dir helfen kann. Du siehst ja selbst: Hier im Museum herrscht das reinste Tohuwabohu.«

»Ich hab gehört, dass schon wieder etwas gestohlen wurde.«

Das Tonfragment drehte sich in den Händen des Professors. Ohne aufzublicken, nickte er. »Eine wertvolle Statue aus dem Raum zwei des Vorderasiatischen Museums ist verschwunden. Für das Museum ein furchtbarer Verlust! Die Polizei sichert noch die Spuren.«

Jessica schluckte. »Und? Hat man schon was gefunden? Ich meine, Fingerabdrücke oder so?«

Hajduk schüttelte langsam den Kopf. »Nichts, was sich eindeutig einem Dieb zuweisen ließe. Jeden Tag strömen hunderte von Menschen durch die Ausstellungen. Du kannst dir denken, wie schwierig es da ist, eindeutige Spuren zu finden.«

»Ja, das kann ich mir gut vorstellen.« Jessica atmete erleichtert auf. »Ich komme eigentlich noch aus einem anderen Grund, Herr Professor Hajduk.«

Der Klumpen in den Händen des Direktors kam zur Ruhe. »So? Und der wäre?«

»Haben Sie schon einmal etwas von der Theorie gehört, dass sich in der Rekonstruktion des Ischtar-Tores, die drüben im Museum steht, ein anderes Tor befinden soll, eines, das keine Nachbildung, sondern durch und durch echt ist?«

Dem Professor wäre beinahe sein Spielzeug aus den Händen geglitten. Im letzten Moment konnte er es noch vor dem Absturz retten. Er starrte Jessica mit offenem Mund an, so als hätte sie ihn gerade in Altsumerisch angesprochen. »Ich verstehe nicht ganz ...«, war alles, was er nach einer Weile hervorbringen konnte.

Aus irgendeinem Grunde hielt Jessica es für besser, nichts von dem Tagebuch zu erwähnen. »Ich hab eine ... Notiz von meinem Vater gefunden. Es heißt darin, damals, als die Fundstücke aus Babylon in Berlin eintrafen, sei möglicherweise auch ein komplettes Tor darunter gewesen – zerlegt natürlich. Als man das Ischtar-Tor hier aufbaute, wurde dieses dann sozusagen über das andere, das *echte* Tor drübergestülpt.«

Eine Zeit lang saß János Hajduk bewegungslos in seinem Sessel und blickte Jessica wie aus Glasaugen an – sie hätte nicht sagen können, ob feindlich oder zutiefst nachdenklich. Dann setzte sich endlich wieder der Tonbrocken in Bewegung und Hajduk sagte mit nachsichtigem Lächeln: »Das klingt ja sehr abenteuerlich! Aber hast du dir schon einmal überlegt, mein Kind, dass es jeder wissenschaftlichen Regel widerspräche, einen so sensationellen Fund einfach zuzudecken? Die Fachleute im Jahre 1929 haben da genauso gedacht, wie wir es heute tun würden. Warum sollten sie so etwas Törichtes gemacht haben?«

Jessica zuckte die Achseln. »Keine Ahnung. Vielleicht gibt es ja noch etwas Wichtigeres als die Wissenschaft. Mein Vater schien jedenfalls zu glauben, dass mit diesem inneren Tor irgendetwas nicht stimmte. Er hielt es sogar für gefährlich, die Xexano-Statue vor dem Tor aufzustellen. Vielleicht gibt es ein Geheimnis, das ihre Kollegen von damals davon abgehalten hat, den Fund der Weltöffentlichkeit zu zeigen. Könnte es nicht sein, dass auch das Verschwinden von meinem Vater und von Oliver damit zusammenhängt?«

»Genug!«, rief der Professor. Seine Stimme klang nun beinahe hysterisch. »Wir leben im zwanzigsten Jahrhundert, mein Kind, und unser Museum ist kein Theater für antike Mysterienspiele, sondern eine ernsthafte Forschungseinrichtung. Es gibt nichts Wichtigeres als die Wissenschaft! Wo wären wir Menschen denn heute, wenn es sie nicht gäbe? Nein, mein Kind, schlag dir das Ganze aus dem Kopf. Es existieren keine versteckten Tore, die Menschen verschwinden lassen. Ich weiß nicht, wie dein Vater überhaupt auf so eine Idee kommen konnte. Vielleicht hat er während seiner Nachtschichten zu viele Fantasyromane gelesen. Wenn es dort drüben im Museum wirklich einen archäologischen Fund gäbe, wie du ihn beschrieben hast, dann wäre es die oberste Pflicht jeden Wissenschaftlers, ihn der ganzen Welt zu zeigen.«

Jessica bereute es, dass sie davon angefangen hatte. Sie hätte sich denken können, dass der Museumsdirektor sie nicht ernst nehmen würde. Natürlich hätte sie jetzt von den Aufzeichnungen Robert Koldeweys erzählen können, die ihr Vater entdeckt hatte, aber das würde wohl kaum etwas ändern. Der Professor würde ihr ohnehin nicht glauben – so wie er über ihren Vater gesprochen hatte.

Sie erhob sich von ihrem Stuhl und sagte: »Ich glaub, ich gehe jetzt lieber. Entschuldigen Sie, dass ich Sie so lange aufgehalten habe, Herr Professor Hajduk.«

Auch der Direktor sprang auf und kam um den Schreibtisch

herum. »Jetzt bist du mir böse. Ich war möglicherweise ein wenig zu heftig. Das tut mir Leid. Aber vielleicht – wie soll ich mich ausdrücken? – vielleicht ist es besser, den Tatsachen ins Auge zu blicken, auch wenn sie schmerzlich sind.«

Jessica nickte. Sie hatte keine Lust mehr, das Gespräch noch länger fortzusetzen. Sie wollte nur weg von diesem Ort.

Der Direktor machte keine ernsthaften Anstalten sie zurückzuhalten. Er versicherte ihr noch einmal, dass er trotz allem jederzeit für sie da sei. Wenn sie irgendetwas von ihrem Vater erfahre, solle sie sich ruhig bei ihm melden. Die Verdachtsmomente gegen Thomas Pollock könnten zwar noch nicht gänzlich fallen gelassen werden, aber die Wahrscheinlichkeit, dass ein einfacher Nachtwächter wie er zu einem so dreisten Doppeldiebstahl fähig wäre, sei doch sehr gering.

Einfacher Nachtwächter! Pah! Jessica behielt ihre Gedanken für sich. Fast wünschte sie sich, dass ihr Vater *doch* diesen Coup gelandet hätte, nur um es diesem eingebildeten Lackaffen János Hajduk einmal so richtig zu zeigen.

Als sie allein draußen auf dem Flur stand, fiel der Zorn von ihr ab wie ein alter Mantel. Ihr Temperament spielte ihr manchmal böse Streiche. Wenigstens hatte sie zum Schluss den Mund gehalten.

An die Stelle der Wut über Professor Hajduks Selbstgefälligkeit trat nun Verzweiflung. Jessica fühlte sich von einem Augenblick zum nächsten ausgehöhlt und leer. Sie hatte all ihre Erwartungen in das Treffen mit dem Museumsdirektor gelegt und nun waren diese Hoffnungen wie Seifenblasen zerplatzt. Tränen bahnten sich ihren Weg. Jessica konnte nichts dagegen tun. Wer würde ihr jetzt noch helfen können? Ein Gefühl der Ohnmacht drohte sie zu überwältigen und eine dumpfe Gewissheit legte sich schwer auf ihre Gedanken: Wenn ihr nicht bald etwas einfiele, würde sie Vater und Oliver niemals mehr wieder sehen.

DIE VERBÜNDETE AUS KILLARNEY

An der Stahltür, die in die Ausstellungshallen zurückführte, traf Jessica auf Miriam McCullin. Es war eine seltsame Begegnung. Die junge Frau und das Mädchen standen sich mindestens eine Minute lang gegenüber und starrten einander an, als wäre die jeweils andere eine zum Leben erwachte Marmorfigur. Beide fühlten in etwa das Gleiche: Sie erkannten ihr Gegenüber und taten es doch wieder nicht. Wie bei jemand, den man nach Jahrzehnten wieder trifft, ohne sich recht seines Namens zu erinnern, suchten sie in ihrem Gedächtnis nach der Identität der anderen Person.

Allmählich dämmerte es Jessica, wen sie da vor sich hatte. Die Wissenschaftlerin, der sie gestern schon einmal in die Arme gelaufen war! Jetzt erst wurde ihr bewusst, woher sie den Spitznamen von Hajduk, dem »Oberhirten«, hatte. Sie selbst hatte ihn am Vortag zum ersten Mal gehört von: »Miriam McCullin?«

Die rothaarige Frau nickte. »Und du bist Jessica Pollock, stimmt's?«

Jetzt war es an Jessica zu nicken.

Miriam McCullin lachte, als sei das Ganze unwahrscheinlich komisch. »Ich glaube, ich werde alt. Dass ich eine so interessante Begegnung von einem Tag auf den anderen vergesse, ist mir jedenfalls noch nicht passiert.«

Jessica schaute die Wissenschaftlerin fragend an.

»Sag bloß, du leidest auch unter Gedächtnisschwund?« Miriam lachte über ihre eigenen Worte. »Du hast mir doch gestern den Zettel gegeben, auf dem die Inschrift steht, die dein Vater in seinem Tagebuch aufgezeichnet hat.«

»Ich hab Ihnen bestimmt keinen Zettel gegeben«, sagte Jessica im Brustton der Überzeugung.

»Natürlich«, erwiderte Miriam McCullin lachend. »Hier.« Sie öffnete den schwarzen Lederbeutel, den sie über der Schulter trug, und zog ein Blatt Papier hervor.

Jessica erkannte die Verse aus Vaters Tagebuch sogleich wieder. Und sie bemerkte noch etwas anderes.

»Da steht ›Oliver‹ drunter. Glauben Sie wirklich, dass ich *so* heiße?«

Miriam McCullins Lächeln erstarb. Nachdenklich blickte sie auf das Stück Papier. Dann wieder auf Jessica. »Ehrlich, du siehst nicht wie ein Oliver aus.«

»Und warum haben Sie dann gesagt, dass *ich* Ihnen diesen Zettel gegeben hätte?«

»Willst du dich jetzt über mich lustig machen, junge Dame? Wir haben doch gestern auf dem Flur miteinander gesprochen, oder etwa nicht?«

»Sie meinen vor dem Büro Ihres Oberhirten, des heiligen Johannes?«

Miriam McCullins braune Augen blitzten kurz auf. »Ich habe also Recht!«

Jessica nickte. »Aber nur zur Hälfte.«

»Ich glaube, das musst du mir erklären.«

»Gestern war ich nicht allein bei ihnen – jedenfalls kann ich mir keinen anderen Reim auf die ganze Geschichte machen.«

»Du meinst, weil der Name Oliver auf meinem Zettel steht? Ich weiß nicht, aber ...«

»Schauen Sie sich bitte einmal *das* hier an.« Jessica zog ein zusammengefaltetes Stück Papier aus der Gesäßtasche ihrer Jeans und reichte es Miriam McCullin.

Die Wissenschaftlerin faltete das Blatt auseinander und schaute Jessica fragend an. »Ein Einkaufszettel?«

»Sie müssen ihn umdrehen.«

»Ach so.« Miriam McCullin folgte der Empfehlung. Ihre Augen wanderten über die Zeilen und blieben bei der Unterschrift hängen. »Da steht ›Oliver‹ – der gleiche Name wie auf meinem Zettel. Und da ist auch wieder dieses seltsame Zeichen, dessen Linien wie die Saiten einer irischen Harfe aussehen.«

Jessica atmete tief durch. Sie versuchte den Sturm in ihrem Kopf zu beruhigen. Wie viel konnte sie dieser Frau anvertrauen, ohne noch einmal enttäuscht zu werden wie gerade eben im Büro von János Hajduk? Immerhin schien die irische Wissenschaftlerin genauso ein Opfer dieses seltsamen Erinnerungsverlustes zu sein wie auch Jessica selbst. Machte sie beide das nicht irgendwie zu Verbündeten? Jessica ahnte, warum sie sich nur so mühsam wieder an Miriam McCullin erinnerte. Konnte sie offen über ihre Vermutungen sprechen? Am Tag zuvor war sie dieser rothaarigen Frau noch mit Misstrauen begegnet. Aber es hatte keinen Sinn, sich noch länger etwas vorzumachen: Sie hatte sich gestern nur nicht eingestehen wollen, wie sehr Miriam McCullin sie an ihre Mutter erinnerte.

»Was würden Sie sagen, wenn ich Ihnen bei allem, was mir heilig ist, schwörte, dass nicht *ich* diese beiden Zettel unterschrieben habe?« Jessicas Herz hämmerte. Sie musste tief Luft holen. Aber jetzt fühlte sie sich besser. Sie brauchte jemanden, dem sie vertrauen konnte, und eigentlich war ihr diese Miriam von Anfang an sympathisch gewesen. »Was würden Sie sagen, wenn ich Ihnen erzählte, dass dieses Zeichen da neben dem Namen das Motiv aus einem Landschaftsgemälde von Homer Dodge Martin ist, von dem ein Poster bei mir zu Hause hängt – aber nicht in meinem Zimmer, sondern in einem Nachbarraum. Das Zimmer sieht aus, als wäre es gestern noch bewohnt gewesen. In der ganzen Wohnung hängen Bilder, die mir beweisen, dass ich einen Bruder und einen Vater habe. *Aber ich kann mich an beide nicht mehr erinnern!*«

»Du zitterst ja am ganzen Körper!« Miriam McCullin war ernsthaft besorgt. »Komm, lass uns in die Kantine gehen und in Ruhe darüber sprechen. Ich habe das Gefühl, wir zwei sind da in eine Sache geschliddert, die so unglaublich ist, dass ich mich am liebsten pausenlos zwicken möchte, um endlich aufzuwachen.«

»Ich hätte dich ja gerne in unser Café auf dem Museumsvorplatz eingeladen; da ist es normalerweise gemütlicher. Aber du hast ja wahrscheinlich selbst gesehen, was zur Zeit draußen los ist.«

»Kein Problem«, sagte Jessica müde. »Hier sind wir wenigstens ungestört.«

Die beiden waren tatsächlich die einzigen Gäste in der Kantine, die in ihrer Kahlheit den Charme einer Bahnhofshalle während eines Eisenbahnerstreiks ausstrahlte. Jessica hatte eine Cola vor sich stehen und Miriam McCullin wärmte sich die Hände an einem Automatenkaffee. Die Wissenschaftlerin hatte schon auf dem Weg in die Kantine angefangen ihre Lebensgeschichte zu erzählen.

Miriam McCullin war am 13. August 1961 in der irischen Stadt Killarney geboren worden, genau an jenem Tag also, als man in Berlin begann die Mauer zu errichten, welche die Stadt achtundzwanzig Jahre lang teilen sollte. Vielleicht war das auch der Grund, weshalb sie später einmal die Britischen Inseln verlassen sollte.

Zunächst einmal wuchs sie jedoch in der kleinen irischen Stadt in – wie man so schön sagte – geordneten Verhältnissen wohl behütet auf: Der Vater war Lehrer und die Mutter kümmerte sich zu Hause um die sechs Kinder. Irgendwie schaffte sie es neben der Arbeit im Haushalt und in der katholischen Gemeinde auch noch, Gedichte zu schreiben. Sie hatte sogar zwei ihrer Bücher veröffentlicht!

»Du glaubst gar nicht, was Mutter für ein Wunder an Vitalität war!«, erinnerte sich Miriam McCullin lachend.

»O doch. Ich glaub Ihnen jedes Wort«, erwiderte Jessica.

Später, nach einer Ausbildung zur Bibliothekarin, war sie nach Dublin gegangen, um Geschichte und Archäologie zu studieren. Sie machte sich so gut, dass sie zwei Jahre darauf ein Stipendium für die Universität von Oxford erhielt. Dort studierte sie weitere drei Semester. Dann, es war der November des Jahres 1989, geschah etwas, das die ganze Welt in helle Aufregung versetzte. Miriam McCullin konnte sich noch genau erinnern, wie sie am Abend des 9. November im Fernsehen die Nachrichten der BBC verfolgt hatte. Tausende von Menschen waren zu sehen, die auf der Berliner Mauer herumturnten, hemmungslos jubelten und einander in den Armen lagen. Kilometerlange Kolonnen von Trabbis rollten von Ost nach West. Der Kurfürstendamm in West-Berlin war eine einzige große Party.

An diesem Abend fasste Miriam McCullin einen Entschluss. Als

Historikerin wollte sie ein einziges Mal selbst die Finger an den Puls der Geschichte legen. Auch sie war in einem geteilten Land aufgewachsen (wenn auch die Verhältnisse in ihrer Heimat etwas anders lagen). Nun wollte sie als Zeitzeugin mit eigenen Augen sehen, wie es ist, wenn ein Volk nach jahrzehntelanger Trennung wieder zusammenwächst.

Die archäologische Fakultät der Humboldt-Universität in Ost-Berlin besaß schon vor der Wiedervereinigung Deutschlands einen hervorragenden Ruf. Insbesondere die Lehrstühle für vorderasiatische und für klassische Archäologie waren weltweit anerkannt. Mit viel Glück – und durch die Fürsprache ihres Mentors, eines angesehenen Professors der Universität von Oxford – gelang es ihr, als eine der ersten Austauschstudentinnen nach dem Fall der Mauer an die Humboldt-Universität zu kommen. Die deutsche Sprache hatte sie schon in Irland erlernt – ihre Schwäche für Goethe, Kleist und Schiller war daran schuld.

Endlich befand sie sich am Ort des Geschehens! »Das war eine aufregende Zeit!«, berichtete die Wissenschaftlerin. Auf der einen Seite tauchte sie ein in die faszinierende Welt des Altertums und lernte Mesopotamien kennen, das Land, das oft als die Wiege der Menschheit bezeichnet wird. Auf der anderen Seite konnte sie täglich die Ernüchterung erleben, die sich der Menschen gerade hier in Deutschland bemächtigte. Während die Politiker im Fernsehen noch den Einheitswillen des ganzen Volkes beschworen, waren schon bald in der Bevölkerung erste Stimmen zu hören, die nach einer Wiedererrichtung der Mauer verlangten. Im Westteil der Stadt holten Geschäftsinhaber ihre Auslagen von der Straße, weil sie sonst von jenen gestohlen wurden, die fast drei Jahrzehnte lang auf diesen vermeintlichen Reichtum hatten verzichten müssen. Im Osten Berlins erkannte man nach und nach, wie oberflächlich die schillernde Welt des Konsums war, wie wenig sich die Made im Speck doch um ihre Nachbarinnen kümmerte, die vielleicht nur einen trockenen Brotkanten erwischt hatten. Die PDS – offizielle Nachfolgerin der ehemaligen Sozialistischen Einheitspartei Deutschlands, der SED also – erzielte bei Wahlen im Ostteil der

Stadt enorme Stimmengewinne. Die Erinnerungen der Menschen begannen sehr schnell zu verblassen.

Das Glück blieb Miriam McCullin auch weiterhin hold. Schon während des Studiums durfte sie als Praktikantin im Pergamonmuseum arbeiten. Als sie dann in vorderasiatischer Archäologie promovierte, erhielt sie das Angebot, als feste Mitarbeiterin in das Institut einzutreten.

»Sie haben einen Doktortitel?«, fragte Jessica erstaunt dazwischen. »Dann muss ich ja Frau Doktor McCullin zu Ihnen sagen.«

»Untersteh dich!«, lachte Miriam McCullin. »Der heilige Johannes ist der Einzige hier, der das tut – wahrscheinlich, weil er selbst so großen Wert auf seinen Professorentitel legt. Sag einfach Miriam zu mir.«

»Ist gut, Miriam. Den irischen Akzent kriege ich aber nicht so gut hin wie Sie.«

»Wie *du*. Ich sehe schon, du musst noch ein wenig üben.«

Während Miriam dem Automaten die Cola und den Kaffee entlockt und sich dabei ziemlich ungeschickt angestellt hatte, war sie auf ihren beruflichen Aufstieg im Vorderasiatischen Museum zu sprechen gekommen. Mittlerweile bekleidete sie hier die Position der wissenschaftlichen Leiterin. Ein schiefes Lächeln war auf ihrem Gesicht erschienen, als müsste sie sich für ihre wichtige Stellung entschuldigen.

Durch ihre erfrischende Offenheit hatte Miriam McCullin Jessica inzwischen voll für sich eingenommen. Dennoch stutzte Jessica nun. »Diese Stellung hat früher mein Vater innegehabt. Kennen Sie einen mit Namen Doppelgesicht?«

Miriam bestand darauf, dass Jessica sich zunächst setzte. »Was dieses ›Doppelgesicht‹ betrifft«, sagte sie dann, »kann ich dir leider auch nicht weiterhelfen. Aber die Sache mit deinem Vater ... Am besten, ich erzähle dir, was ich seit gestern Nachmittag so getrieben habe.« Sie nippte an ihrem Kaffee, verbrannte sich die Zunge und stellte die Tasse wieder auf den Tisch. »Ich bin früh nach Hause gegangen. Normalerweise komme ich samstags sowieso nur ins Museum, wenn ich einmal ungestört arbeiten will, aber gestern hatte uns Professor Hajduk zum Rapport bestellt, weil es wegen des Diebstahls so viel zu tun gab.«

»Sie meinen den Raub der Xexano-Statue.«

»Ja. Niemand hätte gedacht, dass die Diebe so unverschämt sein könnten und heute Nacht ein zweites Mal hier einbrechen würden. Na, jedenfalls habe ich mich zu Hause gleich über meine Bücher hergemacht. Ich hatte ja noch den Zettel von dir ...«

»Von Oliver«, unterbrach Jessica.

»Entschuldige, ja. Du musst mir etwas Zeit geben, um mich an diesen merkwürdigen Gedanken zu gewöhnen, dass ein Mensch so einfach aus meiner Erinnerung verschwunden sein soll. Wie auch immer, was glaubst du, was mir bei meiner Suche plötzlich in die Hände fiel?«

»Keine Ahnung.«

»Ein Buch mit dem Titel *Sumerische Altertümer*, geschrieben von einem gewissen Dr. Thomas Pollock.«

»Das hat dich ganz schön durcheinander gebracht, stimmt's?«

»Das kannst du wohl laut sagen, Jessica.«

»Nenn mich bitte Jessi. Alle meine Freunde tun das.«

»Na gut, Jessi. Erst als ich das Buch in meinen Händen hielt – ich weiß nicht, seit wie vielen Jahren wieder zum ersten Mal – und als ich das Bild dieses Dr. Pollock in der hinteren Klappe des Schutzumschlags betrachtete, dämmerte es mir. Es war ganz sonderbar, beinahe so, als würde jemand ganz langsam ein dunkles Tuch von meinen Erinnerungen ziehen.«

»Ich hab auch erst vor zwei Tagen aus dem Tagebuch meines Vaters erfahren, dass er ein Wissenschaftler war und Bücher geschrieben hat, aber was meinst du mit diesem Tuch und den zugedeckten Erinnerungen?«

»Nichts anderes, als dass ich mit einem Mal wieder wusste, dass ich früher für deinen Vater geschwärmt habe, rein wissenschaftlich natürlich.«

»Ich verstehe.« Jessica grinste.

Miriam musste lachen. »Ich gehöre nicht zu den Frauen, die sich die Bilder verheirateter Männer auf den Nachttisch stellen.

Nein, die Ideen deines Vaters haben mich wirklich begeistert. In seinem Buch setzte er sich für eine stärkere Gewichtung alter Legenden und Überlieferungen in der modernen Archäologie ein. Er vertrat die Meinung, dass viele seiner Kollegen so in ihre Radiokarbonmessungen und Lumineszenzdatierungen verliebt seien, dass sie ganz den Blick für die alten Mysterien verloren hätten.«

»Du meinst Zauberei und so was?«

»Nein.« Miriam lächelte und schüttelte den Kopf. »Nein, dein Vater ist durchaus ein Realist. Er hat nur die Ansicht vertreten, dass viele Wissenschaftler sich heute zu sehr von dem beeinflussen lassen, was als wissenschaftliches Allgemeingut gilt. Sie nutzten all ihre fortschrittlichen Methoden einzig und allein dazu, sich selbst zu bestätigen. Das sei im Grunde nichts Neues, schrieb er. Schon zu Galileis Zeiten lachte die ›anerkannte Wissenschaft‹ über jeden, der abstritt, dass die Erde eine Scheibe sei.«

»Ich verstehe.«

»Das Bild deines Vaters auf dem Schutzumschlag hat übrigens erstaunliche Ähnlichkeit mit einem Foto aus seiner Personalakte, das ich neulich auf dem Schreibtisch unseres heiligen Johannes gesehen habe.«

»Bei Professor Hajduk?«

»Ja, ebendem. Als in meinem Kopf die beiden Fotografien ineinander verschmolzen, kamen plötzlich auch einige andere meiner verschütteten Erinnerungen zurück. Ich wusste zum Beispiel wieder genau, wie ich mich vor einigen Monaten mit deinem Vater unterhielt – zu unterhalten versuchte, um genau zu sein. Er war wirklich so schweigsam, wie ich dir gestern schon erzählt habe.«

»Hast du gewusst, dass dieser Nachtwächter früher hier im Museum genau das getan hat, was heute deine Aufgabe ist?«

»Höre ich da einen leichten vorwurfsvollen Unterton in deiner Stimme?«

»Mein Vater ist durch einen Spitzel der Stasi angeschwärzt worden.«

»Na, der kann ich ja kaum gewesen sein. Ich kam erst zu einer Zeit ins Museum, als die Stasi keine Macht mehr hatte.«

Jessica trank einen Schluck von ihrer Cola, um Miriam nicht in die Augen sehen zu müssen. »Ich wollte dich auch nicht beschuldigen, es ist nur ... Ich finde das alles ziemlich gemein.«

Miriam legte ihr die Hand auf den Arm. »Schon gut. So habe ich es auch nicht verstanden.« Dann lachte sie wieder. »Aber, um auf deine Frage zurückzukommen, die Sache mit deinem Vater ist mir erst gestern so richtig bewusst geworden. Ich habe hin und her überlegt, wie das alles zusammenpasst. Wie konnte ein vor Jahren gefeierter Archäologe so mir nichts, dir nichts zu einem derart schweigsamen Nachtwächter werden? Und wie konnte er – und nach dem, was du mir jetzt erzählst, auch noch sein Sohn – plötzlich aus der Erinnerung mehrerer Menschen verschwinden, auch solcher, die ihn wirklich gut gekannt haben? Es ist ja fast so, als wäre etwas dran an den alten Versen, die dein Vater in sein Tagebuch geschrieben hat. Hier.« Miriam zeigte die Stelle auf Olivers Abschrift. »Er wird ›jeden Gedanken nehmen, den er begehrt‹. Ich glaube beinahe – jetzt lach mich bitte nicht aus, Jessi –, die Erinnerung an Oliver und deinen Vater gehören zu diesen Gedanken, die *er* – wer immer das sein mag – uns genommen hat.«

DIE SPUR DER NAMEN

Die *Galerie Krafünf* gehörte zu den extravaganten Adressen auf dem Kiez. Nicht unbedingt, weil sich hier die großen Namen der Kunstwelt ein Stelldichein gaben, sondern eher, weil hier eben alles, was mit Kunst zu tun hatte, ein bisschen schräg oder schrill war. Erst in jüngster Zeit war ein heftiger Kampf entbrannt zwischen den »Immobilienhaien« einerseits, die so nahe bei der Promeniermeile Unter den Linden fette Beute witterten, und den »kleinen Fischen« andererseits, die sich kurz nach dem Fall der Berliner Mauer in den billigen, erbärmlich ausgestatteten Wohnungen eingenistet hatten, um sie dann – teilweise mit erstaunlich wenig Geld, aber enorm viel Hingabe – bewohnbar zu machen.

Das Haus in der Krausnickstraße 5 sah nicht gerade so aus, wie

Jessica sich das Domizil einer Wissenschaftlerin mit Doktortitel vorgestellt hatte. Sie stand noch auf dem Gehsteig, den Kopf weit in den Nacken gelegt, und schaute die Fassade empor. Als sie am Vormittag schon einmal an diesem Haus vorbeigekommen war, hätte sie kaum erwartet, dass sie so schnell hierher zurückkehren würde. »Ich wohne direkt über der Galerie«, hatte Miriam McCullin gesagt. »Sei bitte pünktlich um sieben da. Ich koche für uns Irishstew und kalt schmeckt das nicht.«

Sie war wirklich nett, diese rothaarige Irin. Jessica glaubte diesmal keinen Fehler begangen zu haben, als sie Miriam McCullin Vertrauen schenkte. Und außerdem – sie brauchte jemanden, der ihr jetzt Mut machte.

Miriam hatte ihr in der Kantine erzählt, dass sie am Abend zuvor noch einige weitere Fakten aus ihren Büchern ausgegraben hätte, die sie Jessica unbedingt zeigen wollte. Damit war die Einladung zum Abendessen auch schon ausgesprochen gewesen.

Später brachte Miriam dann Jessica in ihrem klapprigen Peugeot nach Hause und Jessica lud ihre neue Freundin ein, kurz mit heraufzukommen. Auf dem Hausflur trafen sie Frau Waczlawiak. Diesmal war Jessica sogar froh darüber, denn nun hatte sie eine leibhaftige Bekannte vorzuweisen, die sich um sie kümmerte. Es sei also nicht nötig, Schmalzstullen zu schmieren. Vielen Dank.

Jessica zeigte Miriam die Wohnung. Die Unordnung schob sie ruhigen Gewissens auf die Polizei. In Olivers Zimmer betrachtete Miriam nachdenklich Homer Dodge Martins Gemälde, und als sie Jessicas Reich betrat, rief sie verwundert: »Gehört der PC da etwa dir?«

Jessica zuckte bescheiden mit den Schultern.

»Ich habe zwar auch so einen Datenschlucker zu Hause, aber deiner sieht aus wie ein zerlegter Nachrichtensatellit. Funktioniert der überhaupt?«

»Und ob!«, verkündete Jessica stolz. »Ich bastle ständig daran herum, um ihn zu verbessern.«

»Dann bist du also so etwas wie ein Computerfreak, oder?«

»Sagen wir, ich komme ganz gut mit den Dingern zurecht.«

»Das ist gut. Dann weiß ich wenigstens, wen ich fragen kann, wenn demnächst mal wieder eines von meinen superwichtigen Textdokumenten in einem Datenmoor verschwunden ist.«
»Kein Problem.«
Thomas Pollocks Tagebuch interessierte Miriam besonders. Jessica hatte sich entschieden es ihr zu zeigen, und die junge Wissenschaftlerin las begierig die Passagen über Xexano, das Ischtar-Tor, die verborgene Inschrift und das Tor unter dem Tor. Miriam hatte schließlich beim Abschied versprochen, bis zum Abend noch in einigen anderen Fachbüchern nachzuschlagen, um dem Geheimnis der seltsamen Inschrift, wenn möglich, auf die Spur zu kommen.

Jessica betrat nun den Hausflur in der Krausnickstraße 5. Sie war gespannt, ob Miriam in der Zwischenzeit noch etwas Neues herausbekommen hatte. Aus einer Seitentür, auf der ein Schild mit der Aufschrift *Galerie Krafünf* stand, kam ihr ein Mann mit grünem Irokesenschopf entgegen, begleitet von einer jungen Dame mit einer Sicherheitsnadel in der Unterlippe und einer Nahezu-Glatze – nur ein dünner Flaum bedeckte ihren wohlgestalteten Schädel. Jessica warf den Galeriebesuchern ein lockeres »Hallo« hin, das diese mit lässiger Geste erwiderten.

Die Holztreppen knarrten beängstigend laut, als sie zum ersten Stock hinaufstieg. Über der Galerie gab es zwei Wohnungen. Auf einem der beiden Namensschilder fand Jessica, was sie gesucht hatte: »M. McCullin«. Sie klingelte zweimal.

Jemand rannte einen langen Flur entlang und gleich darauf flog die Wohnungstür auf. Miriam lachte mal wieder. Sie trug eine Schürze und hielt einen hölzernen Kochlöffel in der Hand. »Du hast es also gefunden? Komm rein, komm rein. Das Essen ist sofort fertig.«

Jessica betrat die Wohnung und entledigte sich ihrer Jacke. Dann schob Miriam den Gast ins Wohnzimmer und versprach gleich wiederzukommen.

Im Vergleich zu der Wohnung der Pollocks schien diese hier ein wahrer Palast zu sein. Wie Miriam im Weggehen erklärte, besaß sie neben Küche und Bad zwar nur ein Wohn- und ein Schlafzimmer, aber da die beiden Wohnungen auf diesem Stockwerk früher einmal ein einziges Herrschaftsdomizil gewesen seien, böten die einzelnen Räume äußerst viel Platz.

Während ihre neue Freundin noch in der Küche hantierte, bestaunte Jessica die geschmackvolle Einrichtung und die vielen Bücher im Wohnzimmer. Überall standen und lagen interessante Dinge herum: Pinsel und winzige Spachtel, die wohl zur Grundausrüstung einer Archäologin gehörten, ein Metronom, ein großer Porzellanteller mit verschiedenfarbigen Glasmurmeln darin, Nachbildungen antiker Figürchen und außerdem Bücher, Bücher, Bücher ...

Miriam ließ sich ab und zu blicken, um den Tisch zu decken. Sie brachte auch eine große Kanne Früchtetee und zündete ein Stövchen sowie zwei Kerzen an. »So ist es gemütlicher, findest du nicht auch?« Sie lachte, wie jemand, der sich über seltenen Besuch freut. »Ich bin sofort wieder da. Schau dir in der Zwischenzeit nur alles genau an.«

Das tat Jessica. So einen klobigen Schrank wie zu Hause gab es hier nicht, dafür umso mehr Regale, alle prall gefüllt. Sogar auf dem Fußboden türmte sich noch ein Stapel Bücher. An einer Wand befand sich ein altes Buffet und ringsherum Regale; an einer anderen stand eine alte Truhe, darüber hingen Regale; beim Fenster gab es einen riesigen alten Schreibtisch mit einem PC darauf, das Ganze eingerahmt von Regalen; einige komisch geformte Sitzelemente und eine Essecke füllten die Raummitte; über der Tür zum Flur waren drei Regalböden angebracht.

»Hast du die Bücher etwa alle gelesen?«, fragte Jessica staunend, als Miriam das Wohnzimmer mit einer großen dampfenden Schüssel betrat. Die Schürze hatte sie jetzt abgelegt und trug ein fast knielanges weißes T-Shirt, schwarze Leggins und, anstelle von Hausschuhen, dicke rote Wollsocken. Ein kleines goldenes Kreuz, das an einem Kettchen von ihrem Hals baumelte, blitzte im Schein der Kerzen, als sie die Schüssel abstellte.

Miriam lachte laut. »Wo denkst du hin! Ich lese zwar viel, aber so viel nun auch wieder nicht. Meine Lebensgeschichte kennst du ja bereits. Vor meinem Studium habe ich eine Ausbildung zur Bibliothekarin gemacht. Bücher waren schon immer mein Ein und Alles!«

»Wenn ich nicht gerade im Internet surfe, lese ich auch viel, aber *das* hier ...!«

»Alles halb so wild, Jessi. Und nun komm, das Stew ist himmlisch!«

Jessica hatte sich nie viel aus Eintopf gemacht, aber der Gastgeberin zuliebe aß sie ihren Teller leer. Wenn sie ganz ehrlich zu sich selber war, schmeckte das Essen gar nicht so schlecht. Zum Nachtisch gab es Apfelkuchen, aus einer – wie Miriam ausdrücklich betonte – selbst zusammengerührten Backmischung. Jessica überhäufte diesen Teil der Speisefolge mit wahren Lobeshymnen, um ihren diesbezüglichen Rückstand beim Hauptgericht wieder etwas wettzumachen.

Mit Früchtetee zog man sich schließlich auf die Sitzelemente zurück. Jessica staunte über das Haftungsvermögen der großen, weichen ledernen Knautschkissen – wenn man einmal drinsteckte, kam man so schnell nicht wieder raus.

»Was weißt du über die vorderasiatischen Altertümer?«, leitete Miriam den Bericht zu den Ergebnissen ihrer Recherchen ein.

Jessica gab zu, dass sie zwar die Ausstellungsstücke im Pergamonmuseum kannte, aber sonst recht wenig über Archäologie im Allgemeinen und die alten Babylonier im Besonderen wisse.

»Gut«, sagte Miriam und klang mit einem Mal wie eine Lehrerin vor ihrer neuen Schulklasse. »Damit du das, was ich bisher herausgefunden habe, richtig einordnen kannst, muss ich dir zunächst einige Begriffe erklären. Die Historiker unterteilen *Babylonien* manchmal in das nördliche *Akkad* und das südliche *Sumer* oder *Chaldäa*. Andere Namen für Sumer, die man in der Bibel findet, sind *Schinar* oder *Sinar*. Sicher hast du auch schon von *Mesopotamien* oder dem *Zweistromland* gehört, womit man die Landschaft bezeichnet, durch die die Flüsse Euphrat und Tigris fließen. Das Ganze mag beim ersten Mal ziemlich verwirrend klingen.«

»Das kannst du wohl laut sagen!«

»Deshalb wollen wir der Einfachheit halber zunächst nur von *Babylonien* sprechen.«

»Du meinst, ich soll ein Gleichheitszeichen zwischen all diese Namen setzen, die du vorher genannt hast?«

»Genau.«

»Die spinnen, die Archäologen!«

»Ganz so ist es nicht, Jessi. Die verschiedenen Namen haben jeder eine sehr spezielle Bedeutung. Wie ich schon sagte, stehen sie manchmal für bestimmte Landstriche, dann wieder für das Einflussgebiet von Volksgruppen mit unterschiedlicher Herkunft. Aber dies alles soll uns im Augenblick nicht interessieren.«

»Na gut. Und was hast du nun tatsächlich herausgefunden?«

»Geduld, Geduld, Jessi. Du erinnerst dich doch an die ersten Worte der Inschrift, die Robert Koldewey auf dem Schlussstein des inneren Tores gefunden, aber nicht übersetzt hat?«

»Auswendig kann ich sie nicht aufsagen. Es war irgendwas mit einem Namen, der bindet.«

»›Vergesst ihn nie! Denn sein wahrer Name bindet ihn‹, lautet die Übersetzung deines Vaters. Soweit ich die Keilschriftzeichen deuten konnte, ist seine Interpretation sehr genau. Nun frage ich dich: Wer ist wohl mit demjenigen gemeint, der nicht vergessen werden darf?«

»Xexano?«

»Volltreffer! Jedenfalls denke ich da genauso wie du und wohl auch dein Vater, wenn ich mich richtig an das erinnere, was ich heute Nachmittag in seinem Tagebuch gelesen habe. Wir müssen also davon ausgehen, dass diesen Xexano ein Geheimnis umgibt, das mit seinem *Namen* zu tun hat.«

»Aber ich denke, er heißt Xexano. Was ist denn daran geheim?«

»Es könnte ein Deckname sein. Ein Ablenkungsmanöver.«

»Das klingt nach CIA und KGB.«

»Die Menschen vor zwei, drei oder sogar vier Jahrtausenden waren nicht dümmer als heutige Geheimagenten, Jessi. Ich glaube sogar, dass sie intelligenter waren. Sie hatten nur noch nicht ein so umfangreiches Wissen wie wir heute.«

»Oder sie wussten von anderen Dingen.«

Miriam schaute Jessica einen Moment lang nachdenklich an. »Was du eben gesagt hast, könnte den Kern der Sache treffen.«

»Fragt sich nur, was dieser Agent Xexano wusste, das wir nicht wissen.«

»Genau das müssen wir herausbekommen. Dein Vater scheint die ganze Angelegenheit jedenfalls für sehr bedrohlich gehalten zu haben. Möglicherweise verfügten die Erbauer des inneren Tores über ein Wissen, das entweder äußerst gefährlich ist oder dem Besitzer des Geheimnisses zu sehr großer Macht verhelfen kann.«

»Ich glaub, das ist eine Art von Besitz, die in der Geschichte schon oft zu Problemen geführt hat.«

»Zu sehr großen sogar!« Miriam nickte bedeutungsschwer. »Konzentrieren wir uns also zunächst auf diesen Xexano. Wer war er wirklich?«

»Wie ich gehört hab, soll er ein Gott gewesen sein.«

»Guter Hinweis! An diesem Punkt habe ich mich auch festgebissen. Schau, was hier in diesem Buch steht.« Miriam nahm das erste der Bücher zur Hand, die sich auf dem Fußboden türmten. »Es stammt von einem gewissen Oberst J. Garnier und trägt den Titel *The Worship of the Dead*. Interessanterweise ist es erstmals im Jahre 1904 erschienen, also kurz nachdem Robert Koldewey das Ischtar-Tor in Babylon entdeckt hatte.«

»Deine Büchersammlung ist wirklich erstaunlich!«

Miriam lächelte bescheiden. »Das ist so eine Schwäche von mir. Mit Buchhandlungen geht es mir wie anderen Leuten mit Tierheimen. Wenn ich irgendwo ein Antiquariat oder einen Buchladen entdecke, werde ich schwach. Dieses Werk hier ist mir in London zugelaufen. Der Titel bedeutet übrigens so viel wie *Der Totenkult*.«

»Klingt irgendwie unheimlich.«

»Halb so wild, Jessi. Warte, ich suche kurz die Stelle, auf die es mir ankommt.« Miriam blätterte in dem Band herum. Hin und wieder überflog sie einige Passagen. Dabei gab sie dann jeweils ein leises »Mmh-mmh, mmh-mmh, mmh-mmh« von sich. Endlich wurde sie fündig. »Hier. Ich werde es dir übersetzen. In diesem

Absatz erklärt Oberst Garnier, dass viele Völker rund um den Globus – ich zitiere – ›ihr religiöses Gedankengut einer *gemeinsamen Quelle* und einem *gemeinsamen Mittelpunkt* verdanken. Überall findet man eine höchst erstaunliche Übereinstimmung zwischen den Riten, Zeremonien, Sitten und Bräuchen, Überlieferungen sowie zwischen den *Namen* ihrer jeweiligen Götter und Göttinnen und deren Beziehungen zueinander‹.«

Miriam ließ das Buch in den Schoß sinken und schaute Jessica erwartungsvoll an. »Ich glaube, hier können wir unseren Hebel ansetzen. Was meinst du?«

»Ehrlich gesagt, weiß ich noch gar nicht so genau, worauf du überhaupt hinauswillst.«

»Ganz einfach, Jessi: Wenn es, wie Oberst Garnier behauptet, überall auf der Welt zwischen den religiösen Bräuchen der Völker und den Namen ihrer Götter eine ›höchst erstaunliche Übereinstimmung‹ gibt, dann gelingt es uns vielleicht, Xexano auf diesem Wege einzukreisen.«

»Und du bist der Meinung, das geht? Wir folgen einfach dieser Spur der Ähnlichkeiten und Übereinstimmungen und stoßen am Ende auf seinen wahren Namen?«

»›Denn sein wahrer Name bindet ihn.‹ Das sagt die Inschrift vom Schlussstein. Lass es uns versuchen, Jessi! Viele andere Möglichkeiten haben wir ohnehin nicht.«

»Also gut. Da fällt mir ein, mein Vater hat in seinem Tagebuch auch etwas von solchen Übereinstimmungen geschrieben. Ich glaub, es ging um eine Petrus-Statue im Vatikan, die in Wirklichkeit den römischen Jupiter darstellt. Die Griechen nannten denselben Gott Zeus. Wie die Namenskette dann weiterging, weiß ich nicht mehr.«

»Jetzt funken wir auf der gleichen Wellenlänge, Jessi. Es gibt übrigens mehr solcher Parallelen zwischen den religiösen Vorstellungen der einzelnen Völker, als man denkt. Jeder kennt zum Beispiel das Motiv der Madonna mit dem Jesuskind im Arm. Aber nur wenige wissen, dass die Wurzeln entsprechender Mutter-Kind-Darstellungen viel weiter zurückreichen als nur bis zur Zeitenwende, als Maria ihren Sohn gebar. Man findet sie nicht nur in unseren Kirchen, sondern ebenso auch in indischen Tempeln oder bei den Japanern.«

»Das war mir allerdings neu.«

»Siehst du. Mit diesem Gedanken im Hinterkopf habe ich die Inschrift auf dem Zettel, den mir – wie wir beide vermuten – Oliver gab, immer wieder durchgelesen und bin schließlich zu folgenden Schlüssen gelangt. Ad eins: Dein Vater hat Xexano mit derjenigen Person gleichgesetzt, vor der die Inschrift warnt; die alten Verse selbst nennen aber keinen Namen. Wir werden zunächst seiner Theorie folgen und unsere Zielperson Xexano nennen. Einverstanden?«

»Das klingt vernünftig.«

»Ad zwei: Wer immer die alten Verse einst formulierte, er muss Xexanos Plan gekannt haben.«

»Was für einen Plan?«

»Den seiner Rückkehr, Jessi.«

»Rückkehr wohin, ins Pergamonmuseum?«

»Unter das innere Tor! Die Inschrift mahnt den Leser, den wahren Namen nicht zu vergessen, ›damit er im Schoß seines Vaters bleibe‹. Also muss Xexanos wahrer Name ihn binden. Solange er nicht vergessen wird, kann Xexano keinen Schaden anrichten.«

»Aber ist er denn nicht vergessen?«

»Wir kennen seinen *wahren* Namen nicht. Das ist etwas anderes, Jessi. Ich vermute, dass aber über all die Jahrtausende hinweg eine verborgene Fährte bis in unser Jahrhundert führt.«

»Und warum bist du dir da so sicher?«

»Weil Xexano einen Komplizen braucht.«

»Hast du als Mädchen eigentlich öfter Sherlock Holmes gelesen?«

Miriam ließ ein glockenhelles Lachen hören. »Das habe ich tatsächlich. Wie kommst du darauf?«

»Ach, nur so. Mach weiter.«

»Also gut. Überlege einmal selbst: Gestern sagte ich dir – und wohl auch deinem Bruder –, dass die ›Arme Ištars‹, von denen im zweiten Vers der Inschrift die Rede ist, für das Ischtar-Tor stehen.«

»Oder für das Tor unter dem Tor.«

»Oder das. Nun sag mir: Kann eine leblose Statue, die man im Irak ausgräbt, allein ein Ticket lösen, sich in ein Flugzeug setzen und dann hier in Berlin aussteigen, um mit einem Taxi geradewegs ins Pergamonmuseum, zum Ischtar-Tor zu fahren?«

»Wohl kaum.«

»Also brauchte Xexano einen Helfer.«

»Doppelgesicht!«

»Wie bitte?«

»Ich hab dir doch von diesem Stasi-Spitzel erzählt, der meinen Vater genau zu der Zeit verriet, als er die Inschrift vom Schlussstein fand und entschlüsselte.«

Miriam nickte langsam. »Ich glaube, jetzt haben wir wirklich eine Spur.«

»Genau genommen sind es sogar zwei: Wir müssen herauskriegen, wer dieses Doppelgesicht ist, und wir müssen hinter den wahren Namen Xexanos kommen.«

»Dann lass uns keine Zeit verschwenden. Am besten zeige ich dir, was ich noch zu den Übereinstimmungen herausgefunden habe, von denen Oberst Garnier in seinem *Totenkult* schreibt.«

»In Ordnung.«

Miriam nahm einige weitere Bücher vom Stapel auf dem Fußboden. »Da wären zum Beispiel die *Triaden* ...«

»Die was?«

»Das sind Dreiergottheiten. So wie die Heilige Dreifaltigkeit der Christenheit: Gott Vater, Gott Sohn, Gott Heiliger Geist. Aber solche Dreiheiten sind keine christliche Idee. Man findet sie auf der ganzen Welt, bei den Kelten, in China, bei den alten Ägyptern und den Babyloniern.«

»In Babylonien auch?«

»Darauf komme ich jetzt. Wir treffen hier ein paar alte Bekannte, nämlich den Mondgott Sin und Ischtar, die Göttin der Liebe und

Fruchtbarkeit. Der Dritte im Bunde ist Schamasch, der babylonische Sonnengott.«

»Sin und Ischtar«, murmelte Jessica nachdenklich. »Dieselben Namen, die in der Inschrift vom Schlussstein vorkommen.«

»Interessant, nicht wahr? Eine andere Dreiheit – die sogenannte thebische Triade, bestehend aus den Göttern Amon, seinem Adoptivsohn Chons und seiner Frau Mut – gibt uns einen Hinweis auf ein weiteres Gebiet verblüffender Übereinstimmungen. Auf vielen Darstellungen hält Amon, auch Amon-Ra oder Amun-Re genannt, ein *Henkelkreuz* in der Hand.«

»Stimmt. Jetzt, wo du es sagst, kann ich mich erinnern, so ein Kreuz mit einem Henkel schon oft gesehen zu haben.«

»Das Henkelkreuz gilt als das Zeichen des Lebens. Es stellt die Vereinigung des männlichen und des weiblichen Geschlechtsorgans dar.«

»Heute beschmieren die Leute die Klowände damit.«

»Ich weiß nicht, ob das ganz dasselbe ist, Jessi. Na, jedenfalls wird dich erstaunen, was ich hierin über das Kreuz gefunden habe.« Miriam zeigte Jessica ein Buch mit dem komplizierten Titel *An Expository Dictionary of New Testament Words*. Diesmal fand sie die gesuchte Stelle schneller, weil sie einen Papierschnipsel zwischen die betreffenden Seiten gesteckt hatte.

»Dieses Werk sagt, das Kreuz ›hat seinen Ursprung im alten Chaldäa. Es wurde als das Symbol des Gottes Tammuz (in der Form des mystischen *Taus*, der Initiale seines Namens) verwendet‹. Du würdest heute sagen, das Tau sei der Buchstabe T, Jessi. Schon die Phönizier haben es vor dreitausend Jahren genauso geschrieben wie wir heute das kleine lateinische t ...« Miriams Stimme war zuletzt immer leiser geworden. Sie ließ die Halskette mit dem kleinen Goldkreuz durch ihre Finger gleiten und betrachtete es nachdenklich.

»Puh! Mir schwirrt langsam der Kopf vor lauter Namen.«

»Warte ...« Miriam sprang auf, eilte zum Schreibtisch und kam mit einem Stück Papier und einem Filzstift zurück. Sie hockte sich bei dem flachen viereckigen Tisch, der inmitten der Knautschkissen stand, auf den Boden und notierte fein säuberlich die bisher besprochenen Fakten. Zuletzt drehte sie den Zettel herum und schob ihn Jessica zu, die schon ganz gespannt wartete. Auf dem Blatt stand:

DIE SPUR DER NAMEN

XEXANO: Herrscher Quassinjas, der Welt der verlorenen Erinnerungen
SIN: babyl. Mondgott
ISCHTAR: babyl. Göttin der Liebe und Fruchtbarkeit
IŠTAR: siehe Ischtar
SCHAMASCH: babyl. Sonnengott

»Und *das* soll uns weiterhelfen?«, fragte Jessica zweifelnd.

»Es ist zumindest ein Anfang. Wir müssen dieser Spur weiter folgen, Indizien sammeln und die richtigen Schlüsse daraus ziehen.«

»All right, Mister Holmes. Dann lassen Sie uns sammeln.«

Miriam erwiderte mit entschlossener und kühler Miene: »Es gibt da nur noch eine kleine Schwierigkeit, lieber Doktor Watson.«

Jessica grinste von einem Ohr zum anderen. Ihre Stimme klang mit einem Mal sonderbar tief. »Ich dachte, für Sherlock Holmes gebe es keine Probleme.«

»Meine Bescheidenheit verbietet mir, solche Feststellungen zu treffen, Watson. Nennen wir es ein ungelöstes Rätsel.«

»Und von welchem Rätsel sprechen Sie, Holmes?«

»Von Xexanos Fluch.«

»Die Inschrift vom Schlussstein?«, fragte Jessica, jetzt wieder ganz sie selbst.

Miriam nickte. Auch sie war nun wieder vollkommen ernst. »Ich habe der Einfachheit halber diese Bezeichnung gewählt, selbst wenn die Worte eher von einem Gegner Xexanos stammen dürften. Was mir vor allem Kopfzerbrechen bereitet, ist die letzte Zeile der Inschrift. Dein Vater ist ein hervorragender Wissenschaftler. Was *er* nicht übersetzen konnte, bleibt für *mich* genauso unverständlich. Ich habe einen Haufen Bücher über sämtliche Entwicklungsstufen der sumerischen Keilschrift gewälzt, aber nirgends den Schlüssel zu diesen letzten Worten der Inschrift gefunden.«

»Das hört sich nach einem größeren Problem an.«

Miriam nickte. »Ich wollte dich deshalb etwas fragen, Jessi.«

»Mach's nicht so spannend.«

»In Oxford habe ich einen Professor gehabt, der eine Kapazität auf seinem Gebiet ist. Irgendwie hatte er einen Narren an mir gefressen.«

»Ist das der, der dir half die Stelle als Austauschstudentin hier an der Humboldt-Universität zu bekommen?«

»Genau. Nathan – sein voller Name lautet Nathan Jeremiah Seymour – hätte mich damals lieber in Oxford behalten, aber er sagte einmal, dass er mich viel zu sehr mag, um meinem Leben irgendetwas in den Weg zu stellen.«

»War er jung und gut aussehend?«

Miriam lachte herzlich über diese Frage. »Er war damals schon fast siebzig!«

»Es soll ja Frauen geben, die reifere Männer vorziehen.«

»Nichts gegen Herren im gesetzten Alter, Jessi, aber fünfzig Jahre Unterschied sind mir doch ein bisschen zu viel.«

»Na gut, war auch bloß so eine Frage. Meinst du, dein Professor kann uns weiterhelfen?«

»Wenn du erlaubst, dass ich ihm einige Auszüge aus dem Tagebuch deines Vaters schicke, werden wir es erfahren.«

Jessica dachte einen Moment darüber nach. Bisher wusste außer ihr nur Miriam von dem Tagebuch – und Oliver natürlich, aber der war ja verschwunden. »Reicht es auch, wenn wir ihm nur die Keilschriftzeichen und die Übersetzung geben?«

Miriam verstand, was in Jessica vorging. »Genau so machen wir es. Wenn du nichts dagegen hast, schreibe ich noch einen Brief dazu, in dem ich einige der Theorien deines Vaters zusammenfasse. Das könnte hilfreich für den Professor sein.«

»Einverstanden. Dann sollten wir keine Zeit verlieren.«

»Wenn du willst, können wir den Brief gleich jetzt aufsetzen.«

»Ich hab eine bessere Idee. Hat der Professor einen Internet-Anschluss?«

Miriam lachte schon wieder. »Nathan? Der Gute ist ein Widerspruch in sich. Einerseits hat er sich stets sehr fortschrittlich gegeben; alles, was auch nur den Geruch einer Legende hatte, lehnte er kategorisch ab. Aber wenn es um die Technik ging, dann verwandelte er sich plötzlich in den alten Propheten, der König David vor dreitausend Jahren die Botschaften Gottes brachte – ganz ohne Internet.«

»Aber wir könnten dadurch viel Zeit sparen. Wohnt er in Oxford?«

»Ja, er hat da ein nettes Reihenhaus.«

»Bestimmt kann man doch die Universität über E-Mail erreichen. Wenn wir unsere Anfrage dorthin schicken, dann könnte er sie morgen Vormittag schon lesen.«

»Ich weiß nicht, Jessi. Du kennst Nathan nicht.«

»Und wir beide kennen Thomas und Oliver Pollock nicht mehr!« Jessica klang mit einem Mal sehr erregt. »Wer weiß, wie viel Zeit uns noch bleibt, um sie zu retten. Hast du vergessen, wie der dritte Vers von Xexanos Fluch lautet? Hier.« Sie schob Miriam den Zettel ihres Bruders zu. »Da steht: ›Denn sonst wird er, noch bevor das Jahr sich wendet, über zwei Welten herrschen – die der lebenden und die der verlorenen Erinnerungen.‹ Hast du dir schon einmal überlegt, was das bedeuten könnte? Wir haben heute den 8. November. Bis zur ›Jahreswende‹ bleiben nur noch ein paar Wochen. Wie der Rest des Fluches zu verstehen ist, darüber mag ich gar nicht so genau nachdenken. Er hört sich jedenfalls nicht sehr beruhigend an.«

Jessica hatte sich zuletzt dermaßen in ihre Rede hineingesteigert, dass ihr die Tränen in den Augen standen. Miriam musste sie erst beruhigen, bevor sie ihr versprach: »Wir schicken heute noch eine elektronische Nachricht an Professor Seymour ab. Du darfst mir nicht böse sein, aber ich habe jahrelang gelernt nur an das zu glauben, was man sehen und anfassen kann ...«

»Den Wind kann man auch nicht sehen oder anfassen, aber trotzdem spielt er die Äolsharfe, wie kein Mensch es kann«, entgegnete Jessica, wieder etwas beruhigt.

»Du hast Recht. Wenn dein Vater und Oliver von einer Bande Terroristen entführt worden wären, hätte ich wahrscheinlich ganz anders reagiert. Was schlägst du also vor?«

»Ich hab zu Hause einen Scanner. Damit können wir die Tagebuchseiten meines Vaters digitalisieren und – schwupp! – schon ist die Message raus.«

»Aha.«

»Das klingt, als hätte ich mich in irgendeinem Punkt unklar ausgedrückt.«

»Der unklare Punkt ist ziemlich breit. Eher ein Strich, würde ich sagen.«

»Am besten fahren wir schnell zu mir, dann zeige ich dir alles.«

Miriams Peugeot sprang schon beim vierten Versuch an. Zehn Minuten später waren die beiden in Jessicas Wohnung. Mit dem bewundernden Staunen des technischen Laien beobachtete die Wissenschaftlerin, wie Jessica ihren PC startete und bald darauf das geöffnete Tagebuch ihres Vaters auf die Glasplatte eines großen grauen Kastens legte. Ein paar schnelle Mausklicks später erschienen die Keilschriftzeichen und die Übersetzung auf dem Bildschirm.

»Wahnsinn!«

»Falsch: Elektronik.«

»Meine Kommilitonen in Oxford haben auch schon mit PCs und Scannern gearbeitet, aber wenn es irgendwie ging, habe ich mich immer lieber in der Ashmolean Library unter Büchern vergraben.«

»Das liegt bestimmt am schlechten Einfluss von Nathan Jeremiah Seymour.«

»Vermutlich. Wo hast du nur all die Geräte her? Als Nachtwächter dürfte doch dein Vater das Geld nicht gerade in Säcken nach Hause tragen.«

Jessica zuckte die Achseln. Ohne vom Bildschirm aufzublicken, antwortete sie: »Komischerweise kann ich mich nicht erinnern, wie viel er verdient. Aber ich weiß zumindest noch, dass es immer zu wenig war. Den PC hab ich aus vielen Einzelkomponenten selbst zusammengebaut. Einige Menschen halten mich für begabt. Deswegen bekomme ich hier und da Fördermittel von staatlichen oder privaten Institutionen. Manchmal gewinne ich auch einen Wettbewerb oder ich verdiene mir etwas Geld durch Computer-Unterricht, den ich hin und wieder gebe. Dadurch kann ich mir auch mal was Größeres leisten wie den Scanner. Außerdem gibt es haufenweise Leute, die immer das Neueste haben müssen. Wenn man einige von denen kennt, dann kann man für ein paar Tipps oder Hilfeleistungen leicht die Einzelteile für einen ganzen Rechner abstauben.« Inzwischen hatte Jessica ihre Vorbereitungen abgeschlossen. »So. Jetzt noch die Nachricht und dann können wir das Paket auf die Reise schicken.«

Gemeinsam formulierten die beiden eine Mitteilung für den englischen Professor. Sie erwähnten ausdrücklich, dass die ganze Angelegenheit, sosehr sie auch nach einem Scherz klinge, von großer Wichtigkeit sei. Zuletzt sagte Jessica: »Jetzt brauchen wir nur noch einen Briefkasten.«

»Wie bitte?«

»An wen sollen wir die Mail schicken?«

»Ach so. Am besten an Doktor Ramsey beim RLAHA.«

»Könntest du das bitte für mich übersetzen?«

»Das ist das *Research Lab for Archaeology and the History of Art* in der Keble Road in Oxford.«

»Verstehe. Hast du die E-Mail-Adresse von diesem Doktor Ramsey?«

»Leider nicht. Ist das für dich ein Problem?«

Jetzt lachte Jessica, so wie es zuvor Miriam immer getan hatte. »Ist es etwa für dich ein Problem, in ein Telefonbuch zu schauen?«

»Willst du damit andeuten, es gibt ein Verzeichnis aller E-Mail-Adressen der ganzen Welt?«

»Nicht ganz. Aber es gibt sogenannte Suchmaschinen, die sehr gefräßig sind, was die Daten im Internet betrifft. Und wenn man sie schön bittet, dann spucken sie auch wieder etwas aus.«

Es dauerte nicht lange und Jessica hatte den elektronischen Briefkasten von Doktor Ramsey am RLAHA gefunden. Sie übertrug die Adresse in ihr E-Mail-Programm, bewegte den Zeiger der Maus zu einer Stelle des Bildschirms, an der »Sofort senden« stand und fragte ein letztes Mal: »Alles klar?«

»Weg damit«, antwortete Miriam.

Jessicas rechter Zeigefinger senkte sich kurz und gleich darauf war ein eigenartiges Geräusch zu hören.

»Ist diese graue Zigarrenkiste da das Modem?«, fragte Miriam und deutete auf die energisch piepende und schnarrende Box, an der mehrere Lämpchen blinkten.

»Stimmt. Du kennst dich ja doch mit Computern aus.«

»Danke. Ich schlage aber trotzdem vor, du übernimmst in unserem Projekt den technischen Part. Ich bleibe lieber bei den verstaubten Götterstatuen und der guten alten Keilschrift.«

»All right, Mister Holmes.«

Miriam schüttelte lächelnd den Kopf und drückte Jessica herzlich an sich. »Du bist mir eine Marke, Doktor Watson. Schade, dass wir uns erst jetzt so richtig kennen lernen.«

Miriam verließ Jessica wenig später, nicht ohne ihr mehrfach zu versichern, dass sie sie jederzeit anrufen könne. Am nächsten Tag wollten sie sich sowieso wieder treffen.

Als Jessica die Wohnungstür hinter ihrer neuen Freundin geschlossen hatte, spürte sie wieder die Leere, die in die Wohnung kroch wie die Rauchschwaden eines schlecht ziehenden Kamins. Eine Zeit lang versuchte sie sich abzulenken, indem sie die Bücher und Hefte für den nächsten Tag zusammenpackte. Montag! Und dann auch noch der erste Schultag nach den Ferien! Das war eine

Kombination wie Wirsingkohlsuppe mit grünem Hering. Hochgradig ekelig!

Später lag sie dann hellwach im Bett. Es wollte ihr einfach nicht gelingen, die vielen drängenden Fragen aus ihrem Kopf zu verbannen. Vielleicht gab es einfach *zu* viele Fragen. Was war wirklich geschehen? Wo befanden sich Oliver und ihr Vater in diesem Augenblick? Wäre es tatsächlich möglich, dass sie – wie die Inschrift aus dem Tagebuch behauptete – in die Welt der verlorenen Erinnerungen entschwunden waren? Und wenn ja, wie konnte man ihnen helfen wieder in die richtige Welt zurückzugelangen? Was war der Schlüssel, um das Tor zwischen den Welten zur Erde hin zu öffnen?

4. KAPITEL

WO DIE ERINNERUNGEN NOCH LEBEN

*Wir sind vom gleichen Stoff, aus dem die Träume sind,
und dies kleine Leben umfasst ein Schlaf ...*
William Shakespeare

EIN LEICHT ZU DURCHSCHAUENDER GESELLE

Das Plätschern war jetzt ganz deutlich zu hören. Der Bach musste in unmittelbarer Nähe sein. Oliver bahnte sich seinen Weg zwischen Farnen und Sträuchern hindurch. Der Untergrund war hier leicht abschüssig. Auf seiner Flucht vor dem Einhorn hatte es ihn in einen Teil des Waldes verschlagen, der dunkler und gar nicht mehr so lieblich wirkte wie die Gegend, aus der er gekommen war.

Wenn er sich für seinen Ausflug nach Quassinja wenigstens einen Schokoladenriegel und eine Dose Cola eingesteckt hätte! Zumindest trinken sollte er etwas. Nach so einem Waldlauf hätte er normalerweise eine ganze Badewanne ausleeren können. Komischerweise hielt sich sein Durst in Grenzen; es war mehr die Vernunft, die ihm sagte, dass er Rücksicht auf seinen geschundenen Körper nehmen musste. Als er den Ast eines Busches zur Seite drückte, sah er das Wasser.

Ein munterer Bach kam zwischen den Felsen der Anhöhe herabgeplätschert und sammelte sich, kaum zehn Schritte von Oliver entfernt, in einem kleinen Becken. Auf der anderen Seite des Miniaturstausees kippte das Wasser über ein Wehr aus Steinen und Ästen, um anschließend seinen Weg durch den Wald fortzusetzen.

Oliver überlegte nicht lange, sondern warf sich einfach an den Rand des Gewässers und schlürfte das kühle Nass begierig in sich hinein. Als sich sein Bauch angenehm prall anfühlte, gönnte er sich eine Pause. Er blieb einfach im Laub liegen und beobachtete die sich beruhigende Wasseroberfläche. Allmählich konnte er sein eigenes Gesicht erkennen, hoch über ihm Äste, Blätter und ein Stück des Himmels.

»Was machen wir nun?«, fragte er sein Spiegelbild.

Keine Antwort.

»Wir müssen Vater finden. Also wird es das Beste sein, erst mal aus diesem Wald herauszukommen. Was meinst du?«

Das Spiegelbild blieb stumm.

»Ich sehe schon, du bist mir keine große Hilfe. Jessi hätte *bestimmt* einen Rat für mich gehabt.« Schmerzlich wurde sich Oliver bewusst, wie sehr er seine Schwester vermisste. Seltsam, schon nach so kurzer Trennung. Während seines Ferienseminars hatte er dieses intensive Gefühl kaum verspürt.

In diesem Moment glaubte er eine Bewegung im Wasser zu sehen. Er kniff die Augen zusammen, aber als er sie wieder öffnete, war die überraschende Illusion immer noch da. Ein zweites Gesicht schien sich hinter dem seinen zu zeigen. Genau genommen waberte es auf dem Grund des Baches, wie ein Bild aus einem Diaprojektor. Fast hätte es wirklich Jessica sein können, die ihn von da unten anblickte ...

Oliver fuhr zurück. »Jetzt bist du total durchgedreht!«, keuchte er. Er konnte sich seine Schwester ja noch ganz gut als Olympiateilnehmerin beim Brustschwimmen vorstellen, aber zu einer Nymphe fehlte ihr wohl doch das nötige Talent. Vorsichtig beugte er sich wieder vor. Das Gesicht war noch da. Er strengte seine Augen an, um mehr zu erkennen, aber die Erscheinung blieb unklar. Für einen Moment hatte er den Eindruck, die Augen seiner

Schwester wollten ihm einen Wink geben. Sie blickten zur Seite, wie um ihm etwas jenseits des Staubeckens zu zeigen – aber dann wurde das Bild jäh zerstört. Innerhalb eines einzigen Augenblicks bildete sich auf dem Grund des Baches eine Wolke aus Millionen feiner Bläschen und im nächsten Moment wurde Oliver aus dem Wasser heraus angesprungen.

Etwas Hartes traf ihn am Kopf. Er sprang entsetzt auf und kippte sogleich nach hinten um. Der Schreck saß ihm so tief in den Gliedern, dass er glaubte, nie mehr atmen zu können.

»Hi, hi! Das sah wirklich komisch aus«, sagte eine piepsige Stimme über seinem Kopf.

Oliver rieb sich die Stirn und versuchte die Quelle dieser unverschämten Äußerung zu lokalisieren.

»Bist du ein Zirkusartist oder so was?«, flötete die Stimme.

»Was soll das?«, erwiderte Oliver verärgert. »Warum zeigst du dich nicht?«

»Bist du blind? Ich bin doch hier. Direkt über dir.«

Oliver suchte verbissen das Blattwerk über seinem Kopf ab, aber er konnte nichts entdecken. Er wollte seine Suche schon aufgeben, als plötzlich ein leichter Windzug durch die Äste strich und die Sonne ihm für einen Augenblick direkt ins Gesicht schien. War da nicht …? Das Wiegen der Zweige war zu kurz, um es genau erkennen zu können, aber er glaubte ein Aufblitzen gesehen zu haben. Vielleicht eine Waffe? Oliver fühlte, wie seine Muskeln sich verhärteten. Was sollte er tun? Er war diesem unsichtbaren Gegner hilflos ausgeliefert.

»Wenn du kein Feigling bist, dann komm endlich runter!«, rief er mit dem Mut der Verzweiflung; im Stillen hoffte er, der andere würde sich aus dem Staub machen.

»Aber ich bin doch schon längst da«, sagte die helle Stimme direkt neben seinem Ohr.

Oliver zuckte zusammen – er hörte ein hohes sirrendes Geräusch.

»Du bist ziemlich schreckhaft, nicht wahr?«, sagte die Stimme, etwa zwei Handspannen von seiner Nasenspitze entfernt.

Was ihn in solche Furcht versetzt hatte, entpuppte sich nun als ein lächerlich kleiner Vogel. Doch – Oliver traute seinen Augen nicht – das winzige Ding, das da wie ein klitzekleiner Hubschrauber vor seinem Gesicht in der Luft hing, war so gut wie durchsichtig.

»Wenn du so gütig wärst und mir deine Hand hinstrecken würdest, dann könnte ich darauf landen«, sagte der Winzling. Weil Oliver nicht sogleich reagierte, fügte er noch hinzu: »Ich verspreche dir auch, dass ich dich nicht fresse.«

Zaghaft hob Oliver den Arm und hielt dem Vögelchen die offene Hand entgegen. Surrend wie eine ausgewachsene Libelle steuerte der quirlige Geselle den Landeplatz an. Im nächsten Moment fühlte Oliver kleine kühle Krallen, die seinen Zeigefinger umfassten. Sein Verstand sagte ihm ununterbrochen, dass er träumen musste … Denn wie sonst konnte wahr sein, was er da sah?

Auf seinem Finger saß ein kleiner gläserner Vogel – ein Kolibri, wie Oliver aus dem verhältnismäßig langen Schnabel schloss. Aber der Winzling hatte sonst so gar nichts Gläsernes an sich. Das Köpfchen kippte in ruckhaften Bewegungen mal nach rechts, dann wieder nach links; die Äuglein, zwei schwarze Obsidiane, musterten ihn neugierig; ab und zu plusterte der kleine Kerl sein kristallenes Gefieder auf, und wenn die Sonne wieder mal durch die Blätter blitzte, funkelte er in allen Farben des Regenbogens.

»Wer bist du denn?«, fragte Oliver, nachdem er sich einigermaßen sicher war, dass dieser seltsame Vogel sein Versprechen halten würde.

»Ich heiße Nippazaffarnagar«, antwortete der Kolibri.

»Komplizierter ging's wohl nicht.«

»Meine Freunde nennen mich einfach Nippy. Du kannst das auch, wenn du willst. Das Einhorn gab mir übrigens den Namen Nimmersatt.«

»Nippy Nimmersatt?«, wiederholte Oliver nachdenklich. »Ehrlich gesagt, siehst du gar nicht aus wie einer, der nie genug kriegen kann.«

»Lass dich nicht vom äußeren Schein trügen. Ich bin sehr gefräßig!«

»Na, ich weiß nicht …«

»Ich bin des *Lebens* nimmer satt!«

»Ach so«, antwortete Oliver und dachte sich, dass doch wohl niemand vom Leben je genug bekommen konnte. »Ich heiße übrigens Oliver.«

»Oliver – und sonst nichts?«

»Oliver P…« Er hielt nachdenklich inne. »Ich bin Oliver der Sucher«, sagte er dann.

»Angenehm, Oliver Sucher«, zwitscherte Nippy. »Bist du auch auf der Flucht vor den tönernen Soldaten oder bist du gerade eben erst angekommen?«

»Eher das Letztere, wenn du meine Ankunft in Quassinja meinst.«

»Wo hat man dich denn vergessen?«

»Wie bitte?«

»Na, hat dir noch niemand gesagt, dass Quassinja das Reich der verlorenen Erinnerungen ist? Nur derjenige kann hierher gelangen, dessen wahres Ich die Menschen vergessen haben.«

»Oder der, der etwas im Herzen Vergessenes bei sich trägt …«

Nippy schnellte wie von der Tarantel gestochen in die Höhe und flatterte mit einem Mal aufgeregt um Olivers Kopf herum.

Der hatte darüber ganz vergessen, was er noch sagen wollte, und fragte nur: »Was ist denn plötzlich los mit dir?«

»Du hast mich erschreckt«, gestand der gläserne Piepmatz. »Das meinst du doch nicht ernst, was du da eben gesagt hast, oder?«

»Warum denn nicht? Ich habe hier etwas in meiner Tasche«, er klopfte mit der Hand auf seine Jeans, »was einst meiner Mutter gehört hat. Sie ist leider schon lange tot und heute gibt es niemanden mehr, der noch die wahre Bedeutung dieses Gegenstandes kennt. – Und nun komm endlich wieder runter, mir ist schon ganz schwindelig!«

Nippy war zu einer Art Mond geworden, der unablässig den

Planeten Oliver umkreiste. Vorsichtig näherte sich der Vogel wieder der dargebotenen Hand.

»Kommt es denn so selten vor, dass jemand Quassinja betritt, ohne auf der Erde vergessen zu sein?«, fragte Oliver, nachdem Nippys Flügel zum Stillstand gelangt waren.

»Selten?« Nippy schien das Wort enorm komisch zu finden. »Wenn es stimmt, was du da eben gesagt hast, dann bist du seit Xexano der Allererste, der jemals aus eigenem Entschluss nach Quassinja gekommen ist.«

Das ständige Ausstrecken des Armes wurde auf die Dauer doch ziemlich anstrengend. Oliver setzte sich deshalb auf den Waldboden, lehnte den Rücken gegen einen Baumstamm und bot Nippy sein Knie als Landeplatz an. So konnten sich beide anschauen und bequem miteinander reden.

Das Vögelchen erzählte in kurzen Worten seine Geschichte. Der Winzling war vor über tausend Jahren von einem großen Meister der Glasmacherkunst geschaffen worden. Den Auftrag dazu hatte kein Geringerer als ein indischer Maharadscha gegeben; Nippy sollte ein Geschenk für seine Tochter sein. Die Prinzessin war das einzige Kind des Königs, und obwohl Mädchen in seinem Reich nicht viel zählten, erwies sich dieser Herrscher als die rühmliche Ausnahme. Der Maharadscha hatte seine Tochter Scheherazade genannt. Diesen Namen hatte er von einem Weisen, der eines Tages mit einer Karawane an den Hof des Maharadschas kam und dem Neugeborenen Glück für die Zukunft verhieß, wenn es nur einen guten Namen erhielte.

Wie es aussah, war der Weise wohl eher ein Scharlatan, und sein Segen erwies sich als Fluch, erinnerte sich der gläserne Kolibri. Die Prinzessin war gerade sechzehn Jahre alt geworden – Nippy hatte sie während all dieser glücklichen Jahre heranwachsen sehen –, da ereilte ein großes Unglück den Hof des Maharadschas. Sein ehrgeiziger Bruder zettelte einen Aufstand gegen ihn an, Scheherazades Vater wurde ermordet, sie selbst schleppte man als Sklavin fort. Es war ein Wunder, dass Nippy bei dem

Gemetzel nicht zu Bruch ging, denn die Rebellen wüteten in dem Palast, als wären böse Geister in sie gefahren. Der Palast wurde nie wieder bewohnt. Bald versank er im Dschungel, und nur einmal noch hörte Nippy die Stimmen von Menschen. Zwei entflohene Sklaven hatten sich in den Urwald geflüchtet und in dem zerfallenen Bauwerk Unterschlupf gesucht. Einmal unterhielten sie sich über den ermordeten Maharadscha und seine Tochter. Der eine Sklave erzählte, dass Scheherazade nun selbst eine Leibeigene sei. Man habe sie an den Hof des Königs von Samarkand verkauft. Die beiden Sklaven setzten ihre Flucht bald fort; Nippy konnte nicht sagen, ob sie sich mehr vor den Verfolgern oder vor den Geistern fürchteten, die angeblich in dem Dschungelpalast herumspuken sollten. Jedenfalls ging nun endgültig jede Erinnerung an den kleinen Kristallvogel verloren. Eines Tages sah er ein seltsames Leuchten in einem der bogenförmigen Durchgänge des Palastes. Er verspürte den unbändigen Drang auf dieses Funkeln zuzufliegen – und stellte plötzlich fest, dass er sich wirklich wie ein richtiger Vogel bewegen konnte. Nippy erhob sich in die Luft und flog geradewegs durch das glitzernde Tor. Von diesem Tage an war er eine lebendige Erinnerung in der Welt Quassinja.

Oliver hatte der Geschichte des durchsichtigen Vögelchens fasziniert zugehört. Vor allem, als Nippy davon berichtete, wie Scheherazade an den Hof von Samarkand verbannt wurde.

»Ich glaube, ich habe eine gute Nachricht für dich«, sagte er zu Nippy.

»Hoffentlich keine, die mich betrifft«, erwiderte der kleine Vogel erschrocken. »Bestimmt hast du schon mal gehört, dass Menschen sagen, die Erinnerungen würden *fortleben*.«

Oliver nickte.

»Siehst du. Und jetzt weißt du auch, *wo* sie das tun: hier in Quassinja. Wenn die Erinnerung an mich zur Erde zurückkehrte, dann wäre ich wieder der kleine leblose Glaspiepmatz, der ich früher war.«

»Da kann ich dich beruhigen. Dein Geheimnis wird so schnell

niemand lüften. Was ich mit der guten Nachricht meinte, betrifft deine Prinzessin.«

»Sag bloß, du kennst sie?«

»Nicht persönlich. Aber ich habe ihre Geschichten gelesen.«

»Ihre Geschichten? Du meinst die, die ihr immer ihre Amme erzählt hat?«

»Ich meine die Märchen aus Tausendundeiner Nacht.«

»Nie davon gehört.«

»Wahrscheinlich, weil sie noch zu lebendig in der Erinnerung der Menschen sind. Deine Scheherazade wurde wirklich an den Hof des Königs von Samarkand verschleppt. Man wollte sie sogar töten. Aber sie verzauberte den strengen Herrscher Nacht für Nacht durch immer neue Geschichten – tausendundeine, um genau zu sein.«

»Und dann ließ er sie laufen!«

»Nein.«

»Schade.«

»Nicht unbedingt. Er hat sie geheiratet. Aus der Prinzessin wurde also doch noch eine Königin.«

Nippy flog begeistert auf. Es schien Oliver, als taumele der kleine Vogel in der Luft, während er seine Schleifen um den Baumstamm drehte. Schließlich ließ er sich wieder auf Olivers Knie nieder.

»Du hast mich sehr, sehr glücklich gemacht, Oliver Sucher!«

»Das freut mich, Nippy.«

»Kannst du mir noch eines verraten?«

»Was denn?«

»Du sagtest vorhin, dass ich ein Geheimnis hätte, das so schnell keiner lüften würde. Was meintest du damit?«

»Ach so, das ...« Oliver lächelte. »Du hast erzählt, dass dich einst ein großer Meister in Indien erschaffen hat.«

»Das ist richtig.«

»Vor tausend Jahren?«

»Auch dies sagte ich.«

»Und du bist ein Kolibri. Auch richtig?«

Nippy plusterte das glitzernde Gefieder auf. »Eine *Kronennymphe*, um genau zu sein.«

Oliver hielt kurz inne. Eine Nymphe? Hatte er nicht eben erst in seinem Spiegelbild das Gesicht eines solchen Wassergeistes zu sehen geglaubt? Was für ein seltsamer Zufall. Ob wohl Nippy ihm diesen Gedanken eingegeben hatte? Nein, Unsinn! Er verwarf diese lächerliche Idee sogleich wieder und kam auf seine eigentliche Frage zurück.

»Soweit mir bekannt ist, Nippy, gibt es gar keine Kolibris in Indien. Sie leben ausschließlich auf dem amerikanischen Kontinent und der wurde von Christoph Kolumbus erst 1492 entdeckt. Wie also konnte dein Glasmacher wissen, wie ein Kolibri aussieht?«

Nippys Obsidian-Augen funkelten Oliver geheimnisvoll an. Dann zwitscherte das Glasvögelchen belustigt: »Jetzt verstehe ich, was du meinst. Die Menschen deiner Zeit scheinen wirklich eine ganze Menge von ihren alten Schätzen verloren zu haben und sich dabei auch noch für besonders klug zu halten. Es gehört schon eine Menge Torheit dazu, dem kostbaren Wissen seiner Vorfahren so viel Missachtung entgegenzubringen.«

Oliver hatte eigentlich eine andere Antwort erwartet. Doch ehe er nachfassen konnte, kam Nippy ihm zuvor.

»Jetzt habe ich eine Frage an dich, Oliver Sucher.«

»Hm. Na gut, schieß los.«

»Warum hast du vorhin so starr in das Wasser dort drüben geglotzt? Ich habe wirklich geglaubt, deine Hand würde jeden Moment in den Bach tauchen, um mich zu packen.«

»Ich habe dich gar nicht gesehen. Wenn ich's mir recht überlege, konnte ich das auch überhaupt nicht. Meine Schwester könnte es sicher besser erklären, aber ich glaube, es hängt damit zusammen, dass sich das Licht im Wasser und in deinem gläsernen Körper fast genauso bricht. Unter Wasser bist du praktisch unsichtbar.«

»Und warum hast du dich dann nicht von dem Anblick deines Spiegelbildes losreißen können? Findest du dich etwa selbst so hübsch, dass du …«

»Hör schon auf!«, unterbrach Oliver Nippy verärgert. Das Blut schoss ihm in die Wangen. Er fand sich nun wirklich nicht so schön, dass es sich lohnen würde, mehr Zeit als nötig vor dem Spiegel zu verbringen. »Ich glaubte noch jemand anderen in dem Wasser zu sehen, nicht dich, sondern das Gesicht meiner Schwester.«

»Oh! Ist sie hübscher als du?«

»Warum interessiert dich das?«

»Frauen können sich über dieses Thema stundenlang unterhalten.«

»Sag bloß, du bist eine ... Henne?«, platzte Oliver heraus. Irgendwie fühlte er sich von diesem neuen Gesichtspunkt völlig überrumpelt.

Nippy fand das Ganze auch noch lustig. Erst kicherte die kleine Vogeldame und dann sagte sie mit vorgetäuschter Empörung: »Na, hör mal! Ich bin doch kein Huhn.«

Oliver seufzte. »Ich glaube, ich muss mich an diese Welt erst noch gewöhnen.«

»Warum bist du hier, Oliver? Ist es deine Schwester, die du suchst? Hat dir das Einhorn wegen ihr deinen Namen gegeben?«

Die Erwähnung des Einhorns ließ Oliver aufhorchen. »Du kennst das Einhorn?«

»Natürlich. Jeder hier kennt es.«

»Ist es ein Komplize von Xexano?«

»Das Einhorn verrät niemandem etwas. Man muss schon selbst herausfinden, was man wissen möchte.«

»Das habe ich auch gemerkt.«

»Du hast mir meine Frage noch nicht beantwortet, Oliver Sucher.«

»Was? Ach so. Ich bin hier, weil ich meinen Vater suche. Vielleicht bin ich nicht der Einzige neben Xexano, der freiwillig gekommen ist. Ich halte es für möglich, dass auch mein Vater aus freien Stücken nach Quassinja gelangte.«

»Dann müsst ihr beiden die *Goëlim* sein.«

Oliver strengte die Unterhaltung mit dem gläsernen Kolibri allmählich an. Ständig sprach die Vogeldame über Dinge, von denen er nur die Hälfte begriff.

»Ich verstehe nur Bahnhof. Wer soll das sein, diese Goëlim?«

»Das ist ein Wort aus der alten Sprache. Ist dir nicht aufgefallen, dass du hier nicht deine eigene Muttersprache benutzt? Alle in Quassinja verwenden diese Mutter aller Sprachen.«

Tatsächlich! Erst jetzt wurde sich Oliver dieses Wunders bewusst. »Aber ... wie kommt das ...?«

»In Quassinja kehren alle Erinnerungen zurück. Auch solche, die einem selbst nicht zu gehören scheinen. Das liegt daran, dass die Erinnerungen hier überall sind: in der Luft, der Erde, dem Feuer, dem Wasser ...«

Oliver erlangte nur langsam seine Fassung zurück. »Ich bekomme Kopfschmerzen, wenn das so weitergeht. Sag mir bitte nur noch eines, Nippy. Wer sind diese Goëlim?«

»Komisch, dass du *das* nicht weißt, obwohl du doch selbst einer bist. Das Kommen der ›Befreier‹ – das ist die Bedeutung dieses alten Wortes – wurde schon vor vielen tausend Jahren verheißen. Damals kam Xexano zum ersten Mal nach Quassinja – seinerzeit noch in menschlicher Gestalt und mit einem anderen Namen. Er unterwarf sich das Reich mit brutaler Gewalt. Er führte grausame Gesetze ein. Und er erschuf den *Sammler,* seinen ersten Diener, damit er jeden mit sich nehme, der Xexanos Anordnungen missachtete. Seitdem sind viele Erinnerungen spurlos verschwunden – manche sagen im Nichts und deswegen behaupten auch einige, das Einhorn sei ein Verbündeter des selbst ernannten Herrschers dieser Welt. Aber das wird ja nun bald ein Ende haben. Jetzt bist du ja da, Oliver Sucher.«

»Und was ist, wenn wir nie mehr hier herausfinden? Bist du ganz sicher, dass wir uns nicht verlaufen haben?« Nippys trällernde Stimme verriet ernste Zweifel an Olivers Zielstrebigkeit, aber der ließ sich nicht erschüttern.

»Ich denke, *du* bist hier zu Hause. Eigentlich müsstest du mir den Weg weisen.«

»Aber ist es nicht sehr leichtsinnig, einem Spiegelbild zu vertrauen?«

Nippys Frage rief das verschwommene Abbild von Jessicas Gesicht in Olivers Sinn zurück. Er hatte es in dem gestauten Wasser des Baches gesehen. Für einen Moment war er überzeugt gewesen, ihre Augen hätten ihm ein Zeichen gegeben, womöglich einen Hinweis, in welcher Richtung er aus dem Wald finden könnte. »Es kann nicht nur eine Reflexion des Wassers gewesen sein, Nippy. Frag mich nicht, warum, aber irgendwie bin ich mir ganz sicher, dass es meine Schwester war. Jessica und ich sind Zwillinge. Uns verbindet mehr als nur die gleiche Blutgruppe. – Da fällt mir etwas ein.« Oliver blieb abrupt stehen und verdrehte den Hals, um dem kleinen Vogel auf seiner Schulter in die Augen zu schauen. »Hast du irgendetwas damit zu tun, dass ich zuerst glaubte einen Wassergeist in dem Bach zu sehen?«

»Das kann schon sein.«

»Versuchst du mir auszuweichen, Nippy?«

»Nein, nein. Es ist so, dass ich manchmal an Dinge denke, die dann im Sinn anderer auftauchen. Ich mache das nicht mit Absicht – jedenfalls nicht immer. Manchmal passiert es einfach.«

»Du kannst dich also in den Kopf anderer Menschen einschalten und darin Gedanken oder Bilder erschaffen?«

»Hier in Quassinja hat nicht alles, was denken kann, einen Kopf, aber im Prinzip hast du Recht. Ich bin erschaffen worden, um einer Prinzessin Freude am Leben zu schenken, auch wenn sie einmal traurig war. Das ist mein wahres Wesen. Es gehört ebenso zu meiner Natur wie das Glas, aus dem ich gemacht bin. Deshalb fällt es mir gewöhnlich auch nicht schwer, andere zu durchschauen – ich erkenne meist sehr schnell, ob jemand lügt oder ob er die Wahrheit sagt.«

»Das ist ja praktisch.«

»Leider funktioniert es nicht immer.«

»Das ist weniger praktisch.«

»Es ist die natürlichste Sache der Welt, dass sich nicht jeder genauso leicht entlarven lässt. Was hältst du davon, wenn ich ein

Stück vorausfliege, um zu sehen, ob wir auf dem richtigen Weg sind?«

Nippys Gedanken wechselten manchmal genauso schnell wie die Stellung ihrer Flügel. Oliver brauchte einen Moment, um sich von der unglaublichen Vorstellung loszureißen, seine winzige Freundin könne in anderer Leute Geist herumfuhrwerken, wie es ihr beliebte.

»Wenn es dich beruhigt«, sagte er endlich, »dann flieg voraus. Aber es wäre nett, wenn du wieder zurückkommst.«

»Keine Sorge, Großer. Ich lass dich nicht allein.«

Neben Olivers Ohr stieg ein kleiner Helikopter auf. Das Schwirren von Nippys Flügeln klang aus der Nähe jedes Mal unerwartet laut. Der gläserne Kolibri drehte noch eine Runde um den rotblonden Schopf seines Freundes, dann schoss er pfeilschnell davon.

Staunend blickte Oliver dem glitzernden Vögelchen hinterher. Nippys Flügel schienen seine Gedanken noch einmal gehörig durcheinander gewirbelt zu haben. Es fiel ihm schwer, diese seltsame Welt zu begreifen. Sie verwirrte ihn zutiefst. Erst ein Einhorn aus Bronze und jetzt ein kleiner Schwirrvogel aus Glas – und alle benahmen sich, als wären sie aus Fleisch und Blut. Nippy hatte behauptet, dass es selbst in der Luft und im Wasser Quassinjas Erinnerungen gebe, formlose Gedanken oder Träume, die einst einen Menschen bewegten, dann aber vergessen worden waren.

Er setzte seinen Weg fort. Nippy hatte ihm ja versprochen bald wieder zurückzukehren. Ja, mehr noch. Als sie vorhin zusammen durch den Wald gewandert waren, hatte der kleine Glasvogel ihm so etwas wie einen Treueschwur geleistet. Nippy hatte feierlich erklärt, sie würde es als eine große Ehre ansehen, einem der Goëlim bei seiner Aufgabe zu helfen.

Oliver fand das Ganze ziemlich peinlich. Das Gerede von alten Weissagungen und glänzenden Helden erschien ihm irgendwie albern. Andererseits, wenn ihm schon jemand in dieser fremden Welt seine Hilfe anbot, dann sollte er dafür dankbar sein.

Nippy hatte ihm erzählt, dass es nicht weit vom Waldrand entfernt eine Stadt mit Namen Nargon gebe. Da Oliver seine neue

Freundin gefragt hatte, wo er am besten mit der Suche nach seinem Vater beginnen solle, hatte sie ihm geraten dorthin zu gehen.

Nippy selbst war gerade erst aus Nargon geflohen. Vor etwa einer Woche sei etwas Furchtbares geschehen, hatte sie berichtet, während sie am ganzen Körper zitterte. Der *Herrscher vom Turm* war zurückgekehrt – jetzt im Körper einer goldenen Statue, die sich selbst *Xexano* nannte. Seit Jahrtausenden habe man geahnt, dass so etwas eines Tages geschehen könne, aber nun waren doch alle erschüttert. Es hieß, Xexano sei in Begleitung einer Terrakotta-Armee in seine Hauptstadt Amnesia eingezogen und habe sogleich seinen Anspruch auf die unumschränkte Gewalt über Quassinja erneuert. Als äußeres Zeichen hierfür war er in die alte unfertige Hochburg über der Stadt eingezogen; die Bauarbeiten an dem monströsen Turm wurden sogleich wieder aufgenommen. Im Grunde, meinte Nippy, habe Xexano nie seinen Herrschaftsanspruch aufgegeben und mit dem Sammler sei sein Einfluss auch nie völlig von Quassinja gewichen. Aber wer hatte schon ernsthaft mit dem Schlimmsten gerechnet? Nur wenige Bewohner dieser Welt konnten aus eigener Erfahrung von der Zeit berichten, als Xexano schon einmal die Macht über Quassinja an sich gerissen hatte. Nun war er also zurückgekehrt.

Seine Untertanen bekamen schnell zu spüren, was das bedeutete. Es dauerte kaum zwei Tage, da tauchten überall seine tönernen Soldaten auf, die jeden mit sich nahmen, der Xexanos Verbote missachtete. Wer etwas schrieb oder etwas Geschriebenes besaß – oder auch nur ansah –, wurde verschleppt. Alle Spiegel wurden zerstört. Und wer Xexano nicht öffentlich Gehorsam zollte, hatte mit dem Schlimmsten zu rechnen.

Was denn das sei, »das Schlimmste«, hatte Oliver wissen wollen, den der ganze Bericht ziemlich verwirrte. Darüber gebe es nur Gerüchte, erwiderte Nippy. Manche behaupteten, Xexano hätte die Wasser der formlosen Erinnerungen am Fuße seiner Burg zu einem riesigen See gestaut. Jeder, der ihm den Gehorsam verweigere, würde von einer hohen Klippe aus in diesen See geworfen.

Nippys Erzählungen warfen für Oliver mehr neue Fragen auf,

als sie alte beantworteten: Wer war der Sammler? Wie kam es, dass die Bewohner Quassinjas so alt wurden? Was waren die Wasser der formlosen Erinnerungen? Und wie konnte es sein, dass sich Xexano schon seit einer Woche in Quassinja aufhielt, wenn man seine Statue doch erst seit drei oder vier Tagen im Museum vermisste?

Die letzte Frage hatte Nippy mit der einfachen Feststellung beantwortet, dass Xexanos erstes Erscheinen in Quassinja nicht notwendigerweise mit seinem endgültigen Verschwinden von der Erde zusammenfallen musste. Möglicherweise war Xexano schon eine Weile zwischen den beiden Welten hin und her gewechselt. Manchmal, so fügte Nippy nachdenklich hinzu, folge die Zeit in Quassinja aber auch anderen Regeln als auf der Erde. Sie schien einmal langsamer zu vergehen, dann aber auch wieder schneller, so wie im Traum, wenn man das sichere Gefühl hat, einen oder mehrere Tage zu durchleben, und nach dem Erwachen feststellt, dass man nur wenige Stunden geschlafen hat.

Oliver verwirrten diese Merkwürdigkeiten mehr, als dass sie sein Verständnis über das Reich der verlorenen Erinnerungen erhellten. Aber Nippy hatte in ihrer impulsiven Art plötzlich damit angefangen, dass sie womöglich nie mehr aus diesem Urwald herausfänden, den man den Stillen Wald nannte. Und jetzt war Oliver allein.

Ein Geräusch ließ ihn zusammenfahren. Es klang wie das Brechen eines dicken Astes. Unwillkürlich duckte er sich in ein Gebüsch und lauschte. Er hatte gerade ein Gebiet durchquert, in dem das Unterholz sehr dicht war. Zeitweilig hatte er sogar unter den Ästen hindurchkriechen müssen. Nippy hatte es da besser ...

Das laute Knacken konnte unmöglich von Nippy stammen! Das wurde Oliver schlagartig klar. Der kleine Vogel war viel zu leicht, um einen dickeren Ast mit seinem Gewicht auch nur zu verbiegen. Oliver musste an das Einhorn denken. Ob es ihm doch gefolgt war, nur um ihn hier zu stellen, wo eine Flucht so gut wie unmöglich war? Wieder hörte er ein Knacken, diesmal weniger laut als zuvor. Und dann vernahm er Stimmen.

»Ch'ich Yu Shih, seid Ihr es?«

»Du musst von allen guten Drachen verlassen sein! Sei sofort still, Pan Ku Shih!«

Oliver duckte sich noch tiefer in sein Versteck. Jetzt war er froh in so dichtes Unterholz geraten zu sein. Vorsichtig spähte er durch die trockenen Äste hindurch. Die beiden Stimmen – eine davon klang beinahe ängstlich, die zweite eher wütend – stammten weder vom Einhorn noch von Nippy, so viel stand fest. Aber wer konnte …? Oliver stockte der Atem.

Er hatte nur einen kleinen Ausschnitt zwischen einer Astgabel und dem dürren Laub abgebrochener Zweige, um die beiden Gestalten zu beobachten, aber das genügte ihm vollauf. Sogleich fielen ihm die Schilderungen Nippys über Xexanos Leibgarde wieder ein. Kalter Angstschweiß rann ihm den Rücken hinunter. Warum musste sein Herz nur so dröhnen? Unter allen Wundern Quassinjas vermisste Oliver in diesem Augenblick schmerzlich die Möglichkeit sich spontan in einen Holzwurm zu verwandeln. Kaum zehn Meter von ihm entfernt trafen sich zwei Krieger, die ganz und gar aus rötlichem Ton bestanden.

»Und wenn er gar nicht hier ist?«, flüsterte der eine Terrakotta-Mann.

»Red keinen Unsinn, Pan Ku Shih!«, erwiderte der andere unfreundlich. »Wenn Xexano uns in den Stillen Wald geschickt hat, wird er schon wissen, warum. Du solltest seinem Befehl besser gehorchen. Oder willst du nach Hause laufen und dich in den See der Verbannten Erinnerungen werfen lassen?«

Pan Ku Shihs Körper durchlief ein Zittern, dass Oliver glaubte, der Krieger müsse jeden Augenblick in tausend Scherben zerpringen, aber dann beruhigte sich der Tonmann wieder. »Ihr müsst mir nicht immer mit dem See drohen, Ch'ich Yu Shih! Ich weiß genau, was der Herr uns befohlen hat. Aber hätte er uns nicht woanders hinschicken können als gerade hierher, wo …«

»Still! Ich glaube, ich habe etwas gehört.«

Unwillkürlich lauschte auch Oliver in den Wald, aber er konnte keinen Laut vernehmen, nur das Rauschen des Windes in den Wipfeln der Bäume.

»Ich habe mich wohl geirrt«, sagte Ch'ich Yu Shih, vermutlich ein Hauptmann, wie Oliver aus der Unterwürfigkeit des anderen schloss. Mit befehlsgewohnter Stimme fügte Ch'ich Yu Shih hinzu: »Wir haben jetzt lange genug hier herumgestanden. Unser Abschnitt ist groß. Also lass uns weitergehen.«

»Es erscheint mir leichter, einen Bettler im Palast des Qin Shihuang zu finden als dieses Kind im Stillen Wald, ehrenwerter Ch'ich Yu Shih.«

»Hör endlich auf zu jammern, Pan Ku Shih! Du bringst mich noch dazu, dich ... Still!«

Jetzt hatte auch Oliver es gehört. Ein leises Rascheln, wie das Zurückschnellen eines Astes, den jemand im Vorübergehen streift. Langsam drehte er den Kopf, bis sich seine Nackenmuskeln verhärteten.

Das Einhorn! Es war nicht mehr als ein Schemen, der hinter dem dichten Laub vorüberzog, so vage wie der Schatten auf dem Wandbild im Pergamonmuseum. Oliver spürte einen eisigen Hauch. Er konnte später nicht sagen, ob es nur ein kühler Windstoß gewesen war oder eine innere Kälte, die sich plötzlich auf sein Herz gelegt hatte. Bei seiner ersten Begegnung mit dem Einhorn war ihm diese Kälte jedenfalls nicht aufgefallen. Aber vielleicht gab es irgendeine finstere Zauberkraft, die dieses bronzene Wesen einsetzte, um ihn aufzuspüren. Er war nahe daran, ohnmächtig zu werden, eine solche Angst hatte er. Eines stand zweifelsfrei fest: Er steckte in der Falle – in seinem Rücken das Einhorn und vor sich die beiden ...

Verschwunden! Olivers Herz klopfte nun schon in seinem Hals. Wenn er jetzt den Mund öffnete, würde es garantiert herausspringen und ihn verraten. Die Terrakotta-Soldaten konnten sich doch nicht einfach in Luft aufgelöst haben! Aber so sehr Oliver sich auch den Hals verrenkte, von den Männern aus gebranntem Ton fehlte jede Spur.

Bestimmt wollten sie ihn nun vollends umzingeln. Ja, das war die einzig plausible Erklärung. Wieder wandte er sich um. Wo war das Einhorn? Eine kaum wahrzunehmende Bewegung fiel ihm auf, ganz am linken Rand seines Gesichtsfeldes. Sollte die wandelnde Bronzestatue ihn wirklich nicht bemerkt haben? Vielleicht hatte das Einhorn seine Kundschafter abbeordert, um die Suche in einem anderen Teil des Waldes fortzusetzen.

Oliver blieb noch eine Zeit lang bewegungslos hocken. Ein herabfallendes Blatt landete genau auf seinem Kopf, aber er rührte sich trotzdem nicht. Er wollte sich nicht in letzter Sekunde doch noch verraten. Das ganze Erlebnis zog noch einmal an seinem geistigen Auge vorbei. Ihm war aufgefallen, dass die beiden Tonfiguren wie Chinesen oder Mongolen ausgesehen hatten. Die seltsamen Gewänder, die sie trugen, waren ohne Zweifel Waffenröcke, ähnelten aber eher mit Platten besetzten Kleidern als modernen Kampfanzügen. Die Monturen mussten schon sehr alt sein, vermutete Oliver. Irgendwie kamen ihm diese lebensgroßen Figuren bekannt vor. Hatte er nicht erst kürzlich einen Bericht über genau solche Statuen im Fernsehen verfolgt?

Ja! Mit einem Mal erinnerte er sich an jede Einzelheit des Films. Der chinesische Kaiser Qin Shihuang – von einigen auch Shih Huang Ti genannt – hatte sich im dritten Jahrhundert vor Christus ein gewaltiges Mausoleum errichten lassen, umringt von siebentausend Terrakotta-Kriegern. Doch nach seinem Tod wurde das Grab geplündert und die monumentale Anlage versank im Treibsand der Jahrhunderte. Eigentlich ein idealer Kandidat für Quassinja, dachte Oliver – wenn man nicht im Jahre 1974 eine der Tonfiguren entdeckt hätte. Bald hatten die chinesischen Archäologen das wahre Ausmaß ihres Fundes erkannt. Man verglich die Terrakotta-Armee des Qin Shihuang mit dem Tutanchamun-Fund in Ägypten – ebenso bedeutend und genauso geheimnisvoll.

»Aber jeder kann sich doch heute wieder an sie erinnern«, sagte Oliver. Er merkte gar nicht, dass er mit einem Mal laut dachte. »Die Ausgrabungsstätte steht jedem Touristen offen. Wie kann eine so riesige Armee nach Quassinja verschwinden?«

»Vielleicht auf die gleiche Art und Weise wie Xexano«, antwortete ihm eine fremde Stimme.

Oliver war so in seine Gedankengänge vertieft, dass er ganz

vergaß sich über den unbekannten Sprecher zu wundern. »Das habe ich auch erst gedacht. Aber Xexano hatte das Ischtar-Tor. Mein Vater glaubte, dass eine ganz bestimmte Konstellation nötig sei, damit das Tor in die Welt der verlorenen Erinnerungen geöffnet werden kann.«

»Bist du dir so sicher, dass dein Vater sich nicht irrte? Weißt du denn genau, ob es nicht noch weitere Terrakotta-Soldaten gab, die niemand je entdeckt hat und die deshalb nach Quassinja gingen? Oder kannst du mit Sicherheit sagen, dass die Menschen deiner Zeit wirklich das *wahre Wesen* von Qin Shihuangs Armee ergründet haben?«

»Nein, natürlich nicht. Ich ...« Oliver stockte. Endlich hatte sein Bewusstsein die Gegenwart des anderen registriert. Sofort versteifte sich sein Nacken wieder. Waren das seine Nerven, die ihm da einen Streich spielten oder unterhielt er sich wirklich mit einer Stimme aus dem Nichts? »Wer bist du?«, fragte er ganz langsam. Und gleich darauf: »*Wo* bist du?«

»Ich bin hier drüben. Du musst nur deinen Rotschopf nach rechts manövrieren, dann siehst du mich.«

Oliver folgte der Empfehlung, aber er konnte noch immer nichts erkennen. Nur Bäume, abgebrochene Äste und totes Laub.

»Etwas höher«, sagte die Stimme.

Er strengte seine Augen an, als gelte es, einen Preis zu gewinnen. Oliver wollte sich nicht ein zweites Mal von einem gläsernen Schwirrvogel an der Nase herumführen lassen. Aber da war nichts, nur sanft wiegende Zweige, schlanke Stämme und mittendrin eine uralte Zirbelkiefer. Der Wind hatte von irgendwoher einen schäbigen Mantel herübergeweht, der in den Ästen des Baumes hängen geblieben war. Das Stück mochte früher einmal einem hohen Militär gehört haben. Es besaß große Schulterklappen und breite, rot abgesetzte Revers; an der Brust fehlte einer der goldfarbenen Knöpfe, dort war das blaue Tuch auch besonders abgewetzt. Ein Ärmel des Mantels bewegte sich im Wind, als wolle er Oliver heranwinken. Der unterbrach seine Suche, um sich ein Lächeln zu gönnen. Ein seltsames Bild, dieser fadenscheinige Umhang mit dem schlenkernden Ärmel. Manchmal konnte der Wind schon seltsame …

Was für ein Wind? Schlagartig wurde Oliver bewusst, dass im Augenblick höchstens ein schwaches Lüftchen wehte – aber der Mantel winkte wie ein Windmühlenflügel.

»Mir deucht, du *willst* mich gar nicht sehen. Oder sind die jungen Menschen heute ohne ihre gläsernen Hilfsaugen alle blind?«

»Bist du …« Oliver wusste nicht, ob er diese absonderliche Frage überhaupt stellen sollte. Vorsichtig näherte er sich der Zirbelkiefer. »Sprichst du da, der Mantel an dem Ast?«

»Volltreffer!«, antwortete das Kleidungsstück. »Es ist also doch noch nicht alle Hoffnung verloren. Gestatten: Mein Name lautet Kofer. Präzise: Kofer der General.«

»Angenehm. Ich bin Oliver, Oliver der Sucher.«

»Sehr erfreut«, erwiderte der Mantel Kofer mit zackiger Stimme. »Könntest du so nett sein und mir einen Gefallen tun?«

Oliver kam sich ziemlich komisch vor, wie er so dastand und sich mit einem abgewetzten Mantel unterhielt. Aber andererseits, so machte er sich klar, gewöhnte er sich besser gleich daran, dass nichts in dieser Welt »normal« war – jedenfalls nicht in dem Sinne, wie man dieses Wort auf der Erde verstand.

»Das kommt darauf an, was für einen Gefallen du meinst«, sagte er zurückhaltend.

»Ein Windstoß hat mich hier heraufgeweht. Alles, was ich möchte, ist, dass du mich wieder herunterholst.«

»Wie ich sehe, kannst du dich doch ganz gut selbst bewegen. Warum hängst du dich nicht alleine ab?«

»Kennst du irgendeinen Menschen, der sich am eigenen Schopf aus dem Sumpf ziehen kann?«, antwortete Kofer in gereiztem Ton.

»Selbstverständlich.«

»Du machst dich über mich lustig, weil ich hier oben hänge und dir nicht an die Gurgel gehen kann, du frecher Bengel. Aber das ist ja nichts Neues: Wer den Schaden hat, braucht für den Spott nicht zu sorgen.«

»Hast du noch nie was von Münchhausen gehört?«

»Dem deutschen Lügenbaron? Du sprichst von Karl Friedrich Hieronymus Freiherr von Münchhausen? Natürlich kenne ich den! Er ist das größte Großmaul, das es je gegeben hat. Deine Antwort ist somit falsch. Sie zählt nicht. Und jetzt hol mich hier herunter.«

»Nein.«

»Was meinst du mit ›nein‹?«

»›Nein‹ bedeutet nein. Ich lass dich da hängen. Dein Ton gefällt mir nicht.«

Man konnte nun zusehen, wie der Mantel seine Fassung verlor. Zuerst wanden sich die beiden Ärmel umeinander und bildeten kurzzeitig einen dicken Knoten. Der Umhang als Ganzes begann aufgeregt zu zittern. Ein messingfarbener Knopf sprang von seinem Platz und verfehlte Olivers linkes Ohr nur um ein Haar.

»Du hast eine seltsame Art andere um Hilfe zu bitten«, sagte Oliver, jetzt ernsthaft verstimmt. Er machte sogar Anstalten seinen Marsch durch den Wald fortzusetzen.

»Halt!«, rief Kofer der General, so laut er konnte. »Ich werde vielleicht die nächsten tausend Jahre hier hängen, wenn du mich nicht herunterholst.«

»Oder nur bis heute Nacht, falls das Einhorn kommt.«

»Nur das nicht!«, entfuhr es Kofer.

Oliver war nicht entgangen, dass dem Mantel die Angst schon aus den Knopflöchern quoll. Mit einem Mal tat ihm der biestige Fetzen Leid. Warum sollte er ihm eigentlich nicht von da oben herunter helfen? Oliver hatte eine Idee.

»Möglicherweise könnten wir miteinander ins Geschäft kommen«, sagte er beiläufig. Seine Augen schienen gelangweilt die Zirbelkiefer zu mustern.

»Ins Geschäft? Aber was könnte *ich* dir schon anbieten? Schau mich doch an. Ich bin ja nur noch ein Spinnenweben.«

»Sagen wir, ich nehme den Knopf, den du mir ja schon angeboten hast ...« Oliver bückte sich nach dem funkelnden Stück.

»Gut, gut. Nimm ihn. Dann fehlen mir eben zwei. Aber hol mich bitte hier runter!«

»Ich war noch nicht fertig.«

»Entschuldigung. Möchtest du noch einen Knopf?«

»Ich möchte, dass du mich nach Nargon bringst.«

»Du musst verrückt sein!«

»Wieso?«

»Ich bin gerade erst von dort geflohen. In Nargon ist nichts mehr, wie es vorher war. Hast du denn noch nicht gehört, dass Xexano ...«

»Ich weiß Bescheid«, unterbrach Oliver den Mantel. »Ich kann ja in dich schlüpfen, wenn du willst. Niemand wird dich erkennen, weil alle dich für einen leblosen alten Lappen halten. Und in mir werden sie nichts anderes als einen zerlumpten Bettler sehen.«

»Vielen Dank für das Kompliment.«

»Bitte schön. Was wird nun aus unserem Geschäft?«

»Habe ich eine Wahl?«

»Nein.«

»Also gut.«

Oliver atmete erleichtert auf. Er trat nun vollends an den Stamm der Kiefer heran und packte den Saum des Mantels. Er schüttelte das alte Kleidungsstück, versetzte es in wellenförmige Bewegungen, aber es hüpfte nicht wie erhofft vom Haken. Im Gegenteil, Kofer schrie entsetzt: »Bist du von Sinnen? Hör endlich auf! Du zerreißt mir ja noch den ganzen Rücken.«

Oliver ließ sofort von dem Mantel ab. »Ich glaube, es war keine so gute Idee, sich an einen Baum zu hängen, Kofer.«

»Wem sagst du das! Ich hab's ja schließlich nicht mit Absicht getan. Du musst auf den Baum steigen und mich von oben her abnehmen.«

»Du spinnst wohl!« Oliver dachte an sein sportliches Talent. »Ich bin doch kein Performancekünstler.«

»Was?«

Oliver bereute schon, dass er sich auf diese ganze Rettungsaktion eingelassen hatte, aber dann musste er daran denken, wie *er* sich wohl fühlen würde, wenn er sich in einem Baum verstiegen hätte oder wenn er auf einer Eisscholle durchs Meer beziehungsweise in einem herrenlosen Heißluftballon durch den Himmel triebe. Er seufzte aus vollem Herzen und begann den Baumstamm nach geeigneten Kletterpunkten abzusuchen.

Kofer fürchtete wohl schon, Oliver könne es sich anders überlegt haben, denn er fragte besorgt: »Was meintest du eben damit, du seist kein Romanzenkünstler?«

»Ach, vergiss es.«

»Aber es interessiert mich wirklich.«

»Keine Angst, ich laufe dir schon nicht weg. Und sei bitte für einen Augenblick still. Ich muss mich konzentrieren.«

Die einzigen Stellen, die Oliver für seinen Aufstieg nutzen konnte, waren einige knollenförmige Ausbuchtungen in der Rinde des Baumes. Da die fast knielange Regenjacke ihn nur behindern würde, zog er sie kurzerhand aus, suchte sich in der Rinde ein paar geeignete Griffe und setzte den Fuß auf die erste Knolle. Er ächzte wie ein Walross, als er seinen Körper in die Höhe stemmte.

»Geht es dir gut?«, fragte Kofer besorgt.

»Nein. Aber das braucht dich nicht zu kümmern.«

Oliver zog sich vorsichtig auf die nächste Ausbuchtung in der Rinde. Jetzt konnte er den Ast packen, an dem Kofer hing.

»Heb mich an, Oliver.«

»Immer mit der Ruhe. Ein Gymnasiast ist doch kein D-Zug.«

»Und ich dachte immer, die Gymnastiker seien besonders gelenkige Leute.«

»Sei endlich still! Warte. Gleich hab ich's …«

Im nächsten Moment erlebte Oliver für einen flüchtigen Augenblick das berauschende Gefühl, durch die Luft zu fliegen. Er hatte sich – die Füße noch immer auf der Knolle – mit einer Hand am Ast fest gehalten und mit der anderen Kofer am Kragen gepackt. Als er den Mantel von seinem Haken befreite, rutschte er ab.

Zum Glück war der Sturz nicht tief. Kofer segelte ihm elegant hinterher und landete genau auf seinem Gesicht.

»Entschuldigung, Oliver Sucher.«

»Schon gut«, schnaufte der und zog sich den Mantel von der Nase. »Ich hoffe, jetzt bist du zufrieden.«

»Außerordentlich! Ich bin dir sehr zu Dank verpflichtet. Du hast mich gerettet.«

»Jetzt hör endlich auf damit. Du hättest für mich bestimmt das Gleiche getan.«

»Nur, dass ich nicht so gut klettern kann wie du.«

»Und beide seid ihr sehr schlechte Flieger«, ertönte plötzlich eine trällernde Stimme aus der Höhe.

Oliver hob den Kopf und auch Kofer änderte seine Haltung.

»Nippy! Ich dachte schon, du hättest mich allein gelassen!«

»Hi, hi.« Das Lachen Nippys klang hell wie der Ton eines Triangels. »Meinst du, ich fang mir einen von den Goëlim und lass ihn dann wieder laufen? Aber ich muss zugeben, dass ich in Zukunft besser auf dich aufpassen sollte. Kaum bist du einen Augenblick auf dich gestellt, da lässt du dich auch schon von einer alten Pferdedecke belatschern.«

»Hör mal!«, beschwerte sich Kofer. »Spricht man so von einem gestandenen Kriegsveteranen?«

Nippy flatterte auf den Waldboden herab und sagte zu Kofer: »Verzeiht, edler Attila. Ich wusste ja nicht, dass wir so hohen Besuch haben.«

»Papperlapapp! Du solltest an meinem Rock erkennen, dass ich nicht der Hunnenkönig Etzel bin. *Ich* rettete einst dem *kleinen Korporal* das Leben.« Kofers Brust schwoll sichtbar an.

»Das hört sich nicht sehr bedeutend an.«

»Wenn dein Spatzenhirn noch nie etwas von dem Korsen gehört hat, wundert mich das gar nicht. Vermutlich passen da sowieso nur Sonnenblumenkerne rein. Ich …«

»Könntet ihr für einen Moment mal aufhören zu streiten?«, mischte sich Oliver ein. Die beiden Kontrahenten waren sofort still und wandten sich ihm zu. »Danke. Ich hätte da eine Frage, Kofer.«

»Ich höre.«

»Meinst du *den* Korsen? Warst du einst *sein* Mantel?«

»*Le Corse* hat mir einiges zu verdanken. Leider hat *mir* das später *keiner* gedankt. Sie haben mich in einer Kleiderkammer auf Sankt Helena vergessen.«

»Das ist unglaublich!« Jetzt betrachtete Oliver die abgewetzte Stelle auf der noch immer geschwellten Brust Kofers mit anderen Augen. »Aber wie ist es gekommen, dass du Napoleon Bonaparte das Leben gerettet hast? Ich meine, du bist ja schließlich keine kugelsichere Weste oder so was.«

»Ohne mich wäre er 1812 in Russland erfroren.«

»Ich verstehe.« Oliver nickte nachdenklich.

»Darf ich dich nun auch etwas fragen, Oliver Sucher?«

»Natürlich.«

»Diese vorlaute Vogeldame sagte eben, du seist einer der Goëlim. War das nur dummes Gerede oder …?«

»Wenn die Goëlim die sind, die aus freien Stücken nach Quassinja kommen, dann muss ich wohl einer von ihnen sein.«

Des Mantels geblähte Brust fiel jäh in sich zusammen.

»Was ist, Kofer? Geht es dir nicht gut?«

»Ich glaube, jetzt hast du ihm den Schneid abgekauft«, mutmaßte Nippy.

»Bitte sei still«, wies Oliver sie zurecht, um sich sogleich wieder Kofer zuzuwenden. Er nahm einen seiner Ärmel und drückte ihn aufmunternd. »Komm schon, alter Knabe. Wer Waterloo überlebt hat, den kann das hier doch auch nicht schrecken.«

»Ihr seht mich in Scham versunken, Oliver Sucher«, sagte Kofer endlich. »Ich wusste ja nicht, dass Ihr der Verheißene seid.«

»Nun ist aber Schluss mit diesem geschwollenem Gerede. Ich habe keine Ahnung, ob irgendjemand meine Ankunft hier bekannt gemacht hat – langsam glaube ich, in Quassinja ist alles möglich – , aber ich kann es absolut nicht leiden, wenn ich wie ein heiliges Ei behandelt werde.«

»Oh!«, rief Nippy verzückt.

»Davon habe ich noch nie gehört«, brummte Kofer.

»Dann ist es ja gut. Wenn wir Freunde sein wollen, dann meinetwegen. Aber lass bitte in Zukunft dieses Ihr-und-Euer-Gerede.«

»Na gut, wenn du es so willst, Oliver Sucher. Darf ich dich nun bemänteln?«

»Wie bitte?«

»Na, du sagtest doch vorhin, du wollest mich überziehen.«

»Ach so.« Das hatte Oliver ganz vergessen. Schnell zog er sich wieder seinen Parka über. Dann hob er Kofer auf, schüttelte behutsam einige trockene Blätter ab und betrachtete ihn an ausgestreckten Armen. Es war schon ein seltsamer Gedanke, ein lebendes Wesen *anzuziehen.*

»Ich könnte es dir nicht verübeln, wenn du es dir anders überlegst«, sagte Kofer verlegen.

»Red keinen Unsinn. Es ist mir eine Ehre, Napoleon I. in den Mantel zu folgen.« Oliver zögerte nicht länger und schlüpfte hinein. »Er passt!«, rief er verwundert aus.

»Man nannte ihn nicht umsonst *le petit caporal*, den *kleinen* Korporal. Abgesehen von der Haarfarbe und dem Alter seid ihr beiden euch äußerlich sehr ähnlich.«

Sonderbar, mit dem Mann verglichen zu werden, der einst Europa beherrschte, dachte Oliver. Er versuchte eine Haltung einzunehmen, die seiner Meinung nach einem französischen Kaiser angemessen war, und verkündete würdevoll: »Lasst uns zur Schlacht nun schreiten, der Feind hat wenig Zeit.« Dann wandte er sich seiner gläsernen Adjutantin zu und fragte: »Leutnant Nippy, habt Ihr einen Weg aus diesem finstren Wald gefunden?«

»Das habe ich, kleiner Korporal.« Nippy kicherte und plusterte sich auf. »Der Weg, den Ihr mir nanntet, führt an das helle Licht. Woher Ihr ihn nur kanntet? Ich weiß es wirklich nicht.«

DER PHILOSOPH

Oliver gewöhnte sich recht schnell daran, durch eine blaue Wiese zu schreiten. Mittlerweile hatte er in Quassinja so viele bizarre Begegnungen gehabt, dass diese Erfahrung noch zu den harmlosesten zählte. Er war nicht einmal besonders erschrocken.

»Wie weit ist es noch bis Nargon?«, fragte er Kofer, der sich nach Kräften bemühte seinem neuen Träger einen möglichst perfekten Sitz zu bieten.

»Wir müssen Acht geben, dass die Terrakotta-Horde uns nicht entdeckt. Aber ich denke, selbst wenn wir vorsichtig vorrücken, indem wir die spärliche Deckung gut ausnutzen, die uns das Terrain hier bietet, sollten wir trotzdem bis zum Einbruch der Dunkelheit die Stadt erreichen können – vorausgesetzt, wir marschieren ohne längere Pausen.«

»So weit ...!« Oliver stöhnte.

»Du solltest dir Flügel wachsen lassen«, trällerte Nippy über ihm.

Etwa nach einer Stunde änderte sich das Bild der sanften Hügellandschaft. Das eher fade Blau der Wiese wich dem bunten Muster von Feldern. Nicht nur Grün gab es da zu sehen, sondern auch schrilles Gelb, knalliges Rot und zartes Hellblau. Am Himmel zogen rosarote Wolken vorüber.

»Wie kommt es, dass alles hier so bunt aussieht?«, fragte Oliver seine Begleiter.

»Das hängt mit den Träumen zusammen«, antwortete Nippy.

»Ich glaube, das musst du mir näher erklären.«

»Nicht nur Menschen, gläserne Vögel und ausgediente Mäntel kommen nach Quassinja. Was noch viel häufiger vergessen wird, sind Träume.«

»Ich erinnere mich. So etwas Ähnliches hat auch das Einhorn schon gesagt.«

»Siehst du. Es braucht nur jemand geträumt zu haben, dass es blaue Wiesen gibt. Später erwacht er, hat vielleicht noch das unbestimmte Gefühl, etwas Wunderbares gesehen zu haben, aber die Erinnerung daran ist verloren.«

»Und dann kommt der Traum hierher?«

»So ungefähr, ja.«

»Nippy will damit sagen, dass sie es auch nicht so genau erklären kann«, merkte Kofer an.

»Alter Besserwisser!«

»Ich habe nicht gesagt, dass ich es besser weiß, Nippy. Quassinja birgt viele Geheimnisse. Ich bin kein Weiser, dass ich mir anmaßen würde sie alle zu kennen.«

»Fangt nicht schon wieder an euch zu streiten. Sag, Kofer, gibt es in Quassinja auch normale Wiesen und Felder?«

»O natürlich! Die meisten sind sogar ziemlich normal. Es muss wohl die Nähe Nargons sein, die hier alles so bunt aussehen lässt. Im Umkreis größerer Ortschaften ist die Natur meistens etwas aufdringlicher gefärbt.«

»Was du nicht sagst!«

Nach einer weiteren halben Stunde sah Oliver die ersten anderen Lebewesen. Sie waren vornehmlich damit beschäftigt, die Felder zu bestellen. Ganz in der Nähe hatte eine menschliche Gestalt mit zwei Köpfen seine Ochsen vor einen Pflug gespannt; ein Zugtier glänzte wie pures Gold, das andere bestand anscheinend aus Mahagoni oder einem ähnlichen Holz.

Derartige Gespanne begegneten den drei Gefährten nun häufiger. Mal pflügten Marmorelefanten die Äcker, dann wieder pflanzten löwenköpfige Sandsteinfiguren junge Setzlinge in die Erde. Nicht immer waren die Landwirte und ihre Helfer in bestem Zustand. Es konnte schon vorkommen, dass einem feurigen Basaltross ein Stück des Hinterlaufes fehlte oder einem geflügelten Stier der Schwanz.

Nippy erklärte, diese Arbeitsgemeinschaften beruhten auf Freiwilligkeit. Jede lebende Erinnerung hatte auf Quassinja die gleichen Rechte – jedenfalls galt diese Regel so lange, bis Xexano zurückgekehrt war. Wenn also ein irdener Esel den Karren eines Garudas – eines menschenähnlichen Wesens mit dem Kopf, den Flügeln und dem Schwanz eines Adlers – zog, dann war das eher ein gemeinsamer Zeitvertreib als Mühsal. Jeder tat, was seinem Naturell entsprach. Die Bewohner Quassinjas kannten keinen echten Hunger, sie aßen nur, wenn sie Lust dazu hatten. Sie wurden auch nicht älter. »Erinnerungen verändern sich nur, solange sie noch im Geist der Menschen wohnen«, erläuterte Nippy.

Kofer merkte daraufhin an, dass ihre Feststellung nicht ganz zuträfe. »Wenn mir einer an die Wäsche geht, kann er mich auch zerrupfen. In Quassinja hat schon so mancher seinen Kopf verloren, ehe er sich's versah. Wäre dies anders, dann brauchten wir Xexano nicht zu fürchten.«

Voller Staunen hörte Oliver Nippys Erwiderung darauf. Einen Kopf zu verlieren, sei halb so schlimm, meinte der Kolibri lachend. Kopf und Körper könnten nämlich leicht wieder zueinander finden. Einzig die Fortbewegung könne sich für bestimmte Körperteile etwas schwierig gestalten. Sie habe sogar schon einmal gesehen, wie eine lebende Blumenvase aus einem Fenster gefallen und auf dem Straßenpflaster zerschellt sei. Die einzelnen Scherben begannen zu vibrieren, die größeren krochen wie Raupen über den Boden und bald hatten sich wieder alle Bruchstücke zur alten Form vereint.

»Du verschweigst ihm aber etwas«, fügte Kofer mürrisch an. In diesem Moment tauchten sie in einen Hohlweg, zwei pflügende Holzgiraffen verschwanden aus ihrem Blick.

»Ich weiß nicht, was du meinst, General.«

»War die Blumenvase nachher noch dieselbe wie vorher?«

»Natürlich nicht. Ihre Einzelteile fanden zwar wieder zueinander, aber die Sprünge waren noch da.«

Oliver blieb abrupt stehen und nahm Nippy auf seinen Zeigefinger, um ihr besser in die Augen sehen zu können. »Dann seid ihr also doch nicht unverwundbar?«

»Bleiben bei euch Menschen nicht auch Narben zurück, wenn ihr euch ernstlich verletzt?«

»Bestimmt fehlten der Vase nachher aber auch einige klitzekleine Splitter«, mutmaßte Kofer.

»Neben der Straße verlief eine Gosse«, erinnerte sich Nippy. »Ein paar winzige Stücke wurden darin fortgespült. Sie suchen wahrscheinlich heute noch nach dem Rest des Körpers.«

»Und mit jedem kleinen Splitter fehlt auch ein Stückchen vom wahren Wesen der Erinnerung«, fügte Kofer düster hinzu.

»Klingt traurig, wie du das sagst«, meinte Oliver.

»Es ist umso trauriger, wenn man bedenkt, was Xexano mit uns anstellen könnte. Er ist böser, als du dir überhaupt vorstellen kannst. Es gibt Gerüchte, dass er am Fuße seiner Hochburg eine

Hinrichtungsstätte erbauen lässt, eine riesige Mühle, die alles zu feinem Staub zermahlt, was zwischen ihre Mahlsteine gerät.«

»Ich ahne, worauf du hinauswillst«, sagte Oliver. »Jeder, den diese Mühle zu Mehl verarbeitet, wird sein wahres Wesen verlieren.«

»Zumindest, wenn man den Staub nachher in den Wind bläst.«

»Oder ihn ins Meer der Vergessenen schüttet«, fügte Nippy an. »Es heißt, dass Xexano den See der Verbannten Erinnerungen nur deshalb erschaffen hat, um seine Gegner darin festzuhalten, bis die Mühle am Grunde seiner Burg fertig ist.«

Olivers Verstand weigerte sich zu glauben, was er da hörte. »Kann denn niemand verhindern, dass so etwas Furchtbares geschieht?«

»Doch«, antwortete Nippy.

»Das wusste ich. Wer? Wer ist derjenige? Wenn wir ihn aufsuchen, kann er mir vielleicht auch sagen, wie ich meinen Vater wieder finde.«

»*Du* bist derjenige, Oliver Sucher.« Kofer sprach die Worte mit großer Zuversicht aus. »Das Einhorn wusste schon, warum es dir diesen Namen gab.«

In Olivers Kopf begann sich alles zu drehen. Vielleicht war es doch etwas zu viel, was ihm da an einem einzigen Tag zugemutet wurde. Er wollte gerade widersprechen, als er ein leises Wimmern vernahm. »Hört!«, sagte er. »Hat da nicht eben jemand geweint?«

»Ich habe nichts gehört«, meinte Kofer.

»Vielleicht solltest du deine Revers hochklappen«, schlug Nippy vor. »Oder mal richtig deine Knopflöcher putzen. Das Jammern hört doch jeder Taube.« Der Kolibri erhob sich von Olivers Finger und entschwand über der Böschung des Hohlweges.

Wieder ertönte das Wimmern.

»Jetzt höre ich es auch!«, sagte Kofer. »Vielleicht braucht jemand unsere Hilfe.«

»O nein! Nicht schon wieder.«

»Seltsam. Ich habe mir die Goëlim immer ganz anders vorgestellt.«

»Ich gehe ja schon.«

Oliver lief den leicht ansteigenden Sandweg hinauf, bis er wieder eine bessere Sicht über das Umland hatte. Zu seiner Rechten bemerkte er wieder die Giraffen bei der Feldarbeit. Links von ihm war das Land unbebaut. Eine erfreulich grüne Wiese erstreckte sich so weit das Auge reichte, Büsche und Wachholderbäume waren über das ganze Gebiet verstreut. In der Nähe ragten einige bleiche Felsen unter der Krume hervor. Eine große Linde überschattete die Stelle.

»Ich glaube, das Geräusch kommt von den Felsen dort, gleich bei dem Baum.« Oliver lief auf das Wimmern zu.

Er bemerkte das Männchen erst im letzten Augenblick. Gerade hatte er einen Busch umrundet und wollte zwischen zwei großen Felsen hindurchlaufen, als er den Alten sah. Beinahe hätte er ihn umgerannt.

Ein Ring aus schneeweißen Haaren – in der Form einem antiken Lorbeerkranz durchaus ähnlich – zierte das ansonsten kahle Haupt des Männleins. Was oben fehlte, machte der kleine Mann aber durch einen üppigen Vollbart mehr als wett. Die Kleidung des Alten erinnerte Oliver an einige Standbilder im Pergamonmuseum. Es war weder Hose noch Rock, was da in weiten Falten den dürren Körper des wimmernden Männchens bedeckte. Offenbar handelte es sich um ein griechisches Himation, ein großes rechteckiges Umschlagtuch – hier aus naturbelassenem Leinen. Dass der Weißhaarige auch nicht annähernd an Olivers Gewichtsklasse heranreichte, konnte man an den unbedeckten Stellen des Körpers erkennen – dem rechten Arm und den Beinen, die von den Knien ab dünn wie Spargelstangen aus dem wallenden Gewand stachen.

Der Alte jammerte noch immer. Er hatte weder Oliver bemerkt noch den kleinen gläsernen Vogel, der auf seinem Knie Platz genommen hatte und ihm ein munteres Liedchen zuflötete.

»Eleukides will sich gar nicht beruhigen«, sagte Nippy, als Oliver kurz vor den beiden zum Stehen kam.

»Du kennst den Alten?«

»Wir sind Freunde. Ich dachte, du könntest ihm vielleicht helfen, wenn ich dich zu ihm führe.«

»Aber ich glaubte, du seist aus Angst vor Xexano in den Stillen Wald geflohen.«

»Bin ich auch, nachdem sich Eleukides auf einmal hier niedergelassen hatte und nicht mehr von der Stelle rühren wollte.«

»Was hat er denn? Ist er verletzt?«

»Es ist wohl eher sein Herz, das ihm solche Schmerzen zufügt.«

Oliver ging in die Knie und versuchte einen Blick auf die tränenfeuchten Wangen des Männleins zu erhaschen. Sanft nahm er eine der knorrigen Hände und begann sie zu streicheln.

»Was ist mit dir, Alter? Hat dir jemand wehgetan?«

Das Männlein reagierte nicht.

»Ich bin Oliver der Sucher«, begann er noch einmal. »Ist Eleukides dein ganzer Name?«

Der Alte jammerte weiter.

»Die Goëlim sind gekommen und Oliver ist einer von ihnen«, sagte Nippy. »Er sucht seinen Vater. Deshalb sind wir auf dem Weg in die Stadt, nach Nargon.«

Ein Ruck ging durch den mageren Körper. Eleukides hob seine Augen. In den tiefen Höhlen loderten zwei äußerst lebendige Flammen, zwei glitzernde dunkle Juwelen, die Oliver nun aufmerksam musterten.

»Ist es wahr, was Nippy da eben sagte?«, flüsterte eine Stimme, die so tief war, dass Oliver erschrak. Sie passte gar nicht zu dem Alten.

»Du solltest besser wissen als ich, ob sie eine Expertin auf diesem Gebiet ist«, antwortete Oliver ausweichend. »Ich kam hierher, weil ich meinen Vater suche. Und der betrat Quassinja nur wenige Tage vor mir, weil er mit Xexano ein Hühnchen zu rupfen hat.«

»Dann stimmt es also wirklich!« Das eingefallene Gesicht des Alten schien mit einem Mal aufzublühen. »Und ich dachte, nur die üblen Weissagungen würden sich erfüllen.«

»Irren ist menschlich.«

»Du sprichst wie ein Philosoph«, sagte der Alte. »Das freut mich, denn ich habe seit Sokrates nur noch lauter Dummköpfe um mich herum gehabt – abgesehen von Nippy natürlich.«

Oliver blickte erstaunt zu Nippy hinüber, dann fasste er sich abwesend an den Mantelkragen. Seltsam, hier in dieser Welt genügte schon ein Stichwort, um in ihm Erinnerungen wachzurufen, die er längst verloren glaubte. Dasselbe Gefühl hatte er vorhin beim Anblick der Terrakotta-Krieger gehabt und nun erlebte er es erneut. Er schaute dem Alten wieder ins Gesicht und hauchte: »Sokrates? Du meinst doch nicht etwa *den* Sokrates, den Sohn des Sophroniskos und der Phainarete?«

»Und den geplagten Ehegatten der Xanthippe!« Jetzt konnte das Männlein sogar schon wieder lächeln. »Wie ich sehe, ist er dir nicht fremd.«

»Ich kenne ihn nur aus Büchern. Komisch, aber seit ich mit dem Einhorn gesprochen habe, erinnere ich mich wieder an vieles, was ich vor langer Zeit lernte und längst vergessen zu haben glaubte.«

»Wenn du nur willst, wird dein Geist noch so manches wieder entdecken, das ihm vor langer Zeit abhanden kam. Das ist normal hier in Quassinja – hier leben die verlorenen Erinnerungen fort. Und wenn das Einhorn tatsächlich zu dir gesprochen hat, dann ist dies nur umso wahrscheinlicher.«

»Ich hatte den Eindruck, es würde mir nur andauernd Fragen stellen.«

»Ja, aber *was* für Fragen!« Die Augen des Alten leuchteten jetzt noch intensiver. »›Wenn du die richtigen Fragen stellst, dann kannst du aus einem vermeintlichen Dummkopf einen Weisen machen‹, hat mein Meister immer gesagt – jedenfalls hat er es so ähnlich formuliert.«

»War Sokrates dein Lehrer?«

»Hatte ich das noch nicht erwähnt? Ja, ich durfte in seinem Schatten stehen, wenn er die Menschen am Marktplatz von Athen in Gespräche verwickelte, allein durch die geschickten Fragen, die er ihnen stellte.«

»Das hätte ich auch gerne einmal miterlebt.«

»Wirklich? Ich kann dir von einer Begebenheit erzählen, an die ich mich noch erinnere, als hätte sie sich erst gestern zugetragen – aber das ist ja wie gesagt normal hier in Quassinja:

Damals standen wir mit Sokrates im Schatten einer Säulenhalle des Marktplatzes. Die Leute strömten rastlos vorbei. Sokrates fixierte jeden Einzelnen. Er war in Athen kein Unbekannter und so kam es nicht selten vor, dass jemand trotz aller Geschäftigkeit innehielt und den Philosophen neugierig musterte. Dies war dann immer das Startsignal für meinen Meister.

Eines Tages sprach er niemand Geringeren an als den großen Perikles, der zusammen mit Sophokles die Flotte gegen Samos befehligt hatte. Seit dieser Zeit kannte er auch meinen Meister.

›Wie ich sehe, habt auch Ihr Euch heute unter das Volk gemischt, ehrenwerter Perikles.‹ Wenn Sokrates ein Gespräch eröffnete, klang es immer beiläufig, fast wie ein im Vorübergehen zugerufener Gruß.

Perikles wandte sich Sokrates zu und antwortete: ›Es kann einem Mann von hohem Rang nicht schaden, hin und wieder den Marktplatz zu besuchen. Immerhin scheinen sich auch die Geister des Olymps hin und wieder hierher zu begeben, nicht wahr, mein weiser Freund?‹

Damit hatte der Meister seinen Fisch an der Angel. Das Gespräch begann – zumindest für Perikles – unmerklich an Tiefgang zu gewinnen.

›Oh, vielen Dank für das Kompliment‹, sagte Sokrates. ›Doch ich muss zugeben, dass auch ich manchmal Zweifel hege. Ihr seid ein Staatsmann. Gebt mir einen Rat. Kann ich hier auf dem Marktplatz etwas gewinnen oder kann ich nur verlieren?‹

›Ihr könnt einen Einblick in die Gedanken des Volkes gewinnen. Und eine Menge Geld verlieren!‹ Perikles lachte schallend.

›Da habt Ihr sicher Recht‹, antwortete Sokrates mit einem Lächeln. ›Doch wie kommt es, dass ein Staatsmann wie Ihr die Gedanken des Volkes nicht kennt?‹

›Meine Verantwortung lässt mir wenig Zeit, mich mit den Angelegenheiten der einfachen Menschen zu befassen.‹

›Das mag wohl wahr sein‹, sagte Sokrates grübelnd. ›Was meint Ihr, werden die Herren, die ihre Sklaven zum Einkauf auf den Markt schicken, wohl genauso über sie denken?‹

›Das liegt doch wohl auf der Hand. Ein Leibeigener ist zu nichts anderem nütze, als seinem Herrn zu dienen. Ich gehöre nicht zu denen, die behaupten, Sklaven seien überhaupt keine Menschen. Aber man kann wohl nicht abstreiten, dass sie in der Natur eine weniger bedeutende Rolle spielen als unsereins.‹

›Ich verstehe. Dann ist also ein Sklave ein Mensch von geringerem Wert als ein Kaufmann oder gar ein Heerführer und Staatsmann wie Ihr?‹

›Ihr fragt mich Dinge, die Euch jedes Kind in Athen beantworten kann, Sokrates. Natürlich ist ein Sklave ein Nichts im Vergleich zu jemandem, der das Geschick des ganzen Staates in der Hand hält.‹

›Sagt, ehrenwerter Perikles, wie wird jemand zum Sklaven?‹

›Indem er einem Stärkeren unterliegt.‹

›Aha.‹ Sokrates schien über diese Antwort eine ganze Weile nachzugrübeln. Dann sagte er: ›Seltsam, aber kommt es nicht bisweilen auch vor, dass Sklaven wieder zu Freien werden?‹

›Du weißt, dass dies gelegentlich geschieht.‹

›Kann nicht auch andererseits jemand, der selbst einmal Sklaven besessen hat, in den Besitz von jemandem gelangen, der früher selbst ein Sklave war?‹

Diesmal antwortete Perikles nicht sogleich. ›Worauf willst du hinaus, Sokrates?‹

›Nun, ich frage mich, wenn die Sklaven, wie Ihr sagtet, von Natur aus einen geringeren Wert haben, wie können sie sich dann über die Herren erheben? Hieße das nicht die Natur auf den Kopf stellen?‹

›Vielleicht irrt sich die Natur hin und wieder.‹

›Aber Ihr sagtet doch, die Natur weise jedem seine Rolle zu. Demnach sind auch *wir* ein Teil der Natur. Somit müssen auch wir uns hin und wieder irren. Ist das nicht so?‹

›Selbst die Götter irren.‹

›Dann muss ich wohl weiter hier auf dem Marktplatz stehen und darüber nachgrübeln, worin der Unterschied zwischen Sklaven und Freien besteht. Ich danke Euch, dass Ihr mir ein wenig von Eurer kostbaren Zeit geopfert habt, ehrenwerter Perikles.‹

Der Staatsmann wirkte für einen Augenblick verunsichert. Er musste es sich wohl selbst eingestehen, dass sein vermeintlich unfehlbares Wertesystem in Hinblick auf die Menschen auf einem recht unsicheren Fundament gebaut war. Perikles zog sich mit seinen Beratern daraufhin ziemlich schnell zurück.«

Oliver erwachte nur langsam aus dem Zauber, mit dem die lebendige Schilderung des Alten ihn umfangen hatte. Dann sagte er nachdenklich: »In gewisser Hinsicht kann ich Perikles gut verstehen. Mir ging es so ähnlich, als ich mit dem Einhorn sprach.« Plötzlich tauchte eine Frage in seinem Hinterkopf auf. »Ich kenne nur einen Schüler des Sokrates, und der hieß Platon. Ist Eleukides etwa nur dein quassinjanischer Name und du bist in Wirklichkeit …?«

»Platon?« Die Verachtung in der Stimme des Alten war nicht zu überhören. »Nein, der bin ich gewiss nicht. Wie mir zu Ohren kam, himmeln die Menschen auf der Erde ihn immer noch an. O nein! Sokrates hat noch mehr Schüler gehabt als diesen Ausbund an Klugheit. Männer wie Aristippos und Xenophon, Antisthenes und Alkibiades saßen ihm zu Füßen. Nein, mein Name war schon immer Eleukides. Aber niemand auf der Erde kennt mich mehr.«

»Du scheinst auf Platon nicht besonders gut zu sprechen zu sein.«

»Pah! Platon war ein Emporkömmling. In seinen Dialogen verurteilte er den Prozess, den man Sokrates machte und der zuletzt dazu führte, dass jener den Giftbecher trinken musste, aber in Wirklichkeit war Platon nur daran interessiert, für sich selbst Ruhm und Ansehen zu erlangen. Er sorgte dafür, dass die Welt Sokrates durch *seine* Feder sah. Er eröffnete eine Schule der Philosophie in Athen, die Akademie, um jungen, unbefleckten Geistern *seine* Gedanken einzutrichtern. Wenn es denn wenigstens seine Ideen gewesen wären! Aber die vermeintlich neue Erkenntnis, dass der Mensch eine unsterbliche Seele besitze, hat er selbst auch nur von den Ägyptern abgeschrieben und die haben ihr Wissen von den Babyloniern. Nein, Platon war ein eitler Schwätzer, ein Wichtigtuer, ein ...«

»Kann es sein, dass du ein ganz klein wenig eifersüchtig auf deinen Mitschüler bist?«, unterbrach Oliver den aufgebrachten Eleukides.

»Eifersüchtig? Ich? Niemals!« Eleukides richtete den Oberkörper gerade auf. Dadurch wirkte er zwar nicht viel größer, aber um vieles eindrucksvoller. »Auch ich bin ein Philosoph. Ich habe mir meine eigenen Gedanken zu den großen Fragen des Lebens gemacht. Aber leider erging es mir kaum besser als Sokrates und einigen von meinen Mitschülern. Ihn verurteilte man zum Tode, weil man ihn für eine Gefahr für die Jugend und für einen Lästerer der Götter hielt; mich verbannte man aus Hellas, weil ich behauptete, wir Menschen sollten uns nicht zu wichtig nehmen, wir seien nur Wesen aus Staub und unsere wichtigste Aufgabe bestünde darin, den wahren Willen der Götter zu ergründen und uns nicht jedem dahergelaufenen Scharlatan in die Hände zu werfen.«

»*Deshalb* wurdest du verbannt?«, fragte Oliver ungläubig.

»Ja. Du musst wissen, die öffentliche Meinung ist ein sehr launisches Wesen – alles Bemühen ihr zu gefallen gleicht der Jagd einer Katze nach dem eigenen Schwanz: Man dreht sich und dreht sich und kommt doch nie vom Fleck. Na, wenigstens durfte ich mir noch aussuchen, in welches Land man mich abschob – ›Hauptsache, weg von Athen‹, war die einhellige Meinung der Kommission. Ich entschied mich für das zu dieser Zeit noch persische Babylon, weil ich dachte, das sei eine famose Idee.«

Oliver fiel sogleich das Ischtar-Tor ein. Konnte es sein, dass Eleukides selbst einmal durch das Tor gegangen war? Vielleicht wusste er sogar etwas von den Geheimnissen dieses Bauwerks. »Warum gerade Babylon?«, fragte er deshalb ganz aufgeregt.

»Kennst du Herodot?«

»Den griechischen Geschichtsschreiber?«

»Ich denke, du meinst denselben wie ich – du erstaunst mich, Oliver. Ich unterhielt mich einmal mit ihm, kurz vor seinem Tod. Außerdem habe ich alle seine Schriften gelesen. Was er über Babylon schrieb, beflügelte meine Phantasie. Ich sagte mir, dass die Verbannung aus Athen leicht zu einer Versetzung in das neue Zentrum der Macht werden könnte.«

»Alexander der Große plante ja wirklich Babylon zur Hauptstadt seines neuen Reiches zu machen. Soweit ich mich erinnere, wollte er sogar den Turm der Stadt abreißen lassen, um ihn an gleicher Stelle noch prachtvoller und größer wieder aufzubauen.«

»Ja. Aber zu dieser Zeit lebte ich schon in Quassinja. Doch selbst wenn ich als hundertjähriger Greis den Einmarsch Alexanders noch erlebt hätte, wäre ich am Ende doch enttäuscht worden. Der stolze Sohn Philips II. von Makedonien hatte nämlich nicht bedacht, dass auch er nur ein allzu sterblicher Mensch war. Nach Alexanders Tod gerieten sich seine drei Generäle darüber in die Haare, wie man das Reich am besten aufteilte. In Babylon wurde es für eine Weile ziemlich ungemütlich. Doch wie gesagt: Das war nach meiner Zeit. Mich hatte es schon ungefähr vierzig Jahre vorher erwischt.«

»Wie meinst du das?«

»Jemand erinnerte sich meiner Lehren, die ich immer so vollmundig vertreten hatte. Die damaligen Machthaber Babylons unterschieden sich leider nicht wesentlich von denen Athens. Solange mein Fall nicht geklärt sei, müsse man mich arretieren, erklärten die Soldaten, die mich eines Morgens abholten. Sie sperrten mich in eine ausgediente Wachstube, die sich direkt in der Stadtmauer *Imgur-Ellil* befand, dicht bei dem Tor zu Ehren der Ischtar. Dort haben sie mich vergessen. Es gab zwar noch einen Kerkermeister, der mir täglich meine Rationen brachte, aber der Philosoph Eleukides existierte schon bald nicht mehr. Alle, die ihn kannten, wurden Opfer von Intrigen oder ihrer eigenen Gefräßigkeit. Und so fand ich eines Nachts meine Kerkertür geöffnet. Ich ging hindurch, betrat den Wachthof des großen blauen Tores, und als ich es durchschritt, fand ich mich in Quassinja wieder.«

»Ich bin auch durch das Ischtar-Tor nach Quassinja gekommen!«, rief Oliver ganz aufgeregt. Vielleicht hatte er endlich jemanden gefunden, der mehr über die Geheimnisse dieser Welt wusste, und wenn er nur einen Hinweis geben konnte, der ihn auf die Spur seines Vaters führte. Gerade wollte er Eleukides mit seinen Fragen überhäufen, da ertönte Nippys Stimme von weit oben.

»Oh, oh, das sieht nicht gut aus.«

Oliver musste seine Augen mit der Hand beschirmen, als er zu ihr aufblickte. »Was ist denn?«

»Ein Trupp von Terrakotta-Kriegern kommt die Straße herauf, direkt auf uns zu.«

»Die habe ich ganz vergessen«, sagte Oliver.

»Mit denen musst du überall rechnen«, meinte Eleukides seelenruhig. Sein Blick wurde mit einem Mal seltsam leer.

»Komm schnell, Eleukides! Wir müssen uns verstecken.«

»Das dachte ich auch, aber du siehst ja: Sie finden einen überall.« Die alte Traurigkeit kehrte in das Gesicht des Philosophen zurück.

»Aber was redest du da?« Oliver zitterte schon vor Anspannung. »Du kannst dich doch nicht so einfach selbst aufgeben. Nun komm schon und versteck dich!«

»Ich bin vor Xexanos Häschern hierher geflohen, weil ich glaubte ihm entrinnen zu können, aber seinem Schicksal kann man nicht entkommen.«

Jetzt wurde Oliver wütend. Er *brauchte* Eleukides – einmal ganz davon abgesehen, dass er diesen schrulligen Alten auf Anhieb lieb gewonnen hatte. »Es *gibt* kein Schicksal!«, schrie er das Männchen an. »Nichts ist vorherbestimmt, solange wir uns nicht aufgeben.«

Eleukides sah ihn für einen Augenblick erschrocken an. Doch dann legte sich ein Schleier der Resignation auf sein faltiges Gesicht. »Geh nur, Oliver Sucher. Was du sagst, mag für dich zutreffen, aber auf mich wartet nur der See der Verbannten Erinnerungen.«

»Gleich haben sie den Hohlweg erreicht«, meldete Nippy. Ein

gleichmäßiges Stampfen erhob sich über das sanfte Rauschen des Windes. Es schwoll schnell zu einem lauten Trampeln an.

»Eleukides!«, sagte Oliver noch einmal mit aller Eindringlichkeit. Er ging in die Hocke, nahm des Alten Hand und schaute ihm fest in die Augen. »Die Goëlim brauchen dich. *Ich* brauche dich. Du darfst dich hier nicht aufgeben, weil du dadurch auch mich und meinen Vater aufgibst. Und vielleicht sogar ganz Quassinja. Möchtest du das wirklich?«

Die dunklen Augen des Alten erhoben sich langsam zu dem Jungen.

»Sie sind jetzt im Hohlweg!«, pfiff Nippy mit schriller Stimme.

Oliver spürte ein Zupfen seines Mantels; Kofer meldete sich lautlos zu Wort.

»Bitte! Komm!«

Eleukides seufzte. »Gebt der Jugend ein Schiff und sie wird ein ganzes Meer erobern.«

»Wie bitte?«

»Nimm deine Beine in die Hand und komm! Dort drüben gibt es eine Art Höhle zwischen den Felsen. Da können wir uns verstecken.«

Der unerwartete Sinneswandel Eleukides' hatte Oliver einigermaßen überrascht. Fast wäre er noch in die Hände von Xexanos Suchtrupp gefallen. Nur durch Eleukides' Ziehen und Kofers Drücken kam er wieder auf die Beine, stolperte zwischen den beiden Felsen hindurch und verschwand in der Höhle.

Genau genommen war es gar keine richtige Höhle, eher ein tiefer, breiter Spalt, der sich weit zwischen den Felsen hindurchzog. Oliver spähte vorsichtig zum Ausgang des Hohlweges hinüber. Noch war nichts zu sehen. Dafür schwoll das trommelnde Geräusch zu einem ohrenbetäubenden Lärm an.

Unvermittelt streifte Oliver ein eisiger Luftzug. Er musste an die erste Begegnung mit den Tonsoldaten im Stillen Wald denken. Ob sie die Quelle dieser Kälte waren, die durch Mark und Bein ging?

Was er dann erblickte, raubte ihm fast den Atem: Ein irdenes

Heer stieg aus dem Hohlweg empor. Erst waren es nur die im schnellen Schritt wippenden Köpfe. Aber bald sah er die Terrakotta-Krieger in voller Lebensgröße. Sie liefen in Viererreihen die Straße hinauf, der Zug wollte gar nicht abreißen. Ihre stampfenden Schritte ließen die Arbeit auf den umstehenden Feldern ersterben. Jeder schaute ängstlich dieser gespenstischen Armee hinterher.

»Das nenne ich einen strategischen Rückzug im letzten Moment!«, meldete sich Kofer zu Wort. »Ich schätze, es sind mindestens sechs Dutzend. Einer von denen hätte uns da draußen bestimmt entdeckt.«

»Nanu!«, sagte Eleukides verwundert. »Da ist ja noch jemand.« Er schaute sich suchend um, konnte aber im Halbdunkel der Höhle niemanden finden. »Wer hat da eben gesprochen?«

»Mein Mantel«, erklärte Oliver noch ganz benommen.

»Dein Mantel?«, wiederholte Eleukides ungläubig. »Ich habe ja schon von seltsamen Zweckgemeinschaften hier in Quassinja gehört, aber das ...«

»Mein Name ist Kofer der General«, stellte sich der Mantel förmlich vor. Das Trampeln vor der Höhle wurde leiser. »Außerdem ist es doch gar nicht so abwegig, dass sich ein Mantel und ein Mensch zusammentun, oder?«

»Nein, nein.« Eleukides lachte befreit. »Wenn man es sich genau überlegt, ist es sogar famos. Ein Mensch und sein Kleidungsstück – eine fast natürliche Verbindung. Mein vollständiger Name – Ihr habt es Euch vielleicht schon gedacht – lautet übrigens Eleukides der Philosoph, verehrter General.«

»Angenehm, Herr Philosoph. Ich habe schon von Euch gehört und freue mich, Euch endlich persönlich kennen zu lernen.«

»›Seltsame Zweckgemeinschaft‹? Was willst du damit sagen?«, mischte sich Oliver in das Vorstellungszeremoniell ein.

»Er meint, dass, so wie eine zerbrochene Erinnerung ihre Scherben wieder zusammenfügen kann – du erinnerst dich an unsere Vase, Oliver? –, sich auch ganz unterschiedliche Erinnerungen zu einer neuen Gemeinschaft vereinen können«, erklärte Nippy.

»Eine Marmorbüste mag sich mit ein paar herrenlosen Granitbeinen zusammentun. Dadurch haben beide einen Vorteil«, fügte Kofer erklärend hinzu.

»Ich hoffe, dass ich nicht so lange hier bleiben muss, wie ich brauchen würde, um mich an diese Welt zu gewöhnen«, sagte Oliver. Der Gedanke an einen Kopf mit Beinen bereitete ihm Unbehagen.

»Dann wird es Zeit, dass wir uns auf den Weg machen«, erklärte Eleukides mit unerwarteter Entschlossenheit. »Ich nehme an, ihr wollt Nargon noch vor Einbruch der Dunkelheit erreichen?«

»Das ist richtig. Vielleicht kann ich dort etwas über meinen Vater in Erfahrung bringen.«

»Gut. Ich habe die letzten vierhundert Jahre in der Stadt gelebt, ich kenne mich dort also ein wenig aus. Es wird sicher nicht leicht sein, Xexanos Spähern auf dem Weg dorthin zu entgehen, aber dann kommt erst das schwierigste Stück: Wir müssen auch in die Stadt *hineinkommen*.«

5. KAPITEL

DER UNSICHTBARE DIEB

*Die Metaphysik ist letzten Endes vielleicht nur die Kunst,
sich einer Sache sicher zu sein, die nicht so ist,
und die Logik nur die Kunst,
voller Selbstgewissheit in die Irre zu gehen.*

Joseph Wood Krutsch

»Aber es kann sich doch nicht einfach so in Luft aufgelöst haben!«

Jessicas Ratlosigkeit stand ihr ins Gesicht geschrieben. Sie und Miriam saßen im Wohnzimmer der Pollocks und suchten nach passenden Worten, um das zu beschreiben, was vorgefallen war.

»Lass uns noch einmal ganz sachlich die Fakten aufzählen«, schlug Miriam vor. »Vielleicht haben wir etwas übersehen.«

Jessica erlangte ihre Fassung nicht so schnell zurück. Sie warf die Hände in die Luft und sagte erhitzt: »Was gibt's da aufzuzählen? Ich hab heute früh die Wohnung wie immer verschlossen und sie, als ich aus der Schule kam, auch noch so vorgefunden. Dann bin ich hierher ins Wohnzimmer gegangen, um noch einmal eine Stelle aus dem Tagebuch meines Vaters zu lesen, die mir den ganzen Vormittag durch den Kopf gegangen war, aber das Tagebuch hatte sich scheinbar in Luft aufgelöst. Weg! Futsch! Es ist einfach verschwunden!«

»Kann es sein, dass du es wieder nach oben auf den Dachboden gebracht hast?«

»Nein. Da hab ich auch schon nachgesehen.«

»Besitzt die Polizei einen Schlüssel?«

»Bestimmt nicht. Sie haben schon vor zwei Wochen alles mitgenommen, was sie haben wollten. Kommissar Gallus war noch zweimal hier, zuletzt am vergangenen Freitag. Nachdem jetzt zum vierten Mal ein Ausstellungsstück aus dem Museum gestohlen wurde, glaubt er nicht mehr länger, dass mein Vater der Dieb ist. Im Gegenteil hält er es jetzt sogar für möglich, dass irgendeine Bande ihn entführt hat oder ...« Jessica schluchzte.

»Schon gut«, beruhigte Miriam sie. »Ich glaube nicht, dass ihm etwas Ernsthaftes zugestoßen ist. Jedenfalls nichts, für das Kommissar Gallus zuständig wäre. Wir wissen mehr, als die Polizei überhaupt wissen will. Bleiben wir noch einen Augenblick bei dem Tagebuch: Hier in der Wohnung ist es ganz bestimmt nicht. Wir haben alles zweimal umgedreht. Weißt du, was ich seltsam finde, Jessica?«

»Mir steht im Augenblick nicht der Sinn nach Ratespielen.«

»Dass der Zettel, den mir dein Bruder im Museum gegeben haben muss, auch verschwunden ist.«

Jessica blickte Miriam aus weit aufgerissenen Augen an. Ihr wurde mit einem Mal ganz kalt. »Aber das kann nicht sein ...«

»Doch. Es ist genau wie bei dir, Jessi: Nichts ist kaputt, nichts anderes fehlt und die Wohnungstür war abgeschlossen.«

»Welcher Dieb könnte ein Interesse haben, ein Tagebuch und einen Zettel zu stehlen?«

Miriam schaute Jessica eine ganze Weile in die Augen, bevor sie antwortete. »Jemand, der weiß, dass wir ihm auf den Fersen sind.«

»Du meinst, Xexanos Komplize?«

Miriam nickte.

»Kann es sein, dass wir schon auf einer heißen Spur sind, ohne es zu wissen?«

»Das ist immerhin möglich. Ich habe mich etwas umgehört, seit wir uns vor zwei Wochen zum ersten Mal in meiner Wohnung trafen. So gut wie jede Mittagspause habe ich in der Bibliothek des Museums verbracht. Es ist nicht so unwahrscheinlich, dass Xexanos Helfer selbst im Museum arbeitet. Sollte das der Fall sein, dann mag ihm auch mein plötzliches Interesse an der Ausgrabungsgeschichte des Ischtar-Tores aufgefallen sein.«

»Miriam?«

»Was ist, Jessi?«

»Ich hab Angst.«

»Ich glaube nicht, dass dieser Unbekannte uns persönlich schaden will. Wenn er sich unbemerkt in unseren Wohnungen bewegen kann, dann hätte er sich längst irgendeine Widerwärtigkeit ausdenken können.«

»Trotzdem.« Jessica senkte die Augen und sprach ganz leise. »Ich hab seit einigen Tagen oft so ein seltsames Gefühl, wenn ich hier alleine bin.«

»Wie meinst du das?«

»Mir ist, als würde mich jemand beobachten.«

»Bestimmt spielen dir deine Nerven einen Streich. Du hast in der letzten Zeit viel durchgemacht.«

»Kann sein. Komisch ist nur, dass es mir noch nicht so ging, als dies alles anfing. Obwohl ich mich da doch am meisten aufgeregt hab. Aber jetzt – es ist so, als wäre etwas Unsichtbares in der Wohnung, das jeden meiner Schritte verfolgt, um, wenn nötig, einzuschreiten. So wie heute, mit dem Tagebuch.«

Miriam wusste genau, was Jessica meinte. Ihr war es in der vergangenen Nacht genauso ergangen. Sie nahm Jessicas Hand und sagte: »Was hältst du davon, wenn du zu mir ziehst, bis diese ganze Sache ausgestanden ist?«

Jessica hob den Blick und schaute ihre Freundin dankbar an. »Das würdest du wirklich für mich tun?«

»Dazu sind Freundinnen doch da, oder?«

Jessica konnte nicht anders, sie musste Miriam umarmen. »Du bist wirklich lieb. Darf ich meinen PC mitnehmen?«

Die Frage kam für Miriam einigermaßen überraschend. »Aber ich habe doch selbst so eine Kiste. Genügt die denn nicht?«

»Ich will dir ja nicht zu nahe treten, aber wenn ich mit einem dieser Fertigcomputer ernsthaft arbeiten müsste, käme ich mir vor wie ein Feinschmecker, der einen Büchseneintopf verschlingen soll.«

»So ein Eintopf kann sehr nahrhaft und delikat sein! Hast du etwa schon mein Irishstew vergessen?«

»Nein. Darf ich also meinen PC mitnehmen?«

Miriam schien sehr intensiv über etwas nachzudenken. Sie taxierte Jessica mit Augen, die nur noch zwei Schlitze waren. Endlich sagte sie: »Nur, wenn du das Gehäuse zusammenschraubst. Ich würde mir ja auch keine offenen Eintopfbüchsen in die Wohnung stellen; nicht mal, wenn vorher Irishstew drin war.«

Jessica grinste sie spitzbübisch an. »Du bist ein Schatz.«

»Ich weiß.« Jetzt lachte auch Miriam. »Aber es wird gegessen, was auf den Tisch kommt.«

»Ich kann prima Kartoffelpuffer machen!«

»Kartoffelpuffer? Hoffentlich bereue ich eines Tages meine Großherzigkeit nicht.«

Ungefähr eine Stunde später hielt ein voll beladener grüner Peugeot vor der Krausnickstraße 5.

»Wie praktisch, dass man bei deinem Wagen die Rücksitze umklappen kann«, sagte Jessica.

»Ich hätte mir doch eine größere Wohnung nehmen sollen«, murmelte Miriam, während sie skeptisch den hinteren Bereich ihres Autos betrachtete.

Gemeinsam schleppten sie Jessicas Habseligkeiten in den ersten Stock. Als sie die letzten Einzelteile der PC-Ausstattung holten, fiel Miriam ein, dass sie heute noch gar nicht in den Briefkasten geschaut hatte. Sie schloss den Kasten auf und zog einen großen braunen Umschlag heraus.

Jessica hielt den Atem an.

Miriam las den Absender. »Aus Oxford. Von Nathan.«

»Du meinst Professor Seymour?«

»Ich wusste, dass er uns nicht per E-Mail antworten würde.«

»Komm, lass uns schnell hinaufgehen und sehen, was er geschrieben hat.«

Obwohl Jessica vor Spannung fast platzte, nahm sich Miriam noch die Zeit zwei Kerzen anzuzünden. Draußen dämmerte es bereits und im Wohnzimmer herrschte jene unwirkliche Stimmung, wie sie nur das Zwielicht zu erschaffen vermag. Endlich nahm Miriam den Brief zur Hand. Jessica klebte in ihrem Sitzkissen und lauschte gespannt den Worten des Professors.

Liebe Miriam!

Wie du meiner Antwort entnehmen kannst, habe ich deine Nachricht erhalten. Ich habe mich sehr darüber gefreut, weil die meisten meiner ehemaligen Studenten mich schon längst vergessen haben – jedenfalls lassen sie nie etwas von sich hören. Trotzdem muss ich anmerken, dass ich die Form deines Briefes nicht ganz adäquat fand. Das Internet scheint mir doch ein reichlich steriles Medium für den Transport von menschlichen Gefühlen zu sein. Du wirst verstehen, dass ich der guten alten Royal Mail nicht die Arbeit stehlen will. Nicht jede Tradition ist Staub, den man wegblasen muss, auch wenn die jungen Leute das heute oft so sehen. Ich habe für meine Antwort daher den Weg gewählt, der schon den Königen von England Nachricht über ihren Fall oder Aufstieg brachte.
Doch nun zu deinem Anliegen, liebe Miriam. Ich muss gestehen, dass ich mir nicht ganz sicher war, ob es ein Scherz ist, den du da mit mir treiben willst, oder vielleicht eine Art von Prüfung, welchen Grad an Senilität dein alter Professor bereits erreicht hat. Letztlich habe ich mich dafür entschieden, dein Spiel mitzumachen. Was diese ominöse Inschrift betrifft, gebe ich gerne zu, dass du mich überrascht hast. Sie wirkt sehr authentisch! In den geheimnisvollen Versen geht es offenbar um einen Herrschaftsanspruch. Es wird ja gesagt, dass der-

jenige, dessen Namen es hier zu finden gilt, die Absicht
hege, noch vor der Jahreswende über zwei Welten zu herrschen. Eine solche Formulierung ist nichts Ungewöhnliches, sahen sich doch viele Machthaber der frühen Hochkulturen als Götter auf Erden. Auf zahlreichen Reliefs, Rollsiegeln und anderen Abbildungen kann man die irdischen Herrscher sehen, wie sie den Göttern Tribut zollen, sich also sowohl in irdischer als auch in überirdischer Gesellschaft frei bewegen.

Dem Papst haben wir es zu verdanken, dass derlei mythisches Gedankengut sich bis in unsere Tage gerettet hat – das Oberhaupt der Katholiken nimmt ja mit Bezug auf das Matthäus-Evangelium (Kapitel 16, Verse 18 und 19) auch heute noch für sich in Anspruch, die Schlüssel zum Königreich der Himmel zu besitzen, und so erteilen seine treuen Erfüllungsgehilfen täglich Millionen ihrer Schäflein Absolution, damit ihnen die Unannehmlichkeiten der Hölle erspart bleiben.

Wie du siehst, liebe Miriam, geht es hier offenbar um eine Frage der Machtfülle. Ich habe mich daher noch einmal eingehend mit der Linie der babylonischen Könige befasst. In diesem Zusammenhang kann ich dir wärmstens das Werk von J.B. Pritchard empfehlen, es trägt den Titel „Ancient Near Eastern Texts" und sollte dir eigentlich noch aus meinen Vorlesungen bekannt sein. Hier – und übrigens auch in dem Buch „Altorientalische Texte zum Alten Testament" von H. Greßmann, das dir in Berlin möglicherweise leichter zugänglich ist – wird von der sogenannten „Sumerischen Königsliste" gesprochen. Bei dieser Auflistung von sumerischen Herrschern handelt es sich um einen antiken Bericht, der zum großen Teil aus Legenden besteht. Du kennst ja sicher noch meine Meinung bezüglich solcher mythisch angehauchten Quellen. Trotzdem ist mir eine Stelle der Königsliste sogleich ins Auge gefallen, weil sie in Verbindung mit dem Fund

„deiner" Xexano-Statue in den Ruinen des alten Kisch anscheinend einen neuen Sinn bekommt. In der Sumerischen Königsliste heißt es: „Nachdem die Flut beendet war, stieg das Königtum (wieder) vom Himmel herab, und das Königtum war (zuerst) in Kisch."

Miriam hielt beim Vorlesen inne und schaute zu Jessica.
»Denkst du auch, was ich denke?«
»Ehrlich gesagt, hab ich genug damit zu tun, deinem Professor zu folgen.«
»Ich meine, könnte dieses ›Herabsteigen vom Himmel‹ nicht mit dem Tor zu tun haben? Wir nehmen an, dass du am Samstag vor zwei Wochen in dem Museum gewesen bist, weil dein Bruder beabsichtigte, durch das Ischtar-Tor zu gehen, um so in die Welt der verlorenen Erinnerungen zu gelangen. Könnte es nicht sein, dass auf gleichem Wege schon einmal jemand aus dem Tor *heraus*kam, um in Kisch sein Königtum anzutreten?«
»Für eine moderne Archäologin hast du ganz schön verschrobene Einfälle.«
»Ich bin eine glühende Verehrerin deines Vaters, Jessi!«
»Schon gut. Wenn ich mich recht erinnere, sagte die Inschrift ja auch etwas von der *Rückkehr* in die Arme Ischtars. Mein Vater könnte also genau zu dem gleichen Schluss gekommen sein wie du jetzt eben.«
»Danke. Das freut eine gelehrige Schülerin. Weißt du, was das bedeutet, Jessi?«
»Nein. Sag schon.«
»Dass wir jetzt auf einer *ganz heißen* Spur sein könnten!«
Jessica schaute in das ungewohnt ernste Gesicht ihrer Freundin. Die Luft schien förmlich vor Spannung zu knistern. Sie wünschte sich so sehr, dass Miriam Recht hatte. Aber war es nicht allzu naiv, sich einer drei- oder viertausend Jahre alten Inschrift anzuvertrauen, wenn es darum ging, Vater und Bruder wieder zu finden? Andererseits: Was blieb ihr anderes übrig? Die Polizei tappte im Dunkeln. Sie *mussten* es versuchen. Jedoch …

»Ich glaub, wir werden erst dann das Geheimnis wirklich enträtseln, wenn wir den letzten Teil der Inschrift übersetzen können. Dort scheint der Schreiber zu verraten, wie man sich aus Xexanos Griff wieder befreien kann.«

Miriam nickte. »Du hast Recht. Damit steht und fällt alles. Diese letzte Zeile ist der Wegweiser von Quassinja zurück in unsere Welt.«

»Hat der gute Nathan sich dazu auch geäußert?«

Miriam atmete tief durch und wandte sich wieder dem Brief des Professors zu.

»Nathan doziert hier noch eine Weile über die Sumerische Königsliste«, fasste sie die Ausführungen des Gelehrten zusammen. »Mmh-mmh, mmh-mmh, mmh-mmh.«

»Wie bitte?«

»Hier schreibt er, dass alles schon vor der Sintflut begonnen habe, so jedenfalls behaupte es der antike Bericht. Nathan wendet jedoch ein, dass die drei vor der Sintflut regierenden Könige jeweils mehrere tausend Jahre geherrscht hätten, was er für nicht sehr wahrscheinlich hält.«

»Wie mir scheint, ist dein Professor ein ziemlich aufgeweckter Knabe.«

Miriam schenkte Jessica einen strafenden Blick, bevor sie mit dem Studium des Briefes fortfuhr.

»Mmh-mmh, mmh-mmh, mmh-mmh. Jetzt lässt er wieder seine alte Abneigung gegenüber den ›mythisch verklärten Legenden‹ erkennen. Er meint, auch die Flutlegende sei da keinen Deut besser. Das könne man schon aus den absurden Spekulationen seiner verehrten Kollegen erkennen. So schriebe etwa William Foxwell Albright (sein Buch müsse übrigens unter dem Titel *Die Bibel im Licht der Altertumsforschung* auch hier bei uns aufzutreiben sein): ›Wenn Kisch nicht das Urbild von Chus 1. Mose 10, 8 ist, wie es sehr wohl möglich ist, ist es in der Bibel nicht erwähnt. Nimrod wurde wahrscheinlich als der erste Herrscher von Kisch angesehen.‹«

»Ob das nur ein Zufall ist?«

»Was denn?«

»Dass der Professor gerade das alte Kisch erwähnt.«

»Professor Seymour bezeichnet die Behauptungen Albrights ›als religiös gefärbte Spekulationen‹. Er schreibt hier, es gäbe – außer in der Bibel selbst – keine Beweise dafür, dass Nimrod wirklich existiert hat, und verweist auf andere Quellen, die Mebaragesi von Kisch als die erste, sicher belegte Herrschergestalt Sumers nennen. Er soll sozusagen der Begründer der Sumerischen Königsliste sein. Mebaragesi trug den Titel ›König von Kisch‹. Aus dem alten Stadtstaat Kisch stamme übrigens auch das sumerische Wort für Herrscher, das ›großer Mensch‹ bedeutet.«

»Halt, halt!«, rief Jessica. »Nicht so schnell. Mir schwirrt schon wieder der Kopf vor lauter Namen.«

»Das gehört zur Taktik unseres Gegners; man nennt es auch das Den-Wald-vor-Bäumen-nicht-sehen-Prinzip.«

»Willst du mich jetzt verkohlen?«

»Nur ein bisschen, Jessi.« Miriam lachte, ohne dass es wirklich spöttisch klang. »Warte!« Sie sprang mit erstaunlicher Leichtigkeit aus ihrem tiefen Sitzmöbel auf und eilte zum Regal. »Ich habe hier eine Bibel. Eine *American Standard Version*. Sie ist schon fast hundert Jahre alt.«

»Und wo ist die dir zugelaufen?«

»Bei *John K. King Used and Rare Books*.«

»London?«

»Falsch. Mitgebracht von einer Amerikarundreise aus Downtown-Detroit. Eine traumhafte Buchhandlung in einer ausgedienten Fabrik. Über fünf Stockwerke nichts als Bücher! Hier. Ich hab's gefunden.«

»Kannst du es wieder übersetzen?«

»Klar doch. Also, hier in 1. Mose, Kapitel 10, Verse 8 bis 10 steht: ›Und Cush zeugte Nimrod: Er begann ein Gewaltiger zu werden auf der Erde. Er war ein gewaltiger Jäger vor Jehovah, weshalb man zu sagen pflegte: „Wie Nimrod ein gewaltiger Jäger vor Jehovah." Und der Anfang seines Königreiches war Babel und Erech und Accad und Calneh im Lande Shinar.‹«

»Shinar?« Jessica wiederholte den letzten Namen, mehr für sich selbst. »Irgendwie kommt mir das bekannt vor.«

»Oh, entschuldige. Ich habe die Namen so vorgelesen, wie sie hier stehen. In einer deutschen Bibel würde vermutlich Schinar oder Sinar stehen.«

»Und das bedeutet Sumer. Jetzt erinnere ich mich wieder. Aber in deiner Bibel steht nichts davon, dass Nimrod der König von Kisch war.«

»Nicht direkt.«

»Wie meinst du das?«

»Erinnerst du dich noch, wie der Vater von Nimrod hieß?«

»Du meinst Cush?«

»Auf Deutsch spricht man den Namen Kusch aus.«

»Kusch … Kisch? Das hört sich sehr ähnlich an.«

»Vor allem dann, wenn man bedenkt, dass es in den alten Schriftsystemen noch keine Zeichen für Vokale wie a, e, i, o und u gab.«

»Das wusste ich nicht. Ohne Selbstlaute gibt es ja gar keinen Unterschied zwischen den Namen Kusch und Kisch.«

»Und dass ein Sohn seinen Regierungssitz nach seinem Vater benennt, ist doch gar nicht so abwegig. Findest du nicht auch?«

»Allerdings.«

»Ich glaube, wir sollten unserer ›Spur der Namen‹ zwei neue Eintragungen hinzufügen.«

»Du hast so viele Namen genannt, dass ich jetzt noch ganz durcheinander bin.«

»Ich meine den ersten Herrscher von Kisch. Da der Professor hier anderer Meinung ist als Gelehrte wie dieser William Foxwell Albright, schlage ich vor, dass wir sowohl Mebaragesi als auch Nimrod notieren.«

»Einverstanden.«

Miriam holte schnell den Zettel vom Schreibtisch, den sie vor zwei Wochen begonnen hatte, und trug die beiden Ergänzungen ein.

»Ich hoffe nur, dass wir am Ende schlauer sind und diese Liste uns weiterhilft«, sagte Jessica. »Wenn ich mich recht entsinne, wollten wir nachsehen, ob Professor Seymour auch etwas über die letzte Zeile der Inschrift vom Schlussstein geschrieben hat.«

»Ach ja, richtig. Warte.« Miriam vertiefte sich erneut in den umfangreichen Brief des englischen Professors.

»Mmh-mmh, mmh-mmh, mmh-mmh. Jetzt läuft er noch mal zur Höchstform auf.«

»Und was schreibt er?«

»Warte. Mmh-mmh, mmh-mmh, mmh-mmh.«

»Nicht sehr ergiebig!«

Wieder traf Jessica ein strenger Blick Miriams.

»Also. Der gute Nathan kann es sich nicht verkneifen, noch einen letzten Seitenhieb auf die ›Unglaubwürdigkeit der alten Legenden‹ auszuteilen. Dann aber macht er ein erstaunliches Zugeständnis. Er gibt zu, dass einige Enzyklopädien den Namen Nimrods mit dem Namen des obersten babylonischen Gottes, Marduk, in Verbindung bringen. Er schreibt weiter: ›Die Buchstaben „MRD", die in beiden Namen erscheinen, sind anscheinend die Wurzel oder der *bedeutungsvollste Teil* beider Wörter!‹ Dann lässt er sich sogar zu der Aussage hinreißen, dass diese Übereinstimmung durchaus als ein ›versteckter Hinweis‹ darauf verstanden werden kann, ›dass Nimrod *doch* eine historische Gestalt sein könnte, die mit der Zeit – wie später die ägyptischen Pharaonen und die römischen Cäsaren – als Gott verehrt worden ist‹.«

»Alle Achtung!«

»Das sei nicht einmal außergewöhnlich, führt Nathan dann noch aus. Ähnliches müsse wohl auch mit dem babylonischen Gott Tammuz geschehen sein. Man vermute, dass Tammuz, der auch Dumuzi genannt wird, ursprünglich ein König gewesen sei, der nach seinem Tod vergöttlicht wurde. O. R. Gurney schreibt beispielsweise im *Journal of Semitic Studies*: ›Dumuzi war ursprünglich ein Mensch, ein König von Erech.‹ Jetzt kommt Nathan zum Schluss. Es täte ihm Leid, dass er nicht mehr herausgefunden habe, entschuldigt er sich, leider auch nicht über den Schlussvers des ›absolut mystischen und daher historisch wertlosen Textes‹, den er von mir bekommen hat. Die unleserliche Zeile erinnere mehr an das, was sein Urenkel gerne mit den Scrabble-Steinen seiner ältesten Enkeltochter anstelle, als an einen sinnvollen Satz. Dummerweise sei der Ausdruck, den die Universität ihm von der elektronischen Nachricht mit dem alten Text geschickt habe, nun auch noch abhanden gekommen, sodass er keine weiteren Nachforschungen anstellen könne. Nochmals: Es täte ihm Leid. Aber alles Gute bei der weiteren Spurensuche.«

Miriam blickte von dem Brief auf. »Das ist alles.«

»Ich glaube, jetzt haut's mich um!«

»Nicht so schlimm. Du sitzt ja schon fast auf der Erde.«

»Kannst du nicht *ein Mal* ernst sein, Miriam?«

»Habe ich etwa die Unwahrheit gesagt?«

»Ich finde das alles ziemlich beängstigend!«

»Denkst du an etwas Bestimmtes?«

»Die Inschrift! Ist dir nicht aufgefallen, dass er die *einzige Kopie*, die es noch von der alten Inschrift gab, verloren hat?«

Miriam sah noch einmal die einzelnen Seiten des Briefes durch. Dann schaute sie betroffen auf. »Du hast Recht. Er hat keinen Ausdruck von unserer E-Mail zurückgeschickt. Ich dachte immer, du hättest noch eine Kopie davon in deinem PC.«

»Leider hab ich die gelöscht, nachdem die Message raus war. Es ist fast so, als hätte jemand alle Spuren, die ihn verraten könnten, verwischt.«

»Glaubst du etwa …?«

»Ich weiß gar nicht mehr, was ich noch glauben soll.«

»Der Professor lebt in *England*, Jessi! Es ist sehr unwahrscheinlich, dass derselbe Dieb, der in unsere Wohnungen eingebrochen ist, mal eben schnell nach Oxford gejettet sein soll, um Nathan unseren Brief zu klauen.«

»Ist es nicht genauso unwahrscheinlich, dass derselbe Text dreimal innerhalb von wenigen Tagen verschwindet?«

Miriam antwortete nicht sogleich. »Du hast Recht. Normal ist das bestimmt nicht.«

»Ohne eine Abschrift der Verse werden wir auch nie die letzte

Zeile entziffern können. Dann sind wir also genauso weit wie vor vierzehn Tagen. Wenn man's genau nimmt, sind wir sogar am Ende. Wir werden Olli und meinen Vater niemals zurückholen können, wo immer sie sich auch gerade befinden.«

»Nicht so vorschnell, Jessi. Der Verlust der Verse ist zwar schlimm, aber am Ende sind wir noch lange nicht.«

»Wie meinst du das?«

»Vielleicht gibt es noch einen anderen Weg, der uns zu Xexanos Geheimnis führt. Wir haben immer noch unsere ›Spur der Namen‹. Sie nimmt langsam Form an.« Miriam kritzelte schnell drei weitere Zeilen auf den Zettel und schob ihn zu Jessica über den Tisch. »Hier. Lies selbst.«

Nachdenklich betrachtete Jessica das Blatt.

DIE SPUR DER NAMEN

XEXANO: Herrscher Quassinjas, der Welt
der verlorenen Erinnerungen
SIN: babyl. Mondgott
ISCHTAR: babyl. Göttin der Liebe und
Fruchtbarkeit
IŠTAR: siehe Ischtar
SCHAMASCH: babyl. Sonnengott
MEBARAGESI: erster Sumererkönig in Kisch
NIMROD: erster „Gewaltiger" gemäß der Bibel
MARDUK: Stadtgott Babylons, später
Hauptgott im chaldäischen Pantheon
TAMMUZ: babyl. Gott und König, Symbolgeber
für das „christliche" Kreuz
DUMUZI: siehe Tammuz

»Weißt du, was ich mich frage?«, sagte sie nach einer von tiefem Grübeln ausgefüllten Pause.

»Was denn?«

»Die Geschichte aus der Bibel vom Turmbau zu Babel und von

der Sprachverwirrung ... Kann es sein, dass sie einen wahren Kern hat?«

»Man hat in Babylon tatsächlich die Fundamente einer so genannten Zikkurat, also eines gewaltigen turmartigen Stufentempels gefunden. In alten Inschriften wird das Bauwerk *E-temen-anki* genannt. Dieser sumerische Name bedeutet so viel wie ›Das Haus des Fundamentes des Himmels und der Erde‹ ...«

»Dann müssten an diesem Turm zwei Welten aneinander stoßen«, murmelte Jessica.

»Was meinst du?«

»Wie weit ist das Ischtar-Tor von diesem Etemenanki entfernt gewesen?«

»Nicht sehr weit. Die babylonische Neujahrsprozession zog direkt durch das Ischtar-Tor, um anschließend in den Tempelbezirk mit der Zikkurat einzubiegen. Warum fragst du?«

»Ach, nicht wichtig. War nur so ein Gedanke. Kann es sein, dass dieser Etemenanki von Nimrod erbaut wurde?«

»Das ist eher unwahrscheinlich. Nach allem, was wir heute über ihn wissen, ist er zu neu, um Nimrods Turm gewesen sein zu können.«

»Aber?«

»Die Überreste von Etemenanki wurden bisher noch keiner gründlichen Untersuchung unterzogen.«

»Was? Das kann ich kaum glauben! Der sagenumwobene Turm von Babylon ist so gut wie unerforscht?«

»Der Stand des Grundwassers in Babylon liegt sehr hoch. Es hat die Ausgrabungsarbeiten immer wieder behindert.«

»Trotzdem. Die Menschen fliegen zum Mond, aber ihre größten Geheimnisse lassen sie zu Hause im Schlamm versinken. Ich finde das fast genauso mysteriös wie das Verschwinden unserer Notizen.«

»Komisch. So habe ich die Sache noch gar nicht betrachtet.« Jetzt wurde auch Miriam nachdenklich.

»Vielleicht bergen die alten Bauwerke in Babylon ein Geheimnis, von dem jemand nicht möchte, dass es zu bald gelüftet wird.

Mein Vater könnte ihm auf die Spur gekommen sein. Deshalb ist er verschwunden.«

»Langsam halte ich alles für möglich, Jessi. Wusstest du, dass es bei vielen Völkern, rund um den Globus, Überlieferungen gibt, die den Bau eines riesigen Turmes zum Inhalt haben?«

»Ehrlich gesagt, nein.«

»Es ist aber so. In Nordbirma, bei den Azteken, den Mayas, den Maidu-Indianern und auch bei den Keten in Nordsibirien existieren überall Legenden, die ein Bauvorhaben wie dasjenige Nimrods beschreiben. Warte, ich glaube, ich habe da noch etwas in meinem Regal.« Miriam sprang auf und kam kurz darauf mit einem neuen Buch zurück.

»Dieses Werk stammt von einem gewissen Dr. Ernst Böklen. Er schreibt hier, ›dass die größte Wahrscheinlichkeit von vornherein dafür spricht, dass 1. Mos. 11 und die verwandten Erzählungen anderer Völker *wirklich geschichtliche Erinnerung* enthalten‹.«

»›Geschichtliche Erinnerung‹? Ich weiß nicht. Irgendwie fällt es mir schwer, den Gedanken zu akzeptieren, dass es den Turmbau zu Babel wirklich gegeben haben soll. Er ist nicht ... *logisch.*«

»Logisch ist, dass zwei und drei fünf ergibt, Jessica. *Das* hier hat mit Logik nichts zu tun. Der Grund für deine Zweifel liegt wohl eher darin, dass du dir einfach nicht vorstellen kannst, wie ein Ereignis, von dem jeder behauptet, es sei nur ein Märchen, *wirklich* stattgefunden haben soll. Aber wir müssen vorsichtig sein!«

»Wie meinst du das?«

»Das könnte ein Teil der Verschwörung sein. Wir alle sind Kinder unserer Zeit. Jeder Mensch, dem du begegnest, ist wie ein Tropfen auf einen Stein: Du merkst es nicht, aber ganz langsam höhlen sie dich aus. Man könnte auch sagen, die Umwelt formt uns. Aber, was die Menge glaubt, muss nicht immer die Wahrheit sein. Der dänische Philosoph Søren Kierkegaard sagte sogar einmal: ›Die Menge ist die Unwahrheit.‹«

»Hat er da nicht ein bisschen übertrieben?«

»Er meinte sicher, dass jedes Individuum für sich selbst entscheiden muss, was Wahrheit und was Irrtum ist; nur mit dem

Strom zu schwimmen ist zwar einfach, aber wann hat es schon mal zu einer positiven Veränderung geführt?«

»Das leuchtet mir ein. Wenn die Lachse so handeln würden, wären sie längst ausgestorben. Was schlägst du also vor?«

»Lass uns noch einmal ganz von vorne beginnen. Vielleicht hat Professor Seymour uns mehr Hinweise gegeben, als er ahnte. Kannst du dich noch erinnern, *wo* Tammuz alias Dumuzi sein Königreich begründete?«

»Das muss ich wohl überhört haben.«

»Nathan zitierte hier einen gewissen O. R. Gurney, der schreibt: ›Dumuzi war ursprünglich ein Mensch, ein König von *Erech*.‹ Jetzt pass auf, was wir vorhin in 1. Mose 10, Vers 10 über Nimrod gelesen haben: ›Und der Anfang seines Königreiches war Babel und *Erech* und Accad und Calneh im Lande Shinar.‹ Fällt dir etwas auf?«

»So, wie du's vorgelesen hast, müsste ich beschränkt sein, um es nicht zu bemerken: Sowohl von Tammuz als auch von Nimrod wird gesagt, dass ihr Königreich in Erech seinen Anfang nahm. Würdest du es immer noch als falsch angewandte Logik bezeichnen, wenn ich behaupte, dass Tammuz und Nimrod ein und dieselbe Person sind?«

»Sagen wir, es ist ein Indiz, auf das wir einen starken Verdacht gründen können.«

»Müssen Sie eigentlich immer das letzte Wort haben, Mister Holmes?«

»Lassen Sie's gut sein, lieber Watson. Ich schlage auf alle Fälle vor, dass wir diesen Nimrod eingehender unter die Lupe nehmen.« Miriam griff noch einmal nach dem Stift und unterstrich den Namen. »Wenn er tatsächlich derselbe wie Tammuz ist, dann reicht sein Arm – oder sollte ich besser sagen, sein *Kreuz?* – bis in unsere Zeit. Hast du dir schon einmal überlegt, in wie vielen Kirchen und Wohnzimmern das Kreuz, das moderne *Tau* des Tammuz hängt?«

»Von all den weißen Mädchenhälsen und schwarzen Lederjacken ganz zu schweigen! Das klingt ja wirklich nach einer Riesenverschwörung.«

Miriam nickte. Ihre Hand beförderte wie von selbst das Halskettchen mit dem goldenen Kreuz in den Ausschnitt des T-Shirts.

»Und jetzt pass auf. Professor Seymour erwähnte, dass der ›bedeutungsvollste Teil‹ in den Namen Marduks und Nimrods die Buchstabenfolge MRD sei – du erinnerst dich noch, was wir über die Namen Kusch und Kisch sagten?«

»Du meinst, dass sie in der alten Schreibweise, also ohne Selbstlaute, identisch sind?«

»Genau. Sieh her.« Miriam nahm erneut den Stift und schrieb zwei Wörter aus der »Spur der Namen« noch einmal in Großbuchstaben untereinander. Dann unterstrich sie in den beiden Namen jeweils drei Buchstaben. Für einen Moment herrschte völlige Stille.

Eine der Kerzen, die auf dem Tisch standen, knackte unvermittelt und Jessica fuhr zusammen. Was dort auf dem Zettel stand, war entweder in höchstem Maße verblüffend oder es handelte sich um einen merkwürdigen Zufall:

NIM<u>R</u>OD
MA<u>R</u>DUK

»Die Übereinstimmung ist wirklich erstaunlich«, gab Jessica schließlich zu. »Vor allem wenn man bedenkt, was von den beiden Namen noch übrig bleibt, wenn man die Vokale weglässt: NMRD und MRDK. Der Unterschied ist dann wirklich nur *ein* Buchstabe.« Sie nahm Miriam den Stift ab und schrieb die Konsonanten in die rechte untere Ecke des Zettels. Nachdenklich betrachtete sie die Buchstaben. Dann schüttelte sie den Kopf. »Hab ich dir schon erzählt, dass solche Spielereien zufällig mein Hobby sind?«

»Ich glaube, du hast mal was von Geheimsprachen erwähnt, die du dir früher immer ausdachtest. Ja.«

»Stimmt. Schon mit sechs Jahren plapperte ich ständig neue Wörter vor mich hin, die ich mir selbst ausgedacht hatte. Mit acht redete ich nur noch in meiner eigenen Sprache – das Ganze ging zwei Wochen lang und mein Vater muss wohl ziemlich verzweifelt gewesen sein. Später begann ich dann meine Wortschöpfungen aufzuschreiben und in den letzten drei Jahren habe ich mich auf dem Computer ausgiebig mit Wortpermutationen und Kryptographie beschäftigt.«

»Ah ja?«

»Dass die Kryptographie von alten Geheimschriften bis zu modernen Verschlüsselungstechniken einen großen Bereich umfasst, ist dir sicher nichts Neues ...«

»Na ja ...«

»... und mit Permutation bezeichnet man in der Mathematik die Umstellung von Elementen einer geordneten Menge.«

»Ich war noch nie ein Fan von Alchemie.«

»Auf Wortgebilde angewendet, kann die Permutation sowohl neue Wörter hervorbringen wie auch andere, *verborgene* zu Tage fördern.«

»Ich fürchte, das musst du mir genauer erklären.«

»Na gut. Ein einfaches Beispiel: Das Wort REGEN heißt, wenn man es von hinten nach vorne liest, NEGER. Die gleiche simple Permutation macht aus dem Wort REGAL ein LAGER. Hast du das gewusst?«

»Die Sprache der Dichter und Denker zu erlernen ist auch ohne solche Spielchen kein Zuckerschlecken für mich gewesen.«

Nun war es an Jessica, ihrer Freundin einen strafenden Blick zuzuwerfen. »Dann kannst du ja jetzt vielleicht noch was lernen. Pass gut auf.« Sie legte sich die »Spur der Namen« zurecht, schrieb zwei neue Wörter neben die Namen von Nimrod und Marduk und unterstrich auch hier jeweils drei Buchstaben. Dann schob sie den Zettel Miriam zu, die staunend die Wörter las.

NIM̲RO̲D̲ BAB̲YLO̲N̲
M̲A̲R̲DUK B̲E̲RLI̲N

Jessica schaute ihre Freundin triumphierend an. »Genau dasselbe. Wenn du die Selbstlaute weglässt – das Y rechne ich in diesem Fall einmal dazu –, dann bleiben BBLN und BRLN.« Auch diese Buchstaben notierte sie auf der »Spur der Namen«. »Professor Seymour hätte nun wohl gesagt, dass der ›bedeutungsvollste Teil‹ in den Namen Babylon und Berlin die Buchstabenfolge BLN sei. Du siehst, diese ganze Buchstabenspielerei bringt uns kein Stück weiter.«

Wenn Jessica geglaubt hatte, dass Miriam nun wieder eine Kostprobe ihres erfrischenden Lachens geben würde, dann hatte sie sich gründlich getäuscht. Die Irin starrte sie nur betroffen an, blickte kurz zu dem Blatt und schaute dann wieder in Jessicas Gesicht.

Allmählich schwand die euphorische Stimmung, die sich bei Jessica nach ihrer spektakulären Entlarvung eingestellt hatte. Was zurückblieb, war Unsicherheit.

»Du glaubst doch nicht etwa …?«

Miriam nickte. Ganz langsam. Und genau dreimal. »Du bist ein Genie, Jessi! Allein wäre ich nie darauf gekommen. Weißt du, was *das* hier bedeuten könnte?« Sie tippte mit dem Finger in die rechte untere Ecke des Zettels.

Jessica betrachtete noch einmal nachdenklich die »Spur der Namen«.

DIE SPUR DER NAMEN

XEXANO: Herrscher Quassinjas, der Welt
der verlorenen Erinnerungen
SIN: babyl. Mondgott
ISCHTAR: babyl. Göttin der Liebe und
Fruchtbarkeit
IŠTAR: siehe Ischtar
SCHAMASCH: babyl. Sonnengott
MEBARAGESI: erster Sumererkönig in Kisch
NIMROD: erster „Gewaltiger" gemäß der Bibel
MARDUK: Stadtgott Babylons, später
Hauptgott im chaldäischen Pantheon
TAMMUZ: babyl. Gott und König, Symbolgeber
für das „christliche" Kreuz
DUMUZI: siehe Tammuz

NIMROD   BABYLON
MARDUK   BERLIN

                    NMRD
                    MRDK
                    BBLN
                    BRLN

»Aber das hieße ja, dass schon vor tausenden von Jahren festgelegt wurde, dass Xexano, oder wer immer sich hinter all diesen Namen verbirgt, hier nach Berlin ›zurückkehren‹ würde.«

»An Berlin war damals wohl noch nicht zu denken. Aber wenn wir deine Aussage dahingehend relativieren, dass es eine Stadt sein muss, in der das ›innere Tor‹ wieder errichtet wird und deren Name mit demjenigen des ursprünglichen Standortes des Tores in seinem ›bedeutungsvollsten Teil‹ übereinstimmt, dann hast du vielleicht Recht.«

Ein Schauer lief über Jessicas Rücken. »Ich glaub, mir wird gleich schlecht.«

»Ich hätte auch nie gedacht, dass man so voller Selbstgewissheit in die Irre gehen kann. Alles, was ich auf der Uni gelernt habe, kommt mir mit einem Mal nur noch wie leeres Gerede vor.«

Am liebsten hätte Jessica an diesem Dienstag die Schule geschwänzt, aber Miriam hatte darauf bestanden, dass sie ihr gewohntes Leben fortführte.

»Du bist schlimmer als eine Mutter«, hatte Jessica sich beklagt.

»Ich wollte schon immer mal wissen, wie das ist.«

»Warum hast du eigentlich keine Kinder?«

Miriam antwortete nicht sofort. »Vielleicht war ich bisher einfach zu beschäftigt dazu.«

»Das klingt, als könnte dir so ein kleiner Schreihals irgendwann doch noch gefallen.«

Miriam lachte laut und verwuschelte Jessicas Frisur. »Vorerst genügt mir ein fast erwachsenes Mädchen. Und jetzt ab in die Schule.«

»Ist gut, Mama.«

Während Jessica sich an diesem Vormittag durch den Unterricht quälte, ging Miriam im Museum ihrer gewohnten Arbeit nach. Ungeduldig wartete sie auf die Mittagspause. In den letzten zwei Wochen hatte sie diese Zeit fast immer in der Museumsbibliothek verbracht. Wenn Thomas Pollocks Spürnase auf einen bloßen Verdacht hin eine Witterung in Robert Koldeweys Ausgrabungstagebüchern aufnehmen konnte, dann würde ihr dies vielleicht auch gelingen. Sie hatte ja sogar eine sehr konkrete Vorstellung davon, wonach sie suchen musste.

Der Band, aus dem Jessicas Vater die Inschrift vom Schlussstein abkopiert hatte, war natürlich nicht mehr aufzufinden. Darüber wunderte sich Miriam jetzt überhaupt nicht mehr, nachdem alle Abschriften der Verse auf so mysteriöse Art verschwunden waren. Also nahm sie sich das vor, was die Bibliothek noch zu bieten hatte. Und dies war nicht wenig: Notizen von Koldewey und seinem Assistenten Walter Andrae, des späteren Direktors des Vorderasiatischen Museums, alte Personallisten, Aufstellungen über die einzelnen Grabungsfunde, Frachtbriefe und vieles mehr. Emsig wie eine Biene sammelte sie Informationen, machte sich Notizen, hin und wieder auch Fotokopien, aber sie wurde das Gefühl nicht los, dass sie keinen Schritt weiterkam. Entweder hatte tatsächlich jemand alle Spuren, die das Geheimnis des Ischtar-Tores betrafen, gründlich verwischt oder Miriam hatte die Lösung vor Augen, bemerkte sie aber nicht.

Während sie so in der Bibliothek saß, den Kopf auf die Hand gestützt, lustlos an einem Käsebrötchen knabbernd, sprach sie plötzlich jemand an.

»Was tun Sie da?«

Miriam fuhr erschrocken hoch. »Professor Hajduk! Ich habe Sie gar nicht kommen hören.«

»Das muss wohl daran liegen, dass Sie etwas *sehr* beschäftigt, Doktor McCullin. Würden Sie Ihr – wie drücke ich es am besten aus? – kleines Geheimnis mit mir teilen?«

»Ach, es ist nichts, Professor ...«

»Ein ziemlich großer Haufen Bücher und Papiere für ›nichts‹. Finden Sie nicht auch, Frau Doktor?«

»Na ja, ich meinte, es ist nichts, was für das Museum von irgendeiner Bedeutung ist. Ich traf vor einiger Zeit die Tochter von Thomas Pollock, unserem verschwundenen Nachtwächter, und sie bat mich um Hilfe.«

Ein anderer Mitarbeiter des Museums betrat in diesem Moment die Bibliothek. Miriam entdeckte einen unwilligen Zug im Gesicht von János Hajduk. Aber dann kehrte das unverbindliche Lächeln auf seine Lippen zurück und er sagte: »Die Pollock-Kinder. Ich erinnere mich. Sie waren auch bei mir. Es wäre nett, wenn Sie mich nachher in meinem Büro aufsuchen könnten. Wäre Ihnen zwei Uhr recht, Doktor McCullin?«

»Zwei Uhr ist okay, Professor Hajduk.«

»Fein. Seien Sie bitte pünktlich.«

Ohne weiteren Gruß machte sich Hajduk aus dem Staub. Seltsame Unterhaltung, dachte Miriam. Sie erinnerte sich, dass der Professor es nicht besonders gerne sah, wenn seine Mitarbeiter die Einrichtungen des Museums für private Zwecke nutzten. Sie hoffte, dass nicht gerade *dies* der Grund für die unverhoffte Einladung in das Heiligtum des Oberhirten war.

Immerhin konnten auch ganz andere Gründe für diesen so spontan anberaumten Termin ausschlaggebend gewesen sein. Es hatte in den letzten Tagen viel Rummel um Hajduks Person gegeben. Nach der Xexano-Statue waren noch drei weitere Ausstellungsstücke aus dem Museum verschwunden. Das hatte die ganze Belegschaft, einschließlich des »Oberhirten«, ganz schön in Atem gehalten.

Einige Journalisten hatten dem Direktor des Museums vorgeworfen, ungenügende Sicherheitsvorkehrungen getroffen zu haben, doch seltsamerweise schien das dem makellosen Ruf Hajduks nicht zu schaden. Miriam staunte immer wieder, wie es der unscheinbare Ungar nur schaffte, eine Schlagzeile, die an einem Tag noch die Blätter Berlins füllte, am nächsten schon wieder vergessen zu machen. Es gab sogar Gerüchte, dass János Hajduk in der letzten Woche für einen hohen politischen Posten im Berliner Senat vorgeschlagen worden sei.

Um Punkt zwei Uhr klopfte Miriam an die Glastür von Professor Hajduks Sekretariat. Sie öffnete vorsichtig die Tür und schob den Kopf hinein. »Kann ich reinkommen, Babsi?«

Die dralle Sekretärin des Direktors wedelte mit dem Arm. Sie hielt die Sprechmuschel des Telefonhörers zu, der zwischen ihrem Ohr und der Schulter eingekeilt war, und flüsterte: »Komm rein. Aber warte noch einen Moment. Der Professor führt gerade ein wichtiges Telefonat.«

Miriam betrat das Büro und schaute Barbara Backe – so hieß die Sekretärin – beim Dezimieren einer Schachtel Pralinen zu. Die Stimme des Professors klang dumpf aus dem Nebenzimmer herüber. Frau Backe hatte ihr Telefongespräch wieder aufgenommen. Irgendeine Nichte, die von ihr ein Paar Skier geborgt haben wollte. Miriam betrachtete gelangweilt Babsis Figur und fragte sich, warum ihre Kollegin sich so lange sträubte die Sportgeräte rauszurücken. Die Sekretärin hielt ihr die Pralinenschachtel hin. Miriam beugte sich über den Schreibtisch, um das Angebot anzunehmen. Während Babsi schon wieder ganz auf die Verteidigung ihrer Skier konzentriert war, fiel Miriams Blick auf die Aktivitätenliste der Sekretärin.

✓ Fax von Christie's: Neuer Fund von Pietro della Valle. Versteigerung am 4.12. in London.

Der Eintrag war kaum zu entziffern. Musste er ja auch nicht. Barbara Backe hatte ihn nur als Erinnerungsstütze für sich selbst aufgeschrieben. Und abgehakt.

Irgendetwas war seltsam an dieser Notiz, aber Miriam konnte nicht sagen, was. An dem Termin selbst lag es nicht. Es war durchaus normal, dass die großen Museen der Welt ihre Sammlungen auf öffentlichen Versteigerungen komplettierten. Das Londoner

Auktionshaus Christie's gehörte zu den ersten Adressen, wenn es darum ging, seltene Stücke zu erwerben. Vielleicht ...

In diesem Moment flog die Tür auf. Professor Hajduk füllte nur unzureichend den Rahmen aus.

»Sie sind pünktlich. Das ist schön. Kommen Sie herein, Doktor McCullin.«

Als Miriam vor dem Eichenschreibtisch des Direktors Platz genommen hatte, ließ János Hajduk die Katze aus dem Sack.

»Ich möchte gleich zur Sache kommen, Frau Doktor. Sie kennen meinen Standpunkt bezüglich privater Aktivitäten in und mit den Einrichtungen des Instituts?«

»Ich ... Selbstverständlich, Professor.«

János Hajduk blickte nachdenklich auf die Tonscherbe, die sich in seinen Fingern drehte. »Und finden Sie diese Regelung – wie soll ich sagen? – unangemessen?«

»Nun, wenn ich mich recht entsinne, haben Sie es immer gerne gesehen, wenn die Mitarbeiter des Museums ihre Arbeit mit viel persönlichem Engagement verrichteten. Das ist wohl kaum möglich, wenn man nicht auch in seiner Freizeit ...«

»Das haben Sie wirklich schön gesagt, Frau Doktor. Und natürlich haben Sie Recht! Aber diese bedauerliche Geschichte mit diesem Nachtwächter und seinen Kindern gehört bestimmt nicht zu den Dingen, die für das Museum oder für Sie persönlich in irgendeiner Weise förderlich sein könnten. Sie haben diesem Hause viel zu verdanken. Erinnern Sie sich noch?«

»Ich kann mich sehr gut daran erinnern, Professor.«

János Hajduk erhob sich abrupt von seinem Stuhl, ließ sein irdenes Fingerspiel unsanft über die Tischplatte schlittern und beugte sich mit aufgestützten Händen zu Miriam vor. »Sehen Sie es einmal so, Doktor McCullin. Sie möchten doch sicher, dass Ihre Karriere auch zukünftig in diesem Museum einen günstigen Verlauf nimmt, nicht wahr?«

Miriam blickte ihren Vorgesetzten entgeistert an. »Ist das so etwas wie eine Drohung, was ich da eben gehört habe?«

Hajduk warf den Kopf in den Nacken und lachte bellend auf.

»Wo denken Sie hin, meine Liebe! Ich möchte Sie nur an Ihre Pflichten erinnern. Es ist weder konsequent noch logisch, irgendwelchen Hirngespinsten hinterherzujagen. Machen Sie weiter Ihre Arbeit, wie Sie es bisher getan haben. Es könnte sein, dass bald in diesem Haus ein wichtiger Stuhl vakant wird. Mir fallen spontan außer dem Ihren nur wenige Namen von Kandidaten ein, die diese Stelle angemessen ausfüllen könnten. Haben wir uns verstanden, Doktor McCullin?« Der Professor reichte ihr die Hand zum Abschied.

»Vielen Dank für Ihre Lektion in Logik«, antwortete Miriam benommen. Sie erhob sich von ihrem Stuhl und ließ den Direktor hinter seinem Schreibtisch stehen.

Miriam zog aus dem unerquicklichen Gespräch mit ihrem Chef sofort die Konsequenzen: Sie kehrte auf direktem Weg in die Bibliothek des Museums zurück.

Zum Glück traf sie dort auf einen Kollegen, dem sie vertrauen konnte.

»Joachim, bist du so nett und schaust für mich in der Datenbank nach, ob wir irgendwelche Exponate haben, für die als Ausgräber Pietro della Valle angegeben ist?«

»Du meinst den italienischen Edelmann?«

»Genau den.«

»Warum wirfst du den PC nicht selbst an?«

»Du weißt, dass ich mit den Dingern auf Kriegsfuß stehe.«

»Na gut. Ich mach's für dich. Aber nur weil ich deine roten Haare so unwiderstehlich finde.«

»Alter Charmeur!«

»Irrtum: Ich habe nur keine Lust verhext zu werden.«

»Scheusal! Jetzt lass endlich die Maus tanzen.«

Joachim lachte schallend und machte sich dann an dem PC zu schaffen, über den man Zugriff auf eine Riesenmenge von Daten hatte. Dazu gehörten Stichworte zu allen Büchern der Bibliothek, zu sämtlichen Ausstellungsstücken der Staatlichen Museen in Berlin und noch einiges mehr. Er gab den italienischen Namen in allen möglichen Varianten ein, aber der Computer antwortete immer mit demselben monotonen Satz: »Kein Eintrag gefunden.«

»Wie es aussieht, hat sich dein italienischer Prinz noch nicht bei uns verewigt«, resümierte Miriams Kollege.

»Mmh. Dann muss ich mir wohl einen anderen Verehrer suchen. Habt Dank, ehrwürdiger Meister der Bits und Bytes.«

Joachim sah der davonfliegenden roten Mähne verdutzt hinterher. Nach einer Weile brummte er: »Bitte sehr. Beehren Sie uns bald wieder.« Aber da war Miriam schon längst verschwunden.

»Und du hast wirklich gesagt, du willst dir einen anderen Verehrer suchen?« Jessica schüttelte schmunzelnd den Kopf.

»Hab ich.«

»Ich wusste ja, dass du ein Faible für ältere Männer hast. Aber dass er gleich vierhundert Jahre alt sein muss ...«

»Hör schon auf, Jessi. Du willst mich wohl unbedingt unter die Haube bringen.«

»Was hat dich dann so an diesem Italiener fasziniert?«

»Pietro della Valle ist in mancher Hinsicht eine sehr spannende Persönlichkeit. Für seine Zeit ist er viel in der Welt herumgekommen. Er hat Indien und Persien, Ägypten und Syrien bereist. Aber etwas ließ mich aufmerken, als ich seinen Namen auf Babsis Zettel las, und mir fiel wieder ein, dass auch della Valle den Ruinen von Babylon einen Besuch abgestattet hatte.«

»Sag bloß!«

»Ja. Es heißt, er habe den Ruinenhügel von Babil im Nordosten von Babylon für den Turm gehalten.«

»Für den aus der Bibel?«

»Pietro della Valle war offenbar dieser Meinung. Während seines Aufenthalts in Ur und in Babylon sammelte er auch einige beschriftete Ziegel ein und schickte sie nach Europa. Heute kann man wohl sagen, dass diese irdenen Dokumente zusammen mit den Inschriften, die er in Persepolis kopierte, die ersten Zeugnisse der alten sumerischen Keilschrift waren, die nach Europa gelangten.«

»Das hat bestimmt eine Menge Aufsehen erregt, damals.«

»Die Anerkennung der Öffentlichkeit hielt sich sehr in Grenzen. Man bestaunte della Valles Ziegel bestenfalls als Kuriositäten. Leider sind sie im Strudel der Zeit verschollen. Jedenfalls bin ich bis heute davon ausgegangen.«

»Und jetzt glaubst du, dass in London einer von diesen Ziegeln versteigert wird?«

»Genau das nehme ich an.«

»Mir ist nur noch nicht klar, wie uns das bei unserer Suche weiterhelfen soll.«

»Du bist doch zweimal bei Professor Hajduk im Büro gewesen, nicht wahr?«

»Das weißt du so gut wie ich.«

»Ist dir an seinem Verhalten irgendetwas aufgefallen?«

Jessica dachte einen Moment nach. »Ja. Natürlich! Er hat ständig mit so einem Dingsbums herumgespielt, so einem Klumpen mit lauter Riefen drin.«

»Diese Riefen sind sumerische Keilschriftzeichen.«

»Dann muss das Ding ja ziemlich wertvoll sein!«

»Hajduk hat immer behauptet, es sei eine Nachbildung.«

»Und jetzt glaubst du das nicht mehr?«

»Ich habe mir nur überlegt, was wäre, wenn Pietro della Valle ein Stück vom Schlussstein des Ischtar-Tores gefunden hätte. Oder wenn er in Babylon, ohne es zu wissen, den Schlüssel zu der geheimnisvollen letzten Zeile der Verse aufgesammelt hätte. Irgendwie passt es nicht, dass Professor Hajduk mich maßregelt, weil ich in der Bibliothek meinen privaten Interessen nachgehe, und gleichzeitig enthält er dem Museum einen bedeutenden archäologischen Fund vor, um ihn für sich selbst zu erwerben.«

»Vielleicht will er das ja gar nicht.«

»Du vergisst eines: Auf der Notiz seiner Sekretärin stand: ›*Neuer Fund von Pietro della Valle.*‹ Es ist üblich, dass ein Auktionshaus seine Kunden über Stücke informiert, die für jene besonders interessant sein könnten. Dazu gehören natürlich in erster Linie Angebote aus Sammlungen, Epochen oder sonst irgendeinem Bereich, die in enger Beziehung zu dem stehen, was der Kunde bereits einmal ersteigert hat. Aber ich habe in unserer Datenbank nachschauen lassen: Es gibt keine Fundstücke von Pietro della Valle im Vorderasiatischen Museum. Auch in keinem anderen öffentlichen Museum in Berlin. Hajduk muss also auf eigene Faust handeln.«

»Ob *er* der Komplize des Xexano ist?«

Miriam schaute Jessica wie gebannt an. Dann musste sie lachen. »Unser Oberhirte? Ein Handlanger mythischer Götter? Nein, das glaube ich nun wirklich nicht. Ich hatte eher daran gedacht, dass er – vielleicht sogar ohne es zu wissen – Informationen über die Inschrift vom Schlussstein besitzt, die er geheim hält.«

»Aber warum sollte er so etwas tun?«

»Vielleicht weil er sich einen Vorteil davon verspricht. Er ist ein Mann mit großen Ambitionen. Im Museum gibt es Gerüchte, dass er auf den Stuhl des Kultursenators scharf ist.«

»Ich erinnere mich noch sehr genau daran, dass mein Vater sich in seinem Tagebuch die Frage stellte, warum das innere Tor geheim gehalten wurde. Professor Hajduk hat das Ganze ins Lächerliche gezogen. Und nun scheint gerade er so ein Geheimniskrämer zu sein. Du kannst über seine Karriereabsichten sagen, was du willst, aber der Kerl wird mir immer unsympathischer. Dir hat er heute gedroht, dich rauszuschmeißen, und du verteidigst ihn noch.«

»Er ist immerhin mein Chef, Jessi!«

»Auf einem Sessel, der dir auch ganz gut gefallen könnte.«

»Jessica! Du glaubst doch nicht etwa, ich würde dich und deine Familie im Stich lassen, nur weil Hajduk mir gedroht hat?«

»Etwa nicht?« Auf einmal brach es aus Jessica heraus. Die ganze Zeit schon hatte sie dieser Gedanke bedrückt. Tränen bahnten sich ihren Weg und sie presste hervor: »Hat er dir nicht gesagt, du sollst mich, Oliver und meinen Vater vergessen, sonst würde das ernsthafte Folgen für deine Karriere haben? Ich glaube, es ist besser, ich packe meine Sachen …«

»Jessica!« Miriam rutschte der Name lauter heraus als beabsichtigt. Jessicas Anschuldigung hatte auch sie aufgewühlt. Jetzt nahm sie das Mädchen in den Arm und hielt sie eine ganze Weile einfach nur fest. Als Jessica sich wieder einigermaßen beruhigt hatte, schob Miriam sie gerade weit genug von sich, um ihr ins Gesicht zu sehen. »Ich möchte, dass du *nie mehr* so etwas von mir denkst. Hast du verstanden?«

Jessica nickte mit niedergeschlagenen Augen.

»Wir beide sind Freundinnen, hörst du? Und wir werden diese Sache gemeinsam durchstehen. Wenn Professor Hajduk – ob nun in guter oder in böser Absicht – von mir etwas verlangt, was Unrecht ist, dann kann er bleiben, wo der Pfeffer wächst.«

Jessica sah verstört zu Miriam auf. »Entschuldige, dass ich so ekelhaft zu dir war.«

»Schon gut. Du machst wirklich eine Menge durch im Moment. Ich bin dir nicht böse.« Miriam klopfte Jessica aufmunternd auf den Rücken und fügte hinzu: »Komm, ich habe eine Idee. Wir setzen uns jetzt hin und versuchen die Verse vom Schlussstein aus dem Gedächtnis zu rekonstruieren.«

Jessicas Augen begannen wieder zu leuchten. »Natürlich«, flüsterte sie. »Warum sind wir nicht schon gestern darauf gekommen?«

Sie machten sich sogleich an die Arbeit. Etwa eine halbe Stunde später hatten sie die Übersetzung der Inschrift gemeinsam wiederhergestellt.

»Jetzt fehlt uns nur noch die letzte Zeile«, sagte Jessica, als sie die Verse noch einmal durchlas.

»Es hat keinen Zweck über verschüttete Milch zu klagen. Schauen wir lieber, wie weit wir mit dem kommen, was wir haben. Schau.« Miriam deutete auf die betreffende Textstelle. »›Sein wahrer Name bindet ihn.‹ Das ist nach wie vor unsere wichtigste Aufgabe. Wenn wir den wahren Namen dieses Xexanos entschlüsseln, können wir ihn binden.«

»Glaubst du, dass Nimrod dieser wahre Name sein könnte?«

Miriam schüttelte den Kopf. »Nimrod ist für Juden, Christen und Muslims sozusagen ein lebendiger Begriff. Ich halte es eher für möglich, dass der Name, den wir suchen, einen Charakterzug oder einen Vorsatz Xexanos beschreibt, der sein wahres Wesen kennzeichnet. Warte. Ich habe in der Bibliothek neulich etwas gefunden, was ich nicht so recht einzuordnen wusste.«

Sie schnellte wie ein Stehaufmännchen aus ihrer Knautschgarnitur und eilte zum Schreibtisch. Jessica nahm einen Schluck von dem aromatisierten Tee, den Miriam gekocht hatte. Beiläufig wanderte ihr Blick über eine Namensliste, die ihre Freundin in der Museumsbibliothek erstellt hatte.

>**Koldewey, Robert**
Andrae, Walter
Wetzel, F.
Reuther, O.
Buddensieg, G.
Horthy, László
Sachau, Eduard
Ludwig, H. F.
Moritz, Bruno
Luschan, H. v.
Meyer, H. F. L.
Meissner, Bruno

Jessica fasste sich nachdenklich ans Kinn. Bis auf Robert Koldewey und Walter Andrae waren ihr alle diese Namen fremd. Doch ehe sie Miriam nach dem Zweck der Liste fragen konnte, kam diese ihr zuvor.

»Hier, jetzt hab ich's!« Miriam war wieder zurück am Tisch und ließ sich im Schneidersitz auf den Boden sinken. »Im dritten Jahrtausend vor Christus trugen die sumerischen Herrscher den Titel *Lugal-an-ub-da-limmu-ba,* das bedeutet ›König der vier Weltgegenden‹.«

Jessica zuckte zusammen, so plötzlich traf sie die Erinnerung, die Miriams Äußerung in ihr geweckt hatte. Mit abwesendem Blick sagte sie: »Man könnte ihn auch mit ›König der Welt‹ übersetzen.«

»Was hast du gesagt, Jessi?«

Jessicas Augen waren auf irgendeinen imaginären Punkt jenseits der Wohnzimmerwand gerichtet. »Mein Vater hat das in seinem Tagebuch geschrieben. Dieser Titel steht unter den Füßen der Xexano-Statue. Ich erinnere mich ganz genau an Vaters Worte, obwohl ich sie selbst nicht gelesen habe, als ich das Tagebuch noch einmal überflog.«

»Dann muss entweder dein Vater selbst oder Oliver es dir vorgelesen haben. Ich glaube, der Titel gehört auch auf unsere ›Spur der Namen‹. Was meinst du?«

Jessica nickte entschlossen und sagte: »Wenn wir uns wehren, dann kann Xexano uns nicht alle Erinnerungen stehlen.«

»So gefällst du mir schon wieder viel besser.«

»Allerdings glaub ich, dass wir jetzt keine Zeit mehr verlieren dürfen.«

»Also ich denke nicht, dass wir bisher rumgetrödelt haben.«

»Mir ist eben so einiges klar geworden in Bezug auf das, was mein Vater in seinem Tagebuch aufgeschrieben hat. Vergiss bitte nicht, was die alten Verse vom Schlussstein sagen: ›Denn sonst wird er, noch bevor das Jahr sich wendet, über zwei Welten herrschen – die der lebenden und die der verlorenen Erinnerungen.‹ Welchen Tag haben wir heute?«

»Den 24. November, warum?«

»Weil ich ganz fest glaube, dass wir nur noch siebenunddreißig Tage haben, um unser Rätsel zu lösen.«

»Stimmt. Du hast schon mal davon gesprochen.«

»Genau. Und jetzt ist mir klar, dass unsere Uhr am 31. Dezember abläuft. Wenn die ›Welt der lebenden Erinnerungen‹ die unsrige, die Erde ist, dann hat Xexano nur noch bis dahin Zeit sie sich unter den Nagel zu reißen.«

Miriam schien davon noch nicht so recht überzeugt zu sein. »Wir sollten, was die Zeit anbelangt, nicht zu vorschnell urteilen, Jessi. Soweit ich weiß, gibt es heute noch *vierzehn* verschiedene Kalendersysteme auf unserem Planeten. Das musst du dir einmal vorstellen! Wer es darauf abgesehen hat, könnte vierzehnmal innerhalb von zwölf Monaten Neujahr feiern. Und da ist die Zeitrechnung der alten Babylonier noch gar nicht mit inbegriffen. Die war noch mal anders als alle heutigen. Das Neujahrsfest begann ungefähr zwei Wochen nach der Frühjahrs-Tagundnachtgleiche, die in unseren Monat März fällt.«

»So dürfen wir nicht rechnen. Ich kann es selbst noch nicht so genau erklären, aber lass uns nicht in eine Falle tappen. Professor Seymour sagte in seinem Brief, die Inschrift erinnere ihn an die Scrabble-Steine seiner ältesten Enkeltochter. Und genau auf dieses Spiel haben wir uns eingelassen, Miriam. Denk doch an die Buchstabenübereinstimmungen in den Namen Berlin und Babylon. Wir haben gestern gesagt, dass sich Xexano vielleicht einen neuen Schauplatz für seine Rückkehr ausgesucht hat: ein Museum in unserer Zeit, in einer Stadt unserer Zeit. Ich glaub, wir müssen uns mit dem Gedanken anfreunden, dass die Inschrift auch von dem Jahreswechsel im heutigen Berlin spricht.«

»Du kannst einem wirklich Mut machen, Jessi! Während Berlin zu Silvester die Korken knallen lässt, schnappt sich Xexano seelenruhig die ganze Welt.«

6. KAPITEL

DAS GEHEIMNIS DER SEMIRAMIS

Bei euch, ihr Herrn, kann man das Wesen
Gewöhnlich aus dem Namen lesen.

Goethe

NARGON

Man nehme einen großen Würfelbecher, gebe nach Geschmack von allen Bauwerken der Erde einige hinein und schüttle das Ganze gut durch. Das musste das Rezept gewesen sein, nach dem die Stadt Nargon erbaut worden war. Zu dieser Überzeugung jedenfalls gelangte Oliver, als er in der Dämmerung aus seinem Versteck heraus die Außenmauern Nargons betrachtete. Er vermutete, dass bei der Zubereitung einige Gebäude zu Bruch gegangen waren. Hier und da hatten sich die Trümmer dann wohl wieder zu neuen, manchmal ziemlich eigenwilligen Kombinationen zusammengefügt. Im Moment fiel ihm auch keine andere Theorie ein, welche die Entstehung einer solch bizarren Stadt auch nur annähernd plausibel erklären konnte.

»Nargon ist eine sehr alte Stadt«, flüsterte Eleukides neben ihm.

»Den Eindruck habe ich allerdings auch.«

»Die meisten Gebäude darin sind von den lebenden Erinnerungen Quassinjas erbaut worden. Da nur einige von ihnen menschlich sind, mögen ihre Häuser auf dich vielleicht etwas befremdlich wirken.«

»Das ist eine sehr vorsichtige Umschreibung dessen, was ich gerade empfinde!« Vielleicht musste er die Würfelbecher-Theorie doch noch einmal überarbeiten.

»Einige Häuser bergen aber noch andere, ganz besondere Geheimnisse.«

»So? Welche denn?«

»Wart's ab, bis es dunkel ist. Dann wirst du verstehen, was ich meine.«

Oliver nahm den Vorschlag dankbar an. Er war den ganzen Tag auf den Beinen gewesen und fühlte sich jetzt wie zerschlagen. Nein, das war vielleicht nicht das richtige Wort, um seinen Zustand zu beschreiben. Je länger er neben Eleukides in der Erdsenke hockte, von der aus man zwischen Büschen hindurch die Stadt beobachten konnte, umso mehr wurde er sich bewusst, dass seine Erschöpfung eher im Kopf saß als in seinen Gliedern.

Er versuchte dieses seltsame Gefühl abzuschütteln. Konnte es denn wirklich sein, dass er sich nur deshalb so ausgelaugt fühlte, weil er sich einen so langen Marsch einfach nicht zutraute? Albern! Ein Marsch wie dieser muss mich einfach umbringen, sagte er sich. Bei den Pollocks war Jessica für die Ausdauer zuständig und er für die Übungen am Pinselstil. Aber das half auch nicht wirklich seine Zweifel zu zerstreuen.

Vielleicht lenkten ihn ja einfach die vielen neuen Eindrücke ab – und natürlich der plötzlich so aufreizend muntere Alte an seiner Seite. Seit die Zuversicht in den kleinen Mann zurückgekehrt war, konnte Oliver ihn kaum noch bändigen. Eleukides marschierte auf seinen »famosen Schleichwegen«, wie er sie nannte, mit der Lebhaftigkeit eines jungen Fohlens, während Oliver sich vor jedem neuen Hügel wünschte dahinter doch endlich eine U-Bahn-Station zu finden.

Je näher sie der Stadt kamen, desto häufiger wurden die »Anzeichen der Traumkraft«. Unter diese Kategorie fielen für Eleukides die rosaroten Wege zwischen den blauen oder roten Wiesen, die orangefarbenen Felsen und die grünrot karierten Wolken.

»Eins ist mir trotzdem nicht klar«, sagte Oliver. »Wenn all diese bunten Naturerscheinungen Auswirkungen von Träumen sind, die jemand auf der Erde vergessen hat, warum verteilen sie sich dann nicht gleichmäßig über ganz Quassinja?«

»Haben Nippy und Kofer dir erzählt, dass es nur *irdische* Träume sind, die all das bewirken?«

Oliver war sich nicht ganz sicher. Er schaute Eleukides fragend an. Hoch am Himmel, hinter dem Philosophen, schwebte ein alter bärtiger Mann in einem Ohrensessel vorüber. Soweit Oliver erkennen konnte, las er ein Buch.

»Es wird wohl Zeit, dass ich dir einiges erkläre«, sagte Eleukides.

»Das glaube ich auch«, murmelte Oliver. Es gelang ihm nur schwer, den Blick von dem langsam dahinziehenden Großvater zu nehmen.

»Die *Traumkraft* kann wesentlich mehr bewirken als nur einige farbliche Entgleisungen in der Natur. Warum schaust du mich nicht an, wenn ich dir etwas erzähle?«

»Oh, entschuldige. Ich war für einen Augenblick abgelenkt.«

»Also, es ist sicher nicht verkehrt zu sagen, dass alle diese Dinge, die dir hier fremd und ungewohnt erscheinen mögen, von der Erde stammen. Aber nicht alles, was deinem Verständnis von der Natur zu widersprechen scheint, wurde schon auf der Erde geschaffen.«

»Ich fürchte, das musst du mir genauer erklären.«

»Was ich damit ausdrücken wollte ist im Grunde sehr einfach. Jeder Mensch mag, solange er auf der Erde lebt, bestimmte Lieblingsträume haben. Der eine wünscht sich, ein großer Sänger zu sein, der Nächste, drei Fässer rote Grütze hintereinander hinunterschlingen zu können, und der Dritte, unwiderstehlich auf jedes weibliche Wesen zu wirken, das sich ihm auf weniger als eine Meile nähert. Du wirst es nicht glauben, aber einer der häufigsten Träume von Menschen ist es, fliegen zu können.«

»Doch, ich glaube es.«

»Na gut. Es gibt aber auch Alpträume, welche die Menschen bedrücken und ihnen Angst einjagen. Leider spuken auch davon einige hier in Quassinja herum, in jüngster Zeit sogar mehr als gewöhnlich.«

Oliver schaute Eleukides entsetzt an.

»Keine Sorge. Solange es hell ist, wirst du kaum eines von diesen üblen Traumwesen zu Gesicht bekommen.«

»Das beruhigt mich ungemein. Laufen hier vielleicht auch Träume von Tieren herum?«

»O ja! Das kommt schon vor. Aber die Tiere sind da längst nicht so phantasievoll wie wir Menschen. Wenn vor dir allerdings mal ein sieben Ellen großer Knochen über den Weg springt, dann kannst du ziemlich sicher sein, dass du gerade einem Hundetraum begegnet bist.«

»Ich denke, darauf kann ich verzichten.«

»Du hast doch sicher auch einen Lieblingstraum, oder?«

»Ich weiß nicht. Man vergisst ja meistens gleich wieder, was man geträumt hat.«

»Nicht hier in Quassinja. Hier leben alle verlorenen Erinnerungen wieder auf. Denk einmal darüber nach, Oliver. Was ist es? Hast du dir nicht schon immer einmal gewünscht dich unsichtbar machen zu können, oder etwas Ähnliches?«

Oliver zuckte mit den Schultern. Er wollte gerade sagen, dass ihm nichts Besonderes einfalle, als plötzlich die Erinnerung da war. »Ich habe mir immer schon gewünscht der Wind zu sein.«

»Oh!«, entfuhr es Nippy verzückt. »Das ist ein hübscher Traum. Der Wind trägt die Vögel auf ihren Flügeln durch die Welt. Ich wusste ja, dass du *doch* ein besonderes Menschenkind bist, Oliver.«

»Ach, das ist doch nichts.« Oliver war es peinlich, über seine innersten Empfindungen zu sprechen.

»Bestimmt hat es einen taktischen Grund, dass du gerade diesen Traum zu deinem Favoriten erkoren hast«, mutmaßte Kofer.

»Müsst Ihr Eure Gedanken immer in Schlachtreihen aufziehen

lassen?«, warf Eleukides dem Mantel vor. »Soweit ich Oliver jetzt schon einschätzen kann, hat sein Traum eher eine schöpferische denn eine kriegerische Ursache. Habe ich Recht?«

Oliver sträubte sich noch, seine Gefühle preiszugeben. Aber andererseits – warum denn eigentlich? Man konnte schließlich keine Freunde gewinnen, indem man verschwieg, was für ein Mensch man wirklich war. Er atmete tief durch und sagte: »Ich hätte zu gerne einmal die Äolsharfe gespielt.«

»Ich glaube, das musst du mir genauer erklären«, bat Kofer.

»Äolus ist in der griechischen Mythologie der Herrscher über die Winde«, antwortete Eleukides anstelle von Oliver. »Der Legende nach hängte König David seine *kinnor* – eine Art Leier – des Nachts über dem Bett auf, sodass der Wind sich darin fing. So entstand die Windharfe ...«

»... die manche auch Geisterharfe nennen«, vollendete Oliver den Satz. »Ich bin erstaunt darüber, was du alles weißt, Eleukides! Du bist wirklich ein weiser Mann!«

»Nicht der Rede wert«, wehrte der Philosoph bescheiden ab.

»Geisterharfe?«, wiederholte Kofer. »Warum hast du nicht gleich den richtigen Namen des Instruments genannt? Ich möchte bezweifeln, dass ich deine Begeisterung für dieses unheilige Ding teilen kann. Mir ist bekannt, dass Dunstan of Canterbury im zehnten Jahrhundert der Hexerei angeklagt wurde, nachdem der Wind seiner Harfe Töne entrissen hatte. Ein Zeitgenosse von mir – er hieß Johann Jacob Schnell – hat versucht diesem Teufelsding Manieren beizubringen und es nach seinem Willen zu spielen, aber es ist ihm nicht gelungen. Ich muss dich sehr warnen, Oliver! Wenn man über eine Sache keine Kontrolle hat, sollte man lieber die Finger davon lassen ...«

»Die typischen Worte eines Militärs!«, fiel Eleukides dem Mantel ins Wort. »Und eines abergläubischen noch dazu.«

»Gerade wegen ihrer scheinbaren Eigenwilligkeit war es ja immer mein Traum, die Winde so lenken zu können, dass sie der Äolsharfe ihre zauberhaften Klänge entlocken«, sagte Oliver mit traumverlorener Stimme.

»Warum probierst du es dann nicht einfach?«, erwiderte Eleukides sanft.

Oliver schaute ihn verdutzt an. »Wie meinst du das?«

»Nun, zu meinem Bedauern kann ich dir im Moment keine Windharfe anbieten, aber wenn es dein sehnlichster Wunschtraum ist, den Winden eine Gestalt zu verleihen, wie es der Töpfer mit dem Ton macht, dann versuche es einfach.«

»Aber wie soll ich das tun? Soll ich etwa pusten, bis ihr alle wegfliegt?«

»Mir würde das nichts ausmachen«, meinte Nippy.

Eleukides bedachte sie mit einem strafenden Blick. Dann wandte er sich in eindringlichem Ton wieder an Oliver. »Du musst dir den Wind vorstellen. Wenn es dir hilft, schließe die Augen.«

Oliver sah ungläubig in Eleukides' Gesicht. Der Philosoph nickte ihm aufmunternd zu. Zunächst einmal schloss Oliver die Augen. Dann dachte er nach. Wie erschafft man einen Wind? Nun, er war Künstler und konnte sich einiges vorstellen. Also probierte er es. Doch nichts geschah. Entmutigt öffnete er die Lider.

»Es klappt nicht.«

»Versuche es noch einmal. Ich weiß, dass du es kannst. Stelle dir vor, du selbst wärest der Wind, du könntest ihn lenken, wie du deine Schritte lenkst.«

Noch einmal schloss Oliver die Augen. Er stellte sich ein Bild vor, ein schlichtes Gemälde. An einem blauen Himmel hingen weiße Schäfchenwolken und im Vordergrund erstreckte sich ein endloses Meer reifer Ähren. Er dachte daran, wie der Wind den Weizen in Wallung versetzte. Zunächst nur ganz leicht. Ein leiser Luftzug zupfte an Olivers Ohr. Er ließ sich davon nicht ablenken und konzentrierte sich weiter auf das Bild. Die langen Halme bewegten sich wie die Dünung des Meeres nach einem Sommersturm. Dann überzogen immer stärkere Wellen das Weizenfeld, es begann heftig zu wogen, die Wolken am Himmel stürmten darüber hinweg …

»Es funktioniert!«

Die Stimme wurde wie von einem heftigen Sturm fortgeweht.

Oliver riss die Augen auf. Es war kein Bild, kein Traum! Der Wind war wirklich da. Kofer flatterte um Olivers Körper herum, Nippy hüpfte quietschvergnügt in der Brise auf und ab und Eleukides sicherte vorsichtshalber seinen langen weißen Bart mit der Hand.

»Ich habe dir doch gesagt, dass du es kannst«, rief der Philosoph. Tränen standen ihm in den Augen – wahrscheinlich vom Wind.

Oliver atmete die frische, würzige Luft wie jemand, der gerade einen hohen Berggipfel bezwungen hatte. »Das hätte ich nie für möglich gehalten!«, übertönte er den Sturm. Dann ließ er das Bild vom Weizenmeer fallen und sogleich beruhigten sich die Winde wieder.

Nippy landete auf Olivers Schulter und flötete: »Für mich bist du ein Held, Oliver!«

Nun, einige Stunden später, während das letzte Tageslicht hinter den Mauern von Nargon versickerte, fragte sich Oliver, ob er wirklich ein Held war. Er hätte in diesem Augenblick seine Empfindungen nur schwer in Worte kleiden können. Natürlich war es ein unbeschreibliches Gefühl, nur durch die Kraft der Gedanken Winde zu erschaffen und sie zu lenken, wie und wohin er auch wollte. Aber dann fielen ihm wieder die Fleisch gewordenen Alpträume ein, von denen Eleukides gesprochen hatte. Oliver zweifelte daran, dass solche Wesen besonders zugempfindlich waren.

Beklommen musterte er die dunklen Mauern Nargons. Eigentlich besaß die Stadt gar keine richtigen Mauern, vielmehr reihten sich die Gebäude so dicht aneinander, dass sie nach außen hin eine undurchdringliche Wand bildeten. Alle Epochen der Baugeschichte schienen vertreten. Oliver erkannte Gebäude, die an die Ruinen antiker Tempel, andere, die an barocke Königspaläste erinnerten. Mal bildete die Fassade eines noblen Handelskontors ein Stück der Stadtmauer, um bald darauf von einem kahlen Stück Felswand abgelöst zu werden, dessen in luftiger Höhe befindliche Höhleneingänge allenfalls erahnen ließen, welche Geschöpfe hier das Wohnrecht innehatten. Ein Iglu, dessen Außenwand sich so hoch wölbte wie die Kuppel eines Schlittschuhstadions, ließ Olivers schweifenden Blick verharren. So kalt war es doch gar nicht. Warum schmolz das Eis nicht?

»Ich denke, wir können es jetzt wagen«, flüsterte Eleukides neben ihm.

»Was? Ach so. Meinst du nicht, wir sollten warten, bis es völlig dunkel ist?«

»Willst du bleiben, bis die Träume der Nacht zum Leben erwachen?«

»Wo sagtest du noch gleich, können wir uns hineinschleichen?«

»Bleib mir einfach dicht auf den Fersen.«

Das tat Oliver. Er war sich nicht sicher, ob Eleukides ihm mit den lebendigen Alpträumen nur Angst einjagen wollte oder ob deren Auftreten in der Nähe größerer Städte neuerdings wirklich ein so Besorgnis erregendes Ausmaß angenommen hatte.

Nargon besaß gemäß Eleukides' Bericht zwölf Stadttore. Wenn die Sonne am Horizont versank, wurden sie verschlossen und erst bei Sonnenaufgang wieder geöffnet. Seit Xexanos Rückkehr waren die Wachmannschaften an den Stadttoren verstärkt worden – auch tagsüber. Der Statthalter von Nargon, ein gewisser Hermann van Daalen, achtete peinlich darauf, die Befehle seines Herrn zu befolgen.

»Er ist ein scheußlicher Geselle«, erzählte Eleukides im Flüsterton. »Nicht nur so hager wie eine Bogenpeitsche, sondern auch so bissig wie eine Geißel. Van Daalen tauchte wie über Nacht auf, obwohl einige Bewohner Nargons behaupten, er hätte schon lange unter ihnen gelebt.«

»Anscheinend finden sich immer willige Gehilfen, wenn sie eine Möglichkeit für sich wittern, im Dunstkreis von Tyrannen selbst ein wenig Macht zu ergattern.« Der Einwurf kam von Kofer.

»Redet Ihr da aus eigener Erfahrung, General?«

»Mein letzter Träger war ein Kaiser. In dieser Position braucht man eine Leibgarde, um von den Speichelleckern nicht überrannt zu werden.«

»Ja, wirklich?«

»Dürfte ich eure Diskussion über Radfahrer einen Augenblick unterbrechen?«, mischte sich Oliver ein.

Eleukides und Kofer schwiegen abrupt. Olivers Einwurf hatte sie offenbar verwirrt.

»Danke. Wir schleichen jetzt schon eine ganze Weile unter diesen komischen Häusern entlang, Eleukides. Willst du mir nicht endlich verraten, wie wir in die Stadt *hinein*kommen können?«

»Oh!« Der Philosoph wirkte zerstreut. »Gut, dass du mich daran erinnerst. Das Gespräch mit dem General versprach gerade so anregend zu werden, dass ich beinahe weitergelaufen wäre. Wir befinden uns genau an der richtigen Stelle.«

Oliver seufzte. Er stemmte die Arme in die Seiten und ließ die Augen an der reich verzierten Fassade des Hauses emporwandern, das diesen Teil der Stadtmauer bildete. Es war ein sehr schlankes Gebäude. Hoch oben sah er drei Reihen von je drei schmalen Fenstern. Olivers Kenntnisse der Baustilkunde reichten gerade weit genug, um erkennen zu können, dass er hier vor einem jener Häuser stand, wie man sie heute noch an den Grachten Amsterdams bewundern kann.

»Von der Art her ein holländisches Haus, würde ich sagen.«

»Genau genommen flandrischer Barock. Spätes siebzehntes Jahrhundert«, antwortete eine Stimme, die Oliver ungewöhnlich spröde vorkam.

»Warst du das eben?«, raunte er Eleukides zu.

»Da Erinnerungen keine Halsentzündungen bekommen können, würde ich Nein sagen«, antwortete der Philosoph vergnügt.

»Aber wer war es dann?«

Eleukides grinste schelmisch. Dann deutete er mit dem Kopf in Richtung Haus.

Oliver suchte an der Wand des Gebäudes nach irgendwelchen winzigen Lebensformen – Spinnen, Ameisen oder kleinen sprechenden Fingerhüten. Aber es war zu dunkel, um Derartiges erkennen zu können.

»Wen hast du mir denn da mitgebracht, Eleukides?«, fragte die tiefe Stimme, die entfernt an zwei aufeinander mahlende Mühlsteine erinnerte.

»Er ist erst seit heute in Quassinja, Gildewert. Könntest du uns bitte reinlassen?«

Oliver verfolgte ungläubig das Gespräch, das Eleukides mit der Hauswand führte.

»Die Zeiten haben sich geändert, Eleukides. Jetzt, da der Sammler nicht mehr allein auf Erinnerungsjagd geht, müssen selbst wir uns in Acht nehmen.«

»Kolb! Komm mal hierher«, schallte es plötzlich von weit oben. »Ich glaube, ich habe da ein Geräusch gehört. Unten vor der Mauer.«

Oliver ergriff nervös Eleukides' Arm. »Die Wachen! Gleich haben sie uns entdeckt. Was immer du vorhast, kannst du es nicht ein bisschen schneller tun?«

»Gildewert!«, sagte Eleukides eindringlich zu der Hauswand. »Wir kennen uns nun, seit du das Baumhaus abgelöst hast, das einst an dieser Stelle stand. Wie lange ist das her?«

»Nicht mal fünfzig Jahre.«

»Willst du etwa so tun, als wenn ein halbes Jahrhundert Freundschaft gar nichts wäre?«

»Xexano könnte mich mit seiner Armee zerlegen und zu Staub zermahlen lassen.«

»Ich habe hier jemanden bei mir, der das verhindern könnte.«

»Was denn, etwa der Bettler da, der nicht mal weiß, was eine flandrische Stapelfassade ist?«

Oliver merkte, wie Kofer sich rührte. Das Wort »Bettler« hatte er wohl auf sich bezogen. Von der Zinne der Mauer ertönte wieder die fremde Stimme.

»Es muss von da unten gekommen sein, Kolb. War da nicht eben eine Bewegung? Hol doch mal eine Laterne!« Und dann ganz laut: »Im Namen der Stadtwache: Gebt Euch zu erkennen!«

Oliver und Eleukides drückten sich ganz eng an die Mauer.

»Gildewert! Mein Freund kam aus freien Stücken nach Quassinja. Sein Name ist Oliver – das Einhorn nannte ihn den Sucher.

Er ist einer der Goëlim! Sogar ich habe meine Flucht vor Xexanos Häschern aufgegeben, weil ich glaube, dass er der Einzige ist, der uns allen helfen kann. Wenn du allerdings nicht gleich etwas tust, dann werden sie ihn fangen. Willst du das wirklich?«

Nun hatte Oliver gleich zwei Gründe, sich zu wundern. Einerseits wegen der Bemerkung Eleukides', die ihm doch reichlich übertrieben erschien, und andererseits, weil sich jäh vor seinen Augen ein Spalt in der Mauer geöffnet hatte, der sich schnell zu einem regelrechten Durchgang weitete.

»Rasch, hinein!«, forderte Eleukides ihn auf.

Noch während Oliver, von dem Philosophen geschoben, in das Innere des Hauses stolperte, bewegte sich außen ein schwacher Lichtschimmer auf die Stelle zu, an der sie gerade eben noch gestanden hatten. Sogleich begann sich der Spalt zu schließen. Die Mauer hatte ihren ursprünglichen Zustand noch nicht wieder ganz hergestellt, als Oliver den dumpfen Ruf des Wächters hörte.

»Ich muss mich wohl getäuscht haben. Da unten ist nichts.«

»Dann komm endlich«, antwortete eine unwirsche Stimme. »Die Würfel werden kalt.«

Mit einem leisen Knirschen schloss sich der letzte dünne Riss in der Mauer. Finsternis umhüllte die Freunde, für einen Moment war es völlig still.

»Du weißt ganz genau, welches Unbehagen es mir bereitet, meinen Leib aufzureißen. Und trotzdem verlangst du es immer wieder von mir«, meldete sich Gildewerts nörgelnde Stimme. Oliver zuckte unwillkürlich zusammen.

»Diesmal war es wirklich notwendig, mein Guter. Ich bin dir zu ewigem Dank verpflichtet.«

»Glaub nicht, dass ich das so schnell vergessen werde. Aber nun mal ehrlich, Eleukides: Ist er wirklich einer der Goëlim?«

»Er kam aus freien Stücken hierher, weil er seinen Vater sucht.«

»Das ist ja aufregender als ein Erdbeben!«

Oliver hatte sich von seinem Schrecken wieder so weit erholt, dass er Eleukides fragen konnte: »Sprichst du wirklich mit dem *ganzen* Haus?«

»Natürlich. Ich sagte dir doch vorhin, dass einige Häuser Nargons ein ganz besonderes Geheimnis haben. Auch sie sind verlorene Erinnerungen. Es kommt zwar nur selten vor, aber hin und wieder vergessen die Menschen sogar das wahre Wesen eines ganzen Hauses. Dann kann es über Nacht verschwinden.«

»Also ehrlich! Von so etwas habe ich noch nie gehört.«

»Dann bist du ein glückliches Menschenkind«, antwortete nun Gildewert an Eleukides' statt. »Meist sind es Kriege oder andere große Katastrophen, die uns vergessen machen. Ich nehme an, du kommst aus einer ziemlich ruhigen Zeit?«

Da war sich Oliver nicht so sicher. Jetzt erinnerte er sich an Berichte über die Zeit, als in Berlin die Mauer fiel. Er war damals noch klein gewesen. Hatte nicht sogar sein Vater ihm davon erzählt? Jedenfalls hieß es, auch in diesen Tagen seien über Nacht ganze Teile der ehemaligen Grenzmauer verschwunden. Selbst andere Bauwerke Ost-Berlins sollten sich praktisch in Luft aufgelöst haben.

»Ich glaube, die Menschen haben sich da, wo ich herkomme, nur andere Methoden ausgedacht, um ihre Zeit aufregend zu gestalten«, sagte er schließlich.

»Ich hoffe für euch Menschen, dass diese Methoden angenehmer sind als diejenigen, die mich letztlich hierher brachten.«

»Bist du in Amsterdam erbaut worden?«

»Ganz genau. Wo die Grachten die alte Stadt durchziehen, wurden die Pfähle für mein Fundament in die Erde getrieben. Ein Jude hat mich erbaut – vor fast dreihundert Jahren. Er gehörte zur Kaufmannsgilde, obwohl er kein Christ war. Alle angesehenen Fürsten Europas kauften bei ihm geschliffene Edelsteine und kostbaren Schmuck. Aber dies war nur der eine Teil meines Daseins. Jacob, so hieß mein Bauherr, war auch ein großer Wohltäter. Das entsprach zwar nicht dem Bild vom ›geizigen Juden‹, aber es verhielt sich trotzdem so. Jacob half vielen, die unschuldig in Not geraten waren, und nicht nur Juden. Oft verbarg er in meinen Mauern sogar Menschen, denen die Stände oder die Obrigkeit nachstellten. Das war mein wahres Wesen.«

Allmählich begriff Oliver, warum Gildewert am Ende doch seine Mauern geöffnet hatte. Eleukides hatte genau den wunden Punkt des Hauses getroffen, als er davon sprach, dass die Häscher Xexanos jeden Moment zugreifen würden.

»Diese edle Tradition wurde in meinen Mauern über viele Generationen hinweg gepflegt«, fuhr Gildewert fort. »Doch dann begann der große Krieg, den ihr Menschen den Zweiten Weltkrieg nennt. Ich erinnere mich noch genau an jenen Frühling im Jahre des Herrn 1940. Aus Deutschland kamen Truppen herüber und besetzten die Stadt und das Land – obwohl die Niederlande sich doch selbst strenge Neutralität verordnet hatten. Bald wurden Gerüchte in meiner Umgebung laut, dass im Viertel eine dunkle Gestalt ihr Unwesen treiben sollte, ein *Judenkenner*.«

»Was ist denn das?«, hauchte Oliver, nichts Gutes ahnend.

»Das ist ein Mann, der Menschen an die Nazis auslieferte, allein weil er an ihrem Gesicht oder ihrer Kopfform etwas Jüdisches zu erkennen glaubte. Niemand wusste, wer dieser Judenkenner war. Er arbeitete im Geheimen. In diesen Tagen wohnte David Mendelssohn mit seiner Frau und seinen beiden Töchtern in meinen Mauern. Auch er war ein angesehener Bürger der Stadt. Hier im Keller, in dem ihr gerade steht, hatte er bis zum Einmarsch der Deutschen eine Diamantenschleiferei betrieben. David Mendelssohn erkannte, dass für ihn und seine Familie nur die Flucht blieb, um ihr Leben zu retten. Er kannte einen Mann, der in einem Notariat arbeitete und versprach, die Mendelssohns gegen eine gewisse Summe außer Landes zu schaffen. David gab ihm einen Beutel Brillanten, damit er alles Nötige in die Wege leitete. Im Morgengrauen des nächsten Tages wurden David, seine Frau Rebekka und seine beiden Töchter Ruth und Sarah von den Nazis abgeholt. Es vergingen kaum achtundvierzig Stunden und ich bekam einen neuen Besitzer. Ihr könnt es euch sicher denken – es war der Judenkenner. Dieses eine Mal hatte er sich zu erkennen gegeben, weil seine Gier nach Reichtum stärker war als seine Vorsicht. Von diesem Tage an besprach man in meinen Zimmern nicht mehr, wie man Verfolgten helfen, sondern nur noch, wie man sie hetzen und zur Strecke bringen konnte. Der Judenkenner hatte nur einen einzigen Kontaktmann bei der Gestapo, was es ihm ermöglichte, weiter im Verborgenen sein Unwesen zu treiben. Zwei Jahre später hörte ich dann, dass man David Mendelssohn und seine Familie im Lager Auschwitz-Birkenau der ›Endlösung‹ zugeführt habe.«

»Du meinst, sie haben sie ermordet?«

»Auf die entsetzlichste Art und Weise.«

Ein kalter Schauer lief über Olivers Rücken. In der absoluten Dunkelheit des Kellers tauchten plötzlich Bilder vor seinen Augen auf, schreckliche Szenen von bis auf das Skelett abgemagerten Menschen, die er einmal in einem Film gesehen hatte. In diesem Moment begann Oliver zu erahnen, dass die Erinnerung ein sehr scharfes, aber zweischneidiges Schwert war. Sie konnte zwar mahnen und so davor schützen, die Fehler der Vergangenheit zu wiederholen, aber sie hatte auch einen nachhaltig bitteren Geschmack, wenn sich schmerzvolle Erfahrungen einfach nicht vergessen ließen. Gildewerts wütende Stimme befreite Oliver aus seinen düsteren Visionen.

»Der Gestapo-Offizier und sein geheimer Spürhund haben im Übrigen nie den Begriff Mord verwendet. Endlösung und Zusammenlegung, Rassenhygiene und Erbgesundheitspflege – das war ihr Wortschatz.«

»Ich wohne in einem Haus, das einer jüdischen Erbengemeinschaft gehört«, sagte Oliver leise, »aber wenn wir in der Schule über die Nazis gesprochen haben, wurden uns nur immer grausige Bilder gezeigt. Nie hat jemand die Namen der Opfer erwähnt! Ich werde ganz wütend, wenn ich daran denke, was sie mit David Mendelssohn und seiner Familie angestellt haben.«

»Du hast Recht. Namen spielen hier in Quassinja eine bedeutendere Rolle als bei den Menschen auf der Erde.«

»Was ich nur nicht verstehe, warum erzählst du uns das alles, Gildewert?«

»Ich habe mich vor allem *für dich* erinnert, Oliver Sucher.«

»Für mich? Warum?«

»Weil ein schlauer Gegner immer versuchen wird, seine Taten zu vertuschen, jede Erinnerung an sich auszutilgen.«

»Ich fürchte, mir ist immer noch nicht klar …«

»Oliver! Der Judenkenner, von dem ich dir erzählte, ist Hermann van Daalen.«

»Der Statthalter von Nargon?« Der Name war wie eine Faust, die jemand in Olivers Magengrube trieb.

»Genau der. Als er hierher kam, erfuhr ich um viele Ecken – ich möchte dir die Details ersparen – von seiner Geschichte. Nach dem Krieg flüchtete er sich aufs Land. Da er sein unmenschliches Werk immer im Geheimen betrieben hatte und die Einzigen, die davon wussten, in den Kriegswirren ums Leben gekommen waren, kannte niemand die Geschichte des stillen Mannes. Zuletzt lebte Hermann van Daalen so zurückgezogen, dass niemand ihn mehr zu Gesicht bekam. Er baute sogar sein eigenes Gemüse an und hielt sich Kaninchen und Hühner. In gewisser Hinsicht kann man sagen, dass er sich selbst von der Welt aussperrte. So geriet sein wahres Wesen in Vergessenheit. Niemand hasste ihn mehr, und was noch viel schlimmer ist: Niemand liebte ihn mehr. Wenn einem Menschen so etwas widerfährt, dann dauert es nicht mehr lange und er findet sich hier in Quassinja wieder.«

»Nach dem, was du mir erzählt hast, scheint mir dieser van Daalen außer seiner Boshaftigkeit und Geldgier kaum Eigenschaften zu besitzen, die ihn besonders gefährlich machen.«

»Täusche dich nicht, Oliver Sucher! Als ich die Geschichte des Hermann van Daalen hörte, erfuhr ich auch, was von jeher sein größter Wunschtraum war.«

»Ich ahne Schlimmes.«

»Er ist ein Spürhund im Körper eines Menschen. Er hat sich immer gewünscht, all diejenigen zu finden, durch deren Verrat er sich bereichern kann. Wenn er einmal deine Witterung aufgenommen hat, wird er dich so lange jagen, bis er dich zur Strecke gebracht hat.«

Oliver hätte genauso gut ein Schlafwandler sein können, so viel Aufmerksamkeit schenkte er den dunklen Gassen von Nargon. Immer wieder musste er an die Worte des Hauses Gildewert denken. Er kam sich schon jetzt vor wie ein gehetztes Wild. Es war nicht von der Hand zu weisen, dass Xexano ihn suchte. Immerhin gab es noch die schwache Hoffnung, dass der Herrscher Quassinjas sich vielleicht nicht sicher war, welches der beiden Pollock-Kinder den Schritt in die Welt der verlorenen Erinnerungen gewagt hatte. Aber die Aussichten dafür waren sehr gering.

Bei allem Übel, das diese wenig erfreulichen Umstände mit sich brachten, glaubte Oliver darin doch auch einen Lichtblick zu sehen. Wenn Xexano ihm nachstellte, dann musste er auch von Thomas Pollock wissen. Vielleicht hielt er Olivers Vater gefangen. Möglicherweise war Xexano aber selbst ein Wild, das von dem Jäger Thomas gehetzt wurde. In jedem Fall – das erkannte Oliver, je länger er darüber nachdachte – musste er den Aufenthaltsort Xexanos herausbekommen. So oder so würde er seinen Vater am ehesten im Dunstkreis des mächtigen Herrschers finden.

»Hauptsache, der Bluthund Xexanos«, so hatte Gildewert den Statthalter Nargons zuletzt noch genannt, »kann deine Witterung nicht aufnehmen.«

Oliver hatte ihm darin ebenso vorbehaltlos zugestimmt, wie er den Vorschlag des Philosophen begrüßt hatte, Nargon so schnell wie möglich wieder zu verlassen. Noch in dieser Nacht wollte Eleukides die Vorbereitungen dazu treffen. Er erzählte, dass er ein paar zuverlässige und einflussreiche Freunde in der Stadt habe. Wenn in Nargon etwas passierte, dann wussten sie gewöhnlich davon. Möglich, dass sie auch etwas über den Verbleib von Olivers Vater sagen konnten.

Gildewert hatte die Freunde ins Gasthaus *Zum Wilden Mann* geschickt. Er beschrieb den Wirt als einen etwas hölzernen, aber ansonsten ehrlichen Gesellen, der vertrauenswürdig war. Bestimmt würden die Freunde in seinem Haus für eine Nacht Unterschlupf finden, zudem könnten sie sich in der Gaststube nach Neuigkeiten umhören. Da Kofer den Weg zum *Wilden Mann* kannte, hatte Eleukides ihn, Nippy und Oliver kurzerhand allein auf den Weg geschickt.

»Da vorne ist es.«

Kofers Zielangabe riss Oliver aus seinen Gedanken. Das Gasthaus lag fünfzig oder sechzig Meter weiter unten an der Straße. Gelbes Licht flutete aus den Butzenscheiben und Gelächter hallte von den Hauswänden wider.

Oliver zögerte, als sie kurze Zeit später vor dem Eingang standen. Nachdenklich blickte er auf das mit bunten Farben bemalte Schild, das einen bärbeißigen Gesellen im Adamskostüm zeigte.

»Komische Reklame«, murmelte er.

Nippy kicherte ihm glockenhell ins Ohr. »Ein goldener Ochse oder ein wilder Eber wäre dir wohl lieber gewesen, was? Na, wart erst mal ab, bis du den Wirt siehst. Dann wird dir einiges klar werden.«

»Warum steht der Name des Wirtshauses nicht auf diesem eigenartigen Schild?«

»Hast du schon wieder vergessen, dass Xexano das Schreiben verboten hat?«

»Ich habe mich wohl nur noch nicht an diesen bescheuerten Gedanken gewöhnt. Warum sollte jemand Buchstaben verbieten?«

»Ganz einfach«, antwortete Kofer an Nippys statt. »Weil Geschriebenes die Erinnerung festhält. Und Xexano hasst alles und jeden, der ihm den Diebstahl von Erinnerungen erschwert – selbst hier noch, in seinem eigenen Reich.«

»Das ist ein Punkt, den ich sowieso noch nicht verstehe. Ich dachte immer, die Erinnerungen rutschen sozusagen von alleine in diese Welt hinüber, wenn sie auf der Erde verloren gehen.«

»Das ist schon richtig. Aber Xexano ist sehr mächtig. Das muss wohl mit den Wunschträumen zusammenhängen, die sein Schöpfer einst hatte, vielleicht sogar mit einem besonderen Wissen über die Gesetze dieser Welt. Sicher hast du schon einmal die Redensart gehört, dass eine Erinnerung *verblasst*.«

»Natürlich.«

»Siehst du. Und hier findet Xexano einen Angriffspunkt. Normalerweise schweben solche schwindenden Erinnerungen zwischen deiner Welt und dieser hier; einige behaupten auch, sie würden als körperlose Geistesblitze in den Sümpfen von Morgum herumspuken. Jedenfalls verfügt Xexano über die Fähigkeit, sich alles zu nehmen, was auf der Erde bereits im Begriffe steht, vergessen zu werden. Und je mehr solcher Erinnerungen er stehlen kann, umso größer wird seine Macht.«

Oliver wurde es plötzlich kalt. »Und was geschieht dann?«

»Irgendwann wird Xexano sich jede Erinnerung nehmen können, die es auf der Erde gibt. Möge es nie dazu kommen!«

»Dann wäre er der Herrscher in der Welt der lebenden und in jener der verlorenen Erinnerungen.«

»Das klingt fast poetisch, wie du das sagst. Aber es ist leider wahr.«

»Die Worte stammen nicht von mir. Ich habe sie erst vor kurzem gelesen, im Tagebuch meines Vaters.«

»Langsam begreife ich, warum Xexano und dein Vater sich nicht grün sind.«

»Kommt. Lasst uns hineingehen. Es weht so ein eisiger Wind hier draußen.«

Die Gaststube des *Wilden Mannes* bot einen repräsentativen Querschnitt der Bevölkerung Nargons – für Oliver eine eher zwiespältige Erfahrung. Einerseits war es faszinierend zu beobachten, wer – oder *was* – sich hier alles, von Leben beseelt, auf ein Schwätzchen zusammengefunden hatte. Andererseits war es auch sehr befremdend, einen Besen in angeregter Diskussion mit einer Kehrschaufel zu sehen (vermutlich Fachgespräche) oder ein übergroßes Marzipanschwein beim Kartenspiel mit einem hölzernen Wolf (vielleicht der Versuch, alte Vorurteile auszuräumen).

Der einzige Gast, der offenbar allein an einem kleinen runden Tisch saß, war ein langes cremefarbenes Hochzeitskleid, das mit handlosen Ärmeln einen Biedermeierstrauß fest hielt. Das Kleid machte einen fadenscheinigen Eindruck und der Strauß war wohl schon vor ewiger Zeit vertrocknet. Wer immer einmal Besitzer dieser Erinnerungsstücke gewesen war, er hatte sich offenbar lange nicht von ihnen trennen können. Was mochte wohl geschehen sein, dass die beiden schließlich doch noch nach Quassinja gekommen waren? Als Oliver an dem Einzeltisch vorbeiging, stellte er erstaunt fest, dass selbst Kleid und Strauß eine angeregte Unterhaltung miteinander führten.

»Die liebste Beschäftigung der Bewohner Quassinjas ist der Erfahrungsaustausch«, flüsterte Kofer, während Oliver weiter durch den Gastraum schlenderte. Noch immer hatte er keinen freien Stuhl entdeckt. »Setz dich einfach irgendwo mit an den Tisch und sperr die Ohren auf. Vielleicht erfahren wir irgendetwas über deinen Vater.«

»Und wenn ich mich verrate? Jeder wird doch merken, dass ich mich mit den Sitten Quassinjas noch nicht richtig auskenne.«

»Wir helfen dir«, flötete Nippy Oliver ins Ohr. »Ich flüstere dir alles zu, was du wissen musst ...«

»... und ich werde dich einfach mit dem Ärmel drücken, wenn du daran bist, einen Fehler zu machen«, fügte Kofer hinzu.

»Na, ich hoffe, das funktioniert.«

Oliver konzentrierte sich wieder auf den Gastraum und die gemischte Besucherschaft. Der allseits gepflegte »Erfahrungsaustausch« sorgte für eine enorme Geräuschkulisse. Zu seiner Enttäuschung musste er feststellen, dass kein freier Stuhl zu sehen war. In der Nähe der Theke gab es zwar noch einen Tisch mit einer Lücke, die Gäste – ein Spinnrad, eine leere Ritterrüstung und ein derber Kerl, der aussah, als wäre er ebendiesem Blechkleid gerade erst entstiegen – sahen auch gar nicht *so* abschreckend aus, aber es fehlte ein Stuhl.

»Pst!«, machte es an Olivers Ohr.

Er drehte den Kopf zur Seite und sah Nippy. »Was ist denn?«

»Dreh dich mal um.«

Das tat Oliver. Und dann bemerkte er den Stuhl.

Ehrlich gesagt, war es ein ziemlich klappriges Ding, das da unbeachtet in der Ecke stand. Oliver selbst hätte es wohl sicher längst auf den Müll geworfen, um hinfort keinen einzigen Gedanken mehr daran zu verschwenden. Aber es gab ja Menschen, die konnten sich einfach von gar nichts trennen. Vielleicht stand der komische Klappstuhl deshalb hier herum und niemand setzte sich darauf. Oliver näherte sich dem Sitzmöbel und betrachtete es argwöhnisch. Ob das Ding wohl seine napoleonische Figur tragen konnte?

»Warum starrst du mich so an?«

Oliver schreckte zusammen. »Warst du das?«, fragte er den Stuhl.

»Blöde Frage. Natürlich war ich das. Oder siehst du hier sonst noch jemanden?«

»Entschuldige. Ich muss wohl gerade in Gedanken gewesen sein.«

»Na, macht nichts. Du willst dich sicher auf mich setzen, oder?« In der knarrigen Stimme des Stuhles schwang ein sehnsüchtiger Unterton.

»Ich bin mir noch nicht ganz sicher.«

»Das ist sich keiner hier. Deswegen stehe ich ja in der Ecke. Aber du kannst mich gerne nehmen und dich auf mich setzen. Dazu bin ich schließlich gemacht worden.«

»Ich will dir nicht zu viel zumuten.«

»Gib nicht so an. Mit deinem bisschen Haut und Knochen bringst du mich schon nicht zum Zusammenbrechen.«

»Du bist ganz schön vorlaut, Stuhl!«

Das hatte Oliver wohl ein bisschen zu heftig gesagt, denn plötzlich rollte von hinten eine grobe Stimme über ihn hinweg.

»Was ist, Poseidon? Hat dich der Bettler belästigt?«

Oliver fuhr herum und erstarrte umgehend zu einer Statue. Ungefähr zwanzig Zentimeter vor seiner Nasenspitze ragte ein Riese aus schwarzem Ebenholz auf. Zuerst sah er nur den straffen nackten Bauch und den muskulösen Oberkörper des Hünen, aber als er den Kopf in den Nacken legte, konnte er auch das … Stierhaupt bewundern.

Keine Panik! Das ist hier alles ganz normal, sagte sich Oliver in Gedanken – ungefähr siebenmal. Dann lächelte er den Stiermenschen freundlich an und stotterte: »Ihr heißt nicht zufällig Minotaurus?«

»Nein.«

»Da bin ich aber beruhigt.«

»Der hat den Laden schon vor zweihundert Jahren aufgegeben. Mein Name ist Moloch.«

Oliver starrte den Koloss entsetzt an.

»Keine Angst. Ich sehe nur so aus wie der, an den du jetzt denkst. Ich fresse weder Jungfrauen noch Jünglinge noch finde ich Geschmack an gebratenen Kindern. Wer mich erschuf, hatte anderes im Sinn. Der Stier ist seit jeher ein Symbol für Stärke und Macht. Einst stand ich am Palasttor eines Scheichs als Abschreckung für all jene, die Übles gegen ihn planten.«

»Aber Ihr seid doch der Wirt hier, oder etwa nicht?« Oliver erinnerte sich an Gildewerts Beschreibung von dem »etwas hölzernen Gesellen« im Gasthaus *Zum Wilden Mann*.

»Komisch, dass du das nicht weißt.«

»Ich bin nur auf der Durchreise, sozusagen. Eleukides hat mir Euer Haus empfohlen.«

»Eleukides? Der Philosoph?«

»Pst! Nicht so laut.«

Erstaunlicherweise schien sich der Wirt augenblicklich in ein zahmes Kälbchen zu verwandeln, als er sich – nicht unbedingt zu Olivers Beruhigung – ganz nah zu seinem Gast herabbeugte.

»Geht es dem alten Philosophen gut? Ich habe gehört, er ist aus der Stadt geflohen.«

»Und schon wieder zurück«, erwiderte Oliver. »Ja, es geht ihm bestens. Ihr werdet ihn übrigens noch später vor die Schnauze bekommen.«

»Wie bitte?«

»I-Ich meine, er wollte noch hier vorbeischauen.«

»Ah ja.«

»Habt Ihr ein Zimmer für uns? Für eine Nacht?«

»Sag bitte Molli zu mir. Alle meine Freunde tun das und du bist ja immerhin ein Freund meines Freundes. Das mit dem Zimmer geht klar.«

»Fein, Molli. Ich bin übrigens Oliver der Sucher. Darf ich ehrlich zu dir sein?«

»Wie meinst du das?«

Oliver spürte ein Drücken seines Ärmels. Er ignorierte es. »Ich habe den Verdacht, dass Xexano hinter mir her ist.«

Moloch schnaufte wie ein wütender Stier und musterte Oliver vom Mantelkragen bis zum Saum. »Du siehst gar nicht aus wie einer, der so mächtige Feinde hat.«

»Alles nur Tarnung«, flüsterte Oliver.

»Verstehe.«

»Kann ich den Stuhl jetzt nehmen?«

»Wenn Poseidon nichts dagegen hat, meinetwegen. Aber behandle ihn gut, Oliver Sucher. Er ist zwar schon sehr alt, aber wir werfen hier nichts weg, nur weil es ein bisschen klapprig geworden ist. Jede Erinnerung hat das Recht, gemäß ihrer wahren Bestimmung zu leben. Seine ist es, anderen als Sitzgelegenheit zu dienen. Nimm am besten da drüben an dem Tisch beim Tresen Platz. Ich bringe dir gleich was zu essen.«

Oliver horchte interessiert auf. »Was gibt's denn?«

»Wir haben heute drei Gerichte zur Auswahl …«

»Hört sich gut an.«

»Bohnen mit Speck, Bohnen mit Lamm und Bohnen auf vegetarische Art. Alles garantiert erinnerungsfrei.«

Oliver sah Moloch fragend an.

»Er meint, dass nichts davon von lebenden Erinnerungen stammt«, flüsterte ihm Nippy ins Ohr.

»Was gibt's zu den vegetarischen Bohnen?«, fragte Oliver zögernd.

»Bohnen.«

»Klingt gut. Die nehme ich.«

Moloch nickte zufrieden und verzog sich in die Küche.

Jetzt konnte sich Oliver wieder um seine Sitzgelegenheit kümmern.

»Poseidon«, murmelte er. »Seltsamer Name für einen Stuhl.«
»Darüber kann man geteilter Meinung sein«, antwortete der knarzend.
»Na, dann lass uns mal einen Tisch erobern ...«
»Halt!«
»Wie bitte?«
»Eine Bedingung hätte ich noch.«
»Was für eine Bedingung? Ich denke, du kannst es gar nicht abwarten, dass sich jemand auf dich setzt.«
»Keine Blähungen!«
»Also hör mal ...!«
»Nimmst du meine Auflagen an oder nicht?«
»Ich würde die Kapitulationsurkunde unterschreiben«, raunte Kofer seinem Träger zu. »Es sei denn, du willst den ganzen Abend stehen.«

Oliver seufzte. »Ich hätte wohl doch lieber die Bohnen mit Speck nehmen sollen.«

Nachdem dieser Punkt geklärt war, durfte Oliver den Stuhl endlich durch den gerammelt vollen Schankraum bugsieren. Einige Gäste riefen ihm derbe Scherze nach, endlich habe sich einer gefunden, der zu Poseidon passe.

»Hört einfach nicht hin«, tröstete Nippy Oliver und seinen Mantel.

Als die Bohnen endlich kamen, war Oliver überrascht, wie gut sie schmeckten. Seltsamerweise merkte er auf einmal, dass er gar keinen richtigen Hunger hatte. Es war eher Appetit, der ihn bewog den dampfenden Brei bis zum letzten Böhnchen zu verputzen. Beim Essen war ihm warm geworden. Deshalb hatte er Kofer über Poseidons Lehne gehängt. Seine Regenjacke hatte ihm der Wirt abgenommen.

Während des Essens lauschte Oliver aufmerksam dem Gespräch seiner Tischnachbarn. Meist waren es nur belanglose Dinge, über die die bunte Runde plauderte, aber auf einmal erwähnte die Ritterrüstung etwas von einem Aufstand in Salamansa. Die Erinnerungen hätten versucht sich gegen Xexanos dortigen Statthalter zu erheben, aber die Terrakotta-Garde hätte schnell mit der Rebellion aufgeräumt.

»Ist denn in Nargon noch niemand auf die Idee gekommen, etwas gegen Hermann van Daalen zu unternehmen?«, fragte Oliver. Er hatte den Satz noch nicht vollendet, als Kofers Ärmel ihn in die Seite stieß.

Schlagartig herrschte Ruhe am Tisch. Soweit Oliver das beurteilen konnte, starrten ihn der grobe Kerl, die Ritterrüstung und das Spinnrad entgeistert an.

»Bist du ein Spion Xexanos oder warum fragst du uns das?«, fuhr ihn der Mensch an.

Oliver blickte erschreckt in das fleckige, mit Bartstoppeln übersäte Gesicht des vierkantigen Gesellen. »Ich bin nur auf der Durchreise hier. Es hat mich einfach interessiert«, sagte er so beiläufig wie möglich.

»Wenn du nicht weißt, was hier los ist, dann musst du in der letzten Woche in einer anderen Welt gelebt haben«, sagte das Spinnrad mit hoher Stimme.

»Nun, ich war wirklich fernab von jeder quassinjanischen Siedlung. Natürlich habe ich davon gehört, dass Xexano zurückgekehrt ist, aber dass es so schlimm steht, ist mir neu.«

»Was für ein Holzkopf!«, sagte der Grobe.

»Keine Beleidigungen!«, erwiderte das Spinnrad. »Er sieht noch sehr jung aus – und außerdem ziemlich abgerissen. Sicher fehlt ihm der nötige Verstand, um das ganze Ausmaß dieser Tragödie zu erfassen.«

»Meinte ich doch, dass er ein Hohlkopf ist.«

»Also so würde ich das nicht bezeichnen«, meldete sich die Ritterrüstung zu Wort.

»Das Zimmer ist jetzt fertig«, sagte eine Stimme ganz dicht neben Olivers Ohr. Obwohl er Moloch nun schon kannte, erschrak er trotzdem, als er den Kopf zur Seite drehte.

»Danke, Molli. Ich denke, es ist das Klügste, wenn ich gleich zu Bett gehe.«

»Hast du nicht etwas vergessen?«

»Äh ... Ich weiß nicht, was ...«

»Die Bezahlung.«

Oliver hatte den Eindruck, die ganze Gaststube sei mit einem Mal so still wie ein Zirkuszelt beim dreifachen Salto auf dem Hochtrapez; für den Trommelwirbel sorgte der Blutstrom in seinen Ohren. Wie viel Geld hatte er noch in der Tasche? Es reichte höchstens für die Eintrittskarten im Pergamonmuseum und für eine Cola, aber er zweifelte daran, dass dieser hölzerne Wirt überhaupt den aktuellen Umrechnungskurs für die D-Mark kannte.

»Ich hatte doch gesagt, dass Eleukides ...«

»Eleukides pflegt uns immer einige seiner philosophischen Betrachtungen darzubieten, um seine Schulden zu begleichen. Kannst du nichts, was meinen Gästen ein wenig Zerstreuung bringt?«

Oliver überlegte angestrengt. Er zwang sich den Blick von dem glänzenden schwarzen Körper des Wirtes zu nehmen und ihn durch den Schankraum wandern zu lassen. Alle schauten ihn erwartungsvoll an. Da blieben seine Augen an der Wand hinter dem Tresen hängen.

»Ist das da eine Laute?«

Anstatt zu antworten, ging der Wirt kurzerhand hinter die Theke und nahm das Instrument von der Wand. Er kehrte zu Oliver zurück und hielt es ihm hin.

»Wenn du danach fragst, wirst du es wohl wissen. Hier. Spiele uns etwas vor.«

Mit zittrigen Fingern nahm Oliver die Laute entgegen. Sein Daumen zupfte vorsichtig die Darmsaiten. Das Instrument klang völlig verstimmt.

»Sie ist wohl lange nicht mehr gespielt worden, oder?«

»Ich sehe, du verstehst etwas davon.«

»Ich brauche einen Moment, um sie zu stimmen.«

»Nur zu. Wir warten.«

Oliver begann zu schwitzen. Beim Stimmen seiner Gitarre war er immer lieber allein und ungestört. Die Laute hatte noch die alte Stimmung, wie sie im siebzehnten Jahrhundert üblich gewesen war: A-d-f-a-d-f. Wenn schon, denn schon, dachte sich Oliver und begann, heftig an den Wirbeln zu drehen. Mit einer Gitarrenstimmung würde er sein Publikum vielleicht zufrieden stellen können.

»Eine *a*lte *D*ame *g*ing *h*olen *E*ier«, sagte er leise, während er noch einmal die Saiten von oben nach unten prüfte. Alle Töne stimmten.

Die Tischnachbarn musterten ihn argwöhnisch.

Oliver lächelte verlegen. Was sollte er spielen? Am besten etwas, was zu Herzen ging. Er entschied sich für *Lord Franklin*, eine Ballade über den englischen Polarforscher, dessen zwei Schiffe bei der Suche nach der Nordwestpassage in den arktischen Gewässern Nordamerikas auf rätselhafte Weise verschwunden waren.

Während Olivers Finger die Saiten zupften, ließ er seine helle Knabenstimme ertönen und nun erstarb auch das letzte spöttische Lachen und alberne Getuschel. Die Zuhörerschaft lauschte ergriffen der Geschichte von Sir John Franklin, der mit seinen Männern auf die eisige See hinausfuhr und niemals wiederkehrte; die Witwen blieben weinend zurück. Als Oliver die letzte Strophe sang, summten alle die Melodie ergriffen mit.

> *In Baffin's Bay, where the cold wind blows,*
> *The fate of Franklin nobody knows.*
> *He's left his home like many more,*
> *He's left his home to return no more.*

Den Schlusssatz wiederholte er noch viele Male und variierte dabei die Tonfolge. Als die letzte Lautensaite verstummt war, herrschte für einen Augenblick absolute Stille im Schankraum. Doch dann brach ein donnernder Applaus los. Man klatschte, stampfte mit den Füßen und johlte – jeder so, wie es seine Anatomie zuließ.

»Du bist ein großer Künstler, Oliver Sucher.« Die kräftige Stimme Molochs übertönte sogar noch das Getöse.

»Danke«, antwortete Oliver bescheiden.

»Auch ich habe dir zu danken«, sagte plötzlich jemand neben ihm.

Oliver drehte sich um. Ein mittelgroßer Mann stand neben seinem Tisch. Er trug ein einfaches Leinenhemd und eine blaue Hose mit einem breiten Ledergürtel.

»Mein Name ist Ben«, sagte der Fremde. »Ben Skipper.«

»Ich freue mich, dass dir mein Lied gefallen hat. Ich bin Oliver Sucher.«

»Du verstehst mich falsch. Dein Lied war zwar wunderschön, aber ich möchte dir aus einem anderen Grund danken.« Tränen traten in die Augen des Mannes. »Ich dachte, man hätte uns auf der Erde völlig vergessen. Aber jetzt weiß ich, dass Sir Franklin und meine Kameraden noch im Gedächtnis der Menschen weiterleben. *Ich* war ein Waisenkind. Das muss der Grund gewesen sein, warum *mich* niemand vermisste, als Sir Johns Expedition damals in der Arktis verschollen war.«

Die Kammer war klein, aber sauber, die Einrichtung einfach, aber komplett: zwei Betten, ein kleiner Tisch mit zwei Stühlen, eine Truhe. Sogar ein Kleiderständer fehlte nicht. Wo nur Eleukides blieb?

»Wenn du noch irgendwas brauchst, dann musst du mich nur rufen«, sagte Moloch mit seiner dröhnenden Stimme. »Ich muss jetzt wieder nach unten und mich um meine Gäste kümmern.«

»Schon gut. Ich komme allein zurecht«, antwortete Oliver.

»Und noch einmal vielen Dank für deinen Gesang.«

»Hab ich gerne gemacht, Molli.«

Als Moloch die Tür hinter sich geschlossen hatte, merkte Oliver erst, dass er sich doch ziemlich allein fühlte. Natürlich, auch zu Hause hatte er sein eigenes Zimmer gehabt. Aber immer war jemand da, zu dem er hereinplatzen und den er mit seinem Geplauder auf die Nerven gehen konnte. Vor allem natürlich Jessi. Oliver vermisste sie sehr! Selbst wenn sich seine Schwester bisweilen kratzbürstig gab, hielt sie ihm in ihrem großen Herzen doch immer eine Ecke frei, in der er seine Sorgen abladen durfte.

»Du bist so still«, hörte er eine Stimme von seiner Schulter her.

»Nippy!« Erst jetzt wurde ihm bewusst, dass er ja gar nicht

allein war. Die neuen Freunde sahen nur etwas anders aus als seine gewohnte Therapeutin Jessica. Oliver lächelte wie jemand, der das zum ersten Mal probierte. »Ich habe nur gerade an meine Familie gedacht. Ob es uns wohl jemals gelingen wird, Xexano zu täuschen und meinen Vater wieder zur Erde hinüberzubringen?«

»Mach dir nicht so große Sorgen, Oliver. Du wirst deine Angehörigen bestimmt wieder sehen. Soll ich dir ein Lied vorsingen, um dich etwas aufzumuntern?«

»Das ist lieb von dir, Nippy. Vielleicht später. Der Tag war so voll gestopft mit neuen Eindrücken, dass ein Moment der Ruhe wohl das ist, was ich im Augenblick am dringendsten brauche.«

»Ist gut. Aber du sagst mir Bescheid, wenn ich singen soll, ja?«

»Nun halt einfach mal deinen Schnabel«, meldete sich Kofer zu Wort. »Siehst du nicht, dass der Arme im Moment nichts hören will?«

»Alte Pferdedecke!«

Olivers tiefes Seufzen erstickte einen neu aufflammenden Wortwechsel seiner Gefährten schon im Ansatz. Er zog sich den Mantel aus, und während er interessiert die Intarsien der Truhe betrachtete, versuchte er Kofer blind an den Kleiderständer zu hängen. Irgendwie war es dann aber doch seltsam, als ihm der treue Mantel geradezu aus der Hand genommen wurde.

Er schloss verzweifelt die Augen und wünschte sich flehentlich, dass nicht wahr wurde, was sein noch frischer Erfahrungsschatz von dieser Welt da andeutete.

»Danke«, sagte eine Stimme, die ihn entfernt an das Spinnrad vom Schankraum erinnerte.

Oliver drehte langsam den Kopf nach rechts und konnte gerade noch sehen, wie eine der Hutstangen des Kleiderständers Kofer an einem Haken aufhängte. »Ich dachte eigentlich, wir hätten das Zimmer für uns allein«, sagte er gereizt.

»Der *Wilde Mann* ist im Augenblick komplett ausgebucht«, antwortete der Kleiderständer, dann lachte er wie jemand, der das nur durch die Nase kann.

»Trotzdem. Ich finde, Moloch hätte mir das sagen müssen. Und andere zu belauschen, gehört sich schon dreimal nicht.«

»Beruhige dich. Erstens bin ich ja gar kein Gast – ich gehöre hier eigentlich zum Inventar – und zweitens werde ich niemandem verraten, was du über Xexano gesagt hast.«

Oliver sog erschrocken die Luft ein. »Ich bin schon ein selten dämlicher Esel, dass ich nicht besser auf die Warnungen Gildewerts gehört habe.«

»Was hast du da eben gesagt?«

Ein feindseliger Blick traf den Kleiderständer. »Ich habe schon viel zu viel geplappert. Möglicherweise bist du ja ein Spion des Statthalters. Oder des Sammlers. Oder sogar von ...«

»Du kennst Gildewert?«

»Warum interessiert dich das?«

»Weil ich ungefähr achtzig Jahre meines Daseins in seinen Mauern zugebracht habe.«

»Woher soll ich wissen, dass du mich nicht belügst?«

Nun erzählte der Kleiderständer Oliver die ganze Geschichte des Amsterdamer Grachtenhauses. Am Schluss bestand kein Zweifel mehr daran, dass er die Wahrheit sprach.

»Du kannst mir vertrauen«, versicherte er noch einmal.

»Entschuldige, dass ich so giftig zu dir war. Mein Name ist übrigens Oliver. Oliver der Sucher.«

»Freut mich. Meine Freunde nennen mich Captain Hook.«

»Als hätt ich's geahnt!«

In diesem Moment flog die Tür auf und Eleukides kam hereingestürzt.

»Sei mir gegrüßt, Captain Hook. Und ihr anderen natürlich auch.«

»Du kennst den Kleiderständer?«

»Ich habe einige Jahre in diesem Zimmer gewohnt.«

»Hätt ich mir denken können.«

»Die Dinge in Nargon stehen wirklich nicht zum Besten, Oliver. Ich habe zuverlässige Informationen, dass Hermann van Daalen die ganze Stadt umkrempeln will – vielleicht schon morgen.«

Oliver ging schnurstracks zum Bett und setzte sich auf die Kante. »Ich glaube, das sind ein paar Schwierigkeiten zu viel für mich.«

»Ich habe außerdem mit einem guten Freund gesprochen, einem Goldschmied, der am Marktplatz einen Laden besitzt. Er ist sehr weise und lebt schon seit dreitausend Jahren hier. Morgen früh haben wir eine Verabredung mit ihm.«

»Hoffentlich kann er uns auch wieder aus der Stadt herausbringen, falls es brenzlig wird.«

»Du darfst das alles nicht so schwarz sehen, Oliver. Notfalls schlüpfen wir wieder durch Gildewerts Bauch hinaus. Alles, was wir tun müssen, ist, den morgigen Tag zu überstehen.«

Ein leises Klopfen riss Oliver aus dem Schlaf. Am Fenster zeigten sich erste Anzeichen des Morgengrauens.

»Oliver Sucher, Eleukides, nun wacht schon auf.« Die kräftige Stimme, der es kaum gelang zu flüstern, war unverkennbar. Sie gehörte dem Wirt.

Eleukides öffnete die Tür. »Was ist, Molli?«

»Soldaten.«

»Wo? Hier im Haus?«

»Nein. Aber sie kommen schnell näher. Ich habe gehört, dass sie jeden Stein zweimal umdrehen. Hier seid ihr nicht mehr sicher. Ihr müsst so schnell wie möglich fliehen.«

»Ich hätte nicht gedacht, dass sie so wild auf unseren jungen Freund hier sind.«

Oliver sah den Philosophen und dessen langjährigen Freund schuldbewusst an. Er wollte sie nicht in Schwierigkeiten bringen. Sie hatten schon genug für ihn riskiert. »Vielleicht ist es das Beste, wenn ich versuche mich allein durchzuschlagen.«

»Das wollte ich dir auch gerade empfehlen.«

Jetzt war Oliver doch erstaunt. Irgendwie hatte er damit gerechnet, dass Eleukides sich wenigstens ein wenig zieren würde.

»Nicht, was du denkst«, fügte der Philosoph schnell hinzu. »Unsere Verabredung – du erinnerst dich doch noch?«

»Der Goldschmied, ja.« Oliver atmete erleichtert auf. »Du sagtest, er habe sein Geschäft am Marktplatz, stimmt's?«

»Das ist richtig. Es liegt zwischen zwei Kupferschmieden. Du kannst es überhaupt nicht verfehlen. Wir können nicht zusammen hingehen, Oliver. So Leid es mir tut. Ich bin zu bekannt hier in der Stadt.«

»Wann, sagtest du noch gleich, haben wir unsere Verabredung?«

»Zwei Stunden nach Sonnenaufgang. Du kannst den Marktplatz überhaupt nicht verfehlen, weil er an der tiefsten Stelle der Stadt liegt.«

»Folge einfach den Gassen, die dich nach unten führen«, ergänzte Moloch. »Notfalls suchst du den Fluss. Wenn du dem Hiddekel stromabwärts folgst, stößt du direkt auf den Marktplatz.«

»Er hat ja auch noch uns«, fügte Nippy hinzu. Kofer wedelte am Kleiderständer ungeduldig mit den Ärmeln.

Olivers Blick machte die Runde in der ungewöhnlichen Gemeinschaft seiner Freunde. Er holte noch einmal tief Luft und sagte dann entschlossen: »Also los. Dann nichts wie weg hier.«

Der Abschied von Moloch und Captain Hook fiel aus verständlichen Gründen sehr kurz aus. Da Oliver in Jeans und Sweatshirt geschlafen hatte, musste er nur noch in die blaue Regenjacke schlüpfen und sich Kofer überwerfen. Eleukides nutzte die wenigen Augenblicke, um seine Instruktionen noch einmal zu wiederholen.

Den *Wilden Mann* verließen sie durch die Hintertür. In den Ställen dampfte der Atem der Pferde. Die Luft war kühl an diesem Morgen. An der ersten Gabelung trennten sich Eleukides und Oliver.

Was hatte Eleukides gesagt? Geh immer bergab. Oliver bog in eine schmale Gasse ein.

Erst jetzt wurde ihm bewusst, wie verwinkelt die Straßen und Wege Nargons waren. An manchen Stellen rückten die Häuser so dicht aneinander, dass sich die Nachbarn im zweiten Stock die Hand reichen konnten. Nur die breiteren Straßen waren gepflastert. Sie besaßen in der Mitte eine Rinne, in welcher der aus den Häusern geworfene Unrat fortgespült wurde.

Als Oliver wieder mal um eine Ecke bog, blieb er abrupt stehen. Weiter unten an der Straße befanden sich fünf oder sechs Soldaten. Sie trugen lange Lanzen, Schwerter und eiserne Helme. Wenigstens waren sie nicht aus Ton.

Die Männer hämmerten an die Haustüren. Sobald sich eine öffnete, stürmten einige von ihnen hinein. Aus anderen Hauseingängen kehrten weitere Soldaten auf die Straße zurück. Oliver war klar, dass es hier kein Durchkommen gab. Er bog in eine Seitengasse ein.

Schnell lief er zwischen den Fachwerkhäusern hindurch. Am Ende der Gasse stand eine Windmühle. Oliver nahm eine weitere Abzweigung. Ihm schwirrte der Kopf. Wenn er nicht aufpasste, würde er sich ganz schnell verlaufen haben. Im Moment bewegte er sich weder bergauf noch bergab, also vermutlich im rechten Winkel zur angepeilten Richtung.

»Nippy, kannst du nicht auffliegen und einen Weg auskundschaften, auf dem wir unbehelligt zum Marktplatz kommen?«

»Daran hatte ich auch gerade gedacht«, trällerte die Vogeldame und war im nächsten Augenblick verschwunden.

»Die Idee mit dem Kundschafter ist strategisch sehr klug«, meldete sich Kofer zu Wort. »Aber du musst in der Zwischenzeit in Bewegung bleiben. So kann dich der Feind nicht so schnell in die Zange nehmen.«

»Meinst du denn, sie haben uns schon entdeckt?«

»Ich hoffe nicht. Aber Unvorsichtigkeit ist der erste Schritt zu einer glänzenden Niederlage.«

»Du verstehst es wirklich, einem Mut zu machen, General. Erlaubst du, dass ich deinen Kragen hochklappe? Es weht mit einem Mal so ein eisiger Wind hier.«

»Ich habe zwar keine Ahnung, wovon du sprichst. Aber meinetwegen.«

Oliver folgte der Straße, die etwas breiter war als die letzte Gasse. An ihrem Ende sah er einen gepflasterten Platz liegen, in dessen Mitte ein kleiner runder Turm aus Feldsteinen stand. Er lief darauf zu. Die Mündung der Straße war höchstens noch dreißig Meter entfernt, als unvermittelt eine Gestalt hinter dem Turm hervortrat. Oliver wusste sofort, dass dies keine der gewöhnlich ungewöhnlichen Begegnungen in Quassinja war.

Das Wesen hatte einen Leib, der dem eines Löwen glich, aber es besaß den Kopf und die Flügel eines Adlers.

»Ein Greif!«, hauchte Oliver, für einen Moment unfähig auch nur den kleinen Finger zu rühren.

Jetzt hatte das Fabelwesen auch ihn entdeckt. Es war so groß wie ein Brauereipferd. Triumphierend warf es den Kopf in den Nacken und stieß einen schrillen Schrei aus. Dann stürzte es auf die Straße zu, in der Oliver wie angenagelt auf dem Pflaster stand.

»Hast du noch nie etwas von einem geordneten Rückzug gehört, Oliver?«

»Was?«

»Lauf!«, schrie Kofer aus allen Knopflöchern.

Ein Ruck ging durch Olivers Körper, er wirbelte herum und rannte die Straße zurück.

Hinter sich hörte er wieder das schrille Kreischen. Es klang schon viel näher. Oliver drehte sich im Laufen um und sah mit Entsetzen, dass der Greif ihn gleich eingeholt haben würde. In diesem Moment entdeckte er den Durchgang. Eigentlich war es nicht viel mehr als eine gemauerte Pforte ohne Tür. Oliver stürzte hindurch.

Nach fünf oder sechs Sätzen hörte er ein hässliches Krachen und Knirschen. Oliver blieb atemlos stehen und blickte sich um. Der Greif war mit voller Wucht gegen die Pforte geprallt. Einige Steine der Einfassung waren herausgebrochen, aber das Mauerwerk hatte gehalten. Das grässliche Wesen zuckte, dass es einem schlecht werden konnte.

Nur weg von hier, schoss es durch Olivers Kopf. Er setzte seine Flucht fort. Zwanzig oder dreißig Schritte weiter – er wollte gerade wieder in eine Seitengasse einbiegen – hörte er einen beunruhigenden Laut hinter sich. Wieder drehte er sich um – und wäre beinahe erneut zu Stein erstarrt. Er konnte gerade noch den letzten Teil der Verwandlung mit ansehen.

Der Greif war auf unerklärliche Weise geschrumpft. Noch immer glich er einem Löwen. Er hatte nun sogar einen dazu passenden Kopf. Aber aus dem Rücken der Kreatur wuchs ein zweiter Kopf hervor, der einer ... Ziege zu gehören schien. Das zischende Geräusch, das Oliver aufgehalten hatte, stammte jedoch von dem Schwanz des Ungeheuers – einer leibhaftigen Schlange.

Hatte er dieses Wesen – und genauso den Greif – nicht auch schon auf dem Wandgemälde im Museum gesehen? Ja, natürlich! Und vorher ...? Oliver versuchte sich zu erinnern und dann fiel es ihm wieder ein. Auf der Suche nach phantastischen Motiven für seine Bilder war er diesem Geschöpf schon früher einmal begegnet: Er sah sich einer leibhaftigen Chimäre gegenüber.

»Griechisches Feuer speiendes Ungeheuer der Unterwelt«, würde wohl in einem Lexikon stehen. Mit einem Mal arbeitete Olivers Verstand wie ein Uhrwerk. Im selben Moment entfuhr dem Rachen der Chimäre eine fauchende Flammenzunge. Oliver nahm die Beine in die Hand und rannte in den Seitengang.

Zu seinem Entsetzen musste er feststellen, dass die Gasse unerwartet lang war. Er lief, so schnell er konnte, aber schon bald hörte er wieder das Fauchen der Chimäre ganz nahe hinter sich. Nirgends gab es eine Abzweigung, eine Tür oder sonst eine Fluchtmöglichkeit.

Es war nicht zu schaffen. Es war einfach nicht zu schaffen! Das helle Ende der schmalen Gasse erschien so fern wie der Himmel für einen, der im Schlamm eines Brunnenschachtes feststeckte. Oliver blieb keuchend stehen.

»Was soll ich tun?«

»Ich glaube nicht, dass die Bestie sich auf Kapitulationsverhandlungen einlassen wird«, antwortete Kofer. Seine Stimme klang längst nicht mehr so gelassen, wie er sich den Anschein gab.

»Ich wünschte, Gildewert stände hier.«

Die Chimäre kam immer näher. Oliver konnte ganz deutlich das rote Glühen ihrer Augen erkennen. Sie stieß ein hämisches Ziegenmeckern aus. In diesem Moment geschah etwas Unerwartetes.

Oliver hörte ein leises Knirschen neben sich. Verwundert blickte er auf seine Turnschuhe. Feiner Putz rieselte ihm zwischen die Schnürsenkel. Dann spürte er einen Ruck.

»Jetzt spring schon rein!«, rief Kofer, heftig mit den Ärmeln schiebend, und erst jetzt sah Oliver, dass sich die Mauer neben ihm wie ein Reißverschluss geöffnet hatte. Benommen stolperte er in das Haus. Während die Wand sich schnell wieder schloss, sah er die Chimäre. Schlitternd kam sie vor der Öffnung zum Stehen und sandte einen Feuerstoß durch den Spalt, der schon zu schmal war, als dass sich die Bestie noch hätte hindurchzwängen können. Ein Schwall heißer Luft traf Oliver. Dann war es dunkel.

Es roch nach verbrannten Haaren. Oliver tastete nach seinen Augenbrauen. Sie waren angesengt.

»Du musst schnell wieder auf der anderen Seite hinaus«, sagte eine volle Stimme zu ihm. »Sonst ist sie vor dir da.«

»Wer spricht da?«

»Ich bin Malbrecht das Armenhaus. Ich hörte, wie du Gildewerts Namen erwähnt hast. Da musste ich dir einfach helfen.«

»Danke, Malbrecht. Wo, sagtest du doch gleich, geht's wieder raus?«

Noch ehe Malbrecht antworten konnte, hörte Oliver ein seltsames Zischen. Erschrocken schaute er auf den Boden. Da befand sich eine kleine Lichtöffnung, vielleicht ein Mauseloch, durch die eine Schlange kroch.

»Der Schwanz der Chimäre!«, keuchte er.

»Gib dir keine Mühe zu fliehen«, zischelte der Schlangenschwanz. »Ich bekomme dich doch.«

Für einen Moment war Oliver völlig verblüfft. Irgendwie hatte er nicht damit gerechnet, dass dieses Ungeheuer auch sprechen konnte. Ihm fielen die Alpträume ein, von denen Eleukides erzählt hatte, aber die Sonne musste doch schon längst aufgegangen sein.

»Sie täuscht dich nur!«, hörte er Malbrechts aufgeregtes Rufen.

»Sie ist keine Löwen-Ziegen-Schlange mehr, sondern nur noch ein einfaches Reptil.«

Oliver starrte entsetzt auf den sich windenden Körper. »Kannst du sie nicht fest halten, Malbrecht?«

»Gute Idee.«

Es war nun ganz deutlich zu erkennen, wie sich das Mauerwerk um den Schlangenkörper schloss wie eine Faust um eine Banane. Das Reptil wand sich vor Schmerzen und schrie quiekend auf, dass es Oliver einen kalten Schauer über den Rücken jagte.

»Jetzt lauf endlich!«, rief ihm Kofer zu.

Oliver stürzte los. Das Haus war nicht besonders groß. Eigentlich bestand es zu ebener Erde nur aus einem einzigen geräumigen Zimmer, von dem eine Holztreppe zu den oberen Stockwerken führte. Als er auf der anderen Seite des Raums die Tür zur Straße öffnete, drehte er sich noch einmal um. Seine Nackenhaare stellten sich auf. Die Schlange verwandelte sich gerade in ein Heer winziger Wesen, die wie Ameisen umeinander wuselten. Trotzdem konnte man noch deutlich die äußere Form des Schlangenkörpers erkennen. Der dunkle Insektenschatten löste sich von der Wand und kam auf Oliver zu.

Das reichte ihm. Er warf von außen die Tür hinter sich zu und überlegte, in welche Richtung er fliehen sollte.

»Lauf hinunter zum Marktplatz. Da wimmelt es von Erinnerungen. Dorthin wird sie dir nicht folgen«, rief ihm das Haus Malbrecht noch hinterher.

Leicht gesagt für jemanden, der sich in Nargon auskannte.

»Ich bin für links«, schlug Kofer vor. »Da scheint die Straße abschüssig zu sein.«

Oliver folgte der Empfehlung.

»Ob wir es abgeschüttelt haben?«

»Was weiß ich. Ich kann nichts sehen.«

»Wenn wenigstens andere Erinnerungen hier wären, die uns helfen könnten.«

»Es ist noch zu früh. Die meisten klettern gerade erst aus dem Bett.«

Die Straße mündete wieder auf einen Platz. Er war viereckig und größer als der letzte. In seinem Zentrum befand sich ein Springbrunnen mit einer Säule darin. Obenauf stand die Figur eines kleinen nackten Jungen mit einem Füllhorn in den Händen.

»Wohin, Kofer?«

»Du musst den Platz diagonal überqueren. Siehst du die Straße auf der anderen Seite?«

»Alles klar! Wo nur Nippy bleibt?«

Oliver lief direkt auf den Brunnen zu. Im Vorbeilaufen schaufelte er mit der Hand etwas Wasser heraus, um seine trockenen Lippen zu benetzen. Da hörte er direkt über sich einen Schrei. Sein Kopf flog nach oben. Fassungslos erkannte er, dass jede Flucht zwecklos war.

Höchstens fünf Schritte von Oliver entfernt landete ein Basilisk. Ein Schwall kalter Luft fegte über den Platz. Das Wesen war so groß wie ein Kalb, Kopf und Oberkörper glichen einem Hahn, aber der untere Teil des Leibes hatte bis hin zum Schwanz die Gestalt einer Schlange. Die Krallen des Ungeheuers sahen aus wie scharfe Rundsäbel, und als es darauf festen Stand gewonnen hatte, falteten sich auf dem Rücken große schwarze Fledermausflügel zusammen.

»Du bist offenbar ein junger Mann, der von guten Ratschlägen nicht viel hält«, sagte der Basilisk mit großer Ruhe, doch seiner Stimme haftete etwas unzweideutig Bedrohliches an.

Oliver zweifelte keinen Augenblick daran, das dies dasselbe Geschöpf war wie der Greif, die Chimäre, die Schlange und die Insektenarmee zuvor.

»Ich versuche Alpträume immer so schnell wie möglich zu vergessen.« Gerade die Auswegslosigkeit seiner Lage verlieh ihm neuen Mut.

»Alpträume haben die unangenehme Eigenschaft ständig wiederzukehren«, antwortete der Basilisk spöttisch.

»Und nun? Willst du mir den Kopf abbeißen?«

»Ich muss zugeben, dass ich an diese Möglichkeit gedacht habe.«

Oliver sog die Luft ein und hielt den Atem an.

»Du solltest vorsichtiger mit deinen Äußerungen sein«, flüsterte Kofer ihm von irgendwo unter dem Kragen zu.

»Ich komme aus einem Land, wo man Broiler auf Spieße steckt und wartet, bis sie schön braun und knusprig sind«, sagte Oliver stattdessen. Er hoffte seinen Gegner zu einer Unvorsichtigkeit reizen zu können, aber er hatte sich offenbar verrechnet.

»Genug des heiteren Geplänkels«, sagte der Basilisk gelangweilt. »Ich nehme dich nun mit an einen Ort, wo deinesgleichen die Lust zum Scherzen schnell vergehen wird.«

Dann tat er zwei große Schritte auf Oliver zu, streckte den Kopf mit dem gebogenen Hahnenschnabel vor – und brach plötzlich besinnungslos zusammen.

Oliver schaute verdutzt nach oben. Der kleine nackte Bursche zwinkerte ihm vergnügt zu. Er hatte sein Füllhorn samt Inhalt aus luftiger Höhe fallen lassen – genau auf den Kopf des Basilisken.

»Wenn uns die üblen Erinnerungen nicht lehrten einander beizustehen, dann wären wir schlecht dran«, sagte der kleine Kerl und hieb sich vergnügt auf den Oberschenkel. »Aber nun lass uns verschwinden. Wenn das Biest wieder zu sich kommt, wäre es für keinen von uns gut, noch hier zu sein.«

Mit diesen Worten kletterte er von seiner Säule. Anschließend watete er durch den Brunnen, schnappte sich sein nun etwas ramponiertes Füllhorn und entschwand mit einem letzten Winken in die Richtung, aus der Oliver gekommen war.

»Kluger Kopf, der Kleine«, meinte Kofer anerkennend. »Wenn der Basilisk wieder zu sich kommt, wird er uns folgen. Er selbst ist dann aus dem Schneider.«

»Kannst du nicht einmal etwas Positives sagen, Kofer!? So was wie: ›Das Ding ist bestimmt tot.‹ Oder: ›Der hat sicher eine Gehirnerschütterung, dass er eine Woche das Bett hüten muss.‹«

»Ich bezweifle, dass Basilisken in Betten schlafen. Und jetzt lauf. Die Gefahr ist noch nicht vorüber.«

Oliver gehorchte. Wenn er jemals aus Quassinja zurückkehren

würde, sollte er sich unbedingt für den nächsten Berlin-Marathon anmelden.

Nach zehn Minuten musste er eine Pause einlegen. Gerade war er stehen geblieben, als er ein helles Surren neben seinem Ohr vernahm.

»Hast du mich erschreckt! Wo warst du nur die ganze Zeit?«

»Entschuldige«, trällerte Nippy. »Du scheinst dich ja gründlich verlaufen zu haben. Es war nicht so leicht, dich wieder zu finden.«

»Während du deinen Rundflug über Nargon gemacht hast, sind Kofer und ich von einem Ungeheuer gejagt worden, einem Alptraum oder so was.«

»Genau genommen waren es vier oder fünf«, fügte Kofer hinzu.

»Es hat sich ständig verwandelt«, vervollständigte Oliver.

»Das hört sich aber gar nicht gut an. Ich ahne Schlimmes.«

»Meinst du, Hermann van Daalen hat etwas damit zu tun?«

»Höchstens indirekt. Aber lass uns erst mal hier verschwinden. Drei Parallelstraßen weiter stoßen wir auf eine Allee. Von dort aus kommen wir direkt zum Marktplatz. Am besten, du nimmst gleich die Gasse da drüben.«

Oliver hatte sich wieder genügend erholt, um forschen Schrittes die angegebene Richtung einzuschlagen. Bei all den Strapazen, die er seit gestern durchmachte, wunderte es ihn doch, wie schnell er immer wieder zu Kräften kam. Vielleicht war die Luft in Quassinja einfach gesünder als der Stadtmief in Berlin.

Zwei Quergassen weiter, Oliver spürte gerade wieder so etwas wie Zuversicht, piepste Nippy mit einem Mal: »Halt! Bleib stehen, Oliver.« Aber es war schon zu spät. Der Faun hatte ihn bereits entdeckt.

Die aufrecht gehende Gestalt besaß den Kopf und die behaarte Brust eines Mannes, aber den Unterkörper und die Hörner eines Ziegenbocks. Und sie sah so gar nicht wie ein freundlicher Hirtengott aus.

Diesmal reagierte Oliver sofort. Er machte auf der Stelle kehrt und begann zu rennen. Kein Zweifel, dies war nur eine neue Verkleidung seines alten Verfolgers.

»Und ich dachte, wir hätten ihn endlich abgeschüttelt«, keuchte er.

»Nimm die Gasse da rechts!«, rief Nippy.

»Unberechenbar und hartnäckig – das sind die gefährlichsten Gegner.« Kofers Bemerkung zeugte von großer Ruhe und Gelassenheit.

»Bist du sicher, dass es hier zum Marktplatz geht, Nippy?«

»Im Prinzip ja.«

Oliver hörte hinter sich die Hufe des Fauns über das Pflaster jagen. »Was heißt, ›im Prinzip‹?«

»Warte ...« Nippys Flug gewann kurz an Höhe. Als sie wieder neben Oliver schwirrte, sagte sie: »Du musst ein Stück zurück.«

Oliver rutschte über das Pflaster. »Hättest du das nicht früher sagen können?« Er rannte jetzt direkt auf den Faun zu.

»Das ist eine Sackgasse, Oliver! Für Vögel ist es manchmal nicht so leicht, sich in die Rolle ...«

»Schon gut. Aber wir schaffen es nicht.«

Der Faun war höchstens noch dreißig Meter von Oliver entfernt.

»Halt!«, rief eine Stimme, die wie eine Bronzeglocke klang.

Oliver überlegte nicht lange, sondern zog die Notbremse. Seine Turnschuhe rutschten erneut über das Pflaster.

»Hier!«, hallte dieselbe volle Stimme. Jetzt erkannte Oliver auch, wem sie gehörte. Der gegossene Bronzekopf eines bärtigen Mannes hatte gesprochen, er ruhte auf dem Pfeiler einer hohen Toreinfahrt. »Hier hinein«, sagte der Kopf und gleichzeitig öffnete sich eine schmale Tür in dem Tor.

Oliver überlegte nicht lange, sondern sprang Nippy hinterher, direkt durch die rettende Öffnung. Ein lautes Knallen verriet ihm, dass die Tür unmittelbar hinter ihm zugefallen war, ein zweiter Bums, dass der Faun weniger Glück gehabt hatte.

Der Kopf, hoch oben auf dem Pfeiler, drehte sich so weit herum, dass er Oliver wieder anschauen konnte. »Mach schnell«, rief er. »Wenn du durch den Hof läufst, kommst du am Marktplatz heraus. Dorthin wird er dir nicht folgen. Aber beeil dich. Er kommt schon wieder zu sich und es sieht aus, als wüchsen ihm Flügel.«

»Danke«, rief Oliver dem hilfreichen Kopf zu und hastete weiter.

Er befand sich in dem großen Innenhof eines burgartigen Gebäudes. Nach allen Seiten ragten hohe Mauern auf, die aus Findlingen errichtet worden waren. Im Hof stand eine dicke Eiche, an deren Zweigen schon die ersten Triebe sprossten.

Als Oliver das gegenüberliegende Tor erreichte, hörte er einen Schrei über sich. Er warf den Kopf in den Nacken und sah den Faun ... Nein! Jetzt war es schon wieder ein anderes Wesen. Der Körper glich noch entfernt dem eines Menschen, aber es besaß weite gefiederte Schwingen und den Kopf eines Aasgeiers.

Unvermittelt trat ein Bäcker in Olivers Weg, vielleicht war es auch nur ein Diener, der da den Stapel Brote auf ausgestreckten Armen trug. Jedenfalls kam er gerade aus dem Spalt des angelehnten Tores, als Oliver hindurchspringen wollte. Es gab einen fürchterlichen Zusammenstoß. Zwei Menschenleiber und etliche Laibe Brot rollten über den Boden.

Eines der großen runden Brote kullerte direkt auf den Vogelmenschen zu, der just in diesem Augenblick in der Hofeinfahrt zur Landung ansetzte. Die Füße von Olivers Verfolger fanden wohl keinen rechten Halt auf dem instabilen Backwerk, denn er stürzte klatschend zu Boden.

»Entschuldige«, sagte Oliver zu dem Brotträger, der entgeistert auf das geflügelte Wesen starrte. Dann schlüpfte er durch das Tor auf den Marktplatz hinaus und tauchte in der Menschenmenge unter.

Der Laden des Goldschmieds war zwar nur so breit wie ein orientalischer Teppich, dafür aber mindestens so tief wie der Gotthardtunnel in der Schweiz. Na ja, vielleicht waren es nicht ganze fünfzehn Kilometer, aber Oliver hielt so ein langes Handtuch von Laden trotzdem zumindest für sehr ungewöhnlich.

Aurelius Aurum, der Goldschmied, wirkte gar nicht wie jemand, der schon dreitausend Jahre mit sich herumschleppte. Einst hatte er unter dem Namen Adad-Nerari im alten Assur gelebt. Von Priestern in aller Weisheit Assyriens erzogen, galt sein Wort viel beim König Tiglatpileser I. – bis sich das Glück des Landes wendete. Denunzianten stempelten Adad-Nerari zum Sündenbock. Man warf ihn in einen finstern Kerker. Damit hatte er seine Schuldigkeit getan. Bald war er vergessen.

Wie alle Erinnerungen Quassinjas hatte er sein Äußeres bewahrt, seit er in die Welt der verlorenen Erinnerungen eingetreten war. Seinen jetzigen Namen, so erklärte der Assyrer, hatte er erst später angenommen, weil er besser zu seinem Geschäft passe. Überhaupt machte Aurelius Aurum den Eindruck eines sehr geschäftstüchtigen Mannes. In Bezug auf seine schmale Zimmerkette bemerkte er listig lächelnd, dass es für einen Goldschmied sehr praktisch sei, wenn nicht gleich jeder das wahre Ausmaß des Ladens (und vor allem der Lagerräume) erkannte.

Oliver hatte das Geschäft von Eleukides' weisem Freund schnell gefunden. Einzig das Fortkommen auf dem Markt gestaltete sich etwas schwierig. Er wollte nämlich um jeden Preis verhindern aus der Luft gesehen zu werden. Zwar hatte Nippy ihm versichert, dass keinerlei Ungeheuer über der Stadt kreisten, aber noch einen Fehler wollte Oliver trotzdem nicht begehen.

So schlich er denn unter den Stoffdächern der Marktstände entlang, simulierte hier und da den interessierten Kunden und inspizierte aus der Ferne jedes Haus am Platz. Als er schon fast glaubte, Eleukides' Anweisungen falsch verstanden zu haben, erblickte er endlich die Geschäfte der beiden Kupferschmiede. Erst jetzt wurde ihm bewusst, dass ein Goldschmied wohl kaum goldene Teller oder Krüge vor seinen Laden hängen würde – wenn auch der Hunger in Quassinja kein Problem war, gab es doch immer bestimmte Personen, die ihre Begeisterung für kostbare Dinge schwer unter Kontrolle halten konnten.

Während der Marktbegehung spürte Oliver mehr und mehr ein schmerzhaftes Pochen im Daumen. Er konnte die linke Hand kaum noch bewegen. Wahrscheinlich hatte er sich die Verletzung bei dem Zusammenprall mit dem Brotträger zugezogen. Hoffentlich war nichts gebrochen.

Nun, im sicheren Schutz des fünften Hinterzimmers von Aurelius Aurums Laden, untersuchte Eleukides den »Schaden«. Nachdem er den Finger ein paarmal derart verbogen hatte, dass Oliver vor Schmerzen fast die Luft weggeblieben wäre, sagte er zufrieden: »Gebrochen ist nichts. Es wird bald vorübergehen.«

»Du hast gut reden!«, erregte sich Oliver. »Wenn der Daumen nicht gebrochen ist, dann ist er zumindest verstaucht. Jessica hat sich mal den großen Zeh verstaucht, und das hat sechs Wochen lang wehgetan.«

»Morgen früh bist du wieder wie neu.«

Oliver schnappte nach Luft, wollte protestieren, überlegte es sich aber anders. Irgendetwas an dem Gesicht des Philosophen verriet ihm, dass er wirklich meinte, was er sagte. »Bist du sicher, dass es *so* schnell gehen wird?«, fragte er daher nur.

Eleukides atmete tief durch, schaute erst Oliver an, dann Aurelius, Nippy und Kofer und kehrte zuletzt mit seinen Augen wieder zu Oliver zurück.

»Ich muss dich etwas fragen, Oliver.«

Der ahnte nichts Gutes und antwortete nur mit einem fragenden Blick.

»Hast du irgendwann Hunger oder Durst verspürt, seit du hier in Quassinja bist?«

Da brauchte Oliver nicht lang zu überlegen. »Gestern, als ich Nippy in dem Bach begegnete, war ich durstig. Und die Bohnen am Abend habe ich auch bis zum letzten Fatz verputzt.«

»Ja, aber ich meine etwas anderes. Entschuldige, wenn ich das sage, aber du siehst nicht gerade aus, als würde Essen dir keinen Spaß machen …«

»Danke.«

»Hast du gestern mehr empfunden als nur Appetit? Verstehst du, worauf ich hinauswill? Ich rede nicht vom gewohnheitsmäßigen Essen und Trinken, sondern von dem Gefühl, nach einem langen Marsch völlig erschöpft zu sein, nur noch dazu fähig, einen gebratenen Ochsen zu verschlingen und dann tot ins Bett zu fallen.«

Seltsam, dass Eleukides dies fragte. Oliver hatte sich wirklich schon gewundert, dass weder Hunger noch Durst noch Erschöpfung ihn hier so gequält hatten, wie er es gewohnt war. »So schlimm, wie du es schilderst, war es wirklich nicht«, gestand er schließlich ein.

»Hm.«

»Eleukides? Woran denkst du gerade?«

»Es gibt da so eine Theorie ...«

»Nun rück schon raus damit.«

»Man erzählt sich, dass die Goëlim in einem ganz entscheidenden Punkt anders sind als all die verlorenen Erinnerungen Quassinjas.«

»Und der wäre?«

»Sie empfinden echten Hunger und Durst. Sie können Schmerzen spüren und auch verletzt und getötet werden.«

»Und?«

»Das liegt daran, dass sie ja nicht selbst vergessen wurden, sondern nur *mit Hilfe* von etwas Vergessenem nach Quassinja gelangten.«

»Du verschweigst mir etwas, Eleukides!«

»Die Legende sagt, dass auch die Goëlim sich nicht gänzlich den Naturgesetzen unserer Welt entziehen können. Allmählich verlieren sie ihre irdische Natur und irgendwann sind sie wie wir.«

»Wie ihr ...?«, hauchte Oliver.

Eleukides nickte ernst.

»Wie viel Zeit bleibt mir noch?«

»Das ist schwer abzuschätzen. Wie gesagt, all dies sind nur alte Überlieferungen.«

»Wie lange noch, Eleukides?«

»Bis das Jahr stirbt.«

»Was?«

»So sagt es die Legende: Wenn ein neues Jahr aus der Dunkelheit des Winters steigt, dann erwacht auch die ganze Natur neu. Die *ganze* Natur, Oliver.«

Oliver starrte mit leerem Blick vor sich hin. Allmählich wurde ihm klar, dass er dieses ganze Abenteuer bisher wie ein spannendes Buch angesehen hatte – man lässt sich davon faszinieren, aber wenn man seiner überdrüssig ist, dann klappt man es einfach zu und legt es in die Ecke. Der Gedanke, möglicherweise für immer in diesem »Buch« gefangen zu bleiben, erschreckte ihn.

Für eine ganze Weile war es völlig still im Raum. In Olivers Kopf tobte ein Wirbelsturm aus Gefühlen und Gedanken. Seine Freunde waren rücksichtsvoll genug, ihn in diesem Moment nicht noch mit leeren Floskeln zu bombardieren. Irgendwo aus dem Strudel seiner Ängste, Befürchtungen, Ahnungen und Hoffnungen tauchte ein einzelner Gedanke auf.

Oliver schaute in Eleukides' Gesicht und sagte: »In einem alten Fluch heißt es von Xexano: ›Vergesst ihn nie! Denn sonst wird er, noch bevor das Jahr sich wendet, über zwei Welten herrschen – die der lebenden und die der verlorenen Erinnerungen.‹«

»Es ist erstaunlich, dass du diese Worte kennst«, meldete sich der Goldschmied Aurelius anstelle von Eleukides zu Wort. Seine Stimme war nur ein Flüstern. Im Raum herrschte eine sonderbare Stille. Selbst der Lärm des Marktes rückte mit einem Mal in weite Ferne.

»Kennst du diese Verse etwa?«, fragte Oliver.

Aurelius nickte. »Die Überlieferungen sagen, Xexano habe einst einen Hohepriester gehabt, einen ehemaligen Hirten, der auch nach Quassinja kam. Niemand weiß heute mehr, ob diese Legende stimmt, da Xexanos Priester schon vor langer Zeit verschwand. Einige behaupten, er habe irgendwo geschlafen, um erst bei Xexanos Rückkehr wieder zu erwachen, damit er ihm wie früher diene. Aber andere sagen auch, der Priester habe die böse Natur Xexanos durchschaut und sei in Gegnerschaft zu ihm getreten. Deshalb habe Xexano ihn vernichtet.«

»So wie er heute wieder die Erinnerungen vernichten will, die sich weigern ihm zu dienen?«

»Ob nun durch eine Mühle oder den feurigen Schlund des Vulkans Annahag – niemand weiß das. An eines jedoch erinnere ich mich. Ich war damals noch nicht lange in Quassinja, erst ein oder zwei Jahre. Da traf ich einen Wanderer, einen hoch gewachsenen, schlanken Mann. Obwohl er noch nicht sehr alt zu sein schien, benahm er sich wie ein Weiser. Der Fremde zeigte mir eine Steintafel und auf dieser standen vier Verse, die Strophen eines Liedes, wie er mir erklärte.« Aurelius beugte sich zu Oliver vor und sagte ernst: »Eine davon ist die, welche du eben aufgesagt hast.«

Oliver schaute Aurelius aus weit aufgerissenen Augen an. »Kannst du dich zufälligerweise auch noch an die allerletzte Zeile des Liedes erinnern?«

»Ich kenne noch jedes einzelne Wort der Strophen.«

Oliver hielt den Atem an, und weil Aurelius die erwartungsvolle Miene seines jungen Gastes bemerkt hatte, trug er den Vers vor.

> *VERGESST IHN NIE!*
> *Denn niemand, auf den er einmal seine Hand gelegt,*
> *kann sich ihr wieder entziehen, es sei denn,*
> *er möge das verlorene Denken zurückbekommen.*

»›Er möge das verlorene Denken zurückbekommen‹?«, wiederholte Oliver leise. Er tat es noch ein zweites und schließlich ein drittes Mal, immer lauter und mit immer mehr Nachdruck.

»Natürlich!«, rief er dann. »Das ist es! Nur diejenigen gelangen nach Quassinja, deren wahres Wesen vergessen ist oder die etwas Vergessenes bei sich tragen – so wie ich. Und um Quassinja zu verlassen, muss die Erinnerung daran auf der Erde wieder zurückgewonnen werden. Eigentlich ist es ganz logisch. Ich verstehe gar nicht, warum ich nicht von selbst darauf gekommen bin.«

»Nachher ist man immer klüger«, flötete Nippy.

»Du hast Recht …« Oliver blieb das Wort im Halse stecken. »Aber wie soll ich das machen?«, rief er. Seine Euphorie war jäh in Bestürzung umgeschlagen.

»Wenn du uns in deine Pläne einweihst, können wir dir vielleicht helfen«, schlug Aurelius vor.

Oliver musste sich erst sammeln. Etwas ruhiger erklärte er dann: »Um für meinen Vater und mich den Rückweg zur Erde zu öffnen, müsste meine Schwester Jessica sich an den Gegenstand erinnern, der mich hierher geführt hat. Aber das geht ja nicht: Erstens habe ich ihn ihr nicht gezeigt und zweitens hätte sie ihn wahrscheinlich sowieso in dem Moment vergessen, als ich durch das Ischtar-Tor ging – genauso, wie wir unseren Vater aus dem Gedächtnis verloren haben.«

»Was einmal auf der Erde vergessen ist, kann nicht so einfach zurückgewonnen werden«, stimmte Aurelius zu.

Oliver sank mutlos in sich zusammen. »Dann bin ich für immer hier gefangen.«

»Vielleicht gibt es doch einen Weg, deiner Schwester eine Botschaft zu senden.«

»Und wie soll das gehen? Ich kann ihr doch wohl kaum eine Ansichtskarte aus Quassinja schicken.«

»Die alten Überlieferungen sagen, dass es einige Orte auf Quassinja gibt, an denen die Erde und die Welt der verlorenen Erinnerungen besonders dicht zusammentreten. Diese Gebiete werden *Zwielichtfelder* genannt. Manchmal sollen sie nur kleine Flecken sein – vielleicht ein Hauseingang, ein Spiegel …«

»Ein Spiegel?« Oliver musste sogleich an Jessicas Gesicht denken, das ihm in dem Bach erschienen war, aus dem ihn dann Nippy ansprang.

Aurelius nickte. »Auch der Stille Wald hat solche Bereiche, die das Einhorn bewacht. Man sagt übrigens, es sei der Hüter der Zwielichtfelder. Aus diesem Grunde soll es auch das einzige Wesen Quassinjas sein, das alle diese Felder kennt.«

Oliver überlegte einen Augenblick, ob es sinnvoll wäre, einfach zum Stillen Wald zurückzukehren und das Einhorn um den Gefallen zu bitten, Jessica ein Bild von der Haarspange zu senden. Aber dann erinnerte er sich der wenig auskunftsfreudigen Art des Bronzewesens. Der weise Aurelius war da schon ein offenerer Gesprächspartner.

»Kennst du noch andere Zwielichtfelder, von denen aus ich mit meiner Schwester in Verbindung treten könnte?«

»Ich selbst kenne nur eine Gegend, von der behauptet wird,

dass sie ein solches Zwielichtfeld sei, ein sehr großes sogar. Aber das ist ein unheiliger Ort. Man sagt, dort spuken die Erinnerungen herum, die weder ganz hier noch ganz dort sind.«

»Ich fürchte, das musst du mir genauer erklären.«

»Manche Erinnerungen schlummern nur noch tief im Unterbewusstsein der Menschen. Sie treten vielleicht nie mehr zutage, obwohl sie noch da sind. Solange nicht entschieden ist, ob sie in die Welt der verlorenen oder aber in diejenige der lebenden Erinnerungen gehören, sollen sie in den Sümpfen von *Morgum* ihr Unwesen treiben. Niemand kann wirklich zuverlässig darüber Auskunft geben, aber es heißt, dass vor allem üble Erinnerungen dort hausen. Ich muss dich warnen, Oliver. Morgum ist nicht der Ort, an dem du nach Hilfe suchen solltest.«

Oliver unterdrückte ein Schaudern. Er erinnerte sich, dass tags zuvor auch Kofer die Sümpfe erwähnt hatte. »Das brauchst du mir nicht zweimal zu sagen! Von Monstern habe ich vorläufig die Nase voll. Aber es muss doch trotzdem noch irgendeine Möglichkeit geben. Eleukides, du bist doch auch nicht gerade ein Neuling hier. Weißt du keinen Rat?«

»Es soll noch ein anderes Zwielichtfeld existieren, irgendwo in Amnesia.«

»Vergiss dies besser, Eleukides«, warf Aurelius sofort ein. »Es gibt gleich drei gute Gründe, diese Möglichkeit fallen zu lassen.«

Oliver schaute den Goldschmied fragend an.

»Vergiss es«, wiederholte der noch einmal.

»Es würde mich trotzdem interessieren, Aurelius.«

Der Goldschmied seufzte. »Na gut. Ich nehme an, dass du bereits gehört hast, *was* Amnesia ist. Xexano haust dort in einem riesigen Turm, der immer noch nicht fertig ist. Es heißt, er setze einen Teil der Erinnerungen, die seine Terrakotta-Krieger verschleppen, dort als Zwangsarbeiter ein. So weit, so schlecht. Zu allem Übel kommt noch dazu, dass niemand von uns dir verraten kann, *wo* sich Amnesia befindet.«

»Wie meinst du das? Ich denke, es ist die Hauptstadt Xexanos?«

»Das stimmt. Aber sie liegt auf einer Insel im Meer der Vergessenen. Es gibt viele Legenden über sie. Manche behaupten, die Insel würde schwimmen und hätte somit keine feste Position, die man in irgendeine Seekarte eintragen könnte. Andere wiederum sagen, sie sei unsichtbar. Einige meinen zu wissen, dass ein übernatürlicher Nebel das Eiland umgibt. Eines steht jedenfalls fest: Kein Schiff kann diese Insel finden, ohne dass sein Kapitän ihr Geheimnis kennt. Vielleicht ist es Xexanos Macht selbst, die einem Besucher den Weg öffnet – niemand weiß es. Selbst wer den Schlüssel zu Amnesias Pforten ohne Xexanos Wissen fände, würde wohl an einem anderen Hindernis scheitern, das der goldene Herrscher ins Meer gesetzt hat: Es gibt Geschichten über ausgesprochen boshafte Geschöpfe, zu deren Leibspeise umherirrende Segelschiffe zählen.«

»Das klingt allerdings wirklich nicht sehr ermutigend.«

»Und dennoch ist es nur *eine* Hürde, die man nehmen muss. Das Zwielichtfeld liegt in Xexanos Händen; er müsste also erst einmal bezwungen werden. Außerdem kennt niemand die Natur des Feldes – ist es nun ein Spiegel, ein See, ein Tor, ein Sumpf, ein Wald ...?«

»Ich glaube, du kannst aufhören. Mir leuchtet ein, dass wir so nicht weiterkommen.« Oliver spürte wieder die Verzweiflung in sich hochsteigen.

»Es gäbe da vielleicht eine winzige Möglichkeit«, sagte Aurelius leise – fast, als würde er nur zu sich selbst reden.

»Rück schon raus damit, alter Junge«, forderte ihn Eleukides auf.

Aurelius zögerte. Es sah aus, als koste es ihn große Überwindung, diese wohl letzte Chance überhaupt anzusprechen. Endlich begann er: »Ihr müsstet die *Nemon* durchqueren ...«

Kofer und Nippy stießen gleichzeitig einen kleinen Entsetzensschrei aus.

»... und dir müsste es gelingen, Semiramis zum Sprechen zu bringen.«

Jetzt schüttelte auch Eleukides abwehrend den Kopf. Seine Finger zupften nervös an dem weißen Bart.

Oliver schaute seine Freunde der Reihe nach an. Für ihn war

ihre Fassungslosigkeit völlig unverständlich. »Was ist die Nemon? Und vor allem, *wer* ist Semiramis?«

»Nemon ist eine Steinwüste«, erklärte Eleukides mit starrer Miene. »Wenn die Kiesel, die dort überall verstreut liegen, noch sehr jung sind, dann sind sie so leicht wie Bimssteine, aber je älter, desto schwerer werden sie auch. Es heißt, das alles Vergessene, was je einen Namen hatte, dort einen Stein besitzt.«

»Jeder Bewohner Quassinjas meinst du?«

Eleukides nickte. »Auf meinem Stein ist mein Name eingraviert. Auf dem von Aurelius Aurum der seine. Auch Nippy und Kofer haben einen Stein. Und irgendwo in dieser Wüste gibt es einen leeren, auf dem sich wie von Geisterhand ganz langsam der deine eingräbt, Oliver.«

Ein kalter Schauer lief über Olivers Rücken. »Gibt es eine Erklärung für diese Namenssteine?«

»Nichts als Spekulationen«, nahm nun wieder Aurelius den Gesprächsfaden auf. »Man sagt, die Steine enthalten das Geheimnis des wahren Wesens jeder Erinnerung. Sie sind sozusagen ihr Kern. Wenn du einen Stein zerstörst, stößt du die lebende Erinnerung ins Nichts.«

Oliver starrte Aurelius an. Er versuchte zu begreifen, was der Goldschmied da gesagt hatte. Auch das Einhorn hatte das Nichts erwähnt. Falsch! Oliver war es gewesen. Aber das Einhorn hatte ihn durch geschickte Fragen auf diesen Gedanken gebracht.

»Hat denn noch nie jemand versucht seinen Namensstein zu finden, um ihn an sich zu nehmen oder an einem sicheren Ort zu verwahren?«

Aurelius schüttelte den Kopf. »Es gibt ein geflügeltes Wort in Quassinja: ›Er war auf der Suche nach seinem Namensstein.‹ Man sagt das, wenn einer seine Zeit verschwendet hat, ohne etwas zu erreichen.«

»Verstehe. Und in dieser Wüste wohnt also diese Semiramis?«

»Ja. Die Wüste ist ein Tummelplatz für Alpträume und Semiramis ist ihre Königin.«

»Es gibt noch jemanden, über den Xexano keine Gewalt hat?«

»Ja und nein. Semiramis kann die Wüste nicht verlassen, weil Xexano sie dorthin verbannte. Sie ist seine Mutter.«

Oliver wäre beinahe vom Stuhl gefallen. »Xexano hat eine Mutter?«

»Nun, streng genommen ist sie natürlich nicht die Mutter einer Statue. Aber derjenige, der Xexano einst erschuf, hat ihm sein Wesen eingepflanzt, um durch ihn ewig zu leben und ewige Macht über die zwei Welten auszuüben! Niemand kennt das Wesen Xexanos besser als Semiramis. Deswegen hasst er sie.«

»Und warum hat er sie nicht längst vernichtet, wenn er so mächtig ist, wie alle behaupten?«

»Weil Semiramis seinen Namensstein besitzt.«

»Doch nicht etwa den mit seinem *richtigen* Namen?«

»Genau diesen. Deshalb kann sie ihn binden, wie die alten Verse sagen.«

»Und warum macht sie seinem bösen Treiben nicht ein Ende?«

»Das musst du sie schon selber fragen, Oliver Sucher.«

Oliver blickte Aurelius entgeistert an. »Ich?«

»Sie ist vermutlich die Einzige, die das Geheimnis des Zwielichtfeldes kennt, über das Xexano seine Hand hält.«

»Irgendwie habe ich das Gefühl, dass sie nicht so gerne mit jedem Dahergelaufenen über dieses Thema sprechen wird.«

»Vielleicht könntest du sie dazu zwingen.«

»Ich? Wie denn?«

»Indem du *ihren* Namensstein findest.«

Oliver musste lachen, aber es klang nicht wirklich amüsiert. »Jetzt hast du dir selbst widersprochen, Aurelius. Du hast doch gerade erst erklärt, dass sogar ein Sprichwort in Quassinja sagt, wie sinnlos es sei, einen bestimmten Namensstein zu suchen. Warum sollte gerade *ich* einen finden?«

»Weil das Einhorn dir den Beinamen *der Sucher* gegeben hat.«

Oliver hatte das Eintreten des Jungen wie eine Erlösung empfunden. Er musste die vielen Neuigkeiten, die er im Hinterzimmer von Aurelius Aurums Laden erfahren hatte, erst einmal verdauen.

Der Knabe, der schüchtern den Perlenkettenvorhang zwischen dem vierten und dem fünften Hinterzimmer zu Seite schob, war von Aurelius' Frau gesandt worden. Die Gute hatte ein schmackhaftes Frühstück für ihren Mann und seine Gäste zubereitet.

Man sah es Aurelius und Eleukides nicht an, dass sie es eigentlich gar nicht nötig hatten zu essen, dachte Oliver, als er sie beim genüsslichen Kauen beobachtete. Würden er und sein Vater auch einmal so werden – so gut wie unsterblich, aber als ewige Gefangene Quassinjas? Der einzige Ausweg aus diesem Dilemma glich einem Himmelfahrtskommando.

Er sollte eine seltsame Steinwüste durchqueren, welche die eine Hälfte der quassinjanischen Bevölkerung als heiligen und die andere als verfluchten Ort betrachtete. Ganz nebenbei gab es da auch noch die lebenden Alpträume, die sich die Wüste Nemon als Refugium erwählt hatten. So im Vorbeigehen sollte er aus unzähligen Namenssteinen einen einzigen herausfischen, und wenn er es dann schließlich schaffte, Semiramis zu finden, war es noch lange nicht abgemacht, ob sie ihm auch wirklich helfen würde.

Am liebsten hätte Oliver den Goldschmied gefragt, ob er nicht einen weiteren Gesellen ausbilden wolle, so sinnlos erschien es ihm, überhaupt weiter über dieses ganze Unternehmen nachzudenken. Die allerschlimmste Nachricht sollte aber erst noch kommen. Während er lustlos an einem Hühnerbein nagte, erkundigte sich Eleukides nach den genauen Umständen seiner Hatz durch die morgendlichen Straßen von Nargon. Oliver erzählte von dem grässlichen Wesen, das sich alle Nase lang in einer neuen Verkleidung präsentiert hatte.

»Und du bemerktest einen seltsam eisigen Luftzug, bevor du das Wesen zum ersten Mal sahst?«

»Ja.«

Eleukides nickte, als fühle er sich bestätigt.

»Hat das eine Bedeutung?«, fragte Oliver.

»Sag mir bitte zuerst noch, ob du gestern die gleiche Art von Kälte schon einmal gespürt hast.«

»Da muss ich erst nachdenken. Warte mal … Ja! Jetzt, wo du

danach fragst, fällt es mir wieder ein. Als Nippy mich im Wald allein ließ und ich die beiden Terrakotta-Soldaten belauschte, streifte mich auch so ein eisiger Luftzug. Und später, als wir in dem Felsspalt warteten, bis der Trupp Tonsoldaten vorübergezogen war, hatte ich dasselbe Gefühl.«

Das Gesicht des Philosophen wurde schlagartig blass. Er tauschte einen ernsten Blick mit Aurelius. Dann nickten beide.

Oliver wurde langsam ärgerlich. Er kam sich vor wie ein kleiner Junge, dem man nicht sagen wollte, dass er einen Termin beim Zahnarzt hatte. »Könnte mir jetzt *bitte* einer von euch verraten, was das alles zu bedeuten hat?«

»Du kannst von Glück sprechen, dass du dem Sammler dreimal entkommen bist«, flüsterte Aurelius.

»Dem ... *Sammler?*«

Nippy und Kofer zeigten sich beinahe genauso betroffen wie Oliver. Während der Mantel schlaff vom Stuhl hing, saß der gläserne Schwirrvogel kraftlos auf dem Tisch und stützte den Kopf mit dem langen Schnabel ab, damit er nicht umkippte.

»Das hättest du mir ruhig früher sagen können, Eleukides.«

»Ich *habe* dir vom Sammler erzählt. Aber ich wusste ja nichts von deinen Wahrnehmungen. Nur sehr feinfühlige Geschöpfe können es überhaupt spüren, wenn der Sammler sich ihnen nähert. Auf uns andere hatte er es nicht abgesehen, deshalb merkten wir nichts davon.«

Eleukides hatte Recht. Der Sammler war mehrmals erwähnt worden, aber sein böses Treiben in Quassinja war für Olivers Gefährten wahrscheinlich schon zu selbstverständlich, als dass sie mehr als unbedingt nötig über ein solch unerfreuliches Thema gesprochen hätten. Und für ihn, Oliver, hatten sich die Ereignisse so überstürzt, dass er nie zum Fragen gekommen war.

»Dann muss ich mich wohl mit dem Gedanken abfinden, dass er es auf *mich* abgesehen hat«, sagte er in resignierendem Ton.

»Wie du siehst, ist er nicht unbezwingbar.«

»Wer ist dieser Sammler überhaupt? Oder – *was* ist er?«

»Die Überlieferungen sagen, er sei ein Geschöpf Xexanos. Er ist ein grausames Wesen, das seinem Herrn bedingungslos gehorcht. Das kannst du schon allein daran erkennen, dass der Sammler all die Jahrtausende hindurch auf die Rückkehr Xexanos gewartet hat. Der Herrscher Quassinjas soll *ha-me'assef*, das ist der wahre Name des Sammlers, aus allen Übeln erschaffen haben, die es einst auf der Erde gab. Nur die schlimmsten Erinnerungen waren der Stoff, aus dem der Sammler gebildet wurde.«

»Du meinst, so wie sich hier zwei Beine und ein Kopf verbinden können, ist auch der Sammler eine ... Symbiose böser Erinnerungen?«

»Wenn du mit diesem Wort eine Zweckgemeinschaft des Bösen meinst, dann gebe ich dir Recht. Der Unterschied ist vielleicht nur, dass Xexano es irgendwie zuwege brachte, die boshaften Erinnerungen aneinander zu ketten. Von selbst werden sie sich niemals lösen, aber sie können ihre Gestalt nach Belieben verändern.«

»O ja! Das kann ich bestätigen.«

»Wenn er dich nicht in einer Stadt mit engen Gassen gejagt hätte, wäre er wahrscheinlich in größere Körper geschlüpft.«

»Danke, der Greif und der Basilisk haben mir schon gereicht.«

»Auf alle Fälle wissen wir jetzt, dass wir noch viel vorsichtiger sein müssen. Vor allem du, Oliver. Achte demnächst darauf, ob du im Zug stehst.«

Oliver rieb sich nachdenklich das Kinn. Jetzt, wo er einen Eindruck von der Gefährlichkeit seines Unternehmens hatte, empfand er auf einmal so etwas wie ein schlechtes Gewissen gegenüber seinen Gefährten.

»Wollt ihr es euch nicht noch einmal anders überlegen?«, fragte er in die Runde. »Ich meine euer Angebot, mich zu begleiten. Ich glaube, ich könnte morgens nicht mehr in den Badezimmerspiegel schauen, wenn irgendeinem von euch etwas zustoßen würde.«

»Ich bleibe bei dir«, flötete Nippy ihm ins Ohr. Ihr war die Schwermut nicht entgangen, die sich auf Oliver gelegt hatte.

»Ich natürlich auch«, beeilte sich Eleukides zu versichern. »Wenn die Goëlim uns nicht von dem Joch Xexanos befreien können, wer dann?«

»Aber ...« Erst jetzt wurde sich Oliver bewusst, dass aus einer Suche nach dem Vater eine Befreiungsaktion für eine ganze Welt geworden war. Eleukides hatte natürlich Recht. Alles deutete darauf hin, dass Oliver seinen Vater nur dann würde finden und befreien können, wenn er Xexanos Macht bezwang. Zu allem Überdruss stimmte jetzt auch Kofer in den Chor seiner »Gefolgsleute« ein.

»Behalte meinen Knopf nur noch eine Weile, Oliver. In dieser Schlacht bist du ohne einen erfahrenen Strategen verloren. Ich *kann* dich gar nicht allein mit diesem alten Denker und seinem Glasvogel ziehen lassen.«

»Ich wünsche euch viel Glück«, fügte schließlich Aurelius noch hinzu. »Wie es aussieht, ist nun der Zeitpunkt gekommen, um über eure Flucht aus der Stadt zu sprechen. Ich habe da einige nette Überraschungen ausgeheckt, an denen Hermann van Daalen sich seine Spürnase wund reiben wird.«

Alle schauten den listig lächelnden Goldschmied erwartungsvoll an.

Aurelius Aurum sollte jedoch keine Gelegenheit bekommen, seine sensationellen Einfälle vorzustellen.

»Die Tonsoldaten! Die Tonsoldaten!«

Schlagartig wandte sich die Aufmerksamkeit der ganzen Runde dem erregten Ausruf zu. Er stammte von dem Jungen, der auch das Frühstück gebracht hatte. Wenige Herzschläge später schlitterte er durch den Perlenvorhang und kam erst am Tisch zum Stillstand.

»Beruhige dich erst einmal«, sagte Aurelius zu ihm, »und dann erzähl uns, was du gesehen hast.«

Der Atem des Jungen ging wie ein Blasebalg. Er dachte gar nicht daran, sich zu beruhigen. »Draußen ... auf dem Marktplatz ... Xexanos Garde ...«

»Kommen sie etwa hierher?«

»Nein, ich glaube nicht. Sie haben Erinnerungen bei sich.«

»Du meinst ...?«

Der Junge nickte.

»Das ist schlimm.«

»Was ist schlimm?«, fragte Oliver, der nur die Hälfte begriffen hatte.

»Wenn sie wieder welche von uns gefangen haben«, antwortete Eleukides, »dann führen sie sie in einer Prozession durch die Stadt. Das soll zur Abschreckung der anderen dienen.«

Aurelius erhob sich vom Stuhl. »Es ist besser, wenn wir uns persönlich von dem überzeugen, was der Junge gesagt hat.«

Oliver sah ihn verdattert an. Das war das Letzte, was ihm in diesem Moment eingefallen wäre.

»Es kann sein, dass diese Zurschaustellung noch einen anderen Grund hat«, fuhr der Goldschmied fort.

Eleukides nickte. »Du hast Recht. Oliver, nimm deine Sachen und häng dir Kofer über. Schnell!«

»Aber ich verstehe nicht ...«

»Es kann sein, dass Hermann van Daalen dahinter steckt. Oder der Sammler selbst. Wenn erst der ganze Marktplatz voller Soldaten ist, dann wird es für uns so gut wie unmöglich sein, noch von hier wegzukommen.«

Oliver sprang förmlich in seine Regenjacke. Im Loslaufen riss er Kofer so unsanft vom Stuhl, dass dieser erschrocken aufschrie.

Sie durchquerten die vier anderen Räume und zuletzt den Laden. Vorsichtig spähten sie auf den Platz hinaus. Oliver musste sich ganz lang machen, um überhaupt etwas sehen zu können.

Von der gegenüberliegenden Seite strömte ein langer Zug von Terrakotta-Soldaten auf den großen Platz. Menschen und andere Erinnerungswesen wurden grob weggeschoben. Ein Marktstand mit Obst stürzte krachend um. Aus einer anderen Richtung hörte man das Geräusch von Tonkrügen, die am Boden zerschellten.

Oliver strich sich geistesabwesend über die Wange. Mindestens fünfzig Soldaten mussten schon auf dem Platz sein und es kamen immer noch neue hinzu.

»Ihr müsst fort von hier«, sagte Aurelius unvermittelt. Seine Stimme verriet, wie ernst er die Lage einschätzte.

»Auf dem Platz sind wir nicht mehr sicher«, schaltete sich jetzt auch Kofer ein. »Ganz ungünstige Verteidigungsposition. Ich schlage eine List vor.«

Alle schauten Oliver an. Der hob abwehrend die Hände und beteuerte: »Ich habe nichts gesagt. Es war Kofer.«

Eleukides fragte: »Was für eine List, General?«

»Wir mischen uns unters Volk und verlassen den Platz genau da, wo die Tonköpfe hereinkommen.«

»Genial!«, rief Eleukides. »Und wenn das Getümmel nachlässt, verschwinden wir durch die engen Gassen und schlagen uns bis zu Gildewert durch. Ich muss schon sagen, Ihr seid wirklich ein großer Feldherr, General.«

»Das ist doch nichts, mein lieber Philosoph.«

»Und wenn sie mich erkennen?«, platzte Oliver dazwischen.

Der strategische Planungsstab schwieg überrascht.

»Das werden sie nicht«, meldete sich Aurelius Aurums Stimme von hinten. »Zieht einfach das hier über und ihr seid so gut wie unsichtbar.« Der Goldschmied hielt lange bunte Gewänder in den Händen, wie sie sehr viele Bewohner Nargons trugen. Außerdem hatte er auch zwei topfartige Hüte aufgetrieben.

»Die werden euch ausreichend entstellen«, pfiff Nippy vergnügt.

In Windeseile schlüpften Eleukides und Oliver in die mitgebrachte Kleidung. Oliver stellte sich dabei nicht gerade besonders geschickt an, aber mit Aurelius' Hilfe gelang es schließlich, die perfekte Illusion eines typischen Nargoniers zu erschaffen.

»Das dürfte genügen«, sagte der Goldschmied. Er rückte noch einmal den Filztopf auf Olivers Haaren zurecht, dann nickte er zufrieden.

»Dann nichts wie los«, drängte Eleukides.

Sie mischten sich unter die Menge. Wie jede größere Zuschauerschaft angesichts einer Katastrophe, so zeigte sich auch diese äußerst interessiert an schrecklichen Ereignissen. Das gab Oliver und seinen Gefährten genügend Gelegenheit unterzutauchen. Während das Publikum die Hälse reckte, bahnten sie sich in geduckter Haltung ihren Weg durch die Menge. Als sie das Ende des Platzes erreichten, mussten sie gezwungenermaßen auch näher an die Tonsoldaten heranrücken.

Erst jetzt, aus der Nähe, bemerkte Oliver, dass jede Terrakotta-Figur anders aussah. Die langen, nach hinten gebundenen Haare waren zum Beispiel zu ganz unterschiedlichen Knoten geflochten. Die Soldaten besaßen sogar verschiedene Gürtelschnallen. Ein Krieger mochte sehr groß sein, der andere dagegen war eher klein. Auch die Gesichtszüge fielen mal breiter, mal schmäler aus. Hier und da konnte er auch Farbspuren entdecken – die Tonsoldaten mussten vor langer Zeit einmal prächtig bemalt gewesen sein. Oliver war Künstler genug, um den Händen, die einst diese Figuren geformt hatten, große Bewunderung zu zollen.

Trotzdem hätte er sich lieber gewünscht diese Armee starr und schweigend am heiligen Berg Tai-Shan in China zu bestaunen. Jetzt nämlich steigerte sich das Gedränge zu beängstigenden Ausmaßen. Zum ersten Mal sah Oliver, dass die Terrakotta-Garde über Pferde verfügte. Selbstverständlich bestanden auch die Rösser aus Ton.

Bald konnte Oliver die ersten Gefangenen ausmachen. Sie wurden durch die Gasse getrieben, welche die tönernen Reiter bildeten. Jenseits des Spaliers tobte die Menge.

Mit Abscheu bemerkte er, dass viele der Zuschauer hier keinesfalls ihren Unmut zum Ausdruck brachten. Die überwiegende Zahl schien sogar zu jubeln (nicht jedem belebten Gegenstand war das eindeutig anzusehen). Hier und da hörte er Heilsrufe auf Xexano. In Olivers Bauch begann etwas zu brodeln, eine gefährliche Mischung aus Magensäure und Wut.

Wie konnten sie nur Hochrufe auf einen Herrscher ausbringen, der ihre Miterinnerungen zu Sklavenarbeit zwang oder in einem See versenkte, um sie für ein noch schlimmeres Los zu verwahren? War es die nackte Angst, die das Volk dazu trieb? Konnte es allein die Furcht sein, selbst – vielleicht schon als Nächster – verschleppt zu werden, die ihre Gemüter derart anheizte?

Eleukides deutete mit einem Mal nach vorne. Oliver versuchte zu erkennen, worauf der Philosoph zeigte. Der Lärm war nun unerträglich geworden. Ein Alabasterkrokodil rempelte ihm in die Seite. Direkt vor seinen Füßen stolperte eine zwergenhafte Marmordame. Dadurch bekam er für einen Moment freie Sicht.

»Captain Hook!«, entfuhr es ihm. Niemand in der johlenden Menge hörte es. Der Kleiderständer aus dem *Wilden Mann* stolperte auf seinen winzigen Holzbeinchen durch die Gasse der Reiter. Olivers Magen krampfte sich zusammen und seine Wut wurde noch größer. Und er hatte Captain Hook misstraut! Vielleicht war dieser sogar verhört und gefoltert worden – falls das bei einem Kleiderständer überhaupt möglich war. Anstatt sie zu verraten, hatte Hook lieber die Mühle Xexanos gewählt.

Wenn man nur etwas tun könnte! Oliver schaute weiter die Straße hinab. Hinter dem Kleiderständer rollte ein zweirädriger Karren. Er wurde von zwei Sandsteineseln gezogen. Auf dem Wagen lagen allerlei Gegenstände, Bücher vor allem (wahrscheinlich sollten sie verbrannt werden), aber auch kleinere Erinnerungsstücke, die selbst nicht laufen konnten – eine Vase, ein Schmuckkästchen und ein ... Pinsel.

Oliver traute seinen Augen nicht. Aber jetzt, als der Wagen direkt an ihm vorbeirollte, konnte er es ganz deutlich erkennen: der rötliche Holzgriff, die Spuren der Zähne des jungen, ungeduldigen Malers und die schon etwas lichten Marderhaare – es war *sein* Pinsel, der dort lag!

Das Bild eines Ladens für Künstlerbedarf zog an seinem geistigen Auge vorbei. An diesem Tag hätte er aus Schussligkeit beinahe einen neuen Pinsel in der Hosentasche mitgehen lassen. Der Verkäufer hatte Verdacht geschöpft und Jessica hatte die vertrackte Situation gerade noch klären können. Das Ganze wäre nie passiert, wenn er nicht kurz zuvor seinen alten Pinsel verloren hätte. Er hatte das gute Stück einst auf dem Dachboden, in der Nähe von Mutters Truhe, gefunden. Geduldig hatte es seine ersten künstlerischen Gehversuche ertragen und dabei so manches Haar verloren. Er hatte mit dem alten Pinsel lieber gemalt als mit jedem anderen. Aber dann war ihm das Werkzeug im Zeichensaal der Schule heruntergefallen und zwischen zwei Bodendielen gerollt. Mehrere Rettungsversuche scheiterten. Der Pinsel schien für immer verloren. Oliver kaufte sich einen neuen; der alte verschwand aus seiner Erinnerung.

Und jetzt lag er auf diesem Wagen, der langsam an ihm vorüberzog. Noch während er darüber nachdachte, ob er einfach die Hand ausstrecken und seinen alten Pinsel vom Wagen schnappen sollte, sah Oliver die weißen schlanken Fesseln eines Pferdes.

Er hob die Augen und erblickte ein Geschöpf, das schöner kein Künstler hätte erschaffen können. Ein Pferd ... und auch wieder nicht – sondern viel mehr. Der prächtige, feurige Hengst besaß Flügel! Die weiß gefiederten Schwingen waren jedoch mit Riemen am Körper festgebunden. Ein Terrakotta-Reiter auf der anderen Seite der Straße zielte mit einer langen Lanze auf den Hals des Rosses.

Nun erreichte Olivers Wut den Siedepunkt. In seiner Brust schlug das empfindsame Herz eines Künstlers. Deshalb fehlte ihm jedes Verständnis dafür, dass man einem solchen Geschöpf die Freiheit raubte.

»Pegasus!«, formten seine Lippen. Wie konnte er hier sein, wenn doch die Menschen dieses geflügelte Pferd niemals vergessen hatten? Obwohl Olivers Stimme viel zu leise war, um den Lärm der Menge zu übertönen, sah er, wie der Kopf des Fabelwesens sich wendete. Es bestand weder aus Holz noch aus Stein oder Bronze. Traurige Augen sahen ihn an. Er konnte es nicht fassen. War es denn möglich, dass ihn das Pferd gehört hatte?

Hinter dem weißen Hengst endete die Gefangenenkarawane. Den Abschluss bildete ein Elefant aus grauem Stein. Auf dem Rücken der lebendigen Figur saß ein Mann – nicht besonders groß, so dünn wie ein Strich in der Landschaft, das einzig Auffällige an ihm war die lange Nase. Er trug eine braune Uniform und eine Pistole am Gürtel. Oliver wusste sogleich, wen er da vor sich hatte.

»Das ist Hermann van Daalen!«, raunte Eleukides ihm zu. »Dreh dich um, damit er dich nicht sieht.«

»Ich werde es dem Schurken heimzahlen«, flüsterte Oliver

zurück. Er wandte sich tatsächlich um. Aber nicht um vor Hermann van Daalen sein Gesicht zu verbergen, sondern um neben dem Wagen herzugehen.

»Was tust du denn da?«, zischte Aurelius bestürzt.

»Du musst den Verstand verloren haben«, zischte Kofer.

Das hatte Oliver nicht. Im Gegenteil. Sein Geist formte mit großer Sorgfalt ein Bild. Es waren gefährliche dunkle Sturmwolken, die sich in seinem Kopf auftürmten. Gestern war es ihm schon einmal gelungen, den Wind herbeizurufen. Warum sollte er es nicht wieder tun können?

»Ein Unwetter zieht auf!«, rief jemand neben ihm und schnappte vergeblich nach dem davonfliegenden Hut.

Olivers Entschluss stand fest. Vielleicht würde seine Traumgabe am Ende zu schwach sein ...

»Halt!« Die Stimme fuhr schneidend wie ein Messer in die Menge. »Der Junge da! Der Wind treibt mir seinen Gestank in die Nase. Soldaten, nehmt ihn sofort fest!«

»Van Daalen hat Oliver entdeckt!«, schrie Aurelius. Dann verlor auch er seinen Filzhut.

Auch wenn seine Kraft nicht ausreichen sollte, er konnte wenigstens diesen einen Versuch unternehmen. Oliver war nie besonders stark gewesen, aber er wollte alles tun, was in seiner Macht stand. Seine Hand zuckte vor und griff nach dem Pinsel.

Inzwischen wurden ganze Marktstände vom Wind erfasst, zerlegt und in Einzelteilen durch die Luft gewirbelt. Eine Stoffplane schmiegte sich eng um Hermann van Daalens Gesicht. Darunter waren seine kreischenden Befehle noch immer zu hören – jedenfalls so lange, bis ihn eine herbeifliegende Zeltstange voll am Kopf traf. Anschließend kippte er bewusstlos von seinem Elefanten.

Die Zuschauer flüchteten sich in Hauseingänge. Einige lagen platt am Boden, andere hatten dem Sturm ihren Rücken zugekehrt und versuchten auf den Beinen zu bleiben. Die Gasse der Terrakotta-Reiter war fürchterlich in Unordnung geraten. Die meisten Pferde scheuten. Überall fielen Tonsoldaten von ihren Reittieren und zerplatzten am Boden in tausende von Scherben.

Der Soldat bei dem geflügelten Hengst saß immer noch auf seinem Pferd. In diesem Moment sah Oliver die Granitschildkröte. Die massive Steinfigur war größer als ein Preiskürbis. Alles ging viel zu schnell, als dass Oliver hätte sagen können, ob es nun eine lebendige Schildkröte war, die der von ihm geschaffene Sturm da herantrug. Aber das spielte im Augenblick auch keine Rolle. Nur Pegasus war für ihn jetzt noch wichtig.

Der Wind änderte schlagartig die Richtung und ehe der Terrakotta-Reiter reagieren konnte, war die Schildkröte durch ihn hindurchgeflogen. Ohne seinen starrsinnigen Reiter machte sich das Tonpferd schleunigst auf die Suche nach einem windgeschützten Platz.

Das war Olivers Chance. Er hatte es geschafft, sich und seine Freunde aus dem Gröbsten herauszuhalten. Nun konnte er nur noch an den geflügelten Hengst denken. Mit der einen Hand zog er Aurelius einen goldverzierten Dolch aus dem Gürtel, mit der anderen packte er Eleukides.

»Du bist wahnsinnig, Oliver!«

»Ja, aber komm.«

»Dein Name ist Pegasus, stimmt's?«, sagte er zu dem Flügelwesen, während er hastig die Lederriemen durchschnitt. Aus den Augenwinkeln erblickte er, wie die Scherben des Terrakotta-Reiters zitternd über den Boden rutschten. Der Wächter des Hengstes war gerade dabei, seinen Oberkörper zusammenzusetzen.

»Ich habe gewusst, dass du meinen wahren Namen kennst«, antwortete das feurige Fabelwesen mit voller Stimme.

»So, jetzt hab ich's«, sagte Oliver, als er die letzte Fessel zerschnitten hatte.

»Dann steig auf. Verlassen wir diesen unseligen Ort!«

»Eleukides ist noch bei mir. Wirst du uns beide tragen können?«

»Darüber machen wir uns später Gedanken, mein Freund. Und nun kommt, ihr beiden!«

Oliver kletterte unbeholfen auf den Rücken des Hengstes. Wenn Pegasus mit seinen Flügeln nicht nachgeholfen hätte, wäre er bestimmt an dieser Aufgabe gescheitert. Anschließend hievten sie Eleukides hinauf.

Sogleich setzte sich Pegasus in Bewegung. Er galoppierte ein Stück auf den Marktplatz zu und breitete seine weißen Schwingen aus. Wie mächtig sie waren! Mit wenigen Flügelschlägen erhob er sich in die Luft.

Über dem weiten Platz zog das geflügelte Pferd noch eine Schleife. Oliver konnte weit unten, schon ganz klein, den Goldschmied Aurelius Aurum winken sehen. Dann flog Pegasus nach Westen davon und die winzigen Häuser der Stadt Nargon blieben schnell zurück.

DIE WÜSTE NEMON

Das Reiten auf einem geflügelten Pferd war schwieriger, als Oliver es sich vorgestellt hatte. Krampfhaft krallte er sich an der Mähne des Hengstes fest und vermied tunlichst jeden Blick in die Tiefe. Eleukides hatte seine Finger in Kofers festen Stoff gegraben, und obwohl der Mantel sich mehrmals über das Zwicken beschwerte, dachte der Philosoph überhaupt nicht daran, seinen Griff zu lockern.

Der Flugwind war eisig kalt und zum ersten Mal wusste Oliver seine Zwiebelmontur aus T-Shirt, Sweatshirt, Parka und Mantel so richtig zu schätzen.

»Na, wie ist das?«, rief plötzlich eine helle Stimme aus unmittelbarer Nähe im Ton überschwänglicher Begeisterung.

Oliver öffnete die zusammengekniffenen Augen etwas weiter. »Nippy!«

Das gläserne Vögelchen saß direkt zwischen Pegasus' Ohren. Letztere begannen nun nervös zu zucken und der weiße Hengst rief: »Das kitzelt, kleiner Vogel. Könntest du bitte ein wenig hinunterrutschen?«

»Kein Problem«, trällerte Nippy und vergrub ihre Krallen in die dichte Mähne des Pferdes unmittelbar über Olivers Händen.

»Das macht Spaß, nicht wahr, Oliver?«

»Na, ich weiß nicht ...«

»Du wirst dich schon noch daran gewöhnen. Wart's ab, bald bist du ganz süchtig nach dem Fliegen.«

»Ich werde jetzt landen«, rief Pegasus von vorn. Wahrscheinlich war ihm Olivers Beklommenheit nicht entgangen.

Das geflügelte Pferd tauchte durch eine Wolke und hielt direkt auf einen Fluss zu. Oliver befürchtete schon, das Ganze könnte in eine Wasserlandung ausarten, aber im letzten Moment drehte Pegasus elegant ab und setzte direkt am Ufer des Flusses auf.

»Wenn ihr wollt, dürft ihr jetzt absteigen«, sagte der Hengst mit seiner wohlklingenden Stimme, die auch einem Operntenor gut zu Gesicht gestanden hätte.

Oliver ließ sich das nicht zweimal sagen. Er rutschte hinter den Flügeln, die vorne aus Pegasus' Flanken zu wachsen schienen, auf den Boden hinab. Dann half er Eleukides beim Absteigen. Gleich darauf faltete Pegasus seine mächtigen Schwingen zusammen. Des Pferdewesen atmete in schnellem Rhythmus.

»Hat es dich sehr angestrengt?«, fragte Oliver besorgt.

»Es geht«, antwortete Pegasus. »Obwohl ich Flügel besitze, bin ich wohl eher ein Pferd denn ein Vogel.«

Eleukides hatte inzwischen den geflügelten Hengst umrundet, wie ein Pilot, der seine Maschine inspiziert. Er schüttelte mehrmals ungläubig den Kopf und rief jetzt: »Nicht zu fassen! Ein wahrhaftiges Quellross. Nicht aus Holz oder aus Ton, sondern aus Fleisch und Blut.«

»Ein *Quellross?*«, wiederholte Oliver.

Eleukides blickte zu ihm hinüber. »Das ist die Übersetzung seines griechischen Namens *Pégasos*. Es heißt, er sei ein Sohn des Poseidon und der Medusa. Einmal brachte er durch seinen Hufschlag auf dem Musenberg Helikon eine Quelle hervor. Seit dieser Zeit gilt er als das Musen- und Dichterross.«

»Ein Künstlerross!«, rief Oliver verzückt.

»Ich habe dein Wesen sofort erkannt«, sagte Pegasus.

Oliver sah ihn fragend an.

»Menschen, die das Schöne lieben und solches auch zu schaffen vermögen, sind von ganz besonderer Art«, fügte das Ross erklärend hinzu.

»Aber wie konntest du mich hören, als ich deinen Namen sprach? Die Menge war doch so laut.«

»Ich hörte deinen Geist rufen.«

Oliver musste an Nippy denken. Auch sie hatte einmal etwas Ähnliches gesagt. Er trat an den feurigen Hengst heran und streichelte seinen Hals.

»Wie schön du bist! Hast du wirklich einmal auf der Erde gelebt?«

Pegasus schnaubte. »Dir hierauf eine Antwort zu geben, fällt nicht leicht. Ja, ich lebte einst auf der Erde, und nein, ich tat es nicht.«

»Du hattest damals eine andere Gestalt, nicht wahr?«

Die klugen Augen des Pferdes musterten Oliver. »Ich habe mich in dir nicht getäuscht. Sage mir erst deinen vollen Namen, dann werde ich dir meine Geschichte erzählen.«

»Ich bin Oliver. Auf der Erde heiße ich Oliver Pollock, aber das Einhorn nannte mich Oliver der Sucher.«

»Du musst einer der Goëlim sein.«

»Ja! Woher weißt du das?« Oliver wunderte sich über die ruhige Art, mit der Pegasus seine erstaunlichen Erkenntnisse zu Tage förderte.

»Ich spüre es, Oliver. Das hängt mit meiner Natur zusammen.«

Und mit dieser schlichten Feststellung beginnend erzählte Pegasus seine Geschichte. Einst, als er noch auf der Erde lebte, war er ein feuriges Ross gewesen, das treu seinem Herrn Bellerophon diente. Als man diesem einen Mord anhängen wollte, musste er aus seiner Heimatstadt Korinth fliehen. Für einige Zeit lebten Pegasus und Bellerophon in Argos, am Hof von König Proitos. Aber auch dort holte das Unglück bald den Herrn und sein Pferd ein. Ihrer erneuten Flucht folgten viele Abenteuer. Die Berichte darüber machten schnell die Runde, und wie es bei aufregenden Geschichten üblich ist – man schmückte sie immer weiter aus: Aus bezwungenen Löwen wurden Chimären, aus einer Horde wild gewordener Weiber kriegerische Amazonen. Bald war Bellerophon ein Held und sein schnelles Pferd stand im Ruf fliegen zu können.

Sicher, so gestand Pegasus, war sein Herr nicht ganz unschuldig an den Dingen, die man über ihn und sein Ross erzählte. Bellerophon wäre lieber Dichter als Held geworden. In seinen Träumen ritt er tatsächlich ein fliegendes Pferd. »So gesehen«, folgerte Pegasus, »bin ich weder ganz Pferd noch Traum. Ein gut Teil von beiden hat sich in mir vereint. Ich wünschte, es wäre anders gekommen.«

Pegasus erzählte nun, wie Bellerophon eines Tages am Fuße des Berges Olymp in einen Hinterhalt geriet. Ein Hagel von Pfeilen ging auf Reiter und Pferd nieder. Eines der Geschosse traf Pegasus in die Brust. Das Ross schleppte sich noch ein ganzes Stück den Berg hinauf, bis es kraftlos zusammenbrach. Bellerophon war so bekümmert, dass er am liebsten gestorben wäre. Doch dann entfachten die nachrückenden Feinde seinen Rachedurst. Er tötete jeden, der sich ihm in den Weg stellte. Zuletzt sank er selbst von vielen Wunden geschwächt zusammen. Mit letzter Kraft kehrte er noch zu Pegasus zurück. Dort, auf dem Olymp, an der Seite seines Pferdes verschied er.

So entstand die Legende von dem korinthischen Heros, dessen Name »der im Glanz Erscheinende« bedeutet, und von Pegasus, den der Göttervater Zeus später als Sternbild an den Himmel versetzte.

»Dann stimmt es also nicht, dass Bellerophon, nachdem er voll Übermut auf deinem Rücken den Olymp hinaufgestürmt war, abstürzte, worauf er zuerst das Augenlicht und bald darauf das Leben verlor.« Eleukides hatte das mehr zu sich selbst als zu irgendjemand anderem gesagt.

»Wenn dies die Wahrheit wäre, dann lebte ich heute nicht hier«, antwortete Pegasus und in seiner Stimme schwang noch die Trauer über den Verlust seines Herrn. »Aber es kam anders. Die Wunde, die man mir zugefügt hatte, war nicht tödlich. Ich erholte mich wieder und lebte einige Zeit an den Berghängen des Olymps. Eines Nachts sah ich eine Höhle, in der ein seltsames Licht funkelte. Ich lief hinein und verließ die Erde. Kurz darauf stand ich in Quassinja dem Einhorn gegenüber.«

Oliver versuchte unauffällig nach Pegasus' Brust zu schielen. Und tatsächlich! Dort, wo die Muskeln kräftig unter dem glänzenden Fell hervortraten, entdeckte er eine linsenförmige Narbe. »Ich freue mich, dass du nun wieder frei bist«, sagte er mit großem Ernst.

»Noch bin ich nicht gänzlich frei, Oliver. Ich habe noch eine große Schuld abzutragen und solange du mich nicht fortschickst, werde ich bei dir bleiben.«

»Dann gebe ich dich gleich frei, Pegasus. Du bist viel zu schön, als dass du dem Sammler oder sonst jemandem in die Krallen fallen darfst, der es auf mich abgesehen hat.«

»So leicht geht das nicht, Oliver. Du bist einer der Goëlim. Du hast eine schwere Aufgabe und ich werde dir helfen dieses Joch zu tragen.«

Oliver schaute beschämt zu Boden. Sein Herz war daran, zu zerspringen. Einerseits freute er sich über die Aussicht, ein *solches* Pferd als Freund zu gewinnen, aber andererseits fürchtete er, dieses Geschöpf könne seinetwegen Schaden erleiden.

»Wenn einer gleich zwei geflügelte Freunde hat, dann kann überhaupt nichts mehr schief gehen«, flötete Nippy vergnügt. Ihre Stimme klang so zuversichtlich, dass Oliver neuen Mut fasste. Er konnte es schaffen. Mit diesen Freunden!

»Also gut«, sagte er. »Dann sind wir jetzt zu fünft.«

»Und an mich denkt keiner?«

Alle schauten sich verwundert an. Wem gehörte diese helle, samtweiche Stimme, die sich da eben so empört zu Wort gemeldet hatte?

»Jetzt hilf mir schon endlich hier heraus!«, forderte die Stimme, jetzt schon mit größerem Nachdruck.

»Er ist in meiner Tasche«, meldete sich Kofer zu Wort. »Mach schnell Oliver, sonst sticht er mir noch ein Loch hinein.«

Oliver fasste in die Manteltasche, und als seine Hand sich schloss, wusste er, wen er vergessen hatte.

»Der Pinsel!« Er zog seinen alten Marderhaarpinsel heraus und betrachtete ihn nachdenklich. »Du kannst also auch sprechen.«

»Natürlich, was denkst denn du?«

»Dann hat dir das Einhorn sicher auch einen Namen gegeben.«

»Frag nicht so dumm, Oliver. Gott heißt nicht nur ›Gott‹, ein Mensch nicht einfach nur ›Mensch‹ und sogar ein Pferd ist beleidigt, wenn man es bloß ›Pferd‹ nennt. Meinst du, ein Pinsel hat keine Würde?«

»Na ja …«

»Mein Name ist Tupf Morgenrot.«

»Irgendwie habe ich ein schlechtes Gewissen. Ich hätte dich nicht so einfach vergessen dürfen.«

»Das kommt in deiner Zeit leider viel zu häufig vor, Oliver.«

»Wie meinst du das?«

»Ist dir noch nicht aufgefallen, dass in Quassinja kein einziger Büchsenöffner herumläuft?«

»Ehrlich gesagt …«

»Oder bist du schon einer Tauwasserabtropfvorrichtung begegnet?«

»Ich glaube nicht.«

»Siehst du.«

»Was willst du mir nun eigentlich sagen?«

»Ihr Menschen seid heute *so* beschäftigt. Ihr arbeitet und sobald ihr etwas Geld verdient habt, gebt ihr es schnell wieder aus. Aber ihr schätzt die Dinge nicht wirklich, die ihr mit eurem Geld bezahlt. Ihr benutzt sie nur eine Weile und sowie ihr etwas Neues findet, werft ihr das Alte gedankenlos fort.«

»Heißt das, nicht alles, was vergessen wird, geht nach Quassinja?«

»Er ist erst seit gestern hier«, sprang Nippy zur Verteidigung von Oliver ein.

»Du musst es folgendermaßen sehen«, begann nun Eleukides mit seiner philosophenhaften Gründlichkeit. »Alle Erinnerungen

Quassinjas haben mit den Gefühlen von Menschen zu tun. Ohne Menschen würde es diese Welt nicht geben – von ein paar wandelnden Hundeknochen einmal abgesehen. Je mehr etwas auf der Erde diese Gefühle berührt hat, umso lebendiger ist es in Quassinja. Manche Gegenstände, die es hier gibt, verrichten weiter ihre alte Funktion und sind glücklich dabei.«

»So wie der Kopf auf dem Torpfeiler, der mich vor dem Faun rettete.«

»Genau. Seine Bestimmung ist es, auf einem Pfeiler zu sitzen. Er tut dies, betrachtet sich die Leute, die vorübergehen, und ist zufrieden damit. Andere sind voll quirrligen Lebens …«

»So wie ich!«, zwitscherte Nippy.

»Genauso wie unser kleiner Kolibri, ja. Er muss einmal sehr geliebt worden sein.«

»Und du, Eleukides, bist du auch geliebt worden?«, fragte Oliver unverwandt.

Der Philosoph seufzte. »Vor langer Zeit, ja. Aber das ist eine andere Geschichte. Wahrscheinlich habe ich mir meinen Platz hier mehr dadurch verdient, dass ich vielen Leuten gehörig auf die Nerven gegangen bin. Auch das ist manchmal notwendig, um den Lauf der Dinge zu ändern.«

»Ich verstehe. Also gut, dann sind wir nun unser sechs.«

Nun ließ Pegasus wieder seine wohltönende Stimme hören. »Ich werde mich bald erholt haben. Wohin sollen wir dann fliegen?«

»Ich hatte vor, Semiramis einen Besuch abzustatten.«

Pegasus antwortete erst nach einer Pause. »Du bist sehr mutig, Oliver.«

»Oder sehr dumm.«

»Sag das nicht. Auch Bellerophon war ein großer Künstler und trotzdem auch ein Held. – Wir werden ein Reitgeschirr benötigen.«

Oliver dachte daran, wie ungemütlich für ihn der Flug gewesen war. »Du hast Recht. Aber wo sollen wir das auftreiben?«

»Es gibt ein Dorf, nur etwa einen Flugtag von Nargon entfernt. Seine Bewohner mögen etwas merkwürdig wirken. Aber im Grunde sind sie recht drollige Wesen und außerdem sehr hilfsbereit.«

»Kann man dort einen Sattel kaufen?«

»Bestimmt. Viele der Einwohner dieses Dorfes bestehen zum Teil selbst aus Leder. Deswegen können sie auch sehr geschickt mit diesem Material umgehen.«

»Sprichst du von Bärgold?«, wollte Eleukides wissen.

Pegasus' Kopf wippte auf und ab.

»Komischer Name«, sinnierte Oliver.

Nippy kicherte. »Hi, hi. Wart erst mal ab, bis du die Bärgolder kennen gelernt hast.«

Als kleiner Junge hatte Oliver einen Stoffbären besessen. Er liebte ihn heiß und innig. Einmal hatte Jessica ihm bei ihren anatomischen Studien ein Auge ausgerissen und den Brustkorb geöffnet. Oliver hatte danach so lange keine Ruhe gegeben, bis Vater den Bären in einer dramatischen Notoperation rettete. Vor diesem Hintergrund kann man die wehmütigen Gefühle verstehen, die von Oliver Besitz ergriffen, als Pegasus in einem Dorf voller Teddybären landete.

Die putzige Horde lief aufgeregt umeinander, als sie das geflügelte Fabelwesen bemerkte. Oliver rutschte von Pegasus' Rücken und betrachtete staunend die wuselnde Plüschgemeinde. Manche Bären trugen gehäkelte oder gestrickte Sachen. Nicht wenige hatten Lederflicken an den Pfoten. Und kaum ein Bär besaß noch sein ursprüngliches flauschiges Fell. Sie waren einfach viel zu sehr geherzt worden, bevor ihre erwachsen gewordenen »Eltern« sie dann irgendwo vergessen hatten.

Manche Bärgolder erreichten gerade die Größe einer Maus, aber der Dorfbewohner, der sich in diesem Moment den Ankömmlingen näherte, war höchstens einen Kopf kleiner als Oliver.

»Seid willkommen!«, rief er mit einer Stimme, die Oliver an das quäkende Brummen seines eigenen Bären erinnerte. »Ich bin der Bürgermeister von Bärgold. Seid Ihr auf der Durchreise oder plant Ihr einen längeren Aufenthalt in unserem Dorf?«

Eleukides ergriff das Wort, da der Bürgermeisterbär sich direkt an ihn gewandt hatte.

»Ich danke Euch für Euren Gruß, lieber Bürgermeister. Mein Name ist Eleukides der Philosoph. Ich möchte offen mit Euch sprechen. Wir sind sehr in Eile, aber der eigentliche Grund, warum wir hier Zwischenstation einlegen, besteht darin, dass wir uns von Euch Hilfe erhoffen.«

»Mich nennt man, bitte lacht nicht, Brummi Bär – das Einhorn hatte keinen besonders guten Tag, als ich nach Quassinja kam. Aber, um auf euer Anliegen zurückzukommen, wir werden euch gerne in jeder uns nur möglichen Weise zu Diensten sein. Wer auf einem geflügelten Pferd daherkommt, hat drei Wünsche frei.« Brummi Bär ließ ein gurgelndes Lachen hören. »Wie können wir euch denn nun weiterhelfen?«

»Wir benötigen einen Sattel für unseren Freund Pegasus hier.« Eleukides zeigte auf den weißen Hengst. »Er hat sich erboten, uns eine Weile mitzunehmen, aber das Reiten auf einem ungesattelten Flughengst ist äußerst unbequem, wenn Ihr wisst, was ich meine.«

Wieder ertönte das brummige Lachen aus des Bürgermeisters Bauch. »Meine letzten Flugstunden liegen schon etwas länger zurück; ich habe sie in einem Spielzeugladen absolviert. Aber ich denke, dass wir euch trotzdem behilflich sein können. Unser Dorf ist weltberühmt für seine Lederwaren – es muss wohl an den Flicken liegen, die viele von uns an den Tatzen tragen. Bestimmt können wir zwei normale Reitsättel so umarbeiten, dass sie Pegasus passen und euch einen sicheren Flug ermöglichen.«

Gesagt, getan. Bürgermeister Brummi Bär geleitete seine Gäste in sein rundes Bärenhaus. Dort erhielten sie auch weiche Lager für die Nacht. Die Anfertigung der Sättel würde mindestens einen Tag in Anspruch nehmen, schätzte der Riesenteddy – am Ende wurden daraus drei.

Oliver hatte viel Spaß mit den drolligen Gesellen, die ständig zum Spielen und Herumalbern aufgelegt waren, aber mit jedem Tag, der verging, wurde er unruhiger. Viel zu viele Fragen beschäftigten ihn, Fragen, die einem unbeschwerten Zeitvertreib im Wege standen. Wo war der Sammler? Würde er Oliver weiterverfolgen? Wie viel Zeit blieb ihm noch, um seinen Vater zu finden, bevor sie beide zu verlorenen Erinnerungen wurden? Was für Überraschungen hielt die Wüste Nemon für ihn parat? Wie sollte er es schaffen, den Namensstein der Semiramis zu finden?

Wenn auch die drängenden Fragen nicht so einfach zu beantworten waren, bot sich Oliver nun doch die Gelegenheit zu ausführlichen Gesprächen mit Pegasus, Tupf, Eleukides, Kofer und Nippy. Dabei erfuhr er viel Neues über die Welt Quassinja. Manches davon war beunruhigend, anderes dagegen einfach unglaublich. Die Tatsache, dass er von seinem verstauchten Daumen schon nach zwei Tagen nichts mehr spürte, erschien da schon fast nebensächlich. Aber der Mensch besitzt die außerordentliche Fähigkeit, sich schnell an eine neue Umgebung anzupassen, und so gewöhnte sich Oliver bald an die vielen kleinen Wunder, die Quassinja täglich für ihn bereithielt.

Es war Olivers fünfter Tag in Quassinja, als Pegasus sich gegen Mittag aus dem Dorf Bärgold erhob. Die neuen Sättel gaben den beiden Reitern sicheren Halt. Oliver hatte darauf bestanden, dass Eleukides den Mantel überzog, während sie in der Luft waren. Kofer protestierte anfangs zwar, aber bald zeigte sich, dass die beiden Erinnerungen ganz gut miteinander auskamen.

Wie sich herausstellte, musste Pegasus häufiger Pausen einlegen. Er sei als Reitpferd eben doch besser denn als Vogel zu gebrauchen, hatte er entschuldigend erklärt. Da jedoch Erschöpfung, Schmerz und andere Empfindungen für die lebenden Erinnerungen Quassinjas immer nur von kurzer Dauer waren, verging nie viel Zeit, bis er sich wieder in die Lüfte schwingen konnte.

Pegasus folgte dem Verlauf des Flusses Hiddekel. So hieß der größte Strom in dieser Provinz Quassinjas, die man das *Herzland* nannte. Zwei Tage nach der Abreise aus Bärgold bemerkte Oliver, wie sich tief unten die Landschaft veränderte. Wo sich bisher die frischen Frühjahrsfarben der Felder und das tiefe Grün der Wälder abgelöst hatten, schob sich jetzt eine trostlose graue Ebene vom Horizont heran.

»Die Wüste Nemon«, rief Pegasus.

Oliver schluckte.

Wenig später landete das Pferd an der deutlich sichtbaren Grenzlinie des kahlen Landes. Noch standen Pegasus' Hufe auf frischem Gras, aber nur wenige Schritte weiter zeichnete sich scharf der trockene Sandboden ab. Oliver sah die vielen kleinen Steine, die, mal in engerem, mal in weiterem Abstand zueinander, die Erde bedeckten, so weit das Auge reichte.

»Sind das alles ...?«

Pegasus ließ ein Schnauben hören. »Jeder Kiesel trägt einen Namen.«

»Es sieht aus, als würden sich einige bewegen.«

»Man sagt, sie tanzen um den See ihrer Königin.«

Oliver schaute den Hengst verwundert an.

»Ich spreche von Semiramis«, fügte Pegasus hinzu. »Sie soll auf einer kleinen Insel leben, die auf einem See treibt. Der See seinerseits durchwandert seit ewigen Zeiten diese Wüste hier.«

»Ein *wandernder* See?«

»Und mit ihm ziehen die Steine«, versicherte Pegasus. »Die jüngsten ganz weit außen. Die ältesten und schwersten tanzen unmittelbar um Semiramis' See.«

Oliver versuchte all das zu begreifen, was sein Freund ihm da erzählte. Er stellte sich die Insel der Semiramis wie das dunkle Loch eines Strudels vor, um das sich alles drehte. Eine seltsame Idee bildete sich in seinem Kopf.

Er schloss die Augen und schuf in Gedanken das Bild einer großen sich drehenden Scheibe, auf der viele Steine von unterschiedlichem Gewicht lagen. Langsam versetzte er die Scheibe in Rotation. Nur nicht zu schnell drehen!, dachte er. Als das Bild in seinem Kopf in etwa seinen Erwartungen entsprach, dachte er an einen Wind, der aus dem Zentrum der Scheibe nach allen Seiten wehte. Für einen Moment geschah nichts, aber dann begannen einzelne Steine leicht zu zittern ...

»Der Wind!«, rief jemand an seiner Seite. Es war Eleukides. »Bist du das etwa?«

Oliver öffnete die Augen und versuchte trotzdem nicht das Bild aus seinem Kopf zu verlieren. Er ließ angestrengt den Blick über die Steinwüste schweifen. Auch dort bebten offenbar einige der Kiesel bereits unter dem aufziehenden Sturm.

»Nippy, steig auf!«, rief er mit einem Mal. »Bring mir den ersten Stein, der zu rollen beginnt.«

Der Kolibri schien zu ahnen, was Oliver vorhatte. Pfeilschnell schoss er in die Höhe.

»Sie hat etwas gefunden«, sagte Pegasus wenig später.

Oliver sah die blitzende Bahn, die Nippy im Sonnenlicht zog. Bald landete sie auf seiner Schulter, im Schnabel einen kleinen runden Stein.

»Du bist ein Schatz!«, lobte Oliver sie und nahm den Kiesel aus ihrem Schnabel.

»Danke, das tut gut.«

»Sag schon. Was steht drauf?«, drängte Tupf, der Pinsel, ungeduldig. Er lugte neugierig aus Olivers Brusttasche.

»Wirf ihn weg. Der Stein ist leer«, sagte Eleukides.

»Das stimmt nicht«, entgegnete ihm Oliver. Er drehte den oval geformten Stein ein kleines Stück herum und deutete mit dem Finger auf eine Stelle. »Sieh her.«

Eleukides rückte näher an Olivers Hände heran. »Tatsächlich. Meine Augen waren wohl nicht mehr die besten, als ich vor zweitausend Jahren hierher kam. Kannst du es lesen, Oliver? Es ist so undeutlich.«

»Da steht mein Name drauf.«

»Das kann nicht wahr sein!«

»Ist es aber.« Oliver ließ den Kopf hängen. Er war zutiefst niedergeschlagen. »Du und Aurelius, ihr habt Recht gehabt. Ich werde langsam ein Teil Quassinjas.«

»Gram ist ein schlechter Ratgeber«, sagte Pegasus. »*Noch* bist du einer der Goëlim und in Quassinja nur ein zeitweiliger Gast, Oliver. Sei nicht länger bedrückt. Du hast keinen wirklichen Grund dazu, denn du hast dich eben des Namens für würdig erwiesen, den das Einhorn dir gab.«

Oliver schaute traurig auf.

»Was wäre ein Sucher wert, der nie sein Ziel erreicht?«, erläuterte Pegasus. »Du bist nicht nur Oliver der Sucher. Du hast eben bewiesen, dass du auch Oliver der Finder bist.«

»Meinst du wirklich?«

»Na klar!«, zwitscherte Nippy. »Für mich bist du sowieso der Größte.«

»Danke, Nippy. Das ist lieb von dir.«

Langsam fühlte sich Oliver wieder besser. Wenn er so viele Freunde hatte, die ihn aufmunterten, wie konnte er da noch länger traurig sein?

»Dann wäre es jetzt an der Zeit, unseren Schlachtplan auszuarbeiten«, stellte Kofer sachlich fest.

»Der General hat Recht«, sagte Eleukides. »Hast du eine Idee, Pegasus, wie wir den See der Semiramis finden können?«

»Uns stellt sich keine leichte Aufgabe, der See befindet sich ja ständig in Bewegung. Aber wenn die Überlieferungen wahr sind, dann wird er sicher nicht am Rand der Wüste zu finden sein. Das grenzt das Gebiet ein. Wenn es zudem stimmt, dass alle Namenssteine um den See kreisen, dann können wir vielleicht die Richtung zum Herzen der Nemon hin aus der Luft erkennen.«

»Wie meinst du das?«, fragte Oliver.

»Ist doch klar«, piepste Nippy. »Ich hab's von oben gesehen. Die Steine hinterlassen Spuren, wie wenn man einen Käfer ins Wasser schmeißt und sich die Ringe um ihn ausbreiten.«

Eleukides wiegte skeptisch den Kopf hin und her. »Ich schätze, dass es eher so aussehen müsste, als würde man eine Harke über einen mit Kies bestreuten Platz ziehen.«

»Und wo ist da der Unterschied?«, wollte Oliver wissen.

»Die Furchen auf dem Kiesplatz müssen nicht unbedingt kreisförmig ausfallen wie die Wellen im Wasser. Wenn der Platz eine sehr unregelmäßige Form besitzt, könnten auch die Spuren der Harke schwerer zu lesen sein.«

»Was Eleukides sagt, ist richtig«, stimmte Pegasus zu. »Die Wüste Nemon ist nicht rund. Es könnte schwer sein, auf Anhieb den richtigen Weg einzuschlagen.«

»Besser schwer als unmöglich«, sagte Oliver. »Außerdem dürfte das Problem mit den unregelmäßigen Spuren nur am Rande der Nemon bestehen. Ich bin mir fast sicher, dass die Bahnen der Steine am Ende doch rund verlaufen werden.«

»Da könnte etwas Wahres dran sein. Lasst es uns einfach versuchen.«

Alle stimmten zu. Aber Kofers analytischer Verstand hatte noch ein weiteres Problem entdeckt.

»Was machen wir mit den Alpträumen?«

»Die hatte ich ganz vergessen«, hauchte Oliver.

»Sie sind Nachtwesen«, merkte Tupf an. »Tagsüber werden sie uns nichts tun.«

»Nur werden wir leider tiefer als eine halbe Tagesreise in die Wüste eindringen müssen«, sagte Kofer.

»Dann darf ich nicht schlafen«, sagte Pegasus entschlossen.

Alle blickten ihn verdutzt an.

»Was hat das damit zu tun?«, fragte Oliver.

»Ich bin ein Mischwesen. Ihr alle hier hattet schon auf der Erde eine stoffliche Natur. Aber bei mir ist das anders. Zur Hälfte bestehe ich aus Träumen, genau wie die Alptraumwesen auch. Aber *ich* bin ein Geschöpf des Lichts, was man unschwer an meinem weißen Fell erkennen kann. Der muntere Hengst, der den korinthischen Heros einst über die Erde trug, glich dagegen eher einem Apfelschimmel. Doch Bellerophon erträumte sich ein vollkommenes Wesen. Mein weißes Fell ist das Ergebnis davon. Es stellt ein Symbol der Reinheit und des Lichts dar. Deswegen hassen mich die Geschöpfe der Finsternis. Ich bin für sie wie ein giftiger Pilz, von dem man sich am besten fern hält. Solange ich wach bin, würden sie kaum wagen mich anzugreifen.«

»Ich glaube, ich begreife erst ganz langsam, was wir wirklich an dir gewonnen haben, mein Freund.« Oliver tätschelte liebevoll Pegasus' Hals.

Die Wüste Nemon bot einen bedrückend öden Anblick. Kein Baum oder Strauch war zu sehen, nur Sand und Steine, Steine, Steine …

Um das Tageslicht zu nutzen, waren Oliver und seine Gefährten übereingekommen, erst am folgenden Morgen zu sehr früher Stunde die Suche über der Wüste zu beginnen. Oliver füllte im Hiddekel noch einmal die beiden Wasserschläuche, die er zusammen mit einigen Proviantsäcken von den freundlichen Teddybären bekommen hatte. Obwohl sein Hunger und Durst mit jedem Tag schwächer wurden, war er doch – zum Glück – noch nicht ganz frei davon.

Immer wieder griff er in die Tasche und zog den runden Kiesel hervor. Er bekam jedes Mal ein flaues Gefühl im Magen, wenn sein Namenszug wieder etwas deutlicher geworden war.

Die Suche gestaltete sich am Anfang noch schwieriger als befürchtet. Die Wüste war nämlich nicht nur in ihrer horizontalen Ausdehnung unregelmäßig geformt, sondern auch in der vertikalen. Das bedeutete nichts anderes, als dass viele Hügel, gelegentlich sogar blanke Felsen, das Muster der kilometerlangen Steinreihen immer wieder störten. Manchmal verlor Oliver jede Orientierung. Nicht selten schien Pegasus auf das vermeintliche Zentrum der Steinspuren zuzusteuern, und doch waren sie wieder nur von neuen Schleifen genarrt worden, die ähnlich den Wellen in der Maserung eines astreichen Brettes unablässig ihre Richtung änderten.

Am schlimmsten waren die Nächte. Anfangs wurde Olivers Ruhe nur von einem Furcht erregenden Jaulen und Heulen sowie von gelegentlichen Schwaden eines beißenden Gestanks gestört, aber in der Nacht zum vierten Wüstentag zeigten sich die ersten Alptraumwesen. Von da an konnte Oliver kein Auge mehr zubekommen. Da jegliches Brennholz fehlte, mussten sich die Freunde mit dem Licht der Sterne und des Mondes begnügen. Nur Pegasus' schneeweißer Körper schimmerte wie eine kalte Flamme in der Dunkelheit. Immer enger wurden die Kreise der pechschwarzen Schatten, die durch die Finsternis schlichen.

Einige der Nachtwesen sahen aus wie Menschen, die im Begriff standen, sich in riesige Insekten zu verwandeln. Sie liefen aufrecht, hatten aber dreieckige Köpfe, eine unüberschaubare Anzahl dünner Beine und Zangen statt Hände. Andere Wesen liefen auf allen vieren und gaben beunruhigende knurrende Geräusche von sich. Ab und zu schienen die Kreaturen sich untereinander in die Haare zu geraten. Man hörte dann hitziges Fauchen und Kreischen und Schreien.

Eines Morgens fanden die Freunde sogar einen Kopf. Er schien zu einem riesigen Wolf gehört zu haben, dem alle Haare ausgefallen waren. Die Zunge hing aus einem halb geöffneten Maul, in dem sich zwei Reihen spitzer Zähne befanden. Vom restlichen Körper des Wesens fehlte jede Spur.

Zwei Nächte später vernahm Oliver dann ein besonders grauenvolles Geräusch. Mitten aus dem fast schon vertrauten Fauchen, Knurren und Brüllen erhob sich der dünne und doch durchdringende Schrei eines Säuglings.

»Lass dich davon nicht täuschen«, sagte Pegasus sogleich. In seiner Stimme mischten sich Erschöpfung und große Eindringlichkeit.

»Was ist das?«, fragte Oliver ängstlich.

»Nur ein neuer, schlimmer Traum.«

»Aber wenn sie ein kleines Kind verschleppt haben und …«

»Kleine Kinder sind in Quassinja eine Seltenheit«, unterbrach Pegasus seinen Freund streng. »Säuglinge brauchen ihre Eltern.«

»Es gibt Kinder, die ausgesetzt werden …«

»Oliver! Das ist eine Falle. Ein Säugling, den man aussetzt und der nicht bald von anderen gefunden wird, stirbt schon nach kurzer Zeit. Aber er wird nicht so schnell vergessen – dafür sorgt schon das Gewissen der herzlosen Eltern.«

Pegasus hatte Recht. Aber das tröstete Oliver wenig. Das jammernde Kindergeschrei hielt die ganze Nacht über an. Am nächsten Morgen bat er darum, die Wüste Nemon zu verlassen.

»Wir sind jetzt sechs Tage kreuz und quer über die Wüste geflogen und haben keinen See gefunden. Vielleicht sind die Legenden doch nicht wahr.«

Oliver hatte die Arme hochgerissen und seinem Herzen Luft

gemacht. Er und seine Gefährten befanden sich wieder am Strom Hiddekel, etwas weiter südlich des Punktes, von dem aus sie ihre Suche begonnen hatten.

Pegasus versuchte seinen Freund zu beruhigen. »Wir haben erst einen kleinen Teil der Nemon abgesucht. Du darfst nicht so ungeduldig sein.«

Oliver griff in die Tasche. Er fühlte den Namensstein neben Mutters Haarspange, zog ihn ein Stückchen heraus und blickte unauffällig nach unten.

Was er sah, überraschte ihn nicht. Mit dem Daumen konnte er zwar noch keine Vertiefungen erfühlen, aber sein Name war trotzdem schon deutlich als helle Spur auf der Oberfläche des Kiesels zu erkennen. Er wandte sich wieder Pegasus zu und zwang sich zur Ruhe.

»Du sagst, ich soll Geduld haben, aber mir bleiben bis zur Jahreswende noch sechs Wochen – ziemlich wenig Zeit, um Semiramis zu finden, meinen Vater zu finden und einen Weg zur Bezwingung Xexanos zu finden. Wie soll ich das alles schaffen?«

»Nutze deine Gaben, Oliver.«

Die Antwort kam von Tupf. Oliver zog seinen alten Pinsel aus der Brusttasche. Die Marderhaare bewegten sich wie kleine Beinchen.

»Wie meinst du das, Tupf?«

»Du hast schon einmal den Wind gerufen, um deinen Namensstein zu finden. Warum machst du es nicht noch einmal?«

»Aber was hilft mir der Wind bei der Suche nach …« Oliver hielt inne. »Natürlich! Ich glaube, ich weiß eine Möglichkeit.«

»Spuck's aus«, pfiff Nippy.

»Was wäre, wenn ich einen Luftstrom wie einen langen, schmalen Teppich über die Wüste schicken würde?«

»Das ist famos, Oliver!« Eleukides klatschte in die Hände. »Die leichten Steine würden eher wegrollen als die schweren. So können wir viel besser erkennen, in welcher Richtung sich das alte Zentrum der Steinkreise befindet.«

»Ich wusste, dass du einen Weg finden wirst«, sagte Pegasus

anerkennend. »Je näher wir dem Zentrum der Wüste kommen, desto schwerer wird dein Wind die Namenssteine fortbewegen können – bald werden wir eine Spur haben, die augenfällig wie ein Karmesinfaden mitten in Semiramis' Schlafgemach führt.«

Oliver nickte entschlossen. »Also gut. Morgen versuchen wir es noch einmal. Wirst du dich bis dahin wieder erholt haben, Pegasus?«

Der Hengst lachte wiehernd. »Mach dir um mich keine Sorgen. Zwar habe ich mich in den letzten Tagen nicht mehr ganz so schnell erholt wie davor, aber ich lasse euch nicht im Stich.«

Olivers »Windkanal-Prinzip« funktionierte prächtig. Der Luftstrom grub gleichsam lange Schneisen in die Wüste, und überall da, wo er auf ältere Namenssteine stieß, blieben diese liegen, während die leichteren – und damit jüngeren – zur Seite rollten. Mit jedem Tag nahm Olivers Geschicklichkeit bei der Handhabung des »Windinstruments« zu.

Die täglich zurückgelegten Entfernungen fielen aber geringer aus als bei der ersten Suchexpedition. Das lag an der neuen Suchmethode. Pegasus musste in regelmäßigen Abständen landen, um seine Reiter abzusetzen. Dann erschuf Oliver den langsam an Kraft zunehmenden Wind, während Nippy und das geflügelte Pferd zur Beobachtung wieder zum Himmel aufstiegen. Der Kolibri fungierte dabei als Meldegänger – blitzschnell pendelte er zwischen Pegasus und Oliver hin und her und überbrachte Botschaften über die Bewegungen der Steine.

Je näher die Gefährten dem wandernden Herz der Wüste kamen, desto schlimmer wurden die nächtlichen Belästigungen durch die Alptraumwesen. Einzig Pegasus' Gegenwart hielt die furchtbaren Kreaturen davor zurück, über Oliver und seine Freunde herzufallen, genau wie der Hengst zuvor erklärt hatte. Doch dazu musste er wach bleiben. Aber selbst die naturbedingte Zähigkeit, die Quassinja jedem seiner Bewohner schenkte, hatte Grenzen. Mit Sorge stellte Oliver fest, dass sein großer geflügelter Freund von Tag zu Tag schwächer wurde.

Als während der zweiten Suchexpedition der vierte Abend anbrach, überbrachte Nippy eine aufregende Nachricht.

»Wasser!«, rief sie verzückt und landete erst dann auf Olivers Hand. »Hinter diesem Hügel dahinten liegt ein rundes Tal und mittendrin ist ein See.«

»Befindet sich auch eine Insel darauf?«

»Die Insel ist eigentlich ein Wasserschloss. Das ganze Haus schwimmt auf dem See herum.«

»Immerhin sind die Legenden genauer, als das gewöhnlich der Fall ist«, merkte Eleukides an.

In diesem Moment landete auch Pegasus. Seine mächtigen Schwingen wirbelten einigen Staub auf.

»Du hast es geschafft, Oliver Sucher.«

»Wir alle haben zum Erfolg beigetragen«, entgegnete Oliver. »Ohne euch hätte ich gar nichts erreicht.«

»Ich schlage einen Angriff bei Morgengrauen vor.«

Diesmal blickten alle auf Eleukides, weil der noch den Mantel trug.

Der Philosoph klopfte sich selbst auf die Schulter und sagte: »Immer mit der Ruhe, General. Uns fehlt noch ein klitzekleines Utensil in der Waffenkammer.«

»Und das wäre?«

»Habt Ihr schon vergessen, dass Semiramis uns kaum etwas verraten wird, wenn wir ohne ihren Namensstein kommen?«

»Ich habe da so einen Plan«, sagte Oliver. Alle Blicke wandten sich jetzt ihm zu. In seiner Stimme lag eine auffällige Entschlossenheit. »Lasst es uns machen, wie Kofer es vorgeschlagen hat. Selbst ihr braucht etwas Erholung.« Oliver versuchte bei dieser Feststellung Pegasus nicht direkt anzusehen. »Wir brauchen morgen früh alle unsere Kräfte. Außerdem müssen wir gut zusammenarbeiten, damit unser Plan gelingt. Deshalb wird es nötig sein, dass wir uns heute Abend gründlich beraten. Wenn alles klappt, werden wir morgen Mittag wissen, wie man die Hauptstadt Xexanos erreichen kann und wo sich dort das Zwielichtfeld befindet.«

»Und wenn's nicht klappt?«, wollte Tupf wissen.

»Dann wird uns Semiramis wohl ihren Alpträumen zum Fraß vorwerfen.«

Die Nacht vor der entscheidenden Begegnung mit Xexanos Mutter erinnerte bereits stark an die zweite Alternative, von der Oliver gesprochen hatte. Die Alptraumwesen rückten den Gefährten so dicht auf die Pelle, dass sie sich auf Pegasus' Rücken flüchten mussten, um nicht von neugierigen Krallen, züngelnden Zungen oder tastenden Fühlern berührt zu werden. Die Ungeheuer stanken nach Bromgas und machten einen solch schrecklichen Lärm, dass nur Pegasus' wiederholte Mahnungen seine Freunde davon abhalten konnten, einfach in die Dunkelheit zu laufen.

Als der Morgen endlich graute, zogen sich die Alptraumwesen in ihre Verstecke zurück. Für eine Zeit lang hörte Oliver noch ein seltsames Scharren und Kratzen; es erklang von jenseits des Hügelkammes, hinter dem das Wasserschloss der Semiramis lag. Aber bald verschwand auch dieses Geräusch. Die Ruhe, die zurückblieb, wirkte so unnatürlich wie ein schwarzes Loch im Sternenhimmel.

Oliver dachte in diesem Augenblick wenig darüber nach. Er fühlte sich zerschlagen wie selten zuvor. Vielleicht hätte er doch schon gestern zum Wasserschloss hinabgehen sollen. Nun, immerhin hatten sie sich ausführlich beraten können. Erschöpft schlug er vor, wenigstens noch zwei Stunden auszuruhen. Niemand hatte etwas dagegen.

»Es wird Zeit«, sagte Oliver schließlich. Er streichelte den Hals des weißen Rosses. Als Pegasus sich erhob, waren seine Bewegungen langsam und schwerfällig. »Weißt du noch, was du zu tun hast, Nippy?«

Der Kolibri trällerte eine kurze Melodie. Das bedeutete: Na klar!

»Gut. Eleukides, Kofer und Tupf, ihr seid meine Ohren. Wenn euch etwas verdächtig vorkommt, meldet euch. Ich kenne mich in den Sitten dieser Welt viel zu wenig aus, um irgendwelche versteckten Hinweise der Semiramis erkennen zu können.«

Der Philosoph, der Mantel und der Pinsel bestätigten die Anweisung.

»Fein«, sagte Oliver und streifte ein paar Sandkörner ab, die noch an seinen Händen klebten, »dann wollen wir Mutter Xexano mal unseren Höflichkeitsbesuch abstatten.«

Das Schloss der Semiramis lag in einem runden See von einem knappen Kilometer Durchmesser. Tiefgrünes Wasser zog die Blicke der Betrachter auf sich, die tagelang nur das eintönige Grau der Steinwüste gesehen hatten. Pegasus trug seine Gefährten behutsam den schrägen Hang des Tals hinab, das in seiner Form an einen weiten Trichter erinnerte. Hier gab es besonders viele Namenssteine und Oliver hatte seinen schneeweißen Freund mehrmals ermahnt möglichst keinen der Kiesel zu berühren. Wer konnte schon mit Gewissheit sagen, welche verhängnisvollen Folgen es für eine Erinnerung haben mochte, wenn versehentlich ihr Namensstein unter dem Gewicht des Hengstes zerbrach? Diese Vorsicht sollte auch noch ein anderes Risiko ausschließen, jenes allerdings erschien selbst ihm so unwahrscheinlich, dass er es vorerst lieber für sich behielt.

Als die Wasser des Sees Pegasus' Hufe umspülten, blieb der geflügelte Hengst stehen. Das Schloss schien wie ausgestorben. Seine Umrisse spiegelten sich in den dunklen Fluten. Wie ein riesiger elfenbeinfarbener Würfel auf grünem Samt lag es auf der fast unbewegten Oberfläche des Sees. Nur wenig trug dazu bei, die wuchtigen Formen des Bauwerks aufzulockern: ungefähr zehn Fensterreihen in den ansonsten glatten Außenwänden, vier runde Ecktürme, eine Zugbrücke und ein schmutzig rotes Spitzdach – das war alles, was es in dieser Hinsicht zu erwähnen gab.

Die Stille war so absolut, dass man fast hätte glauben können, ein besonders realistisches Gemälde zu betrachten. Und doch gab es da eine Kleinigkeit, die eine solche Möglichkeit ausschloss: Das massive Gebäude trieb, beinahe unmerklich, über die Wasseroberfläche dahin. Man musste schon sehr genau hinsehen, um zu bemerken, wie es auf dem See dahinglitt. Das Wasserschloss hatte eine Grundfläche von mindestens einem Morgen Land. Ihm blieb daher wenig Raum für größere Ausflüge auf dem Gewässer.

»Seid ihr bereit?«, fragte Pegasus.

»Bringen wir's hinter uns«, antwortete Oliver.

Der geflügelte Hengst drehte sich zur Seite und galoppierte ein kurzes Stück am Wasser entlang. Bald sah Oliver den Boden unter sich wegsacken – es war immer wieder ein atemberaubendes Gefühl. In einem weiten Bogen näherte sich Pegasus dem Schloss. Pegasus musste steil hinuntergehen, um in dem viereckigen Innenhof landen zu können. Seine Hufe hallten hart auf dem Pflaster wider. Sobald er stand, kehrte die bedrückende Stille zurück.

»Vielleicht ist sie ausgeflogen«, mutmaßte Nippy, die in diesem Moment vor Olivers Nase erschien.

»Das glaube ich nicht. Und nun, marsch, zurück auf deinen Posten.« Nippy entschwand wieder in den Himmel über dem Tal.

»Wenn niemand kommt, um uns zu begrüßen, müssen wir uns eben selbst ein wenig umschauen«, schlug Eleukides vor.

Oliver rutschte aus dem Sattel und half auch dem Philosophen herunter. Er blickte sich im Hof um.

Der triste Eindruck, den das Schloss schon von außen vermittelt hatte, setzte sich hier fort. Ein einziges großes Tor gewährte Zugang zum Innenbereich des Schlosses, an ebenjener Stelle, wo Oliver zuvor die geschlossene Zugbrücke aufgefallen war. Sie herabzulassen wäre derzeit auch nicht sehr sinnvoll gewesen, weil sie dann allenfalls als Sprungbrett für ein Bad im See hätte dienen können. Oliver zweifelte daran, dass Semiramis eine begeisterte Badenixe war.

Auf der anderen Seite des Hofes, direkt gegenüber dem Tor, befand sich im untersten Geschoss offenbar ein großer Saal, der sich von einem Eckturm bis zum anderen erstreckte. In regelmäßigen Abständen wechselten sich hohe Fenster und verglaste Türen ab, die man über drei Stufen erreichen konnte. Die Treppe war so breit wie der ganze Saal.

»Ich schlage vor, wir gehen dort hinein«, sagte Oliver und deutete auf die mittlere der Türen.

Der Zugang in das Innere des Gebäudes war unverschlossen. Noch immer ließ sich niemand blicken.

»Komisch«, sagte Tupf. »Ob sie vielleicht doch nicht mehr hier wohnt?«

»Kann ebenso gut eine Falle sein«, brummte Kofer.

»Still!« Auch Oliver gefiel das Ganze nicht.

Sie standen nun in der Mitte eines Saales, dessen Decke und Wände groß angelegte Landschaftsgemälde schmückten. Der Fußboden bestand aus feinem Parkett.

»Es wird der Hausdame nicht gefallen, dass Pegasus mit seinen Hufen den ganzen Boden zerschrammt.« Eleukides sagte das nur, um die unangenehme Stille zu verscheuchen.

Oliver deutete zur Nordseite des Saales hin. »Da entlang.«

Menschen und Pferd durchquerten die lang gestreckte Halle und verließen sie durch eine zweiflüglige Tür. Sie betraten eine Art Diele, von der aus eine gewendelte Steintreppe sowohl nach unten in den Keller als auch in die Obergeschosse führte. Oliver entschied sich für die Tür an der gegenüberliegenden Seite des Raumes.

Nun folgten einige Zimmer, die wohl früher einmal für den Empfang angesehener Gäste bestimmt gewesen waren. Jeder Raum hatte seinen eigenen Charakter. Einige waren mit edlen Hölzern, andere mit Blattgold und wieder andere ganz mit Perlmutt verziert.

Den Empfangsräumen schlossen sich Wohn- und Schlafzimmer an. Auch diese waren prächtig ausgestattet. Oliver sah Kleiderschränke und Sekretäre mit filigranen Schnitzereien, Wandtäfelungen mit kostbaren Intarsien und Himmelbetten, die ihm so wuchtig erschienen, als wären sie selbst kleine Burgen, letzte Zufluchtsstätten vor den Mühsalen des Tages.

Nun jedoch war niemand mehr da, der den Komfort dieser Räume schätzen, geschweige denn nutzen konnte. Das ganze Schloss wirkte so trostlos wie ein Mausoleum.

Nach Durchquerung des Nordflügels arbeiteten sich die Gefährten im westlichen Teil des Gebäudes durch die Unterkünfte der Wachen und Offiziere – diese Zweckbestimmung jedenfalls schloss Kofer aus der Einrichtung.

Als sie wieder in einen weiten Vorraum traten, meinte der Mantel: »Hinter dieser Wand dort befindet sich das Tor mit der Zugbrücke. Und diese Rampe hier …«

Oliver fühlte sich jäh veranlasst dem sich ungestüm hebenden Ärmel mit dem Arm zu folgen.

»… ist dazu da, die Pferde in die Obergeschosse zu führen.«

»Es wäre nett, wenn du mich selbst entscheiden lassen könntest, wann ich den Hampelmann spiele und wann nicht«, sagte Oliver. Es klang etwas gereizt, aber das lag weniger an Kofer als vielmehr an dem unheimlichen Gebäude.

Der Mantel reagierte sofort und gab sich betont schlaff.

»Danke«, sagte Oliver. »Und nun lasst uns nach oben gehen.«

»Und das Erdgeschoss? Wir sind doch noch gar nicht mit ihm fertig«, gab Eleukides zu bedenken.

»Frag mich nicht, warum, aber ich spüre, dass wir nur oben finden können, was wir suchen.«

Eleukides zuckte die Achseln. »Du bist der Sucher.«

Die Rampe verfügte über Querrillen, die Pegasus festen Halt gaben. Gemeinsam mit seinen zweibeinigen Gefährten folgte er dem geschraubten Weg bis in das dritte Stockwerk.

»Hier entlang«, sagte Oliver und bog nach links ab.

Sie traten in einen Pferdestall, der halb so lang war wie der große Saal im Erdgeschoss auf der anderen Hofseite. Die einzelnen Boxen waren alle leer. Am Ende des Stalles kamen die Gefährten wieder in einen flurartigen Raum mit einer Wendeltreppe. Als sie durch eine neue Tür schritten, umgab sie plötzlich Dunkelheit.

»Irgendjemand hat alle Fensterläden verschlossen«, flüsterte Kofer.

»Pst!«, sagte Oliver. Er wandte sich zu Eleukides um. »Geh bitte noch mal zurück und öffne das Fenster im Turm.«

Der Philosoph nickte. Er ahnte, was Oliver mit dieser Bitte bezweckte.

Als Eleukides wieder zurück war, drangen die Gefährten ganz langsam in den finsteren Raum ein. Sie ließen die Tür offen, sodass anfangs noch ein trüber Lichtfächer ihren Weg erhellte. Bald aber schon tappten sie durch völlige Dunkelheit. Von der gegenüberliegenden Wand war weder etwas zu sehen, noch konnte Oliver sie ertasten. Als er sich einmal umdrehte, wirkte das graue Rechteck der offen stehenden Tür seltsam fern.

»Ist es nur ein erschreckendes Maß an Torheit oder ist es tatsächlich Mut, der Euch hierher führt?«

Oliver fuhr zusammen. Obwohl er geahnt, ja, sogar gewusst hatte, dass jeden Moment etwas geschehen würde, überraschte die Frauenstimme ihn doch völlig. Sie klang kalt und auf eine seltsame Weise hohl. Vielleicht lag es daran, dass er kein Gefühl in dieser Stimme erkennen konnte.

Als er glaubte, sich wieder einigermaßen im Griff zu haben, antwortete er: »Seid gegrüßt, Semiramis. Wenn es Mut ist, den man braucht, um sich den Erinnerungen zu stellen, dann mögt Ihr wohl Recht haben.« Er hatte sich lange überlegt, wie er die Mutter Xexanos ansprechen sollte, und war dann zu dem Schluss gekommen, eine möglichst altertümliche Ausdrucksweise sei noch am besten dazu geeignet.

Aus der Dunkelheit ertönte ein spöttisches Lachen. »Mir scheint, Euer Aufenthalt hier in Quassinja ist erst von kurzer Dauer. Wie sonst nur könnte Eure Antwort von solcher Sinnlosigkeit zeugen?«

Oliver schluckte. Das war ein Schlag in die Magengrube, den er erst einmal verdauen musste. Endlich erwiderte er: »Ich … ich bin gekommen, um Eure Hilfe zu erbitten.«

»Hilfe? Von mir?« Das überhebliche Lachen wiederholte sich. »Ich hätte große Lust Euch den Alpträumen vorzuwerfen. Euer Reden ist mir Langeweile.«

Oliver bemerkte eine Veränderung zu seinen Füßen. Der Boden schien zu vibrieren. Pegasus schnaubte unruhig. Dann zeigten sich rötlich schimmernde Risse im Parkett, die allmählich breiter wurden. Aus der Dunkelheit begannen sich einzelne Konturen zu schälen. Nicht weit von den Gefährten ragte eine Art Podest aus dem Boden. Oliver konnte den Schatten eines Thrones erkennen, auf dem eine dunkle Gestalt saß.

Ein kalter Schauer lief ihm über den Rücken. So verletzlich dieser magere Schemen auch wirken mochte, so Furcht einflößend war er. Oliver konnte sich diese Aura des Grauens nicht erklären, aber sie schien ohne Frage ein besserer Schutz vor übermütigen Angriffen zu sein als eine Rüstung aus Stahl. Noch während er um seine Fassung rang, trat eine Gruppe von neuen Akteuren auf die Bühne von Semiramis' Lichttheater.

Zuerst sah es nur so aus, als würde dunkler Qualm aus den rot leuchtenden Ritzen im Boden dringen, aber dann zeichneten sich sehr schnell deutlichere Umrisse ab. Ein beißender Geruch stieg in Olivers Nase.

»Die Alpträume!«, hauchte Eleukides und rückte noch näher an seinen Freund heran.

Bald tanzte eine ganze Schar dunkler Silhouetten über den schimmernden Boden, gleich den Scherenschnitten in einem javanischen Schattentheater. Es kostete Oliver immer mehr Kraft, wenigstens äußerlich die Ruhe zu bewahren.

»Jetzt wissen wir wenigstens, wo diese lichtscheuen Elemente ihren Mittagsschlaf halten«, raunte er seinen Freunden zu.

Die Umgestaltung der Szenerie schien nun abgeschlossen zu sein. Die Schattenwesen nahmen an Zahl nicht weiter zu und das rötliche Dämmerlicht im Saal wurde auch nicht mehr stärker. Der Tanz der klauen- und zähnebewehrten Kreaturen wirkte weniger aufdringlich als in der vergangenen Nacht. Er war fast völlig lautlos – nur hier und da hörte man ein leises Zischen, Schaben und Fauchen. Das Ganze glich eher einem geduldigen Lauern – vielleicht bis die Königin der Alpträume das Buffet eröffnete. Oliver gelangte jedenfalls zu der Überzeugung, dass vornehme Zurückhaltung bei neuen Bekanntschaften eine lobenswerte Eigenschaft sei.

Er wandte sich wieder dem Thron zu. Seine Augen durchdrangen das Halbdunkel und konnten zum ersten Mal mehr als nur einen Schemen erkennen. Voller Unbehagen betrachtete er die hagere Gestalt. Das Dämmerlicht, das aus den Bodenritzen drang, ließ alles rot aussehen, doch Oliver vermutete, dass der Stoff ihres knöchellangen Gewandes weiß oder grau sein musste. Denselben rötlichen Farbton hatten auch Semiramis' aufgetürmte Haare – bis auf eine einzige dunkle Strähne, die wie eine schwarze Flammenzunge nach oben züngelte. Ihr Gesicht strahlte eine natürliche Autorität aus, obwohl es eingefallen aussah und unter ihren Wangenknochen dunkle Schatten lagen. Die lange schmale Nase, die hohen Augenbrauen und die dünnen breiten Lippen verstärkten noch den Eindruck der selbstbewussten Strenge. Dennoch war Semiramis nicht wirklich hässlich. Im Gegenteil, diese Frau musste früher einmal sehr schön gewesen sein.

Oliver wagte einen neuen Versuch das Gespräch in Gang zu bringen. »Ich nehme an, Ihr habt uns erwartet.«

»Wessen Nahen mit dem Wind ist, dessen Kommen kennt keine Überraschung. Jedoch sei Euch zugestanden, dass Ihr meine Neugierde wecktet. Wie lautet Euer Name?«

»Ich heiße Oliver der Sucher.«

Oliver bemerkte das leichte Zögern Semiramis', bevor sie fortfuhr. »Ist das der Name Eures irdischen Weges oder die Gabe des Einhorns?«

»Letzteres.«

»Und welches Anliegen begründet Euer Kommen?«

»Ich suchte nach Euch, weil niemand Xexano so gut kennt wie Ihr, Semiramis.«

Abermals zögerte die Königin der Alpträume. Doch als sie wieder zu sprechen begann, klang ihre hohe Stimme so eisig wie zuvor.

»Der, aus dem Xexano wurde, ist mein Sohn. Das dürfte keine neues Erkenntnis für Euch sein. Aber ich hege die Vermutung, dass Ihr mich nicht nach seinen Kinderkrankheiten fragen wollt, sondern nach Gewichtigerem. Warum aber sollte ich Euch ein Wissen vermitteln, das meinem Sohn womöglich schaden könnte?«

Eleukides flüsterte Oliver etwas ins Ohr, worauf dieser sich wieder an Semiramis wandte. »Er hat Euch in diese Wüste verbannt.

Ihr seid seine Gefangene. Habt Ihr nie daran gedacht, sein Joch abzuwerfen?«

»Wie es scheint, hört Ihr auf die Weisheit des Alters, eine seltene Eigenschaft in Verbindung mit der Jugend. Nun, Euer Reden ist Wahrheit, wenigstens zum Teil. Auch ich verfüge über eine Macht, die Xexanos Furcht entfachen kann. Aber was könntet Ihr mir schon Wertvolleres bieten als das, was ich bereits mein Eigen nenne?«

Dies war die Frage, auf die Oliver gewartet hatte. Jetzt musste es heraus.

»Ich biete Euch einen Tausch an, Semiramis.«

»Einen Tausch?« Das Lachen der Königin klang wie das Bersten einer Eisscholle auf gefrorenem Boden. »Ich besitze Euer Leben, Oliver Sucher! Was für ein Angebot könnt *Ihr* mir schon unterbreiten?«

Oliver hielt inne. Einen Augenblick lang musterte er die Gestalt, die selbst unter ihrem weit herabfallenden Gewand noch spindeldürr wirkte. »Auch ich verfüge über Macht«, begann er dann ruhig – er selbst wunderte sich, *wie* ruhig.

»Das ist mir nicht entgangen. Deshalb ließ ich Euch das Leben.«

»Seid Ihr *so* sicher, dass nicht *ich* es bin, der Euer Leben bewahrte?«

Oliver konzentrierte sich. Er wünschte sich, Nippy wäre jetzt hier und nicht draußen, irgendwo über dem Tal. Pegasus stupste ihn sanft mit dem weichen Maul in den Rücken, ein stummes Zeichen, dass er sich nun nicht mehr aus der Ruhe bringen lassen durfte.

Semiramis ließ ein Lachen hören, das in seiner Kürze eher an einen Schluckauf erinnerte. »Soll das eine Drohung sein?«

»Es ist die Wahrheit«, entgegnete Oliver. Ein Windhauch strich durch den Raum und spielte mit seinen Haaren. Das rote Glühen im Boden flammte kurz auf und ließ die tanzenden Schatten noch bedrohlicher wirken.

»Gut so«, flüsterte Tupf aus der Brusttasche. »Sie weiß nicht, was du vorhast.«

Semiramis stand unvermittelt von ihrem Thron auf und hob einen Arm. Das Tanzen der Alptraumwesen wurde hektischer.

Oliver schloss die Augen. Sogleich fegte ein heftiger Luftzug durch den Raum. Als er wieder zu Semiramis hinsah, hatte sie den Arm fallen gelassen und sagte mit scheinbar unbewegter Stimme: »Bevor ich Euch meine Macht spüren lasse, will ich Euch noch etwas Aufmerksamkeit gewähren. Wir haben selten Gäste in der Nemon. Euer Besuch mag uns ruhig ein wenig Zerstreuung bringen. Welcher Art war der Tausch, den Ihr Euch vorstelltet?«

»Ich biete Euch Freiheit von Xexano und im Gegenzug möchte ich seinen Namensstein von Euch.«

Die Wirkung von Olivers Angebot war verblüffend. Semiramis starrte ihn wortlos an und war dabei so bewegungslos wie eine Wachsfigur. Die seltsame Lethargie hatte sogar die tanzenden Alptraumwesen befallen. Nur das Pfeifen des immer stärker werdenden Windes, der durch die Halle strich, störte die Stille. Als die Königin endlich zu sprechen begann, klang sie so eisig wie nie zuvor.

»Für eine Mutter ist der Verlust ihres Sohnes der Tod ihres Herzens. Aber sie bleibt dennoch am Leben. Mein Hass gilt dieser närrischen Figur, die sich Xexano nennt. Doch tief in ihr gibt es ein Schlafen, und wenn das Erwachen folgt, werde ich die Rückkehr meines Sohnes feiern. Gemeinsam werden wir wieder den Thron besteigen, den uns das Schicksal von alters her zugesprochen hat. Jetzt kennt Ihr meine Gedanken wie niemand sonst. Euer Begehren ist so töricht wie die sprichwörtliche Suche nach dem eigenen Namensstein. Wie sinnlos war doch das alles, nun, da meine Diener Euch in tausend Stücke reißen werden!«

Wieder erhob Semiramis ihren dürren Arm. Die Alptraumwesen erwachten zu neuem Leben. Begierig richteten sie ihre toten Augen auf Oliver und dessen Gefährten.

»Halt!«, schrie Oliver. Auch er hatte einen Arm hochgerissen; in der Hand hielt er einen kleinen ovalen Gegenstand. »Seht her«, verkündete er trotzig. »Dies ist mein Namensstein. Ich habe das Sprichwort widerlegt – es ist nicht länger gültig.«

»Nichts als Lügen!« Semiramis' keifender Stimme waren ihre Zweifel anzuhören.

»Es ist keine Lüge. Ich bin Oliver der Sucher. Diesen Namen gab mir das Einhorn. Und ich werde Euch zeigen, dass ich ihn zu Recht trage.«

Mit diesen Worten hatte Oliver auch den zweiten Arm gehoben und beide Handflächen zur Saaldecke hin geöffnet. Sogleich brandete der Wind in der Thronhalle auf. Einige Alptraumwesen verschwanden wie die Ratten in den Ritzen und Spalten des Bodens. Andere bildeten zitternde Klumpen zu Füßen ihrer Herrin.

Der Sturm wurde immer stärker und Oliver stand immer noch bewegungslos da, den Rücken weit durchgedrückt, den Kopf im Nacken und die Arme schräg nach oben ausgestreckt. Diese Haltung entsprang weniger der bewussten Absicht, besonders ehrfurchtgebietend auszusehen, als vielmehr der absoluten Konzentration, in die er eingetaucht war. Wie manche Sänger, die sich während ihres Vortrags zu allerlei sonderbaren Verrenkungen hinreißen lassen, ging auch Oliver gerade völlig in seinen Gedankenbildern auf.

Nur Nippy konnte sehen, was in diesem Moment außerhalb des Wasserschlosses geschah. Während sich innen die Parteien von Semiramis und Oliver wie die Schachfiguren in einem Patt gegenüberstanden, zog draußen ein Sturm auf, wie ihn nur Träume zu erschaffen vermögen. Der Wind strömte gleich gewaltigen Wassermassen von allen Seiten gleichzeitig in das trichterförmige Tal. Doch nicht unkontrolliert, wie man meinen könnte, sondern zielgerichtet und mit stetig wachsender Kraft beseelt.

Am Anfang wurden nur große Staubwolken aufgewirbelt, aber bald schon begannen sich die alten Namenssteine in Bewegung zu setzen. Die leichtesten von ihnen zählten zweitausend Jahre. Niemand wusste genau, wie alt die schwersten waren. Immer mehr Kiesel rollten den Hang hinab, und nicht wenige, die das Gewicht des Alters noch am Platz gehalten hatte, wurden jäh von den jüngeren mitgerissen. Zuletzt lagen nur noch ein paar Dutzend dunkle Steine im Staub.

Mit einem Mal riss der heftige Fallwind ab. Ein sanftes Kräuselmuster überlief den grünen See, als würde er noch einmal erschauern. Dann war alles ruhig, nichts rührte sich mehr. Nur ein winziger funkelnder Punkt sprang wie ein Elfenkind von einem liegen gebliebenen Kiesel zum nächsten. Er senkte sich herab, blieb für einen Moment blitzend im Sonnenlicht stehen, um sich sogleich wieder zu erheben und zum nächsten Stein zu fliegen.

Drinnen, in Semiramis' Schloss, wurde die Lage für Oliver und seine Freunde währenddessen bedrohlich. Als der Sturm sich gelegt hatte, waren alle Beteiligten noch für einige Augenblicke bewegungslos stehen geblieben. Auch Oliver verharrte weiter in seiner dramatischen Positur. Allmählich kroch eine bleierne Schwere in seine Arme. Erschöpft ließ er sie niedersinken. Nur sein Gesicht zeigte noch dieselbe grimmige Entschlossenheit wie am Anfang.

Die zusammengescharten Alptraumwesen lösten sich langsam wieder voneinander. Aus den rot glimmenden Ritzen im Boden quollen neue Schatten hervor. Die Unsicherheit in Semiramis' Miene wich allmählich einem höhnischen Lächeln. Sie ließ sich gemächlich auf ihren Thron sinken und sagte amüsiert: »Etwas sehr Unterhaltsames habt Ihr uns da geboten, Oliver Sucher.«

Oliver musste Zeit gewinnen. »Ich hätte Euch ebenso gut an der Wand zerdrücken können, bis Eure Einzelteile nach allen vier Winden hin zerstreut worden wären.«

Semiramis lächelte gelangweilt. »Euer Lüftchen in allen Ehren, aber welches Wissen habt Ihr schon von den Gaben, die meinem Sohn und *mir* aus unseren Wunschträumen erwachsen sind?«

Wo Nippy nur blieb! Oliver erinnerte sich wieder an die Verse vom Schlussstein des Ischtar-Tores. »Ich kann es mir denken. Euer Sohn will über zwei Welten herrschen. Ist es rein zufällig *Macht*, nach der es ihm und Euch gelüstet?«

»Ihr braucht Euch auf Eure Klugheit nichts einzubilden, Oliver Sucher. Die unumschränkte Macht über die Welt der lebenden und die der verlorenen Erinnerungen ist fürwahr das Begehren meines Sohnes. Er wollte sich Gott gleich machen und er wurde ein Gott. Genauso wird er auch die Herrschaft über die Erde erringen, wenn er erst die Macht über die Erinnerungen der Menschen gewonnen hat.«

»Das ist unmöglich. Er kann sich nur nehmen, was ohnehin schon vergessen ist.« Oliver machte sich jetzt ernsthafte Sorgen, sein Plan könne fehlschlagen. Von Nippy fehlte noch immer jede Spur.

»Ha!« Semiramis' Ausruf knallte wie ein Peitschenhieb. »Ihr habt ja keine Ahnung! Xexanos Macht nimmt ständig zu. Auf der Erde verschwinden jeden Tag Gegenstände aus Museen und Bibliotheken; sogar Menschen, deren wahres Ich dem Vergessen anheim fällt, weil keiner sie mehr liebt noch hasst oder sonst wie starke Gefühle für sie aufbringt. Grabsteine lösen sich auf, Inschriften verblassen ... Aber das ist noch nicht alles. Heute nimmt sich Xexano, was im Vergessen versinkt. Doch bald schon *macht* er die Dinge vergessen. Dann kann er alles an sich reißen, was er begehrt, selbst die Gedanken aus den Köpfen der Menschen.« Semiramis' Stimme troff nun von ätzendem Spott. »Welche Bedeutung die Menschen sich doch zumessen und wie armselig sie inzwischen sind! Ohne es zu wissen, arbeiten sie meinem Sohn zu. Heute ist es noch eine große Abscheu, die sie für irgendeinen Schurken empfinden. Aber wie schnell vergessen sie ihn! Sein wirklicher Charakter geht verloren, bis er nur noch blasse Erinnerung ist, eine nichts sagende Zeile in verfälschten Geschichtsbüchern, Legende ... Solche Erinnerungen zu stehlen ist für Xexano und seine Diener ein Leichtes.«

»Seine Diener ...?« Oliver biss sich auf die Unterlippe. Jetzt hatte er sich eine Blöße gegeben.

Semiramis lächelte überlegen. »Davon habt Ihr nicht gewusst, oder?« Sie nickte siegesgewiss. »Seit kurzem gibt es in der Stadt Amnesia eine neue Abgabe. Man nennt sie die *Erinnerungssteuer*. Bald wird jeder in Quassinja sie entrichten müssen, wenn er nicht in Xexanos Mühle zu Staub zermahlen werden will.«

»Eine Erinnerungssteuer?«

»Ihr dürft es auch einen Tribut nennen. Ha, ha, ha!« Jetzt kam Semiramis in Fahrt. Sie weidete sich an Olivers entsetztem Staunen und verriet dabei mehr über den ehrgeizigen Sohn, als ihr lieb war. »So wie die Menschen mit ihresgleichen umgehen, werden Xexanos Häscher eine leichte Beute haben. Wie schnell vergesst ihr doch diejenigen, die ihr angeblich innig liebtet oder abgrundtief hasstet! Noch bevor der Tod solche Vergessenen ereilt, werden sie nach Quassinja entführt werden, manche aus der Abgeschiedenheit von Kerkern, andere aus der Einsamkeit des Alters. Wen der unbarmherzige Xexano einmal erwählt hat, der wird zur Erinnerungssteuer – und bald muss er sie selbst entrichten. Tut er das nicht, so bleibt ihm nur das Erwarten eines baldigen Endes in der Mühle.« Noch einmal ließ Semiramis ihr trockenes Lachen hören.

Oliver unterdrückte ein Schaudern. Er hatte schon fast die Hoffnung verloren, dass Nippy doch noch rechtzeitig erscheinen würde. Mit dem Mut der Verzweiflung warf er Semiramis die Behauptung hin: »Und doch wird dies alles Xexano letztlich nichts nützen. Seine Zeit ist zu knapp, als dass er den Widerstand der Menschen brechen könnte.« Das war eine reine Vermutung, aber vielleicht funktionierte es.

»Xexano hat alle Zeit der Welt.« Semiramis erhob sich wieder vom Thron. Olivers Atem stockte.

»Er hat Gewalt, bis das Jahr sich zum Ende neigt«, fuhr die Königin der Alpträume fort. »Das ist ausreichend, wenn man bedenkt, dass die Menschen nicht mal daran glauben, dass ihnen jemand ihre Erinnerungen stehlen könnte. Wenn er bis zur Jahreswende jedes Gedenken an seinen wahren Namen von der Erde bannen kann, wird sie für immer ihm gehören.«

»Er wird es nicht schaffen. Und er wird am Ende verlieren.«

»Was wisst denn Ihr schon, Knabe? Selbst wenn es ein Scheitern wäre, besäße er immer noch die Welt Quassinja. Niemand kann ihm hier die Macht noch nehmen.« Semiramis erhob ihren Arm. »Aber ein Erleben seines Triumphes wird es für Euch und Eure Freunde nicht mehr geben.«

Oliver starrte auf die hagere Gestalt mit dem hochgereckten Arm. Er hatte fast das Gefühl, ihre Knochen sehen zu können, da, wo der Ärmel ein Stück herabgerutscht war. Die Alptraumwesen rückten näher.

»Schnell, auf den Rücken von Pegasus!«, raunte Oliver dem Philosophen zu.

»Hier wird die Macht Eures Kleppers Euch nicht viel nützen«, sagte Semiramis mit eiskalter Stimme. Jeden Augenblick konnte ihre Hand das Zeichen zum Angriff geben.

Doch nun erhob auch Oliver erneut den Arm. Das verwirrte Semiramis. Sie zögerte. In diesem Moment schoss ein flirrender Strich von der Tür her durch das rötliche Dämmerlicht. Für die Spanne eines Herzschlages verharrte er über Olivers rechter Hand. Dann konnte ihn Semiramis nicht mehr sehen.

»Viel mehr Zeit hättest du dir wirklich nicht nehmen dürfen, Nippy.« Kofers erleichtertes Flüstern drückte das aus, was Oliver dachte.

»Tut mir Leid. Gab da mehr alte Klamotten, als wir dachten«, erwiderte Nippy, die sich in Olivers Nacken am Mantelkragen fest hielt.

»Versuche nicht mit Kunststückchen dein Schicksal hinauszuschieben«, sagte Semiramis drohend.

»Sie ahnt, was du vorhast«, wisperte Nippy.

Oliver war froh, den kleinen Kolibri endlich wieder bei sich zu haben. Nippy hatte ihm die Gedankenbilder von dem Trichtertal gesandt, sodass er wusste, wie er den Wind zu lenken hatte. Und nun konnte sie ihm helfen die Lügen der Semiramis zu entlarven.

»Wenn Ihr es ein Kunststück nennen wollt, dass ich Euren Namensstein hier in meiner Hand halte ...« Oliver gönnte sich eine effektvolle Pause, die Semiramis dazu nutzte, noch blasser zu werden, als sie es ohnehin schon war. »Nun gut, dann kann ich den Kiesel ja Pegasus überlassen. Seine Hufe werden ihn schnell zermalmen ...«

»Halt!« Semiramis' Schreckensruf ließ die Alptraumwesen erstarren. »Halt«, wiederholte sie leiser. »Wie kann ich Kenntnis erlangen, dass nicht ein Trugspiel Euer einziges Pfand gegen mich ist?«

»Ganz einfach. Wir zerbrechen den Stein und sehen, was passiert.« Oliver ließ den Kiesel fallen. Semiramis zuckte zusammen. Pegasus hatte den Stein mit einem Huf am Wegrollen gehindert.

»Nun gut! Nun gut«, sagte Semiramis schnell. »Nehmen wir einmal an, Ihr habt Recht. Was ist Euer Begehr?«

»Das sagte ich bereits: Euren Namensstein gegen den Eures Sohnes.«

Semiramis schüttelte mit versteinerter Miene den Kopf. »Ihr kennt meine Gründe. Wenn Ihr von einer Mutter verlangt, den eigenen Sohn zu verraten, dann könnt Ihr nur Ablehnung ernten.«

»Sie sagt die Wahrheit«, flüsterte Nippy.

Das hatte Oliver befürchtet. Was sollte er jetzt machen? Wenn nur Jessica da wäre! Sie wusste immer, was in brenzligen Situationen zu tun war. Er erinnerte sich noch genau an jedes Wort, das sie ihm zum Abschied gesagt hatte, so, als wäre es erst gestern gewesen: *Keine Sorge, Olli. Es wird alles gut gehen.* Und dann: *Wir beide sind durch ein unsichtbares Band verbunden. Irgendwie bin ich also immer bei dir. Und du bei mir. Wenn wir nur wollen, dann sind wir ein unschlagbares Team.*

Der Gedanke an seine Schwester gab Oliver neuen Mut. Allein wenn er ihr jetzt hätte sagen können, dass ihr nur noch bis zur Jahreswende Zeit blieb, um Xexanos Treiben Einhalt zu gebieten, würde sie sicher einen Weg finden, auch das zu bewerkstelligen. Was hätte Jessica jetzt an seiner Stelle getan? Vermutlich wäre sie zu Plan B übergegangen.

»Dann gebt mir einige Antworten«, sagte Oliver. Er versuchte nicht wie ein Bittsteller zu klingen. »Wie kann ich die Insel finden, auf der Xexanos Turm steht?«

Semiramis funkelte ihre Besucher böse an. »Das Suchen meines Namensteins war ein Werk von vielen Jahrtausenden. Leider vergeblich: Sobald meine Diener damit beginnen, verändern die Steine im Tal ihre Lage. Das habe ich Xexano zu verdanken. Jede geordnete Suche ist eine Unmöglichkeit. Wie kann ich Euch da glauben, wenn Ihr behauptet, mein Namensstein befinde sich in Eurem Besitz, Oliver Sucher? Sagt mir erst, was auf dem Brocken steht, den Euch der fliegende Kristall brachte. Wenn die Antwort zu meiner Zufriedenheit ausfällt, erhaltet Ihr die gewünschte Auskunft.«

Oliver überlegte. Er schaute zu Eleukides auf dem Rücken des Hengstes hinauf. Der Philosoph nickte unmerklich.

»Pegasus?«

Das Pferd hob seinen rechten Vorderhuf.

Oliver bückte sich und nahm den Kiesel auf. Nachdenklich betrachtete er den Schriftzug darauf. Seltsam, dass er diese fremden Zeichen lesen konnte. Aber – hatte Nippy sich geirrt?

»Hier steht *Bath-Atargatis*«, sagte er laut. Er zwang sich Selbstsicherheit auszustrahlen.

»Du bist fürwahr Oliver der Sucher!« Semiramis war sichtlich bestürzt. Für eine kurze Zeit senkte sie den Blick und wandte sich zur Seite. Sie versuchte offenbar die volle Tragweite der Situation zu erfassen und sich die möglichen Folgen auszumalen.

Nippy nutzte die Zeit und flüsterte Oliver zu: »Es hat so lange gedauert, weil auf keinem Stein der Name Semiramis stand. Aber dann fiel mir ein, dass einer der Kiesel den Namen Bath-Atargatis trug. Atargatis war eine Fischgöttin und das Wort *bath* bedeutet Tochter. Gottestochter! Schon immer haben die Mächtigen sich gerne als Kinder der Götter gesehen. Keiner der Namen traf so gut auf eine machtbesessene Frau zu wie dieser.«

»Du bist ein Schatz!«, raunte Oliver zurück. »Schau sie dir nur an. Sie weiß nicht, was sie tun soll.«

Semiramis wandte sich nun wieder ihren Gästen zu. Sie versuchte nach Kräften eine würdevolle Haltung zu bewahren. Als sie zu sprechen begann, klang ihre Stimme wie die eines stolzen, aber bezwungenen Feindes.

Sie erzählte Oliver und seinen Begleitern von einer Insel, die im Meer der Vergessenen lag, und als sie den Namen des Eilandes verriet, hatte Oliver schwer zu kämpfen, um sich sein Staunen nicht anmerken zu lassen.

Xexano habe einen Nebel gewoben, der seinen Thron vor jedermann verberge, erzählte die Königin der Alpträume weiter. Man könne Wochen auf dem Meer vor Salamansa umherfahren und würde die Insel doch nicht finden. Doch selbst wenn jemand eine solche Suche wagte, würde er schon bald scheitern, weil die Atargatijim, die Kinder der Fischgöttin, das Meer bewohnten und jeden, der ihr Reich befahre, in die Tiefe zögen. Nur wer von Xexano gerufen werde, könne seine Insel finden, schloss Semiramis.

»Sie hat alles gesagt, was sie weiß«, flüsterte Nippy.

Diese Nachricht war kurz gesagt niederschmetternd. Wie sollte Oliver es anstellen, von Xexano gerufen zu werden, ohne gleichzeitig in seine Hände zu fallen? Vielleicht …

»Wenn Ihr mir schon nicht den Namensstein Xexanos aushändigen wollt, dann verratet mir wenigstens seinen Namen.«

»Xexano hat viele Namen: Marduk und Belu, Tammuz oder Dumuzi, Amraphel, Mebaragesi, Nimrod … Ich kann mich nicht mehr an alle erinnern. Welcher gefällt Euch am besten?«

»Sie lügt!«, zischte Nippy.

»Nimrod?«, murmelte Oliver. »Etwa der, der den Turm in Babylon bauen ließ?«

»Diesmal wird er ihn fertig stellen.«

In Olivers Kopf schnappten einige Riegel ein. Semiramis hatte mit ihrer Namensliste Erinnerungen geweckt, die ein undeutliches Bild zeichneten. Wenn er nur mehr Klarheit in dieses Mosaik bringen könnte!

»Ihr verschweigt mir etwas, Semiramis. Wie lautet Xexanos *wahrer* Name?«

»Ihr habt meine Worte vernommen. Die Wahl liegt bei Euch.«

»Sie lügt«, raunte die Stimme aus der Nackengegend.

»Ihr sagt die Unwahrheit, Semiramis. Es gibt noch einen weiteren Namen, den Ihr mir vorenthalten wollt.«

»Sein wahrer Name bindet ihn«, sprach die Königin der Alpträume.

Oliver kannte diese Worte inzwischen nur allzu gut. »Deshalb suche ich nach diesem einen.«

»Hier werdet ihr ihn nicht finden, Oliver Sucher.«

»Sie wird dir den Namen nicht verraten«, flüsterte Nippy. »Frag sie nach dem Zwielichtfeld.«

»Dann sagt mir, wo sich das Zwielichtfeld befindet, das Xexanos Macht kontrolliert.«

Semiramis zögerte. »Ich kenne es nicht.«

»Wieder eine Lüge!« Nippys Gespür für die wahren Absichten dieser Frau funktionierte verlässlich wie ein Uhrwerk.

Oliver ließ Semiramis' Namensstein abermals fallen und wieder hielt Pegasus ihn mit seinem Huf fest.

»Ich wollte sagen, mein Wissen über das Zwielichtfeld kann Euch nicht dienen«, fügte die Königin der Alpträume eilig hinzu. »Ich weiß, dass es existiert und dass Xexano darüber wacht. Aber das ist auch schon alles.«

Oliver vermisste den »Ausschlag« seines gläsernen Lügendetektors. Er bewegte unruhig die Schultern. Endlich meldete sich Nippys Stimme. »Sie sagt die Wahrheit und doch auch wieder nicht. Ich bin überzeugt, dass sie noch irgendetwas weiß.«

Oliver wandte sich seinem Pferd zu. »Pegasus?«

Der Hengst hob den Huf. Der glatte, fast schwarze Namensstein reflektierte das rötliche Licht.

»Wartet!«, rief Semiramis. »Vielleicht habe ich doch noch einen Hinweis für Euch.«

»Eure Einsicht kommt fast zu spät.«

»Es gibt ein großes Geheimnis, von dem selbst Xexano nicht weiß.«

»Nur zu, ich lasse mich gerne in Geheimnisse einweihen.«

»In den Tamoren, am Fuße des Berges Annahag soll ein Weiser leben, dessen Namensstein fast ebenso alt ist wie der meinige oder der von Xexano. Wie man sagt, kennt er diese Welt wie kein Zweiter.«

»Allerdings bezweifelt sie, dass es ihn wirklich noch gibt«, ergänzte Nippy flüsternd.

»Und sonst ist da niemand, der Xexanos Zwielichtfeld kennen könnte?«

»In der Tat: niemand.«

»Sie hat alles gesagt, was sie weiß«, kommentierte Nippy.

Oliver erhob die Stimme, als wäre er ein König, der sich anschickte einen Richterspruch zu verkünden. »Also gut, dann will ich Euch Euren Namensstein übergeben ...«

»Bist du verrückt?« Das war Tupf aus der Brusttasche.

»Still!« An Semiramis gewandt fügte Oliver hinzu: »Ihr habt es allerdings Eurem eigenen Mangel an Wahrheitsliebe zuzuschreiben, wenn Ihr noch ein wenig warten müsst.«

Semiramis' Miene verzerrte sich.

»Warten? Warum?«

»Ihr könntet versucht sein Eure Alpträume auf uns loszulassen. Deshalb werde ich Euren Stein am Ufer niederlegen, direkt gegenüber der Zugbrücke.«

»Na, wenigstens ist unser Sucher nicht völlig durchgedreht«, merkte Nippy an.

»Ein ungerechtfertigter, enttäuschender Vorwurf«, verteidigte sich die Königin. »Ich gewährte Euch Hilfe und Ihr lasst mich eine Woche warten.«

»Wieso eine Woche?«

»Nun«, Semiramis rang verzweifelt die Hände, »mein Schloss wird erst wieder in sieben Tagen das Ufer erreichen. Vorher kann ich nicht dorthin gelangen.«

Oliver blickte die hagere Königin überrascht an. Dann musste er lächeln. »Entschuldigt, aber dies ist nun wirklich *Euer* Problem.« Ohne Semiramis weiter zu beachten, zog er sich zu Eleukides auf Pegasus' Rücken und schnalzte mit der Zunge. »Komm, mein Guter, wir haben noch eine weite Reise vor uns.«

»Ich möchte dich doch herzlich bitten, nicht mehr mit der Zunge solche Geräusche zu machen«, sagte Pegasus. Er klang tatsächlich ein wenig gekränkt.

»Aber ich habe doch nur geschnalzt. Das tut man, wenn ein Pferd loslaufen soll.«

»Eben.«

»Bist du etwa kein Pferd? Ich dachte, ihr Erinnerungen macht gerne, was eurem wahren Wesen entspricht.«

»Das ist wohl wahr. Aber ich bin mehr als ein Pferd. Ich bin ein Wunschtraum, doch du hast mich behandelt wie einen Esel.«

»Kannst du mir noch einmal verzeihen, Pegasus?«

»Schon geschehen.«

»Dein Herz ist sogar noch größer als dein Körper.« Das meinte Oliver ernst. Er war froh, endlich wieder sprechen zu können, wie ihm der Schnabel gewachsen war. Das altertümliche Gerede in Semiramis' Wasserschloss hatte ihn ziemlich angestrengt und die Rolle des unnachgiebigen Weltenretters schmeckte ihm noch viel weniger.

All seine Freunde hatten ihn zwar für verrückt erklärt, aber Oliver hatte Semiramis trotzdem ihren Namensstein zurückgegeben. Auf Pegasus' Rücken waren sie an den Rand des Sees geflogen und dort – genau gegenüber der Zugbrücke – hatte er den kleinen dunklen Stein niedergelegt. Die Königin der Alpträume hatte mit grimmiger Miene vom geöffneten Tor aus zugeschaut.

Später, etwa eine Flugstunde südlich der Wasserburg, hatte dann Nippy von ihren Nöten bei der Suche nach dem Namensstein erzählt. Das ganze Unternehmen war mehr als gewagt gewesen. Oliver hatte sich allein auf sein Gefühl verlassen, als er annahm, dass sich Semiramis' Namensstein in diesem Tal befinden musste, aber er hätte es nicht verhindern können, wenn der dunkle Kiesel von anderen Steinen mit in das Wasser des Sees gestoßen worden wäre. Dass am Ende alles gut ausgegangen war, grenzte schier an ein Wunder. Oder hatte das Einhorn mehr über Olivers wahre Natur gewusst als er selbst?

Nippy jedenfalls hatte sich an diesem Tag selbst übertroffen. Während die Fallwinde über die trichterförmigen Hänge des Tales gestrichen waren, hatte sie unablässig ihre Eindrücke an Oliver übermittelt. Diesem ungewöhnlichen Zusammenspiel waren einige nächtliche Proben vorangegangen. Oliver war die Idee dazu gekommen, als er sich an seine erste Begegnung mit Nippy erinnerte. Die Vogeldame hatte gesagt, sie könne manchmal Bilder in die Köpfe anderer Wesen pflanzen. So war Oliver, während er den Wind immer stärker werden ließ, die ganze Zeit imstande gewesen zu »sehen«, wie die Zahl der Steine am Hang abnahm.

Als Nippy dann aufgeregt von einem Kiesel zum nächsten geeilt war, wurde die ganze Situation aber doch noch brenzlig. Erst kostete die Untersuchung der immer noch großen Zahl liegen gebliebener Steine unerträglich viel Zeit und dann stellte sich am Ende die erschreckende Erkenntnis ein, dass kein Kiesel die Aufschrift »Semiramis« trug.

Wie gut, dass Nippy eine alte und erfahrene Erinnerung war! Schlagartig erschien in ihrem Geist der Name eines Steines, den sie zuvor gesehen hatte. Von da an dauerte es nur noch wenige Augenblicke, bis sie den Kiesel wieder gefunden und ihn in Olivers Hand abgelegt hatte.

»Jetzt wird mir klar, warum du so sorgsam darauf bedacht warst, keinen einzigen Namensstein zu zertreten«, sagte Pegasus.

Oliver nickte. »Es hätte ja genau der von Semiramis sein können. Bei meinem Glück …!«

»Das hast du wirklich!«, versetzte Tupf.

»Ich will euch ja nicht die gute Laune verderben«, sagte Eleukides, »aber wir werden Olivers Glück im Finden auch in Zukunft gut gebrauchen können. Das, was Semiramis über den Weisen vom Annahag sagte, erscheint mir mehr als fragwürdig.«

»Aber sie sprach die Wahrheit«, meinte Nippy.

Oliver wurde mit einem Mal sehr nachdenklich. »Vielleicht hat sie uns sogar mehr verraten, als wir ahnen. Eine Zeit lang hat sie sehr hitzig geredet. Anscheinend wollte sie uns beweisen, was für eine kluge Frau sie doch ist. Wir müssen auf jeden Fall dieser Spur nachgehen und so schnell wie möglich zum Annahag reisen. Vielleicht finden wir dort den geheimnisvollen Unbekannten. Und wer weiß – vielleicht besitzt er den Schlüssel zu all unseren offenen Fragen.«

»Und dann?«, fragte Pegasus.

»Dann machen wir uns auf, um die Insel zu finden, auf der Xexanos Hauptstadt Amnesia liegt.«

»Du meinst …?«

Oliver nickte ernst. Sie hatten einen schweren Weg vor sich. Erst mussten sie einen verfluchten Ort aufsuchen und dann einen, der von Seeungeheuern bewacht wurde, die jeden mit Freuden in die Tiefe des Meeres zogen. Wie sehr hatte Oliver der Name von Xexanos Insel doch in Erstaunen versetzt, als Semiramis verraten hatte. Jetzt wiederholte er ihn mit ausdrucksloser Miene.

»Atlantis.«

7. KAPITEL

DAS DOPPELGESICHT

*Die Wahrheit ist in dieser Zeit so sehr verdunkelt
und die Lüge so allgemein verbreitet,
dass man die Wahrheit nicht erkennen kann,
wenn man sie nicht liebt.*

Blaise Pascal

DIE STÖRENFRIEDE

Jessica fand, dass sie sich nicht zu ihrem Vorteil verändert hatte. Es war jeden Morgen das Gleiche, wenn sie in den Spiegel blickte. Leider konnte auch Miriams toller Badezimmerschrank daran nichts ändern.

Sie drehte schnell den Wasserhahn auf und tauchte das Gesicht in die kalte Pfütze auf ihren hohlen Händen. Schon besser, dachte sie, als sie ihr triefendes Gesicht erneut begutachtete. Wenigstens sah man jetzt nicht mehr so deutlich, welche Spuren die Strapazen der letzten Wochen hinterlassen hatten.

Heute war der 4. Dezember. Die Zeit wurde allmählich knapp. Seltsam, wie genau sie das wusste. Es gibt Menschen, die können das Gewicht eines Steines sehr präzise schätzen, wenn sie ihn in der Hand wiegen. Ebenso zuverlässig fühlte Jessica vor anderthalb Wochen das Maß an Tagen, das ihr noch blieb. Spätestens am 31. Dezember würde sich alles entscheiden, nicht anders war die alte Inschrift vom Schlussstein zu deuten. Konnte es sein, dass Oliver ihr diesen Gedanken eingegeben hatte? Sie hielt es durchaus für möglich. Jedenfalls hatte sie seit diesem Dienstag vor zehn Tagen nicht mehr daran gezweifelt, dass ihr nur noch eine kurze Frist blieb. Selbst Miriam war das nicht entgangen. Deshalb hatte sie an der Wand über dem Esstisch einen Jahresplaner befestigt – einen Kalender von der Größe eines Plakats mit einem Kästchen für jeden Tag des Jahres – und darauf die verbleibenden siebenunddreißig Tage mit dickem rotem Filzstift umrahmt. Jeden Morgen machte sie ein neues blutrotes Kreuz in das Karree des verstrichenen Tages. Jessica musste gar nicht erst ins Wohnzimmer gehen. Sie wusste auch so, dass es jetzt nur noch achtundzwanzig leere Kästchen auf dem Kalender gab.

Sie trocknete sich das Gesicht ab und betrachtete sich nachdenklich im Spiegel. Als sie das Handtuch an den Haken zurückhängte, fiel ihr Blick auf die Ablage unter dem Waschbecken. Miriams goldene Halskette mit dem Kreuz lag dort. Komisch. Jessica hatte noch nie gesehen, dass ihre Freundin diesen Schmuck über Nacht ablegte.

»Bist du fertig? Es gibt gleich Frühstück«, ertönte Miriams Stimme aus der Küche.

»Ja. Ich komme.«

Als Jessica am Esstisch eintraf, wartete Miriam bereits auf sie.

»Du bist ein Langschläfer, Jessi. Weißt du das?«

»Ich bin froh, dass morgen das Wochenende beginnt.«

»Eier, Toast, Käse, Schinken, Tee, die Morgenzeitung ... Habe ich irgendetwas vergessen?«

»Vielleicht das hier?« Jessica hob die Hand. An einer feingliedrigen Kette baumelte ein goldenes Kreuz.

»Gib es mir«, sagte Miriam und angelte sich den Anhänger.

Der schroffe Ton, mit dem Miriam ihr Eigentum zurückgefordert hatte, überraschte Jessica. »Hab ich irgendwas falsch gemacht?«

Miriam schüttelte den Kopf und zwang sich zu einem Lächeln. »Nein. Entschuldige. Es ist nur – ich bin mit mir selbst noch nicht ganz im Reinen.«

»Ehrlich gesagt, verstehe ich nur Bahnhof.«

»Du erinnerst dich doch sicher noch, wie wir vor anderthalb Wochen hier im Zimmer saßen und meine Bücher und Aufzeichnungen wälzten.«

Jessica nickte. »Und?«

»Mir geht seitdem nicht aus dem Kopf, was wir über diesen Tammuz gelesen haben.«

»Ich kann mir denken, was jetzt kommt. Du hattest mir damals etwas von dem ›mystischen Tau‹ erzählt.«

»Den Anfangsbuchstaben des Namens Tammuz – genau das meine ich. Ich habe mich seit diesem Abend immer wieder gefragt, was die Erinnerungen der Menschheit wert sind, wenn wir sie einfach ignorieren.«

»Jetzt stehe ich schon wieder auf dem Schlauch.«

»Das ist eigentlich gar nicht so schwierig. Schau: Das Tau – ich könnte auch Kreuz sagen – ist das Symbol des Gottes Tammuz. Nun aber heißt es im ersten der zehn Gebote der Bibel: ›Du sollst keine anderen Götter neben mir haben.‹ Wie kann ich dann als Christin noch länger das Kreuz dieses ›anderen‹ Gottes um meinen Hals tragen?«

»Und um dich das zu fragen, hast du zehn Tage gebraucht?«

»Ich bin katholisch erzogen worden. Davon kann man sich nicht in einer Nacht befreien.«

Jessica schüttelte den Kopf. »Du sagst nicht die ganze Wahrheit, stimmt's?«

Miriam wich unsicher Jessicas Blick aus. »Ich habe gestern noch eine andere Entdeckung gemacht.«

»Ja?«

»Das Tau des Tammuz wurde von den Phöniziern manchmal auch wie unser X geschrieben. Auch bei den Moabitern sowie in der frühen hebräischen und griechischen Schrift findet man diese Schreibweise.«

»Auch bei den Griechen?«, murmelte Jessica.

»Erstaunlich, nicht wahr? Ich hatte es erst auch übersehen, weil das X im klassischen Griechisch dem *Chi* entspricht. Dann aber stieß ich auf eine Beschreibung der östlichen und der sehr frühen griechischen Schreibweisen. Und hier sah das *Tau* noch so aus wie ein Kreuz, das zur Seite gekippt ist.«

»Also wie unser großes X.«

»Ziemlich genau so. Ja. Denkst du auch, was ich denke?«

Jessica nickte. »Xexano! Sein Name beginnt mit einem X.«

»Ein seltsamer Zufall, nicht wahr?«

»Vielleicht sogar mehr als das.«

»Verstehst du jetzt, warum ich nicht gleichgültig gegenüber dem sein kann, was uns die Erinnerungen lehren?«

»Ich hätte bestimmt genauso gehandelt wie du.«

Miriam stand vom Frühstückstisch auf und verstaute die Halskette in einer kleinen Schublade ihres Schreibtisches.

In der Zwischenzeit streifte Jessicas Blick die Titelseite der Tageszeitung. Eine Überschrift fiel ihr sogleich ins Auge. »Miriam, hast du das hier schon gesehen?«

»Du meinst die Nachricht von János Hajduk?« Die Irin nahm wieder am Tisch Platz. »Ja. Ich bin den Artikel schon durchgegangen. Starkes Stück, nicht wahr?«

Jessica las die Überschrift. *Neuer Kultursenator für Berlin*. Darunter stand: »Spektakulärer Umbau des Senats in der laufenden Legislaturperiode«. Schnell überflog sie den Artikel. Eine Passage fiel ihr besonders ins Auge:

> *Professor Hajduk fordert neue Konzepte für die Berliner Kulturszene. Auf Befragen äußerte der designierte Senator seine Vorstellungen zu diesem Thema: »Die alten Zöpfe müssen abgeschnitten werden. Lassen Sie uns den verstaubten Ballast der Vergangenheit abwerfen! Was wir brauchen, sind keine neuen Denkmäler für die Nazi-Opfer, sondern zukunftsweisende Ansätze, die den neuen Zeitgeist widerspiegeln.«*

Jessica schaute betroffen von der Zeitung auf. »Ob er wirklich meint, was er da sagt?«

Miriam kaute mit ernster Miene auf ihrem Brötchen herum.

»János Hajduk ist ein schwer zu durchschauender Mann. Er ist jedenfalls immer seinen eigenen Weg gegangen.«

»Hier steht noch, dass er sich für eine ›sofortige Beilegung der elendiglichen Diskussion um die Schaffung eines Holocaust-Mahnmals in Berlin‹ ausgesprochen hat. Hajduk meint: ›Wir brauchen keine „Topologie des Terrors", sondern eine neue Geometrie des Fortschritts. Wer zu viel in der Welt der Erinnerungen herumstreift, verliert allzu schnell den klaren Blick für die Aufgaben der Zukunft.‹«

»Starker Tobak, nicht?«

»Ekelhaft!«

»Freut mich, dass du auch so denkst. Da fällt mir ein, ich habe für uns beide heute um halb sechs einen Termin in der Neuen Synagoge ausgemacht.«

»In der Oranienburger Straße?«

»Hm. Aus meiner Studienzeit kenne ich einen Rabbiner, der ab und zu an der Uni Gastvorlesungen hielt. Wir haben uns in der Synagoge verabredet, weil er mit dem Centrum Judaicum immer noch eng verbunden ist.«

»Kann er uns denn weiterhelfen?«

»Wenn es um die jüdischen Überlieferungen geht, dann kann er dir von Adam und Eva bis zum Fall der Festung Masada so ziemlich jedes Ereignis beschreiben, als wäre er selbst dabei gewesen.«

»Sozusagen eine wandelnde CD-ROM.«

»Ich weiß nicht, ob ihm dieser Vergleich gefiele.«

»Willst du ihn nach etwas Bestimmtem fragen?«

»Ich bin überzeugt, er kann uns einiges über Nimrod verraten, was wir in keiner Archäologenfibel finden.«

»Das verspricht ja richtig spannend zu werden.«

»Ich habe eine Idee. Lass uns noch einmal die Verse vom Schlussstein durchgehen, so wie wir sie rekonstruiert haben. Gerade die wertvollsten Hinweise werden oft am leichtesten übersehen. Wenn wir uns heute Nachmittag in der Bibliothek treffen und anschließend den Rabbiner besuchen, sollten wir genau wissen, wonach wir suchen.«

Jessica stimmte zu. Sie holte schnell das Blatt mit der Inschrift und begann den ersten Vers zu lesen.

VERGESST IHN NIE!
Denn sein wahrer Name bindet ihn.
Alles, was im Herzen vergessen ist, geht seinen Weg.
Und jedem, der etwas im Herzen Vergessenes bei sich trägt,
öffnet Sin das Tor.

»Das ist wohl klar«, sagte Jessica. »Wenn wir den wahren Namen Xexanos finden, dann verliert er seine Macht. Deshalb haben wir uns ja auch die ›Spur der Namen‹ angelegt.«

»Und alles, dessen wahres Wesen vergessen wird, geht seinen Weg in die Welt der verlorenen Erinnerungen. Aber anscheinend gibt es noch eine andere Möglichkeit nach Quassinja zu gelangen.«

»Stimmt. Ich glaube, jetzt weiß ich, was mit Oliver passiert ist. Er hat irgendetwas, dessen wahres Wesen in Vergessenheit geraten ist, eingesteckt und ist damit nach Quassinja verschwunden.«

»Und zwar durch das Ischtar-Tor im Pergamonmuseum, mitten in der Nacht«, ergänzte Miriam. »Denn Sin ist der babylonische Mondgott.«

»Deshalb bin ich nachts im Museum aufgewacht. Ich muss bei ihm gewesen sein, als er durch das Tor ging. Jetzt, im Zusammenhang, wird mir einiges klar.«

Miriam nickte. Sie deutete auf den nächsten Vers und las die Worte.

VERGESST IHN NIE!
Damit er im Schoß seines Vaters bleibe.
Denn kehrt er in die Arme Ištars zurück,
wird er jeden Gedanken nehmen, den er begehrt.
Und er wird jede Erinnerung stehlen,
nach der sein Herz verlangt.

»Das sind die Worte, die deinen Vater alarmiert haben müssen. Wenn man Xexanos wahres Wesen vergisst, wird er in ›die Arme Ištars‹ zurückkehren, also durch das Ischtar-Tor nach Quassinja fliehen. Von dort aus ...« Miriam zögerte.

»Was ist?«

»Ich musste gerade an den Zeitungsartikel über Hajduk denken.«

»Ich fürchte, ich kann dir nicht ganz folgen.«

»Der Vers hier sagt, dass Xexano ›jeden Gedanken nehmen‹ wird, ›den er begehrt‹. Hajduks Haltung gegenüber den Ereignissen unserer Vergangenheit kommt mir beinahe so vor, als hätte *er* schon vergessen, wie wichtig die Erinnerung an begangenes Unrecht ist.«

»Und die Zeitung scheint genauso vergesslich zu sein. Ich hab keinen einzigen Satz gefunden, der Hajduks Äußerungen auch nur in Frage stellt.«

»Du hast Recht. Gerade bei diesem Thema! Das ist für ein seriöses Blatt absolut ungewöhnlich. Er ›wird jede Erinnerung stehlen, nach der sein Herz verlangt‹, heißt es hier weiter. Mir scheint, dass Xexano alles versucht, um die wiederholte Mahnung ›Vergesst ihn nie!‹ zu tilgen.«

»Aber wieso stiehlt er dann Figuren aus einem Museum?«

Miriam blickte ihre Freundin mit großen Augen an.

»Was ist?«, fragte Jessica.

»Wie kommst du darauf, dass Xexano die Ausstellungsstücke gestohlen hat?«

»Ich weiß nicht. Es erschien mir mit einem Mal logisch.«

»Du mit deiner Logik! Aber es würde passen. Die Polizei hat bis heute keine Spuren gefunden, die auch nur den geringsten Anhaltspunkt dafür liefern, wie oder wo die Stücke aus dem Museum geschafft wurden. Und trotzdem sind sie verschwunden – als hätten sie sich in Luft aufgelöst.«

»Oder als wären sie nach Quassinja ausgewandert.«

»Puh!« Miriam wedelte mit der Hand. »Lebendige Götterstatuen, die des Nachts durch dunkle Räume wandeln – mir läuft es kalt den Rücken hinunter.«

Jetzt war es an Jessica innezuhalten.

»Miriam?«

»Ja?«

»Mir ist gerade etwas eingefallen.«

»Mach's nicht so spannend.«

»Als ich damals vor gut vier Wochen im Museum erwachte, hörte ich Geräusche.«

»Was für Geräusche?«

»Es war so ein seltsames, sich wiederholendes Knirschen. Wenn ich jetzt darüber nachdenke, könnte es sich so angehört haben, als wenn Füße aus Stein sich über den Boden bewegt hätten.«

Miriam schluckte. »Wenn ich mich richtig entsinne, war es eine Statue, die damals abhanden kam.«

»Also etwas, das laufen könnte?«

»Normalerweise nicht. Statuen haben ihren Namen von einem lateinischen Wurzelwort, das ›stehen‹ bedeutet, nicht ›laufen‹, Jessi.«

»Ich glaube, Xexano war schon vor den Römern da.«

»Wir müssen diesen Punkt ja jetzt nicht endgültig klären. Lass uns im Sinn behalten, was diese Zeilen der Inschrift bedeuten *könnten,* und erst einmal weiterschauen, was wir noch finden.«

Jessica nahm diesen Vorschlag nur widerwillig auf und las den nächsten Vers vor.

VERGESST IHN NIE!
Denn sonst wird er, noch bevor das Jahr sich wendet,
über zwei Welten herrschen -
die der lebenden und die der verlorenen Erinnerungen.

»Das ist wieder sonnenklar«, sagte sie sogleich. »In der Nacht von Silvester auf Neujahr wird sich alles entscheiden. Wenn wir Xexano bis dahin nicht entlarvt haben, dann wird er über die ganze Erde herrschen.«

»Was immer das im konkreten Fall auch bedeuten mag, es hört

sich nicht besonders gut an. Jetzt sind wir wohl beim schwierigsten Teil der Inschrift angelangt.«

Beide starrten auf den letzten Vers.

VERGESST IHN NIE!
Denn niemand, auf den er einmal seine Hand gelegt,
kann sich ihr wieder entziehen, es sei denn …

»Wir müssen irgendwie einen Weg finden herauszubekommen, wie das unleserliche Ende des Verses lautet«, sagte Jessica mit glasigen Augen.

Miriam nickte. »Das Schlimme ist, dass du Recht hast. Wenn dein Vater und Oliver wirklich in Quassinja sind, dann hat Xexano vermutlich auch seine Hand auf sie gelegt, wie es der Vers ausdrückt. Um die beiden wieder seiner Macht zu entziehen, müssen wir den Schlusssatz der Inschrift kennen.«

»Wenn wir doch nur eine Kopie der Keilschriftzeichen hätten …!«

»Dann?«

»Ach, nichts. Wie sagtest du doch einmal so schön? ›Es hat keinen Zweck über verschüttete Milch zu klagen.‹«

»Wir dürfen die Hoffnung nicht aufgeben, Jessi. Möglicherweise finden wir ja doch noch ein altes Dokument, das Xexanos Geheimnis lüftet.«

»Ich hab überhaupt keine Lust in die Schule zu gehen.«

»Gut, dass du mich daran erinnerst. Hast du schon auf die Uhr geschaut?«

Jessica konnte sich die Stellung der Zeiger in etwa vorstellen und gab sich taub.

»Ich mach dir einen Vorschlag«, sagte Miriam. »Ich fahre dich in die Schule, hol dich später wieder ab und du wäschst heute Abend das Geschirr.«

»Ich hab nie verstanden, warum du noch keinen Geschirrspüler hast.«

Miriam lächelte Jessica an wie die Katze die Maus. »Ich bin

Sumerologin. Du glaubst gar nicht, was man alles lernen kann, wenn man die Strukturen alter Sklavenhaltergesellschaften studiert.«

Miriams Peugeot hielt um 13.55 Uhr vor dem John-Lennon-Gymnasium in der Zehdenicker Straße. Jessica riss die Tür auf, warf ihren Rucksack auf die Rückbank und ließ sich auf den Sitz neben Miriam fallen. »Bloß weg hier!«, stöhnte sie.
»Was ist denn, Jessi? Hat dich ein Lehrer gebissen?«
»Schlimmer! Unser Deutschlehrer hat uns letzte Woche *Das Tagebuch der Anne Frank* zum Lesen gegeben. Heute wollte er es wiederhaben. Angeblich hat der Senat für Erziehung, Jugend und Sport das Buch vom Lehrplan genommen. Und weißt du, wie seine Begründung lautete? ›Wer will sich schon noch an ein jüdisches Mädchen erinnern, das seit einem halben Jahrhundert tot ist? Die heutige Jugend braucht positive Impulse, kein schlechtes Gewissen.‹«
Miriam würgte beim Anfahren das Auto ab. »Sind das die Worte eures Lehrers gewesen?«
»Ich kann nicht sagen, ob er das aus der Begründung des Senats zitiert hat oder ob es seine eigene Meinung ist. Mir ist jedenfalls schlecht geworden und ich bin rausgerannt.«
»Ging es anderen Mitschülern ebenso wie dir?«
»Nicht, dass ich wüsste.«
»Das habe ich mir gedacht.«
»Meinst du, Hajduk steckt dahinter?«
»Nein. Er ist wohl einflussreicher, als wir gedacht haben, aber er ist nicht allmächtig. Ich habe eher einen anderen Verdacht.«
»Und der wäre?«
»›Er wird jeden Gedanken nehmen, den er begehrt.‹ Heute früh habe ich noch daran gezweifelt, aber allmählich bin ich mir da gar nicht mehr so sicher.«
»Du meinst ...?«
Miriam nickte. »Es sieht so aus, als legte sich eine Wolke des Vergessens über diese Stadt. Und wer vergisst, wiederholt alte Fehler.«

Jessica spürte jäh die Dezemberkälte. »Du solltest deinen Wagen mal in die Werkstatt bringen.«

»Wieso …? Ach.« Miriam drehte den Zündschlüssel. Der Motor sprang bereitwillig nach dem vierten Versuch an.

Zehn Minuten später rollte der Peugeot auf einen Parkplatz der Humboldt-Universität. Miriam wollte in der Uni-Bibliothek noch einige Dinge nachprüfen, bevor sie sich später mit dem Rabbiner trafen. Nach einer weiteren viertel Stunde saßen beide im großen Lesesaal und störten die Studenten mit ihrem Getuschel.

»Habe ich es doch gewusst!«, flüsterte Miriam.

»Was denn?«

»Hier. Dieses Buch enthält einen Bericht von Walter Andrae. Du erinnerst dich noch?«

»Der spätere Direktor des Pergamonmuseums?«

»Genau der. Er schreibt hier über die umfangreichen Ausgrabungen, die er zu Beginn des 20. Jahrhunderts in Mesopotamien durchgeführt hat. Mmh-mmh, mmh-mmh. Ja. Hier. Er hat das Heiligtum der Zikkurat als ›*das Tor* bezeichnet, *durch das der Gott vom Himmel herniedersteigt,* um über die Zikkurattreppe in seine irdische Wohnung zu gelangen‹.«

»Zikkurats? Das waren doch die hohen Stufentempel, oder?«

»Richtig. Auch der Turm von Babylon soll eine Zikkurat gewesen sein.«

»Und warum ist Andraes Beschreibung so wichtig für uns?«

»Weil Walter Andrae uns auf die ›Spur der Namen‹ zurückführt. Der Name ›Babel‹ für das von Nimrod gegründete Babylon könnte von dem hebräischen *balál* stammen, was so viel wie ›Verwirrung‹ bedeutet.«

»Eine treffende Beschreibung für das, was Xexano mit uns anstellt.«

»Viele denken bei dieser Übersetzung wohl eher an die babylonische Sprachverwirrung. Aber jetzt hör dir einmal an, wie Walter Andrae zu seiner Interpretation der Zikkurat kommt. Er führt hier aus, dass in der akkadischen Sprache – du erinnerst dich?

Auch Akkad wurde ja von Nimrod begründet – der Name der Stadt ›Tor Gottes‹ bedeutet, hergeleitet von *bab* für ›Tor‹ und *ilu* für ›Gott‹.«

»Nimrod!«, raunte Jessica sehr vernehmlich. Mindestens ein Dutzend Studenten schauten erbost zu ihr herüber. »Mir scheint, an diesen Burschen müssen wir uns halten. Könnte das akkadische *bab-ilu* vielleicht in Wirklichkeit ein Hinweis auf unser Tor im Tor sein?«

»Gut möglich. Lass mich noch etwas anderes nachschauen.«

Miriam begann erneut in den Büchern zu wühlen. Zahlreiche Studentenköpfe versanken erleichtert in ihrer Literatur. Doch nicht für lang. Jäh wurden sie erneut hochgeschreckt.

»Hör dir das an!« Miriam bemerkte das unwillige Gemurmel in der Nachbarschaft und rückte näher an Jessica heran. »Das Buch hier trägt den Titel *Der Turm von Babylon*.«

»Etemenanki, ich weiß.«

Miriam schob die Unterlippe vor und schenkte Jessica ein anerkennendes Nicken. »Aus dir wird ja noch eine richtige Altertumsforscherin. Dann pass mal auf, was hier steht. Das sind einige Verse aus *enuma elisch*, dem babylonischen Weltschöpfungsepos. In diesem Lied spielt unser guter alter Marduk eine Hauptrolle. Über ihn heißt es hier: ›Die großen Götter, mit dem Namen „fünfzig" nannten sie seine fünfzig Namen, machten überragend seinen Weg.‹ Findest du nicht auch, dass dies geradezu wie eine Bestätigung unserer Namen-Theorie klingt?«

»Du bist der Meinung, Xexano habe auf seinem Weg in unsere Zeit immer wieder die Identität gewechselt und dabei eine Spur von Namen hinterlassen?«

»Genau. Die Spur muss mystisch genug sein, um ihn nicht vorschnell zu verraten, und doch klar genug, damit Xexanos zukünftige Gehilfen ihn wieder zum Leben erwecken können. Vielleicht sollten wir das *enuma elisch* im Auge behalten.« Sie schob das aufgeschlagene Buch zur Seite und setzte ihre Recherche fort.

Auch Jessica vertiefte sich wieder in das Lexikon, das sie sich herausgesucht hatte. Miriams Fachbücher waren für sie ebenso unverständlich wie eine Originalausgabe des babylonischen Weltschöpfungsepos.

An dem langen Studiertisch kehrte wieder Stille ein. Fünf oder zehn Minuten lang sanken die anderen Bibliotheksbesucher zurück in geistige Gefilde. Aber dann riss sie ein Aufschrei aus der Umarmung der Musen.

»Das gibt es nicht!« Miriams Kopf war schlagartig hochgeschnellt. Jessica und ein Dutzend Studenten widmeten ihr nun ihre ganze Aufmerksamkeit. Einige Protestrufe schallten herüber.

»Lass uns rausgehen«, flüsterte Miriam.

Vor dem großen Lesesaal befand sich ein Raum, in dem eine Unterhaltung in normaler Lautstärke niemanden störte. Hier gab es Fotokopierer und zahlreiche Studenten vervielfältigten Unterlagen. Andere nutzten die herumstehenden Stühle, um sich in zwangloser Atmosphäre am Automatenkaffee zu laben.

»Schau dir das an«, sagte Miriam. Sie hatte gerade noch vor einem jungen Mann, der seiner Statur nach ein Student im Gewichtheben sein musste, den letzten freien Tisch ergattert.

»Was ist das?«

»Beantworte mir erst eine Frage.« In Miriams Augen lag ein seltsamer Glanz. Jessica beugte sich gespannt vor. »Ist dir schon einmal, als du auf der Toilette gesessen hast, die wahre Bedeutung einer alten Handschrift eingefallen?«

Jessica ließ sich ernüchtert im Stuhl zurücksinken. Sie räumte ein, dass ihr Wissen in diesen Dingen nicht sehr weit reiche, aber sie hätte auf diesem ruhigen und besinnlichen Örtchen schon so manchen Programmfehler eingekreist.

»Dann hör dir das an«, sagte Miriam und übersetzte für Jessica eine Passage aus der *Encyclopædia Britannica*. Darin hieß es, in frühen archäologischen Zeugnissen seien Symbole verwendet worden, um auf die mesopotamischen Götter Bezug zu nehmen. Aus diesen frühen Piktogrammen entwickelten sich später die Keilschriftnamen der Götter. So etwa der »Torpfosten mit Bändern« für Inanna, die Göttin der Liebe und des Krieges. »Fällt dir etwas auf?«, fragte Miriam.

»Denkst du an Ischtar, die Göttin der Liebe und Fruchtbarkeit?«, fragte Jessica. »Die mit dem Tor im Museum?«

Miriam nickte und las weiter: Dass der »Torpfosten mit Bändern« wiederholt mit Schafen in Verbindung gebracht werde, könne möglicherweise auf den Verantwortungsbereich dieser Göttin hindeuten. Der Sumerologe Thorkild Jacobsen sähe darin eine Reflexion der Lebensweise im frühen Mesopotamien. Dann zählte Miriam verschiedene alte Berufsgattungen auf und sagte schließlich: »*Hirten* ... mmh-mmh, mmh-mmh, mmh-mmh ... alle haben ihre speziellen Gruppen von Göttern.« Miriam schaute wie im Fieberwahn von dem Buch auf und sagte: »Es muss eine Assoziation, eine Gedankenverbindung gewesen sein. Jedenfalls ist mir vorhin ein ganz bestimmter Name eingefallen, als ich das las.«

»Jetzt bin ich aber gespannt.«

»János Hajduk.«

»Meinst du etwa, *er* ist Nimrod?«

»Jessica, nun sei doch mal ernst! Natürlich glaube ich das nicht. Nein, ich habe mich wieder an etwas erinnert, was ich einmal von einem Kollegen vor langer Zeit hörte. Er erzählte mir, dass Hajduks Spitzname ›Oberhirte‹ von dessen Familiennamen herrühre. Hajduk ist ungarisch und bedeutet *Hirte*.«

»Und? Das wissen wir doch schon.«

»Warte.« Sie schlug schnell das Buch auf, in dem sie zuvor schon geblättert hatte. »Vorhin konnte ich noch nichts damit anfangen, aber im *enuma elisch*, dem babylonischen Weltschöpfungsepos, gibt es eine bemerkenswerte Zeile. Sie beschreibt das Aussehen Marduks. Hier: ›Vier sind seine Augen, vier seine Ohren, wenn seine Lippe in Bewegung gesetzt wird, erglüht Feuer.‹ Fällt dir etwas auf?«

»Doppelgesicht!«, hauchte Jessica, die Augen geweitet, der Mund offen.

Miriam nickte bedeutungsschwer. »Wusstest du, dass der Kopf des römischen Gottes Janus auf vielen alten Darstellungen genauso aussieht wie der unserer verschwundenen Xexano-Statue? Er hat zwei voneinander abgewandte Gesichter. Und findest du nicht, dass die Namen János und Janus sehr große Ähnlichkeit miteinander haben?«

»Jetzt bin ich platt!«

»Nicht wahr? Mir ging es im Lesesaal vorhin ebenso. Erinnerst du dich noch, was wir am Anfang unserer Spurensuche festgestellt haben? Xexano kann sein Ziel nicht allein erreichen.«

Jessica nickte. »Er muss einen Komplizen haben. Doch nicht etwa ...?«

»Genau, Jessi. Je länger ich darüber nachdenke, umso einleuchtender erscheint mir das Ganze: János Hajduk – allein der Name wäre schon ein großer Zufall! Der Legende nach war Xexanos erster Hohepriester ein früherer Hirte. Und unser neuer Kultursenator in spe nennt sich – wenn man seinen Namen übersetzt – ›Doppelgesicht Hirte‹.«

»Oder ›Marduk Hirte‹. Das hieße ja, János Hajduk ist gar nicht sein richtiger Name ...« Jessicas Mund blieb schon wieder offen.

Miriam sah Jessica besorgt an. »Was ist mir dir? Geht es dir nicht gut?«

»Doch. Schon. Ich glaub, ich hab nur eben gerade so einen Gedankenblitz gehabt wie du vor ein paar Minuten. Wenn wir heute Abend zu Hause sind, muss ich unbedingt etwas nachschauen.«

Miriam nickte wie jemand, der sich seinem Ziel ganz nahe wähnt. »Ich habe das Gefühl, jetzt fügen sich die Dinge zusammen. Wenn Hajduk wirklich Xexanos neuer Hohepriester ist, dann ist mir klar, warum er mich davon abhalten wollte, in der Museumsbibliothek herumzuschnüffeln.«

»Ja. Er fürchtete, du könntest einen Fund machen, über den mein Vater schon einmal gestolpert ist. Mir ist auch etwas eingefallen. Am Tag nachdem die Xexano-Statue verschwunden war, hab ich Professor Hajduk im Museum getroffen – heute glaube ich sogar, dass Oliver damals bei mir war. Jedenfalls hat der Direktor mich sogleich erkannt; ich stand mitten unter hunderten von Museumsbesuchern. Ist das nicht seltsam, wenn man bedenkt, dass er sich angeblich an meinen Vater nur noch aufgrund des Fotos in der Personalakte erinnern konnte?«

»Allerdings. Mir klingen noch seine Worte in den Ohren, als er kam, um mich in sein Büro zu rufen. ›Die Pollock-Kinder. Ich erinnere mich‹, hat er gesagt.«

»Und später, nachdem Oliver verschwunden war, hat Hajduk noch einmal … falsch reagiert.«

»Wie meinst du das, Jessi?«

»Es war an dem Tag, als die Journalisten das Museum stürmten. Hajduk sah mich und fragte, ob ich heute allein gekommen sei.«

»Daran ist doch nichts Besonderes.«

»Du hättest sein Gesicht sehen sollen, als ich ihm erzählte, dass Oliver verschwunden ist! Er wurde blass wie ein Stück Kreide und war so bestürzt, als wäre sein eigener Sohn entführt worden. Das Verschwinden meines Vaters hat ihn viel weniger berührt. Ich werde das Gefühl nicht los, dass er mit dieser Wendung der Dinge nicht gerechnet hatte. Möglicherweise hatte Oliver sogar etwas unternommen, was ihm schaden konnte.«

»Ich denke, wir sollten uns im Museum ein bisschen genauer umschauen.«

»Wieso?«

»Heute ist der 4. Dezember. Hajduk ist heute früh nach London gereist.«

»Die Versteigerung! Das hätte ich beinahe vergessen.«

»Wir werden uns ein wenig in seinem Büro umsehen. Möglich, dass wir dort etwas finden.«

»Aber er wird doch sicher alles einschließen, was uns einen Hinweis auf seinen Betrug geben könnte?«

»Machtbesessene Menschen neigen oft dazu, sich zu überschätzen.« Miriam lächelte schelmisch. »Außerdem weiß ich, wo seine Sekretärin die Schlüssel versteckt hat.«

Jessica nickte entschlossen. »Ich bin dabei.«

DER RABBINER

Sie parkten vor dem Haus in der Krausnickstraße 5. Von da aus waren es höchstens fünf Minuten zu Fuß bis zur Neuen Synagoge.

»Ich muss dir noch etwas sagen«, meinte Miriam, als sie in die Oranienburger Straße einbogen. »Simon Jisroel, der Rabbiner, den wir gleich treffen werden, hat in seinem Leben Schweres durchgemacht. Wir würden schneller ans Ziel kommen, wenn du vermeidest, irgendetwas zu erwähnen, was mit der Judenverfolgung der Nazis zu tun hat. Er neigt dazu, über diesem Thema alles andere zu vergessen.«

Jessica blieb abrupt stehen. »Weißt du überhaupt, was du da gerade eben gesagt hast?«

Miriam schaute sie fragend an.

»Du hörst dich schon fast so an wie mein Lehrer heute Mittag.«

Miriam erschrak. »Meinst du das etwa ernst?«

Jessica wusste nicht, was sie darauf antworten sollte.

Ein Schauer durchlief Miriams Körper. »Vielleicht greift dieses unheimliche Vergessen schneller in der Stadt um sich, als wir es uns überhaupt ausmalen können. Gut, dass du mich wachgerüttelt hast, Jessi. Und nun komm. Es ist schon halb sechs.«

Vor der Hausnummer 30 blieben die beiden stehen. Jessica hatte den Kopf weit in den Nacken gelegt, um die Fassade der Neuen Synagoge genauer betrachten zu können. Nun wohnte sie schon ihr ganzes Leben lang nur wenige Gehminuten von diesem imposanten Bauwerk entfernt und hatte doch nie der Synagoge einen Besuch abgestattet.

»Sieht irgendwie orientalisch aus«, murmelte sie nach einer Weile.

»Maurischer Stil, würde ich sagen. Ich habe einmal gehört ...« Miriam sprach den Satz nicht zu Ende. Ihr war aufgefallen, dass Jessica wie gebannt auf eine Tafel starrte, die an der Fassade über dem Gehweg hing. »Was ist, Jessi?«

»Da.« Jessica deutete zur Tafel hin. »Siehst du es denn nicht?«

»Ich kenne die Gedenkplatte. Sie soll an die Schändung der Synagoge durch die Nazis anlässlich der Reichskristallnacht erinnern.«

»Das meine ich nicht. Lies doch mal die *erste Zeile!*«

Miriam wandte den Kopf, um die Inschrift lesen zu können. In goldenen Lettern stand dort:

Vergesst es nie

»So viele Zufälle gibt es doch nicht«, flüsterte Jessica.

»Du denkst an die Inschrift vom Schlussstein?«

»Ja, allerdings.«

Miriam legte Jessica die Hand auf die Schulter. »Wir müssen jetzt einen klaren Kopf bewahren, Jessi. Ich weiß, das hört sich vielleicht komisch an bei dem, was ich selbst eben erst von mir gegeben habe. *Dies* hier hat nichts mit Xexano zu tun. Es soll an das Unrecht erinnern, das die Nazis den Juden angetan haben.«

»Jedenfalls hat es jemand da anbringen lassen, der wusste, wie wichtig die Erinnerung ist.«

»Komm. Lass uns reingehen.«

Der Eingang befand sich rechts, im Nachbargebäude der Neuen Synagoge. Alle Besucher mussten zunächst eine Art Tor durchschreiten, in dem sich ein Metalldetektor befand. Ein Polizist auf der anderen Seite kontrollierte die Handtaschen und Rucksäcke. An einem Informationsschalter meldete Miriam sich und Jessica an. Die Mitarbeiterin des Centrum Judaicum telefonierte kurz und bat die beiden freundlich, einen Augenblick im Vorraum zu warten.

Wenig später öffnete sich eine Fahrstuhltür und ein kleiner alter Mann trat heraus. Er trug einen schwarzen Anzug und hatte einen weißen Vollbart. Auf seinem Haupt saß eine Jarmulke, ein Käppchen aus schwarzem Samt, die traditionelle Kopfbedeckung männlicher Juden. Der Gang des Alten wirkte schon ein wenig wackelig, als er sich Miriam näherte, aber in seinen Augen brannte noch das Feuer der Jugend.

»Miss McCullin, welch eine Freude!«, begrüßte er die Wissenschaftlerin. »Ich hoffe, unsere Sicherheitsvorkehrungen haben Sie nicht irritiert.«

»Keine Sorge, Rabbi Jisroel. Auch ich freue mich sehr Sie wieder zu sehen. Ich kann mich noch an Ihre interessanten Vorlesungen erinnern, als wären sie erst gestern gewesen.«

»Das haben sie nett gesagt, Töchterchen. Und das«, er wandte sich Jessica zu, »ist wohl ihre kleine Freundin, von der Sie mir berichtet haben?«

Jessica war zwar mindestens einen halben Kopf größer als der Rabbiner, aber seltsamerweise störte es sie überhaupt nicht, wenn der freundliche Alte sie wie ein kleines Kind behandelte. Da ihre Großeltern schon sehr früh gestorben waren, hatte sie sich früher immer einen lieben Opa gewünscht, der sie auf den Schoß nahm und ihr Geschichten erzählte. Den hier hätte sie am liebsten eingepackt und nach Hause mitgenommen.

»Mein Name ist Jessica Pollock. Guten Tag, Herr Jisroel«, sagte sie scheu.

»Was ist mit dir, Kind? Du siehst so blass aus. Wenn du dir Sorgen um Bomben oder so was machst, kann ich dich beruhigen. Wir passen hier gut auf.«

»Ehrlich gesagt, war mir wirklich etwas mulmig, als ich den Polizisten und sein Maschinengewehr gesehen habe.«

Der Rabbiner kicherte. »Das ist kein Maschinengewehr, sondern bestenfalls eine Maschinen*pistole*. Aber du hast Recht. Es ist schon sehr traurig, dass wir uns wieder um unsere Sicherheit sorgen müssen. Anscheinend haben viele Menschen bereits vergessen, was vor einem halben Jahrhundert in diesem Land geschehen ist. Aber kommt doch bitte, meine Lieben. Ich zeige euch ein wenig die Synagoge. Dabei können wir uns unterhalten.«

Miriam hatte keine Gelegenheit zur Widerrede. Mit ausgebreiteten Armen schob Simon Jisroel seine beiden Gäste auf eine Tür zu, durch die man in das angrenzende Gebäude, die Synagoge, gelangte. Auf dem Weg nahm er den Gesprächsfaden wieder auf.

»Hast du draußen die Tafel an der Fassade gesehen?«, fragte er Jessica.

Sie nickte. »›Vergesst es nie‹ ... Haben Sie die Reichskristallnacht miterlebt?«

»O ja, mein Kind. Die Nacht vom 9. auf den 10. November 1938 war eine der dunkelsten Stunden in diesem Land. Ich war damals noch jung, gerade erst einundzwanzig Jahre alt. Als ich am Morgen des 10. November in die Oranienburger Straße eilte, dachte ich, ich würde durch einen Alptraum stolpern. Überall auf dem Boden lagen die Scherben zerschlagener Schaufenster von jüdischen Geschäften. Wandschmierereien beschimpften uns Juden in beschämender Weise. Auch hier in der Synagoge hatten die Nazis ihre Spuren hinterlassen. Genau an dieser Stelle, wo wir jetzt stehen, im Trausaal, dem früheren Männervestibül, war von einigen SA-Leuten Feuer gelegt worden. Vielleicht wäre schon damals die ganze Synagoge zerstört worden, wenn nicht ein Einzelner durch seine Beherztheit bewiesen hätte, dass es weniger darauf ankommt, was einer ist, als vielmehr darauf, was er tut.«

»Was meinen Sie damit?«, fragte Jessica. »Großvater Simon« hatte sie längst in seinen Bann geschlagen.

»Ausgerechnet ein Reviervorsteher – er hieß Wilhelm Krützfeld – hat das Schlimmste verhindert. Er griff sich ein paar Männer und eilte vom Polizeirevier Nummer 16 am Hackeschen Markt hierher. Mit gezückter Pistole und einem Dokument, das den außerordentlichen Kunst- und Kulturwert dieses Gebäudes bescheinigte, verjagte er die Brandstifter. Dann rief er die Feuerwehr, die den Brand löschte.«

»Puh! Das war Rettung in letzter Not!«

Simon Jisroel tätschelte Jessicas Hand und meinte: »Das hast du nett gesagt.«

»Wie kam es denn, dass die Synagoge dann doch noch zerstört wurde?«

»Nun, eine Zeit lang fanden hier noch Gottesdienste statt. Aber 1940 wurde das Gebäude dann beschlagnahmt und in das ›Heeresbekleidungsamt III‹ umgewandelt – die Wehrmacht lagerte hier Textilien und Lederwaren. Aus diesem Grunde wurde die Synagoge dann wohl auch von den britischen Bomberstaffeln angegriffen und im November 1943 schwer beschädigt. Aber zu diesem Zeitpunkt war ich längst nicht mehr in Berlin.«

»Sind Sie geflohen?«

»Das habe ich tatsächlich versucht. Die Pogromnacht hatte mich aufgeschreckt. Ich beschloss damals, mich in die neutrale Schweiz durchzuschlagen. Es gab Gerüchte, einigen Juden sei dies gelungen. Meine Flucht endete in Stuttgart.«

»O weh!«

»Nach kurzer Haft in Karlsruhe wurde ich auf einen Transport mit Ziel Oranienburg gesetzt.«

»Die Stadt in Brandenburg?«

Simon Jisroel nickte mit ernster Miene. »Die Nazis unterhielten dort, im Stadtteil Sachsenhausen, ein Konzentrationslager, das schon im Jahre 1936, drei Jahre vor meiner Ankunft, sechstausend Häftlinge zählte. Nun erst lernte ich die ganze Palette menschlicher Grausamkeiten kennen. Ich möchte dir die Einzelheiten ersparen, mein Kind. Nur so viel: Es begann mit demütigenden Beschimpfungen und führte über Zwangsarbeit zu fürchterlichsten Misshandlungen und sogar Mord. Seit 1942 betrieben dann die Nazis die systematische Ausrottung eines ganzen Volkes; sie nannten das zynischerweise die ›Endlösung der Judenfrage‹.«

»Ich könnte selbst zum Mörder werden und all diese Verbrecher umbringen, wenn ich nur daran denke, was sie den Juden angetan haben!«

»Das wäre bestimmt der verkehrte Weg, liebe Jessica. Übrigens waren es nicht nur Juden, die unter den Nazis litten, wenn auch ihre sechs Millionen Toten lauter mahnen als die Opfer jeder anderen Gruppe. Hitler internierte alle, die nicht in sein Weltbild vom arischen ›Herrenmenschen‹ passten: Geistig Behinderte, Sinti und Roma, Homosexuelle, Kommunisten, Polen und Bibelforscher. Jetzt weißt du, warum auf der Tafel draußen die Worte stehen: ›Vergesst es nie‹. Es ist mehr als nur eine Mahnung an die sogenannte Reichskristallnacht. Wenn man schon von der ›Auschwitzlüge‹ spricht, weil immer mehr Menschen die fabrikmäßige Abschlachtung meines Volkes leugnen, wer nimmt dann noch von all den ›vergessenen Opfern‹ dieser kleinen Gruppen Notiz?«

»Ich habe heute früh in der Zeitung einiges gelesen, was Ihnen leider Recht gibt, Herr Jisroel.«

Der alte Mann sah betrübt aus. »Eine unerfreuliche Lektüre, ich weiß, sie hat auch mich zutiefst betroffen gemacht. Trotzdem – und das musst du mir glauben – ist Hass nicht der richtige Weg, um auf Unrecht zu reagieren.«

»Es fällt mir schwer, Ihnen da zuzustimmen.«

»Schau, liebe Jessica, wer hasst, der verliert den Scharfblick. Er könnte schnell die Falschen verurteilen.«

»Die Falschen?«

»Auf meinem Transport nach Sachsenhausen lernte ich einen Mann kennen, dessen Leben mich mehr lehrte als meine eigenen Erfahrungen. Er hieß Max Liebster und war Jude wie ich. Anfangs sah ich ihn nicht, sondern hörte nur von ihm. Wir waren auf unserer vierzehntägigen Fahrt in Waggons zusammengepfercht, immer zwei Häftlinge in einem schmalen Verschlag. Max Liebster saß in dem Kabuff nebenan und bei ihm ein Bibelforscher. Zu meinem Erstaunen erfuhr ich, dass der Bibelforscher sich hätte freikaufen können, wenn er einfach nur eine Erklärung unterschrieben hätte, in der er sich von seinem Glauben lossagte. Später, in Sachsenhausen, bekam ich mit, wie man noch mehrmals versuchte diese Leute mit der ›Erklärung‹ umzustimmen. Aber sie weigerten sich jedes Mal und sagten, sie wollten lieber für ihren Glauben sterben, als ihren Gott verraten.«

»Aber hätten sie nicht einfach unterschreiben können, nur um freigelassen zu werden?«

»Eine solche Lüge kam für sie nicht in Frage. In Sachsenhausen teilten Max Liebster und ich die gleiche Baracke. Wir Juden wurden noch schlimmer behandelt als die anderen Häftlinge. Wir mussten auch in eisiger Kälte auf dem Fußboden schlafen; eine Strohmatratze war alles, was man uns zubilligte. Liebster war inzwischen ganz erfüllt von den Dingen, die er im Eisenbahnwaggon erfahren hatte. Ich selbst blieb von der Wahrheit unseres jüdischen Glaubens überzeugt, aber ich konnte nicht leugnen, dass die Art und Weise, wie die Bibelforscher miteinander umgingen, alles übertraf, was man sich unter solchen Umständen vorstellen kann. Wenn einer von ihnen, fast zu Tode geprügelt, auf dem Appellplatz liegen gelassen wurde, zogen die anderen ihn noch unter Todesgefahr in die Baracke zurück, wärmten ihn mit den eigenen hageren Körpern und teilten mit ihm den letzten Bissen Brot.«

»Unglaublich!«

»Nicht wahr? Ich erzähle dir das alles nur, damit du verstehst, welche Größe ein Mensch besitzen muss, um so wie mein Gefährte Max Liebster zu denken. Ich erinnere mich noch genau an die Nacht jenes schrecklichen Winters im Jahre 1940. Max hatte an diesem Tag den Leichnam seines Vaters eigenhändig zum Krematorium getragen, wo die Leichen zu einem Berg aufgestapelt waren und darauf warteten, verbrannt zu werden. Als er dann im Dunkeln auf seiner Strohmatratze neben mir lag und ich ihn flüsternd fragte, wie er den Hass ertragen könne, den er nun empfinden müsse, sagte er zu mir: ›Diese Menschen benötigen Liebe genauso sehr wie ich.‹ Kannst du dir *das* vorstellen, Jessica?«

»Das hört sich an, als würden Sie von einem Heiligen sprechen.«

»Er selbst hätte diese Bezeichnung bestimmt nicht gemocht. Und doch hat er nie seine Einstellung aufgegeben. Er wanderte bis 1945 durch vier weitere Konzentrationslager und verlor sieben weitere Familienangehörige, aber als ich ihn nach dem Krieg wieder traf, hegte er noch immer keinen Hass gegen seine Peiniger. Natürlich fragte ich ihn, was ihn zu dieser Einstellung gebracht hätte. Die Antwort war dieselbe wie schon in der Winternacht des Jahres 1940. Ja, die schrecklichen Ereignisse hatten ihn eher noch bestärkt.

Er erzählte mir von einem bemerkenswerten Erlebnis. Einmal habe er unter einem schweren Durchfall gelitten und sei zu schwach gewesen, um von seiner Arbeit zum Lager zu laufen. Am nächsten Morgen sollte er deshalb nach Auschwitz in die Gaskammern geschickt werden, aber ein SS-Mann, der aus der gleichen Gegend Deutschlands stammte wie er, setzte sich für ihn ein. Er besorgte ihm Arbeit in der SS-Kantine, wo er sich ausruhen konnte, bis er sich erholt hatte. Eines Tages gestand jener Mann ihm: ›Max, ich fühle mich wie in einem Zug, der immer schneller fährt und den man nicht mehr zum Stehen bringen kann. Springe ich ab, ist das mein Tod. Springe ich nicht, gibt es ein Unglück und ich komme auch um!‹

Dies, liebe Jessica, hat Max Liebster zu denken gegeben. Er war der Meinung, dass Liebe und Mitleid, gepaart mit einem tiefen Vertrauen auf Gott, mehr bewirken können als Hass.«

»Ich glaube, jetzt verstehe ich, was Sie meinen. Was ist aus ihm geworden?«

»Aus Max Liebster? Soviel ich weiß, ist er bei seinem Glauben geblieben, von dem er damals im Waggon zum ersten Mal gehört hatte. Er ging in die Vereinigten Staaten und predigte später als Missionar der Zeugen Jehovas in Frankreich ...«

»*Das* sind also die Bibelforscher?«, fragte Jessica erstaunt.

»Oh, hätte ich dir das sagen müssen?«

»Nein, eigentlich nicht. Bestimmt verdient jeder Respekt, der bereit ist, für seine Überzeugung so etwas durchzumachen. Und Sie? Wie haben Sie das alles überstanden?«

»Ich bin in Sachsenhausen geblieben – fast bis zum Schluss.«

»Fast?«

»Nun, als Hitler-Deutschland in die Zange der Alliierten geraten und das Ende absehbar war, heckten die Nazigrößen einen letzten teuflischen Plan aus. Sie wollten die Insassen aller KZs umbringen lassen – für sie sollte es keine Befreiung geben. Todesmärsche zogen daraufhin durch Deutschland, endlose Kolonnen sterbender Menschen, von denen jene, die am jeweiligen Ziel noch lebendig waren, als Belohnung auch nur den Tod empfangen sollten. Uns selbst, die Gefangenen des Lagers Sachsenhausen, wollte man in Lübeck auf Schiffe verladen, die später im Meer versenkt werden sollten. Sechsundzwanzigtausend Menschen machten sich auf den Weg: Juden, Tschechen, Polen, Jehovas Zeugen ... Der erste Trupp der sechshundert brach in der Nacht von Hitlers Geburtstag, am 20. April 1945, auf. Was für eine Ironie des Schicksals, dass der Diktator zehn Tage später selbst nicht mehr am Leben war, der Todesmarsch aber nie sein Ziel erreichte.«

»Was ist geschehen?«

»Als unser Zug sechs Kilometer vor Schwerin stand, ging es weder vor noch zurück. Die Russen und die Amerikaner hatten die Überreste der deutschen Armee vollkommen eingekesselt. Unsere SS-Bewacher befahlen uns in einem Wäldchen bei Criwitz Unterschlupf zu suchen. Es sollte die letzte Nacht unserer Gefangenschaft sein. Aber was für eine Nacht! Granaten fegten von beiden Seiten über unsere Köpfe hinweg, Menschen rannten hin und her, die Front brach nun endgültig zusammen. Unsere Bewacher liefen einfach davon. Manche versuchten in Häftlingskleidung dem Zugriff der anrückenden Armeen zu entkommen. Einige Gefangene nutzten die Gunst der Stunde, um sich an ihren ehemaligen Peinigern zu rächen. Sie lasen die weggeworfenen Waffen auf und brachten eine Anzahl der SS-Leute damit um. Ein unbeschreibliches Chaos! Doch am nächsten Morgen war alles vorbei.«

»Sie müssen überglücklich gewesen sein, endlich die Freiheit wiedergewonnen zu haben.«

»Ja, das war ich. Doch die Zeit im Lager hatte mich zutiefst erschüttert, mein Kind. Und ich musste an die mehr als zehntausend Mithäftlinge denken, die zuletzt noch auf dem Todesmarsch ihr Leben verloren hatten.«

»So viele!« Jessica versuchte sich die Deutschland-Halle voller Menschen vorzustellen, aber selbst hier wäre wahrscheinlich nicht ausreichend Platz, um all die Opfer unterzubringen.

»Ja, liebe Jessica. Und doch stellen diese Toten nur einen Tropfen in dem Becher all des Übels dar, den die Nazis der Welt zu kosten gegeben haben. Verstehst du nun, warum für mich die Tafel da draußen mehr ist als nur eine Mahnung an die Pogromnacht?«

Jessica nickte betroffen.

Simon Jisroel zog eine Taschenuhr aus seiner Weste und ließ den Deckel aufspringen. »Was habe ich mich wieder verschwatzt!«, sagte er, nun wieder ganz der augenzwinkernde Großvater. »In dieser Minute beginnt der Schabat.«

»Sie wollen uns doch jetzt nicht etwa weglaufen, Rabbi Jisroel?«, meldete sich Miriam zu Wort. Ihre Stimme klang fast ein wenig streng.

»Keine Angst, Töchterchen. Meine Wohnung ist ganz in der Nähe. Ich muss das Konto von Schritten, das uns *Elohim Adonaj*, Gott der Herr, für diesen heiligen Tag zugebilligt hat, also nicht überziehen.«

»Das beruhigt mich.«

»Nun lächeln Sie wieder. Ich möchte Ihnen doch noch unsere Synagoge zeigen.«

Simon Jisroel ignorierte Miriams Drängen und nahm sich viel Zeit seine eigene Geschichte der Neuen Synagoge von Berlin zu erzählen. Das Haus zu Ehren Gottes wurde am 25. Elul des Jahres 5626 eingeweiht. Als er Jessicas ratlosen Blick bemerkte, fügte er hinzu, dass dieses Datum des jüdischen Kalenders dem 5. September 1866 entspreche. Damals habe das neue Gotteshaus über die Grenzen Berlins hinaus viel Aufmerksamkeit erregt. Gerade der »maurische Stil« der Fassade sei, weil dem damaligen Zeitgeschmack entsprechend, besonders gewürdigt worden. Auch König Wilhelm von Württemberg habe ja wenige Jahre zuvor die Stuttgarter Wilhelma in diesem Stil errichten lassen. Die Neue Synagoge wurde später mit der im 13. Jahrhundert entstandenen Residenz der Nasriden von Granada im islamischen Spanien verglichen. Zahlreiche prominente Personen besuchten die Synagoge, darunter Lewis Carroll, der Autor von *Alice im Wunderland*, und Albert Einstein.

»Albert Einstein auch?«, fragte Jessica dazwischen. Als Naturwissenschaftlerin war sie ein persönlicher Fan dieses größten Jahrhundertgenies, wie manche ihn nennen.

Simon Jisroel erzählte, dass Albert Einstein in der Synagoge sogar, gemeinsam mit dem prominenten Mediziner Alfred Lewandowski, zwei Violinduos vorgetragen habe, eines von Händel und ein anderes von Bach. Es war der 29. September 1930, als das »Synagogenkonzert Jadlowker« gegeben wurde. Der Rabbiner erinnerte sich deshalb noch so genau daran, weil er selbst an diesem Montag seine Bar-Mizwa gefeiert hatte.

»Bar ... was?«, fragte Jessica.

Die Bar-Mizwa sei so etwas wie die jüdische Einsegnung für Knaben, fügte Simon Jisroel erklärend hinzu. Wenn die Jungen dreizehn Jahre und einen Tag alt sind, werden sie in der Synagoge zum ersten Mal zur Thora aufgerufen. Das Vorlesen aus der Thorarolle sei ein besonderes Vorrecht jedes männlichen Juden.

Nach dem Krieg sei dann die Berliner Jüdische Gemeinde lange Zeit zu sehr mit dem Wiederaufbau und der Neuorganisation beschäftigt gewesen, als dass sie sich um ihre schwer beschädigte Neue Synagoge habe kümmern können, berichtete der Rabbiner weiter. So kam es im Sommer 1958 sogar dazu, dass der Hauptraum des Gebäudes gesprengt wurde. Erst am 9. November 1988 fand die symbolische Grundsteinlegung statt, welche die teilweise Wiederherstellung der einstigen Perle Berlins einleitete. Heute werde die Synagoge nicht mehr für Gottesdienste genutzt, schloss Simon Jisroel seinen Bericht (von der kleinen Versammlungsstätte im Obergeschoss des Nebenbaus einmal abgesehen). Das Erinnern sei an diesem Ort an die Stelle frommer Gebete getreten. Deshalb gebe es in dem Gebäudekomplex neben dem Museumsteil auch ein Archiv, ein Dokumentationszentrum und eine Bibliothek.

»Ich wünsche mir für Sie, dass Ihr Haus noch lange diesen Zweck erfüllt«, sagte Jessica, sichtlich beeindruckt von dem Vortrag ihres betagten Fremdenführers.

»Glaube mir, mein Kind, niemand würde lieber in diese Hoffnung einstimmen als ich. Aber manchmal habe ich meine Zweifel. Im März 1994 und im Mai 1995 brannte in Lübeck schon wieder eine Synagoge – als hätte es die Kristallnacht nie gegeben, als würde da draußen gar keine Tafel hängen, auf der steht: ›Vergesst es nie‹. Wenn man sich bewusst macht, dass Menschen immer noch zu Krüppeln geschlagen werden, nur weil sie einer anderen Nationalität angehören, und dass heute wieder die gleichen religiösen Gruppen durch die Medien geschleift werden wie schon zu Zeiten schlimmster Nazi-Propaganda, dann stimmt mich dies alles sehr nachdenklich.«

»Aber sind das – so schlimm es auch ist – nicht Einzelfälle? Wir leben doch heute nicht mehr in der Nazi-Zeit.«

Simon Jisroel schaute Jessica eine Weile ruhig an. Auf seinen Lippen lag ein sanftes Lächeln – nicht spöttisch, eher ein wenig neidisch auf die jugendliche Unschuld seiner Schülerin. »Hast du schon einmal das Wort ›Tribalismus‹ gehört?«, fragte er dann.

Jessica zuckte die Schultern. »Nein, glaub nicht.«

»Tribalismus ist ein übersteigertes Stammesbewusstsein. 1994 – wie lange ist das her, liebe Jessica? – sind in Ruanda dem Tribalismus eine *halbe Million* Menschen zum Opfer gefallen! Sie wurden bestialisch abgeschlachtet. Wusstest du das?«

Natürlich. Jessica erinnerte sich daran – jetzt, wo der Rabbiner davon sprach. Sie nickte.

»Zwei Millionen Menschen wurden zu Flüchtlingen und verloren ihr Zuhause«, fuhr der Rabbiner fort. »Und das waren keine schwarzen Wilden, wie man in Europa leichthin denken könnte. Ruanda und Burundi gelten als die katholischsten Länder Afrikas. Nein, nein, die Menschen haben noch immer nicht begriffen, was die Vergangenheit sie lehrt, mein Kind. Unbequeme Erinnerungen werden leider sehr schnell vergessen. Ob Tribalismus, Nationalismus, Rassismus – das alles sind nur verschiedene Masken für ein und denselben Irrtum: Menschen, Volksgruppen oder Nationen glauben, sie seien das Zentrum des Universums, seien besser als die anderen und müssten dieses Bessersein verteidigen, notfalls mit Gewalt.«

»Aber haben die Menschen nicht immer so gedacht?«, wandte Miriam skeptisch ein. »Um diese Haltung zu ändern, müsste man den Standesdünkel, egal in welcher Form, schon weltweit ächten.«

Simon Jisroel lachte leise. »Wie soll das geschehen? Etwa durch das Fernsehen oder die anderen modernen Medien? Es wird zwar eine Zeit lang über Verbrechen und Katastrophen berichtet, man stöhnt auch vernehmlich, aber damit ist der Empörung dann

Genüge getan. Schnell geht man zur Tagesordnung über und die Welt dreht sich weiter wie bisher. Der Prophet Joel sagte einmal: ›Und zerreißt eure Herzen und nicht eure Kleider.‹ Er meinte damit, dass die Zerknirschtheit über die eigenen Sünden und Unzulänglichkeiten echt sein muss und nicht geheuchelt werden darf. Solange jeder Mensch stur darauf beharrt, dass seine Meinung ein Naturgesetz ist, wird alles so weiterlaufen wie bisher.«

»Aber wie wollen Sie das ändern?«

Simon Jisroel atmete tief ein. Er sah mit einem Mal nur noch wie ein alter, vom Leben verbrauchter Mann aus. »Wenn ich das wüsste, wäre ich ein wahrhaft Weiser. Vielleicht sollten die Menschen sich wieder mehr in der Nächstenliebe üben, von der Max Liebster so viel zu besitzen schien. Aber dies ist wohl zu viel verlangt. Wenigstens die Erinnerung an die Vergangenheit sollten wir uns erhalten, damit vielleicht unsere Kinder daraus eine bessere Zukunft errichten können.«

Der alte Rabbiner schaute Jessica liebevoll an und strich ihr über das Haar.

»Sie haben mir eben das Stichwort gegeben«, sagte Miriam, so vorsichtig, als könne sie durch den Themenwechsel ein Sakrileg begehen.

Simon Jisroel schien aus tiefer Versunkenheit zu erwachen. »Natürlich. Sie waren ja gekommen, um mich etwas über diesen Nimrod zu fragen. Das Beste wird sein, wir fahren nach oben. Mir steht dort ein Raum zur Verfügung, in dem wir uns ungestört unterhalten können.«

Der alte Mann führte seine Gäste aus dem Ausstellungsraum der Synagoge zum Eingangsbereich zurück. Vor dem Fahrstuhl blieb er stehen und bat Jessica den Knopf zu betätigen. Als sie in den Lift eingestiegen waren, deutete er auf einen anderen Knopf.

»Würdest du ihn bitte für mich drücken?«

Jessica tat es, aber es war ihr anzusehen, dass sie sich über die Anweisungen des Rabbiners wunderte.

»Wir haben Schabat«, fügte er hinzu, als würde diese Aussage alles erklären.

Oben angekommen setzte man sich in ein Zimmer, das zum Dokumentationszentrum der Jüdischen Gemeinde gehörte. Miriam erklärte noch einmal, dass sie und Jessica nach Informationen über den im Pentateuch erwähnten Nimrod suchten. Sie verriet auch, dass zwei von Jessicas Familienangehörigen spurlos verschwunden seien und es berechtigten Grund zu der Annahme gebe, dass irgendein Wahnsinniger mit Hilfe alter Beschwörungen große Macht zu erlangen suche.

Seltsamerweise lachte der Rabbiner nicht über Miriams Bericht, sondern fragte nur sehr ernst: »Welche Art von Macht?«

»Wir sind auf eine Inschrift gestoßen, in der behauptet wird, jene Person könne die Erinnerungen der Menschen stehlen – sogar aus deren Gedanken, wenn sie wolle.« Miriam erzählte kurz von den auf so geheimnisvolle Weise verschwundenen Museumsstücken.

Am Ende nickte Simon Jisroel mit versteinertem Gesicht. »Normalerweise müsste ich Sie wegen Scharlatanerie sogleich vor die Tür setzen, nach dem, was Sie mir da vorgetragen haben. Aber die jüngsten Zeitungsberichte haben mich sehr nachdenklich gestimmt, von diesen sonderbaren Vorfällen im Pergamonmuseum ganz zu schweigen. Ehrlich gesagt, ich kann mir keinen Reim darauf machen. Und Sie glauben wirklich, dies alles könnte etwas mit dem alten Nimrod zu tun haben, Töchterchen?«

»Es hat Tage gegeben in der letzten Zeit, da wäre ich, ohne zu zögern, bereit gewesen, jedem zu glauben, der diesen Xexano als eine Art Reinkarnation von Nimrod bezeichnet hätte.«

»Oh, jetzt sprechen Sie fast wie ein Anhänger der jüdischen Kabbala. Aber ich muss Sie enttäuschen. Ich habe von dieser Geheimlehre nie viel gehalten, deren Vertreter behaupten, die Seelen lange Verstorbener würden sich neue Körper suchen wie andere einen Mantel im Winterschlussverkauf. Wenn Sie allerdings etwas über die wahre Geschichte der Menschheit erfahren wollen, dann sind Sie wohl bei keinem so gut aufgehoben wie bei einem jüdischen Rabbiner.«

Simon Jisroel nahm sich nun viel Zeit, um ebenjene Geschichte in aller Ausführlichkeit zu schildern. Jessica lernte dadurch ganz nebenbei, dass Gott nach Ansicht der Juden die Menschen erst vor weniger als sechstausend Jahren erschaffen hatte, daher die hohe Jahreszahl im jüdischen Kalender. Mehrmals musste Miriam den weißhaarigen Gelehrten höflich bitten, einige, wie sie glaubte, allzu nebensächliche Episoden zu überspringen. Er nahm ihre Ermahnungen freundlich nickend hin und setzte seinen Bericht dann mit unverminderter Gründlichkeit fort. Endlich erreichte er das göttliche Strafgericht, die Sintflut.

»Es dauerte nicht lange und die Menschen waren fast wieder so verderbt wie in den Tagen vor der großen Flut«, erinnerte sich Simon Jisroel, als wäre er selbst dabei gewesen. »In dieser Zeit erhob sich ein Mann, der von unbändigem Machthunger erfüllt war. Er gründete viele Städte, ja, man kann durchaus behaupten, er *erfand* die Stadt. Dasselbe kann man vom Krieg sagen, den er einführte, um seine Macht zu mehren. Der Name dieses Mannes lautete Nimrod.«

»Ach was!«

»Sie müssen sich nicht über mich lustig machen, Töchterchen. Ich weiß, dass Sie schon lange auf dieses Stichwort warten. Aber wie heißt es doch im Buche Kohelet? ›Wenn die Axt stumpf geworden ist und man sie nicht schärft, dann muss man sich doppelt anstrengen.‹ Glauben Sie mir: Nur wer die Geschichte unserer Welt kennt, kann wirklich sehen, welchen Lauf sie nimmt.«

»So habe ich das auch nicht gemeint, Rabbi. Schreiben Sie es bitte meiner Jugend zu, wenn ich manchmal etwas ungeduldig bin. Was haben Sie über Nimrod noch erfahren?«

Simon Jisroel seufzte resignierend. »Der babylonische Talmud enthält einige interessante Passagen über ihn. Das ist eine Sammlung von Gesetzen und Überlieferungen, deren Original seit langem verschollen ist. Was wir heute als den babylonischen Talmud bezeichnen, sind Abschriften beziehungsweise Rekonstruktionen, die – so glauben wir – dem ursprünglichen Text sehr nahe kommen.«

»Das hört sich viel versprechend an. Was sagt der Talmud über Nimrod?«

»Sie galoppieren schneller als eine rossende Stute, Töchterchen.«

Miriam schwieg verlegen.

»Wir haben hier in unserer Bibliothek die Übertragung von Lazarus Goldschmidt«, fuhr Simon Jisroel fort. »Er war übrigens auch Berliner und hat seine Arbeit im Jahre 1930 veröffentlicht.«

»Dem Jahr, als Sie Ihre Bar-Mizwa feierten«, warf Jessica ein. Miriam verdrehte die Augen.

»Ganz richtig, mein Kind. Goldschmidt führt aus, dass nach den rabbinischen Aufzeichnungen der Name Nimrod von dem hebräischen Verb *marádh* hergeleitet sei, das ›rebellieren‹ bedeutet. Diesbezüglich heißt es im babylonischen Talmud ... Moment, gleich habe ich es.« Er hatte ein dickes Buch aufgeschlagen und murmelte: »Wo war das doch gleich? Band zwei, *Eruvin,* 53 a ... Ah, ja. Hier.« Noch einmal blickte er auf, stellte befriedigt fest, dass Miriam und Jessica ihn gespannt anstarrten, und las: »Nimrod werde er deshalb genannt, weil er die ganze Welt widerspenstig gegen ihn machte.«

»Gegen *ihn?*«, wiederholte Jessica.

»Damit ist Gott gemeint, wie es in der Fußnote heißt.«

Miriam hatte ihre »Spur der Namen« aus der Handtasche gezogen und machte eine neue Notiz:

MARÁDH: hebr. „rebellieren", macht ganze Welt widerspenstig gegen Gott

»Was haben Sie da?«, fragte Simon Jisroel interessiert.

»Das? Das ist nur unsere ›Spur der Namen‹.« Sie schob dem Rabbiner den Zettel hin. »Alle diese Namen stehen in irgendeiner Weise miteinander in Verbindung. Wie es aussieht, laufen sie alle auf eine einzige Person hinaus.«

»Und Sie meinen, Nimrod könne dieser Jemand sein, nicht wahr, Töchterchen?«

Miriam nickte.

»Dann lassen Sie sich eines von mir sagen: Wenn ich einmal so tue, als lebte ich nicht auf dieser Erde, und wenn ich nur für einen Augenblick all die Lehren vergesse, die man mir anvertraute und die ich auch weiterreichte, um jungen Menschen einen sicheren Halt in dieser chaotischen Welt zu geben, dann«, der Rabbiner stach demonstrativ mit seinem knöchernen Finger in den Namen Nimrod, »ist *das* hier Ihr Mann.«

NÄCHTLICHE ÜBERRASCHUNG

Auf dem Rückweg in die Krausnickstraße war das Gespräch zwischen Jessica und ihrer Freundin nur schwer in Gang gekommen.

Während Miriam immer wieder über das nachgrübelte, was der Rabbiner über *marádh* gesagt hatte, gingen Jessica die Berichte über die Gräueltaten der Nazis einfach nicht mehr aus dem Kopf.

Erst als sie im Hausflur an der Tür der Galerie *Krafünf* vorbeigingen, murmelte Miriam: »Er muss sich selbst für einen Gott gehalten haben.«

»Wie bitte?«

Miriam schüttelte ihre tiefe Nachdenklichkeit ab. »Nimrod. Oder *marádh*, wie Rabbi Jisroel ihn nannte. Er muss in seiner Machtbesessenheit geglaubt haben, Gott vom Thron stoßen und sich selbst darauf setzen zu können.«

»So wie die vielen Thronräuber in der Geschichte, die ihre Rivalen einfach umbrachten, um sich selbst zum König zu machen?«

Miriam nickte, während sie die Wohnungstür aufschloss. »Zum König der Welt, ja. – Komm rein, wir sollten uns etwas anderes anziehen.«

Erst jetzt fiel Jessica wieder ein, was Miriam am Nachmittag in der Bibliothek vorgeschlagen hatte. Sie wollten Professor Hajduks Büro abends noch einen Besuch abstatten. Jessica hatte die Idee auch ganz aufregend gefunden. Aber nun – inzwischen war es halb neun – spürte sie doch ein flaues Gefühl im Magen.

»Können wir nicht morgen Abend ins Museum gehen?«

»Morgen ist Hajduk wieder zurück. Du brauchst dir keine Sorgen zu machen, wir besuchen das Museum sozusagen höchst offiziell.«

»Um neun Uhr abends?«

»Ich werde dem Pförtner einfach meinen Ausweis zeigen und er wird uns beide reinlassen. Ganz ohne Schießerei.«

»Ich dachte, ich muss meine schwarzen Jeans und meinen schwarzen Pullover anziehen, aber dann kann ich ja so bleiben, wie ich bin.«

Miriam betrachtete Jessica wie ein Preisrichter eine Zuchtbulldogge. »Von mir aus. Aber ich schlüpfe trotzdem noch schnell in etwas Bequemeres. Ich stecke seit heute früh in denselben Klamotten.«

Eine halbe Stunde später rollte Miriams Kleinwagen auf die Museumsinsel zu. Jessicas Freundin hatte darauf bestanden, dass sie vorher wenigstens noch einen Imbiss zu sich nahmen. Sie parkten das Fahrzeug in der Burgstraße und liefen das letzte Stück.

»Besser so«, hatte Miriam gesagt. »Ich möchte nicht, dass irgendjemand das Auto auf dem Museumsgelände sieht und möglicherweise nach mir zu suchen beginnt. Außerdem kann ein kleiner Spaziergang nicht schaden – wir haben ja keinen Sabbat.«

»Ehrlich gesagt, habe ich das nicht verstanden: Warum wollte der Rabbi nicht den Fahrstuhlknopf drücken?«

»Einige orthodoxe Juden achten zu bestimmten Zeiten sehr streng darauf, alles zu vermeiden, was ihrer religiösen Vorstellung von Arbeit entspricht. Manche von ihnen gehen an ihrem Ruhetag, dem Sabbat oder ›Schabat‹, wie der Rabbi ihn nannte, nur eine bestimmte Anzahl von Schritten. In manchen von Juden bewohnten Gebäuden halten die Fahrstühle an diesem Tag automatisch auf jedem Stockwerk, damit man die Arbeit des Knopfdrückens nicht verrichten muss. Ja, es gibt sogar Ärzte, die am Sabbat ihre Rezepte mit Zaubertinte ausschreiben.«

»Wieso das denn?«

»Nun, der Talmud definiert die ›Arbeit‹ des Schreibens als das dauerhafte Hinterlassen von Schriftzeichen. Wenn sich aber ein Rezept nach einigen Tagen wieder in ein leeres Formular verwandelt, dann war seine Ausstellung eben keine Arbeit.«

»Ziemlich spitzfindig.«

»Das ist eben der Glauben der orthodoxen Juden, Jessi. Sie finden auch vieles recht seltsam, was in unseren Kirchen praktiziert wird. Zum Beispiel die Hostie, das Abendmahlsbrot, das sich nach dem Glauben der Katholiken in den Leib Christi verwandelt – es zu essen, wäre für einen Juden nichts anderes als Kanibalismus.«

»Kann ich durchaus verstehen.«

»Siehst du. So muss eben jeder seinen eigenen Weg zu Gott finden.«

In diesem Moment erreichten sie die Pforte. Miriam hielt ihren Ausweis hoch, ohne stehen zu bleiben.

»So spät noch unterwegs, Fräulein McCullin?«, rief ihr der Nachtwächter zu.

»Ja, Paul. Wir beide müssen nur kurz ins Büro, etwas nachkontrollieren. Die vielen Diebstähle in der letzten Zeit, Sie wissen ja, da muss man vorsichtig sein.«

Damit waren sie auch schon außer Hörweite.

»Du hast nicht mal gelogen«, meinte Jessica.

»Ich lüge nie! Ein weiser Mann sagte einmal: ›Seid vorsichtig wie Schlangen und doch unschuldig wie Tauben.‹«

»War das auch ein jüdischer Lehrer?«

»Ja. Man nannte ihn Jesus den Nazarener.«

»Du nun wieder!«

Miriam lachte in ihrer unnachahmlichen Art und umfasste Jessicas Schulter. »Ein Mensch kann so leicht nicht seine Herkunft verleugnen.«

Sie hatten inzwischen den Eingang zum Verwaltungstrakt erreicht. Miriam meinte, sie sollten sich ab jetzt nur noch im Flüsterton verständigen. Sie betraten das Gebäude und Miriam schloss die Tür hinter ihnen wieder zu.

Auf dem Weg durch die Flure fragte sich Jessica, ob es wohl richtig war, was sie da vorhatten, aber dann rief sie sich ins Gedächtnis zurück, was sie über das seltsame Verhalten von János Hajduk herausgefunden hatten. Wenn der Museumsdirektor wirklich etwas mit dem Verschwinden von Oliver und ihrem Vater zu tun hatte, war es sogar wichtig, ihm in die Karten zu schauen.

Sie erreichten das Ende des Flures, in dem sich Professor Hajduks Büro befand. Miriam holte eine Taschenlampe hervor.

Jessica sah ihre Freundin missbilligend an. »Und das nennst du ›unschuldig wie die Tauben‹?«

»Eher vorsichtig wie die Schlangen.«

»Ich hab noch nie eine Schlange mit Taschenlampe gesehen.«

Im Sekretariat war es stockdunkel. Nur Miriams Stablampe schickte einen gelben Lichtstrahl durch das Büro. Die Tür zum Nachbarraum war nur angelehnt.

»Und wenn er nun seine Schränke abgeschlossen hat?«, wagte Jessica einen letzten Einwand gegen das Unternehmen.

»Das dürfte kein Problem sein.« Miriam strahlte ihr eigenes Gesicht kurz von unten an. Sie sah nun aus wie Draculas Nichte und Jessica erschrak fast zu Tode. Aber dann hörte sie Miriams Kichern. Der Lichtkegel wanderte zum Schreibtisch, eine körperlose Hand erschien aus dem Nichts, zog die flache Schublade mit den Schreibutensilien heraus, griff an die Unterseite, ein kurzes schmatzendes Geräusch, dann hielt sie einen kleinen Schlüsselbund in den Fingern.

»Babsis Geheimversteck«, kommentierte Miriam, als sie wieder zurück war. »Bleib du hier an der Tür. Wenn du irgendetwas hörst, gibst du mir ein Zeichen.«

Damit war sie auch schon in Hajduks Büro verschwunden und Jessica stand allein in Barbara Backes Schreibstube. Sie hielt die Tür zum Flur einen Spaltbreit offen und spähte hinaus. Draußen brannte nur noch die Notbeleuchtung; im Sekretariat selbst war es wieder so schwarz wie im Zylinder eines Schornsteinfegers. Nur ab und zu klang leises Knistern und Schaben aus Professor Hajduks Büro – wahrscheinlich stöberte Miriam in den Schränken herum.

Plötzlich hallte ein fernes Krachen wie von einer zufallenden Stahltür durch das Gebäude. Sekunden später sprangen die Leuchtstoffröhren im Flur an.

Jessica hätte am liebsten laut aufgeschrien. Aber wahrscheinlich wäre sie dazu gar nicht in der Lage gewesen. Einen Moment lang glaubte sie, ihre Knie würden unter ihr wegsacken, aber dann brachte sie doch die Kraft auf, in Hajduks Büro zu stürzen.

»Da kommt jemand!«

»Pst! Nicht so laut. Von wo?«

»Von draußen. Ich weiß nicht, woher. Das Licht ist angegangen.«

»Wir müssen uns verstecken.«

»Verstecken? Wo denn? Etwa im Papierkorb?«

»Ruhig jetzt, Jessi. Lass uns nachdenken. Raus können wir nicht. Im Flur gibt es keine Schlupfwinkel. Außerdem – wer immer da kommt – er will vielleicht gar nicht hierher.« Miriam ließ den Lichtfinger ihrer Taschenlampe durch den Raum gleiten. »Da drüben«, sagte sie. »Du kriechst hinter die Couch. Ich glaube, ich kann mich draußen unter Babsis Schreibtisch verstecken. Er steht so, dass jemand, der den Raum betritt, nicht gleich darunter sehen kann. Bleib ruhig. Es wird uns keiner bemerken.«

Miriam löschte das Licht der Stablampe und Jessica hörte, wie die Bürotür leise zuschwang. Jetzt war sie allein im Raum. Da sie schon bei der kleinen Sitzgruppe stand, die der Museumsdirektor für zwanglose Gespräche mit seinen Besuchern nutzte, konnte sie auch im Dunkeln die Kunstledercouch finden. Sie musste das Sitzmöbel ein wenig von der Wand abrücken, um dahinter kriechen zu können. Das Versteck war eng und roch nach altem Staub.

Wer mochte um diese Zeit noch durch das Museum streichen? Die Flure draußen waren kilometerlang ... Na, vielleicht nicht ganz, aber immerhin lang genug, um es sehr unwahrscheinlich zu machen, dass irgendwer ausgerechnet hier hereinplatzte. Im Nachbarraum ging das Licht an.

Jessica hörte jemanden ein Lied summen. Ein Klicken ertönte. Gleich darauf schwang die Tür des Direktionsbüros auf. Schritte einer hinkenden Person waren zu vernehmen. Hajduk!, fuhr es Jessica durch den Kopf. Wer sollte auch sonst so unbekümmert um diese Zeit hier aufkreuzen? Aber warum war er nicht in London?

Eine Schreibtischschublade wurde aufgezogen. Ein schwaches Rumpeln. Jessicas Herz schlug wie vor einem Weltrekordversuch im Stabhochsprung, aber sie musste wissen, was da vorging. Vorsichtig schob sie ihren Kopf hinter der Couch hervor.

Professor Hajduk hatte nur die Schreibtischlampe eingeschaltet, deshalb lag die Besuchersitzgruppe im Halbdunkel. Er hielt etwas in den Händen, dicht vor dem Gesicht. Immer wieder drehte er den Gegenstand und summte dabei seine eigenwillige Melodie. War das nicht …? Ja, die Tonscherbe!

Das Ding musste wirklich eine große Bedeutung für ihn haben, wenn er es immer wieder anstarrte wie eines der sieben Weltwunder, dachte Jessica. Sie wollte sich schon wieder in die schützende Dunkelheit zurückziehen, als Hajduks Hand plötzlich einen zweiten Tonbrocken ins Sichtfeld rückte.

Also doch! Miriam hatte mit ihrem Verdacht wegen der Versteigerung bei Christie's genau ins Schwarze getroffen. János Hajduk hatte mit Sicherheit die Tonscherbe gerade erst heute in London ersteigert und war aus irgendeinem Grunde früher als erwartet nach Berlin zurückgekehrt. Was mochte ihn zu dieser Eile angestachelt haben?

Der Professor erhob sich vom Schreibtisch und schlurfte wieder ins Sekretariat zurück. Jessica hörte das Geräusch einer Maschine … des Fotokopierers, wenn sie nicht alles täuschte; gleich darauf ein Fluchen. Das Summen wiederholte sich noch ein paarmal. Dann kehrte János Hajduk in sein Büro zurück.

Er zog einen Schlüsselbund hervor und kniete sich zu dem Tresor nieder, der neben dem Schreibtisch stand. Nachdem er ein Nummernrad mehrmals in verschiedene Richtungen gedreht hatte, öffnete er mit dem Schlüssel die Tür. Jessica konnte sehen, wie er eine Tonscherbe im Safe deponierte. Die andere – vermutlich die alte – ließ er in die Tasche seines Sakkos gleiten.

Der Professor erhob sich wieder, drehte sich um – und erstarrte.

Jessica hielt den Atem an. Hatte er sie gesehen? Er schien direkt zur Sitzgruppe hinzublicken. Aber dann schwankte er leicht, hielt sich hastig an der Schreibtischkante fest und schüttelte den Kopf, als wolle er einen verrückten Gedanken loswerden.

Jessica atmete auf. Wahrscheinlich war ihm nur schwindelig geworden, weil er so lange gekniet hatte und dann zu schnell aufgestanden war. Hajduk löschte das Licht und schloss die Bürotür hinter sich zu. Von draußen hörte Jessica das Klappen der Glastür. Dann war alles still.

Es kam ihr wie eine Ewigkeit vor, bis sich erneut ein Schlüssel im Schloss der Bürotür drehte.

»Jessi?«

Das war Miriams Stimme! Jessica wollte hinter dem Sofa hervorkriechen, aber ihre Gürtelschnalle hatte sich im Stoff der Rückenbespannung verhakt. Wie ein Einsiedlerkrebs sein Schneckenhaus schleifte sie ihre Zufluchtsstätte ein paar Zentimeter über den Boden.

»Was machst du denn da?«, fragte Miriam ungeduldig.

»Ich gestalte Hajduks Zimmer um«, gab Jessica gereizt zurück. Als sie sich endlich befreit und das Sitzmöbel wieder in die richtige Position gerückt hatte, sagte sie: »Warum hast du so lange gebraucht, um mich wieder hier rauszuholen?«

»Erstens wollte ich sichergehen, dass Hajduk nicht irgendetwas vergessen hat und noch einmal zurückkommt, und zweitens musste ich erst den Schlüssel zur Bürotür finden. Babsi bewahrt ihn extra auf – in einer leeren Pralinenschachtel.«

»Na, ist ja auch egal. Ich schlage vor, wir hauen ab.«

»Warte noch einen Moment.«

»Wieso? Was ist denn noch?«

Miriam wanderte mit ihrer Taschenlampe in Barbara Backes Zimmer zurück, nahm den Papierkorb, der neben dem Fotokopierer stand, und begann darin herumzukramen.

Jessica schaute ihr entgeistert zu. »Bist du unter die Tippelbrüder gegangen, dass du jetzt schon im Müll wühlst?«

»Ich wühle nicht. Ich sammle Beweisstücke.«

»Wovon redest du überhaupt? Das sind doch nur Papierfetzen.«

Tatsächlich hielt Miriam schon einen ganzen Packen Schnipsel in der Linken und war noch immer dabei, mit der rechten Hand weitere aus dem Plastikeimer zu fischen. »Hajduk hat vorhin versucht seine beiden Tonscherben abzulichten.«

»Mit dem Kopierer?«

»Genau. Der ist natürlich nicht unbedingt geeignet für so was. Deshalb sind die ersten Kopien auch nichts geworden. Hajduk hat sie zerrissen und weggeworfen.«

»Deshalb hat er geflucht! Du bist genial, Miriam. Dann können wir vielleicht doch noch herausbekommen, was es mit den Scherben auf sich hat.«

»So, das müssten alle Fetzen sein. Und jetzt nichts wie weg hier.«

»Prima Idee. Jetzt haben wir ein spannendes Puzzle für den Abend.«

»Aber zuerst statten wir den Ausstellungsräumen noch einen kleinen Besuch ab.«

Jessica war entsetzt. »Bist du verrückt? Warum denn?«

»Ich glaube, Hajduk ist noch im Gebäude; wenn es anders wäre, hätte ich das Klappen der Feuerschutztür hören müssen.«

»Und jetzt willst du ihm hinterher?«, fragte Jessica ungläubig.

»Ich habe da einen Verdacht. Seit vier Tagen ist nichts mehr aus dem Museum verschwunden – viel zu lange, findest du nicht auch?«

Jessica schluckte.

»Keine Angst«, beruhigte sie Miriam. »Oder hast du schon vergessen, dass ich einen Ausweis habe? Ich darf mich hier aufhalten. Wenn wir Hajduk wirklich über den Weg laufen, sage ich einfach, dass ich noch nach dem Rechten schauen wollte. Das ist nicht mal gelogen.«

Jessica nickte ergeben und seufzte: »›Unschuldig wie die Tauben‹, ich weiß.«

Trotz Miriams dienstlicher Befugnis schlichen die beiden auf leisen Sohlen durch das nächtliche Gebäude. Inzwischen war es kurz nach zehn. Als sie die Ausstellungsräume betraten, bewegten sie sich nur noch auf Zehenspitzen weiter. Kein Laut war zu hören. Die Hallen lagen in demselben fahlen Licht der Notbeleuchtung wie schon vor vier Wochen, als Jessica hier erwacht war, ohne zu wissen, was sie an diesem Ort gesucht hatte. Sie befanden sich am Treppenaufgang gegenüber den assyrischen Privatgrüften und wollten gerade auf die Prozessionsstraße hinaustreten, als Jessica plötzlich ein Geräusch vernahm. Ein kalter Schauer lief ihr über den Rücken. Schnell hielt sie Miriam am Arm fest.

»Was ist?«, flüsterte diese.

»Ich hab eben etwas gehört. Ein Knirschen.«

Miriam lauschte. Da hörte auch sie das Geräusch. Eilig zog sie Jessica in den Schatten des Treppenaufganges zurück. Sie duckten sich, machten sich so klein wie möglich.

Das Knirschen kam näher. Jetzt konnte man deutlich Schritte wahrnehmen, schwach zwar, aber unverkennbar. Es war der gleiche Laut, den Jessica schon einmal an diesem Ort gehört hatte. Sie erinnerte sich mit Schaudern an die Unterhaltung mit Miriam. Was, wenn nun wirklich eine zum Leben erwachte Steinfigur hier durch das Museum strich? Nervös blickte sie zu dem Durchgang hin, der auf die Prozessionsstraße hinausführte. Dann hätte sie beinahe laut aufgeschrien.

Die Gestalt war nur für einige wenige Sekunden zu sehen. Langsam, als wäre sie selbst ein Museumsbesucher, der interessiert die Exponate betrachtete, ging sie an dem Durchlass vorbei und verschwand in Richtung Ischtar-Tor. Die Figur hatte ganz und gar aus weißem Marmor bestanden.

Jessica spürte, wie Miriam ihre Hand drückte, bis es schmerzte. Die Wissenschaftlerin starrte fassungslos auf den nun wieder leeren Ausschnitt, hinter dem die babylonische Prachtstraße lag. Gerade, als die scheinbare Lähmung von ihr wich, waren wieder Schritte zu vernehmen, diesmal ganz aus der Nähe.

»Es ist direkt nebenan«, hauchte Miriam in Jessicas Ohr, so leise, dass diese es kaum verstehen konnte. »Von Raum fünf aus gibt es einen Durchgang, der direkt hierher zum Treppenaufgang führt.«

Was würde geschehen, wenn so ein lebendiges Ausstellungsstück sie beide entdeckte? Jessica versuchte an etwas anderes zu denken, aber es gelang ihr nicht.

»Er geht in die andere Richtung«, flüsterte Miriam, »auf den Raum sechs mit den babylonischen Denkmälern zu.« Sie richtete sich auf.

»Was hast du vor?«, fragte Jessica entsetzt.

»Bleib hier. Ich muss etwas nachsehen.«

»Du spinnst wohl! Ich bleibe nicht alleine hier.«

»Dann komm. Halt dich an mir fest.«

Jessica hatte keine Gelegenheit für einen weiteren Protest. Miriam zog sie einfach mit sich.

Sie spähten durch den Eingang in den Raum fünf mit den Funden aus Sumer. Genau vor ihnen stand ein leerer Sockel. Und dahinter – Jessica traute ihren Augen nicht – entfernte sich eine zweite Steinfigur. Längst hatte sich Jessica so weit an das Dämmerlicht gewöhnt, dass sie Details erkennen konnte: zum Beispiel den fehlenden Arm der Statue; auch ein Fuß war ihr abhanden gekommen, weshalb sie ungeschickt hinkte; ihr Leib bestand aus einem grauen Material, weniger edel als der Körper des zuletzt gesichteten Marmorschönlings.

Als das flüchtige Ausstellungsstück in dem anschließenden Raum verschwand, setzte Miriam ihm nach. Jessica blieb nichts anderes übrig, als ihr zu folgen.

Die Observierung der steinernen Verdachtsperson wurde in den nachfolgenden zwei Räumen fortgesetzt. Dann bog die Figur in die Prozessionsstraße ein.

»Ich finde, wir haben genug gesehen«, flüsterte Jessica ihrer Freundin ins Ohr, doch die war anderer Meinung.

»Ich muss wissen, was mit den Statuen geschieht, Jessi. Verstehst du denn nicht? Vielleicht bekommen wir sonst nie mehr die Chance zu erfahren, wohin all diese Ausstellungsstücke so spurlos verschwinden.«

Miriam spähte auf die Prozessionsstraße hinaus. Sie konnte niemanden sehen. Schnell zog sie Jessica nach rechts. Die beiden huschten lautlos in das benachbarte Treppenhaus, das zum Museum für Islamische Kunst hinaufführte. Noch immer war alles still. Von dieser Stelle aus konnte man die rechte Seite des Ischtar-Tors nicht einsehen. Jessica wollte es zuerst nicht glauben, als Miriam ihr durch Zeichen signalisierte, dass sie die Straße zu überqueren beabsichtigte. Auf der anderen Seite gab es eine Nische mit einem Lastenaufzug, dessen Türen aus unerfindlichem Grund offen standen.

Die Irin hielt drei Finger hoch, nickte, dann formte sie eine Faust. Sie reckte noch einmal den Hals und schaute zum Ischtar-Tor hin. Während sie das tat, hob sie direkt vor Jessicas Gesicht einen Finger nach dem anderen: eins, zwei, *drei!*

Jessicas Herz schlug ihr irgendwo im Hals, nachdem sie die Prozessionsstraße schräg gekreuzt hatte und nun in der Nische – mit dem Hinterteil im Fahrstuhl – hockte, von wo aus sie direkt auf das Ischtar-Tor sehen konnte.

»Hajduk!«, hauchte Miriam ihr ins Ohr. Sie selbst hatte ihn auch schon gesehen.

Der Museumsdirektor stand mit dem Rücken zur Prozessionsstraße direkt vor dem Ischtar-Tor, hinter ihm befanden sich die beiden zum Leben erwachten Steinfiguren. Er hatte den Kopf in den Nacken gelegt, als suche er den Schlussstein unter der Verkleidung der blauen Ziegel. Seine beiden Arme waren hoch emporgereckt und nun begann er, mit auf- und abschwellender Stimme zu sprechen.

»Was macht er da?«, flüsterte Jessica beunruhigt in Miriams Ohr.

»Ich kann es nicht richtig verstehen. Vielleicht irgendeine Formel, um das Tor zu öffnen.«

Eine der beiden Statuen drehte sich plötzlich zum Versteck der Freundinnen um. Schnell zogen sie ihre Köpfe zurück. Ob das steinerne Wesen sie bemerkt hatte? Jessica lauschte angestrengt, aber sie konnte nur den Singsang aus János Hajduks Kehle hören. Nach einer Weile wagte Miriam wieder den Kopf vorzustrecken. Als sie in dieser Haltung verharrte, blickte auch Jessica wieder zum Ischtar-Tor hin.

Sie traute ihren Augen kaum. Am Tor hatte sich eine erstaunliche Veränderung vollzogen. Die Ziegel im Bogen schienen irgendwie transparent geworden zu sein, helle bunte Lichter leuchteten darin wie eine Schar von wild gewordenen Sternschnuppen. Die hin- und herflitzenden Punkte verteilten ihren Glanz über die Wände der Halle, tauchten Hajduk und die Steinfiguren in einen Rausch von Farben. In der Spiegeltür unter dem Tor konnte man das Gemälde von der gegenüberliegenden Wand erkennen. Die Figuren darin schienen auf unheimliche Weise von Leben beseelt. Und das Ganze ging ohne den geringsten Laut vor sich – es gab nur Hajduks heiseren Gesang, als sei er das Fundament, auf dem dieses Gebäude aus Licht errichtet war. Im nächsten Moment verschwand der Spiegel im Ischtar-Tor.

An dessen Stelle war ein anderes Bild getreten: Man blickte in einen großen exotisch anmutenden Saal, prachtvoll ausgestattet mit Gold, Marmor, edlen Hölzern und riesigen Wandteppichen, mit Statuen, kostbaren Möbeln und – wie sonderbar! – einem Aquarium. Doch viel mehr als das plötzliche Erscheinen des Prunkraumes fesselte die Freundinnen das, was im Vordergrund stand: eine lebende Figur, die glänzte wie aus purem Gold.

»Xexano!«, hauchte Miriam fassungslos.

Jessica hatte von der Götterstatue bisher nur eine Schwarzweißaufnahme in einer Zeitung gesehen. Die Figur trug einen krempenlosen Hut, ähnlich einem türkischen Fes, und ein um die Taille gegürtetes hemdartiges Gewand, das bis zu den Knien reichte. Infolge des ziemlich eckig gestutzten Vollbartes wirkte ihr Gesicht ausgesprochen kantig. Die vielen Reflexionen auf Xexanos goldglänzendem Körper machten es für Jessica schwer, weitere Details zu erkennen. Das Standbild war jedenfalls viel kleiner, als sie es sich vorgestellt hatte. Vielleicht klebten gerade aus diesem Grund zwei große Klötze an jedem Fuß des Gottes. Die »Plateausohlen« ließen ihn etwas größer erscheinen, so um einen Meter siebzig, schätzte Jessica. Sie erinnerte sich an die Worte von Kommissar Gallus: »Nur seltsam, dass euer Vater auch den schweren Steinsockel entwendet hat, auf dem die Statue Xexanos stand.«

Von wegen, dachte sie. Was wie ein Modegag aussah, war wohl eher ein Zeugnis der Eitelkeit dieses Herrschers von Quassinja. Xexano hatte seinen Sockel mitten entzweigerissen und war dann losmarschiert wie die beiden Steinathleten, die jetzt offenbar auf ihre Abholung warteten.

»Du hast dir viel Zeit gelassen«, begann die goldene Statue zu sprechen. In ihrem Mund schien ein Feuer zu lodern wie in einem Vulkan und ihre Stimme verriet Unzufriedenheit.

»Es wird immer schwerer«, antwortete Hajduk ausweichend. »Überall ist Polizei. Ich habe zwar dafür gesorgt, dass sie uns hier nicht beobachten können, aber sonst kann ich kaum noch durch das Museum gehen, ohne dass irgendjemand hinter mir herspioniert.«

»Das wird nun bald keine Rolle mehr spielen, Priester. Meine Macht wächst. Nicht mehr lange und ich werde die Erinnerungen der ganzen Welt besitzen.«

»Ich hoffe, Ihr vergesst dann nicht, wem Ihr dies zu verdanken habt«, bemerkte János Hajduk und es klang beinahe drohend, wie er das sagte.

»Du brauchst mich nicht an meine Pflichten zu erinnern, Mensch!«, fauchte Xexano. »Deine Macht ist nicht grenzenlos. Sei dessen eingedenk.«

»Aber auch der Euren sind Schranken gesetzt«, gab Hajduk unbescheiden zurück.

»Hüte dich! Ich hatte schon einmal einen Hohepriester, der glaubte mich zurechtweisen zu können. Er endete in einem Kerker. Wenn du willst, dass es dir besser ergeht als ihm, dann sollten meine Worte für dich Gesetz sein. Du wirst schon deinen Lohn bekommen. Auch dafür stehe ich mit meinem Wort ein.«

»Zunächst will ich die Stadt«, antwortete János Hajduk. »Und später das ›Reich eines Fürsten‹, so wie Ihr es mir versprochen habt.«

»Nochmals sage ich: Du wirst dein Reich erhalten. Ich bin es leid, ständig meine Worte zu wiederholen. Denn es gibt eine dringende Angelegenheit, um die du dich kümmern musst.«

»Ihr redet von dem Jungen?«

»So ist es. Er hat Komplizen gefunden und hält sich irgendwo in Quassinja versteckt. Fast hätte mein Sucher ihn ergriffen, aber der Bengel konnte ihm im letzten Augenblick entkommen.«

»Was wünscht Ihr, soll ich für Euch tun?«

»Die Zeit, Quassinja wieder zu verlassen, ist noch nicht gekommen ...«

»Ihr wollt damit sagen, dass es für Euch zu gefährlich ist«, fuhr János Hajduk dazwischen. Es klang fast ein wenig hämisch. »Ihr könntet hier leicht – wie soll ich mich ausdrücken? – hängen bleiben, wenn jemand Euer Geheimnis lüftete.«

»Unterbrich mich nicht!«, zischte Xexano gefährlich. »Wenn ich meine Macht verliere, wirst auch du wieder der jämmerliche Betrüger sein, der du früher einmal warst.«

Hajduk wurde sichtlich unruhig. Offenbar hatte sein goldener Herr einen wunden Punkt angesprochen.

»Du musst herausbekommen, was die Schwester von diesem Jungen weiß. Wenn sie irgendwelche Beweise gefunden hat oder verräterische Notizen besitzt, dann nimm sie ihr weg.«

Jessica erschauderte. Das Tagebuch und all die anderen Aufzeichnungen von der Inschrift – Hajduk hatte sie gestohlen! Aber wie?

»Das Mädchen wohnt bei Doktor Miriam McCullin«, sagte der Museumsdirektor. »Es wird nicht leicht sein, in ihre Wohnung einzudringen und ...«

»Keine Ausreden!«, unterbrach Xexano seinen Hohepriester. »Ich werde dir wieder denselben Helfer zur Seite stellen, der dir schon beim letzten Mal zu Diensten war.« Bei diesen Worten machte Xexano eine Geste, als wolle er jemanden herbeizitieren, der hinter ihm stand.

Gleich darauf hörte Jessica ein tiefes Brummen. Über Xexanos Kopf hinweg flog ein riesiger Käfer und landete direkt vor Hajduks Füßen.

»Nimm meinen ägyptischen Skarabäus. Er kann sich lautlos bewegen, und wenn es nötig ist, durchdringt er jede Wand.«

»Ich danke Euch, Herr.« Hajduk bückte sich und hob den Käfer vom Boden auf. Der Skarabäus war mindestens so groß wie die Schildkröte, die Jessica einmal besessen hatte. Er glänzte, als bestünde er aus grünem Metall und durchscheinenden Edelsteinen.

»Und nun bringe deine Erinnerungssteuer«, sagte Xexano mit fordernder Stimme.

János Hajduk wandte sich zur Seite und deutete auf die wartenden Statuen. »Ich habe hier zwei Figuren. Sie werden Eure Macht mehren.«

»Hast du nichts Besseres gefunden? Die eine ist ja nur noch ein Krüppel.«

»Es ist nicht so leicht, alte Erinnerungen zu finden, die noch voll gebrauchsfähig sind«, entschuldigte sich Hajduk.

»Du musst dich noch sehr anstrengen, wenn du mich wirklich zufrieden stellen willst. Schick die beiden herüber. Ich nehme deine Gabe an – und erwarte Bedeutenderes für die Zukunft.«

»Ich gebe mein Bestes, Herr.« Hajduk verbeugte sich. Offenbar war er in solchen Demutsgesten wenig geübt, denn es wirkte wie eine misslungene Turnübung.

Die beiden Steinfiguren setzten sich in Bewegung. Sie gingen geradewegs durch das Ischtar-Tor hindurch, vorbei an Xexano, und verschwanden irgendwo im Hintergrund.

Der Herrscher Quassinjas blickte dem hinkenden Steinmann verdrossen hinterher. Dabei zeigte er seinen Hinterkopf und Jessica erschrak.

Da, wo normale Menschen Haare oder schlimmstenfalls eine Glatze haben, verfügte Xexano über ein zweites Gesicht. Es sah dem auf der Vorderseite des Kopfes zum Verwechseln ähnlich. Wie hatte Miriam den Gott Marduk noch am Nachmittag beschrieben? *Vier sind seine Augen, vier seine Ohren, wenn seine Lippe in Bewegung gesetzt wird, erglüht Feuer.*

Jessica hörte den Herrscher Quassinjas noch etwas sagen, aber es war zu leise, um ihn zu verstehen. Offenbar wollte Xexano nicht, dass seine neuen Untertanen hörten, was er mit dem Hohepriester beredete. Hajduk nickte zum Schluss, drehte sich unvermittelt um und eilte davon. Um ein Haar hätte er dabei die beiden Lauscher entdeckt, die im Schatten der Fahrstuhlkabine kauerten.

Während die Schritte des Museumsdirektors noch durch die Prozessionsstraße hallten, erstarben plötzlich die Lichter vom Ischtar-Tor. Und mit der Dunkelheit kehrte auch das Vergessen in Miriams und Jessicas Geist ein.

8. KAPITEL

DER GEHEIMNISVOLLE WEISE

In Büchern liegt die Seele aller vergangenen Zeiten.
Thomas Carlyle

DER ANNAHAG

Oliver hätte nie gedacht, dass ihm das Reiten einmal Spaß bereiten könnte. Natürlich war Pegasus auch kein gewöhnliches Pferd. Der weiße Hengst tat sein Bestes, um seinen Passagieren die Luftreise aus der Wüste Nemon heraus so angenehm wie möglich zu gestalten. Auf Eleukides machte das allerdings wenig Eindruck. Er war jedes Mal heilfroh, wenn Pegasus' Hufe wieder festen Boden berührten.

Was sich schon während der Suche nach Semiramis' Wasserschloss abgezeichnet hatte, wurde in den nachfolgenden Tagen immer offensichtlicher. Das Gewicht von Menschen und Gepäck zehrte über die Maßen an Pegasus' Kräften. Mit jedem Tag wurde das fliegende Ross schwächer. Bald machte sich Oliver ernsthafte Sorgen um seinen vierbeinigen Freund. Anfangs hatte er Pegasus' Mühsal noch schweigend hingenommen. Schließlich galt es, dem Machtbereich der Semiramis so schnell wie möglich zu entkommen. Niemand konnte ja wissen, ob deren Alptraumwesen ihnen nicht nachjagen würden, wenn die Königin erst in den Besitz ihres Namenssteins gelangt war. Aber nun – sie lagerten gerade am Südufer des Hiddekel – fasste Oliver einen Entschluss.

»Wir werden unsere Reise zum Annahag auf dem Landweg fortsetzen.« Er gab seiner Stimme einen besonders festen Klang, um jede Widerrede von vornherein auszuschließen.

Pegasus schien dies entgangen zu sein. »Das dürfen wir nicht, mein Freund. Die Begegnung mit Semiramis liegt bereits wieder vier Tage zurück. Zu Lande hätten wir doppelt so lange benötigt. Dir bleibt nurmehr ein guter Monat, um deinen Vater zu retten – wir dürfen keine Zeit vergeuden!«

»Aber du bist zu schwach!«, beharrte Oliver.

»Ich bin eine verlorene Erinnerung. Die Anstrengung wird mich nicht umbringen.«

»Selbst wenn du dich schnell wieder erholst, ist deine Kraft nicht unbegrenzt, Pegasus. Du bist nicht geschaffen, um eine solche Last durch die Luft zu tragen.«

»Ich halte schon durch.«

»Nein!« Olivers Sorge brach nun als Zorn aus ihm hervor. »Du bist mein Freund und ich werde nicht zulassen, dass du irgendwann vor Erschöpfung vom Himmel fällst. Einmal ganz davon abgesehen, dass ich nicht so unverwüstlich bin, wie ihr es seid. Willst du etwa, dass ich mir den Hals breche?«

»Das ist nicht redlich, Oliver.«

»Ich weiß. Dann bleibt es also dabei: Ich steige erst dann wieder auf deinen Rücken, wenn du bereit bist dich zu schonen.«

Pegasus schaute ihn lange aus seinen großen Augen an. Dann schnaubte er: »Mir bleibt wohl nichts anderes übrig.«

»Wie lange werden wir bis zum Annahag brauchen?«

»Ungefähr eine Woche, vielleicht auch etwas länger.«

Oliver atmete tief durch. Er hatte mit weniger gerechnet. »Gut«, sagte er, »morgen früh werden wir sehen, ob ich zu Lande ein ebenso guter Reiter bin wie in der Luft.«

Die Landschaft veränderte sich mit jedem Tag. Schnell verließen Oliver und seine Gefährten die fruchtbaren Niederungen des mächtigen Hiddekel. Sie passierten noch einige einsame Gehöfte und trafen auf freundliche Erinnerungen, die ihnen ein Lager für die Nacht anboten. Danach jedoch wurden solche Begegnungen selten.

Das Gelände wurde zusehends hügeliger. Im Zotteltrab erklomm Pegasus grüne Anhöhen, um gleich darauf wieder in schattige Senken zu verschwinden. Gleichzeitig änderte sich auch die Vegetation. Aus einer Kulturlandschaft mit Wiesen und Feldern wurde bald unberührte Natur. Immer häufiger bestimmten Wälder das Bild. Anfangs überwogen Laubbäume mit ihrem noch jungen Frühlingskleid, doch je näher die kleine Reisegesellschaft dem Gebirgszug der Tamoren kam, umso größer wurde der Anteil immergrüner Nadelbäume.

Am siebten Tag nach dem Aufbruch vom Hiddekel erhob sich eine weiße Linie am Horizont.

»Das sind die Tamoren«, verkündete Pegasus. Er hatte sich inzwischen wieder gut erholt.

Oliver spürte ein flaues Gefühl im Magen. »Kann man den Annahag von hier aus schon sehen?«

»Nein. Er befindet sich hinter diesen Gipfeln dort.«

»Gibt es einen Pass hinüber?«

Pegasus blieb plötzlich stehen. »Es gibt noch etwas zu klären, Oliver.«

Eleukides rutschte mit einem Seufzer der Erleichterung vom Rücken des Hengstes. Nippy landete auf seiner Schulter.

Oliver gefiel der ernste Ton nicht, den Pegasus mit einem Mal angeschlagen hatte. »Spann mich nicht auf die Folter. Du hast mir sicher irgendetwas Unangenehmes zu sagen, oder?«

»Ich fürchte, wir werden morgen wieder fliegen müssen.«

Eleukides stöhnte. »Welch düstre Nachricht aus diesem reinen Maul!«

Oliver bedachte den Philosophen mit einem strafenden Blick, bevor er sich wieder Pegasus zuwandte. »Willst du mir damit deutlich machen, dass es keinen anderen Weg gibt, der zum Annahag hinaufführt?«

»Ja, nur den durch die Luft.«

»Ich kann mich noch gut erinnern, was unser Freund Aurelius Aurum über den Annahag sagte. Er verglich ihn mit Xexanos Mühle. Ich war nur damals in Nargon zu abgelenkt, um ihn zu fragen, wie er das meinte.«

Dies war nun Eleukides' Fachgebiet. Er räusperte sich und bemerkte: »Vielleicht hast du auch noch im Sinn, was ich dir einmal über den Sammler erzählte. Ich sagte, dass er über Jahrtausende hinweg Xexano die Treue gehalten habe. Er entführt viele Erinnerungen – manche, weil sie ein Buch gelesen hatten, andere nur deshalb, weil sie einen Spiegel besaßen. Im Volk von Quassinja hält sich hartnäckig das Gerücht, der Sammler würde die Bedauernswerten in den Annahag werfen.«

Oliver schluckte. »Du meinst, er verbrennt sie in einem Vulkan?«

Eleukides nickte. »Das Verbrennen ist eine ebenso gründliche Methode, eine Erinnerung unschädlich zu machen, wie das Zermahlen.«

»Alter Unheilsprophet!«, schimpfte Nippy. »Du machst unseren Oliver noch ganz krank mit deiner Unkerei.«

»Ich berichte nur, was man sich unter den lebenden Erinnerungen erzählt.«

Nun meldete sich Kofer zu Wort. »Eleukides hat Recht, Nippy. Eine Gefahr kann umso leichter bewältigt werden, je genauer man über sie Bescheid weiß. Es heißt, geflügelte Löwen kreisten über dem Annahag. Sie sind die Diener des Sammlers.«

»Ihre Aufgabe ist es, das Geheimnis des Vulkans zu wahren«, fügte Pegasus hinzu.

»Du sprichst, als ob du sie schon einmal gesehen hättest«, sagte Oliver.

»Das habe ich tatsächlich, vor einigen hundert Jahren.«

»Und was bedeutet das alles nun für uns?«

»Ab morgen werden wir durch einen dichten Kiefernwald reiten. Aus der Luft sind wir daher nicht zu sehen. Das letzte Stück zum Annahag müssen wir in der Dunkelheit fliegen.«

Oliver schaute seinen weißen Freund nachdenklich an. »Wirst du es schaffen, Pegasus?«

Der Hals des Pferd wippte auf und ab. »Der Annahag befindet sich auf einer Hochebene. Um dorthin zu gelangen, muss ich euch weit in den Himmel heben. Die Luft dort trägt mich nicht mehr so gut.«

»Was heißt das?«

»Ich werde zweimal fliegen müssen.«

»Gut. So machen wir's. Eleukides und Kofer kommen zuerst dran. Nippy soll euch als Späherin dienen.«

»Wenn mir irgend so ein Flügellöwe über den Weg flattert, werde ich ihm in den Allerwertesten piken«, zirpte Nippy.

»Das wirst du schön bleiben lassen. Deine Aufgabe ist es nur, Pegasus vor den Henkersknechten des Sammlers zu warnen. Hast du verstanden?«

»Du hörst dich schon an wie Kofer.«

»Nicht wahr?«, warf der Mantel stolz ein. »Er ist ein äußerst viel versprechender junger Mann.«

»Jetzt weiß also jeder, was er zu tun hat«, verkündete Oliver. »Wir haben noch ein paar Stunden Tageslicht, Pegasus. Wie wär's mit einem kleinen Galopp?«

Die Wipfel der hohen Kiefern standen wirklich viel zu weit auseinander. So jedenfalls empfand es Oliver, wenn sich wieder ein Stück grauer Himmel über ihm zeigte. Es war ein grässliches Gefühl, die suchenden Augen mordgieriger Wesen in der Nähe zu wissen.

Das Wetter hatte sich schon seit zwei Tagen immer mehr verschlechtert. Hinzu kamen die eisigen Winde, die von den schneebedeckten Bergen herabfielen. Die Sonne neigte sich bereits dem Horizont entgegen. Bald würde es dunkel sein.

»Ungemütliche Gegend hier«, brummte Oliver, als er die Stille nicht mehr ertragen konnte.

»Sprich leiser!«, ermahnte ihn Pegasus. »Wir werden bald das Lager aufschlagen und uns einige Stunden ausruhen. Wenn alles Tageslicht geschwunden ist, fliege ich mit Eleukides und Kofer auf die Hochebene hinauf.«

»Ich bleibe bei Oliver und pass auf ihn auf«, verkündete der Pinsel Tupf selbstbewusst.

»Hi, hi«, zwitscherte Nippy. »Was kannst du schon tun, um ihn zu beschützen?«

»Ich könnte einem Gegner die Augen auspiken.«

»Bitte nicht!«, flehte Oliver. Seine Nerven waren zum Zerreißen gespannt.

Etwa eine Dreiviertelstunde später begann der Wald sich zu lichten. Nicht weit entfernt schimmerte nackter Fels zwischen den Stämmen hindurch. Bei einer Anhäufung von großen Gesteinsbrocken blieb Pegasus stehen.

»Hier werden wir warten, bis die Nacht hereinbricht.«

Oliver schaute sich um. Die Felsen waren ein idealer Ort zum Lagern. Man konnte sich dazwischen verstecken und war gleichzeitig vor den eisigen Fallwinden geschützt. Vielleicht hatte irgendwann eine Gerölllawine diese Vorboten des Tamoren-Gebirges hier abgesetzt. Eine dicke Moosschicht und einige Bäume, die ihre Wurzeln wie Tentakel um die Steine geschlungen hatten, verrieten jedenfalls, dass dieses Ereignis schon vor langer Zeit stattgefunden haben musste.

Die Gefährten fanden eine breite Spalte, in der trockenes Laub zum Ausruhen einlud. Oliver und Eleukides nahmen das Angebot gerne an. Die Dämmerung zog nun schnell den Mantel der Nacht über das Land. Dichte Wolken am Himmel hinderten Mond und Sterne ihr silbernes Licht zu verstreuen. Bald war es so finster, dass nur die helleren Felsen hinter dem Waldrand noch eine Ahnung von Grau vermittelten.

»Es wird Zeit für den ersten Flug«, meldete sich Pegasus' Stimme aus der Dunkelheit.

Oliver wünschte sich in diesem Augenblick, sein großer Freund wäre nur ein kleines bisschen weniger gewissenhaft gewesen.

Aber Pegasus hatte natürlich Recht. Sie mussten den Schutz der Dunkelheit nutzen. »Wann wirst du zurück sein?«

»Das lässt sich schwer sagen. Vielleicht um Mitternacht.«

»So lang ...?«

»Auch ich kenne nicht den ganzen Weg zum Annahag. Ich muss mich auf das verlassen, was ich durch die Jahrhunderte über diesen Ort gehört habe.«

»Hoffentlich war es die Wahrheit.«

»Mach dir nicht so viele Sorgen«, sagte Eleukides. »Semiramis ist zwar ein Biest. Aber sie hat uns bestimmt nicht belogen, als sie von dem Weisen vom Annahag sprach. Wenn wir ihn finden, wirst du dem Wiedersehen mit deinem Vater ein gutes Stück näher sein.«

Oliver nickte, auch wenn es niemand sah. »Passt gut auf euch auf.«

»Das werden wir«, versprach Pegasus.

Bekümmert sah Oliver zu, wie sich der graue Fleck, der sein Freund Pegasus war, langsam entfernte und in der Dunkelheit verschwand. Bald hörte er das Klappern von Pegasus' Hufen auf nacktem Fels – ein paar Schläge nur –, dann ertönte das Rauschen mächtiger Flügel. Wenig später hing nur noch das stetige Flüstern des Windes in den Wipfeln des Waldes.

Oliver fühlte sich seltsam leer. So musste es wohl sein, wenn man sich von einem lieb gewonnenen Gefährten trennte, mit dem man ein Stück des eigenen Lebens gewandert war. Er hüllte sich enger in seine Regenjacke, weil ein eisiger Wind ihn streifte. Trübsinnig drehte er sich um und ging zu den Felsen zurück.

»Pegasus ist bestimmt bald wieder da«, sagte Tupf. Der Pinsel spürte, wie es um Oliver stand.

»Hoffentlich. Ich habe bei der ganzen Sache ein ungutes Gefühl.«

Die Stunden verstrichen und Oliver wurde immer unruhiger. Von Pegasus fehlte jede Spur. Die Armbanduhr zeigte bereits Mitternacht. Oliver war sich zwar nie ganz sicher, ob er auf seine Uhr in

Quassinja genauso vertrauen konnte wie auf der Erde, aber sie bot ihm doch zumindest einen Anhaltspunkt im Strom der Zeit.

Plötzlich hörte er ein leises Knacken.

»Pegasus?« Der Name war heraus, ehe sich Oliver seines Irrtums bewusst wurde. Kein Hufschlag war zu hören gewesen, auch kein Flügelrauschen. Vorsichtig spähte er aus seinem Felsversteck hervor. Er konnte nichts erkennen als schwarze Stämme vor fahl schimmernden Felsen. Schon wollte er sich wieder in seinen Schlupfwinkel zurückziehen, als er eine Bewegung bemerkte.

Zwischen den Stämmen bewegte sich ein Schatten. Jetzt konnte er ihn deutlicher ausmachen. Es war ein – Reh? Tatsächlich! Die Silhouette stimmte. Offenbar handelte es sich um ein sehr junges Tier. Und es hinkte!

Mitleid regte sich in Oliver. Was mochte dieses arme Wesen hierher geführt haben? Warum war seine Mutter nicht da? Oliver hatte inzwischen gelernt, dass es auch in der Welt der verlorenen Erinnerungen das Gesetz des Fressens und Gefressenwerdens gab. Vielleicht hatten Wölfe die Ricke getötet und nur ihr Kitz entkommen lassen. Jetzt war es verletzt und brauchte Hilfe.

Er erhob sich aus seinem Versteck und lief langsam auf das Rehkitz zu. Es schien ihn bemerkt zu haben. Jedenfalls war es mit einem Mal stehen geblieben und schaute wohl in seine Richtung.

»Ruhig«, sagte Oliver sanft. »Sei ganz ruhig. Ich tue dir nichts.«

Das Kitz bewegte sich nicht.

Er schlich weiter und sprach immer noch beruhigend auf das Tier ein.

Das Reh verharrte regungslos.

Jetzt war Oliver ganz nah. Langsam streckte er die Hand nach dem zierlichen Hals aus. Sanft streichelte er über das weiche Fell.

»Na siehst du. War doch gar nicht so schlimm, oder?«

Seltsam, dachte er. Obwohl es aus Fleisch und Blut besteht, fühlt sich sein Körper kalt wie Eis an. In diesem Moment blitzte eine Erinnerung in seinem Kopf auf. Doch für eine Reaktion war es schon zu spät.

Erst jetzt, als das Kitz seine Augen aufschlug, bemerkte er, dass diese bisher geschlossen gewesen waren. Olivers Hand schien selbst zu Eis zu werden. Ein kalter Hauch traf sein Gesicht. Voller Entsetzen blickte er in die rot schimmernden bösen Augen des kleinen Kitzes. Schon einen Atemzug später formte sich eine Kralle aus dem Körper des Rehs, genau an der Stelle, auf der noch immer Olivers Hand ruhte. Sogleich packte die Hand mit eisernem Griff zu.

Während Oliver nun gefangen war, verfolgte er voller Grauen die unheimliche Verwandlung des Rehkitzes. Es wuchs. Und während es größer wurde, veränderte sich der nachtschwarze Körper. Die beiden roten Augen ließen keinen Moment von ihm ab. Aus dem hilflosen, verletzten Tier wurde innerhalb weniger Augenblicke ein Wesen, das schlimmer war als all die verkörperten Alpträume der Wüste Nemon zusammengenommen. Das Licht reichte nicht aus, um Oliver die ganze Schrecklichkeit des Sammlers zu zeigen. Später sollte er wissen, dass dies noch sein Glück gewesen war.

»Hast du wirklich geglaubt, du könntest mir entkommen?«

Die Stimme kratzte wie ein giftiger Stachel auf Olivers Trommelfell. Er atmete tief, um die aufkommende Übelkeit niederzuzwingen. Was sollte er darauf antworten? Die lockere Art, mit der er dem Basilisken in Nargon begegnet war, schien in diesem Augenblick jedenfalls nicht die geeignete Strategie zu sein.

»Wie es scheint, ist dir die Zunge schon im Mund verfault, noch ehe ich begonnen habe mich mit dir zu beschäftigen.«

Was meinte dieses Monstrum damit? Oliver fand keine Gelegenheit danach zu fragen. Arme so kräftig wie eiserne Klammern umschlossen seinen Leib. Keuchend entfuhr ihm die Luft. Im nächsten Moment wurde er vom Boden emporgerissen. Der Sammler trug ihn zum Waldrand hin. Ob er ihn hier gegen die Felsen schmettern wollte? Ein-, zwei-, dreimal – immer wieder, bis Oliver nur noch ein unförmiger Brei wäre, ohne erkennbare Gestalt, wie die Bewohner des Sees der Verbannten Erinnerungen. Die unerbittliche Kreatur hatte ihn bereits bis zur Baumgrenze geschleppt. Endlich löste sich die Starre, die Oliver beim ersten

Zugriff des Sammlers befallen hatte. Panik bahnte sich wie die glühende Lava eines Vulkans ihren Weg nach oben. Ein gellender Schrei explodierte aus seiner Kehle.

Einigermaßen überrascht stellte Oliver fest, dass er noch lebte. Das, was er als ein schwungvolles Ausholen gedeutet hatte, um ihm das Leben aus dem Leib zu schmettern, entpuppte sich als ein fliegerisches Startmanöver. Die Technik unterschied sich in einigen wichtigen Details von derjenigen Pegasus', zum Beispiel brauchte der Sammler keinen Anlauf. Er war sozusagen ein Senkrechtstarter.

Oliver sah die Schatten der Landschaft unter sich hinwegstürzen und war zum ersten Mal froh, dass der Sammler einen so zuverlässigen Griff hatte. Das Reiten auf einem geflügelten Ross war eine Sache – man hatte immerhin noch ein ganzes Pferd zwischen sich und der bodenlosen Tiefe. Aber von Xexanos treuestem Diener davongetragen zu werden, war ein ungleich prickelnderes Erlebnis – Oliver hatte den zweifelhaften Genuss eines unbehinderten Ausblicks auf das Nichts. Wenigstens schwieg der Sammler während des Fluges.

Nach einiger Zeit sah Oliver ein Licht in der Ferne. Sein Entführer hatte ihn nach Westen getragen, immer am Saum des Tamoren-Gebirges entlang. Nun hielt er direkt auf den hellen Fleck am Boden zu, der sich bald in vier einzelne Lagerfeuer aufteilte, die zueinander im Quadrat angeordnet waren. Mitten im Zentrum dieses Vierecks wurde Oliver abgesetzt.

Er rollte über den Boden, weil die Landung etwas unsanft gewesen war. Als er sich wieder erhob, war vom Sammler nichts mehr zu sehen. Dafür widmeten ihm ungefähr zwei Dutzend finster dreinschauender Gorgonen ihre ganze Aufmerksamkeit. Jedenfalls hatten die Griechen diese grauenvollen Wesen so genannt, erinnerte sich Oliver mit Schaudern.

Die Wesen wirkten oberflächlich betrachtet beinahe menschlich. Die Körperpflege hatten sie in letzter Zeit vielleicht etwas vernachlässigt, denn sie besaßen haarige Leiber, lange krallenartige Fingernägel und trugen schmutzige, mit Löchern übersäte Lumpen, die früher einmal so etwas wie Hemden gewesen sein mochten – alles in allem also Unzulänglichkeiten, die man mit ein wenig Seife, einem Maniküreset sowie mit Nadel und Faden ohne weiteres hätte aus der Welt schaffen können. Wenn da nicht ein winziger Schönheitsfehler gewesen wäre. Zuerst glaubte Oliver, nur das flackernde Licht der Lagerfeuer rufe diesen Eindruck hervor. Aber je näher die neugierigen Wesen rückten, desto offenkundiger wurde ihr ästhetischer Mangel: Die Haare besaßen ein beunruhigendes Eigenleben. Es waren selbstständige Wesen. Ja, was anfangs ausgesehen hatte wie Rastalocken, waren in Wirklichkeit lebende, sich windende Schlangen.

Der Kreis interessiert glotzender Gorgonen hatte sich ihm inzwischen bis auf Griffweite genähert. Ihre Augen schienen so starr, so böse, dass allein deren Anblick das Blut in den Adern gefrieren lassen konnte. Einige der ekelhaften Wesen hielten es für nötig, den Gast mit einem Lächeln zu begrüßen. Dabei förderten sie fürchterliche Hauer zu Tage, die jeden Eber neidisch gemacht hätten. Eine erste Klauenhand tastete spielerisch nach Olivers Gesicht. Er war nahe daran, hysterisch loszuschreien. Ehe jedoch der schwarzbraune Fingernagel seine winterblasse Wange erkunden konnte, sorgte ein lautes Brausen für einen jähen Rückzug des Ungeheuers. Der Kreis der Gorgonen sprang förmlich auseinander, als wollten sie hinter den Lagerfeuern Zuflucht suchen. Unmittelbar vor Oliver stand nun ein Wesen, gegen das die schlangenköpfigen und starr blickenden Gorgonen fast schon harmlos wirkten. Wie gut, dass Oliver den Sammler nicht von Anfang an in seiner vollen Schrecklichkeit gesehen hatte.

Wieder hatte Xexanos Vollstrecker die Gestalten vieler Kreaturen in sich vereint. Der Körper glich dem eines Menschen, war aber mindestens drei Meter hoch. Auf dem Rücken trug der Sammler vier schwarz gefiederte Schwingen. Seine Füße waren die Klauen eines Adlers, seine Hände bessere Löwentatzen. Wenn er sich bewegte, konnte man am Ende des Rückens einen Skorpionschwanz sehen. Doch das Schlimmste war der Kopf des Sammlers. Schwarze Haare, die mehr wie Federn aussahen, standen wild nach allen Seiten ab. Aus dem wirren Schopf ragten zwei spitze Hörner hervor und darunter befand sich ein Gesicht, das diesen Namen nicht verdiente. Oliver erschrak, als er die grauenvolle Fratze erblickte. Er zweifelte keinen Moment daran, dass die Summe aller menschlichen Bosheit nicht größer sein konnte als die Abscheulichkeit dieses Wesens.

»Was hat dir nun deine Flucht genutzt?«, fragte der Sammler mit einer Stimme voll triefenden Spotts.

Oliver blickte ihn noch immer fassungslos an, unfähig einen zusammenhängenden Satz zu formulieren.

»Die Menschen sind zu schwach ihre eigenen Erinnerungen zu ertragen«, fügte der Sammler höhnisch hinzu. »Doch das spielt auch keine Rolle. Xexano wird froh sein, dich in meiner Obhut zu wissen.«

»Was hast du mit mir vor?« Endlich. Olivers Stimme kratzte zwar, aber er konnte wieder sprechen.

Der Sammler lachte, ein schauderhaftes Geräusch. »Spar dir deine Furcht für später auf. Xexano möchte dich auch gerne kennenlernen. Er interessiert sich für alles und jeden, der das Tor zwischen den beiden Welten durchschritten hat.«

Auch? Hatte der Sammler »auch« gesagt? »Es kommt wohl nicht so oft vor, dass jemand freiwillig Xexanos Reich besucht?«

Wieder zerrte das Lachen des Sammlers an Olivers Nerven. »Dein Galgenhumor gefällt mir. Aber ich weiß, worauf du hinauswillst. Dein Vater ist ebenfalls in Quassinja. Und er befindet sich in Xexanos Gewalt!« Diese schlichte Feststellung löste beim Sammler den größten Heiterkeitsausbruch aus.

Ein eisiger Schauer lief über Olivers Rücken. Warum nur hatte er diese Kälte nicht vorher richtig gedeutet? Er versuchte die Turbulenzen in seinem Kopf zu beruhigen, bemühte sich, die Konsequenzen dessen zu begreifen, was der Sammler gesagt hatte. Xexano war eindeutig im Vorteil. Er hielt Olivers Vater gefangen und hatte nun ebenfalls den Sohn in seine Gewalt gebracht. Was konnte den Herrscher Quassinjas jetzt noch davon abhalten, seinen furchtbaren Plan zu verwirklichen?

In kaum mehr als drei Wochen würde alles vorüber sein. Xexanos Macht wäre bis dahin unbezwingbar. Jede Erinnerung der Erde – nicht nur die schwachen, die im Vergessen begriffen waren – konnte er sich dann nehmen. Und mit der Herrschaft über die Erinnerungen würde er auch die Herrschaft über die Erde antreten können.

Ein flüchtiger Gedanke zog wie ein vorbeischwebender Vogel durch Olivers Geist. Würden es die Menschen überhaupt bemerken, wenn jemand ihnen die Vergangenheit raubte?

Der Sammler wandte sich nun den Schlangenköpflern zu. Seine Stimme glich dem Laut eines Fingernagels, der über eine Schultafel kratzt. Dieser Eigenschaft verdankte er die ungeteilte Aufmerksamkeit aller Anwesenden.»Stheno, binde ihn, damit er uns in der Nacht nicht wegläuft.«

Erst jetzt bemerkte Oliver, dass die Gorgonen ausnahmslos weiblich waren. Eigentlich logisch, machte er sich klar. Er erinnerte sich wieder an die griechischen Sagengestalten, an Medusa, deren Anblick Menschen zu Stein verwandeln konnte. Was für ein Dummkopf er doch war, dass er je an der Kraft der Hässlichkeit hatte zweifeln können!

Stheno genoss sichtlich das Vorrecht, sich des Gastes annehmen zu dürfen. Sie umrundete ihn erst ein paarmal und ließ ihre schmutzigen Krallen über seinen winterfest verpackten Körper gleiten, als wolle sie ihn becircen. Dabei erlitt Olivers Lieblingsjacke einen irreparablen Schaden. Er funkelte sie wütend an.

Unvermittelt ließ Stheno ihre Zurückhaltung fallen und kam zügig zur Sache. Mit einem derben Strick band sie zuerst Olivers Hände, stieß ihn zu einem nahen Baum und versetzte ihm einen Hieb in die Kniekehlen. Er sackte keuchend in sich zusammen. Am liebsten hätte er seiner Gastgeberin laut klargemacht, wie er über diese Behandlung dachte, aber eine warnende Stimme in seinem Hinterkopf hielt ihn zurück. So beschränkte er seinen Protest auf demonstratives Schweigen.

»Hier wirst du sitzen bleiben, bis wir beide morgen früh nach Amnesia fliegen«, offenbarte der Sammler seine weiteren Pläne.

Oliver blitzte ihn zornig an. Viel mehr konnte er ohnehin nicht tun. Nachdem er mit dem Rücken am Baum festgezurrt worden war, blieb ihm nur noch die Zunge als Waffe. Vorerst ließ er sein Schwert aber besser stecken.

»Auch gut«, sagte der Sammler amüsiert. »Du musst ja nichts sagen. *Noch* nicht. Xexano wird deinen Mund schon zur rechten Zeit öffnen.« Damit wandte er sich ab und verschwand aus Olivers Gesichtskreis.

Für einige Zeit herrschte noch reges Treiben unter den Gorgonen. Offensichtlich feierten sie den Jagderfolg ihres Herrn. Ihre gutturale Sprache war für Oliver allerdings so gut wie unverständlich. Nur ab und zu gelang es ihm, einige Brocken aufzufangen. Aber die ergaben keinen sinnvollen Zusammenhang.

Tupf versuchte Oliver ein paarmal Mut zuzusprechen, doch Oliver bedeutete dem Pinsel zu schweigen. Im Moment könne er nichts für ihn tun, aber sicher würde auch für Tupf noch die Stunde der Bewährung kommen.

Allmählich wurde es dann ruhiger im Lager. Die Gorgonen setzten sich um die Lagerfeuer und sanken in einen merkwürdigen Zustand der Teilnahmslosigkeit. Oliver konnte nicht mit Bestimmtheit sagen, ob sie nun wirklich schliefen. Er hatte ja inzwischen gelernt, dass auch der Schlaf für die lebenden Erinnerungen Quassinjas zu den Dingen gehörte, die man genießen konnte, aber nicht musste. Auf jeden Fall ließen die grobschlächtigen Gestalten ihre Häupter hängen und rührten sich nicht. Selbst die Schlangenhaare waren nur noch schlaffe Würste, scheinbar ohne jedes Eigenleben.

So unbequem Olivers Lage auch war, konnte er sich doch nicht ganz der lastenden Müdigkeit entziehen. Vor allem seine Augenlider waren Angriffspunkte dieser hinterhältigen Attacke, die ihm die Sinne zu rauben drohte. Ein paarmal sackte sein Kopf nach vorne, doch er schreckte immer wieder auf. Dann – wie viel Zeit war inzwischen vergangen? – ließ ihn ein Rauschen hochfahren.

Für einen Moment hatte er geglaubt Pegasus' Flügel zu hören, aber es war ein anderer Besucher, der am Rand der Lagerfeuer niederging. Ein geflügelter Löwe.

Mehrere Erinnerungen trafen nun in Olivers Kopf zusammen. Da waren natürlich – noch ganz frisch – die Worte Kofers. Er hatte davon erzählt, dass geflügelte Löwen den Annahag bewachten. Doch noch etwas anderes fiel Oliver ein: die dahinschreitenden Großkatzen an den Wänden im Pergamonmuseum – als er mit Jessica durch die verlassene Prozessionsstraße geschlichen war, hatte er die Löwenmähnen für Flügel gehalten. Zu Recht, wie er nun wusste. Und dann das riesige Wandgemälde gegenüber dem Ischtar-Tor – immer deutlicher wurde sich Oliver bewusst, dass dieses Bild Szenen aus Quassinja zeigte. Auch dort kreisten geflügelte Löwen über einem fernen Gebirgsmassiv.

Wie konnte das möglich sein? Woher hatte der Künstler von dem Einhorn gewusst, dem Stillen Wald, Xexanos Turm, den geflügelten Löwen und all den anderen Dingen, die Oliver entweder selbst schon in Quassinja gesehen oder von denen er zumindest gehört hatte?

Ein erneutes Brausen riss ihn aus den Gedanken. Der Löwe erhob sich mit kraftvollen Flügelschlägen in die Luft und mit ihm der Sammler. Was für eine Botschaft mochte der Löwe überbracht haben? Ob Pegasus, Eleukides und Kofer entdeckt worden waren? Um die flinke Kolibridame machte Oliver sich wenig Sorgen, aber ein weißer Hengst war wohl selbst am nächtlichen Himmel nicht völlig unsichtbar.

Verzweifelt ließ er den Kopf hängen und brütete vor sich hin. Der Gedanke, seinen Freunden könne etwas zugestoßen sein, raubte ihm endgültig den Schlaf.

Eine Zeit lang wälzte er im Geiste verschiedene Fluchtpläne hin und her, aber kein Einfall erschien ihm aussichtsreich genug, um ernsthaft an eine praktische Umsetzung zu denken. Vielleicht konnte er ja seine Windgabe einsetzen, um sich zu befreien. Er formte einen Windstoß, der die Zweige der umstehenden Bäume zum Zittern brachte. Nein. Er verwarf auch diese Idee. Selbst wenn er alle Gorgonen fortblasen würde, wäre er noch immer an diesen Baum gefesselt. Plötzlich vernahm er ein flirrendes Geräusch wie von einer vorbeifliegenden Libelle.

»Bleib, wie du bist, Oliver!«, flüsterte plötzlich ein helles Stimmchen, das er sogleich erkannte. Seine Nackenmuskeln verhärteten sich. Aber er zwang sich den Kopf weiter hängen zu lassen.

»Nippy!«, hauchte er gerade laut genug, um sich verständlich zu machen. Tupf bewegte sich aufgeregt in seiner Brusttasche.

Anstelle mahnender Worte tauchte plötzlich in Olivers Geist ein Bild auf. Er sah sein eigenes Gesicht. Seine Lippen waren mit altmodischen Wäscheklammern verschlossen. Er verstand, was Nippy ihm mitteilen wollte: Er sollte den Mund halten. Wie gut doch diese Art des Gedankenaustauschs zwischen ihm und dem winzigen Vögelchen inzwischen funktionierte!

Oliver malte im Geiste ein Selbstbildnis: junger, gut aussehender Mann in fragender Positur.

Die Antwort Nippys kam prompt: Ein kleiner gläserner Vogel, der einen dickbäuchigen, gefesselten Halbstarken über den Waldboden schleifte.

Das war doch wohl nicht Nippys Ernst! Sie konnte ihn unmöglich von hier wegzerren. Aber dann überlagerte ein anderes Bild die Szene: Oliver sah sich selbst, wie er im Stillen Wald, gleich neben dem gestauten Bachlauf, rücklings auf den Boden fiel. Nippy hatte sich über ihn lustig gemacht. Jetzt verriet sie, was sie wirklich vorhatte: Mit ihren gläsernen Flügeln wollte sie Olivers Fesseln zerschneiden.

Ob das wohl klappte? Oliver hatte da so seine Zweifel.

Nippy ging mit Zuversicht ans Werk. Sie flog um den Baum herum, unmittelbar vor Olivers Hände, und näherte sich wie ein langsam fliegender Hubschrauber den Fesseln. Als sie nahe genug heran war, gab es ein sirrendes Geräusch. In Wahrheit war es kaum zu hören, aber in diesem Moment glaubte Oliver, eine Kreissäge wäre angesprungen. Verängstigt blickte er zu den Gorgonen hinüber. Seine schlangenhäuptigen Bewacher rührten sich nicht.

Es dauerte nicht lange und Nippy hatte das Seil durchtrennt. Nun konnte sich Oliver selbst helfen. Schnell hatte er auch die Fußfesseln gelöst.

Er formte erneut das Selbstbildnis in der fragenden Haltung (diesmal modellierte er seinen Bauch etwas realistischer).

Nippy zeigte ihm, dass er sich um den Baum herumschleichen und in den Wald schlagen sollte.

Oliver zögerte nicht lange. Ein letzter Blick zu den Gorgonen hin, dann krabbelte er auf allen vieren in die Dunkelheit. Erst als er außer Sichtweite war, stand er auf. Während er sich die Erde von den Händen strich, fragte er Nippy: »Und was nun? Wie kommen wir hier weg?«

»Na wie wohl? Auf einem fliegenden Pferd natürlich.«

Wie sich schnell herausstellte, wartete Pegasus auf einer nahen Waldlichtung.

»Ist alles in Ordnung, mein Freund?«

Oliver lächelte befreit. »Mir geht es gut, Pegasus. Und Tupf auch. Habt ihr den Sammler weggelockt?«

»Eleukides hat unter Kofers Anleitung einige nette Feuer entzündet, kleine Schwelbrände, die erst zu ihrer vollen Größe wuchsen, als wir schon wieder weit fort waren. Wahrscheinlich haben die fliegenden Löwen geglaubt, eine ganze Armee würde gegen den Annahag vorrücken.«

»Wenn wir den General nicht hätten!«

»Ein verrotteter Lappen mit großen Qualitäten«, pflichtete Nippy bei.

»Du solltest nicht immer so abfällig von ihm reden«, wies Oliver die Vogeldame zurecht. »Er ist besser in Schuss, als es auf den ersten Blick scheint, und außerdem haben wir ihm schon so manchen wertvollen Rat zu verdanken.«

»Ich hab's nicht so gemeint«, lenkte Nippy ein. »Im Grunde finde ich die alte Pferdedecke sogar ganz nett.«

Oliver bedachte den Kolibri mit einem strafenden Blick, bevor er sich wieder dem Hengst zuwandte. »Hast du meine Witterung aufgenommen, als ich den Wind aussandte?«

Pegasus verneinte. »Wir hatten schon vorher die Lagerfeuer entdeckt. Allerdings hättest du mit deiner Traumgabe beinahe die Gorgonen aufgeweckt. Du solltest in Zukunft etwas vorsichtiger damit umgehen, Oliver. Nicht jeder Traum, der in Erfüllung geht, erfüllt nachher auch des Träumers Erwartung. Manchmal kann er sich auch ins Gegenteil verkehren, und dann sehnt man sich danach, nie einen solchen Wunsch gehabt zu haben.«

Oliver schluckte diese Kritik. Natürlich hatte sein Freund Recht. Ehe er etwas erwidern konnte, ergriff noch einmal Pegasus das Wort.

»Wir sollten jetzt das Weite suchen. Wenn der Sammler unsere Irrfeuer durchschaut, wird er so schnell wie möglich hierher zurückkehren.«

Oliver kletterte ohne weiteres Zögern auf Pegasus' Rücken. Allein der Gedanke, dem Sammler noch einmal in die Klauen zu geraten, ließ ihn erschauern.

Auf dem weichen Waldboden erhob sich Pegasus fast lautlos in die Lüfte. Nur seine Schwingen verursachten ein tiefes Rauschen. Das geflügelte Pferd gewann schnell an Höhe. Erst jetzt, als die steilen Klippen an Oliver vorbeizogen, wurde ihm bewusst, wie gewaltig dieses Bergmassiv war. Mit jedem Atemzug wurde die Luft kälter. Kein Wunder, dass Pegasus diesen enormen Aufstieg nicht mit einer Last von zwei Menschen hatte bewältigen können. Schon so war es eine Leistung, die seine ganze Kraft beanspruchte.

Das geflügelte Pferd schraubte sich immer höher. Oliver glaubte, eine halbe Ewigkeit sei vergangen, als die steilen Felswände jäh unter ihm wegtauchten und er auf ein weites Hochplateau blicken konnte. Erst jetzt wurde ihm bewusst, dass bereits die Dämmerung eingesetzt hatte. Am Horizont zeigte sich ein schmaler orangefarbener Streifen.

Pegasus flog weiter in südlicher Richtung, unter ihm lag eine schier endlose Landschaft aus Schnee. Vereinzelte Wolkenfetzen jagten darüber hinweg. An manchen Stellen hatte der stetig wehende Wind die weiße Decke von den Felsen gerissen, sodass dunkle Flecken das makellose Bild verdarben. Hier und da tauchten in der Ferne Bergspitzen aus den Wolken auf, gespenstische Steinwesen mit Zipfelmützen.

Pegasus hatte die Fluggeschwindigkeit noch einmal gesteigert, obwohl er – wie sein Gefährte spürte – bereits von den Kraftreserven zehrte. Oliver ahnte auch, warum. Mit dem heraufziehenden Tageslicht war die Gefahr, entdeckt zu werden, ungleich größer. Noch hatte Oliver keine verräterischen Punkte am Himmel entdeckt. Aber er war davon überzeugt, dass die fliegenden Löwen des Sammlers nicht weit sein konnten.

Bald erhob sich eine dunkle Masse am Horizont, ein Berg, der in der weißen Landschaft wie ein Fremdkörper wirkte. Oliver wusste sogleich, was er da vor sich hatte. Es war der Annahag, der Berg der Vernichtung. Ein rotes Glühen hing wie eine Glocke über dem Vulkan. Vermutlich war dies auch der Grund, weshalb kein Schnee an den Hängen lag.

»Wo halten sich Eleukides und Kofer versteckt?«, rief Oliver Pegasus zu.

»Der Hang des Annahag ist sehr schrundig. Es gibt dort viele Risse und Spalten, aus denen warme Luft aufsteigt. Ich habe die beiden an einer Stelle abgesetzt, die von oben …«

»Die Löwen!«, schrillte Nippys Stimme mitten in Pegasus' Satz. »Die Löwen kommen!«

Der gläserne Kolibri war ein Stück vorausgeflogen, um die Gegend auszukundschaften. Als er die geflügelten Löwen entdeckt hatte, war er sogleich umgekehrt. Oliver konnte noch nichts Verdächtiges entdecken.

»Wo sind sie?«, fragte Pegasus.

»Sie kommen vom Annahag herüber.«

Oliver krallte sich in Pegasus' Mähne. Er machte sich Sorgen um Eleukides und Kofer. Hoffentlich hatten die geflügelten Katzen sie nicht gefunden.

Pegasus ließ sich tiefer sinken und schwenkte nach Westen ab. »Wenn die Löwen über uns hinwegfliegen, übersehen sie mich vielleicht. Mein Körper ist über dem Schnee so gut wie unsichtbar. Nur deine blaue Jacke macht mir etwas Sorgen. Ich werde versuchen in einem Bogen zum Annahag vorzustoßen.«

Oliver hoffte inständig, dass dieser Plan funktionierte, denn einer blutrünstigen Schar von Fluglöwen hatte Pegasus sicher wenig entgegenzusetzen. Mit seiner langen Regenjacke und den Bluejeans war er tatsächlich so unauffällig wie ein blauer Tintenklecks auf schneeweißem Papier. Schnell zog er sich den Parka aus und versuchte mit dem hellen Innenfutter, so gut es ging, seine Beine zu bedecken. Einen schrecklichen Augenblick lang kämpfte er bei dieser akrobatischen Übung um sein Gleichgewicht. Beinahe wäre er aus dem Sattel gerutscht, aber dann hatte er wieder sicheren Halt gefunden. Sein graues Sweatshirt war zwar noch immer dunkler als der Schnee, aber gegen den unruhigen Hintergrund mochte es als Tarnung ausreichen.

Die schneebedeckte Ebene flog mit atemberaubender Geschwindigkeit unter ihm weg. Was aus großer Höhe wie ein weißes wollenes Tuch ausgesehen hatte, glich nun eher einem Scherbenacker. Eisplatten ragten manchmal senkrecht in die Höhe, Felsen – nur von einer dünnen Schicht Schnee bedeckt – waren wahllos über dem Boden zerstreut.

Als Oliver nach oben schaute, stockte ihm der Atem. Eine Gruppe von sieben oder acht Löwen glitt direkt über sie hinweg. Aber die Katzen schienen das weiße Ross und seinen Reiter nicht zu bemerken. Bald waren die Löwen am nördlichen Himmel verschwunden. Er atmete erleichtert auf.

Während die Hänge des Annahag immer näher rückten, glaubte Oliver zu einem Eiszapfen zu erstarren. Er hatte keine Handschuhe und ohne Jacke blies ihm der kalte Wind praktisch direkt auf die Haut. Noch zweimal entdeckte er einen Schwarm von Löwen, aber es ging alles gut.

Bald konnte Oliver in das glühende Herz des Annahag blicken. Mit Beklemmung sah er den weiten See aus feuriger Lava. Ungewöhnlich ruhig, ohne jeden Rauch, fast wie ein Spiegel aus rotem Glas breitete er sich vor Olivers Augen aus. Hier also vernichtete der Sammler seit Jahrtausenden alle unliebsamen Erinnerungen. Dann verschwand das leuchtende Magma hinter einem Grat erstarrter Lava. Pegasus zog eine letzte weite Schleife. Zielstrebig steuerte er eine Stelle am Hang an, die sich in keiner Weise von dem übrigen Gelände abhob.

Der geflügelte Hengst wusste genau, wie es um seinen durchgefrorenen Gefährten stand. Deshalb setzte er ihn direkt vor dem Erdriss ab, in dem Eleukides und Kofer warteten, auch wenn er dadurch Gefahr lief auf dem fast schwarzen Untergrund entdeckt zu werden. Noch bevor Oliver ein Wort der Begrüßung sagte, kämpfte er sich in seinen Parka. Seine Glieder waren so steif, dass ihm dies sichtlich schwer fiel. Aber die warme Luft, die vom Boden her aufstieg, brachte schnell neues Leben in ihn.

Eleukides und Kofer umarmten Oliver gleichzeitig (schon allein deshalb, weil der Philosoph ja in dem Mantel steckte).

»Wir haben uns schon ernsthafte Sorgen um dich gemacht«, gestand Eleukides.

Oliver erzählte in knappen Worten von seinen Erlebnissen. Er berichtete von dem hinterhältigen Trick, mit dem der Sammler ihn eingefangen hatte, von den Gorgonen und zuletzt von Nippys heldenhafter Befreiungsaktion.

»Ich muss euch wirklich allen danken«, wiederholte er am Schluss noch einmal. »Auch euch, Eleukides und Kofer. Wenn ihr den Sammler mit euren Irrlichtern nicht vom Lager fortgelockt hättet, wäre mir die Flucht wahrscheinlich nicht gelungen.«

»Noch ist sie nicht zu Ende.«

Alle schauten zu Pegasus empor, der immer noch oberhalb der Schrunde stand und mit seinen Augen den Himmel absuchte.

Oliver wusste sofort, dass etwas nicht stimmte.

»Kommen die Löwen zurück?«

Einen Herzschlag lang stand Pegasus unbeweglich wie eine weiße Marmorstatue und blickte nach Norden. Dann warf er den Kopf zurück, wieherte aufgeregt und rief: »Kommt schnell, auf meinen Rücken!«

»Aber du kannst nicht mit uns allen fliehen«, widersprach Oliver, während er sich aus der Furche herausarbeitete.

»Keine Widerrede! Wir müssen versuchen uns nach Südwesten durchzuschlagen. Dorthin, in die Sümpfe von Morgum, werden sie uns nicht folgen. Selbst sie fürchten diesen Ort.«

Inzwischen hatte auch Oliver den Grund für Pegasus' Ungeduld entdeckt. Von Norden her näherte sich ein unübersehbarer Schwarm von Löwen. Fünfzig, sechzig oder mehr – Oliver konnte es nicht abschätzen. Ihm wurde schlagartig klar, dass es keinen Sinn hatte, sich an diesen kahlen Hängen zu verstecken. Es wäre nur eine Frage von wenigen Stunden, bis diese Schar von Jägern sie aufgespürt hätte.

Er zog sich auf Pegasus' Rücken und half Eleukides beim Erklimmen des Pferdes. Sogleich galoppierte der Hengst hangabwärts, wenige Schritte nur, dann griff der Wind unter seine Flügel und hob ihn empor.

Die Armada aus dem Norden war schon gefährlich nahe. Oliver konnte jede einzelne Kreatur deutlich ausmachen. Die Löwen schwärmten aus, versuchten Pegasus in die Zange zu nehmen.

Der geflügelte Hengst schnaubte unter der Anstrengung, aber er gewann an Höhe. Eine Weile noch nutzte er die warme Luft, die über dem Annahag aufstieg, dann katapultierte er sich mit mächtigen Flügelschlägen nach Südwesten.

Die Sümpfe von Morgum. Was würde sie dort erwarten? Kofer hatte einmal erzählt, dass dort körperlose Geistesblitze herumspukten, und Aurelius Aurum glaubte zu wissen, dass an diesem Ort nur eine dünne Schicht die Welten voneinander trennte. Hier schwebten die Erinnerungen, die im Geist der Menschen weder ganz vergessen noch wirklich präsent waren, Bestien des Unterbewusstseins, Erinnerungen von der übelsten Sorte. Selbst die geflügelten Löwen fürchteten sie, wie Pegasus gesagt hatte. War dieses Ziel wirklich ein Anlass zur Hoffnung?

Olivers Kopf lag am Hals seines weißen Freundes. Immer wieder feuerte er ihn an. Pegasus gab sein Letztes. Er schnaufte, weißer Schaum stand vor seinem Maul. Und wirklich, die Löwen holten nur langsam auf. Eleukides hatte Oliver zugerufen, dass die Sümpfe nicht weiter entfernt sein konnten als der Ort, von dem aus sie in der Nacht aufgebrochen waren. Vielleicht konnten sie es noch schaffen ...

Unvermittelt tauchte aus einer Schlucht vor ihnen ein gelber Schwarm auf. Oliver starrte entsetzt in die Tiefe. Noch mehr geflügelte Löwen! Er zweifelte keinen Augenblick daran, dass dies ein Anschlag des Sammlers war. Xexanos erster Diener hatte ihre Absichten durchschaut und in kalter Berechnung diesen Hinterhalt gelegt.

Pegasus schwenkte nach Nordwesten ab. Eine reine Verzweiflungstat. Auch Oliver wusste das, aber er schwieg. Was hätte er seinem Freund sonst raten sollen? Sein Herz verkrampfte sich, als er spürte, wie die Anstrengung den geflügelten Hengst zu überwältigen drohte. Dann geschah, was er schon fast befürchtet hatte: Wieder stiegen fliegende Löwen vom Boden auf. Die Schlinge zog sich zu.

Voller Schrecken bemerkte Oliver, wie Pegasus abermals abdrehte – diesmal direkt auf die von Nordosten heranstürmenden Löwen zu.

»Was hast du vor?«, rief er fassungslos.

»Ich versuche durchzubrechen.«

»Aber es sind zu viele, Pegasus!«

»Ich habe keine Kraft mehr. Wenn es einen Weisen gibt, der sich unter den Augen der Löwen am Annahag verborgen halten kann, vielleicht hat er dann auch die Macht, uns zu helfen.«

»Du willst zum Vulkan zurück?«

Pegasus antwortete mit einem Sturzflug. Eine Gruppe von sechs Löwen war direkt vor ihnen auseinander gefächert, aber der Hengst tauchte unter den Katzen weg. Der Löwe, der am nächsten war, breitete erschrocken seine Schwingen aus und schien mit gespreizten Pranken in der Luft stehen zu bleiben. Pegasus verpasste ihm einen Hieb mit dem Huf. Die Katze schrie auf und stürzte trudelnd in die Tiefe. Aber auch der weiße Hengst war verletzt worden, eine der mächtigen Löwentatzen hatte ihm am Hinterlauf drei blutige Striemen zugefügt.

Schaumiger Geifer troff aus Pegasus' Maul, als er tief über die Eislandschaft hinwegglitt. Die Löwen hinter ihm schwenkten, aus drei Richtungen kommend, in eine sichelförmige Formation ein und nahmen die Verfolgung auf. Das Schnauben des Pferdes wurde allmählich zu einem angestrengten Keuchen und dann zu einem schmerzerfüllten Röcheln. Tränen standen in Olivers Augen – er wusste nicht, ob es an dem Flugwind lag oder an der Pein, die auch er mit jedem qualvollen Flügelschlag seines Freundes durchlitt.

Das feurige Becken des Annahag rückte beständig näher, aber dasselbe taten auch die Verfolger. Pegasus' Kraft schmolz dahin wie Schnee auf einem sonnenbeschienenen Felsen. Der weit gespannte Kreis der Löwen schloss sich um die Gefährten herum. Erst jetzt erkannte Oliver den ganzen furchtbaren Plan des Sammlers, denn das Zentrum der Schlinge, die er um sie gelegt hatte, war der Lavasee.

Die Löwen kamen immer näher. Einzelne Flugkatzen brachen aus der Formation aus und setzten dem Hengst zu. Aber Pegasus' Widerstandswille war noch nicht gebrochen. Zwei oder drei Löwen machten Bekanntschaft mit seinen Hufen und zerschellten kurz darauf am Abhang des Vulkans.

Oliver hielt verzweifelt nach Hilfe Ausschau. Vielleicht war es Semiramis doch gelungen, Nippy zu täuschen. Da unten jedenfalls gab es nichts als dunkle erkaltete Lava und einen todbringenden glühenden See. Ein erneuter Hufschlag des Hengstes riss Olivers Aufmerksamkeit in die unmittelbare Umgebung zurück. Die Angriffe wurden jetzt immer heftiger.

Und dann zerplatzte Olivers mühsam bewahrte Hoffnung wie eine Seifenblase.

Wenn es denn je eine Möglichkeit gegeben hatte, dieser Übermacht von Angreifern zu entkommen, dann sorgte der Sammler nun für ein jähes Ende. Die Gestalt des vierflügeligen Mischwesens tauchte völlig überraschend vor Pegasus auf. Ihre entsetzliche Fratze grinste, dass einem das Herz zu Eis erstarrten konnte. Im nächsten Augenblick schleuderte der Sammler herum und traf Pegasus mit dem Stachel seines Skorpionschwanzes am Hals.

Ein Schwall roten Blutes ergoss sich aus der Wunde. Pegasus wieherte schmerzerfüllt, Oliver schrie und Eleukides erstarrte in stummem Entsetzen. Noch ehe Oliver recht begriff, was geschah, packte einer der Löwen Pegasus' Flügel. Mit seinen Pranken stützte er sich dabei am Leib des Pferdes ab. In diesem Augenblick erschien Nippy auf der Bildfläche. Wie ein gläserner Pfeil bohrte sie ihren spitzen Schnabel in ein Auge des Löwen. Der plötzliche Schmerz ging wie ein Ruck durch den gelben Körper der Katze. Doch noch während sie sich in ihrer Qual schüttelte, riss sie einen großen Teil von Pegasus' Flügel ab. Als Oliver das widerliche Krachen von Knochen hörte, wusste er, dass es keine Rettung mehr gab. Die Krallen des Löwen glitten ab und fügten nicht nur dem Pferd, sondern auch Oliver und Eleukides einige tiefe Wunden zu. Dann stürzte der geflügelte Hengst in die Tiefe.

Noch im Fallen sah Oliver, dass Nippy sich in den Federn von Pegasus' Flügelstumpf verfangen hatte. So wurde auch sie in die Glut der feurigen Lava gerissen.

DIE VERFLUCHTE BIBLIOTHEK

Gurgeln, nichts als Gurgeln. Das Geräusch erinnerte eher an einen Tauchgang in einem belebten Hallenbad, als dass es zum qualvollen Tod in glühendem Magma passte. Oliver war einigermaßen verwirrt. Wann kam denn endlich der Schmerz? Es musste doch wenigstens wehtun, wenn man auf diese Weise starb. Er versuchte es mit Schwimmbewegungen ...

Au! Es tat also doch weh, sogar irrsinnig. Aber nur im linken Arm und Fuß. Ob er jetzt stückchenweise ablebte? Die Luft wurde ihm allmählich knapp. Aus dem Gurgeln entwickelte sich ein Sausen, das nicht *in* sein Ohr drang, sondern unmittelbar aus diesem *aus*zubrechen schien. Er versuchte noch einmal sich in die Höhe zu arbeiten, aber der Schmerz aus seinen verletzten Gliedern stach so heftig, dass ihm beinahe übel wurde.

Während er verwundert feststellte, dass alles um ihn herum rot war, sank er immer tiefer. Eine eigenartige wohlige Wärme erfüllte ihn. Nein, nicht das Brennen feuriger Lava, es war eine sanfte Glut, die in ihn strömte. Oliver hatte nicht die geringste Lust, durch irgendeine Bewegung weitere Schmerzen zu provozieren. Wenn er auf diese Weise verscheiden sollte – nun gut. Es gab sicher schlimmere Arten, sein Leben auszuhauchen. Langsam wie eine Fliege in warmem Himbeergelee sank er weiter.

Doch plötzlich wollte ihn die seltsame Flüssigkeit nicht mehr tragen – er stürzte. Der Fall aber endete so jäh, wie er begonnen hatte. Ein furchtbares Stechen zuckte durch Olivers Arm und entlockte ihm einen Schmerzensschrei. Als er wieder klar denken konnte, schaute er sich verwundert um. Wo war er hier gelandet?

Offenbar saß er in einer Höhle, die gerade hoch genug war, um darin stehen zu können. Das Erdreich unter ihm war weich und hatte seinen Sturz gemildert. Aber über seinem Kopf ... befand sich etwas, das wie eine riesige rote Blase aussah. Kein Zweifel, diese gewölbte Decke war nichts anderes als das zähe Medium, durch das er hinabgetaucht war. Aber was hielt dieses flüssige Dach da oben?

Dann machte Oliver eine weitere Entdeckung. Er konnte durch die Flüssigkeit, die er fälschlicherweise für Lava gehalten hatte, hindurchsehen. Wie durch das Glas einer rot gefärbten Lupe erblickte er hoch oben die geflügelten Löwen. Und da war auch der Sammler! Er schien seine Horde gerade neu zu formieren. Im nächsten Moment schwärmten die Flügellöwen nach allen Seiten aus. Auch der Sammler verschwand. Der rote Himmel über der Lupe war wieder leer.

Ein Stöhnen drang an Olivers Ohr. Er drehte sich unter Schmerzen um und sah Eleukides. Der Philosoph schien in diesem Augenblick die Besinnung wiedererlangt zu haben. Als Oliver seinen Oberkörper noch weiter verdrehte, schnürte es ihm das Herz zusammen. Pegasus' Körper lag da; selbst voller Blut wirkte er noch schön. Er rührte sich nicht. Nur wenige Schritte weiter entdeckte Oliver den abgerissenen Flügel des Pferdes.

»Eleukides!«, rief er dem Philosophen zu. »Ich kann mich nicht rühren. Was ist mit Pegasus? Sieh nach, ob er noch lebt.«

Der alte Mann stemmte sich schwerfällig hoch, erst auf die Knie, dann auf die Füße. Das Gewand über seinem Oberschenkel war blutgetränkt. Humpelnd und stöhnend näherte er sich dem leblosen Ross. Plötzlich bemerkte Oliver eine Bewegung im Gefieder von Pegasus' Flügelstummel. Im nächsten Moment stieg Nippy daraus auf.

Der Kolibri blieb etwa eine Elle über dem Körper des Hengstes in der Luft stehen. Nippys glitzernder Leib leuchtete feurig rot, weil das Licht des falschen Magmasees sich darin fing. Dann schwirrte die Vogeldame aufgeregt auf ihre Gefährten zu. Sie drehte zwei Runden um den Kopf des Philosophen und nahm dann Kurs auf Oliver. Die ganze Zeit über rief sie immer wieder dieselben beiden Worte: »Pegasus lebt! Pegasus lebt! Pegasus …«

Sie landete auf Olivers rechter Hand.

»Bist du dir ganz sicher, Nippy?«

»Natürlich bin ich sicher. Außerdem kann Pegasus nicht so einfach sterben. Hast du vergessen, dass er eine lebende Erinnerung ist?«

Daran hatte Oliver nun wirklich nicht gedacht. Er sah – noch immer zweifelnd – zu dem geschundenen Körper hinüber.

»Wird er wieder ganz gesund werden, Nippy?«

»Keine Sorge, wir kriegen ihn bestimmt hin.«

Ein unerwartetes Geräusch ließ Oliver erschrocken herumfahren, die heftige Bewegung bereitete ihm neue Qualen.

Entgeistert blickte er in das schmale Gesicht eines hoch gewachsenen Mannes.

Auf eine schwer bestimmbare Weise strahlte der Fremde Autorität aus, in gewisser Hinsicht darin Semiramis nicht unähnlich, wobei ihm allerdings völlig ihre Bedrohlichkeit fehlte. Er sah keineswegs unfreundlich aus, aber Oliver spürte schon in diesem Augenblick, dass ein Geheimnis diesen Menschen umgab. Der schlanke Mann besaß halblanges Haar, das ebenso weiß war wie das von Eleukides, jedoch konnte man weniger Haut dazwischen erkennen. Er trug keinen Bart, was sein alterloses Gesicht umso markanter wirken ließ. War es das, was Oliver an dem Fremden so rätselhaft erschien? Er hätte ebenso gut fünfunddreißig wie auch dreitausendfünfhundert Jahre zählen können.

Auch die Art der Kleidung des Weißhaarigen, der hier wohl der

Hausherr war, ließ keine Rückschlüsse auf sein Alter zu. Er trug Pumphosen aus einem hellen Material – möglicherweise feinem Leinen. Sein weites Hemd war aus dem gleichen Stoff gefertigt. Darüber hatte er eine ärmellose Weste in Schwarz oder einem besonders tiefen Grau gezogen. Die Füße des schlanken Mannes steckten in Schuhen, die an Mokassins erinnerten.

»Hast du große Schmerzen?«, fragte der Fremde. Seine Stimme klang tiefer, als Oliver erwartet hatte.

Er nickte. »Mein linker Arm und auch das linke Bein haben etwas abbekommen. Ich glaube, sie sind gebrochen. Aber Pegasus hat es viel schlimmer erwischt. Wenn Ihr auch nach ihm sehen könntet …?«

»Das werde ich tun. Aber bitte lass diese Förmlichkeit. Mein Name ist Reven. Reven Niaga. Ihr seid hier bei Freunden.«

»Danke, Reven. Aber wer …?«

»Wer ich bin?« Auf dem aristokratischen Gesicht Revens erschien ein wohldosiertes Lächeln. »Sagen wir einmal, ich bin der Bibliothekar vom Annahag.«

Oliver war überrascht, wie komfortabel man in einem Vulkan wohnen konnte. Der Hausherr, Reven Niaga, hatte alles getan, um ihnen den Aufenthalt so angenehm wie möglich zu gestalten.

Schon kurz nach seiner Vorstellung waren weitere Bewohner des Annahag herbeigeeilt. Sie hatten Bahren, Verbandszeug, heißes Wasser und vieles mehr gebracht, um den angeschlagenen Gästen erste Hilfe zu leisten.

Obwohl alles, was Reven Niaga von sich gab, nach Empfehlungen oder guten Ratschlägen und nichts nach einem Befehl klang, folgten die anderen Vulkanbewohner doch mit ehrfürchtigem Respekt seinen Anweisungen.

Zunächst kümmerte man sich um Pegasus. Seine Wunden wurden gereinigt und der abgerissene Flügel mit sauberen Verbänden am Stumpf festgebunden. Ungläubig verfolgte Oliver die »Notoperation Pegasus«. Wie ein Gärtner bei der Baumveredlung die Schnittstellen zweier Äste aufeinander legt, so fügten fleißige

Hände die beiden Flügelhälften des verletzten Pferdes wieder zusammen. Auch die übrigen Wunden wurden behandelt. Die Mitarbeiter des Bibliothekars gingen bei allem, was sie taten, äußerst fachmännisch vor. Offensichtlich war es nicht das erste Mal, dass sie jemanden zusammenflickten.

Um Olivers und Eleukides' Verletzungen kümmerte man sich fast nebenbei. Selbst ein langer Riss, den Kofer davongetragen hatte, wurde schnell und dennoch so geschickt zusammengenäht, dass man bald schon nichts mehr von dem Schaden sah.

Die meisten Gehilfen des Bibliothekars waren Menschen von zwergenhaftem Wuchs. Oliver konnte nicht umhin sie ununterbrochen anzustarren. Diese wuseligen Kleinen waren so groß wie acht- oder höchstens zehnjährige Kinder und wirkten auch ebenso fröhlich und unbekümmert. Der Zuverlässigkeit ihrer Arbeit tat das freilich keinen Abbruch. Wer sich die Mühe machte genauer hinzusehen, erkannte ohnehin sehr schnell, dass er richtige Erwachsene vor Augen hatte. Die emsigen kleinen Sanitäter besaßen weder den großen Kopf noch die Tollpatschigkeit von Kleinkindern. Aber auch die zu kurzen Arme und Beine, die Oliver mal bei einigen zwergwüchsigen Menschen in einem Zirkus beobachtet hatte, fehlte den Helfern des Bibliothekars hier völlig. Gerade die Anmut, mit der sie sich trotz aller Flinkheit bewegten, war es wohl, die ihn so faszinierte.

Neben diesen Kleinen entdeckte er auch eine Reihe weiterer ungewöhnlicher Helfer, unter anderem auch Tierfiguren und sehr agile Gebrauchsgegenstände, sogar eine äußerst lebendige Arzttasche befand sich unter den Erinnerungen.

Ein Team aus Zentauren – Wesen mit menschlichem Oberkörper und Pferdeleib – brachte die Bahren mit den Patienten dann in die Krankenstation.

Der Weg dorthin führte durch ein System von Tunneln, das von der so wundersam schwebenden Magma aus weit in den Berg hineinreichte. Oliver hatte bald jede Orientierung verloren. Schließlich aber öffnete sich der grob gearbeitete Felsengang zu einem gewaltigen runden Höhlenraum, der voller Bücher stand.

Oliver traute seinen Augen nicht. Staunend blickte er in den weiten Raum, der über mehrere Geschosse hochragte und oben in einer gigantischen Kuppel endete. Ein sonderbares Wispern wie das Säuseln des Windes in den Wipfeln eines Pappelhains erfüllte den kreisförmigen Saal. Jede der Etagen verfügte über einen Rundgang mit einem umlaufenden Steingeländer, von dem aus man in den weiten Innenraum blicken konnte. Nach Olivers Schätzung betrug die Luftlinie zwischen den einander gegenüberliegenden Handläufen mindestens dreißig Meter, auf fünfzehn bis zwanzig Meter veranschlagte er die Entfernung bis zum Grund des Bücherdoms.

Während seine Sanitätszentauren ihn ein kurzes Stück an der bogenförmigen Brüstung entlangtrugen, versuchte er einen Eindruck von dem zu gewinnen, was auf der anderen Seite des Rundganges lag. Dort zweigten strahlenförmig weitere Tunnel ab, die offenbar bis tief in den Berg hineinreichten. Jeder von ihnen beherbergte lange Reihen von Regalen, voll mit Büchern, Schriftrollen, Tontafeln und allem möglichen Material, das irgendjemand irgendwann für geeignet befunden hatte, um ihm seine Gedanken anzuvertrauen. Oliver versuchte zu begreifen. Wo war er hier? Der Felsendom musste einer riesigen Stachelwalze gleichen, wie in einem automatischen Klavier: Jeder Nagel war ein Tunnel und die Zungen, die er zum Erklingen brachte, bestanden aus Papier, Pergament, Ton und Stein, sämtlichen Materialien, auf die jemals menschliche Erinnerungen geschrieben worden waren.

Die Hilfsbibliothekare ließen sich von den Neuankömmlingen nicht stören. Einige Zwerge waren damit beschäftigt, den Staub von Pergamenten zu pinseln, ein Mischwesen – halb Mensch, halb Vogel – blätterte versunken in einem Buch, zwei Frauen reparierten einen beschädigten Folianten. Erst jetzt begriff Oliver, woher dieses leise Wispern stammte, das hier überall zu hören war. Die Bibliothekare sprachen mit den Büchern – und die Bücher antworteten. Viele hunderte von Zwiegesprächen wurden hier geführt. Hinzu kam das Rascheln der Blätter. Das alles zusammen erschuf dieses säuselnde Geräusch.

Reven Niaga erschien neben Olivers Bahre.

»Ich hoffe, es geht dir schon besser.«

Oliver hatte sein geschientes Bein und den ebenso versorgten Arm ganz vergessen. »Danke. Aber bitte, verrate mir, wo wir hier sind.«

Reven erhob die Augen, als wolle er sein Reich mit einem einzigen Blick erfassen. Dann sah er wieder zu seinem Gast hinab und antwortete: »Du befindest dich hier in der Bibliothek von Alexandria.«

Jetzt verschlug es Oliver endgültig die Sprache. Er musste nicht lange in seinem Gedächtnis herumkramen. Es lag in Quassinjas Wesen, dass jede Erinnerung sich schnell einstellte. »Aber die Bibliothek von Alexandria ist doch verbrannt«, erwiderte er endlich. »Erst hat Cäsar dort gewütet – wenn ich mich recht entsinne, im Jahr 47 vor Christus –, und später – so um 391 nach Christus – haben die antiheidnischen Eiferer ihr dann den Rest gegeben.«

»Wie angenehm, einem so jungen Menschen mit einem so beachtlichen Wissen zu begegnen«, lobte Reven Niaga.

»Das muss an der Luft hier liegen«, wiegelte Oliver ab.

»Nun, es mag dich interessieren, dass damals nicht die gesamte alexandrinische Bibliothek ein Raub der Flammen wurde. Es gab eine zweite, geheime Büchersammlung, die sich tief unter der Erde befand. Die wenigen, die von ihr wussten, kamen bei dem Brand ums Leben. So geriet die verborgene Bibliothek unter den Trümmern in Vergessenheit. Eines Tages erschien sie hier in Quassinja.«

»Aber warum gerade unter einem Vulkan?«

»Es war ihr Wesen, im Verborgenen zu wirken, und wie du noch feststellen wirst, ist der Annahag nicht *irgendein* Berg.«

»Das habe ich schon bemerkt.«

»Weniges hast du bisher gesehen, doch es gibt vieles, was du noch lernen wirst.«

Mit dieser geheimnisvollen Bemerkung ließ der Bibliothekar seinen Patienten allein. Er sprach noch kurz mit Eleukides, Kofer und Nippy, die sich eine Bahre teilten, und zuletzt kehrte er zu Pegasus zurück, der von vier Zentauren getragen wurde.

Bald hatten die Patienten ihre Unterkunft erreicht, geräumige Höhlen, die zwei- oder dreihundert Meter weit vom Zentrum der Bibliothek entfernt lagen. Während der letzten Minuten war Tupf immer unruhiger geworden. Die vielen alten Handschriften und Bücher schienen den Pinsel über die Maßen zu erregen.

»Ich wusste gar nicht, dass du eine solche Liebe zum Schreiben hast«, sagte Oliver. »Die Malerei müsste doch eigentlich viel mehr deiner Wesensart entsprechen.«

»Das denkst du, weil *du* immer nur mit mir gemalt hast – sofern man das so nennen kann.«

»Danke.«

»Keine Ursache. Aber ich habe schon mehr erlebt, als du vielleicht glaubst.«

»So?«

»Erinnerst du dich noch, wo du mich gefunden hast?«

»Natürlich. Es war bei uns zu Hause auf dem Dachboden. Du lagst in einem schwer zugänglichen Winkel auf dem Fußboden und warst ganz schmutzig. Irgendwer muss dich dort schon vor langer Zeit verloren haben.«

»Dieser Irgendwer war ein begnadeter Künstler.«

»Was du nicht sagst!«

»Ja. Er war ein kleiner Mann mit schwarzen Haaren, funkelnden dunklen Augen und einer gebogenen Nase. Auf dem Kopf trug er immer eine Baskenmütze und an seinen Fingern klebte ständig Farbe. Wir beide haben Aquarelle geschaffen, die unbeschreiblich waren!«

»Ich beneide dich«, sagte Oliver und er meinte es ernst.

»Der Künstler hat seine Malutensilien immer auf dem Dachboden aufbewahrt. Doch irgendwann kam er nicht wieder. Es war die Zeit, als Nachts die Bomben fielen. Jedes zweite Bild galt damals als ›entartete Kunst‹. Kurz darauf durchsuchten Männer in braunen Uniformen den Speicher. Ich fiel zu Boden und kullerte in eine versteckte Ecke.«

»Ich kann mir schon denken, was damals geschehen ist«, meinte Oliver betrübt.

»Vielleicht lebt der Maler noch?«, merkte Tupf an.

»Schön wär's ja, aber ...«

»Wenn man ihn umgebracht hätte, wäre ich bestimmt viel früher nach Quassinja gekommen. Bin ich aber nicht.«

»Stimmt.« Oliver wünschte, sein Künstlerkollege lebte wirklich noch. »Aber das erklärt nicht, warum all die Bücher hier dich so begeistern.«

»Eigentlich sind es die Handschriften, die es mir angetan haben. Der alte Maler war nämlich nicht mein erster Besitz.«

»Du meinst, er war nicht dein erster *Besitzer*.«

»So mögt ihr Menschen das sehen. Aber Gegenstände, die ihr *wirklich* liebt, sind mehr als bloßes Eigentum. Sie sind ein Teil von euch, wie ein Finger oder ein Ohr. Und welcher Körper kann schon mit Recht von sich behaupten, er *besäße* den Finger? Ist nicht ebenso der Körper ein Besitz des kleinen Gliedes?«

»Hm, wie mir scheint, kann man jede Sache von zwei Seiten aus betrachten.«

»Das hast du schön gesagt, Oliver. Aber, um deine Frage zu beantworten: Vor dem Maler habe ich einem Chinesen gehört. Er lebte in deiner Stadt – warum, das weiß ich nicht. Er kaufte mich, als ich noch ganz neu war, und beschrieb mit mir viele, viele Seiten mit wunderschönen Schriftzeichen. Seit dieser Zeit liebe ich kunstvolle Handschriften.«

Oliver betrachtete seinen alten Pinsel nun mit anderen Augen. Er fragte sich, ob große Künstler so etwas wie eine Aura besaßen, die auch in ihren Werkzeugen steckte und von dort an andere Menschen weitergegeben werden konnte.

Nachdem die Zentauren Oliver in ein bequemes Bett gelegt hatten, war er mit Tupf allein. Er nahm den Pinsel aus der Brusttasche und setzte ihn vorsichtig auf dem Boden ab. Sogleich spalteten sich die Marderhaare in zwei Büschel und Tupf marschierte auf diesen winzigen Beinchen durch das Höhlenzimmer.

Vor einem großen, an der Wand befestigten Glaszylinder, in dem sich eine gelbe leuchtende Flüssigkeit befand, blieb er stehen und beugte sich etwas nach hinten. Offenbar schaute der Pinsel zu dem Licht nach oben, aber es sah aus, als würde eine unsichtbare Hand ihn führen. »Seltsame Lampen hier«, sagte Tupf.

Oliver war mit einem Mal todmüde. Er gähnte und gurgelte dabei: »Genauso seltsam wie das rot leuchtende Magma, in dem wir gelandet sind.«

»Sie müssen einen Weg gefunden haben, Licht ohne Feuer zu entfachen.«

Als keine Antwort von Oliver kam, drehte Tupf sich fragend um.

Sein Freund schlief tief und fest.

»Wie geht es Pegasus?«, war Olivers erste Frage nach dem Erwachen. Er fühlte sich erstaunlich frisch und ausgeruht.

Eleukides schmunzelte. »Ich bin gerade bei ihm gewesen und habe gehört, wie er einer hübschen Zentaurendame ein Kompliment machte.«

»Dann muss es ihm schon wieder viel besser gehen«, sagte Oliver lachend. »Und wie steht's mit euch dreien?«

»Ich fühle mich wie neugeboren. Wir Erinnerungen sind eben nicht kleinzukriegen.«

»Ich bin sowieso mit einem Schrecken davongekommen«, flötete Nippy, die auf der Schulter des Philosophen saß.

»Und von meiner Verwundung sieht man fast gar nichts mehr«, fügte Kofer an. »Die wissen hier wirklich feine Nähte zu machen!«

Oliver fasste, von einer plötzlichen Eingebung gelenkt, in die Hosentasche. Er spürte Mutters Haarspange und daneben den runden Kieselstein. Mit dem Daumen befühlte er die Oberfläche und erschrak. Die Vertiefungen, die seinen Namen bildeten, waren bereits ganz deutlich zu spüren.

»Ich weiß nicht, ob ich mich darüber freuen soll, dass es mir auch schon wieder so gut geht«, murmelte er.

»Sei nicht so betrübt, Oliver.« Eleukides legte ihm die Hand auf den gesunden Arm. »Es wird bestimmt alles gut werden, jetzt wo wir den Weisen gefunden haben.«

»Du meinst Reven …?«

Der Philosoph nickte. »Er hat uns alle in den runden Hauptsaal der Bibliothek gebeten, weil er mit uns sprechen möchte.«

»Er ist ein seltsamer Mann, irgendwie geheimnisvoll.«

»Das stimmt«, sagte Nippy und hüpfte auf Olivers Hand. »Er verbirgt irgendwas im Inneren seiner Gedanken. Ich konnte es nicht erkennen, aber es scheint mir eher eine alte Wunde zu sein als Arglist oder so was. Ich müsste mich schon sehr täuschen, wenn wir ihm nicht vertrauen könnten.«

Oliver lächelte und streichelte mit dem Daumen über das gläserne Gefieder seiner winzigen Freundin. »Wenn wir dich nicht hätten, Nippy! Ich habe noch immer vor Augen, wie du den mächtigen Löwen angegriffen hast, um Pegasus zu verteidigen. Äußerlich magst du klein sein, aber dein Mut ist riesig. Du bist wirklich sehr wertvoll für uns.«

Nippys kleiner Kopf ruckte ein paarmal hin und her, während sie ihren großen Freund beäugte. Dann sagte sie: »Ich hab dich lieb, Oliver. Ich will nicht, dass dir irgendwas passiert.«

Oliver wurde rot. Er hatte keine sonderliche Erfahrung mit Liebeserklärungen. »Ich mag dich auch sehr, meine Kleine. Danke nochmals für deine Hilfe.«

In diesem Moment traten zwei Zentauren in den Raum.

»Reven schickt uns, um Euch zu der Besprechung abzuholen«, sagte eines der beiden Mischwesen.

»Nur zu«, antwortete Oliver. »Ich bin bereit.«

Der Weg zu Reven Niagas Refugium führte durch neue Gänge, über Rampen und an endlosen Reihen von Regalen vorbei. Schließlich erreichten Oliver, seine Krankenträger und die übrigen Gefährten den Grund der Bibliothek.

Der Bibliothekar des Annahag saß hinter einem großen Schreibtisch. In seinem Rücken standen Regale. Dicht bei dem Arbeitstisch gab es eine runde Tafel mit Stühlen darum herum. Offensichtlich handelte es sich hierbei um eine Art Ratstisch. Er war enorm groß! Trotzdem wirkte Reven Niagas Mobiliar recht verloren auf dem großen Platz unter der Bibliothekskuppel.

Oliver wurde an dem runden Tisch abgesetzt und man bedeutete ihm auf einem der Stühle Platz zu nehmen. Reven Niaga war noch in eine Schriftrolle vertieft. Als Oliver mit der Armschiene lautstark gegen die Tischkante stieß, sagte eine Stimme: »Aua! Pass doch auf.«

»Entschuldige. Ich konnte ja nicht wissen, dass du ein lebendiger Tisch bist.«

»Ich bin nicht *irgendein* Tisch«, antwortete das Möbel pikiert. »Hast du denn noch nie von König Artus' Tafelrunde gehört?«

»Sag bloß ...«

»Jetzt staunst du, nicht?«

»Aber warum bist du hier? Jedes Kind auf der Erde kennt dich doch!«

»*Mich* kennt leider niemand mehr«, widersprach die runde Tafel. Nun klang sie eher traurig. »Namen wie Artus, Lanzelot und Parzival sind in aller Munde. Aber wer hat schon mal etwas von Rundvig gehört?«

Oliver musste eingestehen, dass ihm dieser Name tatsächlich nicht geläufig war.

»Rundvig!«, rief Reven Niaga in diesem Moment von seinem Schreibtisch herüber. »Plagst du unsere Gäste schon wieder mit deiner Leidensgeschichte?«

»Ich habe gerade erst angefangen«, verteidigte sich der Tisch.

Reven war jetzt aufgestanden und trat zu seinen Gästen.

»Ihr müsst schon entschuldigen, aber der arme Rundvig hat es in den vergangenen tausendvierhundert Jahren noch immer nicht verkraftet, dass er nicht mehr im Mittelpunkt von Königen, Helden und ihren tiefgründigen Gesprächen steht. Für Artus und seine Ritter bedeutete die runde Tafel sehr viel, aber die späteren Generationen vergaßen das Möbel schnell, weil Heldentaten ihnen wichtiger waren als die Worte eines weisen Rates. Wir Erinnerungen versammeln uns zwar auch regelmäßig hier unten um diesen Tisch, aber unsere Beratungen scheinen Rundvig eher zu langweilen.«

»Das habe ich nie behauptet«, warf der Tisch beleidigt dazwischen.

»Mein guter Rundvig, würdest du es für eine begrenzte Zeit für möglich halten, wenn meine Gäste und ich uns ungestört in einer wichtigen Angelegenheit beraten könnten?«

Revens Stimme klang leise und ohne jeden Spott, aber sie verfehlte ihre Wirkung nicht. Rundvig hielt seinen Rand.

Nun konnte sich der Bibliothekar endlich ganz seinen Gästen widmen.

»Eleukides hat mir schon von eurer Jagd am Himmel über dem Annahag erzählt«, verriet er gleich zu Beginn. »Ich weiß auch, dass du einer der Goëlim bist, Oliver Sucher. Deshalb habe ich dir unhöflicherweise vielleicht etwas weniger Ruhe gewährt, als es nach all den Strapazen, die ihr durchgestanden habt, angemessen gewesen wäre.«

»Schon in Ordnung, Reven. Ich fühle mich ganz gut.« Oliver musste an seinen Namensstein denken und fügte hinzu: »Außerdem ist meine Zeit sehr knapp.«

»Ich weiß. Wenn das Jahr sich wendet, wird Xexano die unumschränkte Macht über alle Erinnerungen erlangen.«

Oliver schaute den Bibliothekar erstaunt an.

Reven lächelte nachsichtig. »Ich denke, ich sollte euch zunächst einiges über mich und über diesen Ort hier erzählen. Dann könnt ihr selbst entscheiden, ob ihr mir Vertrauen schenken wollt oder nicht.«

Nippy hüpfte auf die Tischplatte ganz dicht neben Revens Hand.

»Ihr wisst bereits, dass dies die alexandrinische Bibliothek ist«, begann der Mann mit dem alterslosen Gesicht und verbesserte sich sogleich. »Genauer gesagt, nur ein Teil davon. Allerdings ein ganz wesentlicher. Als Ptolemaios, den man auch den ›Schwesterliebenden‹ nannte, die Bibliothek errichten ließ, sorgte er auch gleichzeitig für den Bau einer geheimen Abteilung. Hier sollten Schriften aufbewahrt werden, die zu gefährlich waren, um sie den Studien aller zur Verfügung zu stellen, die aber auch zu kostbar erschienen, um sie der Vergessenheit anzubefehlen. Doch genau dies geschah, nachdem die Bibliothek niedergebrannt war.«

»Die Bücher hier müssen einen unermesslichen Wert darstellen«, sagte Oliver ergriffen.

»Sie sind mehr als nur wertvoll. Jedes Buch, jede Schriftrolle, alle Pergamente, Ton- und Wachstafeln, die es hier gibt, *leben*. Sie stammen aus vielen verschiedenen Epochen der Menschheitsgeschichte. Wartet ...«

Reven erhob sich mit der Geschmeidigkeit eines jungen Mannes von seinem Stuhl, lief zu dem Schreibtisch und kehrte schwer beladen wieder zurück.

»Das hier sind einige Beispiele für die Bewohner unserer Bibliothek.«

»Autsch! Pass doch auf!«, sagte ein Papyrus, der zwischen zwei Tonfragmente eingeklemmt worden war.

»Verzeih«, entschuldigte sich Reven. »Unser zart besaiteter Freund hier«, er zog den Papyrus hervor, »enthält die Urfassung der Sumerischen Königsliste.«

»Nie gehört«, meinte Oliver.

»In diesem Verzeichnis sind die Königsgeschlechter vom Land der zwei Ströme festgehalten. Das hier«, er zog eine Schriftrolle aus einem Tonzylinder hervor, »ist das Buch *Jaschar,* eine Sammlung von Liedern, Gedichten und noch anderen Schriften des Volkes Israel.«

»*Jaschar?* Ist mir unbekannt.«

»Das ist nicht verwunderlich. Schließlich sind all jene Schriften vergessen. In diesem Fall allerdings nicht ganz. Hast du schon einmal von dem Buch *Bibel* gehört?«

»Na klar. Die kennt doch jeder.«

»Ein Buch zu kennen ist etwas ganz anderes, als nur von seiner Existenz zu wissen, Oliver.« Revens Bemerkung hatte beinahe wie eine Zurechtweisung geklungen, aber sein ernstes Gesicht entspannte sich sogleich wieder. »Verzeih. Ich lebe schon sehr lange mit diesen geschriebenen Erinnerungen zusammen. In ihnen liegt die Seele aller vergangenen Zeiten. Manchmal neige ich zur Ungerechtigkeit, wenn jemand allzu unbedacht von ihnen spricht.«

»Tut mir Leid«, sagte Oliver kleinlaut. »Ich habe es nicht so gemeint.«

»Nun, wie auch immer. Wo waren wir stehen geblieben?«

»Bei der Bibel und dem Buch, das du *Jaschar* genannt hast.«

»Ah ja. Das Buch *Jaschar* wird zweimal in der Heiligen Schrift der Christen erwähnt.« Reven entrollte eine weitere Papierbahn. Oliver spürte, wie Tupf in seiner Tasche aufgeregt hüpfte.

»Hier siehst du etwas ganz anderes. Es ist ein Original, das später zum wichtigsten Teil des Buches *Lun-yü* wurde. Diese Handschrift wurde einst von dem Pinsel des Kong Qiu verfasst, dir vielleicht besser als Konfuzius bekannt.«

»Das sollte mein Lehrer sehen!«

»Dieser Stapel von Papyrusblättern hier beinhaltet die Schriften des Sokrates ...«

»Aber der hat doch gar nichts Geschriebenes hinterlassen ...!«, unterbrach Oliver ungläubig den Bibliothekar. Ehe er zu Ende gesprochen hatte, fiel ihm ein, dass er ja in Quassinja war. Er schaute betreten nach links, wo Eleukides saß. Der Philosoph grinste ihn breit an.

»Sag bloß, du hast davon gewusst?«

Eleukides zuckte die Achseln. »Natürlich. Ich war doch sein Schüler. Wo er die Manuskripte versteckt hielt, hat er allerdings nie jemandem verraten. Nicht mal Platon, dem alten Schleimer.«

»Ich bin ein begeisterter Leser der sokratischen Literatur«, nahm Reven Niaga den Gesprächsfaden wieder auf. »Wenn wir später etwas mehr Zeit haben, musst du mir unbedingt ausführlich von deinem Lehrmeister erzählen, Eleukides.«

Der alte Philosoph nickte bescheiden.

»Das dort«, fuhr der Bibliothekar fort, »ist das Original des Matthäus-Evangeliums. Es wurde in Hebräisch verfasst, wie die Kirchenväter Hieronymus und Eusebius ganz richtig vermuteten. Da aber das Original verschollen war, glaubten viele in späterer Zeit, Matthäus habe seinen Bericht in Griechisch niedergeschrieben.«

Reven Niaga sog tief die Luft ein. »Ich könnte euch noch viele Schätze zeigen. Vielleicht nur einen noch ...« Er zog einen gewaltigen in Leder gebundenen Folianten hervor. »Hier seht ihr das Original des babylonischen Talmuds. Er hat weit mehr als zweitausend Seiten und ist nun bald tausendsechshundert Jahre alt.«

Der Bibliothekar schlug umständlich das voluminöse Buch auf und murmelte dabei: »Du könntest mir ruhig ein wenig behilflich sein, Midrasch Ben Thora.« Dann hatte er die gesuchte Seite gefunden und fuhr beim Lesen mit dem Finger von rechts nach links die Zeile nach.

»Moródh werde er deshalb genannt, weil er die ganze Welt widerspenstig gegen ihn machte.«

Reven schaute von dem Buch auf und sah Oliver ernst an. »Moródh wollte die Welt von Gott abspenstig machen. Darin liegt sein wahres Wesen – eine ganze Welt zu beherrschen. Du bist der Sucher, Oliver. Ich kann dir helfen ihn zu finden.«

Oliver starrte in das scharf geschnittene Gesicht des Bibliothekars und wagte nicht sich zu rühren. Die schwarzen Augen Revens hielten seinen Blick gefangen. Ganz allmählich dämmerte ihm, von wem dieser geheimnisvolle Mann da sprach.

»Du glaubst, du kannst mich nach Amnesia führen?«, fragte er mit kratzender Stimme.

»Ich habe seit viertausend Jahren auf diesen Tag gewartet. Ich *glaube* nicht, dass ich mit dir nach Amnesia gehe, ich *weiß*, dass ich es tun werde.«

»Ist Moródh der wahre Name Xexanos?«

»Moródh, Nimrod, Enmebaragesi, Xexano – er hat viele Namen. Moródh ist sicher nicht der schlechteste von ihnen. Er bedeutet ›Rebell‹, weil er sich an die Stelle Gottes setzen wollte.«

»Hat er das nicht hier in Quassinja schon getan?«

Reven neigte betrübt sein Haupt. »Du bist der Wahrheit näher, als für diese Welt gut sein kann. Sieh, was ich hier habe.« Er förderte aus dem Stapel von Dokumenten eine Tontafel zu Tage und tippte mit dem Finger auf eine Stelle, die aussah wie die Fährte eines Vogels. »Dieser Text stammt aus den Archiven von Abu Salabikh bei Sippar. Hier steht, dass die frühen Könige von Kisch den Titel ›Herrscher der Welt‹ trugen. Und genau darum geht es

Xexano. Ja, mehr noch: Er will Herrscher über die Welt der verlorenen *und* der lebenden Erinnerungen werden.«

Reven atmete tief ein, bevor er in zuversichtlicherem Ton fortfuhr: »Aber noch ist nicht alles verloren. Mit der Bedrohung kam vor langer Zeit auch das Licht der Hoffnung nach Quassinja. Es entspringt derselben Quelle wie auch das Wissen, das sich Xexano einst zu Nutze machte, um die Gewalt über Quassinja zu erlangen. Es existiert gewissermaßen ein Gleichgewicht zwischen Erinnern und Vergessen, zwischen deiner und meiner Welt. Xexano will diese Waage zu seinen Gunsten aus der Balance werfen. Deshalb, so sagt die alte Weissagung, werden die Goëlim die Grenze zwischen den Welten überwinden, um wieder die alte Ordnung herzustellen.«

»Du klingst zuversichtlicher, als ich es wohl je sein werde«, brummte Oliver trübsinnig.

Reven lächelte geheimnisvoll. »Ich kenne Xexano besser als jeder andere, denn ich kannte ihn schon, als er noch ein Mensch war und auf der Erde lebte.«

Oliver und Eleukides schauten Reven Niaga überrascht an.

»Dann müsstest du doch auch wissen, wie sein wahrer Name lautet«, schlussfolgerte der Philosoph.

Reven wiegte den Kopf hin und her. »Vermutlich weiß ich es wirklich. Aber Wissen und Erinnern sind zweierlei – der Verstand kennt die Wahrheit, aber das Herz hält sie verborgen.«

»Ich fürchte, das verstehe ich nicht ganz«, sagte Oliver.

»Es ist im Grunde ganz einfach. Jemand mag noch so viel Wissen über eine Sache haben, wenn es ihm an praktischer Weisheit mangelt, wird ihn das nicht weiterbringen. Xexano hat mindestens fünfzig Namen, die ich alle kenne. Aber ich kann nicht sagen, welcher davon der richtige ist.«

»Aber wenn du doch ein Zeitgenosse von ihm warst …«

»… dann bedeutet dies noch gar nichts«, vollendete Reven den Satz. »Kennst du die Geschichte von Nimrod, den gewaltigen Jäger im Widerstand gegen Gott?«

»Ich habe mal von ihm in der Bibel gelesen.«

»Richtig. Sie ist eine der wenigen Schriften, die genauer über diese weit zurückliegende Zeit berichten. Gäbe es mehr Zeugnisse aus Nimrods Tagen, würde man ihnen heute vielleicht Glauben schenken. So aber haben die Menschen sich im Laufe der Jahrtausende ein eigenes Weltbild geschaffen. Es ist zwar nicht besonders stabil, aber es erlaubt ihnen, sich vor der Verantwortung zu drücken, die ihr heiliges Buch ihnen abverlangt. Unglücklicherweise haben sie damit auch die Erinnerungen an die eigene Vergangenheit getötet.«

»Und was hat das mit Nimrods wahrem Namen zu tun?«

»Als ich geboren wurde, sprachen alle Menschen noch in einer Zunge. Aber Nimrod rebellierte gegen Gott. Die Menschen sollten sich über die Erde verteilen, sie hegen und pflegen, im Einklang mit der Natur. Aber der göttliche Plan eignete sich nicht besonders gut für jemanden, der von vielen Untertanen verehrt werden wollte.«

»Du meinst für Nimrod?«

Reven nickte. »Er führte deshalb Kriege, unterwarf sich die Menschen, gründete Städte und begann schließlich in Babylon einen gewaltigen Turm mit einem Tor davor zu bauen, eine ›Gottespforte‹, wie er es nannte. Aber die Stufen seines Tempels führten nicht geradewegs in den Himmel, wie er den Menschen weismachen wollte, im Gegenteil. Gott sah sein rebellisches Herz und so schickte er einen Fluch über den Turm und das Land. Mit einem Mal verstanden die Menschen einander nicht mehr. Nicht wenige erkannten, dass Nimrod der Auslöser des göttlichen Fluches war. Deswegen gab es Unruhen. Blut floss. Der selbst ernannte Gottkönig musste fliehen. Semiramis, seine Mutter, verbreitete sogar das Gerücht, er sei getötet worden.«

»Langsam wird mir einiges klar«, murmelte Oliver.

»Du hast mit ihr gesprochen, ich weiß. Sie hat dir gesagt, dass du bei mir etwas über das Zwielichtfeld erfahren könntest, das sich auf Xexanos Insel befindet. Semiramis war sich wohl selbst nicht sicher, ob es mich wirklich gibt. Wahrscheinlich wäre sie sogar ziemlich erzürnt, wenn sie wüsste, dass ich dir tatsächlich helfen kann.«

Oliver horchte auf. »So?«

»In Xexanos Thronsaal gibt es ein riesiges Wandgemälde. Jeder, der dieses Bild anschaut, sieht es ein wenig anders, obwohl es doch oberflächlich betrachtet immer dasselbe zu sein scheint. Das ist das Wesen aller Zwielichtfelder – sie schweben zwischen der Erde und Quassinja. Überall, wo Vergessenes und Erinnerung sich verwischen, entstehen solche durchlässigen Zonen. Das Bild in Xexanos Turm enthält ein wenig von jeder menschlichen Erinnerung. Für den goldenen Herrscher stellt es allerdings eher Fluch als Segen dar.«

»Wie meinst du das?«

Reven Niaga lächelte grimmig. »Es ist ein Werk, das er selbst geschaffen hat, ohne es zu wollen. Und weil es zwischen der Welt der verlorenen und derjenigen der lebenden Erinnerungen schwebt, ist es von beiden Seiten her zu erkennen.«

Olivers Augen weiteten sich. »Das Wandgemälde im Museum! Kann man auf dem Bild einen großen Turm, Kriege, Bauern und einen Wald sehen?«

Reven nickte. »Der Stille Wald. Ich merke schon, du kennst das Bild.«

»Leider hat niemand auf der Erde eine Ahnung davon, was dieses Gemälde wirklich darstellt.«

»Noch nicht, Oliver Sucher. Aber das kann sich ändern.«

Oliver rieb sich nachdenklich das Kinn. »Semiramis wird sich schwarz ärgern, sollte sie jemals erfahren, dass sie mir einen so wertvollen Tipp gegeben hat.«

Wieder lächelte der Bibliothekar grimmig. »Das hoffe ich. Nimrod ist im wahrsten Sinne des Wortes ihr Kind. Er hat seine Machtgier von ihr geerbt und sie hat ihn zeit ihres irdischen Lebens unterstützt. Nach seinem plötzlichen Verschwinden schien sich die Lage zu normalisieren. Zahlreiche Gruppen von Menschen mit derselben Sprache taten sich zusammen und kehrten Babylon den Rücken, wodurch sich der göttliche Vorsatz doch noch erfüllte. Als in Babylon aber Ruhe eingekehrt war, kam Nimrod überraschend zurück.«

Oliver ging ein Licht auf. »Dann ist er in der Zwischenzeit zum ersten Mal in Quassinja gewesen!«

Reven Niaga nickte betrübt. »Damals gründete er sein zweites Reich. Er war zu dieser Zeit noch ein Mensch, keine goldene Statue. Noch während er sich Quassinja mit grausamer Härte unterwarf, schmiedete er schon Pläne für seine Rückkehr zur Erde. Sein ›Gottestor‹ sollte eine ständige Verbindung zwischen den beiden Welten sein, damit er ganz nach Belieben zwischen ihnen hin und her wechseln konnte.«

»Aber wie hatte er es geschafft, nach Quassinja zu kommen?«

»Nimrod besaß ein geheimes Wissen aus einer Zeit, als noch die Göttlichen auf der Erde wandelten, das war, bevor die große Flut fast alles Leben dahinraffte. Seine Kenntnis erlangte er durch drei Steintafeln. Ein Hirte fand diese Zeugnisse längst verschollenen Wissens in einer Höhle, in die er sich vor einem Sturm geflüchtet hatte. Mit Hilfe der Tafeln schuf Nimrod *bab-ilu*, das ›Gottestor‹. Es heißt, er habe die Tafeln zerschlagen. Einige Bruchstücke fügte er in das Tor, andere ließ er in drei goldene Figuren einarbeiten. Jede von ihnen verbarg er in einer anderen Stadt. Er wusste wohl, dass die Macht, die er inzwischen erlangt hatte, nicht ausreichen würde, um ihm Unsterblichkeit zu verleihen. Deshalb bettete er seine Gedanken, Erinnerungen, sein ganzes Wesen in die Figuren und schuf eine Legende, die eines Tages dazu führen musste, dass wenigstens eine der Statuetten wieder gefunden würde …«

»… um unter dem Tor aufgestellt zu werden«, vollendete Oliver den Satz.

»Und genau dies ist geschehen, nicht wahr?«

Oliver nickte ernst.

»Das dachte ich mir, als die Kunde von Xexanos Wiedererscheinen durch Quassinja hallte.«

»Und du? Wie bist du hierher gekommen?«

»Als die Unruhen nach der Sprachverwirrung losbrachen, warf man mich in einen Kerker. Auch ich hatte meine alte Sprache vergessen. Dies ist der Grund, warum ich nicht sagen kann, welches der wahre Name ist, durch den Xexanos Macht gebrochen werden kann. Auch meine Bewacher starben infolge der Kämpfe, die über mehrere Jahre hinweg mal der einen, dann wieder der anderen Seite einen Vorteil verschafften. Zuletzt war ich nurmehr eine namenlose Kerkertür, durch die man regelmäßig einen Napf und etwas Wasser schob. Das muss die Zeit gewesen sein, als jede Erinnerung an mein früheres Wesen verloren ging. Eines Morgens war die schwere Holztür verschwunden, dahinter befand sich ein uralter Wald. Du kannst dir sicher denken, was dann geschah.«

»Du bist durch die Tür gegangen und kamst nach Quassinja.«

Reven Niaga nickte, als wäre ihm der Kopf eine schwere Last.

Oliver strich grübelnd über sein Kinn. »Nach allem, was ich bisher gehört habe, sind es immer Tore, Türen, Fenster oder irgendwelche Durchlässe, die sich öffnen, um jemand nach Quassinja zu führen.«

»Das ist richtig«, sagte der Bibliothekar. »Schon als Mensch war es mein Wunschtraum, die letzten Wahrheiten zu ergründen. Seit ich in Quassinja lebe, habe ich mir sehr viel Wissen angeeignet. Nichts von dem, was ich jemals hörte oder las, habe ich danach wieder vergessen. Insofern kann ich mit Sicherheit sagen, dass ich noch nie eine lebende Erinnerung traf, die nicht durch irgendeinen Durchlass, wie du es nanntest, in diese Welt gelangt ist.«

»Und die Häuser? Wie sind die hierher gekommen?«

»Die meisten durch Regenbogen.«

»Oh! An diese Möglichkeit hatte ich gar nicht gedacht.« In diesem Moment fiel Oliver etwas ein. »Kennst du einen Mann namens Aurelius Aurum?«

»Du meinst den Goldschmied?«

»Genau den. Er erzählte mir, dass er vor langer Zeit einem Wanderer begegnete – die Beschreibung passt erstaunlich gut auf dich, Reven. Aurelius sagte auch, dass der Fremde sehr weise gewesen sei. Er zeigte ihm eine Tafel mit vier Versen darauf, die Strophen eines Liedes. Warst du dieser Wanderer?«

Reven lächelte geheimnisvoll. »Ich suche schon seit langem nach einem Weg, Xexanos Macht zu brechen. Am liebsten hätte ich natürlich verhindert, dass er überhaupt wiederkehrt. Aber es war wohl zu eitel, sich der Illusion hinzugeben, ich könnte den Prophezeiungen vorgreifen.«

Oliver bemerkte, wie sich Nippy unruhig auf dem Tisch bewegte. Sollte das eine Warnung sein? Selbst er spürte, dass Reven Niaga irgendetwas verschwieg. Aber was? Woher wusste der Bibliothekar so viel über Xexanos Absichten und Pläne? War er wirklich nur ein Zeitgenosse Nimrods gewesen?

»Dann hast du also nicht immer hier gelebt, oder?«

Jetzt wurde Revens Lächeln etwas offener. »Nein, wirklich nicht. Ich habe diesen Ort zwar schon vor langer Zeit gefunden, aber damals gab es nur das Kleine Volk hier, dir sicher besser unter dem Namen ›Zwerge‹ bekannt.«

»Zwerge? Ich dachte immer, das seien Fabelwesen aus Legenden oder Sagen.«

»Das ist die eine Seite ihres Seins. Ich hörte, dass sie in letzter Zeit auch die Gärten der Menschen unsicher machen. Aber ihr wahres Wesen ist verloren gegangen. Es hat wirklich einmal ein Volk der Kleinwüchsigen gegeben. Aber die großen Menschen haben sie wegen ihres Andersseins gehasst. Schließlich kam es so weit, dass sie die Zwerge jagten und fast völlig ausrotteten. Nur wenige konnten unter die Berge eines großen Gebirges fliehen. Dort geriet das Kleine Volk in Vergessenheit: Die Menschen pflegten fortan ihre Legenden, die Zwerge ihre Tamoren-Höhlen.«

»Dann ist das alles hier ihr Werk?«

»Alles, bis auf die alexandrinische Bibliothek. Eines Tages erschien die vergessene Büchersammlung an diesem Ort. Angesichts des Hasses, den Xexano gegen alles Geschriebene hegt, wohl an der besten Stelle, die es dafür in Quassinja gibt.«

»Aber der Vulkan – hat es denn nie einen echten gegeben?«

Wieder umspielte ein unergründliches Lächeln Revens Mund. »Einen sehr aktiven sogar! Doch ich habe den Vulkan schon ausgelöscht, lange bevor die Bibliothek hier erschien.«

Oliver schaute Nippy ungläubig an, doch die wippte bestätigend mit dem Oberkörper – der Bibliothekar sagte die Wahrheit.

»Aber dann musst du sehr mächtig sein«, sagte er ehrfürchtig.

»Leider nicht machtvoll genug, um Xexano allein die Stirn zu bieten. Mein Wissen beschränkt sich hauptsächlich auf diese Welt. So gibt es – wie du vielleicht schon weißt – vieles, was Träume bewirken können. Ich fand im Laufe der Jahre eine ganze Anzahl von Träumen, die sich mit mir verbündeten. Einige von ihnen konnten jedem Feuer standhalten, andere waren selbst wie glühende Lava und doch nicht wärmer als erstarrendes Wachs. Gemeinsam verwandelten wir den Vulkan.«

»Und der Sammler hat eurer Gemeinschaft Jahr für Jahr neuen Zulauf gebracht«, fügte Eleukides bewundernd hinzu.

»Das ist zutreffend. Vor allem die von Xexano so gehassten Schriftstücke gelangten durch den falschen Vulkan hierher, aber auch ungehorsame Zentauren, eigensinnige Alabasterfiguren, rebellische Marmorköpfe …«

»Und aufmüpfige Arzttaschen«, erinnerte sich Oliver.

»Du meinst Heilbert? Stimmt, er war ja dabei, als ihr gestern hier eintraft. Normalerweise kommen so gewöhnliche Gegenstände wie Taschen oder Regenschirme selten nach Quassinja – die meisten Menschen haben wenig Wertschätzung für diese stummen Diener. Aber Heilbert ist eine Ausnahme. Er gehörte vor noch gar nicht so langer Zeit einem Mann namens Albert Schweitzer. Ist er dir bekannt?«

»Sprichst du etwa von dem Friedensnobelpreisträger, der fast sein ganzes Leben in Afrika zugebracht hat?«

»Ich hörte, dass er auch in religiösen Fragen sehr bewandert gewesen sein soll.«

»Und er war ein hervorragender Organist, der Stücke von Bach ganz neu interpretierte.« Oliver schüttelte ungläubig den Kopf. »Das gibt's ja nicht! Albert Schweitzers Arzttasche hat mich wieder zusammengeflickt.«

»Damit sprichst du ein wichtiges Thema an. Ich habe euch jetzt lange genug mit meiner Geschichte und mit meinen Fragen strapaziert. Ihr seid bestimmt müde und solltet eure ganze Kraft jetzt für eure völlige Wiederherstellung verwenden. Wir müssen die verbleibenden Stunden gut nutzen. Ich werde schon einmal alles für unsere umgehende Abreise nach Amnesia vorbereiten.«

»Aber werden wir nicht noch einige Tage benötigen, bis wir wieder ganz in Ordnung sind?«, fragte Oliver zweifelnd. Er musste an Pegasus' Flügel denken.

»Wir haben sehr erfahrene Heiler hier. Ihr werdet in zwölf, höchstens vierundzwanzig Stunden wieder springen wie die jungen Fohlen.«

»Für jemanden, der schon viertausend Jahre auf dem Buckel hat, gehst du aber sehr zügig vor«, merkte Eleukides an.

Reven lächelte, diesmal fast wie ein Junge. »Die vier Jahrtausende haben mich nicht gebrechlicher gemacht, Philosoph, nur ungeduldiger.«

Oliver schaute Nippy entgeistert an. »Ich hab's geahnt! Aber irgendwie wollte ich es wohl nicht wahrhaben.«

»Es ist aber so«, zwitscherte die Vogeldame. »Dieser Reven Niaga sagt nicht die Wahrheit, oder besser: Er sagt nicht die *ganze* Wahrheit. Irgendetwas verschweigt er uns.«

»Aber er wirkt so freundlich.«

»Er *ist* freundlich, Oliver. Ich habe ja auch nicht gesagt, dass er etwas gegen uns im Schilde führt. Aber er trägt ein Geheimnis mit sich herum, das er nicht mit uns teilen will.«

Oliver erinnerte sich an die dunklen Augen des Bibliothekars; sie hatten fast immer traurig ausgesehen. »Vielleicht hatte er während seines Erdendaseins ein schlimmes Erlebnis, über das er nicht sprechen will.«

»Ganz sicher hatte er das. Aber ich denke, dass es für deine Aufgabe wichtig sein könnte, dieses Geheimnis zu kennen.«

»Konntest du nicht mehr sehen, Nippy?«

»Ich bin keine Gedankenleserin.«

»Schade. Meinst du, wir können uns ihm anvertrauen?«

Nippy ließ sich mit ihrer Antwort viel Zeit. Schließlich sagte sie: »Ich glaube, ja. Wir müssen nur damit rechnen, dass er irgendwann etwas tut, auf das wir nicht vorbereitet sind.«

»Was ist ein Flankenschutz wert, wenn man sich nicht auf ihn verlassen kann?«, warf Kofer ein.

»Können sich deine Gedanken eigentlich nur in Schlachtreihen bewegen?«, fragte Nippy schnippisch.

»Besser man denkt strategisch richtig als richtig stupide.«

»Fangt nicht schon wieder an euch zu streiten«, fuhr Oliver dazwischen. »Am besten stimmen wir ab. Wer ist dafür, dass wir Reven Niaga vertrauen?« Er hob den Arm, Nippy reckte den Schnabel, Tupf wippte bestätigend mit seinem Stil, Pegasus nickte. Nur Eleukides' Entscheidung war nicht ganz klar.

Der Philosoph saß am Tisch und zuckte auf recht eigentümliche Weise mit dem Arm. Mal ruckte seine Hand halb nach oben, dann wieder sackte sie wie unter einer schweren Last nach unten.

»Heißt das nun ja oder nein?«, erkundigte sich Oliver stirnrunzelnd.

»Beides«, schnaufte Eleukides. »Der General und ich sind uns noch nicht ganz einig.«

Nippy stieß ein piepsendes Gekicher aus.

Oliver zählte zusammen. »Dann steht es fünf zu ...«

Eleukides' Arm katapultierte jäh mit einer solchen Heftigkeit nach oben, dass der Philosoph beinahe rücklings vom Stuhl gefallen wäre.

»Sechs zu null«, verbesserte sich Oliver. »Damit ist der Vorschlag einstimmig angenommen. Wir werden so bald wie möglich nach Amnesia aufbrechen – und Reven Niaga ist unser Führer.«

Ein gebrochenes Glied in zwei Tagen auszuheilen war ja eine Sache, aber als Oliver sah, dass Pegasus am nächsten Morgen schon wieder seinen zusammengeflickten Flügel bewegen konnte, war er ganz und gar sprachlos.

»Nun schau mich nicht so an, als wäre ich der Sammler persönlich«, sagte Pegasus amüsiert. Auch die anderen Gefährten an Rundvigs Tafel grinsten ziemlich unverschämt.

Endlich fand Oliver die Sprache wieder und mit ihr auch seine Schlagfertigkeit. »Mir war ja bekannt, dass Eidechsen und Seegurken zu solch spektakulären Selbstheilungen fähig sind, aber dass du mit ihnen verwandt sein könntest, überrascht mich nun doch. Übrigens hat der Sammler dir eines voraus: Er besitzt nämlich vier Flügel. Und wenn ihm die nicht ausreichen, kann er sich jederzeit noch ein paar neue wachsen lassen ...«

»Was hast du da eben gesagt?«, unterbrach ihn Reven erstaunt.

»Dass der Sammler sich so viele Flügel machen kann, wie er will.«

»Nein. Zuvor. Bist du dir sicher, dass er *vier* Flügel besaß?«

»Du kannst mir glauben, Reven, ich vergesse diese grässliche Gestalt niemals. Er hatte exakt *vier* Flügel, *zwei* Arme, Adlerfüße und spitze Hörner, *einen* Skorpionschwanz und einen ziemlich schlechten Atem.

»Ein Pazuzu«, entfuhr es Reven. Seine Stimme war nur ein Flüstern.

»Pa... *was?*«

»In meiner Heimat, dem Land der zwei Ströme, glaubte man an Sturmdämonen. Das sind böse Geister der übelsten Art. Und Pazuzu, der Sohn des Dämonenfürsten Hanpa, war der übelste von ihnen. Bei den Bewohnern von Akkad erzählte man sich, dass er in dem Südost-Sturmwind steckt und Fieber wie auch Kälte über die Menschen bringt.«

»Kälte?« Oliver erschauerte, als fühle er noch einmal die Gegenwart des Sammlers, wie drei Nächte zuvor bei der Berührung des Rehkitzes. Er war sich nicht sicher, aber hatte er nicht zumindest bei den letzten Begegnungen mit dem heimtückischen Wesen tatsächlich den eisigen Hauch immer von Südosten her gespürt?

Reven nickte bedeutungsschwer, als wolle er Olivers Gedanken bestätigen. »Sicher sind auch solche grässlichen Mischwesen nur Einbildungen phantasiebegabter Menschen, aber wer oder was immer diese Kreaturen in seiner Vorstellung gezeugt hat, sollte nicht unterschätzt werden. Die Macht, über die Nimrod oder Xexano, oder wie immer wir ihn nennen mögen, verfügt, stammt weder aus Quassinja noch von der Erde. Ein Alptraum allein reicht nicht aus, um ein leibhaftiges Wesen von der Art hervorzubringen, wie du es gesehen hast. Der Pazuzu ist die ›Lieblingsgestalt‹ des Sammlers; so soll er ursprünglich von Xexano erschaffen worden sein. Wenn er sich im Gewande des Sturmdämons zeigt, dann offenbart er deshalb einen Teil seines wahren Wesens. Das mag wie eine Blöße anmuten, aber ist wohl eher ein Zeichen für seine Entschlossenheit. Er nimmt dich ernst, Oliver. Sehr ernst! Und er wird alles daran setzen, dich zu vernichten.«

Oliver hing wie schon am Tag zuvor an Revens dunklen Augen. Die warnenden Worte des Bibliothekars hallten in seinem Geist nach wie ein Schmerzensschrei in einem Folterkeller. *Warum* nur sollte er, ein vierzehnjähriger Gymnasiast mit Ambitionen zum romantischen Maler, gefährlich für solch ein mächtiges Wesen sein?

»Der Sammler ist nicht unbezwingbar«, fügte Reven schnell hinzu – er hatte Olivers Unsicherheit bemerkt. »Du bist ihm schon einige Male entkommen, und wenn wir weise vorgehen, können wir ihm auch weiterhin entwischen.«

»Ja, aber wird er nicht dort oben über dem Vulkan lauern und nur darauf warten, dass wir uns wieder blicken lassen?«

»Das hoffe ich, Oliver.«

»Wie bitte?«

Reven schmunzelte. »Ich erinnere mich dir erzählt zu haben, in wessen Reich wir hier zu Gast sind. Die Zwerge wohnen im Tamoren-Gebirge wie andere lebende Erinnerungen in Nargon, Salamansa, Abu Nemon oder weiteren Städten. Sie haben hier Siedlungen, Straßen, Felder, Flüsse und Seen, alles, was du dir nur denken kannst.«

»Felder? Wo sollen die denn sein?«

»Alles befindet sich *unter* den Bergen. Es gibt auch einige geheime Ausgänge, durch die sie des Nachts ihr Reich verlassen. So können sie sich mit Dingen versorgen, die es in ihren Höhlen nicht gibt. Aber die Zwerge fühlen sich unter dem freien Himmel genauso unwohl wie viele Menschen in einer tiefen Grotte.«

»Dann willst du also mit uns ein Stück weit über die Zwergenstraßen wandern und irgendwo unbeobachtet ans Tageslicht zurückkehren?«

»Nicht irgendwo, Oliver. Auch wenn der Sammler den Annahag für einen echten Vulkan hält, mag er sich doch fragen, ob einer der Goëlim nicht über Traumgaben verfügt, die ihn unempfindlich gegen die feurige Lava machen. Er wird daher sicher seine Löwen weiter über dem ganzen Gebiet kreisen lassen.«

»Ja, aber was sollen wir denn dann tun? Die Zwerge werden doch wohl ihre Tunnel nicht bis nach Amnesia gegraben haben?«

Eleukides legte seine Hand auf Olivers Schulter. »Es gibt nur einen Weg, um unbeobachtet von hier wegzukommen, Oliver, und ich bin mir sicher, dass Reven an diese Möglichkeit denkt.«

Reven nickte und sagte ernst: »Durch die Sümpfe von Morgum werden sie uns nicht folgen.«

Oliver sog erschrocken die Luft ein. Er hatte gehofft, das Kapitel Morgum sei abgeschlossen, nachdem Pegasus auf der Flucht einen anderen Kurs eingeschlagen hatte. Aber manche unangenehmen Dinge schienen einen im Leben zu verfolgen. Man konnte ihnen einfach nicht entkommen.

»Es gibt einige verborgene Pfade durch das Sumpfgebiet«, erklärte nun der Bibliothekar, wohl um seine Gefährten zu beruhigen. »Wir benutzen diese Geheimwege, um Botschaften mit unseren Verbündeten auszutauschen.«

»Das hört sich aber sehr verschwörerisch an«, warf Kofer ein. »Hattet ihr womöglich einen Putsch geplant?«

»Ja, für den äußersten Fall war eine Erhebung vorgesehen, General. Ehe ich tatenlos zugesehen hätte, wie Xexano die unumschränkte Macht erlangt, hätte ich wenigstens versucht ihn zu bekämpfen. Viele Bewohner Quassinjas folgen ihm zwar – die einen aus Angst, andere weil sie blind sind gegen alles, was sie nicht sehen *wollen* –, aber es gibt auch zahlreiche, die anders denken.«

Oliver erinnerte sich an die Häuser, die Brunnenfigur mit dem Füllhorn und an den Kopf, die ihm in Nargon bei der Flucht vor dem Sammler geholfen hatten. Aber er wusste auch noch, wie die Menge begeistert gejubelt hatte, als der Gefangenenzug durch die Straßen der Stadt getrieben worden war. Besaßen die Bewohner

Quassinjas wirklich genügend Mut, Kraft und Selbstachtung, um sich gegen einen Gewaltherrscher wie Xexano zu erheben?

»Dann glaubst du also, wir werden noch weitere Unterstützung finden, wenn wir gegen Amnesia ziehen?« Olivers Frage klang fast wie eine Bitte um Bestätigung einer vagen Hoffnung. Und tatsächlich gab ihm Revens Antwort neuen Mut.

»Dessen bin ich mir sicher, Oliver. Wir müssen nur die Herzen des Volkes von Quassinja erreichen. Ein kluger Mann sagte einmal: ›Gedächtnis haben kalte Seelen, die fühlenden Erinnerung.‹ Solange die Bewohner dieser Welt nur wissen, was für ein grausamer Herr ihnen Xexano sein wird, werden sie nichts gegen ihn unternehmen. Erst wenn die Erinnerung die Gefühle weckt, die ihnen Willkürherrschaft und Unterdrückung einst brachten, werden sie sich gegen das neuerliche Unrecht zur Wehr setzen.«

Das leuchtete Oliver ein. Er holte tief Luft und sagte: »Ich bin meine Knochenschienen los, Pegasus seinen Flügelverband – wann brechen wir auf?«

Als Reven Niaga nun lächelte, lag in seinen Augen ein seltener Glanz von Freude. »Ich habe alles vorbereitet. In weniger als einer Stunde werden wir die alexandrinische Bibliothek verlassen.« Er seufzte und fügte noch hinzu: »Einige von uns für immer.«

DIE SÜMPFE VON MORGUM

Eleukides saß auf einem *echten* Pferd. Das Tier konnte also nicht sprechen. Es war ein gutmütiger Fuchs, aber selbst das vermochte den Philosophen nicht für den Reitsport zu begeistern.

Revens Rappe verhielt sich dagegen schon wesentlich temperamentvoller. Das Pferd tänzelte immer wieder unruhig, als wolle es jeden Moment davonstürmen. Sobald der Herr des Annahag ihm aber ins Ohr flüsterte, beruhigte sich der Hengst jedes Mal wieder.

Pegasus hatte versucht seinen schwarzen Artverwandten in ein Gespräch zu verwickeln, aber es war schnell offenkundig geworden, dass auch der nur zu den gewöhnlichen Rössern zählte. Immerhin schienen die Reittiere in einer schwer erklärbaren Weise von dem geflügelten Hengst angetan zu sein, ja, ihn sogar als Leittier zu akzeptieren. Wenn Pegasus die Stimme erhob, schauten ihn die aufmerksamen Augen der anderen Pferde erwartungsvoll an, und wenn es sein musste, folgten sie ihm wie junge Fohlen der Mutter.

Ein Tag war vergangen, seit sie aus den Tiefen des Annahag aufgebrochen waren. Reven Niaga hatte für alles gesorgt, was für eine längere Reise notwendig schien: Decken, Zelte, Geräte verschiedenster Art und natürlich Verpflegung. Dies alles wurde nur von zwei Packpferden getragen. Als Oliver am Morgen des Aufbruchs heimlich seinen Namensstein prüfte, wusste er, warum der Bibliothekar so wenige Lebensmittel eingepackt hatte.

Die Vertiefungen des Namenszuges waren jetzt in dem Kiesel als feine Rillen deutlich zu erkennen. Oliver hatte in der Wüste Nemon viele Namenssteine gesehen. Er wusste daher, dass die Linien am Ende tief eingegraben sein würden, mit rechtwinkligen Kanten am Fuße des Schriftzuges. Aber das tröstete ihn nur wenig. Die anormal schnelle Heilung seiner Knochenbrüche und die Art und Weise, wie sein Körper mit sehr wenig Nahrung und Schlaf auskam, erschienen ihm eher beängstigend. Er glaubte regelrecht spüren zu können, wie er allmählich zu einer verlorenen Erinnerung wurde.

Kein Zweifel, es gab nur einen Weg, um wieder aus Quassinja fortzukommen: Jessica musste sich an die Haarspange erinnern. Der letzte Vers vom Schlussstein drückte sich da unmissverständlich aus: »Denn niemand, auf den er einmal seine Hand gelegt, kann sich ihr wieder entziehen, es sei denn, er möge *das verlorene Denken zurückbekommen.*« Aber – und das bereitete Oliver fast noch größere Kopfschmerzen – Jessica durfte sich nicht zu früh erinnern. Nicht bevor er seinen Vater gefunden hatte. Sonst würde er womöglich allein zur Erde hinüberwechseln. Sein ganzes Abenteuer in Quassinja wäre dann sinnlos gewesen. Wenn er ihr doch nur ein Zeichen oder irgendeine Botschaft übermitteln könnte!

Als das erste Nachtlager aufgeschlagen wurde, besaß Oliver

bereits einen ganz guten Eindruck von dem, was Reven über die Zwergenwelt erzählt hatte. Es war unglaublich! Endlose Höhlengänge zogen sich durch die Tiefen des Gebirges. Meistens bewegte sich die kleine Reisegesellschaft auf breiten Pfaden, die so hoch waren, dass selbst ein Reiter mit ausgestrecktem Arm die Decke nicht erreichen konnte. Ab und zu zweigten kleinere Tunnel ab, denen sie hin und wieder folgten. Gelegentlich stießen sie aber auch auf Höhlen, so gewaltig, dass ihre Decken in undurchdringlichem Dunkel verschwanden.

Das geheimnisvolle Licht, das Oliver schon in seinem Krankenquartier bewundert hatte, gab es überall. Nicht immer war es gelb. Manchmal verströmte es seinen sanften Schimmer auch in Grün, Rot, Violett oder einem seltsamen Wirrwarr verschiedener Farben, die sich nicht miteinander vermischten. Reven erklärte, dass in den mal mehr, mal weniger großen Kristallzylindern formlose Erinnerungen lebten.

»Etwa von der Art, wie Xexano sie am Fuße seines Turmes gefangen hält?«, fragte Oliver.

Reven bejahte. Es gab Träume und Gefühle, Freude und Schmerz, viele Empfindungen, die Menschen zwar für eine kurze Zeit aufwühlten, die sie aber bald wieder vergaßen. Diese verlorenen Erinnerungen besäßen in Quassinja keinen Körper. Einige von ihnen – wohl vor allem solche, die schon früher einmal den Zwergen gehörten – lebten nun in dem Reich des Kleinen Volkes.

Das milde Licht warf einen verzaubernden Schleier über die kahlen Felsen. Oliver beschloss eine Serie von Bildern über das wundersame Reich des Kleinen Volkes zu malen, sollte er dieses Abenteuer je heil überstehen. Während er auf Pegasus' Rücken durch das Labyrinth von Höhlen, Tunneln und Stollen ritt, versuchte er sich das Leben vorzustellen, das die Zwerge hier führten. Reven sprach allerdings immer von Straßen, Plätzen, Häusern und Feldern. Ja, Oliver sah auch Felder mit Pilzen und anderen blassen Pflanzen, die selbst hier unter der Erde wucherten. Wie er bald feststellte, schmeckten diese Früchte der Tiefe sogar außerordentlich gut.

Am Abend des zweiten Tages verkündete Reven: »Morgen um die gleiche Zeit werden wir den versteckten Ausgang aus dem Reich des Kleinen Volkes erreichen. Wir bleiben dann die Nacht über noch in den Höhlen, bevor wir uns am darauf folgenden Morgen in die Sümpfe begeben.«

»Gibt es keine Marschroute, die zwischen den Tamoren und den Sümpfen nach Norden führt, vielleicht bis nach Salamansa, wo wir ein Schiff finden können?«, fragte Kofer.

»Es gibt einen solchen Weg«, antwortete Reven. »Aber er ist zu unsicher. Nur wenn wir die Sümpfe durchqueren, bis wir im Westen das Meer der Vergessenen erreichen, haben wir eine Chance, den Spähern des Sammlers zu entgehen.«

»Soweit ich weiß, kann man an der Küste nicht nach Norden vordringen, ohne aufs Neue in das Gebiet der Sümpfe zu geraten«, merkte Pegasus an.

Reven nickte. »Das ist richtig, mein weißer Freund. Aber ich habe auch gar nicht vor, bis Salamansa zu marschieren.«

Tupf bewegte sich aufgeregt in Olivers Tasche. »Aber wir brauchen ein Schiff! Wie sonst können wir die Insel Atlantis und Xexanos Hauptstadt Amnesia finden?«

Oliver nickte. »Tupf hat Recht. Ohne Schiff sind wir aufgeschmissen. Semiramis hat uns nämlich verraten, dass ziemlich unangenehme Wesen in diesem Meer leben. Und außerdem hält Xexano seine Insel verborgen. Anscheinend hat sie keine feste Position.«

»Er treibt ein Verwirrspiel mit Nebel und trügerischen Bildern. Doch lasst uns nicht die Eier von übermorgen ausbrüten, ehe sie gelegt sind.«

»Klingt einleuchtend«, merkte Nippy an.

So brütete also Oliver für sich allein. Während die kleine Karawane aus fünf Pferden und einem Kolibri durch die »Straßen« der Tamoren zog, hatte er viel Zeit, um über den vergangenen Monat nachzudenken und über die wenigen Tage, die ihm noch blieben, um seine schwere Aufgabe zu bewältigen. Fast unmerklich waren die Dimensionen seines Unternehmens angewachsen. Und weitere Probleme schienen wie dunkle Wolken am Horizont heraufzuziehen – er ritt in einer verschworenen Gemeinschaft, die eine ganze Welt retten wollte!

In der Nacht leuchtete das Licht der formlosen Erinnerungen immer nur gedämpft aus den Zwergenlampen. So verlor man wenigstens nicht ganz das Gefühl für den Wechsel der Tageszeiten. Die Reisegesellschaft fand Unterkunft in einem Gasthaus, das einer verkleinerten Kopie des Bibliothek-Komplexes glich: Von einem runden Schankraum aus bohrten sich über drei Etagen hinweg etliche Gänge in den Fels. In diesen Stollen waren die Gästezimmer untergebracht. Pegasus musste aus Platzgründen bei den Pferden schlafen, mit der Folge, dass er am nächsten Morgen ungenießbar war.

»Ich denke, du bist früher auch nur ein gewöhnliches Pferd gewesen«, versuchte Oliver seinen Hengst zu beschwichtigen.

»*Gewöhnlich* war ich nie!«, widersprach Pegasus gekränkt. »Bevor ich noch einmal eine Nacht mit diesen hohlköpfigen Gäulen verbringe, zwänge ich mich lieber in eine Nachttischschublade.«

Im Laufe der Morgenstunden legte sich Pegasus' Verstimmtheit wieder. Aus den »Straßen« wurden fast unmerklich »Wege« und aus den schmalen Tunneln schließlich nur noch grob zugehauene Röhren. Einige von ihnen konnten nur betreten werden, nachdem Reven geheimnisvolle Mechanismen in Gang gesetzt und ganze Felswände verschoben hatte. Zuletzt mussten die Reiter absteigen und ihre Pferde am Zügel führen (bis auf Pegasus, er trug seit jeher kein Zaumzeug).

»Diese Gänge sind selbst nur wenigen aus dem Kleinen Volk bekannt«, erläuterte Reven Niaga. »Sie gehören zu den geheimen Pfaden, über die wir unseren Kontakt zur Außenwelt aufrechterhalten.«

Bald verschwanden auch die Glaszylinder in ihren messingfarbenen Metallfassungen von den Wänden. Reven Niaga förderte einige Stangen zu Tage, die unten einen Holzgriff und oben einen goldglänzenden Mantel besaßen. Als er den röhrenförmigen Überzug nach unten schob, zeigte sich der wahre Sinn dieser merkwürdigen Keulen. Es waren Fackeln; auch sie leuchteten mit dem Licht formloser Erinnerungen. Der verschiebbare Messingzylinder diente nur zum Schutz für das gläserne Behältnis, in dem die grünlich leuchtende Substanz aufbewahrt wurde.

Einige Stunden später öffnete sich der schmale Stollen zu einer kleinen Höhle.

»Hier werden wir die Nacht verbringen«, sagte Reven.

Keiner widersprach ihm. Jeder wusste, dass die Sümpfe von Morgum nicht mehr weit sein konnten. Und niemand hatte Lust, schneller als unbedingt nötig in dieses Reich umhergeisternder Erinnerungen zu gelangen.

»Stimmt es, dass in den Sümpfen die unbewussten Gedanken und Träume der Menschen herumspuken?«, fragte Oliver, nachdem mit Decken ein notdürftiges Lager errichtet worden war.

Reven nickte. Im fahlen Licht der Fackeln wirkten die scharfen Züge seines Gesichts beinahe unheimlich. »Möglicherweise ist ›spuken‹ nicht das richtige Wort. Aber es stimmt, die Halbvergessenen wohnen dort.«

»Die Halbvergessenen?«

Reven nickte abermals. Er schaute nachdenklich zu Boden. »Leider sind es oft unangenehme Erinnerungen, die tief im Unterbewusstsein der Menschen schlummern. Manche von ihnen machen krank, einige wenige sind sogar noch bösartiger: Sie treiben die Menschen in den Tod.«

Oliver zog die Decke enger um seine Schultern. »Das hört sich aber nicht sehr viel versprechend an.«

Die traurigen Augen Revens hoben sich wieder. »Mach dir nicht allzu große Sorgen, Oliver. Es gibt auch viele gute Träume, die in den Sümpfen der Stunde harren, da ihr weiterer Weg entschieden wird.«

»Wie lange werden wir brauchen, um das Meer zu erreichen?«

Reven dachte kurz nach. »Ungefähr drei Tage, schätze ich.«

»Und wann können wir dann in Amnesia sein?«

»Das ist sehr schwer zu sagen. Möglicherweise benötigen wir noch einmal drei oder vier Tage.«

Eine Woche also, dachte Oliver. In sieben, vielleicht auch in acht oder zehn Tagen könnte er seinen Vater wieder sehen. Aber das bedeutete auch, in Xexanos engsten Machtkreis einzudringen ...

In dieser Nacht bekam Oliver kein Auge zu. Die Gedanken irrten durch seinen Geist wie eine Herde flüchtender Schafe, immer in Bewegung und doch nie am Ziel. Was würde sie in den Sümpfen von Morgum erwarten? Wie sollten sie ein Schiff finden, das sie nach Amnesia brachte? Auf welche Weise konnte er Jessica warnen, damit sie ihn nicht zu früh nach Hause rief? Und was war Revens Geheimnis, das Nippy zwar fühlen, aber nicht ergründen konnte?

Das Tempo, in dem am nächsten Morgen das Lager abgebrochen wurde, konnte nicht gerade als hektisch bezeichnet werden. Reven musste seinen Gefährten mehrmals durch präzise Empfehlungen zu mehr Zielstrebigkeit verhelfen. Einige Gepäckstücke schienen dennoch mindestens ein Dutzend Mal ein- und wieder ausgepackt zu werden. Die Begeisterung, mit der die Freunde der nächsten Reiseetappe entgegenfieberten, war nicht zu übersehen.

Als dann die Pferde hinter einem Felsen ins Freie traten, legte sich sogleich eine gedrückte Stimmung auf die zaghaften Gemüter.

Vom Himmel war nichts zu sehen. Dichter Nebel lag auf dem Land. Der Hufschlag der Pferde klang dumpf. Oliver konnte gerade die allernächsten Felsen erkennen und ein Stück voraus einen Baum erahnen. Doch was war das für ein Gewächs? Weder Blätter noch Nadeln schimmerten durch die Nebelschwaden, nur ein düsteres, mattenartiges Geflecht hing da von den Ästen wie eine nasse Decke.

»Jetzt ist mir klar, warum der Sammler uns hier nicht finden kann«, murmelte er sorgenvoll.

»Der Nebel ist bestimmt nicht der einzige Grund«, merkte Eleukides an.

»Danke, das beruhigt mich sehr.«

»Wir müssen dort entlang«, sagte Reven. Auch seine Stimme klang seltsam gedämpft.

Doch ehe er sein Pferd in Bewegung setzte, tat er etwas Seltsames. Er griff in die Tasche seiner gesteppten Jacke und holte ein kleines silbernes Röhrchen hervor. Oliver meinte darin eine Art Pfeife zu erkennen, und tatsächlich führte Reven das silberne Stäbchen an den Mund. Er blies so heftig hinein, dass sich seine Backen blähten wie bei einem Frosch – aber kein Laut war zu hören. Revens Finger schlug einen Moment lang auf dem Luftloch der stummen Pfeife einen unregelmäßigen Takt. Dann verschwand das merkwürdige Ding wieder in seiner Jacke. Als er sich umsah, bemerkte er, dass alle Augen auf ihn gerichtet waren.

Reven Niaga lächelte geheimnisvoll. »Bleibt dicht hinter mir, damit ihr nicht verloren geht.« Dann schnalzte er mit der Zunge und trieb seinen Rappen in eine dichte Nebelwand.

Oliver wusste nicht, was er von diesem seltsamen Zeremoniell halten sollte. Aber da Reven keine Anstalten machte, sich zu erklären, nahm er schließlich an, dass die silberne Pfeife irgendetwas mit den Sümpfen zu tun haben musste. Fast das gesamte Wissen Quassinjas steckte in Revens Gedächtnis. Vielleicht hatte er einen Weg gefunden, wie man die unberechenbaren Erinnerungen dieser nebelverhangenen Welt um freies Geleit bitten konnte.

»Wirst du den Weg finden?«, erkundigte sich Oliver bei dem schweigsamen Bibliothekar. Er musste rufen, da sich zwischen ihm und Reven noch Eleukides' Fuchs befand.

»Ich kenne ihn.«

»Aus eigener Erfahrung?«

»Von den Erzählungen meiner Boten.«

»Na herrlich! Ich sehe uns schon alle im Schlamm versinken.«

»Er kennt den Weg wirklich«, ergriff Nippy für den weißhaarigen Reven Partei. »Denk daran, dass er nichts vergessen kann. Die Erinnerungen seiner Kundschafter sind klare Bilder in seinem Sinn.«

»Deine kleine Freundin hat wirklich eine bemerkenswerte Menschenkenntnis«, wunderte sich Reven.

Oliver versuchte zu lächeln. »Nicht wahr? Ich staune auch immer wieder über sie.«

Das Einhalten des richtigen Abstands zwischen den Pferden stellte kein Problem dar. Niemand hatte Lust, plötzlich allein im Nebel zu stehen. So behielt jeder verbissen die Schwanzspitze des Vorderpferdes im Auge. Pegasus ließ sich erweichen, die beiden Packpferde zu führen, die mit ihren Zügeln aneinander gebunden waren.

Flechtenbehangene Bäume zogen wie unheimliche Wesen an den Reitern vorüber. Manchmal glaubte Oliver in ihnen die mageren Körper erstarrter Vogelscheuchen zu erkennen, doch keine der leblosen Gestalten rührte sich.

Reven Niaga schien seinen Weg wirklich zu kennen. Nur ab und zu blieb er für wenige Augenblicke stehen, betrachtete den Weg, der gelegentlich ganz unter stehendem Wasser verschwand, und setzte sich dann wieder in Bewegung.

Je tiefer die Karawane in den Sumpf eindrang, desto unheimlicher wurde die Stille. Das allgegenwärtige Grau erstickte alles: die Geräusche, die Orientierung, die Zeit. Es war rätselhaft, wie Reven noch immer den Weg finden konnte. Dann – nur Olivers Armbanduhr verriet die Mittagszeit – hörten sie plötzlich ein fremdartiges Geräusch.

»Lasst euch davon nicht ablenken«, meldete sich sogleich Revens dumpfe Stimme von der Spitze des Zuges. »Wir stoßen jetzt ins Herz des Sumpfes vor.«

Der seltsam klagende Laut kehrte bald wieder. Er klang wie die Mischung aus dem Heulen eines Wolfes und dem Weinen eines Kindes. Mit Schrecken erinnerte sich Oliver an die Alptraumwesen der Wüste Nemon. Schon allein die Erinnerung daran ließ ihn unruhig im Sattel hin und her rutschen.

Wenig später erhob sich erneut das Klagen und gleich darauf ein weiteres Mal. Bald nahm das Geheul beklemmende Ausmaße an. Sobald einer der Schreie ganz in Olivers Nähe ertönte, fuhr er zusammen. Dann sah er die erste Bewegung.

Zunächst hatte er nur an ein Aufwallen der Nebelschwaden

gedacht, doch kurze Zeit später erkannte er ganz deutlich einen Körper, der nur aus Stöcken zu bestehen schien. Das klapprige Gebilde lief ein Stück neben Pegasus her, war im dichten Nebel mal klarer, mal weniger deutlich zu erkennen und verschwand schließlich wieder.

Ein Schauer lief über Olivers Rücken. Er hatte zwar keine Ahnung, was für ein unbewusstes Menschenproblem er da eben gesehen hatte, aber er empfand auch wenig Ehrgeiz noch mehr von diesen wandernden Besenstielen zu entdecken.

Diese Hoffnung sollte sich erfüllen. Die nächste Erscheinung, die im Nebel auftauchte, war ein schwebendes ... Loch. Zunächst hielt er es nur für einen dunklen Felsen, wie derer schon viele im Nebel vorübergezogen waren. Aber dieser lichtlose Fleck war von anderer Natur. Gebannt starrte Oliver auf einen runden schwarzen Strudel, der eine seltsame Tiefe zu besitzen schien. Reven rief von vorn etwas Beruhigendes nach hinten, das seine Begleiter nicht recht aufzumuntern vermochte. Eleukides, Kofer und Tupf waren ähnlich entsetzt wie Oliver. Nippy krallte sich verkrampft an Pegasus' Mähne fest. Der weiße Hengst schien noch am ruhigsten zu sein.

Oliver musste daran denken, dass viele Menschen von einem ganz besonderen Alptraum geplagt wurden: Jede Nacht stürzten sie in eine bodenlose Tiefe. Jetzt verstand er ihre Pein. Er blickte in ebenjenes Loch. An den Rändern des dunklen Strudels fing sich der Nebel und wurde hineingezogen. Eine drückende Angst legte sich auf Oliver, er selbst könne in diesen Mahlstrom gerissen werden. Einige Zeit lang schwebte das lichtlose Gebilde neben den Reitern her, ein riesiges Rad, das Nebel und Baumflechten verschluckte. Plötzlich rückte es näher an Pegasus und seinen Reiter heran. Die Packpferde scheuten. Für einen Augenblick stand das kreisrunde Loch bewegungslos in der Luft, als sei es unschlüssig, ob es ein ganzes Pferd samt Reiter verschlingen könne. Oliver vergaß das Atmen und starrte nur in den vor ihm wirbelnden Abgrund, sah, wie Nebel, Flechten und Rindenstücke hineingerissen wurden, sich weiter und weiter entfernten, immer kleiner wurden und sich schließlich ganz auflösten. Dann ging ein Zittern durch das Loch. Es schien sich aufzubäumen und entschwand unvermittelt in den grauen Wald.

»Was war das?«, flüsterte Oliver heiser.

»Die Furcht«, antwortete Pegasus. »Sie vermag alles zu verschlingen.«

Oliver war sich nicht sicher, ob sein Freund diese Feststellung buchstäblich oder nur in übertragenem Sinne meinte.

Die anderen Gefährten hatten die unheimliche Begegnung mit Bangen verfolgt. Jetzt eilten sie Oliver auf dem schmalen Sumpfpfad entgegen und fragten nach seinem Befinden. Pegasus konnte die anderen Pferde mit einigen aufmunternden Lauten beruhigen, die sonst keiner so richtig verstand.

Im weiteren Verlauf des Nachmittags zeigten sich noch mehrmals unheimliche Gestalten, immer wieder hörte man auch schauerliche Laute, aber die Bedrohung durch die Bewohner von Morgum wurde an diesem Tag nie mehr so greifbar, wie sie es beim Erscheinen des bodenlosen Loches gewesen war.

Als Reven Niaga eine einigermaßen trockene Insel in dem Meer aus Wasserlachen und Schlick zum Lagerplatz für die Nacht erkor, wurde sein Vorschlag mit dem gleichen Enthusiasmus aufgegriffen wie der Aufruf zum Abmarsch am Morgen. Am liebsten wären alle weitergewandert, nur um dieses schreckliche Land endlich hinter sich zu lassen.

Reven erwiderte darauf nicht viel. »Es gibt Gründe, warum man des Nachts besser nicht durch die Sümpfe streifen sollte.«

Eine einsilbige Antwort, aber für die anderen dann doch ausreichend. Der bisherige Marsch war aufreibend genug gewesen. Man musste das Grauen ja nicht noch herausfordern.

Wirkliche Ruhe fand lange Zeit keiner. Man einigte sich darauf, alle drei Stunden einen Wachwechsel vorzunehmen. Erst weit nach Mitternacht hörte Oliver das regelmäßige Atmen seiner Freunde. Er hatte die letzte Wache übernommen.

Das grünliche Licht aus Revens Fackel machte die ganze Szene nur noch unheimlicher. Die mit dichtem Moos bepackten Felsen in Olivers Rücken ragten wie schlummernde Riesen auf. Vor ihm im Nebel huschten hin und wieder Schatten vorüber. Aber das Licht schien sie fern zu halten. Auch die Geräusche – dem Klagen und Heulen hatten sich einige andere, noch grässlichere Lautgeschöpfe zugesellt – waren nicht mehr so nah.

Oliver dachte an Jessica. Wie schön wäre es doch gewesen, jetzt ihre Hand zu halten. Früher hatte er dies immer getan, wenn sie ihn, ganz die große Schwester, vor irgendeinem Übel in Schutz nahm. Wie nur konnte er sie wissen lassen, dass er noch Zeit brauchte? Grübelnd rieb er sich das Kinn. Plötzlich hörte er ein leises Rufen.

»Ooolliiii!«

Ein kalter Schauer lief ihm über den Rücken. Was war *das* nun wieder für eine Boshaftigkeit? Wer rief da seinen Namen?

»Oliiiveeer!«

Erneut das ferne, lang gedehnte Rufen. Oliver zog sich die Decke fester um den Leib und versuchte es zu ignorieren. Aber es funktionierte nicht. Das Rufen kam näher.

»Olli, warum antwortest du mir nicht?«

Diesmal war die Stimme so nah, dass Oliver erschrocken zusammenfuhr und dabei von dem Moosfelsen rutschte, der ihm als Sitzmöbel gedient hatte. Er wandte sich zur Seite, dorthin, von wo das energische Rufen gekommen war – und starrte entgeistert seine Schwester an.

»Jessica!«, entfuhr es ihm. Er sprang auf und rannte die fünfzehn oder zwanzig Schritte zu ihr hin. »Jessi, was machst du denn hier?« Noch immer fassungslos betrachtete er das Bild seiner Schwester. Sie trug ein weißes Nachthemd, das ihr zu groß war. Es berührte den feuchten Boden, aber seltsamerweise sog es nicht das Wasser auf.

»Wo bin ich?«, stellte sie ihrerseits eine Frage, anstatt auf seine zu antworten.

»In den Sümpfen von Morgum.«

»Ist das in Berlin?«

Oliver hätte beinahe laut aufgelacht. »Nein, in Quassinja ... oder in deinen Träumen ... ehrlich gesagt, weiß ich auch nicht so genau, wo es wirklich ist. Aber die Tatsache, dass du mich siehst, beweist, dass du mich noch nicht völlig vergessen hast.«

»Wie meinst du das?«

»Weil nur die Gedanken und Träume hierher kommen können, die auf der Erde noch nicht völlig verloren sind.«

»Wir haben inzwischen einiges über Xexano und Quassinja herausbekommen.«

Oliver nickte. Er sprach schnell, weil eine Ahnung ihm sagte, dass er nur wenig Zeit hatte. »Das denke ich mir. Nur deshalb kannst du dich wahrscheinlich wieder dunkel an mich erinnern – wenigstens in deinen Träumen. Aber wer ist ›wir‹?«

»Miriam und ich.«

»Die Wissenschaftlerin aus dem Museum?«

Jessica lächelte. »Wir beide sind richtig dicke Freundinnen geworden.«

»Siehst du. Ich habe dir doch gleich gesagt, dass sie in Ordnung ist.«

»Hast du?«

»Na ja, das spielt im Augenblick auch keine Rolle. Ich muss dir etwas Wichtiges mitteilen: Du darfst dich auf *keinen Fall* zu sehr beeilen, Jessi!«

Das Traumbild stemmte die Fäuste in die Seiten. »Was heißt denn *das* nun schon wieder? Ich mach mir Sorgen wie sonst was, weil mir die Tage bis zum Jahresende zwischen den Fingern zerrinnen, und du ...« Sie hielt abrupt inne. »Hast du mir die Nachricht geschickt, dass wir nur noch bis zum 31. Zeit haben?«

Oliver erinnerte sich an das Gespräch in Semiramis' Wasserschloss. Konnte es sein, dass sein Wunsch, Jessica von dem knappen Zeitplan wissen zu lassen, in Erfüllung gegangen war? »Wir sind Zwillinge«, antwortete er ausweichend. »Bestimmt sogar ganz besondere. Hast du mir nicht beim Abschied versprochen, dass du irgendwie immer bei mir sein wirst? Dann brauchst du dich nicht zu wundern, dass ... Jessi!« Oliver hatte erschrocken innegehalten. Das weiß schimmernde Bild seiner Schwester war mit einem Mal durchscheinend geworden.

»Was ist?«, fragte Jessica, die von der Verwandlung anscheinend nichts mitbekommen hatte.

»Du siehst aus wie ein Gespenst in einem schlecht gemachten Horrorfilm«, antwortete Oliver. Und während er entsetzt feststellte, dass seine Schwester immer durchsichtiger wurde, rief er mit sich überschlagender Stimme: »Du musst dir noch Zeit lassen. Mindestens ... eine Woche ... besser zehn Tage. Ich habe Vater noch nicht gefunden. Aber wir sind dicht dran. Wenn du dich zu früh ...«

Olivers Stimme erstarb. Jessica war verschwunden. Bestimmt war sie aufgewacht. Neben ihm ertönte unvermittelt eine andere, wesentlich tiefere Stimme.

»Was ist mit dir, Oliver?«

Er fuhr herum und blickte in das schmale Gesicht Reven Niagas. Beschämt senkte er die Augen.

»Ich bin eben meiner Schwester begegnet, aber ich habe es vermasselt.«

»Du meinst, du hast ihr Traumbild gesehen?«

Oliver nickte, den Kopf noch immer gesenkt.

»Ich hätte dir sagen müssen, dass hier so etwas passieren kann«, entschuldigte sich Reven zu Olivers Verwunderung. »Die Morgum-Sümpfe sind ein einziges großes Zwielichtfeld. Sich darin zu bewegen, ist nicht ganz unproblematisch.«

Als wenn wir das nicht alle schon längst bemerkt hätten!, dachte Oliver, sprach dann aber aus, was ihn wirklich bewegte: »Ich habe es gründlich vermurkst, Reven. Weil ich vor lauter Staunen nur dummes Zeug geredet habe, konnte ich Jessi nicht sagen, dass sie sich an den Gegenstand erinnern muss, der in meiner Tasche ist. Ich konnte nur noch erwähnen, dass wir noch sieben oder zehn Tage brauchen, um meinen Vater zu finden, mehr nicht. Jetzt wird sie vielleicht nie herausbekommen, wie sie uns beide wieder zur Erde zurückbringen kann.«

Reven legte ihm die Hand auf die Schulter. »Beruhige dich, Oliver. Du hast genau das Richtige getan.«

Olivers Kopf schnellte hoch. »Aber ...«

»Wenn du deiner Schwester jetzt dein Geheimnis anvertraut hättest, wärst du vermutlich augenblicklich zur Erde zurückgekehrt.«

»Daran hatte ich gar nicht gedacht.«

»Es ist ja alles gut gegangen.« Reven klopfte ein paarmal auf Olivers Schulter und sagte dann aufmunternd: »Was hältst du jetzt von einem schmackhaften Frühstück?«

Noch bevor das Grau ganz seine helle Tagesfärbung angenommen hatte, brachen die Gefährten auf. Reven war es zuvor gelungen, mit einigen Zweigen, die er zwischen den Felsen gefunden hatte, ein kleines Feuer zu entfachen. So konnten die Gefährten die steifen Glieder mittels Tee und geröstetem Brot auch von innen wärmen. Dazu gab es einen vorzüglichen weißen Käse und seltsame blaue Früchte, die ziemlich sauer schmeckten.

Der zweite Tag in den Sümpfen brachte neue beunruhigende Begegnungen mit sich. In einem Gebiet, das sich durch seine kahlen, abgestorbenen Stämme hervortat, die bleich aus dem knietiefen Wasser ragten, wurden die Reiter von grauenvollen Fratzen umringt, die durch die Luft schwebten wie Heliumballons. Die grässlichen Gesichter rissen ihre Mäuler auf und machten einen furchtbaren Lärm, aber keines von ihnen näherte sich den Sumpfwanderern um mehr als zwei Armlängen.

Ziemlich unangenehm wirkten auch die Wesen, die fast bewegungslos zwischen den Bäumen standen und die Vorüberziehenden einfach nur stumm anglotzten. Ihre Augen waren ungewöhnlich groß, ihre Schädel bleich und völlig kahl – die Gesichter glichen somit eher Schalen von Magerquark mit je zwei Pfirsichhälften darin als menschlichen Antlitzen. Gerade ihre äußerliche Ruhe – sie schlugen weder um sich, noch stießen sie irgendwelche ungehörigen Laute aus – ließ einem das Blut in den Adern stocken. Es waren Geschöpfe, deren anklagender Blick allein schon ausreichte, um selbst hartgesottenen Menschen das Nervenkostüm von der Seele zu reißen.

Als die zweite Nacht in den Sümpfen anbrach, waren alle äußerst nervös. Vor allem Oliver und Eleukides litten unter extremer Schreckhaftigkeit, Konzentrationsschwäche und Hunger. Letzterer war besonders merkwürdig. Wenigstens mussten die beiden nicht an die möglicherweise noch anstehenden Unannehmlichkeiten denken, während sie die Lebensmittelvorräte dezimierten. Anschließend überfiel sie dann sogar eine willkommene bleierne Schwere, sodass Oliver in dieser Nacht wenigstens etwas Schlaf fand.

Pegasus war während der ganzen Rast vollauf damit beschäftigt, die anderen Pferde zu beruhigen. Auch sie waren immer nervöser geworden, neigten nun dazu, bei dem geringsten Laut hochzugehen oder unkontrolliert um sich zu schlagen. Allein dem ungewöhnlichen Respekt, den sie Pegasus entgegenbrachten, war es wohl zuzuschreiben, dass die Sumpfwanderer nicht schon längst zu Fuß durch die Pfützen waten mussten.

Nippy, Kofer und Tupf zeigten eher verhaltene Reaktionen auf die Schrecken der Sümpfe von Morgum. Vielleicht fehlte ihnen die menschliche Vorstellungskraft, die dem Unbewussten solch grauenvolle Dimensionen verleihen konnte. Die drei schwiegen die meiste Zeit.

Oliver hatte sich wieder für die letzte Wache entschieden; vielleicht hoffte er, noch einmal seiner Schwester zu begegnen, um das Gespräch der vergangenen Nacht fortzusetzen. Wenn es sich so verhielt, wurde er enttäuscht. Jessicas weißes Nachthemd tauchte nirgendwo auf.

Dafür machte er eine andere befremdliche Bekanntschaft. Als alle seine Gefährten schliefen, hörte er plötzlich ein seltsames Quäken. Es war sehr leise und klang wie das Gebrabbel eines Säuglings, nur noch höher von der Tonlage. Das Geräusch kam näher und Oliver wappnete sich schon für das Schlimmste. Er musste an den Sammler denken und das niedliche Rehkitz. Aber anstelle eines eisigen Windhauchs bemerkte er nur eine winzige Gestalt, die sich ihm näherte.

Das Licht der Zwergenfackeln schien das kleine Wesen überhaupt nicht zu stören. Es marschierte tapfer durch den sumpfigen Morast direkt auf Oliver zu. Dabei hielt es den Oberkörper leicht nach hinten geneigt und arbeitete fleißig mit den angewinkelten Armen. Seine Beine versanken bei jedem Schritt bis zu den Knien im Matsch. Endlich hatte es Oliver erreicht und blieb stehen. Verdutzt sah er das kleine Wesen an, das ihn seinerseits aufmerksam beäugte. Es plapperte immer noch mit großem Ernst, nur leider völlig unverständlich.

Langsam begriff Oliver, was er da vor sich sah. In seinem Biologiebuch gab es ein Foto von einem menschlichen Embryo: großer Kopf, vorstehende Augen, eine nach außen gewölbte Wirbelsäule und winzige Ärmchen und Beinchen. Alles war da, bis auf die Nabelschnur. Wahrscheinlich hatte der Kleine – es war unverkennbar ein Er – sie heimlich abgezwickt, um sich aus dem Staub zu machen.

»Wer bist denn du?«, fragte Oliver. Ohne es zu merken, sprach er wie zu einem Neugeborenen.

Der Embryo hielt mit seinem Gebrabbel inne und beschränkte sich nun darauf, Oliver zu mustern. Schließlich sagte er: »Komische Frage. Ich bin *du*.«

Es hätte nicht viel gefehlt und Oliver wäre wieder von seinem Sitz gerutscht wie schon in der Nacht zuvor. »Was soll das heißen, du bist ich?«, fragte er völlig verunsichert.

»Du bist ja schwer von Begriff. Es bedeutet, du bist Oliver und ich bin auch Oliver – ich bin du.«

»Aber das geht nicht …!« Oliver war völlig durcheinander.

»Du besitzt viele Erinnerungen, die tief in dir schlummern«, sagte der kleine Balg. »Manche davon sind älter als du.«

»*Das* geht nun wirklich nicht«, widersprach Oliver.

Der Kleine lachte wie eine Singdrossel. »Natürlich geht das. In deinem Land denken die Menschen nur etwas verdreht. Für sie beginnt das Alter eines Kindes erst mit dem Tag der Geburt. So ein Humbug! Als wenn man vorher kein Mensch wäre. Andere Völker sind da klüger.«

»Und woher willst du das wissen?«

»Das habe ich im Rat der Ungeborenen gelernt.«

Oliver hatte den Oberkörper weit vorgebeugt und schaute sein noch unfertiges Ich entgeistert an. Was war der »Rat der Ungeborenen«? Und außerdem – irgendwas stimmte da doch nicht. »Wo ist eigentlich Jessica?«

»Die hatte keine Lust mitzukommen.«

»Du meinst, sie ist *wirklich* hier?«

»Warum denn nicht? Die meisten Menschen haben verschüttete Erinnerungen aus der Zeit vor ihrer Geburt. Sie wissen nur nichts mehr davon.«

»Und warum bist du gekommen?«

Der kleine Oliver zuckte mit den Schultern. »Ich wollte dich nur mal ansehen.«

»Das ist alles?«

»Und ich wollte dir etwas über Mama sagen.«

Oliver schaute den Embryo erwartungsvoll an.

»Sie hat uns sehr geliebt!«

Jetzt sank Oliver kraftlos in sich zusammen. Das war zu viel für ihn. Er liebte seine Mutter auch. Aber das war sicher eine andere Art Liebe. Er kannte sie nur von einigen Fotos und aus wenigen verschwommenen Erinnerungen …

»Wie kannst du von ihr wissen?«, fragte er unvermittelt. »Ich, das heißt, du hast sie doch nie gesehen?«

»Auch ein Blinder kann die Liebe sehen – sogar besser als die Sehenden. Jessi und ich haben Mamas Fürsorge *gespürt*. Sie hat uns oft gestreichelt; Papa hat ihr dabei manchmal geholfen. Außerdem hat sie uns ständig etwas vorgesungen. Bestimmt bist du deshalb ein so großer Künstler.«

»Jetzt übertreibst du aber. Außerdem müsste Jessi dann genauso sein wie ich. Aber die würde nie ein Musikinstrument in die Hand nehmen. Alles, was Jessi kann, ist, die Soundkarte an ihrem PC voll aufzudrehen.«

»Red nicht so über unsere Schwester!« Das kleine Gesicht sah mit einem Mal ziemlich zerknittert aus. Klein Oliver hob die Fäuste, als wolle er sein großes Ich mit handfesten Mitteln maßregeln. Dann beschränkte er sich aber doch nur auf Worte.

»Selbst Zwillinge sind sich nie gleich. Außerdem sind Jessi und ich nicht aus einem Ei entstanden. Das macht uns noch unterschiedlicher. Mutter hat uns beide geliebt. Und wir haben das gespürt – selbst *vor* unserer Geburt. In dir hat das die Liebe zur Kunst geweckt. Jessis Gaben sind andere. Aber auch sie sind unter Mutters Fürsorge aufgeblüht.«

»Entschuldige, ich wollte nicht anzweifeln, was du gesagt hast.«

»Das will ich dir auch geraten haben.« Der Winzling hielt immer noch die geballten Fäuste vor sich; Oliver hätte nie gedacht, dass er eine so gewalttätige Ader besaß.

»Ich möchte dir danken, dass du gekommen bist«, sagte Oliver in förmlichem Ton.

»Keine Ursache. Hat mich nicht viel gekostet. Aber ich dachte, es wäre wichtig. Ich kenne dich gut, Oliver – ich stecke ja noch immer irgendwie in dir drin. Aber ich kenne inzwischen auch diese Welt hier. Ich muss dir deshalb noch etwas Bedeutendes sagen: Wenn du Xexano besiegen willst, musst du an deine Träume denken. Die Gaben, die tief in dir verborgen liegen, verleihen dir die größte Kraft.«

Oliver wusste zunächst nicht, was er darauf antworten sollte. Sein Zögern bewog den kleinen Nackedei das Gespräch abzubrechen.

»Das wollte ich dir nur mitteilen. Jetzt muss ich aber wieder zurück. Jessi hat gesagt, ich soll bald wiederkommen. Sie kann ziemlich unangenehm werden, wenn man nicht auf sie hört, weißt du?«

Oliver nickte verständnisvoll. Seine Schwester schien wohl schon als befruchtete Eizelle eine sehr energische Persönlichkeit gewesen zu sein.

Die Frühausgabe des Oliver Pollock fing unvermittelt wieder an zu brabbeln, als hätte es nie einen sprechenden Embryo gegeben. Der Kleine hob noch einmal die Hand zum Gruß, machte eine halbe Drehung nach links und marschierte davon. Oliver sah ihm verwirrt nach, bis er im Dunkel des Sumpfes verschwunden war.

Die letzte Etappe war die schwierigste. Nach allem, was Oliver in dieser unwirklichen Welt aus Bartflechten, Nebelschwaden und halb vergessenen Erinnerungen nun schon erlebt hatte, setzten ihm die fließenden Gesichter wohl am meisten zu.

Wieder waren sie schon mehrere Stunden unterwegs, als Revens Pferd plötzlich scheute. Es weigerte sich, auch nur einen einzigen Schritt zu tun, tänzelte auf der Stelle und war nahe daran, seinen Reiter in Panik abzuwerfen. Nur durch Pegasus' sofortiges Eingreifen ließ sich das Pferd schließlich beruhigen.

Als Oliver auf seinem weißen Hengst neben Revens Rappen stand, wusste er, was das Pferd so erschreckt hatte. Knapp unter der Wasseroberfläche einer großen Pfütze schwamm ein Gesicht. Für einen winzigen Augenblick musste Oliver an den Stillen Wald und das Angesicht seiner Schwester denken, das er in dem gestauten Bachbett gesehen hatte, aber das hier war etwas ganz anderes.

Das kreidebleiche Antlitz schien mindestens doppelt so groß zu sein wie ein menschliches Gesicht. Es besaß riesige, anklagend blickende Augen, einen runden geöffneten Mund und eine Nase, die so klein war, dass man keine Erhebung, sondern nur zwei Schlitze sehen konnte. In gewisser Weise ähnelte das Gesicht jenen schwebenden Masken, die sie gestern gesehen hatten – sie waren genauso stumm und blickten ebenso vorwurfsvoll.

»Die Pferde scheuen sich, auf einen Menschen zu treten«, erläuterte Pegasus das Verhalten seiner Artverwandten.

Oliver versuchte den vor ihnen liegenden Weg mit den Augen zu erkunden. Er sah noch weitere bleiche Flecken unter der Oberfläche der allgegenwärtigen Wasserlachen. Kein Zweifel, dieses Gebiet war übersät mit lautlos klagenden Gesichtern.

»Kannst du den Pferden klarmachen, dass dies keine richtigen Menschen sind?«, fragte er seinen weißen Freund.

»Ich werde es versuchen«, versprach Pegasus. Er warf den Kopf nach hinten, dass seine Mähne flog, und wieherte. Oliver vermutete darin ein »Hört mal alle her!« oder Ähnliches.

Die Rösser blickten ihr Leittier aufmerksam an. Pegasus gab

nun eine Reihe von schnaubenden, wiehernden und blubbernden Geräuschen von sich, deren Bedeutung sich den anderen Zuhörern naturgemäß entzog. Der Rappe schien einmal etwas zu antworten, was wie ein heftiger Widerspruch klang. Pegasus reagierte darauf mit einem lang anhaltenden Schlottern der Lippen und einem erneuten Schütteln der Mähne. Revens schwarzer Hengst beugte schließlich seinen Hals und scharrte verlegen mit dem Vorderhuf im Schlamm.

»Wir haben einen Kompromiss geschlossen«, erklärte Pegasus nach einer Weile.

Oliver runzelte ungläubig die Stirn. »Einen ... Welchen denn, bitte?«

»Wenn ich voranschreite, werden sie mir folgen.«

»Ein Anführer sollte sich ohnehin nicht in der Nachhut verstecken«, merkte Kofer an.

»Vielen Dank für den Hinweis, General.«

»Bitte schön, immer zu Diensten!«

»Bist du bereit dazu?«, fragte Oliver seinen Freund – in gewisser Hinsicht stellte er sich selbst dieselbe Frage.

»Ich werde es tun«, antwortete Pegasus.

»Dann bleibe ich dicht hinter dir und weise dir den Weg«, sagte Reven. »Eleukides muss solange mit den Packpferden am Ende reiten.«

»Mich erschüttert so schnell nichts mehr«, meinte der Philosoph ergeben.

Als Pegasus' Huf in das erste Gesicht trat, lief es Oliver kalt den Rücken hinunter. Das bleiche Antlitz schien aus Brei zu bestehen, der von einer dünnen Hülle zusammengehalten wurde – zuerst verformte sich das Gesicht auf groteske Weise, um dann mit einem Mal zu zerplatzen und nach allen Seiten auseinander zu fließen.

Die nächsten zwei Stunden wiederholte sich dieser ebenso ekelhafte wie grauenvolle Vorgang noch viele hundert Mal – Pegasus hinterließ eine endlose Spur lautlos zerfließender Matschgesichter. Selbst als das letzte Antlitz dahinschmolz, hatte sich Oliver noch immer nicht an diesen Anblick gewöhnt.

»Jetzt dauert es nicht mehr lange«, rief Reven von hinten.

Für Oliver klang dieser Satz schöner als das erhabenste Gedicht. Er fühlte sich ziemlich erschöpft. »Es wäre mir recht, wenn du wieder die Führung übernehmen könntest, Reven.«

»Natürlich. Das wollte ich dir sowieso gerade vorschlagen. Du hast dich tapfer gehalten, Oliver Sucher.«

»Danke. Ich wusste gar nicht, dass Tapferkeit so anstrengend sein kann.«

»›Doch nicht Tapferkeit gab er, was traun! Die erhabenste Kraft ist.‹«

Oliver blickte Eleukides verständnislos an.

»Das war Homer«, bemerkte Reven Niaga gleichmütig. »*Ilias*, IX, 39. Ich habe das Original bei mir in der Bibliothek.«

»Du musst es mir bei Gelegenheit unbedingt zeigen«, sagte der Philosoph mit leuchtenden Augen.

Oliver schüttelte den Kopf, zum ersten Mal konnte er wieder befreit lachen. »Ich fürchte, meine klassische Bildung hat noch etliche Lücken.«

Eleukides zwinkerte dem Bibliothekar zu und bemerkte mit Blick auf Oliver: »Unsere Reise ist ja noch nicht zu Ende. Da können wir bei ihm sicher noch einiges gerade biegen. Was meinst du, weiser Reven?«

Ein mildes Lächeln umspielte die schmalen Lippen des Angesprochenen. »Das ist wohl wahr. Wenn unser Schiff meinen Ruf nicht vernommen hat, dann werden wir für seine klassische Erziehung sogar mehr Zeit haben, als uns lieb sein kann.«

Das Meer der Vergessenen weckte schon lange verloren geglaubte Erinnerungen in Oliver. Einmal nur in seinem ganzen Leben hatte er bisher das Meer gesehen. Damals, kurz nach dem Fall der Berliner Mauer, hatte eine Tante seines Vaters die drei Pollocks in einem Anfall von Wohltätigkeit nach Südbrookmerland gelockt. Es hätte nun genauso gut Lummerland sein können, so fern und unwirklich schien Oliver diese Erinnerung.

Die Tante hatte den »Besuch aus dem Osten« durchgefüttert, als käme er nicht aus der ehemaligen Sowjet-, sondern direkt aus der Sahelzone. Während eines Tagesausflugs auf die Insel Norderney hatte sie ihrem kleinen Großneffen und der dazugehörigen Nichte die unendlichen Weiten der Freiheit vorgeführt. Nicht allzu lange später war sie dann gestorben.

Seit diesen Tagen hatte Oliver nur noch Reiseziele gesehen, die fern ab von jedem größeren Gewässer lagen. Alle diese Exkursionen waren von Vater Staat oder von bestimmten Institutionen bezahlt worden, die sich um die Förderung viel versprechender junger Talente bemühten. So gesehen war das Meer der Vergessenen für ihn ein überwältigender Anblick, auch wenn man von ihm kaum etwas erkennen konnte.

»Der Nebel erschwert selbst hier die Sicht«, merkte Kofer neben dem weißen Flügelpferd an.

»Aber es sieht gewaltig aus!«, schwärmte Oliver.

»Du kannst doch gar nichts sehen«, machte ihn Tupf auf das Augenscheinliche aufmerksam. Sie hatten nach dem Verlassen der Sümpfe zwar einige Male kurz die Sonne erblickt, aber immer wieder waren dichte Wolkenschleier heraufgezogen.

»Ich sehe mit meiner Phantasie«, widersprach Oliver dem Pinsel. »Das solltest *du* doch wohl am besten verstehen.«

»Findest du nicht, dass du uns endlich über deine weiteren Pläne informieren solltest?«, wandte sich Eleukides an Reven Niaga. Seine Stimme klang fast etwas drohend.

Der Bibliothekar vom Annahag lächelte verschlossen. »Du traust mir immer noch nicht. Habe ich Recht, Philosoph?«

»Sagen wir, es gibt da einige Fragen, die noch unbeantwortet sind.«

Reven seufzte. »Ein Dichter sagte einst: ›Vorsicht im Vertrauen ist allerdings notwendig, aber noch notwendiger Vorsicht im Misstrauen.‹ Wer seine Welt auf Misstrauen baut, errichtet sie auf Sand. Sie wird ihm entgleiten, ohne dass er sie noch halten kann.«

»Das soll wohl heißen, dass du deine Geheimnisse für dich behalten willst und wir dir trotzdem vertrauen sollen?«, deutete

Eleukides die verschleierten Äußerungen des weißhaarigen Gelehrten. Seine Augen waren nur noch zwei schmale Schlitze.

»Genau das meint er«, trällerte Nippy.

»Ein Geheimnis können wir vielleicht gleich jetzt lüften«, sagte Reven. Sein Lächeln war so tiefgründig wie immer, als er mit ausgestrecktem Arm auf das Meer hinausdeutete.

Das Gespräch zwischen Reven und dem Philosophen hatte die Aufmerksamkeit der anderen abgelenkt. Deshalb war ihnen entgangen, was da hin und wieder zwischen den dahinfliegenden Nebelschwaden auftauchte und gleich wieder verschwand.

»Dort draußen«, versetzte nun Reven Niaga mit Nachdruck, »ist unser Schiff. Es holt uns ab, um uns nach Atlantis zu bringen.«

Oliver und die Gefährten folgten seinem ausgestreckten Finger. Sprachlos sahen sie den großen Dreimaster aus dem Nebel auftauchen und verblüfft beobachteten sie, wie er direkt auf sie zusteuerte – zwischen dem Kiel und der Wasseroberfläche befand sich nichts als ein guter Klafter Luft.

9. KAPITEL

DAS NETZ

*Die Wahrheit ist so kostbar wie geläutertes Gold.
Leider ist sie auch genauso weich –
sie wird nach Herzenslust verdreht
und in jede gewünschte Form verbogen.*

Anonymus

Als sich die Schatten von Jessicas und Miriams Geist hoben, fanden sie sich in einem leblosen Museum wieder. Die babylonische Prachtstraße lag wie ein schlafender Lindwurm im Licht der Notbeleuchtung. Die braungelben Drachen und Stiere am Ischtar-Tor links von ihnen waren nur verschwommene Flecken.

»Was tun wir hier?«, fragte Jessica, nachdem Miriam ihre Nasenspitze in das Licht der Taschenlampe getaucht hatte.

»Ich habe keine Ahnung.«

»Wollten wir nicht János Hajduk verfolgen?«

»Wir müssen ihn wohl irgendwie verloren haben.«

»Miriam?«

»Ja?«

»Hier ist was oberfaul. Ich weiß noch ganz genau, wie ich damals hier, fast an der gleichen Stelle, aufwachte.«

»Du meinst, wir könnten etwas gesehen und gleich wieder vergessen haben?«

Jessica nickte. Ihrer Miene war anzusehen, dass sie lieber den Kopf geschüttelt hätte.

»Es muss irgendwie mit dem Tor zusammenhängen«, murmelte Miriam, die Augen zum Ischtar-Tor gewandt.

»Wenn man nur unter die blauen Ziegel schauen könnte!«

»Du meinst, auf den Schlussstein des inneren Tores?«

Jessica nickte noch einmal.

»Das kannst du vergessen«, sagte Miriam. »Ehe wir hier mit Leiter, Hammer und Meißel anrücken könnten, hätte der liebenswürdige Oberhirte schon die gesamte Polizei von Berlin alarmiert.«

»Vielleicht sind wir zu lange der ›Spur der Namen‹ gefolgt.«

»Ich schlage vor, wir gehen erst einmal nach Hause und überlegen dann, was zu tun ist.«

Jessica grinste auf einmal. »Prima Idee! Ich hab einen Kohldampf, als wäre ich bis ans Ende der Welt gelaufen.«

Der Pförtner ließ sie ungehindert passieren. Im Vorbeigehen rief er Miriam hinterher: »Haben Sie den Professor getroffen, Fräulein McCullin?«

Miriams Schritt stockte. »Äh, ja, aber er war ziemlich beschäftigt. Wieso, Paul? Haben Sie ihm gesagt, dass er mich im Museum finden würde?«

»Nee, Fräulein. Der Professor ist in letzter Zeit immer so miesepetrig. Ich werd mich hüten, ein Wort mehr zu ihm zu sagen als unbedingt nötig.«

Miriam ließ ihr erfrischendes Lachen hören und wünschte dem Pförtner noch eine gute Nacht.

Auf der Friedrichsbrücke bedachte Jessica ihre Freundin mit einem kecken Seitenblick. »Listig wie die Schlangen, was?«

»Ich habe nicht gelogen!«

»Nur ein bisschen die Wahrheit verbogen.«

»Haben wir Hajduk etwa nicht im Büro angetroffen?«

»Er sieht das bestimmt anders, will ich jedenfalls hoffen.«

Der Peugeot schlief schon fest, als Miriam versuchte ihn mit dem Zündschlüssel wachzukitzeln. Leider kümmerte ihn das gar nicht.

»So ein Mist! Jetzt müssen wir auch noch nach Hause laufen.«
Jessica lächelte ihre Freundin souverän an. »Ich predige dir ja schon seit Tagen, dass du dich dem technischen Fortschritt nicht verschließen darfst – ein neues Auto wäre schon längst fällig gewesen.«

»Aber ich liebe meinen kleinen Hopser. Wenn du einen Hamster hast, spülst du ihn ja auch nicht gleich im Klo runter, wenn er mal niest.«

»Dein Hopser hat keinen Schnupfen, sondern die Schwindsucht, Miriam.«

»Trotzdem. Morgen rufe ich die ›gelben Engel‹. Die geben ihm eine Spritze und dann geht es ihm schon bald wieder besser.«

Jessica öffnete die Wagentür. »Na, dann wollen wir mal. Hoffentlich steht Hopser morgen noch hier.«

»Den stiehlt so schnell keiner. Dafür ist er nicht repräsentativ genug.«

»Daran habe ich auch gar nicht gedacht. Jedenfalls nicht direkt. Xexano hat sicherlich andere Maßstäbe, nach denen er seine Diener auswählt.«

Miriam schaute Jessica verwundert an. »Wie kommst du denn darauf?«

Jessica zuckte die Achseln. »War nur so 'ne Idee. Vergiss es einfach wieder.«

Auf dem Weg in die Krausnickstraße fragte sich Jessica, warum ihr tatsächlich der Gedanke mit Xexano gekommen war. Bestimmt lag es nur an ihrer Müdigkeit. Sie hatte schon lange keinen so anstrengenden Tag mehr erlebt wie den heutigen.

Die Geschichte des Rabbiners Simon Jisroel ging ihr noch immer im Kopf herum. Sie hatte wohl erst an diesem Tag wirklich begriffen, wie gefährlich das Vergessen sein konnte. Auch was er über die Geschichte der Menschen, die Sintflut und zuletzt über Nimrod gesagt hatte, ließ sie nicht los. Als einen Rebell gegen Gott hatte der Rabbiner diese Gestalt beschrieben. Irgendwo in den vielen Informationen, die ihnen der Tag gebracht hatte, gab es einen roten Faden, der direkt zu Xexanos Geheimnis führte, das ahnte

Jessica. Aber je mehr sie über den Herrscher Quassinjas herausbekamen, desto unüberschaubarer und verwickelter stellte sich das ganze Problem dar. Es schien ihr, als würden sich die verschiedenen Spuren zu einem nahezu unentwirrbaren Knäuel verdichten. Aber an welcher Schnur musste sie ziehen, damit sich der Knoten löste?

Als die beiden in der Krausnickstraße 5 ankamen, waren noch nicht einmal fünfzehn Minuten vergangen. Miriam schloss die Wohnungstür auf und öffnete den Reißverschluss ihrer Jacke. Plötzlich hielt sie inne.

»Was gibt's?«, fragte Jessica. »Sag bloß, du hast was im Museum vergessen.«

»Im Gegenteil.« Miriam klopfte sich auf die Jackentasche. Sie öffnete den Verschluss und förderte eine Hand voll Papierschnipsel zu Tage. »Was ist das? Wer hat das da hineingetan?«

»Ich sagte doch vorhin schon, dass an diesem ganzen Museumsausflug was faul ist. Ist dir nicht auch so, als wenn alles, was mit Hajduks Büro zu tun hat, in deinem Kopf irgendwie nebulös ist? Ich hab das Gefühl, wir wissen nur noch die Hälfte von dem, was dort passiert ist.«

»Es scheint eine zerissene Fotokopie zu sein«, sagte Miriam, während sie die Schnipsel genauer untersuchte. »Eine ziemlich schlechte allerdings.«

»Wenn du sie im Museum eingesteckt hast – und ich zweifle nicht daran –, dann muss sie dir auch wichtig gewesen sein. Ich schlage vor, wir machen uns jetzt einen gemütlichen Puzzleabend.«

»Es ist schon nach elf, Jessica!«

»Richtig. Das heißt, in weniger als sechzig Minuten haben wir noch exakt sechshundertachtundvierzig Stunden, um Xexanos Code zu knacken.«

»Hast du das eben im Kopf ausgerechnet?«

»Wieso?«

»Ach nichts. Geh du schon mal ins Wohnzimmer und räum den Esstisch frei. Ich koche uns noch einen Tee.«

»Bring auch ein paar Bogen Papier und Klebstoff mit.«

»Wird gemacht, Watson.«

Das Puzzle erwies sich als eines der schwierigeren Art. Da Miriam offenbar die Reste mehrerer Fotokopien eingesteckt hatte, mussten die beiden Tüftlerinnen zunächst die verschiedenen Schnipsel sortieren. Der kleine Zeiger der Uhr marschierte stramm auf eins zu, als sie endlich die sechs Seiten zusammengefügt hatten.

»Das ist die Tonscherbe, die er ständig mit sich rumträgt«, sagte Miriam verblüfft.

»Und die da?« Jessica zeigte auf eine nahezu schwarz ausgefallene Kopie mit einem anders geformten Fragment.

»Er war doch heute ...« Miriams Blick fiel auf die Uhr an Jessicas Handgelenk und sie verbesserte sich: »... oder vielmehr *gestern* in London, beim Auktionshaus Christie's. Bestimmt hat er die Scherbe von dort mitgebracht.«

»Kannst du entziffern, was da drauf steht?«

»Die Kopien sind ziemlich schlecht – sonst hätte er sie ja wohl auch nicht weggeworfen. Aber ich denke, wir können trotzdem was daraus machen.«

»Ich könnte sie mit dem Computer einscannen und ausgewählte Helligkeitsbereiche abschwächen, sodass ...«

»Schon gut, Jessi.« Miriam hatte ihr die Hand auf den Unterarm gelegt, ohne auch nur für einen Moment die Augen von den Fotokopien zu nehmen. »Wenn wir die beiden Seiten hier nehmen, bekommen wir es auch so hin.«

»Du magst nur meinen PC nicht.«

»Stimmt. Gibst du mir mal bitte die Lupe dort?«

Jessica reichte sie ihr. Schweigend beobachtete sie die Wissenschaftlerin bei der Arbeit.

»Das ist gar kein Sumerisch«, sagte Miriam gleich zu Anfang. Offenbar war sie überrascht. »Ich hatte Hajduks Scherbe nie aus der Nähe gesehen. Das sind althebräische Schriftzeichen.«

»Bereitet dir das Probleme?«

Miriam blickte von ihrer Lupe auf. »Keine, die wir nicht mit Hilfe meiner Regale lösen könnten.«

Die Frage in Jessicas Augen wich schnell der Bewunderung, als sie verfolgte, wie die Irin zielstrebig einige dicke Bücher aus den Regalwänden zog, sich mit Bleistift und Papier bewaffnete und dann minutenlang über den seltsamen Schriftzeichen brütete. Einmal wagte sie es, Miriam eine frische Tasse Tee anzubieten, aber die hatte ganz ohne Frage ihr Gehör abgeschaltet – sie reagierte überhaupt nicht. Sie blätterte, kritzelte, blätterte, schrieb … Nach einer Weile nahm sie ein neues Blatt und machte weitere Notizen.

Gerade sackte Jessicas müdes Haupt ganz von allein in eine stabilere Lage, als Miriam überraschend verkündete: »Fertig!«

Jessicas Kopf schnellte hoch. »Was?«

»Ich habe den Text übersetzt.«

Jessica zog die Zettel zu sich heran und las die zwölf Zeilen.

Wenn die schamájim ihre Schleusen schließen,
wird meschomém sich erheben
und ham mabúl vergessen machen.
Von tehóm wird heraufziehen,
was schiqqúz wird genannt.
Vor Ka-dingir-ra wird es treten,
ihm seinen Namen zu Füßen legen,
auf dass die schuppím ihm öffnen das Tor:
einmal, um ihn zu erheben über malchúth schamájim,
zweimal, um ihm die Erinnerung zu geben, und
dreimal, um ihn zu werfen in tehóms Herz.
Doch vergisst du den, der da lautet …

Sie schaute ratlos zu Miriam auf. »Sagtest du nicht, du hättest den Text übersetzt?«

Miriam lachte auf ihre unnachahmliche Art. »Manchmal bist du richtig niedlich, Jessi. Ohne deine Tastatur kommst du mir so hilflos vor wie ein Neugeborenes in einem Kochkurs.«

»Danke. Und was bedeutet das da jetzt?«

»Vielleicht nehmen Frau Kryptoanalytikerin mal den obersten Zettel weg.«

Als Jessica der Empfehlung folgte, stieß sie auf eine zweite Fassung der geheimnisvollen Verse. Nun waren auch die komischen Wörter übersetzt. »Das ist hundsgemein von dir. Du hättest mir ruhig gleich das richtige Blatt zeigen können.«

Miriam grinste wie ein Honigkuchenpferd. »Ich wollte nur noch mal nachprüfen, ob ich nichts vergessen habe.«

Jessica las den Text noch einmal.

Wenn die Himmel ihre Schleusen schließen,
wird der Verwüstungverursachende sich erheben
und die Sintflut vergessen machen.
Aus der Tiefe wird heraufziehen,
was „abscheuliches Ding" wird genannt.
Vor das Tor Gottes wird es treten,
ihm seinen Namen zu Füßen legen,
auf dass die Hüter ihm öffnen das Tor:
einmal, um ihn zu erheben über das Königreich der Himmel,
zweimal, um ihm die Erinnerung zu geben, und
dreimal, um ihn zu werfen in das Herz der Tiefe.
Doch vergisst du den, der da lautet ...

»Und was bedeutet Punkt, Punkt, Punkt?«

Miriam zog die Schultern hoch. »Mehr steht auf den Scherben nicht drauf. Ich nehme an, es gibt noch mehr Bruchstücke, aber Hajduk besitzt sie entweder nicht oder er bewahrt sie an einem anderen Ort auf.«

Jessica seufzte. Sie war sichtlich enttäuscht. »Ich finde diesen Text noch schlimmer als die Inschrift vom Schlussstein. Was soll dieser Wirrwarr nur bedeuten?« Sie begann Miriams Übersetzung laut vorzulesen, eigentlich, um deren Sinnlosigkeit herauszustellen, aber mit jeder Zeile, die sie eindringlich hersagte, vollzog sich in ihr eine merkwürdige Veränderung. Auch Miriam spürte an sich genau denselben Vorgang. Es war wie ein Wirbel in den Köpfen, wie ein reinigendes Gewitter, das Tropfen für Tropfen den Schmutz von einer verborgenen Inschrift spült. Dann las Jessica folgenden Satz: »… zweimal, um ihm die Erinnerung zu geben …« Sie stockte und begann wieder von vorn. Und während sie noch die Worte sprach, zog sich endgültig der Schleier des Vergessens von ihrem Sinn. Als sie zu Ende gelesen hatte, wusste sie – und auch Miriam –, was an diesem Abend im Museum geschehen war.

»So etwas gibt es doch nicht!«, hauchte sie und blickte mit großen Augen zu Miriam auf.

»Anscheinend aber *doch*. Jetzt wissen wir zumindest, wie János Hajduk es geschafft hat, sich an deinen Vater und Oliver zu erinnern, während du sie völlig vergessen hattest.«

»Aber …« Jessica schien in sich hineinzuhören, als gäbe es da jemanden, der zu ihr sprach. »Ich weiß noch immer nicht, was mit Oliver passiert ist. Warum kann ich mich nicht an *ihn* erinnern?«

»Das kann ich dir auch nicht sagen, Jessi. Möglich, dass man sich nur an solche Dinge erinnern kann, die unter dem Einfluss dieser Worte verschwunden sind.«

»Wie meinst du das?«

»Na, weißt du denn nicht mehr, was Hajduk alles angestellt hat, bevor sich das Ischtar-Tor endlich öffnete?«

»Doch. Natürlich! Er hat die Arme hochgehoben und irgendein Kauderwelsch von sich gegeben; ich konnte kein Wort davon verstehen.«

»Siehst du. Ich nehme an, dass er die Tonscherben in einer Weise benutzt hat, die ihm Zugang zu Xexanos Reich verschaffte. Schau hier. Da steht: ›Vor das Tor Gottes wird es treten, ihm seinen Namen zu Füßen legen, auf dass die Hüter ihm öffnen das Tor.‹ Diese Worte habe ich von der ersten Tonscherbe übertragen, die er schon länger besitzt. Hier geht es genauso um einen unbekannten Namen wie bei der Inschrift vom Schlussstein. Das ›Tor Gottes‹ ist das innere Tor – wir haben ja schon vorher gewusst, dass die akkadischen Worte *bab-ilu* dieselbe Bedeutung haben wie das hier verwendete sumerische *Ka-dingir-ra*.«

»Hattest du nicht gesagt, die Inschrift sei Althebräisch?«

»Die Schriftzeichen und die meisten Worte schon. Ich kann mir selbst nicht erklären, warum der Schreiber hier verschiedene Sprachen durcheinander mischte. Jedenfalls sagt er ganz eindeutig, dass das, was er zuvor *schiqqúz* – das ›abscheuliche Ding‹ – nennt, mit seinem Namen unter das Tor treten muss, damit die Torhüter es ihm öffnen.«

»Das würde ja bedeuten, János Hajduk kennt den wahren Namen Xexanos und hat ihn so zum Leben erweckt!«

»Das nehme ich an. Der letzte Teil der Verse scheint den Schlüssel dazu zu liefern, *wie* dieser Name zu gebrauchen ist. Ich würde sagen, Hajduk hat ihn *einmal* verwendet, um das Tor für Xexano zu öffnen. Er kann ihn auch *zweimal* benutzen, um sich vor dem Vergessen zu schützen ...«

»Und wenn er ihn dreimal ausruft, dann wird Xexano wieder dorthin geworfen, woher er gekommen ist. Was mit dem ›Herz der Tiefe‹ wohl gemeint ist ...?«

»Das hebräische *tehóm*, das ich hier mit ›Tiefe‹ übersetzt habe, ist mit dem Namen *Tiamat* verwandt. So nannten die Babylonier die Urmutter des Alls. Sie ist die Personifikation aller salzigen Wasser und wohl nicht ganz zufällig die Ur-Ur-Großmutter Marduks.«

»Wenn ich dich richtig verstehe, hieße das, Marduk alias Nimrod alias Xexano kehrt in den Schoß seiner Ahnen zurück – er hört auf zu existieren.«

Miriam nickte. »So würde ich diese Worte interpretieren. Aus dir wird doch noch eine richtige Archäologin, Jessi.«

»Danke.« Jessicas Augen begannen mit einem Mal zu leuchten. »Jetzt ist mir auch klar, warum der Professor einen so dreisten Ton gegenüber der Goldfigur angeschlagen hat. Wenn er will, kann er den Herrscher Quassinjas auslöschen.«

»Fragt sich nur, ob er das möchte. Erinnerst du dich auch wieder an Xexanos drohende Erwiderung? Hajduk möchte gerne ein Fürst in seinem irdischen Reich werden, das hat er ganz deutlich gesagt. Aber er scheint hierbei auf das Wohlwollen der Goldfigur angewiesen zu sein.«

»Typischer Fall von Hassliebe.«

»Leider haben die beiden sich zu nebulös ausgedrückt, um uns einen brauchbaren Hinweis auf Xexanos verwundbare Stelle zu geben. Wenn wir wenigstens den Wortlaut der dritten Scherbe hätten! Nach allem, was wir aus den beiden anderen Fragmenten erfahren haben, dürfte auf ihr wohl der fehlende, letzte Punkt in unserer ›Spur der Namen‹ verzeichnet sein, nämlich der wahre Name Xexanos.«

Jessicas Finger beschäftigte sich eingehend mit dem Grübchen auf ihrem Kinn. »Was mir nur nicht ganz klar ist«, murmelte sie, »woher wusste Hajduk das alles? Anscheinend kennt er ja sogar den geheimen Namen der Goldfigur. Kann man wirklich durch Zufall auf alle diese versteckten Spuren stoßen?«

»Das erscheint mir mehr als unwahrscheinlich. Wenn sogar Koldewey keine Ahnung von alldem hatte, wie sollte dann irgendein anderer dahinter kommen?«

Plötzlich weiteten sich Jessicas Augen. Dann fiel ihr der Kinnladen herunter.

»Was ist mit dir? Geht es dir nicht gut?«, fragte Miriam besorgt.

»Es sei denn, er war ein enger Mitarbeiter in Koldeweys Ausgrabungsteam, einer, dem man bestimmte Funde zur Beurteilung vorlegte, noch bevor der Chef sie zu Gesicht bekam.«

Miriam sah Jessica aus zusammengekniffenen Augen an. »Du denkst doch an etwas Bestimmtes. Raus damit!«

»Die ... Liste! Schnell ...!«, haspelte Jessica aufgeregt hervor.

»Was für eine Liste?«

»Die Namensliste ... nicht die ›Spur der Namen‹ ... Du weißt schon, die andere, die du neulich in der Museumsbibliothek aufgestellt hast.«

Miriam ging zum Schreibtisch und kramte die Liste aus ihren Unterlagen hervor. Schulterzuckend übergab sie das Blatt Jessica. »Und wie kann uns die weiterhelfen?«

Jessicas Finger steuerte zielbewusst einen einzelnen Namen auf der Liste an. »Da!«, sagte sie, als wäre dies Erklärung genug.

Miriam murmelte nachdenklich den Namen. »Horthy, László?«

Jetzt begannen auch ihre Augen zu leuchten. »Das hört sich ungarisch an!«

»Nicht wahr? Vor anderthalb Wochen konnte ich mir nicht erklären, was an dieser Liste nicht stimmte. Aber ich wusste, dass sie etwas enthält, was für uns wichtig sein könnte.«

»Du gibst mir immer wieder Rätsel auf, Jessi. Hast du ein fotografisches Gedächtnis oder so?«

Jessica zuckte die Achseln. »Kann sein. Meinst du, du kannst was über diesen Horthy herausbekommen?«

»Ich werde gleich morgen früh in der Museumsbibliothek nachsehen.«

»Lass dich bloß von Hajduk nicht erwischen.«

»Ich fische mir die notwendigen Unterlagen heraus und lese sie zu Hause. Das ist zwar gegen die Hausordnung, aber ein ungeschriebenes Gesetz unserer Institution besagt, dass fleißige Mitarbeiter diese Regel auch einmal brechen dürfen.«

»Und fleißig sind wir allemal!«

Beide mussten lachen. Sie waren erleichtert, dass sie bei der Aufdeckung der mysteriösen Machenschaften Xexanos und seines Komplizen endlich ein gutes Stück weiter gekommen waren. Jedenfalls glaubten sie das. Es war ja noch nicht erwiesen, dass der Name László Horthy in irgendeinem Zusammenhang mit János Hajduk stand.

An diesem Samstag schliefen Jessica und Miriam etwas länger. Sie waren in der Nacht zuvor erst gegen zwei Uhr zur Ruhe gekommen. Nach dem Frühstück rief Miriam den ADAC an und meldete den Standort ihres liegen gebliebenen Fahrzeugs. Anschließend liefen die beiden in die Burgstraße und warteten auf den Wagen vom Automobilclub.

Bald hielt ein gelbes Auto neben dem kranken Hopser. Der Fahrer wirkte etwas übernächtigt und hatte vielleicht gerade deshalb eine Menge Ahnung von Autos, die an der Schlafkrankheit litten. Nach einem operativen Eingriff in der Gegend der Zylinderköpfe brummte der Peugeot wieder wie eine frühlingstrunkene Drohne. Miriam bedankte sich und dekorierte den »gelben Engel« mit einem Geldschein.

»Siehst du«, meinte sie zufrieden, als der ADAC-Wagen wieder davongebraust war, »und du hättest ihn das Klo hinuntergespült.«

»Das waren deine Worte«, widersprach Jessica. »Ich hätte so was nie gesagt. Schließlich leben wir im Zeitalter des Recycling.«

»Na, dann wollen wir mal sehen, was wir noch so alles im Altpapier unserer Museumsbibliothek finden.«

Als Miriam und Jessica im Pergamonmuseum eintrafen, erfuhren sie, dass der Polizeieinsatz an diesem Morgen schon beendet war. Das Wachpersonal hatte in der Nacht das Fehlen zweier weiterer Museumsstücke bemerkt und sofort das Sonderkommando benachrichtigt, das sich inzwischen mit den regelmäßigen Diebstählen beschäftigte. Der Pförtner erzählte Miriam, dass die Polizei auch das Wachbuch mitgenommen hatte. Bestimmt würden die Ordnungshüter darin bald auf den Namen der Wissenschaftlerin stoßen. Miriam musste wohl damit rechnen, demnächst eine Reihe unangenehmer Fragen gestellt zu bekommen.

»Ich hab mich sowieso schon gewundert, warum wir uns noch so frei im Museum bewegen konnten«, bemerkte Jessica nachdenklich, während sie an der Nationalgalerie entlanggingen.

»Ich vermute, János Hajduk steckt dahinter. Schließlich ist er der Letzte, der irgendwelche Kameras gebrauchen kann, wenn er Xexano seine Erinnerungssteuer aushändigt.«

Jessica blieb abrupt stehen. »Sag das noch mal.«

Miriam schaute sie fragend an. »Was ist mit dir? Hast du etwa schon wieder so einen Geistesblitz wie heute Nacht?«

»Du hast gesagt, Hajduk könne keine Kameras gebrauchen.« Jessica schlug sich an die Stirn, dass es nur so klatschte. »Mein Fotoapparat!«

»Was ist damit?«

»Er liegt noch im Regal, bei mir zu Hause. Ich hatte ihn bei mir, als ich damals im Museum zu mir kam. Irgendwie muss ich mit Oliver auch die Bedeutung der Kamera vergessen haben. Wenn wir hier fertig sind, müssen wir unbedingt in die Bergstraße fahren und sie holen.«

»Das machen wir, Jessi.« Miriam nahm Jessicas Hand. »Ich habe ein gutes Gefühl. Jetzt sind wir die Jäger und Xexano ist unser Wild.«

Der Besuch in der Bibliothek des Museums dauerte nicht länger als dreißig Minuten. Zum Glück hatte János Hajduk seine Wirkungsstätte schon wieder verlassen – ein Pressetermin, wie ein Kollege von Miriam berichtete.

Mit der fachmännischen Hilfe Jessicas entlockte die irische Wissenschaftlerin der Bibliotheksdatenbank die Namen einiger Bücher und Manuskripte. Alles, was sie mitnehmen wollte, ließ sie von Jessica in der Ausleihdatenbank eintragen. Mit den Unterlagen im Gepäck fuhren sie wenig später in die Bergstraße.

Der Peugeot hielt direkt vor dem Haus Nummer 70. Beim Aussteigen schaute Jessica zu den zerfressenen Gesichtern über der Tür hinauf. Sie sahen heute noch nichts sagender aus als beim letzten Mal. Auch der kahle Baum im ersten Hinterhof gab ein trostloses Bild ab. Gerade als die beiden Freundinnen unter ihm hinweggingen, schaukelte das letzte Blatt im Wind davon. Irgendwie hatte Jessica das Gefühl, in einer Stadt zu leben, in der alles im Schwinden begriffen war.

Als sie die Tür zum Hausflur öffneten, schlug ihnen ein unangenehmer Geruch entgegen.

»Hoffentlich hab ich nichts in der Küche liegen lassen, was langsam vor sich hin fault«, meinte Jessica.

Ihre Befürchtung erwies sich als unbegründet. In der Wohnung war alles genauso, wie es Jessica hinterlassen hatte. Auch der Fotoapparat befand sich noch in ihrem Zimmer.

»Ich sollte mein Labor mitnehmen«, murmelte Jessica, die Hand nachdenklich am Kinn.

»Ein Labor?«, wiederholte Miriam leicht gereizt. »Was bedeutet *das* nun schon wieder?«

»Wir müssen den Film doch schließlich entwickeln.«

»Kannst du ihn nicht in ein Fotogeschäft bringen? Dann ist er auch am Montag fertig.«

»Wenn ich ihn selbst entwickle, haben wir die Bilder schon in ein paar Stunden. Außerdem halte ich den Film für zu wertvoll, um ihn aus der Hand zu geben.«

Miriam seufzte. »Also gut. Unter einer Bedingung.«

»Und die wäre?«

»Kein Säureanschlag auf meine Möbel und keine Zwischenlagerung irgendwelcher Chemikalien im Kühlschrank!«

»Versprochen.«

Jessicas Entwicklungslabor war durch ein Preisgeld finanziert worden, das sie wegen ihrer besonderen Leistungen bei einem Jugend-forscht-Wettbewerb erhalten hatte. Sie hatte damals eine beachtenswerte Dokumentation über die Variationen kristalliner Strukturen in Siliziumchips vorgelegt. Nachdem die Kunststoffwannen, Chemikalien und sonstigen Gerätschaften in Miriams Miniaturallzwecktransporter verstaut worden waren, ging es zurück in die Krausnickstraße. Das Badezimmer der Wissenschaftlerin wurde kurzerhand zu einer Dunkelkammer umfunktioniert.

»Kann ich dich für eine Weile allein lassen?«, fragte Miriam. Ihre Augen verfolgten sorgenvoll Jessicas Installationsarbeiten.

»Musst du noch mal weg?«

Miriam nickte. »Ich wollte noch schnell in eine öffentliche Bibliothek fahren. Vielleicht reichen die Unterlagen aus dem Museum und die Bücher in meinen Regalen nicht aus, um László Horthys Fährte aufzunehmen.«

»Das kann ich mir zwar nicht vorstellen, aber meinetwegen. Ich habe hier noch eine Weile zu tun. Du kannst dich ruhig verdrücken.«

Wenig später hörte Jessica die Haustür zuklappen. Erst ein paar Minuten später huschte ihr eine Erinnerung durch den Sinn, die sie zum Fenster laufen ließ. Aber Miriams Hopser war schon vom Parkplatz gehüpft.

Nun war sie allein in der Wohnung. Sie musste an die nächtliche Szene im Museum denken. János Hajduk hatte von Xexano einen Skarabäus erhalten, einen schildkrötengroßen Mistkäfer aus einem grün glänzenden Material. Xexano hatte erwähnt, dass die lebende Figur Hajduk schon einmal geholfen hätte, dass sie in der Lage sei, sich lautlos zu bewegen und selbst Wände zu durchdringen …

Jessica lief in die Küche. Von plötzlicher Hast getrieben, kramte sie in Miriams Kochutensilien. Eine Kelle? Zu leicht. Ein Nudelholz? Zu unhandlich. Ein Fleischklopfer aus Aluminium! Genau richtig. Dieser grüne Pillendreher war bestimmt der Dieb von Vaters Tagebuch und auch von allen anderen Kopien der Keilschriftverse des Schlusssteins. Aber noch einmal wollte sich Jessica nicht bestehlen lassen. Eher würde sie dieses schimmernde Ding mit dem Klopfer in tausend grüne Kiesel verwandeln.

Derart gewappnet kehrte sie in das Badezimmer zurück. Sie tauschte die Glühlampe gegen ein rotes Licht aus, platzierte ihre verschiedenen Chemikalienbäder und machte sich an die Arbeit. Erst einmal musste der Film aus der Kamera entwickelt werden. Dazu verwendete Jessica zunächst eine wässrige Entwicklerlösung. Anschließend wurde der Film in ein stark verdünntes Essigsäurebad getaucht und zuletzt in eine Fixierlösung gegeben. Immer wieder blickte sie sich um, vergewisserte sich, dass ihre Streitkeule noch auf dem Klositz lag. Nach der Fixierung tauschte sie abermals die Glühlampen aus. Jetzt konnte sie bei normalem Licht weiterarbeiten. Die Negative mussten noch gewässert und zuletzt getrocknet werden.

Schon beim Entwickeln hatte sie die kleinen Negative aufmerksam betrachtet, aber die Details nicht richtig erkennen können. Ungeduldig wartete sie auf das Abtrocknen der Filmstreifen. Dann endlich konnte sie den nächsten Schritt angehen: die Erstellung vergrößerter Positive, der eigentlichen Papierbilder also.

Dazu musste sie die Negative in den Vergrößerungsapparat einlegen. Jedes Bild wurde auf ein spezielles lichtempfindliches Papier übertragen, das seinerseits eine chemische Behandlung erfuhr. Nun kam der spannendste Augenblick. Allmählich erschienen die Konturen auf dem Papier. Als Jessica sich bewusst wurde, *was* sie da fotografiert hatte, begann ihr Herz unvermittelt zu rasen.

Voll Staunen betrachtete sie die beiden Fotos von Mutters geöffneter Truhe – die Briefe, die Ballettschuhe, die Flöte, das Glas mit Haarspangen ...

Jessicas Atem stockte. Das Glas lag umgefallen in der Truhe. Deutlich konnte man die einzelnen Spangen darin sehen. Irgendetwas an diesen Bildern beunruhigte sie. Aber sie wusste nicht, was. Nachdenklich hängte sie das nasse Papier zum Trocknen auf eine Wäscheleine.

Als das nächste Foto sichtbar wurde, stieß sie vor Schreck die Plastikflasche mit der Essigsäure um. Hastig tupfte sie die Flüssigkeit mit einem Handtuch vom Badewannenvorleger. Doch anstatt sich über Miriams voraussichtliche Reaktion auf diesen hausgemachten Chemieunfall Gedanken zu machen, warf sie einfach das feuchte Tuch in die Wanne und beugte sich wieder über das Foto. Nicht zu glauben! Sie hatte wirklich Vaters Tagebuch fotografiert, genauer gesagt die Doppelseite, auf der sich links der Keilschrifttext vom Schlussstein und rechts die dazugehörige Übersetzung befand.

Mit zittrigen Fingern hängte Jessica auch dieses Bild auf die Leine. Beim nächsten Foto konnte sie ein wenig Atem schöpfen. Es zeigte nur das Wandgemälde gegenüber dem Ischtar-Tor, nichts Besonderes also. Dann erlitt sie einen neuerlichen Anfall von extremer Überraschung.

Ungläubig verfolgte Jessica, wie auf dem Fotopapier die Umrisse des Ischtar-Tores erschienen. Doch was nun Form annahm, erwies sich nicht als der typische Touristenschnappschuss. Das ganze Ischtar-Tor war wie von bunten Lämpchen übersät, im Torbogen schwebte ein leuchtender Lichtwirbel, dahinter konnte man schemenhaft einen Wald erkennen und davor stand – ein dicklicher Junge.

»Oliver«, flüsterte Jessica. Ihre Augen waren weit aufgerissen, der Mund stand ihr offen. Mit zitternden Fingern machte sie sich daran, das letzte Foto zu entwickeln – auf dem Film hatte es nur sechs belichtete Negative gegeben. Als das Bild langsam erkennbar wurde, glich es zunächst dem vorherigen. Dann aber bemerkte Jessica den Unterschied: Der Lichtwirbel war verschwunden. Durch das Tor hindurch sah man jetzt ganz deutlich auf einen majestätischen Wald. Von den näher stehenden Bäumen konnte man nur die gewaltigen Stämme ausmachen – sie mussten unendlich alt sein. Oliver stand direkt unter dem Torbogen, den Kopf staunend im Nacken, gerade im Begriff den Wald zu betreten.

Jetzt gab es keinen Zweifel mehr. Oliver war wirklich durch das Ischtar-Tor gegangen. Er musste, wie es in den Versen vom Schlussstein hieß, »etwas im Herzen Vergessenes« bei sich getragen haben, um sich Zutritt nach Quassinja zu verschaffen. Aber was?

Während Jessica das sechste Foto auf die Leine hängte, fiel ihr Blick auf eines der Bilder von Mutters Truhe. Das umgefallene Glas mit den Haarspangen zog sie magisch an. Ihre Gedanken arbeiteten fieberhaft. Mutters Haare! Ihre rote Lockenpracht war etwas ganz Besonderes gewesen, etwas, das über den Tod hinaus von Bedeutung war – das Haar von Oliver und Jessica zeugte noch heute davon. Vater hatte diese Spangen wie einen Schatz bewahrt. Und das Glas war umgefallen ...

Ein Geräusch im Flur schreckte Jessica hoch. Der Skarabäus kam ihr wieder in den Sinn. Blitzschnell griff sie nach dem Fleischhauer, hob ihn zum Schlag ...

»Was ist denn mit dir los?«, fragte Miriam. Sie stand atemlos in der Badezimmertür.

»Ich hab einen Fleck in den Vorleger gemacht.«

»Und deshalb willst du mich jetzt erschlagen?«

Jessica ließ ihre Keule sinken. »Gib mir einen Augenblick Zeit. Ich bin noch ganz durcheinander.«

Miriam nahm Jessica in den Arm und massierte ihren Rücken. »Komm schon, Jessi. Ist ja nicht so schlimm. So ernst habe ich das mit dem Säureangriff auf meine Wohnung auch nicht gemeint. Außerdem konnte ich den Wannenvorleger sowieso nie leiden. Die Farbe ist scheußlich und ...«

Miriams Augen waren über die noch feuchten Papierbogen auf der Wäscheleine gewandert und an einem ganz bestimmten hängen geblieben. »Was ist das?«, fragte sie erstaunt.

Jessica löste sich aus der Umarmung und blickte zu dem Bild, auf das Miriams Finger zeigte. »Mein Bruder Oliver.«

»Ich würde das als eine ziemliche Untertreibung bezeichnen. Mir scheint, dein Bruder ist gerade dabei, mit einem einzigen Schritt unsere gute Mutter Erde zu verlassen.«

»Ein kleiner Schritt für einen Jungen, aber ein großer Schritt für die Menschheit – hoffe ich jedenfalls.«

Miriam sah Jessica stirnrunzelnd an. »Oliver sieht mir nicht gerade aus wie ein Astronaut auf Mondspaziergang.«

»Aber er könnte Wichtigeres für die Menschen bewirken als Neil Armstrong. Er ist vielleicht der Einzige, der ihre Erinnerungen retten kann.« Jessica zeigte stolz auf die dritte Fotografie von links. »Hast du die schon gesehen?«

»Das gibt es doch nicht!«, entfuhr es Miriam, als sie die Tagebuchseiten erkannte.

»Jetzt können wir den letzten Teil der Inschrift möglicherweise doch noch enträtseln – wenn wir sie uns nicht wieder abnehmen lassen.«

»Der Skarabäus?«

Jessica nickte.

»Ist das der Grund, warum du mich vorhin beinahe erschlagen hättest?«

»Übertreib nicht immer so. Du hättest höchstens ein mittelschweres Schädeltrauma abbekommen.«

»Na, dann bin ich ja beruhigt.«

Wie so oft vorher saßen sie wieder gemeinsam am Esstisch. Anderthalb Stunden waren inzwischen vergangen. Über ihnen hing der Kalender mit den roten Kreuzen – bis zur rechten unteren Ecke des Plakates gab es noch siebenundzwanzig leere Kästchen. Da es draußen schon dämmerte, brannten zwei Kerzen auf dem Tisch. Jessica und Miriam hatten schon gegessen und wie gewohnt stand eine Teekanne auf dem Stövchen. Beide betrachteten das Foto mit den Keilschriftzeichen.

»Weißt du, was ich nicht verstehe?«, sagte Jessica nach geraumer Zeit. Sie hatte den Kopf schräg auf eine Hand gestützt und ihr Gesicht sah ungewohnt schief aus.

»Nein.«

»Woher kann man wissen, wie alt dieser Text ist?«

»Warum fragst du?«

»Ich kann mich noch erinnern, dass Vater etwas über eine andere Inschrift in sein Tagebuch geschrieben hatte. Er erwähnte, dass sie viel älter sein müsse, als die Archäologen annahmen.«

Miriam hatte Streichhölzer auf die Tischdecke geschüttet und damit begonnen, sie hin und her zu schieben. »Von welcher Inschrift sprichst du?«

»Sie soll sich unter den Füßen Xexanos befunden haben.«

»Ach die. Was dein Vater vermutet hat, ist gar nicht so abwegig. Ich nenne dir mal ein Beispiel, damit du dir das Ganze besser vorstellen kannst: Wenn du heute ein Buch siehst, das vor zweihundert Jahren gedruckt wurde, kannst du wahrscheinlich schon an der altertümlichen Schrift und an der ganzen Art, wie es gemacht ist, erkennen, dass es mehr als nur ein paar Jahre alt ist. Ähnlich verhält es sich auch mit der Keilschrift.« Miriam bewunderte lächelnd das Häuschen, das sie aus den Streichhölzern konstruiert hatte. Sie beschloss ein Dorf zu bauen.

»Aber damals gab's doch noch keinen Buchdruck«, merkte Jessica an. Ihr Blick lag missbilligend auf Miriams Hölzchenspiel. »Vater hat geschrieben, dass die Schriftzeichen unter der Statue aus einer Epoche weit vor dem vierten Jahrhundert vor Christus stammen, einer Zeit also, die deutlich vor Alexanders Einzug in Babylon liegt. Woher konnte er das so genau wissen?«

»Die Keilschriftzeichen haben sich seit ihrer Entstehung genauso weiterentwickelt wie die Gestaltung von Büchern seit 1450, als Gutenberg die beweglichen Lettern erfunden hat; und sie waren um ein Vielfaches länger in Gebrauch als diese! Daraus lassen sich interessante Rückschlüsse ziehen. Einige von meinen Kollegen glauben zum Beispiel, dass die berühmte Chronik des Nabonid – das ist ein vielleicht vierzehn Zentimeter breites und etwa ebenso langes Tontäfelchen, das sich heute im Britischen Museum befindet –, gar nicht von Nabonid sein kann. Der nämlich lebte zur Zeit der Eroberung Babylons durch die Perser im sechsten Jahrhundert vor Christus. Das besagte Tontafelfragment aber datieren sie in die seleukidische Zeit. Das war so zwischen 312 und 365 vor Christus, also mindestens zweihundert Jahre *nach* den Tagen Nabonids! Für einen Wissenschaftler wie deinen Vater dürfte es also ein Leichtes gewesen sein festzustellen, dass ein Keilschrifttext schon fast zweitausend Jahre vor dem 5. Oktober 539 vor Christus entstanden ist.«

»So genau hat er sich ja auch gar nicht ausgedrückt.«

Miriam lächelte und fegte mit dem Handrücken eine ganze Streichholzsiedlung hinweg. »Genau an diesem Tag fiel Babylon dem Perser Kyros in die Hände. Ich erwähne das nur, weil spätestens von nun an die Todesglocken über den prächtigen Bauten Babylons läuteten. Kaum ein Menschenalter später fiel der Perserkönig Xerxes über die Stadt her. Viele Heiligtümer wurden von ihm geplündert oder zerstört. Auch die große Freitreppe von Etemenanki, dem babylonischen Stufenturm, ließ er abreißen. Die größte Demütigung für die einst so mächtige Priesterschaft des Stadtstaates war aber sicherlich, dass er die ehrwürdige alte Goldstatue von Marduk zerstören ließ und andere Kultgegenstände …«

Miriam war immer leiser geworden, bis ihre Stimme schließlich ganz erstarb.

»Was ist?«, fragte Jessica. Gleich darauf riss sie die Augen auf. »Du glaubst doch nicht etwa …?«

Miriam nickte bedächtig. »Die Marduk-Statue. In unserer ›Spur der Namen‹ steht Marduk gleich unter Nimrod. Es könnte doch immerhin sein, dass Xerxes nur vortäuschte, die Marduk-Statue zerstört zu haben.«

»Und was hätte ihm das gebracht?«

»Nun, man kann feststellen, dass die meisten Eroberer, die

durch Babylon zogen, die Götter der Einwohner unangetastet ließen. Nicht umsonst haben sich ja so viele babylonische Bräuche bis in die Religionen unserer Tage gerettet. Hauptsächlich geschah dies wohl, weil die Sieger wünschten, die unterlegenen Babylonier in das eigene Reich zu integrieren, aber vielleicht steckte auch mehr dahinter.«

»Nämlich?«

»Aberglaube, die Furcht, einen uralten Gott zu erzürnen, oder ...«

»... Legenden, die jedem unbegrenzte Macht versprachen, wenn er das Geheimnis dieser Statue lüftete.« Jessica hatte Miriams Vermutung auf den Punkt gebracht. »Dann könnte die von Xerxes geraubte Statue möglicherweise genau dieselbe sein, die wir so putzmunter unter dem Ischtar-Tor gesehen haben. Und der Perserkönig selbst wäre eine Art früher János Hajduk gewesen.«

»Ein ziemlich erfolgloser allerdings. Wer weiß, vielleicht hat es im Laufe der Jahrtausende schon viele gegeben, die der Lösung des Rätsels ganz nahe waren?«

»Oder alles, was wir uns hier ausdenken, ist nichts als heiße Luft.«

»Oder das.«

»Du verstehst es, einem Mut zu machen.«

»Aber es hilft alles nichts. Wenn wir wirklich vorankommen wollen, müssen wir uns auf das da konzentrieren.« Mit diesen Worten tippte Miriam auf die Fotografie der Keilschriftzeichen.

Jessica betrachtete grimmig die Doppelseite aus Vaters Tagebuch. Dabei streifte ihr Blick die durcheinander gewirbelten Streichhölzer auf der Tischdecke. Ihre Augen ließen das Bild links liegen und wanderten zu den Streichhölzern zurück, dann wieder zur Fotografie.

»Ich hab's!«, schrie sie so plötzlich und so laut, dass Miriam vor Schreck den Inhalt ihres Bechers verschüttete, aus dem sie gerade trinken wollte.

»Jessica! Ich glaube, du willst mich heute wirklich noch umbringen. Was ist denn nun schon wieder los?«

»Die Hölzer!« Jessica zeigte aufgeregt auf das Ruinenfeld von Miriams Streichholzsiedlung. »Kennst du nicht diese Tüfteleien, bei denen man mit möglichst wenigen Zügen aus einer Streichholzfigur eine andere legen muss?«

»Ich verabscheue Knobelspiele.«

Jessica klatschte sich die Hand auf die Stirn. »Dass ich nicht schon früher darauf gekommen bin! Und so was will eine Kryptoanalytikerin sein. Dein Professor Seymour hatte doch geschrieben, dass die verschlüsselte Keilschriftzeile ihn eher an das Scrabble-Spiel seiner Enkelin erinnerte als an irgendetwas anderes – und ich alte Transuse hab es nicht bemerkt.«

»*Was* bemerkt?«, fragte Miriam ungeduldig.

»Es ist ein Code! Jeder Keil – oder wie ihr Archäologen diese Kerben in den Schriftzeichen nennt – ist wie eines dieser Streichhölzchen.«

»Du meinst, jedes ›Streichholz‹ kann beliebig verschoben werden? Aber das wären ja unendlich viele Kombinationsmöglichkeiten! Wir würden nie hinter die wahre Bedeutung der Zeile kommen.«

»Es sind aber nicht unendlich viele«, widersprach Jessica. Sie hatte ein weißes Blatt Papier gezückt und tippte auf der Fotografie mit der Spitze eines Bleistiftes nacheinander auf die einzelnen Keile des Schriftzuges. Für jedes Zeichen notierte sie die Anzahl der Kerben. Miriam sah ihr währenddessen sprachlos zu.

»Einhundertundneunzehn Hufnägel«, verkündete Jessica, als sie fertig gezählt hatte.

»Hufnägel?«

»Ich finde, diese Keile sehen genauso aus.«

»Und das soll uns weiterhelfen?«

Jessica nickte entschlossen. »Es ist zumindest ein Anfang. Ich brauche noch ein paar Informationen von dir, dann werde ich mit der Arbeit beginnen.«

»Von was redest du da, Jessi? Was für Informationen? Und was für eine Arbeit?«

»Verstehst du denn immer noch nicht, Miriam? *Jetzt* bin ich in meinem Element. Geheimschriften haben mich schon immer fasziniert. Soweit ich sehen kann, weisen die uns unbekannten Keilschriftzeichen mit denen, die mein Vater übersetzen konnte, einige wichtige Übereinstimmungen auf: Die Hufnägel sind im Wesentlichen in drei Winkeln zueinander angeordnet, es gibt sie in verschiedenen Längen und sie berühren oder kreuzen sich an bestimmten Stellen; manche von ihnen stehen auch ganz für sich allein. Das sind Gesetzmäßigkeiten, die ich in ein Computerprogramm übertragen kann.«

»Ich hatte es geahnt!«

»Du musst mir nur helfen diese Attribute zu vervollständigen. Außerdem brauche ich eine komplette Liste aller Keilschriftzeichen und ein Wörterbuch, möglichst in Sumerisch-Englisch und, wenn es geht, auf CD-ROM.«

»Mehr Wünsche hast du nicht?«

»Kannst du das besorgen?«

»Soviel ich weiß, gibt es keine CD-ROM mit einem sumerischen Wörterbuch ...«

»Aber?«

»Lass mich dir zunächst einmal etwas erklären: Der Keilschrifttext, den dein Vater in sein Tagebuch übertragen hat, stammt zwar aus einer frühen Periode der mesopotamischen Kulturgeschichte, aber er ist trotzdem nicht die Erfindung des Rades.«

»Du meinst, der Schriftzeichen.«

»Kluges Mädchen. Diese Zeichen, die du hier siehst, haben sich ursprünglich aus einfachen Bildchen entwickelt, die Dinge des täglichen Lebens darstellten, zum Beispiel einen Vogel, einen Ochsen, die Sonne oder einen Bumerang.«

»Ich glaube, du hast sie mal als Piktogramme bezeichnet.«

»Genau. Später wurden diese Zeichnungen schrittweise vereinfacht. Auch kamen neue, eher abstrakte Begriffe hinzu, zum Beispiel die Namen von Göttern. Viele neue Zeichen bestanden einfach aus einer Kombination schon bekannter. So bildete sich allmählich ein sehr leistungsfähiges Schriftsystem heraus. Wenn ich mich recht entsinne, habe ich kürzlich einen Fachartikel von einigen Kollegen gelesen, die an einer Katalogisierung aller sumerischen Schriftzeichen arbeiten.«

»Es würde mich wundern, wenn die keine Computer einsetzen.«

Miriam seufzte. »Vermutlich hast du sogar Recht. Ich verspreche dir, mich gleich am Montag darum zu kümmern.«

»Warum so spät? Haben die keine E-Mail-Adresse?«

Miriam verzog angewidert das Gesicht. »Wahrscheinlich auch das. O glücklicher Nathan Jeremiah Seymour, der du dich nie mit diesen Hochgeschwindigkeitsidioten herumplagen musstest!«

»Nun hör schon auf, Miriam. Dein verbeulter Blechbriefkasten da unten im Treppenhaus ist doch total veraltet. Heute kommuniziert die Welt elektronisch.«

»Und wie kommunizierst du, wenn ich meine Tasse Tee über deine E-Mail-Box ausgieße? Bei *meinem* Briefkasten wird höchstens die Post ein wenig nass, aber deine Kiste …«

Jessica schnappte entrüstet nach Luft. »Untersteh dich!« Miriams Gedankenspiele hatten ihr doch eine Spur zu realistisch geklungen.

»Keine Sorge.« Nun lachte Miriam – nicht mehr spöttisch wie eben noch, sondern fröhlich, wie man es von ihr gewohnt war. »Ich werde deinem Liebling nicht die Drähte verbrühen. Schick du nur deine elektronischen Brieftauben auf die Reise und schreib dein Programm. Ich besorge dir alles, was du brauchst.«

Die nächste Stunde verbrachten die beiden damit, einige Grundzüge der sumerischen Keilschrift herauszuarbeiten. Jessica machte sich fleißig Notizen. Sie erhielt auch einige Bücher von Miriam, in denen »Testdaten« enthalten waren, wie Jessica es nannte. In Wirklichkeit handelte es sich um ausgewählte Beispiele von Keilschriftzeichen und deren Bedeutung.

Anschließend machten sich die beiden daran, die Nachrichten an Miriams Forscherkollegen zu verfassen und zu versenden. Jessica hatte es längst geschafft, Miriams Telefonanschluss anzuzapfen, um von dort aus in das World Wide Web des Internets vorzustoßen.

»Wirst du es alleine schaffen?«, fragte Miriam, nachdem die dringendsten Arbeiten erledigt waren.

»Das Programm? Kein Problem; in zwei oder drei Tagen bin ich damit fertig. Was mir mehr Sorgen macht, ist die Rechenzeit.«

»Wie meinst du das?«

»Ich fürchte, wenn wir erst einmal ein umfangreiches Wörterbuch auf der Festplatte haben, wird es so viele Kombinationsmöglichkeiten für die Hufnägel geben, dass mein Computer nicht die Rechenleistung besitzt, um das Problem in weniger als hundert Jahren zu lösen.«

Miriam drehte nachdenklich eine ihrer roten Locken um den Finger und murmelte: »Das könnte ein wenig zu lange sein.«

»Ich hab allerdings schon eine Idee.«

Die Locke schnellte von der Fingerspitze. »Das hätte ich mir eigentlich denken können. Willst du deinem PC eine Vitaminspritze verpassen?«

»Nein. Er ist schon so ziemlich das Schnellste, was eine Schülerin mit guten Connections überhaupt bekommen kann.«

»Frag mich jetzt bitte nicht, ob wir in den Uni-Computer einbrechen und Rechenzeit stehlen können.«

»I wo! Ich weiß was viel Besseres.«

»Und das wäre?«

»Das Netz!«

Miriam konnte mit dieser Antwort wenig anfangen.

»Ich spreche vom *Web*, vom *Internet*«, präzisierte Jessica ihre Aussage daher.

»Ach so. Und wie soll uns das helfen?«

»Ich hab drei Freunde: einen in Vancouver, Kanada, einen im kalifornischen Berkeley und den dritten in Jakarta, auf Java.«

»Jetzt flunkerst du aber.«

»Das würde ich nie tun! Die drei haben dasselbe Hobby wie ich.«

»Sie spielen mit Streichhölzern?«

»Das warst du. Nein, sie beschäftigen sich mit Verschlüsselungen und wie man sie knackt.«

»Also sind es Hacker.«

»Das trifft den Kern der Sache schon eher. Ian Goldberg – er ist einer von den dreien – hat zusammen mit seinem Studienkollegen David Wagner vor einiger Zeit eine peinliche Schlamperei in einem Programm des Marktführers für Internet-Zugangssoftware aufgedeckt. Es ging dabei um ein Sicherheitsprogramm, das sich mit einem Mal als gar nicht so wasserdicht erwies. Ich hab die beiden über die Cypherpunks kennen gelernt.«

»Das hört sich ja nicht gerade nach einer Gesellschaft an, der eine Mutter ihre Tochter gerne anvertrauen würde, jedenfalls nicht ohne vorhergehende Folter.«

Jessica schmunzelte. Komischerweise gefiel es ihr, wenn Miriam solche Dinge sagte. Neckend bemerkte sie: »Keine Angst, Mutti, die Cypherpunks sind nur eine Horde von kryptographiebesessenen Lesern einer Mailing-Liste der CSUA. Die *Computer Science Undergraduate Association,* wie sie mit vollem Namen heißt, ist der Universität von Kalifornien angeschlossen und befindet sich in Berkeley. Wir drei treffen uns regelmäßig bei einem Chat in der kalifornischen Universitätsstadt – in den letzten Wochen hab ich sie allerdings etwas hängen lassen ...«

»Moment, Moment! Das geht mir alles viel zu schnell. Was in aller Welt ist nun wieder ein *Chat*? Das hört sich nach irgendeiner zwanglosen Plauderei an.«

»Manchmal ist es das auch. Ein Chat findet auf einem bestimmten Server statt, so nennt man in diesem Fall einen, sagen wir mal, Internet-Computer, der den Netzsurfern bestimmte Dienste anbietet.«

»Und ein Chat fällt unter so eine Dienstleistung?«

»Ganz genau. Unser Server steht in Berkeley, aber er könnte irgendwo in der Welt mit dem Netz verbunden sein. Davon merkst du als Chatter nichts. Du wählst dich zu einer bestimmten Zeit in den Rechner ein und kannst mit deinen Gesinnungsgenossen nach Herzenslust plaudern oder auch tiefsinnige Gedanken austauschen.«

»Obwohl es gegen meine Prinzipien verstößt: Klingt irgendwie faszinierend.«

»Klingt nicht nur so – ist es auch. Vor allem, wenn du erst siehst, *was* für ein Chat das ist, in dem wir uns immer treffen.«

»Ihr seid doch bestimmt nicht die einzigen drei in dieser internationalen Plauderrunde, oder?«

Jessica schüttelte den Kopf. »Natürlich nicht. Die Kryptologen sind eine nette Familie mit vielen Kindern. Meine drei Freunde und ich werden so viele wie möglich von unseren ›Brüdern‹ und ›Schwestern‹ impfen. Wenn alle zusammenarbeiten, können wir den Code in wenigen Tagen geknackt haben.«

»Ich weiß nicht. Das hört sich alles viel zu optimistisch an.«

»Langsam nervst du mit deiner ewigen Miesmacherei. Ich wäre bestimmt nicht auf diese Idee gekommen, wenn sie nicht gute Erfolgschancen bieten würde. Es ist noch gar nicht so lange her – es war 1995, glaub ich –, da haben die Cypherpunks auf ganz ähnliche Weise ein kniffliges Problem gelöst.«

»So?«

»Ja. Einer aus unserer Gemeinde wollte auf die Sicherheitsrisiken in dem vorhin schon erwähnten Zugangsprogramm für das Internet hinweisen. Er hat daher mit dem Sicherheitsverfahren dieser Software ein hübsches Datenpaket geschnürt und verschlüsselt; auf seinem roten Schleifchen stand sinngemäß: ›Kryptologen aller Länder, vereinigt euch. Wer kann diesen Code knacken?‹«

»Und?«

»Es meldeten sich gleich mehrere, die den Text entschlüsselt hatten.«

»Ich glaube, ich gehe nie mehr an einen Geldautomaten.«

»Eine der Lösungen stammte von uns Cypherpunks. Wir stellten unseren Ansatz über Internet vor und forderten dazu auf, Rechenzeit zu ›spenden‹. Es dauerte nicht mal zweiunddreißig Stunden, bis der Schlüssel geknackt war. Über zweihundert Freiwillige hatten das Cypherpunk-Programm auf ihren Rechnern installiert und – koordiniert über das Internet – jeweils Teile des Schlüsselraums durchsucht. Für uns war es ein Riesenspaß, aber für diejenigen, die allzu leichtgläubig den vollmundigen Versprechen ihrer Technologielieferanten vertrauten, war es eher eine kalte Dusche.«

»Das kann ich mir vorstellen. Glaubst du, dass sich bei unserem Problem auch der – wie sagtest du doch gleich? – ›Schlüsselraum‹ aufteilen lässt, damit mehrere deiner Hackerfreunde gleichzeitig an der Lösung arbeiten können?«

»Keine Sorge. Das kriege ich schon hin. Ich ordne jedem möglichen Keilschriftzeichen einen Code zu, der mit der Menge der Hufnägel und ihrer Stellung im Symbol korreliert. In Verbindung mit der Liste aller Begriffe aus dem Wörterbuch können wir so etwas Ähnliches wie einen Schlüsselraum erstellen, von dem sich einzelne Häppchen verteilen lassen. Es gehört natürlich noch einiges mehr dazu, damit sowohl die Syntax als auch die Semantik stimmen.«

»Was du nicht sagst!«

Jessica lächelte wissend. »Lass mich nur machen. Xexanos Stunden sind gezählt. Wir werden das Netz über ihn auswerfen und ihn bald einfangen.«

»Dann kann ich mich ja beruhigt auf die einfachen Dinge des Lebens stürzen.«

»Zum Beispiel auf László Horthy?«

Miriam nickte. »Über ihn selbst habe ich noch nichts herausgefunden, aber über eine andere Person, die denselben Familiennamen trägt.«

»Interessant.«

»Er hieß Miklós mit Vornamen und war einmal der ungarische Reichsverweser.«

»Igitt! Was ist denn das?«

»Heute würde man dazu wohl Regierungschef sagen.«

»Ach so. Glaubst du, dass *unser* Horthy irgendwie mit ihm verwandt ist?«

»Das eben kann ich noch nicht sagen. Ich will jetzt erst einmal die Unterlagen durchsehen, die ich aus der Museumsbibliothek mitgenommen habe. Ach übrigens, ich war noch mal da.«

»Wo?«

»Im Museum. Ich habe ein Telefax an einen alten Studienkollegen geschickt ...«

»Warum keine E-Mail aus deiner eigenen Wohnstube?«, unterbrach sie Jessica mit deutlich hörbarem Unverständnis.

Miriam zog unwillig die Augenbrauen zusammen und ignorierte den Einwurf. »Er arbeitet heute als Ägyptologe im Museum der bildenden Künste in Budapest. Vielleicht kann er etwas über einen Horthy herausbringen, der in der wissenschaftlichen Szene Ungarns zu Beginn des zwanzigsten Jahrhunderts eine Rolle spielte.«

»Also gut. Dann schlage ich vor, du steckst deine Nase in die Museumsbücher und ich fange mit meinem Programm an.«

Es war schon neun Uhr am Abend – Miriam brütete noch über den Unterlagen, die sie mittags aus der Museumsbibliothek mitgenommen hatte, und Jessicas Finger hämmerten mit unverminderter Intensität auf die Computertastatur ein –, als es plötzlich klingelte. Beide hielten in ihrer Arbeit inne und schauten sich an.

»Wer kann das sein, um diese Zeit?«, fragte Miriam, als die Glocke zum zweiten Mal schellte.

»Keine Ahnung. Soll ich hingehen und nachschauen?«

Miriam nickte. »Einfach tot stellen können wir uns ja wohl nicht.«

Jessica stieß ihren Rollenstuhl vom Schreibtisch ab und lief in den Flur. Miriam hörte, wie sie nach kurzem Zögern – sie hatte wohl vorher durch den Türspion geschaut – die Wohnungstür öffnete.

»Sie wünschen bitte?«, drang Jessicas Stimme in das Wohnzimmer herüber.

»Ich bin Oberwachtmeister Hammelsprung. Darf ich kurz reinkommen?«

»Haben Sie eine Dienstmarke?«

»Natürlich ... Du bist aber ein aufgewecktes Mädchen ... Hier.«

»Danke. Haben Sie auch einen Hausdurchsuchungsbefehl?«

»Jetzt gehst du aber einen Schritt zu weit, junge Dame. Die

ganze Angelegenheit ist mir schon unangenehm genug und sicher wäre es auch für Frau Doktor McCullin – die *du* ja wohl nicht bist – besser, wenn ihr Fall nicht gerade hier im Treppenhaus vor aller Leute Ohren verhandelt wird …«

»*Ich* bin Miriam McCullin«, unterbrach die Irin den Uniformierten, nachdem sie Jessica die Wohnungstür aus der Hand gezogen hatte und damit für den Polizisten sichtbar geworden war. Mit einer einladenden Geste bat sie den Oberwachtmeister und seinen bisher akustisch nicht in Erscheinung getretenen Begleiter herein.

»Von welcher unangenehmen Angelegenheit sprechen Sie überhaupt, Herr Oberwachtmeister?«

»Es geht um einen Diebstahl im Pergamonmuseum.«

»Ach so, das. Kommen Sie doch bitte ins Wohnzimmer.«

Während die beiden Polizisten in die Wohnbibliothek eintraten, fragte Miriam: »Ich dachte, Professor Hajduk hätte der Polizei heute früh schon alles erzählt, was es zu dem Verschwinden der beiden Statuen zu sagen gibt.«

Der Polizist sah Miriam ernst an. »Es war unser designierter Kultursenator höchstpersönlich, der Sie angezeigt hat, Frau Doktor.«

Miriam starrte den Beamten fassungslos an. »Sagten Sie eben, Professor Hajduk habe *mich* angezeigt?«

»Sind das die Unterlagen, die Sie heute aus dem Museum entwendet haben?« Der Polizist deutete auf die Bücher, die auf dem Esstisch lagen. Seine Stimme klang mit einem Mal sehr förmlich.

»Entwendet?«, wiederholte Miriam ungläubig. Sie kam sich vor wie der Bösewicht in einem schlechten Film. »Ich habe nichts entwendet.«

»Professor Hajduk gab bei seiner Anzeige zu Protokoll, dass das Entfernen von museumseigenen Dokumenten ohne vorherige schriftliche Einwilligung der Direktion nicht zulässig sei.«

»Aber das ist doch Humbug!«, entfuhr es Miriam lauter als beabsichtigt.

»Bitte?«

»Entschuldigung, Herr Oberwachtmeister.« Miriam kämpfte

um ihre Beherrschung. »Aber die wissenschaftlichen Mitarbeiter des Museums arbeiten manchmal Tag und Nacht. Es ist allgemein üblich, dass wir Unterlagen mit nach Hause nehmen ...«

»Sie müssen mir das nicht erklären, Frau Doktor McCullin«, unterbrach der Polizist sie streng. Man konnte ihm dennoch anhören, wie unwohl er sich in seiner Haut fühlte. »Denken Sie, mir ist es recht, wenn die Herren in den grauen Anzügen immer uns die Drecksarbeit zuschieben? Diese Bücher da sehen mir nicht nach unwiederbringlichen Kunstschätzen aus, aber ich muss sie trotzdem beschlagnahmen.«

»Sie müssen was? Meinen Sie, ich bin so dumm und trage meinen Namen in die Ausleihdatenbank der Museumsbibliothek ein, wenn ich diese Dokumente stehlen will? Schauen Sie dort doch einfach nach und Sie werden sehen, dass Professor Hajduk sich selbst ein Kuckucksei ins Nest gelegt hat.«

Miriam hatte zuletzt ihr ganzes irisches Temperament vor dem Polizisten ausgebreitet. Oberwachtmeister Hammelsprung war sichtlich beeindruckt. Eine ganze Weile blickte er auf die rothaarige Frau herab, die ihm da keck ihr Kinn entgegenstreckte, schließlich sagte er mit großem Pathos: »In der Datenbank, von der Sie sprechen, gibt es keinen Eintrag mit Ihrem Namen, Frau Doktor McCullin.«

Einen Moment noch zeigte Miriams Kinn weiter steil nach oben. Dann begann sie zu wanken und ihr bisher angespannter Körper weich zu werden. Sie musste sich mit der Hand am Tisch abstützen. »Was haben Sie da eben gesagt?«

Dem Polizisten tat die Wissenschaftlerin sichtlich Leid. »Sie haben diese Bücher nicht ausgetragen. Wenn Sie es getan hätten, wäre die Anschuldigung Ihres Chefs hinfällig. Sie hätten zwar eine Hausregel verletzt, aber das wäre dann ein internes Problem. So aber muss ich Sie bitten, am Montagmorgen um zehn Uhr auf dem Revier zu einer Vernehmung zu erscheinen. Auf diesem Formular hier ist alles Nötige vermerkt. Ich wünsche Ihnen, dass sich das Ganze übermorgen als ein bedauerliches Missverständnis herausstellen wird.«

Miriam sah mit leerem Blick am Polizisten vorbei. Sie nickte nur und deutete auf die Unterlagen. Oberwachtmeister Hammelsprung gab die Geste an seinen Untergebenen weiter. Der sammelte die Bücher und Manuskripte ein; auch Miriams Notizen, die auf der Tischdecke lagen, nahm er mit.

Die Polizisten wollten sich schon zum Gehen wenden, da hielt der Oberwachtmeister noch einmal inne. Er griff in die Brusttasche seines grünen Anoraks und zog ein längliches Kuvert heraus. Dabei machte er eine Miene, als hielte er einen verschimmelten Putzlappen in der Hand.

»Das hier«, er hob den Briefumschlag etwas höher, »hat mir unser ehrenwerter Herr Kultursenator in spe für den Fall mitgegeben, dass wir die gesuchten Unterlagen bei Ihnen aufspüren.«

Miriam schaute den Beamten fragend an. In ihren Augen standen Tränen der Wut. »Was ist das?«

»Das«, der Polizist warf das Kuvert missbilligend auf den Esstisch, »das, so sagte Professor Hajduk, sei ihre fristlose Kündigung. Sie dürfen ab sofort das Vorderasiatische Museum nicht mehr betreten.«

10. KAPITEL

REVENS PLAN

*Lasst die Erinnerung uns nicht belasten,
Mit dem Verdrusse, der vorüber ist.*

William Shakespeare

DER FLIEGENDE HOLLÄNDER

Die holländische Pinasse sank so langsam ins Wasser, als würde sie auf einer unsichtbaren Rampe hinabgelassen werden.

»Ein fliegendes Schiff – das ist nun wirklich famos!«, kommentierte Eleukides, ebenso erstaunt wie begeistert.

Oliver reagierte eher leidenschaftslos. »Freut mich, dass du es nicht als normal empfindest. Ich befürchtete schon, mir sei wieder irgendwas Wichtiges aus eurem Alltagsleben entgangen.«

»Hättest du uns nicht etwas früher davon unterrichten können?«, fragte Kofer den schweigsamen Herrn vom Annahag.

Reven wandte sich an den Philosophen (meinte aber eigentlich den Mantel). »Ich war mir selbst nicht ganz sicher, ob wir Kapitän Hendrik hier treffen würden.«

»Hendrik?«, wiederholte Oliver ahnungsvoll. »Man nennt ihn nicht zufällig auch den Fliegenden Holländer?«

»Doch. Warum?«

Oliver zuckte resignierend mit den Schultern. »Ach nichts. War nur so 'ne Frage.« Nach allen Fabelwesen und den mysteriösen Sümpfen von Morgum hätte er sich eigentlich nicht mehr wundern dürfen, aber in seinem tiefsten Inneren tat er es dennoch. Schließlich war er Künstler. Er hatte ein empfindsames Gemüt. Und er kannte die Musik.

Richard Wagner hatte die romantische Oper *Der fliegende Holländer* in einem Rausch der Schaffensfreude geboren, sozusagen in einer gigantischen kreativen Konzentrationsverschiebung. Von dieser Tatsache war Oliver schon immer mächtig beeindruckt gewesen. In zehn Tagen hatte Wagner das Libretto verfasst, in gerade mal sieben Wochen war die gesamte Komposition beendet. Die Oper handelte von einem Kapitän, dem der Fluch auferlegt ist, mit seinem Geisterschiff für alle Zeiten über die sieben Weltmeere zu jagen, es sei denn, ein holdes Weib findet sich, das ihm nicht nur Liebe schwört, sondern diese, entgegen allen Gepflogenheiten, auch noch bis in den Tod bewahrt. Der Stoff freilich stammte nicht vom Komponisten selbst, sondern war ein altes Sagenmotiv. Schon Heinrich Heine und Wilhelm Hauff hatten über das Gespensterschiff geschrieben. Es beruhigte Oliver ungemein, als er nun eine sehr lebendig aussehende Person an der Bugreling auftauchen sah.

»Ho!«, rief der Mann mit dem zerknitterten Gesicht zum Strand hinab. »Seid Ihr der Weise vom Annahag?«

»So nennt man mich«, antwortete Reven Niaga. »Ich freue mich, dass Ihr gekommen seid, Kapitän.«

»So war es versprochen. Allerdings hätte ich kaum noch zu hoffen gewagt Eure Pfeife zu hören.«

In Olivers Kopf machte es »klick!«. Das überraschende Gefühl, dass etwas in seinem Gehirn »einrastete«, hatte er immer dann, wenn ein Verdacht oder auch nur eine vage Vermutung ihn lange Zeit beschäftigten, aber schließlich mit einem Schlag zur Gewissheit wurden. Dieses silberne Stäbchen, in das Reven Niaga damals geblasen hatte, ohne einen Laut zu erzeugen, war ihm einfach nicht mehr aus dem Sinn gegangen. Anfangs hatte er noch angenommen, dieses seltsame Ritual könne vielleicht eine Schutzmaßnahme sein, um mögliches Übel aus den Sümpfen abzuwehren.

Aber je länger sie den Schrecken dieses riesigen Zwielichtfeldes ausgesetzt waren, umso mehr gelangte er zu der Überzeugung, dass etwas anderes die wahre Funktion dieser geheimnisvollen Pfeife sein musste.

»Reven Niaga und sechs seiner Gefährten bitten an Bord kommen zu dürfen.« Die förmlich gerufene Bitte an den Kapitän riss Oliver aus seinen Gedanken.

»Euer Wunsch sei euch gewährt«, lautete die nicht minder förmliche Antwort aus der Höhe.

Im Folgenden erlebte Oliver seine erste »Schiffsbesteigung«. Er vermutete, dass der korrekte seemännische Ausdruck für diesen Vorgang wohl anders lauten müsste, war sich aber zugleich auch sicher, dass er nicht annähernd so gut umschreiben konnte, was sich nun zutrug.

Erst wurde ein großes Beiboot zu Wasser gelassen und gleich darauf öffnete sich in einem der unteren Decks des Schiffes eine Fallreepspforte, aus der sich eine Strickleiter entrollte. Einige Bootsgasten kletterten in die Schaluppe, legten sich kräftig in die Riemen und landeten ihr Gefährt wenig später am Strand an.

»Ich bin Jupp Brookstrup«, stellte sich der Bootsgast vor, der das Kommando über die Schaluppe hatte. »Kapitän Hendrik bittet euch zuerst an Bord zu kommen. Eure Pferde werden wir dann nachher an Deck hieven.«

Pegasus schüttelte schnaubend den Kopf, woraufhin Nippy etwas in Olivers Ohr flüsterte. Dieser riss freudestrahlend die Augen auf und gab die Nachricht nun raunend an seinen Philosophenfreund weiter. Zuletzt nickte Eleukides erfreut und tuschelte kurz mit Reven Niaga.

»Es wird mir eine Ehre sein«, antwortete der alterslose Weise. An den Matrosen gewandt sagte er: »Nehmt bitte Eleukides, unseren Philosophen, und die übrigen Pferde mit Euch. Dieser Junge dort – sein Name ist Oliver der Sucher – und ich werden vorauseilen.«

Jupp Brookstrup schaute den Weisen vom Annahag verständnislos an. Doch ehe er etwas erwidern konnte, sprang Reven schon von seinem Rappen und war mit einem Satz hinter Oliver auf Pegasus aufgesessen. Der weiße Hengst warf, übermütig wiehernd, den Kopf nach hinten, breitete seine Schwingen aus und galoppierte einige wenige Schritte über den Strand. Mit kräftigen Schlägen erhob er sich in die Lüfte.

Oliver jauchzte wie ein Dreijähriger auf einem Karussellpferdchen. »Warum hast du mir nicht gesagt, dass es dir schon wieder so gut geht, Pegasus?«

»Ich wollte mir die Überraschung für einen besonderen Anlass aufbewahren, Oliver. Der Abschied von den düsteren Sümpfen von Morgum scheint mir dafür passend zu sein, findest du nicht auch?«

»O ja!«, jubilierte Oliver und lachte in den Wind. Als wolle die Sonne seine Freude teilen, bahnte sie sich für einen Moment einen Weg durch die Nebelschwaden und brachte die goldenen Lettern am Bug des Schiffes zum Leuchten. *Hendrikshuis* stand da auf dem Namensbrett. Noch ehe Oliver sich über die Bedeutung dieses Wortes klar werden konnte, setzte der geflügelte Hengst auch schon zur Landung an.

Als Pegasus mit weit geöffneten Schwingen auf dem Oberdeck der *Hendrikshuis* aufsetzte, erntete er tosenden Beifall vonseiten der Mannschaft. Reven befand sich schnell auf den Decksplanken und lief dem Kapitän entgegen.

»Ich bin so froh, dass Ihr dem Ruf der Silberpfeife gefolgt seid«, erklärte er freiheraus.

»Das habe ich gern getan«, entgegnete der Kapitän herzlich. »Seit ich Eure Boten vor vielen Jahren vor dem Zugriff der Schiffe aus Atlantis erretten durfte, habe ich manchmal mit sehnsüchtigem Hoffen, manchmal mit Bangen des Tages geharrt, an dem ich den Weisen vom Annahag selbst von Angesicht zu Angesicht gegenüberstehen würde. Seid gewiss, dass ich Eure Pläne gegen Xexano in vollem Umfang unterstütze. Wie können mein Schiff und ich Euch und Euren Gefährten zu Diensten sein?«

»Eure Freundlichkeit beschämt mich, Kapitän. Doch erlaubt mir, Euch zunächst meine Freunde vorzustellen. Der Junge auf dem geflügelten Hengst wird Oliver der Sucher genannt. Er ist einer der Goëlim und unser wichtigster Verbündeter im Kampf gegen den goldenen Herrscher.«

Als der Name der lang verheißenen »Befreier« fiel, merkte der Kapitän auf. Seine grauen Augen musterten den rundlichen Jungen, der in einer geflickten blauen Jacke steckte und ziemlich blass aussah. Kapitän Hendriks Miene verriet zuerst Interesse und dann Irritation.

»Seid Ihr sicher, dass dieser Junge zu den Auserwählten gehört, von denen die alte Prophezeiung spricht?«

»Daran besteht kein Zweifel«, antwortete Reven fest. »Lasst Euch von seinem Äußeren nicht täuschen. Er besitzt große Macht.«

»Tatsächlich?«

Oliver fand, dass der Kapitän noch immer nicht recht überzeugt klang.

Dabei stellte dieser Hendrik selbst auch kein allzu außergewöhnliches Exemplar des *Homo nautilus* dar oder wie immer man solche Seeleute korrekterweise bezeichnete. Der Kapitän war höchstens ein Meter siebzig groß und weder dick noch dünn. Sein eckiges Gesicht wirkte wie der erste grobe Entwurf eines Holzschnitzers. Er hatte außerdem strohblondes, schon etwas lichtes Haar, dafür aber einen bemerkenswert dichten Schnurrbart. Seine Uniformjacke war marineblau, besaß breite Revers und eine relativ vollständige Kollektion von Messingknöpfen. Vom Bauchnabel an abwärts steckte der Schiffskommandant zunächst in einer eng anliegenden, ehemals vermutlich weißen Bundhose, dann in gleichfalls engen, ebenso gefärbten Kniestrümpfen und zuletzt in schwarzen Schuhen, von denen jeder unter einer großen goldfarbenen Schnalle versteckt war. Die ganze Gestalt des Kapitäns wirkte auf eine schwer zu erklärende Weise kultiviert und zugleich marode, wie ein ehrwürdiges altes Haus, für das gerade genug Mittel vorhanden waren, um die allernotwendigsten Schönheitsreparaturen auszuführen.

Immerhin befehligte dieser Mann ein fliegendes Schiff, machte sich Oliver klar, eines, das ihn zu seinem Vater bringen konnte. Er überwand seine Bedenken, rutschte von Pegasus' Rücken und ging auf den Kommandanten zu. »Ich freue mich, Eure Bekanntschaft zu machen, Herr Kapitän ... Wie war doch gleich der Name?«

»Man nennt mich Hendrik der Fliegende Holländer. Früher einmal war ich Hendrik von Oranien, aber das ist lange her.« Kapitän Hendrik bemerkte den nachdenklichen Ausdruck auf Olivers Gesicht und fügte hinzu: »Habt Ihr letzteren Namen schon einmal gehört?«

»Ich bin mir da nicht ganz sicher.«

»Nun, es würde mich nicht wundern, wenn Ihr meinen Bruder, den Prinzen Wilhelm von Oranien, kenntet. Gemeinsam mit seiner Gemahlin Mary Stuart regierte er einst nicht nur die fünf wichtigsten Provinzen der Niederlande, sondern auch die Königreiche von England, Schottland und Irland. Mir allerdings waren solche Höhen menschlichen Daseins nicht beschieden.«

»Lasst mich raten: Er hat Euch ausgetrickst.«

»Woher könnt Ihr das wissen? Ich bin doch ein Vergessener ...!«

»So viel habe ich in den letzten Wochen schon gelernt, dass dies der Lauf der Welt ist. Ihr könnt von Glück sagen, dass er Euch nicht ermorden ließ.«

»Wer kann schon sagen, ob mir Fortuna damit wirklich einen Dienst erwiesen hat. Sie ist ein launenhaftes Weib.«

»Was ist Euch denn passiert, Kapitän von Oranien?«

»O bitte! Nennt mich Hendrik, alles andere bereitet mir nur Ungemach. Aber um Eure Frage zu beantworten: Mein Bruder ließ mich ächten, nachdem mir jedes Anrecht auf den Thron durch ein Ränkespiel genommen worden war. Ich wähle meine Worte durchaus mit Bedacht, denn ich habe nie erfahren, ob er selbst hinter all diesen Intrigen steckte oder ob es nur die Machenschaften seiner Handlanger waren, die – wohl zu Recht – annahmen, dass sie in seinem Schatten mehr persönliche Vorteile für sich ergaunern konnten, als wenn ich ihr Herr würde. Wie auch immer, ich kaperte ein Schiff und lebte fortan als Pirat. Viele Jahre setzte ich den fetten holländischen und englischen Kauffahrern zu. Mein Bruder unternahm alles, meinem Treiben ein Ende zu setzen, aber seine Versuche schlugen immer wieder fehl. Deshalb richtete er eine andere Waffe gegen mich.«

»Das hört sich aber gar nicht gut an.«

Hendrik schüttelte den Kopf. »Wilhelm tilgte jede Erinnerung an mich aus. Er machte mich zu einem Namenlosen. Bald war ich nur noch der Fliegende Holländer, der Kapitän eines Geisterschiffes. Schon an mich zu denken wurde den Menschen ein Graus. Ihr könnt Euch womöglich ausmalen, was dann geschah: In der Stunde, da mein Bruder starb – er wurde nur zweiundfünfzig Jahre alt –, fuhr mein Schiff durch einen Regenbogen. Der nächste Hafen, in dem wir vor Anker gingen, war Salamansa.«

»In Quassinja«, fügte Oliver nickend hinzu. »Dann seid Ihr also mit Eurer ganzen Mannschaft hier herübergefahren. Unglaublich!«

»Zweien meiner Männer ist das Schiff unter den Sohlen verschwunden. Ich erfuhr später, dass man sie gerettet hat. Sie sollen aber den Verstand verloren haben. Was sie noch von sich geben konnten, trug nicht gerade dazu bei, die Sage vom Fliegenden Holländer zu entkräften.«

»Aber wie kommt es, dass Euer Schiff tatsächlich *fliegt*? Das hat es doch bestimmt nicht immer getan, oder?«

Der Kapitän lächelte und für einen Augenblick sah er aus wie ein kleiner Junge. »Nein. Das war nur so ein Wunschtraum von mir. Als Pirat ist man immer darauf bedacht, möglichst schnell das Weite zu suchen. Ein fliegendes Schiff dürfte zu jenem Zweck sicherlich nicht die schlechteste Wahl sein.«

»Aber auch nicht die unauffälligste«, fügte Oliver lachend hinzu. Dann fiel ihm etwas ein. »Wart Ihr ein ... schlimmer Pirat, Kapitän Hendrik?«

Der Kommandant der *Hendrikshuis* verwandelte sich jäh in einen steinalten Mann. Mit ernster Miene sagte er: »Ich bin wohl nicht der Richtige, um das zu beurteilen. Aber eins sei Euch versichert: Ich habe alle meine Taten bereut. Der Hass gegen meinen Bruder trieb mich dazu, anderen Leid zuzufügen, weil ich glaubte, in Wirklichkeit *ihn* treffen zu können. Heute weiß ich, dass Hass die schlechteste aller Antworten auf erduldetes Unrecht ist. So hat sich in mir die Legende vom Fliegenden Holländer erfüllt, allerdings ohne die Gnade eines Hoffnungsschimmers: Ich irre für ewig über die Meere, verfolgt von meinem Gewissen, und niemand – nicht einmal die todesverachtende Liebe einer Frau – kann mich von diesem Los befreien.«

Nun sah Oliver den Kapitän mit anderen Augen. Er fragte sich, ob das, was viele Menschen als Buße bezeichneten – ob nun in Gestalt von Gefängnis- oder auch von Geldstrafen –, nicht ein unangemessener Ausgleich für das den Opfern zugefügte Unrecht war. Hendrik von Oranien war selbst ein Opfer gewesen, deshalb wurde er später zum Täter. Das entschuldigte ihn zwar nicht, aber eine offenkundige Reue erschien Oliver hundertmal wertvoller als jede erzwungene Vergeltung.

»Wenn Ihr Euren Beitrag dazu leistet, meinen Vater zu finden und Xexanos Macht zu brechen, dann werden sehr viel mehr Menschen wieder lachen können, als jemals andere Tränen über Euch vergossen haben.«

Hendrik schaute erstaunt zu Reven Niaga hinüber. »Ich hätte an Eurer Weisheit nicht zweifeln dürfen, Reven. Der Junge ist wirklich ein besonderes Menschenkind!«

Nachdem alle Gefährten vorgestellt, alle Pferde und auch das Gepäck verladen waren, stach die *Hendrikshuis* in See. Genau genommen stach sie in Luft, denn sobald der Kapitän seinen Willen in der rechten Weise formte, erhob sich der große Dreimaster aus den Fluten – zunächst langsam, wie an Tauen gezogen, dann immer schneller – und schwebte mit nördlichem Kurs davon.

Oliver genoss den Flug über das Meer. Das Segelschiff stieg selten mehr als fünf Meter aus dem Wasser auf. Doch auch aus dieser geringen Höhe war es ein unbeschreibliches Gefühl, unter sich die bewegten Wellen, völlig ruhig dahinzugleiten. Der Wind hatte aufgefrischt und der Nebel sich völlig verzogen. Sogar die Sonne gab hin und wieder ein kurzes Gastspiel, während mal größere, mal kleinere Wolkenfelder über den strahlend blauen Himmel eilten.

Irgendwann im Verlauf des Nachmittags dieses ersten Tages an Bord der *Hendrikshuis* fand Oliver die Muße, um über die Erlebnisse der letzten Zeit nachzudenken. Er hatte sich auf die Reling aufgestützt, blickte über das endlose Meer und fragte sich, ob er wohl jemals die wirkliche Bedeutung der Erinnerung begreifen würde. Die Sümpfe von Morgum jedenfalls hatten ihn nachdenklich gestimmt.

Weshalb schlummerten nur so schreckliche Dinge in den Tiefen des Menschen? Aus welchen Gedanken, Erlebnissen wurden so Furcht erregende Wesen geboren, wie er sie gesehen hatte? Natürlich, Oliver war kein Einsiedler, der zurückgezogen in einer Tonne wohnte und nichts von dem mitbekam, was in seiner Welt geschah. Er las Zeitungen, sah die Nachrichten im Fernsehen, verfolgte den Geschichtsunterricht in der Schule. Er wusste um so entsetzliche Dinge wie den Missbrauch und die Misshandlung von Kindern, oft sogar durch die eigenen Eltern; er kannte die Bilder von Kriegsschauplätzen, auf denen junge Menschen ihre Unschuld verloren, unsägliches Leid erfuhren, und er war unterrichtet über die obdachlosen Jugendlichen in Deutschland, die Straßenkinder in Südamerika, die Globalisierung der Unmenschlichkeit.

Ja, je länger er darüber nachdachte, umso größer erschien ihm der Berg von Abscheulichkeiten, die Menschen sich ausdachten, um einander zu quälen. Kein Wunder, wenn solche Erlebnisse sich im Unterbewusstsein der Leidtragenden eingruben und sie ein Leben lang verfolgten. Gab es nicht, gerade in den Städten, immer mehr Neurotiker, die sich wegen ihrer tief sitzenden seelischen Konflikte in die Behandlung von Ärzten begeben mussten? Erinnerungen konnten nicht nur mahnen und schützen, sondern auch unbarmherzige Peiniger sein. Solche Erinnerungen hervorzuzerren, sie sich wieder bewusst zu machen, um sie dann ein für alle Mal zu vergessen, war richtig und gut, das wurde Oliver in dieser Stunde des Nachdenkens klar.

Aber es gab auch wahre Schätze, die im Unterbewussten vergraben lagen. Selbst das hatte er in den Sümpfen von Morgum gelernt. Er musste an die Begegnung mit Jessica denken; im Traum hatten sie wieder zueinander gefunden, wenn auch nur für wenige Augenblicke. Und dann war da noch dieser seltsame kleine Kerl gewesen, Olivers eigenes Ich. Im Grunde stellte er ja nur einen verborgenen Teil seiner Erinnerungen dar, aber der Embryo hatte ihn mit einer Erkenntnis konfrontiert, die ihm nie so klar, so bewusst gewesen war: Seine Mutter hatte ihn geliebt.

Diese Erkenntnis war so einfach und doch so überwältigend! In diesem Augenblick zweifelte Oliver nicht daran, dass in dem Maß der Zuneigung, das Eltern ihren Kindern zugestanden, vielleicht der Schlüssel lag, warum manche Menschen selbst zu so großer Liebe fähig waren, während sich andere ein Leben lang verbittert und böse zeigten. Seine Mutter hatte ihn und Jessica nur für kurze Zeit lieben und ihnen ihre Aufmerksamkeit schenken können, aber diese wenigen Monate hatten sie beide sicher für immer geprägt.

Plötzlich erschien Reven Niaga an seiner Seite. Der weißhaarige Mann mit dem alterslosen Gesicht sah schweigend auf das Meer hinaus, als wüsste er um Olivers tiefe Gedanken, die zu stören ihm fern lag. Deshalb ergriff nach einer Weile Oliver selbst das Wort.

»Du sagtest letztens, dass unsere Reise nach Atlantis nicht lange dauern werde. Wie kannst du das wissen, wenn die Insel doch von Xexanos Macht verborgen gehalten wird?«

Eine Zeit lang sah es aus, als hätte Reven die Frage überhaupt nicht gehört. Doch dann sagte er, die Augen noch immer auf das Meer gerichtet: »Ich warte schon seit vielen Jahren auf das Erscheinen der Goëlim. Während dieser Zeit des Hoffens habe ich zahlreiche Informationen gesammelt. Meine Traumgabe ließ mich keine von ihnen vergessen. Vieles von dem, was ich heute weiß, eignete ich mir aus Büchern an – der Sammler hat mich ja ständig auf dem Laufenden gehalten.«

Oliver musste schmunzeln. »Wenn er das wüsste, würde er bestimmt vor Wut platzen.«

Reven nickte. »Einen anderen wichtigen Teil meines Wissens

erlangte ich durch Berichte aus ganz Quassinja. Früher bereiste ich selbst das Herzland und auch einige der entfernteren Regionen. Zuletzt ist es dann zu gefährlich für mich geworden. Gerüchte von einem Weisen, der Geheimnisse über Xexano und seinen Sammler zusammentrug, kursierten schon eine ganze Weile. Ich musste mich verbergen, um nicht eines Tages selbst vom Sammler aufgelesen zu werden. So bezog ich mein Domizil im Annahag. Schon vorher hatte ich dem Berg sein tödliches Herz herausgerissen und durch ein wesentlich friedvolleres ersetzt. Auch die alexandrinische Bibliothek ruhte bereits im Reich des Kleinen Volkes. Von dieser Zeit an sandte ich regelmäßig Kundschafter in die Welt aus. Ich bereitete mich auf den großen Tag vor.«

»Den Tag der Rückkehr Xexanos?«

»Vor allem den seiner endgültigen Vernichtung. Es gibt viele lebende Erinnerungen in Quassinja, welche die Unrechtsherrschaft dieses grausamen Machthabers verabscheuen und die bereit sind, dagegen etwas zu unternehmen.«

»Selbst in Amnesia? Hast du auch dort Verbündete?«

»Sogar in Xexanos Turm gibt es einige. So konnte ich aus vielen kleinen Mosaiksteinchen ein Bild schaffen, eine Landkarte von Xexanos Reich. Ein guter Freund stellte zum Beispiel fest, dass ein Schiff in Salamansa die Anker lichtete, um nach Atlantis auszulaufen, und nach drei Tagen bereits wieder zurückkehrte. Was würdest du daraus schließen, Oliver?«

»Dass Atlantis ein, höchstens anderthalb Tagesreisen von Salamansa entfernt liegen kann. Das ist unglaublich. Es hätte doch längst jemand die Insel finden müssen!« Oliver fasste sich ans Kinn. »Aurelius Aurum hat einmal die Vermutung geäußert, dass Xexanos Macht selbst es ist, die jedem Besucher den Weg öffnet.«

»Dies erscheint mir eher unwahrscheinlich. Das Öffnen einer Tür ist eine Tat, die unmittelbar auf eine Entscheidung folgt. Aber in den vergangenen viertausend Jahren hatte Xexano nicht die Gelegenheit, auch nur eine einzige Wahl dieser Art selbst zu treffen. Nein, ich bin zu einem anderen Schluss gekommen.«

»Und der wäre?«

»Vor vielen, vielen Jahren bin ich auf ein Gedicht gestoßen, das von einer geheimnisvollen, im Meer verborgenen Insel spricht, ohne sie mit Namen zu nennen. Ein Vers aus dieser Dichtung ist besonders bemerkenswert. Er lautet:

> *Verbirgt sich, schützt sich, zieret sich:*
> *Ein Weib von keuscher Ehr.*
> *Nur wer mit ihr verbunden ist,*
> *Kann finden sie im Meer.*

Wenn man so will, wird dadurch ein Gesetz definiert: Nur wer mit Atlantis verbunden ist, kann es finden. Bis zu den Tagen von Xexanos erstem Erscheinen reichen Berichte zurück, die in einem Punkte übereinstimmen: Nur jene Schiffe können die Insel anlaufen, die entweder ihren Heimathafen selbst in Amnesia haben oder die in Salamansa einen amnesischen Lotsen an Bord nehmen.«

»Nur wer mit ihr verbunden ist ...« Oliver wiederholte nachdenklich die Zeile aus dem Gedicht. Plötzlich weiteten sich seine Augen. »Ich glaube, ich weiß, was du dir überlegt hast, Reven. Du nimmst an, dass auch ich mit der Insel verbunden bin, weil aller Vermutung nach mein Vater dort von Xexano gefangen gehalten wird. Stimmt's?«

»Du bist sehr schlau, Oliver. Das Einhorn hat dir nicht umsonst den Namen ›der Sucher‹ gegeben. Vielleicht verstehst du jetzt, warum die Goëlim immer in der Mehrzahl genannt werden. Nur durch deinen Vater *und dich* werden wir die Insel finden, ohne einen Lotsen aus Amnesia als Geisel nehmen zu müssen.«

Oliver erschrak bei dem Gedanken. Er sah verunsichert in Revens entschlossenes Gesicht. »Aurelius Aurum hat auch einmal etwas Ähnliches erwähnt, aber mir wäre trotzdem wohler, wenn wir mehr hätten als nur das vage Versprechen eines uralten Gedichts. Du sagst ja selbst, dass darin nicht einmal der Name der Insel erwähnt wird.«

»›Wer da handelt, der hat gewöhnlich den Gewinn; wer alles überleget und zaudert, der nicht leicht.‹«

»So ließ Herodot einst Xerxes sprechen.«

Reven und Oliver fuhren herum. Eleukides hatte sich lautlos herangeschlichen. Nun grinste er schelmisch und sagte: »Reven, du beschämst mich immer wieder. Du kennst die Bücher meiner Jugend besser als ich.«

»Ich wollte Oliver nur klarmachen, dass unser Schiff nie ans Ziel kommen wird, wenn wir vor lauter Zweifel nicht die Anker lichten.«

Ein plötzlicher Ruf vom Ausguck unterbrach das Gespräch der Freunde. »Land in Sicht!«

Alle Köpfe flogen nach oben.

»Aber wir sind noch nicht mal einen ganzen Tag auf See«, wunderte sich Oliver.

»Vielleicht fliegt dieser Holländer schneller, als jedes andere Schiff fahren kann«, merkte Eleukides an.

»Das mit Sicherheit«, stimmte Reven ihm zu. »Wir müssten inzwischen schon auf der Höhe von Salamansa sein. Aber sollte Oliver uns tatsächlich schon nach Atlantis geführt haben?«

Es bereitete Oliver Unbehagen, als Urheber einer Großtat herausgestellt zu werden, zu der er so wenig beigetragen hatte. Er hatte doch einfach nur herumgestanden, sonst nichts …

Kapitän Hendrik kam vom Achterdeck herüber und informierte seine Passagiere über den Stand der Dinge. »Die Insel vor uns ist von hohen Klippen umgeben und nur spärlich bewachsen. Bisher konnten wir keine Anzeichen einer Besiedlung ausmachen.«

»Könnte es Atlantis sein?«, fragte Reven freiheraus.

Das kantige Gesicht des Kapitäns blieb einen Moment ausdruckslos. »Ich vermag es nicht zu sagen«, gab er dann zu. »Die Insel ist zu groß, um jetzt schon ein abschließendes Urteil fällen zu können. Zudem zieht bereits die Dämmerung herauf. Mir scheint es am sinnvollsten zu sein, in einer geschützten Bucht vor Anker zu gehen und morgen früh einige Männer zur Erkundung der Insel loszuschicken.«

Reven sah Oliver fragend an.

Der zuckte nur mit den Achseln. »Von mir aus.« Er fühlte sich noch immer unwohl. Alle behandelten ihn, als sei er der heimliche Anführer auf diesem Schiff.

Die *Hendrikshuis* schwebte in eine kleine Bucht, die vom offenen Meer aus nur teilweise einzusehen war. Die Felsen ragten an drei Seiten mehrere hundert Meter hoch und selbst die Zufahrt war so schmal, dass sie nur wie eine kleine, nach Süden hin offene Bresche in einem fast vollkommenen Schutzwall wirkte. Das große Schiff senkte sich unter leisem Knarren, Knarzen und Ächzen in das stille dunkle Wasser hinab. Der Himmel war inzwischen wieder grau geworden. Es sah nach Regen aus.

Oliver schaute an den mächtigen Klippen empor. Weit oben konnte er spärliches Grün entdecken. Doch Nebelschleier verwehrten den Blick auf die meisten Gipfel dieser steinernen Riesen. Er hatte das unbestimmte Gefühl, dass dies noch nicht das Ziel ihrer Reise war. Im Grunde wäre es ihm sogar lieber gewesen, Kapitän Händrik hätte den Anker irgendwo auf hoher See geworfen. Diese Insel war ihm nicht geheuer.

Im Laufe des Abends sollte sich seine Laune wieder bessern. Ein Rundflug Nippys hatte ergeben, dass dies eine unbewohnte Insel, keinesfalls aber Atlantis war. Dieser Aufschub kam ihm gerade recht. Inzwischen waren die engen Felsen der Bucht in der Dunkelheit verschwunden, die Positionslichter warfen nur einen engen Lichtkreis auf das Wasser. Der Stille an Deck stand eine ausgelassene Stimmung in der Messe gegenüber.

Die Männer freuten sich über die neue Aufgabe und nicht wenige sahen darin sogar eine entscheidende Wende für ihr bisher eher eintöniges Leben. Das ewige Kreuzen vor Quassinjas Küsten brachte nur selten etwas Neues, der Kreis aus bunt gemischten Gästen war eine willkommene Abwechslung. Olivers Gefährten trugen nicht unerheblich zu der heiteren Stimmung bei. Zunächst bezauberte Nippy das Publikum. Mit Purzelbäumen und Loopings weckte sie die Lebensgeister, mit lustigen, manchmal auch besinnlich stimmenden Anekdoten berührte sie die Herzen selbst der hartgesottensten Seebären. Keiner konnte der kleinen Vogeldame widerstehen – das lag eben so in ihrer Natur.

Später zeigte Tupf, was in ihm steckte. Mehrere Matrosen durften mit ihm zeichnen oder – wenn sie dazu fähig waren – schreiben. Anschließend übertrug der lebendige Pinsel dann jeden Strich auf ein zweites Blatt Papier, er schuf vollkommene Kopien der zuvor erstellten Originale. Zuletzt ließ sich auch Oliver von Tupf dazu überreden, sein Können zu zeigen.

Er fertigte einige Porträts von den Seeleuten an. Mit nur wenigen Pinselstrichen gelang es ihm, das Wesentliche in jedem der wettergegerbten Gesichter herauszustellen. Doch selbst wenn eine Zeichnung mal etwas umfangreicher ausgefallen war, hatte Tupf nie Schwierigkeiten, das Bild zu duplizieren. Der Beifall der Männer, die immer neuen Bitten um ein weiteres Porträt zeigten schließlich auch bei Oliver Wirkung. Er vergaß seine ungeten Gefühle und begann Karikaturen zu zeichnen.

Ob nun durch eine raumgreifende Nase, tellergroße Ohren oder apfeldicke Warzen – jeder, den Oliver aufs Korn nahm, wurde in seiner Darstellung zu einem echten Lacherfolg. Selbst die Betroffenen konnten sich dem Zauber des Pinselstrichs nicht entziehen.

Als endlich Ruhe auf der *Hendrikshuis* eingekehrt war, lag Oliver in seiner Koje noch lange wach. Er fragte sich, was wohl geschehen würde, wenn sie erst in Amnesia wären. Im Moment hatte er nicht die leiseste Ahnung, wie er seinen Vater finden sollte und wie er gegen Xexano vorgehen konnte. Im Dunkel des Schiffsbauches tastete er nach Mutters Haarspange. Sie war noch da und flößte ihm Hoffnung ein. Dann berührten seine Finger den Kiesel. Der Namenszug war wieder tiefer geworden.

»Alle Mann an Deck!«

Der Befehl riss Oliver aus dem Schlaf. Die Schiffsglocke läutete Sturm. Irgendetwas Schreckliches musste passiert sein.

Nippy kam wie ein Blitz herbeigeschossen, blieb kurz in der Luft stehen und piepste ihm zu: »Schnell, Oliver, komm nach oben. Du musst einen Ausweg finden.« Und schon war die Vogeldame wieder verschwunden.

Was für einen Ausweg? Kaum aufgewacht, sollte er offenbar

schon wieder eine wichtige Entscheidung treffen. Oliver schlüpfte in seine Turnschuhe und warf sich den Parka über.

Die Seeleute waren es gewohnt, in bedrohlichen Situationen besonnen zu reagieren. Schnell schwangen sie sich aus ihren Hängematten und eilten zum Niedergang, der zum Oberdeck hinaufführte.

Nur durch einen beherzten Bodycheck konnte sich Oliver selbst eine Position auf der Treppe erkämpfen; er hatte sich für seinen Rempler einen besonders kleinen Seemann ausgesucht.

Am Oberdeck herrschte emsiges Treiben, jeder wusste offenbar, was er zu tun hatte. Nur hin und wieder musste Kapitän Hendrik die viel geübten Manöver durch knappe Befehle koordinieren. Olivers Gefährten befanden sich schon alle an Deck.

»Was ist denn los?«, fragte er Reven, der sich gerade angeregt mit Eleukides unterhielt.

»Die Anker werden gelichtet. Die *Hendrikshuis* muss sofort in die Luft gehen«, lautete Revens knappe Antwort.

»Und weshalb …«

»Schau selbst«, unterbrach ihn der Bibliothekar. Er deutete zu der keilförmigen Einfahrt der Bucht hin.

Zunächst sah Oliver nicht viel, nur ein grünschwarzes Etwas, das draußen auf dem offenen Meer kurz aus dem Wasser tauchte, um gleich darauf eben so schnell wieder zu verschwinden. Aber dann erschien ein Kopf über der Wasseroberfläche. Olivers Atem stockte.

»Was ist denn das?«

»Ein Liwan«, schnaubte Pegasus.

Oliver sah ihn einen Moment lang verständnislos an, dann kehrten seine Augen wieder aufs Meer zurück. Jetzt war das Geschöpf nicht mehr zu sehen. Es hatte einen wuchtigen Schädel besessen, voll besetzt mit Hörnern oder Hornplatten, Genaueres hatte Oliver nicht erkennen können, weil das Wesen zu weit weg gewesen war.

»Was *ist* ein Liwan?«, wandte er sich erneut an Pegasus.

Der Hengst sah ihn mit seinen großen braunen Augen an.

»Semiramis sprach von den Liwanen, als wir in ihrem Wasserschloss waren. Sie nannte sie jedoch Atargatijim, Kinder der Fischgöttin. Offenbar hatte sie eine Legende im Sinn, die der Phantasie näher ist als der Wahrheit. Eigentlich sind die Liwane keine Fische, sondern Seedrachen. Sie dienen Xexano gewissermaßen als Palastwache im Meer rund um Atlantis. Die Ungeheuer dürften, ebenso wie der Sammler, in Wirklichkeit seine ›Traumgeschöpfe‹ sein.«

»Und im Moment sind sie uns ziemlich im Wege«, knurrte Kofer, der den Philosophen wärmte.

»Was heißt das? Können wir nicht einfach über sie hinwegfliegen?«

»Anscheinend nicht«, erwiderte Reven an Kofers Stelle. »Hendrik sagte, die Zeit sei sehr knapp. Er kann das Schiff nicht so einfach senkrecht nach oben steigen lassen. Seine Traumgabe gestattet es ihm nur, die *Hendrikshuis* mit dem Wind schräg in die Luft zu heben. Aber dafür könnte die Zeit nicht reichen, weil die Liwane uns schon entdeckt haben. Sie sammeln sich gerade da draußen und werden wohl jeden Moment angreifen.«

»Aber wir müssen doch irgendetwas tun!«, rief Oliver verzweifelt. Jetzt wusste er, warum er diese Bucht nicht gemocht hatte. Sie war eine Falle.

Ein Ruf vom Achterdeck her signalisierte den Abschluss der Vorbereitungsarbeiten. Der Anker war gelichtet, die Segel gesetzt. Das Schiff nahm langsam Fahrt auf.

Hendrik ließ den Steuermann am Ruder allein und kam herüber. »Es könnte etwas ungemütlich werden«, untertrieb er. »Ich kann erst auf dem offenen Meer richtig manövrieren, aber da warten die Liwane auf uns. Verfügt zufällig jemand von euch über eine Traumgabe, die uns diese unerquicklichen Meeresbewohner vom Halse schaffen könnte?«

Alle Blicke hefteten sich auf Oliver.

»Warum schaut ihr mich an?«, verteidigte der sich. »Ich bin doch kein Drachentöter.«

»Du besitzt die Gabe des Windes«, antwortete Eleukides.

Hendriks Augen weiteten sich. »Erklärt mir diese Fähigkeit, Oliver Sucher.«

Der zuckte mit den Schultern. »Ich kann Wind aller Art erzeugen.«

»Das ist für ein Segelschiff nicht das Schlechteste, mein Freund. Könntet Ihr uns nicht ein wenig ›Auftrieb‹ verschaffen?«

Oliver nickte, froh, dass er doch helfen konnte. Er machte sich sofort an die Arbeit. Bevor er mit seinem Wind unter den Kiel greifen konnte, musste Hendrik zunächst seine eigene Traumgabe einsetzen und den Dreimaster ein Stück aus dem Wasser heben. Während nun der Schiffsrumpf allmählich in die Höhe stieg, bewegte sich der Segler langsam auf die Ausfahrt der Bucht zu.

Den Liwanen war die Betriebsamkeit an Deck des Schiffes nicht entgangen. Zum Schrecken von Besatzung und Passagieren tauchten unvermittelt fünf oder sechs der dunkelgrünen Seedrachen aus den grauen Fluten auf. Jeder von ihnen besaß einen zackenbewehrten Schädel, einen schlangenförmigen schuppigen Körper, der mindestens die dreifache Länge der *Hendrikshuis* maß, und vier kleine Gliedmaßen, an denen gebogene Krallen prangten. Die Seedrachen pflügten mit der Geschicklichkeit von Delfinen durch das Meer. Ab und zu sprangen sie aus den Fluten und zeigten dabei ihre kurzen Vorder- und Hinterbeine sowie die rötlich gefärbten Hornkämme.

Sobald der Dreimaster auf Höhe des Klippentores angelangt war, hob sich der Kiel aus dem Wasser. Nun konnte Oliver den Wind einsetzen. In seinem Geist verwandelte er die *Hendrikshuis* in ein Luftkissenboot – vielleicht keine besonders originelle Idee, aber eine wirksame. Schon befand sie sich auf ihrer normalen Reisehöhe. Oliver war zufrieden mit sich. Da störte Hendriks Ruf seinen Optimismus.

»Höher, Oliver! Helft mir. Allein kann ich es nicht bewältigen.«

Oliver hatte in seiner Konzentration die Augen geschlossen. Als er sie nun wieder öffnete, sah er, wie nah die Drachen schon waren. Eines der schlangengleichen Geschöpfe sprang hoch aus dem

Wasser. Jetzt erst begriff er den Grund von Hendriks Erregung. Selbst wenn die *Hendrikshuis* dreimal so hoch fliegen würde wie gerade im Augenblick, konnten die Liwane sie immer noch erreichen. Mit ihren keulenartigen Schädeln wären sie imstande, die Beplankung zu durchschlagen, und ihre kräftigen Körper konnten selbst ein so großes Schiff leicht zerschmettern.

Doch was sollte er tun? Der Segler war viel zu schwer und reagierte zu träge, um ihn mit einem Ruck aus der Reichweite der Seedrachen reißen zu können. Sosehr sich Oliver auch anstrengte, die Drachen würden zuschlagen, bevor er das Schiff in eine sichere Flughöhe gebracht hätte. Jetzt fehlte nur noch, dass sie Feuer spien ...

Der Geistesblitz verursachte wieder das nun schon bekannte »Klick!« in Olivers Kopf. Natürlich! Warum war er nicht gleich darauf gekommen? Der Wind war zwar nicht stark genug, um das Schiff dem Gegner zu entreißen, aber er konnte doch ...

Durch die *Hendrikshuis* ging ein fürchterlicher Ruck. Das Schiff sackte mindestens um einen Klafter ab.

»Was tut Ihr da?«, rief Hendrik verzweifelt.

Oliver reagierte nicht. Er legte seine ganze Vorstellungskraft in den neuen Wind, den er nun schuf. Einen Blizzard, ja mehr noch, einen eisigen Atem, der selbst den Sammler hätte vor Neid erblassen lassen.

Schon sprang der vorderste Drache mit einem gewaltigen Satz aus dem Wasser, sein Ziel war die *Hendrikshuis*. Für einen winzigen Augenblick sah es nun so aus, als würde das Meer rund um die Liwane zu kochen beginnen. Selbst auf der Schuppenhaut der Seedrachen zeigten sich zischende Blasen. Dann blieb die Welt stehen.

Von einem Augenblick zum anderen hatten sich die dunklen Fluten in Eis verwandelt. Auch die Drachen – wo immer sie gerade über die Meeresoberfläche herauslugten – wirkten, als hätte ein liebevoller Zuckerbäcker sie aus einer süßen Masse geformt. Selbst den vordersten der Liwane hatte dasselbe Geschick getroffen. Nur noch mit dem Schwanz im Wasser, stand er schräg in der Luft. Als Oliver die Augen öffnete und die Bestie erblickte, musste er unwillkürlich an die dynamische Kühlerfigur einer bestimmten Automarke denken.

Im nächsten Moment ging ein neuerlicher Ruck durch das ganze Schiff. Der Segler hatte das gefrorene Ohr des Leitdrachen gestreift. Dabei war es abgebrochen. Klirrend zersprang es auf dem Eis.

Auf normaler Reisehöhe schwebte die *Hendrikshuis* dem westlichen Horizont entgegen. Der Kapitän hatte lange, geschraubte Danksagungen an Oliver gerichtet, in denen er zum Ausdruck bringen wollte, in welch tiefer Schuld er nun bei ihm stünde. Oliver hatte beschämt erwidert, das ginge schon in Ordnung.

Im Grunde war Oliver froh, einerseits, weil er endlich einmal die hoch gesteckten Erwartungen, die anscheinend alle auf diesem Schiff in ihn setzten, hatte erfüllen können, und andererseits, weil er selbst nicht im Schlund eines Drachen verschwunden war. Er zweifelte nicht daran, dass auch liwanische Magensäure zu Xexanos Mitteln gehörte, Erinnerungen unwiederbringlich zu zersetzen.

Wenn die Besatzung der *Hendrikshuis* Oliver noch am Tag zuvor mit einer gewissen distanzierten Höflichkeit begegnet war, so hatte sich das spätestens jetzt in eine herzliche Kameradschaft verwandelt. Das konnte er schon allein daran ablesen, wie seine Schulter jedes Mal schmerzte, wenn wieder jemand darauf klopfte – mit der ganzen Aufrichtigkeit, zu der diese kräftigen Männer fähig waren.

Der Tag verlief im Übrigen ereignislos. Oliver sprach viel mit seinen Gefährten. Er fühlte so etwas wie Wehmut, weil er ahnte, dass er ihre Gesellschaft vielleicht nicht mehr lange würde genießen können.

Pegasus erzählte von seinem ungebundenen Leben, seit er nach Quassinja gelangt war. Er hatte sich nie viel um den Sammler oder die Alptraumwesen gekümmert, weil diese in ihm eher einen giftigen Frosch als eine rebellische Erinnerung sahen. Doch mit der Rückkehr Xexanos hatte sich alles geändert. Schon nach wenigen

Tagen hatten die tönernen Soldaten ihm einen Hinterhalt gelegt. »Der Sammler muss schon lange eine Liste mit den Namen unbequemer Erinnerungen vorbereitet gehabt haben«, vermutete der weiße Hengst. Wohl eher pro forma unterbreitete man ihm nach seiner Gefangennahme das Angebot, für den goldenen Herrscher zur Erde hinüberzuwechseln, um dort die Erinnerungssteuer einzusammeln. Bald würden für diese »ehrenvolle Aufgabe« viele »freiwillige« Helfer gesucht. Da es um Pegasus' Freiwilligkeit in dieser Angelegenheit nicht weit bestellt war, wurde er zur Zwangsarbeit am Turm verurteilt. Was dies bedeutete, war klar: ein baldiges Ende in den Mühlen des Xexano. Zum Glück hatte Oliver das verhindern können.

Eleukides erwähnte später beiläufig, dies sei der Tag der Frühjahrs-Tagundnachtgleiche, nur noch zwei Wochen und in Quassinja würde ein neues Jahr beginnen. Zwar wollte der Philosoph seinen jungen Gefährten nicht beunruhigen, aber Oliver begriff trotzdem, was jener anzudeuten versuchte: Die Zeit arbeitete für Xexano, während sie ihm selbst zwischen den Fingern zerrann.

Der Abend graute und ein neuer Morgen brach an. Oliver hatte auch in dieser Nacht nur wenig geschlafen. Immer wieder lauschte er nach den Geräuschen des Schiffes. Doch bis auf das leise Knarzen und Knarren, wenn wieder einmal eine etwas größere Welle den Segler aus seiner Ruhelage hob, blieb alles still. Kein Warnruf schreckte ihn auf. Die Liwane waren zwar boshafte, aber auch sehr gelehrige Geschöpfe.

Bei leichtem Nieselregen setzte die *Hendrikshuis* ihren westlichen Kurs fort. Sie hing noch keine Stunde am Wind, als erneut ein Ruf vom Krähennest für Aufregung sorgte: »Schiff in Sicht!«

»Was hat das nun wieder zu bedeuten?«, entfuhr es Hendrik, der gerade bei seinen Passagieren stand.

Nippy schwirrte steil in die Luft. Wenige Augenblicke später war sie wieder zurück. »Es handelt sich nicht nur um ein Schiff. Ich würde sagen, mindestens fünf Dutzend sind da draußen – schlanke schnelle Segler mit zwei Masten und einem langen Schnabel.«

»Unsere Vogeldame meint sicher den Klüverbaum am Bug der amnesischen Huker, also den wie einen spitzen Schnabel nach vorne zielenden Mast«, erläuterte Hendrik. »Die Schiffe von Atlantis sind wegen ihrer Schnelligkeit bekannt – und berüchtigt.«

»Das ist ein gutes Zeichen«, sagte Reven. Er klang bemerkenswert ruhig.

»Wie kommt Ihr darauf, weiser Freund?«

»Es zeigt, dass wir uns auf dem richtigen Kurs befinden. Xexano erwartet uns. Vielleicht wusste er nicht genau, wann und woher wir kommen würden, aber diese Schiffe beweisen, dass wir auf seinen Turm zuhalten.«

»Ihr mögt da wohl Recht haben, Reven, aber uns wird das wenig nützen, sollten wir nicht flugs an Höhe gewinnen. Selbst wenn unser Segler in der Luft schneller ist als der wendigste Huker, so werden wir eine dichte Blockadekette kaum durchbrechen können.« Der Kapitän drehte sich zu Oliver um. »Wir werden wohl wieder einmal unser Schiff hochhieven müssen.«

»Ich habe eine bessere Idee«, erwiderte Oliver und man konnte seiner verbissenen Miene ansehen, dass er im Geiste schon an deren Umsetzung arbeitete. »Ich werde die Wolken vom Himmel holen. Der Sturm, den ich bräuchte, um die *Hendrikshuis* in eine sichere Höhe zu heben, könnte zu verräterisch sein. Aber wenn wir im dichten Nebel an ihnen vorbeischweben, wird uns niemand bemerken und wir werden kein weiteres Aufsehen erregen.«

Noch ehe der Kapitän seine Zustimmung erklären konnte, rief der Ausguck: »Die Schiffe sind jetzt außer Sicht! Wir fahren in eine dichte Nebelbank.«

»Hoffentlich hatten sie uns noch nicht ausgemacht«, knurrte Hendrik. An Oliver gewandt fügte er hinzu: »Euer Plan ist zwar gut, aber habt Ihr Euch auch überlegt, was es bedeutet, ohne Nebelhorn in diese Brühe da zu laufen? Wir könnten, ehe wir uns versehen, in der Takelage einer ihrer Schiffe enden.«

»Nippy?«, rief Oliver. Ein flirrender Kristall landete auf seinem Finger. »Uns wird nichts passieren, Kapitän. Wir schippern nämlich mit Radar.«

Hendrik schaute Oliver verständnislos an.

»Nippy wird uns immer ein Stück vorausfliegen«, übersetzte Oliver. »Sie wird mich rechtzeitig warnen, sollten wir einem anderen Schiff zu nahe kommen.«

»Ihr erstaunt mich immer wieder«, gestand der Kapitän. »Also gut, dann behalten wir unseren Kurs bei. Kommt bitte mit auf die Brücke. Ich möchte, dass Ihr dem Steuermann die Korrekturen notfalls direkt mitteilen könnt.«

Kapitän Hendriks Voraussicht sollte sich bezahlt machen. Im Schutz einer dichten Nebelwolke schwebte nun die *Hendrikshuis* immer weiter auf die feindlichen Schiffe zu. Wie sich schnell herausstellte, lag die amnesische Armada in mehreren gestaffelten Linien im Meer. So wäre es selbst dann unmöglich, ihre Reihen zu durchbrechen, wenn man die erste Absperrung unbemerkt passiert hätte.

Nippy erwies sich jedoch als eine tüchtige Lotsin. Da auch sie selbst im Nebel nur wenig sehen konnte, entfernte sie sich nie allzu weit von der *Hendrikshuis*. Mehrmals kam es nun zu gewagten Ausweichmanövern. Die Schiffe Amnesias waren so nahe, dass niemand an Bord des Dreimasters zu sprechen wagte. Einmal hörten die Männer Hendriks sogar ein ganz deutliches Husten, ein andermal die Unterhaltung zweier verunsicherter amnesischer Matrosen, die sich über den so plötzlich aufgekommenen Nebel wunderten.

Oliver stand hinter dem Steuermann der *Hendrikshuis*, die Augen geschlossen, und konzentrierte sich auf den Nebel und die Bilder, die Nippy ihm sandte. Mal klopfte er dem Steuermann heftig auf die linke Schulter, dann musste er scharf nach Backbord drehen, ein andermal tippte er rechts und der Mann am Ruder korrigierte den Kurs geringfügig nach Steuerbord.

Oivers ganze Kraft war gefordert, um sowohl den Wind wie auch den Gedankendialog aufrechtzuerhalten. Schweißtropfen standen ihm auf der Stirn und Reven musste ihn stützen, als endlich Nippys erlösende Meldung kam.

»Wir haben die Blockade durchbrochen!«

Oliver zuckte zusammen, weil Nippy völlig überraschend neben seinem Ohr aufgetaucht war.

»Musst du mich immer so erschrecken?«

»Entschuldigung. Wollt ich nicht.«

»Könnt Ihr die Wolken noch so lange niederhalten, bis wir außer Sichtweite sind?«, fragte Hendrik erleichtert und besorgt zugleich.

»Wenn ich nicht mehr gleichzeitig mit Nippy reden muss, wird es schon gehen«, antwortete Oliver.

Als eine Entdeckung vonseiten der amnesischen Schiffe ausgeschlossen war, ließ Oliver das Windbild in seinem Kopf los. Erschöpft sank er auf der Treppe zusammen, die zum Oberdeck hinabführte. Er war froh, dass Schiff und Besatzung auch diese Gefahr heil überstanden hatten.

»Früher hat mein Vater immer zu mir gesagt, ich solle nicht so einen Wind machen. Komisch, dass mir damals nie aufgefallen ist, wie anstrengend das sein kann.«

Ein befreites Lachen hallte über das Deck.

»Nun wird es nicht mehr lange dauern«, sagte Reven.

Jeder an Bord der *Hendrikshuis* wusste, was er meinte. Nur etwa drei Stunden später sollte sich erweisen, wie Recht er mit seiner Prophezeiung hatte.

Als der Landfall vom Ausguck gemeldet wurde, war es anders als noch zwei Tage zuvor. Alles passte zusammen: die Reisezeit, der Schutzwall von Schiffen – dies musste Atlantis sein.

Auch das eigentliche Auftauchen der Insel war ungewöhnlich genug. Atlantis wuchs nicht etwa langsam aus dem Horizont heraus, sondern es wurde in seiner ganzen gewaltigen Ausdehnung innerhalb weniger Augenblicke sichtbar. Die Insel nahm jäh Gestalt an, erschien einfach aus dem Nichts der klaren Nachmittagsluft.

Bald kehrte Nippy von einem ersten Erkundungsflug zurück und berichtete von einer großen Stadt im Südosten der Insel, über der ein gewaltiger Turm aufragte. Das musste Amnesia sein, keine Frage.

Hendrik riet, bis zur Dämmerung zu warten und erst dann an Land zu gehen. Auf diese Weise könne man leichter unentdeckt in Xexanos direkten Machtbereich vordringen. Der Vorschlag wurde einstimmig angenommen.

Als die Sonne hinter den Bergen von Atlantis verschwunden war, erhob sich die *Hendrikshuis* erneut aus dem Wasser. Während der Dreimaster auf eine Landzunge nördlich der Stadt zuschwebte, kam Oliver eine Frage in den Sinn.

»Warum heißt Euer Schiff eigentlich Hendrikshuis, Kapitän?«

Die kantigen Linien in Hendriks Gesicht zeichneten ein melancholisches Lächeln. »Das ist holländisch und bedeutet ›Hendriks Haus‹. Der Name stammt vom Einhorn. Es wusste wohl, dass ich noch ein paar hundert Jahre auf diesem Schiff leben würde.«

Oliver nickte. »Ihr habt nicht nur mir einen großen Dienst erwiesen, sondern bestimmt auch ganz Quassinja, Kapitän. Ich möchte Euch dafür danken.«

Wieder lächelte Hendrik. »Glaubt Ihr, ein wenig von meiner Schuld ist dadurch nun abgetragen?«

»Ganz bestimmt, Hendrik. Ihr habt nicht nur Reue in Worten gezeigt, sondern sie auch durch Taten bewiesen. Zu Eurer Zeit hätte man wohl gesagt, Ihr seid ein wirklicher Ehrenmann.«

Hendrik senkte die Augen. »Ihr beschämt mich. Und doch macht Ihr mich zugleich auch glücklich. Ich werde die Erinnerung an Euch bewahren wie einen kostbaren Schatz, Oliver Sucher.«

»Und ich die Eure, Kapitän Hendrik.«

Die beiden reichten sich die Hand und Oliver staunte einmal mehr, wie fest ein Seemann zudrücken konnte.

Der eigentliche Abschied von Kapitän Hendrik von Oranien und seiner Besatzung erfolgte einige Zeit später. Noch einmal war Oliver einem wahren Spießrutenlauf aus freundlichen Schulterschlägen ausgesetzt. Die rauen Seemänner hatten ihn und seine Gefährten ins Herz geschlossen. Sogar einige Tränen entdeckte er auf den harten Gesichtern.

Reven Niaga gab dem Kapitän noch einmal letzte Instruktionen. Er war davon überzeugt, dass die Armada von Atlantis nur vor der Ostküste der Insel lag; selbst Xexano dürfte es wohl für ausgeschlossen halten, dass ein fremdes Schiff sich – unbemerkt von seinen Seedrachen – völlig frei in den Gewässern rund um seinen Turm bewegte. Geradezu unmöglich dürfte es den Bewachern von Atlantis erscheinen, dass jemand sich nach Westen hin von der Insel *entfernte*. Diesen Umstand würde Kapitän Hendrik ausnutzen. Die *Hendrikshuis* sollte in der Nacht zunächst die Insel umrunden, dann Kurs auf die offene See nehmen und später in einem weiten Bogen die gegnerische Blockadekette umfahren. Der nächste Anlaufpunkt war Salamansa. Von dort aus sollte Hendrik all die anderen Verbündeten informieren: Der Zeitpunkt der Erhebung gegen Xexano sei nun gekommen, lautete die einfache Botschaft Revens. Wenn Hendrik beim nächsten Mal den Klang der Silberpfeife hörte, wisse er, dass der Schlusskampf begonnen habe.

Im Schutz der Dunkelheit verließen Oliver und seine Gefährten das Schiff. Pegasus trug ihn, Tupf und Reven an Land. Eleukides nahm wieder mit dem kleineren Übel vorlieb, zusammen mit den nervösen Rössern landete er in einer schwankenden Schaluppe an der Küste von Atlantis an.

Als das Beiboot vom Strand abstieß, schloss ein Kapitel in Olivers Leben, das er nicht so schnell vergessen würde.

AMNESIA

Der Aufstieg gestaltete sich im Dunkeln äußerst schwierig. Nur ab und zu gab es eine Lücke in den dahinziehenden Wolken, durch die der Mond sein silbernes Licht auf den felsigen Hang werfen konnte. Immer wieder rutschten Steine in die Tiefe. Erst als ein Wald aus niedrigen Kiefern genügend Deckung bot, erlaubte Reven den Einsatz der Zwergenfackeln. Jetzt konnten sie auch die Pferde wieder besteigen. Reven Niaga ritt voran.

Olivers Herz pochte in der Brust. Nicht ohne Sorge stellte er fest, dass derlei Strapazen ihn früher mehr ausgelaugt hätten – seine

Verwandlung in eine verlorene Erinnerung schritt immer weiter voran. »Warum müssen wir unbedingt da rauf?«, fragte er den Weisen vom Annahag.

»Wir können um diese Zeit nicht in die Stadt hinein – alle Tore sind geschlossen. Aber wenn wir die Höhe dieser Klippen erreicht haben, müssten wir auf ebeneres Gelände stoßen. Dann ist es nicht mehr weit bis zum See der Verbannten Erinnerungen. Dort werden wir uns einen Platz für die Nacht suchen.«

Oliver erinnerte sich. »Ich vermute, dass am Südende des Sees Xexanos Turm steht.«

»Südöstlich, um genau zu sein.«

»Woher weißt du so viel über die Insel?«

»Bücher, Überlieferungen, Berichte von Freunden – mein Wissen schöpft immer aus denselben Quellen.«

Oliver musste sich ducken. Um ein Haar wäre ihm ein zurückschnellender Ast ins Gesicht gepeitscht. »Wie geht es dann weiter, Reven?«

»Ich habe einige Freunde in der Stadt. Von ihnen ist mir bekannt, wie es um Amnesia wirklich bestellt ist. Die lebenden Erinnerungen dort haben seit jeher am stärksten unter Xexano und seinem ersten Fürsten, dem Sammler, gelitten. Viele sind unwissend, was die wahren Absichten des goldenen Herrschers angeht, aber viele kennen auch seine Bosheit und dienen ihm nur aus Angst. Wir müssen den Erinnerungen die Wahrheit sagen. Wir müssen ihnen eine Hoffnung vermitteln. Wir müssen ihnen zeigen, dass es über kurz oder lang ihr Untergang sein wird, wenn sie sich gedankenlos dem Willen Xexanos unterwerfen – existentiell und moralisch.«

Reven hatte sich zuletzt so in seine Worte hineingesteigert, als stünde er bereits vor den Einwohnern Amnesias und versuchte den Schleier der Verblendung von ihrem Geist zu reißen.

»Glaubst du wirklich, dass uns das in der kurzen Zeit, die uns noch bleibt, gelingen kann?«

»Alles ist besser, als die Hoffnung gleich von vornherein fahren zu lassen.«

Oliver nickte.

»Nippy, Pegasus«, rief Reven nach hinten, »wärt ihr bereit zu meinen Verbündeten in die Stadt zu fliegen und ihnen von unserer Ankunft und unseren Plänen zu berichten?«

Ohne zu zögern, stimmten die beiden zu.

»Gut. Dann gebt mir noch eine Nacht, um alles ein letztes Mal zu überdenken. Ich werde euch auch eine geschriebene Nachricht mitgeben.«

»Und was machen wir?«, fragte Oliver, obwohl er in Wirklichkeit schon genau wusste, was *er* zu tun hatte.

Reven drehte sich auf seinem Rappen um. Im grünen Licht der Fackel wirkte sein grimmiges Gesicht noch entschlossener. »Wir, Oliver, wir werden Xexano einen kleinen Besuch abstatten.«

Zunächst hatte Oliver nur ein seltsames Leuchten am Himmel bemerkt. Es erinnerte an ein Gewitter, das fern hinter nächtlichen Wolken tobt, ohne dass man seine Wut selbst zu spüren bekommt. Als die Gefährten dann aus dem Wald heraustraten, verschlug es ihm einmal mehr die Sprache. Vor ihnen breitete sich eine riesige leuchtende Fläche aus, gleich einem gigantischen Spiegel, der die bunten Schleier zahlloser Nordlichter reflektierte. Farben, die selbst Oliver nie für möglich gehalten hätte, huschten lautlos durch den See der Verbannten Erinnerungen.

»Das ist ... das ist wunderschön!«, sagte er, während sie auf den See zuritten.

»So schön wie eine singende Nachtigall in einem goldenen Käfig«, bemerkte Eleukides an seiner Seite.

»Wie meinst du das?«

»Jede Farbe, die du dort unten leuchten siehst, ist eine formlose Erinnerung, die Xexano gefangen hält. Die dunkleren, kälteren Farbtöne waren einst üble Gedanken, Empfindungen und Träume im Herzen der Menschen, die hellen und warmen Lichtschleier verkörpern angenehme Gefühle.«

»Aber wie fängt man eine körperlose Erinnerung? Wie konnte Xexano alle diese Lichter in diesen Stausee sperren?«

Inzwischen hatten sie das Ufer des Sees erreicht. Eleukides sah Reven fragend an.

»In den Bergen von Atlantis gibt es eine Quelle«, erklärte der Bibliothekar. »Man nennt sie die *Quelle der Vergessenen Gefühle*. Sie gleicht dem Stillen Wald oder anderen Orten Quassinjas, an denen Erinnerungen diese Welt betreten. Aus der Quelle der Vergessenen Gefühle strömen die meisten der körperlosen Erinnerungen. Früher, bevor Xexano seinen Turm baute, sind sie ungehindert ins Meer der Vergessenen geflossen. Und von dort verteilten sie sich über diese ganze Welt.«

Oliver rutschte von Pegasus' Rücken und trat an den Rand des Sees. Innerlich aufgewühlt starrte er auf die leuchtenden Farben. Dieser ganze See war ein riesiges Gefängnis. Ein Lager voller gequälter Erinnerungen. Er konnte es kaum fassen. Natürlich hatten seine Gefährten auch schon vorher von diesem See erzählt – aber von einem Unrecht zu hören ist eine Sache, es selbst zu sehen eine ganz andere. Er spürte ein Ziehen in seinem Magen. Das passierte immer, wenn er wütend wurde.

Während er noch darüber nachdachte, was man für diese wunderschönen Farbschleier tun konnte, entdeckte er plötzlich einen pinkfarbenen länglichen Fleck, der direkt auf ihn zuschwamm. Spontan bückte sich Oliver, und ehe er recht wusste, was er tat, schöpfte er mit der hohlen Hand etwas von dem leuchtenden Nass, führte es zum Mund und trank davon.

Unter den besorgten Blicken seiner Freunde schien sich Oliver in eine leblose Statue zu verwandeln. Er stand einfach nur da, den rechten Arm angewinkelt, und rührte sich nicht. Einige Tropfen der pinkfarbenen Erinnerung rannen noch von seiner Hand. Selbst der Weise vom Annahag ahnte nicht, was in diesem Augenblick in Oliver vorging. Zuerst hatte sich die Flüssigkeit wie ein Schluck heißen Grogs verhalten: Sie war seinen Schlund hinuntergeronnen und hatte sogleich ein wohlig warmes Gefühl im ganzen Körper verbreitet. Doch plötzlich schien eine warme Welle aus den Tiefen seiner Seele emporzuschwappen, in seinem Kopf kribbelte es. Dann erblickte er das Bild seiner Mutter.

Oliver konnte sich nicht rühren, *wollte* es gar nicht. Er fürchtete, schon der nächste Atemzug könne diese Vision verscheuchen wie einen scheuen Vogel. Seine Mutter lag in einem Bett, ihre rote Lockenpracht wallte über das Kopfkissen, sie lächelte. Der Grund ihrer Freude waren wohl die beiden Neugeborenen, die da schreiend, mit zerknitterten Gesichtern, in ihren Armen lagen, einer rechts, die andere links. Kein Zweifel, Oliver sah sich selbst dort liegen, zusammen mit seiner Schwester. Und er konnte fühlen, was seine Mutter in diesem Moment empfand. Es war ein überwältigendes Glück, eine unbeschreibliche Freude! Die Schmerzen der gerade überstandenen Geburt schienen in weite Ferne gerückt. Sie zählten überhaupt nicht mehr. Die zwei kleinen brüllenden Lebewesen waren jetzt die Gefäße, in die sie ihre ganze Liebe füllte.

Dann verblasste das Bild, wurde hinweggetragen wie ein Nebelschleier im Wind. Oliver öffnete die Augen, ohne zu wissen, wann er sie geschlossen hatte. Aber er stand noch immer bewegungslos am Ufer, versuchte zu begreifen, was da eben geschehen war. Noch einmal zogen die Bilder der pinkfarbenen Erinnerung an seinem geistigen Auge vorbei. Doch nun waren sie zu seiner eigenen Erfahrung geworden; er würde sie nie mehr vergessen. Schmerz durchflutete ihn, keine körperliche Pein, es war der Verlust seiner Mutter, der ihm wehtat. Warum war sie nur so früh gestorben? Oliver begriff, dass nicht jede verlorene Erinnerung einen wirklichen Verlust darstellte. So wie die Geburtsschmerzen seiner Mutter von dem einzigartigen Glück überspült worden waren, das sie angesichts des neuen Lebens empfand, so schöpfte er einen tiefen Trost aus der unauslöschlichen Erinnerung an diesen einen Moment, als er seiner Mutter wieder nahe gewesen war. Wie hatte Reven Niaga doch einmal gesagt? »Es gibt ein Gleichgewicht zwischen Erinnern und Vergessen, zwischen deiner und meiner Welt.« Jetzt erst verstand Oliver wirklich, was damit gemeint war.

Endlich rührte er sich. Seine Freunde sahen, wie er sich langsam zu ihnen umdrehte. Über seine Wangen rollten Tränen.

»Oliver«, sagte Eleukides besorgt. »Was ist mir dir? Hast du Schmerzen?«

»Es geht ihm gut«, sagte Nippy, die gerade auf Olivers Schulter gelandet war. »Er hat nur eben das wahre Wesen der Erinnerung erkannt.«

Obwohl Oliver geglaubt hatte, dass er in dieser Nacht kein Auge zutun würde, schlief er doch so tief und so traumlos wie lange nicht mehr. Natürlich hatten ihn die Bilder von seiner Mutter aufgewühlt. Aber sie waren auch wie ein klärendes Sommergewitter gewesen, das die lastende Schwüle seiner Verunsicherung ein für alle Mal fortgewaschen hatte.

Als er am Morgen erwachte, fasste er einen Entschluss, zu dem er sich schon lange hätte durchringen sollen: *Er* musste Xexanos Macht brechen. Reven und die anderen Gefährten waren wertvolle und treue Helfer, aber mehr nicht. Sie besaßen nicht wie er die Möglichkeit, über ein Zwielichtfeld mit einer Zwillingsschwester in der Welt der lebenden Erinnerungen in Kontakt zu treten. Nur so, das wusste Oliver nun, konnte man Xexano besiegen.

Während schon die ersten grauen Vorboten der Morgendämmerung am Horizont aufzogen, schaute er noch einmal über den flammenden See. Natürlich, dieses Gewässer bestand nur aus körperlosen Erinnerungen, positiven oder negativen Gefühlen – aus dem Empfinden der Berührung eines geliebten Menschen, dem Schmerz beim Tode eines ebensolchen, dem Glück von Eltern, die verloren geglaubte Kinder wieder fanden ... Aber waren sie in ihrer Gestaltlosigkeit nicht dennoch wichtig? Diese Erinnerungen spielten vielleicht eine größere Rolle im Leben des Menschen als ein funkelndes Auto, eine neue Hi-Fi-Anlage oder irgendein anderes Spielzeug.

Nein, Oliver wollte weder seinen pinkfarbenen Schleier noch irgendeine andere Erinnerung der Vernichtungsmaschinerie dieses sogenannten goldenen Herrschers überlassen. Sein Gold war trügerisch und seine Mühlen mahlten unbarmherzig. Schon jetzt schindete er viele Erinnerungen, bis sie auseinander brachen.

Pegasus hatte erzählt, wie er zur Zwangsarbeit am Turm des Xexano verurteilt worden war. Und dem Sklavendienst würde die Vernichtung folgen – Erinnerungsmehl zwischen den Mühlsteinen am Fuße von Xexanos Turm.

»Wenn Nippy und Pegasus noch vor Sonnenaufgang in die Stadt fliegen wollen, sollten wir uns beeilen«, sagte Oliver ungeduldig.

»Wir sind gleich so weit«, antwortete Reven. »Das meiste von unserem Gepäck lassen wir sowieso hier. Ich muss nur noch einige wenige Dinge aussortieren.«

Kurze Zeit später kam der Abschied von Pegasus und Nippy.

»Hoffentlich sehen wir uns bald alle gesund wieder«, sagte Oliver mit belegter Stimme.

Pegasus schnaubte. »Selbst wenn nicht, so ist unsere Freundschaft doch das Kostbarste, was ich je in dieser Welt gewann.«

Die Worte des Hengstes schnürten Oliver die Kehle noch weiter zu. Er umarmte den Hals des geflügelten Pferdes und tätschelte ihn ein letztes Mal. Verstohlen wischte er sich eine Träne von der Wange.

Nippy blieb schwirrend vor seiner Nase stehen und flötete: »Mich wirst du auf keinen Fall so schnell los, Oliver. Aber ich wünsche dir trotzdem alles Gute.«

Oliver streckte seiner Freundin die Hand hin, sodass sie darauf landen konnte. Um ihren Hals hing ein winziges Papierröllchen, auf dem Reven Niaga die Botschaft an seine Verbündeten notiert hatte. Zärtlich streichelte Oliver ihr Gefieder. Die bunten Lichter vom See verwandelten sich darin in funkelnde Sterne. »Du bist vielleicht am kleinsten von uns allen«, sagte er liebevoll, »aber ganz gewiss nicht am unbedeutendsten. Ich danke dir für alles, was du für mich getan hast.«

»Tu nicht so, als würden wir uns nicht wieder sehen.« Nippys trällernde Stimme klang unbekümmert wie eh und je. »Ich habe dich lieb gewonnen wie sonst keinen. Selbst Xexano wird uns nicht wieder voneinander trennen können.«

»Dann wollen wir hoffen, dass alles gut geht.« Oliver straffte die

Schultern und versuchte einen gefassten Eindruck zu machen. »Jetzt fliegt. Reven hat euch gesagt, was zu tun ist, und ihr tragt seine Nachrichten. Wenn ihr sein Zeichen bemerkt, muss alles ganz schnell gehen.«

Während Oliver seinen davonfliegenden Gefährten nachschaute, kämpfte er gegen die Tränen an, die in seinen Augen aufstiegen. Er brachte kein Wort heraus.

Reven führte den Rest der verschworenen Gemeinschaft am Seeufer entlang nach Süden. Oliver hatte eines der Packpferde bekommen, ein zwar gutmütiges, aber im Vergleich zu Pegasus sehr einsilbiges Geschöpf. Die Sonne blinzelte gerade über den Horizont, als sie um eine Biegung der Uferlinie ritten und sich ihnen eine neue Aussicht eröffnete.

»Schnell ins Dickicht!«, raunte Reven.

Oliver und Eleukides gehorchten ohne Widerspruch.

Alle hatten es gesehen. Etwa zwei oder drei Kilometer seeabwärts stand ein gewaltiges Bauwerk, ein Stufenturm, der bis an den Himmel zu reichen schien. Doch davor – wesentlich näher und durch die perspektivische Verzerrung kaum kleiner als der Turm selbst – ragte eine hohe Klippe über dem See auf. Die dem Land zugewandte Seite des nackten Felsens war dagegen überhaupt nicht steil. Sie lief in eine lange Rampe aus, deren Anfang sich nach Osten hin den Blicken der heimlichen Beobachter entzog. Aus ihrem Versteck konnten sie nun genauer erkennen, was zuvor nur als fast unmerkliche Bewegung aufgefallen war.

An der Felsrampe schlängelte sich ein Weg empor, auf dem sich eine beunruhigende Prozession bewegte. Mindestens acht Dutzend Terrakotta-Soldaten bildeten das stumme Geleit für einen kleinen Haufen lebender Erinnerungen. Manche von den Gefangenen wurden auf Karren nach oben gezogen, andere konnten auf eigenen Beinen laufen.

Oliver glaubte unter den Delinquenten eine bekannte Gestalt zu erkennen. »Ich muss unbedingt näher ran«, sagte er unvermittelt.

Reven wollte erst widersprechen, doch dann nickte er. »Wir lassen die Pferde hier. Bleibt dicht hinter mir und versucht keine Geräusche zu machen.«

Die schlanke Gestalt des Bibliothekars bahnte sich geschickt einen Weg durchs Unterholz und zwischen Felsen hindurch. Seine Bewegungen verrieten, dass er nicht immer nur ein Bücherwurm gewesen war. Oliver und Eleukides hatten Mühe, mit ihm Schritt zu halten. Bei einigen Felsen, die wie achtlos fallen gelassene Brotkrumen am Strand lagen, machte er Halt.

»Näher können wir nicht heran, ohne entdeckt zu werden«, flüsterte Reven.

Inzwischen war der Zug der Verurteilten auf dem höchsten Punkt der Klippe angelangt. Den nach oben führenden Pfad konnte man von dieser Stelle aus nicht sehen, dafür aber umso deutlicher die Gefangenen, die nun auf dem Felsen standen. Sie waren mit Ketten und Seilen gefesselt. Oliver sah Menschen, Stein- und Holzfiguren, sowohl menschlicher als auch tierischer Gestalt, und dann erblickte er den Kleiderständer.

Also hatte er sich doch nicht getäuscht. Das Ziehen in seinem Magen meldete sich wieder. Er fühlte sich elend wie lange nicht mehr. Einst hatte er diesem Kleiderständer misstraut. Damals, in Nargon, im Gasthaus *Zum Wilden Mann*, überraschte ihn noch alles, was weder Mensch noch Tier war und trotzdem sprechen und sich bewegen konnte. Aber der Kleiderständer war kein Spion Xexanos, er hatte bis zum Schluss geschwiegen. Und nun sollte er dafür büßen.

Das Herz verkrampfte sich in Olivers Brust, als die erste Gestalt in die Tiefe gestoßen wurde. Es handelte sich um ein hilflos zappelndes Möbelstück, einen Sekretär, soweit man sehen konnte. Boshafterweise war der Schreibschrank mit großen Steinen beschwert. Mit lautem Knall schlug er auf dem Wasser auf, trieb für einige träge Augenblicke noch rücklings an der Oberfläche, kippte dann zur Seite und ging unter. Dem Sekretär folgte ein Löwe aus Stein, die gefesselte Figur verschwand sogleich in den leuchtenden Fluten.

So ging es immer weiter. Ein Erinnerungswesen nach dem

anderen wurde von den tönernen Soldaten in die Tiefe gestoßen. Zuletzt fiel auch der Kleiderständer. Oliver hielt sich den Mund zu, um nicht laut loszuschreien. Sein Magen war nur noch ein schmerzender Knoten. Das würde Xexano büßen müssen! Dann kehrte Ruhe ein auf dem See der Verbannten Erinnerungen. Ein erster Sonnenstrahl brach zwischen den Bäumen im Osten hindurch und entzündete auf den gekräuselten Wassern ein funkelndes Licht.

Als die Tore Amnesias geöffnet wurden, setzten auch Oliver, Reven und Eleukides sich in Bewegung. Kofer umhüllte wieder die Schultern des Philosophen, Tupf steckte wie immer in Olivers Brusttasche.

»Sollen wir den Angriffsplan nicht noch einmal durchsprechen?«, fragte der Mantel beunruhigt.

»Sei endlich still!«, wies Oliver ihn zurecht. »Meinst du, ich habe nur Wolle im Kopf?«

»Das wäre sicherlich nicht das Schlechteste«, versetzte Kofer.

Das Nordwest-Tor von Amnesia gehörte zu den kleineren der Stadt. Vielleicht lag es an der Nähe zu dem alles überragenden Turm, dass hier nicht so viele Erinnerungen ein und aus gingen. Immerhin hatten sich am frühen Morgen genug Wartende eingefunden, um die Situation ausreichend unübersichtlich zu gestalten.

Im Tor standen Terrakotta-Wächter, die jeden, der in die Stadt hinein- oder aus ihr herauswollte, gründlich kontrollierten. Ob nun Ochsenkarren, Lumpenbündel oder Tongefäße – alles wurde überprüft. Als nur noch ein Bauer mit seinen vier Maultieren zwischen den Wachleuten und Olivers kleiner Schar stand, erhob sich plötzlich ein sonderbarer Sturm.

Für Oliver kam der Wind natürlich nicht überraschend. Er war ja in seinem Kopf geboren. Aber den Umstehenden jagte er einen gehörigen Schrecken ein. Große Mengen Sand wurden vom Ufer des Sees herangetragen, wirbelten herum wie unstete Wesen, die sich für keine Gestalt so recht entscheiden können. Einer der

Wachsoldaten wurde von einem abgebrochenen Ast am Kopf getroffen und verlor selbigen, ehe er sich's versah. Aber nicht nur ihm war der Überblick verloren gegangen.

Als sich der Sturm endlich wieder legte, befanden sich Oliver und seine Gefährten auf der anderen Seite des Stadttores. Während sie in eine enge Gasse einbogen, warf er noch einmal einen Blick zurück. Drei Terrakotta-Krieger waren gerade dabei, die Scherben vom Haupt ihres Kameraden zusammenzulesen. Eine Gesichtshälfte war schon wieder fast intakt – man konnte bereits das irdene Auge blinzeln sehen.

»Hoffentlich hast du nicht zu dick aufgetragen«, merkte Tupf kritisch an.

»Du hast auch an allem was auszusetzen«, erwiderte Oliver. Er war recht zufrieden mit seiner Vorstellung.

»Wenn Xexano von diesem launischen Morgenwind erfährt, könnte er uns schnell auf die Schliche kommen.«

»Du bist doch kein Einfaltspinsel, Tupf. Überleg mal: Xexano kann sich gar nicht um jede Blähung in seiner Stadt kümmern. Schließlich hat er vor, gleich zwei komplette Welten zu erobern!«

»Ich wäre in Zukunft trotzdem etwas vorsichtiger.«

»Tupf hat Recht«, bemerkte Reven. »Ein mächtiger Mann meinte einmal: ›Der bessere Teil der Tapferkeit ist die Vorsicht.‹ Wir sollten uns also hüten übermütig zu werden.«

»Herodot hat das aber nicht gesagt«, stellte Eleukides fest.

Reven lächelte. »Stimmt. Es war König Heinrich IV., aber die Worte stammen aus dem *Falstaff* von William Shakespeare.«

»Nie gehört. Hast du ihn hier in Quassinja kennen gelernt?«

»Nein. Er zählt zu den Unvergessenen der Erde.«

»Ach so. Na dann ...«

»Hat schon jemand von euch Bücherweisen eine Ahnung, wie wir in dieses Ding da hineinkommen sollen?«, meldete sich wieder Oliver zu Wort. Er saß auf seinem grauen Pferd und sah zu dem riesigen Turm empor, der hinter den flachen Häusern der Stadt aufragte.

»Wie euch allen bekannt ist, wird am Turm noch gebaut«,

erklärte Reven. »In Xexanos Palast dürfte also ein mehr oder minder großes Chaos herrschen. Es wird sich schon eine günstige Gelegenheit finden, um unbemerkt in den Turm zu gelangen.«

»Und dann?«

»Die letzte Etappe unseres Weges ist auch die schwierigste. Wir müssen Xexano suchen und ihn ausschalten.«

»Das klingt, als würdest du von einer Glühlampe sprechen.«

»Ich habe von diesen Erfindungen deiner Zeit gehört, aber sei unbesorgt, ich werde Xexano nicht ohne eine Waffe gegenübertreten.«

Obwohl Oliver erwartete, dass Reven dieser verheißungsvollen Äußerung noch irgendeine Erklärung hinzufügen würde, schwieg jener doch auf eine sehr eindringliche Weise. Oliver traute sich nicht zu fragen, was diese Geheimwaffe denn sein könnte. Er spürte, dass er damit die Grenze übertreten würde, die der Weise vom Annahag zwischen der öffentlichen und der geheimen Person gezogen hatte, die er wirklich war. Es gab keinen Zweifel, Reven hatte edle Beweggründe für sein Schweigen. Doch musste es deshalb auch richtig sein, seine Freunde nicht ins Vertrauen zu ziehen? Oliver hatte sich in den letzten Tagen immer häufiger gefragt, wer dieser uralte, verschlossene Mensch wirklich war.

Die Pferde der Gefährten waren im Laufe der Unterhaltung immer weiter bergan gestiegen. Ihre Hufe hallten auf dem Pflaster schmaler Gassen, die allesamt einem Ziel zustrebten: dem Turm des Xexano.

Das riesige Bauwerk ragte aus einem Felseinschnitt empor, der früher einmal die Pforte für die Wasser aus der Quelle der Vergessenen Gefühle gewesen war. Hier waren sie über hundert Meter tief in einen kleinen See gestürzt und von dort ins Meer weitergeflossen. Doch jetzt stak Xexanos Turm wie ein gigantischer Korken in der felsigen Schlucht und verhinderte, dass mehr Wasser abfließen konnte, als der goldene Herrscher erlaubte.

Wie Oliver später noch feststellen sollte, gehörte die Stauung der körperlosen Erinnerungen zu einem wohl überlegten Plan. Am Fuße des Turmes bauten Zwangsarbeiter an einer monumentalen Wassermühle. Riesige Mahlsteine wurden dort eingepasst, und jeder, der durch einen felsigen Schacht in diese monströse Maschinerie geriet, musste unweigerlich zu feinem Mehl zermahlen werden. Der Gipfel aller Bösartigkeit aber war, dass die körperlosen Erinnerungen selbst diese Mühle antreiben sollten, wenn sie sich mit dem Wasser des Sees, verzweifelt einen Ausweg suchend, an den gewaltigen Schaufelrädern vorbeizwängten.

Voll düsteren Grolls registrierte Oliver, dass der Stufenturm nicht viereckig wie das Modell des Turmes von Babylon war, das er einmal im Pergamonmuseum gesehen hatte. Das himmelstürmende Bauwerk glich eher einer zu groß geratenen Hochzeitstorte: Es wuchs von einer kreisförmigen Basis in immer schmäler werdenden Stufen nach oben. Aus der Nähe konnte man dann erkennen, dass die vermeintlichen Absätze in Wirklichkeit eine große Spirale bildeten, die um den Turm herumlief. Auf dieser riesigen gewundenen Rampe bewegten sich die winzigen Silhouetten der Arbeiter und ihrer Karren. Von der noch unfertigen Spitze des Turmes bis hinab zu dem Mühlenschacht am Fundament klaffte eine Kerbe, so tief, dass sie fast bis zum Kern des Bauwerks vordrang. Die Innenflächen dieses Einschnitts waren mit Fenstern übersät wie auch die ganze übrige Außenfassade von Xexanos Warte. Da, wo jeweils die Spiralstraße die Kerbe schnitt, schlugen Brücken den Bogen zur gegenüberliegenden Seite.

Vor dem Turm breitete sich ein weiter Vorplatz aus, auf den Oliver und seine Gefährten nun hinausritten. Hunderte von Bauarbeitern tummelten sich hier. Überall waren Pferde- und Ochsenkarren damit beschäftigt, sich gegenseitig in die Quere zu kommen. Es wurde nicht nur Material getragen und gebaut, sondern auch kräftig geschimpft. Wieder musste Oliver an das Wandgemälde im Museum denken. Diese Szenen kamen ihm nur allzu bekannt vor.

Reven schien seine wahre Freude an dem Durcheinander zu haben. Er witterte wohl schon eine Chance, sich hier irgendwo unter die Handwerker zu mischen.

Noch während die Gefährten das Wirrwarr bestaunten, ertönte

plötzlich ein lautes Getöse in ihrem Rücken. Hörner wurden geblasen und der Schall vieler Hufe drang die Gasse herauf.

»Schnell zur Seite!«, rief Reven.

Kaum hatten sie sich zwischen zwei Wagen mit Bauholz verdrückt, da donnerte auch schon eine Reitertruppe vorbei. Auffälligerweise waren es keine Tonsoldaten, sondern menschenähnliche Kreaturen, die aber durch scheußliche Fratzen, tiergleiche Klauen, durch gehörnte Häupter oder mit Schwänzen versehene Hinterteile an eine andere Kategorie von Wesen erinnerten, die Oliver am liebsten schon längst vergessen hätte: die lebenden Alpträume der Wüste Nemon. Noch ehe er seinen Eindruck in passende Worte kleiden konnte, wurde seine Vorahnung auch schon zur Gewissheit. Getragen von acht löwenköpfigen Muskelpaketen erschien eine goldbeschlagene Sänfte auf dem Platz. Ihre Vorhänge waren zurückgeschlagen, sodass man das selbstgefällige Gesicht der Dame erkennen konnte, die hier so pompös Einzug hielt. Semiramis genoss sichtlich ihre Rückkehr in die Hauptstadt Quassinjas.

Die Unordnung auf dem Vorplatz des Turmes erreichte einen spektakulären Höhepunkt, als mehrere Schlachtrösser von Semiramis' Leibgarde einfach über die Bauarbeiter hinweggaloppierten. Je nach Beschaffenheit, gingen jene daraufhin zu Bruch, zersplitterten oder wurden zu Brei zermalmt. Die Sklaventreiber Xexanos mühten sich redlich, wieder die Kontrolle über ihre Schutzbefohlenen zu erlangen, hatten damit aber keinen rechten Erfolg.

Die zur Fronarbeit Gezwungenen besaßen nämlich nur eine begrenzte Geduld. Zwar stellte ein abgerissener Arm oder ein zerquetschter Kopf noch keine Katastrophe dar – als lebende Erinnerungen waren sie wirklich zäh im Nehmen –, aber die Geringschätzung, mit der sie hier so einfach platt gewalzt wurden, führte unter ihnen doch zu ernsthaften Verstimmungen.

Zwei Steinstiere gingen mit gesenkten Häuptern auf ihre Bewacher los. Einen der Terrakotta-Soldaten traf es besonders hart – obwohl er die Zerstreuung nicht gerade suchte, fand er sie dennoch. Sein ihm zugeordneter Sklave trampelte so lange auf ihm herum, bis nur noch feiner roter Tongrieß auf dem Platz zurückblieb.

Andere Terrakotta-Krieger kamen den bedrängten Kameraden zu Hilfe. Sie waren beim Einsatz ihrer Schwerter, Spieße und Keulen kaum weniger zimperlich.

»Darauf habe ich gewartet«, sagte Reven, fügte noch ein entschlossenes »Kommt!« hinzu und trieb seinen Rappen zu einem Blitzstart an.

Oliver und Eleukides hatten Mühe, ihm zu folgen.

Was Reven Niaga beabsichtigte, war leicht zu erraten. Er wollte Semiramis' Eskorte mit sicherem Abstand folgen, in der wohl nicht unbegründeten Annahme, dass die Königin der Wüste Nemon nicht eher Halt machen würde, als bis sie sich in Xexanos Thronsaal befand.

Oliver fragte sich, ob es wirklich eine so glückliche Entscheidung gewesen war, Xexanos Mutter zu ihrem Namensstein zu verhelfen. Ganz sicher war der Besitz des Steines der Grund dafür, weshalb sie sich nun so ungeniert über den Bannspruch ihres Sohnes hinwegsetzte und in Amnesia einzog, als wäre sie selbst die Herrscherin dieser Stadt. Er konnte sich denken, was Semiramis vorhatte. Sie wollte neben ihrem Sprössling sitzen, wenn dieser über zwei Welten herrschte. Im Gegenzug würde sie sich bereit erklären, dessen Namensstein nicht zu Staub zu zermahlen. Sie war eine wirklich fürsorgliche Mutter.

Auch wenn Oliver mit Semiramis ein weiterer Gegner erwuchs, so hatte sie ihm zumindest in diesem Augenblick unfreiwillig einen Vorteil verschafft. Ihre Reiterei glich einem Kometen, der einen Schwanz der Konfusion hinter sich herzog. Reven Niaga bewegte sich in diesem Dunstfeld mit derselben Sicherheit wie in den Nebeln von Morgum.

Semiramis' Trupp rückte über die Spiralstraße auf die Spitze des Turmes zu. Nach etwa drei Viertel des Weges schlug Reven einen Haken und verschwand durch ein stuckverziertes Tor im Inneren des Gebäudes. Oliver und Eleukides folgten ihm dichtauf.

Drinnen saßen die Gefährten von ihren Pferden ab und nahmen sie an die Zügel. Sie befanden sich nun in einem Raum, der offensichtlich noch zum unfertigen Teil des Turmes gehörte. Jede Inneneinrichtung fehlte. Reven betrat einen angrenzenden Saal. Auch der war bis auf einige Baugeräte, die in einer Ecke lagen, völlig leer. Der Bibliothekar schlug vor, die Pferde nach draußen zu schicken. Noch herrschte das Durcheinander auf der Turmstraße. Drei herrenlose Pferde würden dort kaum auffallen.

Oliver und Eleukides stimmten dem Plan zu. Schnell nahmen sie den Pferden alles ab, was in irgendeiner Weise verräterisch sein konnte, und trieben sie mit einem Klaps auf die Straße hinaus.

Der weitere Aufstieg gestaltete sich schwieriger als erwartet. So einfach der Weg nach oben auf der spiralförmigen Rampe auch zu verfolgen gewesen war, so unübersichtlich erwies sich das Bauwerk nun von innen. Bald wurde den Gefährten klar, dass der Turm, den Xexano hier bauen ließ, eigentlich eine ganze Stadt darstellte. Angesichts der immer neuen Zimmer, straßengleichen Flure und platzähnlichen Hallen gab Oliver bald jeden Versuch auf, die zukünftige Bevölkerungszahl dieses himmelstürmenden Gebäudes zu schätzen. Er sah Räume, in denen es Räume gab, in denen Räume waren. Er betrat runde Hallen, die zehn oder mehr Stockwerke in die Höhe reichten und von Brücken durchzogen waren wie ein hohler Baumstamm von Spinnenweben. Mehrmals endete der Vorstoß der Freunde in einer Sackgasse und es vergingen angstvolle Minuten, bis sie wieder eine neue Treppe oder eine weitere Rampe gefunden hatten, die sie ihrem Ziel näher brachte.

Vorsorglich hatte Reven aus dem leeren Saal, in den sie anfangs getappt waren, einige Werkzeuge mitgenommen. Oliver schleppte nun eine Kelle und eine Maßstange mit sich herum, Eleukides war der glückliche Träger eines Hobels, eines Holzhammers sowie einiger Meißel und selbst Reven hatte sich mit einer großen Säge bewaffnet.

Da sogar jene Bauarbeiter, die man nicht zum Frondienst gezwungen hatte, in vielen Fällen nur Hilfsarbeiter waren, fielen der alte Mann in seinem weiten Mantel, der Junge mit seiner

Regenjacke und der schlanke Weißhaarige mit seinen Pumphosen kaum auf. Ungehindert stiegen sie immer weiter dem Gipfel entgegen.

Allmählich veränderte sich die Umgebung. An die Stelle von Leitern und Baugerüsten traten Gobelins und intarsienverzierte Möbel. Xexanos Turm glich einem Museum voll auserlesener Stücke aus allen Epochen der Menschheitsgeschichte. Entsprechend vielfältig waren auch die Räume. Manche glichen eher primitiven Höhlen, andere dagegen wahren Schatzkammern; ein Zimmer etwa hatte Wände, die ganz und gar mit Bernstein verkleidet waren! In den endlosen Fluren lagen rote Teppiche, an den Wänden hingen teils vertraute, teils aber auch ziemlich exotische Waffen. Beim Durchqueren mehrerer Zimmerfluchten bestaunte Oliver auch die glitzernden Kristall-Lüster, wertvollen Fußbodentäfelungen und goldplattierten Möbel. Hier gab es chinesische Bodenvasen, Wandteppiche der Inkas, afrikanische Elfenbeinschnitzereien ... Die vorübereilenden Gefährten hatten weder Zeit noch Muße all die Schätze zu bewundern.

Zum Glück waren sie zuletzt niemandem mehr begegnet. Hier oben, in dem fast fertigen Teil des Gebäudes würde es schwer fallen, sich als Handwerker auszugeben. Und je höher sie in dem Turm stiegen, umso größer wurde die Gefahr einer Entdeckung.

»Bald sind wir am Ziel«, verkündete Tupf aus Olivers Tasche.

»Du solltest nicht die Siegestrompete blasen, bevor der Feind bezwungen ist«, unkte Kofer.

Oliver verspürte ein mulmiges Gefühl in der Magengrube. Bei aller Wut, die er empfunden hatte, fühlte er doch nun auch eine gewisse Ungeduld: Was mochte ihn dort oben wohl erwarten?

Der Klang lauter Stimmen, etwas weiter den Flur hinauf, bewog die Gefährten sich in einen Seitengang zurückzuziehen. Es hörte sich nach einem ausgedehnten Wortgefecht an. Einige Soldaten rannten den Hauptflur hinauf, der Arena des Kampfes entgegen.

»Hier entlang«, flüsterte Reven, und als er sich in dem dämmrigen Nebengang sicher genug fühlte, sagte er: »Ich glaube, ich kenne diese Stimme. Es ist Xexano.«

Olivers Herz schlug schneller. Xexano? Schon so nah? Etwas wunderte ihn allerdings. »Wie kommt es, dass du die Stimme Xexanos so genau kennst, Reven?«

Der Bibliothekar hatte suchend den Gang hinaufgeblickt. Jetzt hefteten sich seine grauen Augen auf Olivers Gesicht. »Habe ich dir nicht erzählt, dass ich ebenso alt bin wie Nimrod?«

»Das hast du. Aber ich kann mich nicht erinnern, dass du jemals erwähntest ihn persönlich zu ...«

»Still!«, unterbrach Reven Olivers Bohren. »Ich glaube, da kommt jemand den Gang herauf.«

Schnell wichen sie weiter zurück und nahmen noch mehrere Abzweigungen. Als sie in einen besonders schmalen Nebengang schlüpften, hörten sie plötzlich wieder den Streit zwischen Xexano und – Semiramis! Reven folgte den Geräuschen und bald standen alle in einer kleinen Kammer.

»Hier gibt es ein Loch in der Wand!«, flüsterte Oliver.

»Anscheinend hat sich Xexano da eine Grube gegraben, in die er nun selbst gefallen ist«, kommentierte der Weise vom Annahag. »Wie es aussieht, ist dieser Raum so eine Art Horchposten zur Bespitzelung hoch geschätzter Besucher und treuer Hofbeamter. Wollen doch mal sehen, wie Xexano und seine Mutter ihr Wiedersehen feiern.«

Abwechselnd spähten Reven, Oliver und Eleukides durch das Loch. Mit den Ohren verfolgen konnten sie die »Feierlichkeiten« jederzeit. Xexano stampfte auf Füßen, die selbst kleinen Türmchen glichen, wütend durch den Raum. Oliver bemerkte mit Unbehagen, dass die so quicklebendige goldene Figur einen Kopf mit zwei Gesichtern besaß. Er hatte davon gehört, aber nicht mehr daran gedacht. Ein Name schoss durch seinen Kopf: *Doppelgesicht.* Hatte sein Vater nicht geschrieben, dass ein Mann mit diesem seltsamen Spitznamen ihn einst an die Stasi verraten hatte?

Der Streit zwischen Xexano und Semiramis lieferte kaum neue Informationen. Im Wesentlichen ging es darum, dass der goldene Herrscher seiner Mutter alle Übel Quassinjas an den Hals wünschte. Die würdige alte Dame vertrat einen hierzu eher konträren

Standpunkt. Sie meinte, so viel Zuwendung habe sie nun wirklich nicht verdient, und schlug ihrem Sohn daher vor, sich doch lieber in die eigene Mühle zu stürzen, auf diese Weise könne er seine Boshaftigkeiten viel gleichmäßiger über das Volk von Quassinja verteilen. Außerdem, machte Semiramis geltend, besäße sie immer noch seinen Namensstein; ihr treuester Diener, ein sehr kräftiges Alptraumexemplar, wache Tag und Nacht darüber – mit einem erhobenen Hammer in der Hand.

Diese Spitze, ließ Xexano Semiramis wissen, sei nun wirklich unnötig gewesen. Er habe selbstverständlich nie an ihrer Loyalität ihm gegenüber gezweifelt. Einzig die beharrliche Art, mit der sie ihn manchmal bemuttert hätte, habe seinem jugendlichen Drang nach Unabhängigkeit manchmal im Wege gestanden.

Während Oliver noch mitverfolgte, wie sich die beiden Streithähne allmählich einer Übereinkunft näherten, spürte er plötzlich einen eisigen Lufthauch. Er wusste sofort, was das bedeutete.

»Der Sammler ist hier«, raunte er.

Alle sahen sich erschrocken an.

»Wir müssen sofort weg«, sagte Reven. »Ich muss Xexano unbehelligt gegenübertreten können, um ihn zu bezwingen. Semiramis und der Sammler stören da nur.«

Schnell liefen sie zu der letzten Flurgabelung zurück. Als sie um die Ecke zum Hauptgang blickten, gefror ihnen das Blut in den Adern.

Der Sammler stand höchstens vier Schritte von der Abzweigung entfernt. Die grauenvolle Gestalt bückte sich unter der Decke des Flurs. Die Vogelkrallen, der Skorpionschwanz, die vier Flügel, die Löwentatzen und das gehörnte Haupt: Alles war wieder da.

»Der Pazuzu!«, hauchte Reven Niaga.

Im nächsten Moment stand der Sammler auch schon vor den Gefährten. Die bittere Erkenntnis ihrer ausweglosen Situation ließ sie erstarren. Aus der Nähe tönte das Stiefelknallen herbeieilender Wachen herüber.

»Hast du wirklich geglaubt, du könntest mir entgehen?«, sagte der Sammler mit seiner grausigen kalten Stimme.

»Frag doch mal was anderes«, gab Oliver wütend zurück. Sein Magen meldete sich wieder.

»Ich finde es trotzdem angenehm, dass du von selbst gekommen bist. Das hat mir die Mühe erspart, dich bis nach Amnesia zu schleppen. Xexano wird hocherfreut sein, dich endlich kennen lernen zu können.«

Der Abstieg zum Kerker erschien Oliver noch zeitraubender als das chaotische Erklimmen des Turmes. Der Sammler ließ es sich nicht nehmen, seinen Ehrengast und dessen Begleiter persönlich in die finsteren Tiefen des monströsen Bauwerks zu führen. Oliver brütete die ganze Zeit wortlos vor sich hin. Er dachte verzweifelt darüber nach, was er anders, was er *besser* hätte machen können.

Das letzte Stück des Weges verlief durch Gänge und Tunnel, die tief unter dem eigentlichen Turm liegen mussten. Oliver vermutete, dass der Kerker aus den massiven Felsen gehauen worden war, die zu beiden Seiten des Turmes über dem See aufragten. Der Kerkermeister saß an einem grob gezimmerten Tisch beim Licht einer Kerze. Es war ein hünenhafter Zyklop, der den dreiköpfigen Neuzugang aus einem interessierten Auge anglotzte.

Der Sammler befahl dem Einäugigen: »Sperr sie zu dem Sonderfall, Brontes.« Und als er den verständnislosen Ausdruck im Auge des behaarten Kerkermeisters bemerkte, fügte er erläuternd hinzu: »Du hirnloser Zwerg! Ich spreche von dem Menschen, den Xexano immer zu sich rufen lässt. Steck sie alle zu ihm ins Loch.«

Der Zyklop Brontes grunzte etwas Unverständliches. Er erhob sich von einem erstaunlich kleinen Schemel und nahm einen schweren Schlüsselbund von der Wand. Mit seinen knapp drei Metern war der Riese immer noch um mindestens einen Kopf kürzer als die scheußliche Gestalt des Sammlers. Das erklärte, warum Xexanos erster Fürst den Kerkermeister so liebevoll verniedlichend angesprochen hatte.

Bevor der Hüter der Finsternis seine neuen Gäste in ihr Quartier führen konnte, wandte sich der Sammler noch einmal an Oliver.

»Du wirst zwar nicht lange Freude daran haben, aber deine neue Unterkunft wird dich trotzdem überraschen. Wir sehen uns sicher bald wieder. Sobald Xexano Zeit hat, wird er dich in seinem Thronsaal empfangen.« Und zum Zyklopen hin meinte der Sammler noch: »Dass du sie mir ja nicht anknabberst! Hast du verstanden, Brontes? Xexano betrachtet sie als sein persönliches Eigentum.«

Ein unwilliges Knurren signalisierte dem Sammler die verhaltene Zustimmung des Kerkermeisters. Daraufhin verschwand der Sturmdämon ohne ein weiteres Wort in der Dunkelheit, gerade so, als hätte er sich einfach aufgelöst.

Brontes begleitete seine Gäste zu den für sie bestimmten Räumlichkeiten. Der Weg dorthin war für Oliver ziemlich verwirrend, sodass er den Versuch, sich die Strecke genau einzuprägen, schon bald aufgab.

»Was hat der Sammler wohl gemeint, als er sagte, Brontes solle sich hüten uns anzuknabbern?«, flüsterte er Eleukides zu.

»Zyklopen haben Menschen zum Fressen gern«, brummte der Philosoph zurück.

Der Kerkermeister versetzte Oliver einen gewaltigen Stoß in den Rücken. Eine unmissverständliche Warnung. Oliver schwieg.

Endlich tauchte ein schwacher Lichtschimmer in dem dunklen Schacht auf. Wenig später zeigte sich, dass der Schein aus einem größeren Kerkerraum fiel, einer Art Höhle, die zum Gang hin mit einem Eisengitter gesichert war. Das Kerzenlicht in dem Verlies reichte nicht aus, um dessen ganze Größe auszuleuchten.

Brontes schloss eine Tür in dem Eisengitter auf, trat einen Schritt zurück und stieß ein gefährlich klingendes Knurren aus. Oliver, Eleukides und Reven gingen in die Zelle. Das Gitter schlug geräuschvoll hinter ihnen zu. Der Zyklop schlurfte wortlos in die Finsternis davon.

Erst als er verschwunden war, wagten die Gefangenen eine erste Beurteilung ihrer Lage. Oliver meldete sich zuerst zu Wort.

»Jetzt sitzen wir in einem ziemlichen Schlamassel.«

Ehe ihm jemand beipflichten konnte, ertönte aus der schwarzen Tiefe des Verlieses eine leise Stimme.

»Oliver?«

Der konnte gerade noch erschrocken herumfahren. Dann fühlte er, wie sich alle Muskeln seines Körpers jäh zu Stein verwandelten.

»Oliver? Bist *du* das?«, wiederholte die Stimme zaghaft. Im Halbdunkel des Kerkers erschien ein undeutlicher Schemen.

»P-Papa?« Endlich konnte Oliver die Lippen wieder bewegen.

Aus den Schatten löste sich eine ausgemergelte Gestalt, ein blonder Mann mit eingefallenem Gesicht und einem immer noch runden Kinn, in dem ein tiefes Grübchen saß. Thomas Pollock hatte viel durchgemacht, seit er vom Sammler eingefangen worden war.

Eleukides, Reven und Kofer waren tief bewegt, als sie nun sahen, wie sich Oliver und sein Vater in die Arme fielen. Beide weinten hemmungslos. Selbst die widrigen Umstände, welche die zwei hier zusammengeführt hatten, traten für eine kurze Zeit in den Hintergrund. Da gab es nur die Freude von Vater und Sohn, die sich liebten, obwohl sie es doch schon beinahe verlernt hatten.

Als die Umarmung kein Ende nehmen wollte, ertönten verzweifelte Piepser aus der Gegend von Olivers Brust. Thomas Pollock schob seinen Sohn ein kurzes Stück von sich.

»Was ist das?«

Oliver zog einen Pinsel aus seiner Brusttasche und zeigte ihn dem Vater. Obwohl noch Tränen auf seinen Wangen lagen, lächelte er. »Das ist Tupf. Weißt du noch? Ich habe mit ihm meine ersten Bilder gemalt.«

Damit löste sich die Spannung. Vater und Sohn traten etwas auseinander, es bildete sich ein Kreis, der nun auch die anderen Gefährten einschloss. Oliver stellte seine Freunde einen nach dem anderen vor. Jedes Mal endete er stolz mit den Worten: »Und das ist mein Vater.«

Thomas Pollock erzählte im Licht der flackernden Kerze seine Geschichte. Er hatte seinen alten Mantel eng um den Leib geschlungen, weil es kalt war in dem finsteren Verlies. Die Gefährten hörten ihm gespannt zu.

Alles begann mit der erstaunlichen Entdeckung, dass im Ischtar-Tor des Museums ein zweites, ein verborgenes Tor eingeschlossen war. Damals hatte Thomas Pollock noch die wissenschaftlichen Forschungsarbeiten im Vorderasiatischen Museum von Ost-Berlin geleitet. Fieberhaft durchforstete er während der nächsten Tage und Wochen die Unterlagen in der Bibliothek und in den Archiven des Museums. So gelang es ihm, eine Kette von Fakten wie Perlen aneinander zu reihen, wobei jeder einzelne Hinweis zu unscheinbar, zu unbedeutend erschien, als dass er die Aufmerksamkeit eines zufälligen Lesers erregt hätte. Aber zusammengenommen ergab sich eine ebenso faszinierende wie beunruhigende Fährte, die weit in die Vergangenheit reichte.

Worauf war er da eigentlich gestoßen? Lange konnte sich Thomas Pollock auf die verschiedenen Hinweise keinen Reim machen. War es ein uralter Fluch, der die Wissenschaftler in den Tagen Robert Koldeweys dazu bewogen hatte, sich so seltsam, so *unwissenschaftlich* zu verhalten? Nein, das erschien als kaum glaubhaft. Nur wenige seiner Kollegen nahmen die alten Überlieferungen so ernst, wie er es tat. Aber worin lag dann das Geheimnis des Ischtar-Tores?

Thomas stieß auf einige Anhaltspunkte, die ihn an alte Berberlegenden erinnerten, mit denen er sich schon früher ausführlich beschäftigt hatte. In ihnen wurde von einem Reich der verlorenen Erinnerungen berichtet. Bei den Tuareg in den Gebirgen der zentralen Sahara war überdies der Name Quassinja noch heute bekannt. Auch gab es Überlieferungen von einem grausamen Mann, der sich einst selbst zum Gott erhoben hatte und Herrscher beider Welten werden wollte, der Erde und Quassinjas. Dieser hatte das geheime Wissen für seinen Plan von einem einfachen Hirten erlangt, der ihm eines Tages einige Schrifttafeln brachte, nach denen der ehrgeizige Mann schon lange geforscht hatte. Die Tafeln sollten aus der Zeit vor der Sintflut stammen. Der Hirte wurde hernach der Hohepriester des machthungrigen Mannes, der nun tatsächlich Gewalt über die beiden Welten gewann. Aber nur für eine gewisse Zeit. Später wurde der Herrscher Quassinjas ermordet und starb wie jeder andere Mensch. Doch die Berber erzählten sich noch heute, dass er eines Tages wiederkommen werde – in Gestalt einer goldenen Statue.

Als er dann Koldeweys Aufzeichnungen über die Inschrift vom Schlussstein des inneren Tores fand, berichtete Thomas Pollock weiter, habe er begonnen die Zusammenhänge zu begreifen. Von diesem Zeitpunkt an verfolgte er jeden Bericht über die Ausgrabungen im Irak. Als dann eines Tages die Nachricht von dem sensationellen Fund einer Goldstatue bei Tell el-Oheimir, dem einstigen Kisch, eintraf, beschloss er zu handeln. Er beabsichtigte seine ganze Autorität, die er als angesehener Wissenschaftler besaß, einzusetzen, um die Rückkehr der Statue unter das Ischtar-Tor zu verhindern.

Anfangs sah es auch gar nicht so schlecht aus. Die Iraker besaßen selbst hervorragende Archäologen, sie hatten die Statue gefunden – warum sollte man das Artefakt den Deutschen oder irgendeinem anderen Land überlassen?

Dann aber, so gestand Thomas, beging er den entscheidenden Fehler. Er weihte Doppelgesicht ein. Sein enger Mitarbeiter erwies sich als ein gemeiner Verräter. Ja, mehr noch, János Hajduk hatte selbst seit vielen Jahren eine eigene Fährte verfolgt, die in die Tage des ersten Königs von Babylon und Kisch zurückführte. Leider merkte Thomas zu spät, dass seine Offenheit dem Judas noch die letzten fehlenden Informationen lieferte, um Xexano wieder zu erwecken.

Nun wusste Hajduk genauso viel wie er: So unglaublich es auch klang, aber ein alter Fluch hatte Babylons Geheimnis so lange behütet. Derjenige, der einst die Statue des Xexano geformt hatte, musste tatsächlich vor langer Zeit die Welt Quassinja betreten und für sich erobert haben. Bevor man ihn unschädlich machen konnte, gelang es dem Herrscher der verlorenen Erinnerungen irgendwie, sich eine Rückversicherung zu schaffen. So kam es, dass Jahrtausende später das innere Tor aus dem Wüstensand fortgetragen wurde, mitten in eine Großstadt hinein. Jemand – Thomas hatte nie feststellen können, wer – verbarg das geheime Tor für den Tag, da Xexano wieder erwachen würde. Xexanos Bannspruch bewirkte, dass die Archäologen die wahre Bedeutung des Tores nicht erkannten – oder sie einfach vergaßen. Überhaupt sei die Geschichte Babylons sehr sonderbar, sinnierte Thomas. Einst Zentrum eines Weltreichs, verlor die angeblich uneinnehmbare Stadt nach der Eroberung durch die Perser schnell an Bedeutung. Alexander der Große wollte sie zu seiner Hauptstadt machen und starb viel zu jung. Im vierten Jahrhundert nach Christus verschwand die einstige Metropole schließlich ganz. Selbst nach ihrer Wiederentdeckung durch Koldewey war sie ein Trümmerfeld im Wüstensand geblieben. Nie wurde sie zu einer der herausgeputzten Sehenswürdigkeiten, wie es beispielsweise in Ägypten die Pyramiden von Giseh, das Tal der Könige oder Karnak waren, die immer noch Forscher und Touristen aus aller Welt anzogen. Dass die Stadt Babylon lange vergessen blieb und sich selbst heute noch der Neugierde der Menschen erfolgreicher als andere archäologische Ausgrabungsstätten entzog, liege an Xexanos Wirken. Er musste einen triftigen Grund für sein Vorgehen gehabt haben. Die Kenntnis seines wahren Wesens war ein zweischneidiges Schwert, gelangte es in die falschen Hände, konnte er leicht als tyrannischer Weltbeherrscher entlarvt werden. So ließ er gerade genug Wissen um seine Person bestehen, um eines Tages einen Menschen, der genauso machthungrig war wie er, auf seine Fährte zu locken. Dies sollte die Stunde sein, da er – in Verkörperung seiner eigenen Statue – zu neuem Leben erwachte. Wie alle Anwesenden wüssten, meinte Thomas abschließend, sei das Xexano ja auch gelungen. Nun setze er alles daran, bis zum Ende des Jahres *jede* Erinnerung an seine Person aus der Welt zu stehlen.

»Nur so kann er endgültig der Herrscher Quassinjas *und* der Erde werden«, vervollständigte Reven Niaga den Bericht von Olivers Vater. »Nimrod verdankt dieses Wissen den Steintafeln, die ich einst fand. Sollte das Jahr verstreichen, ohne dass er sein Ziel erreicht, bleibt er trotzdem Herrscher Quassinjas. Und in tausend Jahren kann er wieder versuchen die Erde zu erobern.«

Alle schauten Reven Niaga sprachlos an. Keinem war das kleine Wörtchen »ich« entgangen.

»Habe ich richtig gehört, *du* hast Nimrod die Steintafeln gegeben?«, fragte Oliver dennoch, nur um sicherzugehen.

Reven nickte zerknirscht. »Ich hatte gehofft, alles würde anders verlaufen. Ich kenne Nimrod wie sonst wohl nur seine Mutter. *Ich war einst sein Hohepriester!*«

Oliver spürte die tiefe Niedergeschlagenheit seines Freundes. Er ging zu Reven Niaga und legte ihm die Hand auf den Unterarm. »Das also hatte Nippy gesehen, ohne es zu erkennen. Es quält dich sehr, dass du es warst, der Nimrod die Tafeln verschafft hat, stimmt's?«

Reven nickte. Sein Gesicht hatte sich in eine versteinerte Maske verwandelt.

»Aber du darfst dir nicht die Schuld für etwas geben, was du gar nicht getan hast, Reven! Weder stammt das Wissen der Tafeln von dir noch bist du verantwortlich für die späteren Taten Nimrods. Du warst nur ein Bote.«

»Wenn es so einfach wäre!«, erwiderte Reven. Es fiel ihm sichtlich schwer zu sprechen. »Was die Legenden berichten, ist wirklich wahr. Teile der Geschichte habe ich euch auch schon erzählt, ohne meine eigentliche Rolle darin zu erwähnen. Einst lebte ich als Hirte in den fruchtbaren Flussniederungen des Euphrat. Aber die drei Steintafeln, die ich in der Höhle fand, in die ich mich vor einem Unwetter flüchtete, veränderten mein Leben. Sie lagen tief in die tonhaltige Erde eingebettet. Ich hob sie heraus und brachte sie zu Nimrod, der überall durch Boten hatte verbreiten lassen, dass jeder, der ihm Zeugnisse alten Wissens überbrächte, mit einer hohen Belohnung rechnen dürfe. Erst später – ich war längst zu Nimrods Hohepriester geworden – erfuhr ich, dass er bereits von seinem eigenen Vater in manches Geheimnis der Vergangenheit eingeweiht worden war.

Vor der Sintflut hatten grausame Männer, die *nephilím* oder ›Fäller‹, wie man sie nannte, ihre Mitmenschen unterdrückt. Die Fäller besaßen ein geheimes Wissen, das nicht von der Erde stammte. Nimrod hatte erfahren, dass es eine andere Welt mit Namen Quassinja gab, in der alle verlorenen Erinnerungen fortlebten. Das Wissen um diese Welt sei auf Steintafeln niedergeschrieben, hieß es, zudem ein Weg, wie man nach Quassinja gelangen könne, um sich das Vergessen nutzbar zu machen. Nimrod sah eine einmalige Chance, seinen Machthunger zu stillen, und ich habe ihm das Mittel dazu an die Hand gegeben.«

»Aber ...«

»Nicht, Oliver. Es ist gut. Lass mich erst die ganze Geschichte erzählen, bevor du dein Urteil über mich fällst.

Obwohl ich nun Nimrods erster Diener war, weihte er mich doch nie ganz in seine Absichten ein. So kam es, dass er sich einen neuen Namen gab, den er selbst mir nicht verriet. Dieser Name spiegelte seine wahre Persönlichkeit wider. Ich kann nur so viel sagen: Der König setzte nun alles daran, Herrscher über Quassinja und über die ganze Erde zu werden. Dazu musste er jede Erinnerung stehlen, die auf seinen wahren Namen und damit auf sein wahres Wesen hinwies. Er ließ ein Tor anfertigen und in dessen Pfosten Bruchstücke der Tafeln mit dem geheimen Wissen einarbeiten. In der Zwischenzeit versuchte er die eigene Macht zu festigen, indem er – unterstützt durch seine ehrgeizige Mutter – sich selbst zum Gott erhob. Er führte religiöse Kulte ein, welche die Menschen bedrückten. Sogar Kinderopfer gehörten dazu! Neben dem Tor begann er eine Zikkurat zu errichten, einen gewaltigen stufenförmigen Turm. Gerade als das Tor fertig gestellt worden war, wurde plötzlich die Sprache der Bewohner Babels verwirrt. Es entstand ein großer Tumult. Einige erkannten den wahren Schuldigen für all das Übel, das ihnen widerfuhr: Nimrod. Sie suchten ihn zu ergreifen, aber Nimrod gelang es, durch das Tor nach Quassinja zu flüchten.

Bei all seinem Machtwahn war Nimrod doch vernünftig genug, um sich seiner Sterblichkeit bewusst zu sein. Deshalb hatte er schon frühzeitig nach einem Ausweg gesucht, der ihm die Erfüllung seiner Pläne garantierte, selbst wenn er von seinen Gegnern ermordet werden sollte. Er ließ drei goldene Statuen anfertigen und unter den Sockeln die großtuerischen Worte ›König der Welt‹ anbringen – also den Titel, den er selbst am liebsten führte. Als dann infolge der Sprachverwirrung die Unruhen gegen Nimrod losbrachen, war ich es, der die Goldbildnisse aus Babylon fortschaffte und in drei verschiedenen Städten verbarg.«

»Und eine der Städte war Kisch«, stellte Thomas Pollock fest. Revens Geschichte bestätigte auf bedrückende Weise das, was er selbst durch zähes Forschen herausgefunden hatte.

Reven nickte. »Sechs Monate später kehrte Nimrod tatsächlich zurück. Nun nannte er sich Mesilim. Semiramis, seine Mutter, hatte das Gerücht in Umlauf gebracht, ihr Sohn sei ermordet worden. Jetzt verbreitete sie überall, der neue Herrscher von Kisch sei eine Reinkarnation ihres Sohnes. Sie machte daraus sogar eine neue Religion. Mit dem Wissen, das Nimrod nun besaß, konnte er Dinge, die nahe daran waren, in Vergessenheit zu geraten, von der Erde stehlen. Sein Ziel wurde es, planmäßig jede Erinnerung zu tilgen, die ihn in ein schlechtes Licht rückte oder die Menschen an ihren ursprünglichen Glauben und ihre alten Werte band.

Zu dieser Zeit begann ich zu zweifeln. Obwohl ich Hohepriester des selbst ernannten Gottes Nimrod beziehungsweise seiner Wiedergeburt Mesilim war, hatte ich doch lange in meiner Einfalt die Gräueltaten des Nimrod ignoriert. Wenn wirklich einmal Berichte von Menschenopfern oder anderen Grausamkeiten mein Ohr erreichten, verschloss ich es. Ich selbst hatte es nicht angeordnet, also konnte es auch nicht wahr sein.

So kehrte ich, von Zweifeln geplagt, eines Tages zu der Höhle zurück, in der ich einst die drei verfluchten Tafeln gefunden hatte. Woran ich mich zu erinnern glaubte, stimmte wirklich: In dem lehmigen Boden waren noch immer die Abdrücke der Schriftzeichen zu sehen. Die Tafeln hatten mit der gravierten Seite nach unten in der Erde gelegen, deshalb hatten die Einkerbungen dort ihre Spuren hinterlassen. Ich erwärmte Wachs und goss es in die Vertiefungen. So erhielt ich eine Kopie von Nimrods Tafeln.«

»Aber hattest du nun nicht eine Waffe, um gegen Nimrod vorzugehen?«, fragte Oliver erregt.

»Damals war ich mir ja noch gar nicht sicher, ob ich das überhaupt wollte. Es war schon immer mein Wunschtraum gewesen große Weisheit zu erlangen. So studierte ich zwar das alte Wissen, aber ich behielt es für mich.

Dann kam der Tag, der Nimrods letzter werden sollte. Seine grausame Herrschaft hatte Verschwörer auf den Plan gerufen, die das geschundene Volk mit allen Mitteln befreien wollten. Sie schlichen sich in Mesilims Palast und meuchelten ihn lautlos hin. Als man den Tod des Königs bemerkte, hatten sich seine Mörder schon in alle Winde zerstreut.

Semiramis sah aber keinen Grund, ihre eigene Machtgier zu zügeln. Schon einmal war ihr Sohn, wie man meinte, gestorben und wieder auferstanden. So vertuschte sie auch diesmal seinen Tod und schuf den Glauben an Tammuz und die um ihn trauernde Geliebte Ischtar. Sie verwendete dabei ein Bild, das die Menschen vom Kreislauf der Sonne her kannten und bereitwillig annahmen: Sechs Monate lebe Tammuz auf, um dann für sechs Monate zu vergehen, das ließ sie ihre Priesterschaft verkünden. Doch dieser neue Ritus war mehr als ein Blendwerk für einfältige Menschen. Nimrod hatte längst alle Vorbereitungen getroffen, um wenigstens durch eine seiner Statuen wieder ins Leben zurückzukehren. Als Mensch war er besiegt, doch in Gestalt eines goldenen Bildnisses sollte sein rücksichtsloser und machtbesessener Charakter für alle Zeit fortbestehen.«

»Warst du zu dieser Zeit schon in Vergessenheit geraten?«

»Sagen wir, ich war daran, in Vergessenheit zu versinken. Im Zuge der Unruhen hatte man mich, den Hohepriester Mesilims, ergriffen und in einen Kerker gesperrt. Von denen, die mich anfangs noch verhörten, auch von einigen Mitgefangenen, erfuhr ich die ganze Wahrheit über Nimrods grausames Treiben. Ich erkannte, dass ich mich von seiner Ausstrahlung hatte blenden lassen. Mich hatte er die ganze Zeit nur als Werkzeug benutzt und – wie ich hörte – sogar geplant, mich über kurz oder lang zu töten.

Doch noch verfügte ich über einen gewissen Einfluss, den ich gegen Nimrod oder Mesilim einsetzen konnte. Durch einen Freund ließ ich jemanden nach Babylon schicken, damit er eine Warnung am Tor des Nimrod anbrachte. Die Stimmung der Menschen war in jenen Tagen gespalten. Ihr Aberglaube verbot ihnen, das Tor des Nimrod einfach einzureißen, andererseits wollten sie nicht, dass sich die schlimmen Ereignisse der Vergangenheit wiederholten. Das Wissen, das ich aus den vorsintflutlichen Tafeln gewonnen hatte, setzte ich zum Verfassen einer Warnung ein, die mein Freund aus dem Kerker schmuggelte. Ein Steinmetz begann wenig später diesen Fluch in den Schlussstein des Tores zu meißeln, aber bevor er ihn noch fertig stellen konnte, fanden sich andere, die Nimrods Glanz für sich gewinnen wollten. Ich erfuhr später, dass sie den Steinmetz ermordeten. Da meine Inschrift aber bereits – mit Ausnahme der letzten Zeile – in den Schlussstein eingegraben war, verschlüsselten sie das Ende des letzten Verses. So glaubten sie, die Bedeutung des Fluches umkehren zu können, damit ihr Idol, Nimrod, dereinst ein zweites Mal auferstehen könne.

Ich selbst wurde bald darauf ganz allein in das tiefste Verlies des Kerkers geworfen. Die neuen Machthaber waren sich wohl unschlüssig darüber, ob ich ihnen noch nützen konnte oder ob ich nur eine Gefahr für sie darstellte. Meine einstige Berühmtheit verblasste erstaunlich schnell. Während oben im Machtgerangel einer nach dem anderen starb, der mich früher noch gekannt hatte, wurde aus mir wieder der einfache Hirte, der aus Gründen, von denen bald niemand mehr wusste, im Kerker schmachtete. Meine karge Kost bekam ich durch eine Klappe in der Zellentür, und als eines Tages der alte Kerkermeister starb, erlosch jede Erinnerung an mich.

Auf diese Weise kam ich nach Quassinja«, schloss Reven seinen Bericht. »Ich schwor mir, auf den Tag zu warten, da Nimrod – oder welchen Namen er auch immer dann trüge – zurückkehren würde.

Ich wollte zur Stelle sein, damit dieser üble Herrscher für seinen Verrat und seine Rebellion gegenüber allem, was die alte Welt zusammenhielt, die gerechte Strafe erhält. Deshalb habe ich dich, Oliver Sucher, bis hierher begleitet. Doch ich wollte die Schmach, die auf mir liegt, für immer in meinem Inneren verschließen. Heute weiß ich, dass dies ein Fehler war.«

Oliver drückte noch einmal den Arm des ehemaligen Hohepriesters. »Ich kann verstehen, wie schwer es für dich ist, über all das zu sprechen. Aber du hast dich geändert, Reven. Xexano hat dich getäuscht, doch als du es erkanntest, hast du versucht deine Fehler wieder gutzumachen. Ich glaube, das ist wesentlich mehr, als die meisten Schuldigen tun.«

»Und dennoch war es nicht ausreichend.«

»Sei bitte nicht so niedergeschlagen. Noch ist nicht alle Hoffnung verloren. Nippy und Pegasus haben bestimmt schon unsere Verbündeten gefunden, und wie ich meine kleine Kolibrifreundin kenne, wird sie mit ihren flinken Flügeln eher diesen Turm hier von seinen Fundamenten fräsen, als dass sie uns verloren gibt.«

»Ich danke dir für deine trostreichen Worte, Oliver.«

»Dem, was Oliver gesagt hat, kann ich mich nur anschließen«, meinte Thomas. »Dass er es geschafft hat, nach Quassinja zu kommen und mich hier zu finden, lässt mich wirklich neue Zuversicht fassen. Noch hat Xexano nicht gewonnen.«

»Fragt sich nur, wie wir ihn besiegen können«, murmelte Oliver. Er wandte sich wieder an Reven. »Du hast Xexano mal Nimrod, mal Mesilim genannt – glaubst du, dass einer dieser Namen derjenige ist, den er sich selbst gegeben hat?«

»Das kann ich nicht sagen. Er hat, wie ich schon erwähnte, nie offen über diesen wahren Namen mit mir gesprochen. Ich denke, dass wir ihn kennen. Denn durch meine Beschäftigung mit dem geheimen Wissen der *nephilím* habe ich herausgefunden, dass dieser Name in Gegenwart der Tafeln einmal angerufen werden muss, damit Nimrods Goldstatue zum Leben erwacht. Deshalb ließ Nimrod ja einen Teil der Steinplatten in das Tor einmauern, dem er selbst den Namen *Ka-dingir-ra*, ›Tor Gottes‹, gab. Als ich von dem Tod des Steinmetzen erfuhr, unternahm ich noch einen weiteren Versuch Nimrods Pläne zu durchkreuzen. Ich erwähnte es vorhin nicht, weil ich auch damit schließlich die Rückkehr Xexanos nicht hätte verhindern können.«

»Was war das für ein weiterer Versuch?«

»Ich ließ damals eine neue Botschaft auf eine Tontafel schreiben und sie durch meinen letzten Getreuen in der Nähe des Tores verstecken. Auch diese Warnung kleidete ich, ebenso wie die Inschrift auf dem Schlussstein, in Versform und legte darin dar, was ich aus meinen Wachsabdrücken der Steintafeln erfahren hatte: Wer den geheimen Namen einmal ausruft, wird Nimrods abscheuliches Wesen wieder zum Leben erwecken; wer ihn zweimal wiederholt, kann selbst lebende Erinnerungen stehlen oder bereits gestohlene zurückholen; doch wenn man ihn *dreimal* ruft, wird Nimrod in die Tiefe des Nichts geworfen werden, er wird aufhören zu existieren. Dies war alles, was ich noch tun konnte. Leider habe ich nie erfahren, welcher von Nimrods zahlreichen Namen der wahre ist, der, den er sich selbst gab.«

»Trotzdem müssen wir dieses Wissen zur Erde zurückbringen«, sagte Thomas.

»Dein Vater hat Recht«, meldete sich Eleukides zu Wort. »Vielleicht hat ja deine Schwester inzwischen den wahren Namen Xexanos ergründet und weiß nur nicht, was sie damit anfangen soll.«

Olivers Gehirn begann mit einem Mal fieberhaft an einem Plan zu arbeiten. »Wir müssen genau aufschreiben, was zu tun ist.«

»Ich denke, das können wir uns auch so merken«, wandte Thomas ein.

Doch Oliver schüttelte den Kopf. »Ich habe das unbestimmte Gefühl, dass es besser ist, Revens Wissen zu Papier zu bringen. Hat jemand von euch etwas zum Schreiben dabei?«

Reven förderte einen leeren Pergamentbogen zu Tage. »Sie haben uns zwar nach Waffen abgesucht, aber *das* hier haben sie wohl nicht für gefährlich gehalten.«

»Fehlt uns nur noch ein Stift; ich habe meinen leider verloren.«

Jetzt mussten alle passen.

»Und was ist mit mir?«, meldete sich Tupf. »Mich fragt mal wieder keiner.«

»Wie meinst du das?«, fragte Oliver. »Wir haben doch keine Tinte. Mit was willst du denn schreiben?«

»Erinnerst du dich nicht mehr an unseren gemütlichen Abend auf der *Hendrikshuis*? Ich habe fast das ganze Tintenfass des Kapitäns ausgesoffen. Etwas davon steckt immer noch in mir drin. Mit ein wenig Wasser bekomme ich die eingetrocknete Tinte auch wieder zum Fließen. Es dürfte zwar zu wenig sein, dass *du* damit schreiben kannst, aber wenn du mir die Worte diktierst, werde ich deine Handschrift nachahmen und trotzdem sehr sparsam mit der Tinte umgehen.«

»Du bist genial, Tupf.«

»Schön, dass dir das auch einmal auffällt.«

So wurde es gemacht. Olivers Vater schilderte in wenigen Sätzen ihre augenblickliche Situation und ließ Tupf aufschreiben, wie Xexano zu besiegen sei.

Der Pinsel zog die Buchstaben in marderhaarfeinen Linien über das Pergament; Oliver staunte, wie gut der kleine Fälscher seine Handschrift beherrschte. Quasi als krönenden Abschluss seiner Arbeit setzte Tupf zuletzt auch noch Olivers Windharfe unter den Bericht.

Thomas sagte zufrieden: »So, Oliver, das steckst du jetzt ein und kehrst damit zur Erde zurück.«

Oliver sah erst seinen Vater und dann seine übrigen Gefährten entgeistert an. »Warum soll ich Quassinja ohne dich verlassen?«

Thomas Pollock schaute verwundert in die Runde. »Ja, hat denn niemand von euch ihn darüber aufgeklärt?«

»*Worüber* aufgeklärt?«, rief Oliver. Er kam sich vor wie ein kleiner Junge, dem man gewisse Wahrheiten noch nicht zumuten wollte.

»Es war bisher keine rechte Gelegenheit dazu«, meinte Reven, eine Ausrede, die für Oliver wenig plausibel klang. »Du besitzt etwas, Oliver, was dich hierher geführt hat«, erklärte der Weise vom Annahag nun, »und es kann dich auch wieder zurückbringen. Ich ließ damals in den Schlussstein meißeln: ›Denn niemand, auf den er einmal seine Hand gelegt, kann sich ihr wieder entziehen, es sei denn, er möge das verlorene Denken zurückbekommen.‹ Verlorenes Denken zurückzugewinnen ist ohne Erinnerung nicht möglich. Wenn also deine Schwester oder irgendjemand anderer sich an den Gegenstand des Übergangs erinnert, wird sich dir das Tor erneut öffnen. Aber *nur du* kannst dann zurück.«

»Nur ich?«, flüsterte Oliver bestürzt.

»Nun, genau genommen kann nur *eine* Erinnerung zurückkehren. Es könnte also ebenso gut dein Vater ...«

»Sprich es erst gar nicht aus, Reven«, fiel Thomas dem Weisen ins Wort. »Oliver wird zurückkehren. Er ist gescheit und wird zusammen mit Jessica das Geheimnis des Xexano ganz gut allein lösen können. Außerdem hat er die Möglichkeit, danach ein glückliches Leben auf der Erde zu führen.«

»Das kannst du doch genauso«, widersprach Oliver verzweifelt.

Sein Vater schüttelte traurig den Kopf. »Ich mag in meinem Kampf gegen Xexano zwar die Depressionen losgeworden sein, die mich so lange niederdrückten, aber davon wird Mutter trotzdem nicht wieder lebendig. Ohne sie bleibt mein Leben leer.«

»Das ist nicht wahr! Mutter hat uns alle drei geliebt, das weiß ich. Ich habe ihre Erinnerungen getrunken und nun stecken sie in mir.« Während Oliver erhitzt sprach, klopfte er sich an die Brust. »Sie hätte niemals gewollt, dass du dich zerstörst. Ich habe das ja selbst lange nicht begriffen und mich deshalb vielleicht viel zu wenig um dich gekümmert. Aber heute weiß ich, dass dieser verfluchte Erinnerungsdieb in Wirklichkeit an allem schuld ist. Wenn wir unsere Erinnerungen wie einen Schatz hüten, dann kann uns nichts zerstören. Papa, ich hab dich lieb. Ich *möchte* nicht, dass du allein hier bleibst.«

Thomas Pollock nahm seinen Sohn in den Arm. »Ich liebe dich auch, Oliver. Ich habe es dir nicht oft zeigen können, weil ich im Verlies meines eigenen Kummers eingesperrt war. Aber ich liebe dich und deine Schwester wirklich. Gerade *deshalb* will ich, dass

du zur Erde zurückkehrst. Und nun keine Widerrede mehr. In diesem Punkt wirst du mich nicht umstimmen können.« Er schob Oliver eine halbe Armlänge von sich und schaute ihm fest in die Augen. »Haben wir uns verstanden?«
Oliver blickte durch einen Schleier von Tränen in das entschlossene Gesicht ihm gegenüber. Seine Hand verschwand für einen winzigen Augenblick in der Manteltasche seines Vaters. Dann nickte er.

Wenn Oliver gedacht hatte, Xexano könne es kaum erwarten, ihn zu sehen, dann hatte er sich gründlich getäuscht. Vier quälend lange Tage vergingen, ohne dass etwas Erwähnenswertes geschah.
Olivers Hand war ständig in der Hosentasche und fühlte nach dem Namensstein. Die Linien darauf wurden unablässig tiefer. Obwohl ihm die wiederholte Bestätigung dieser grausamen Erkenntnis fast körperliche Qualen bereitete, konnte er seine tastenden Finger doch ebenso wenig zurückhalten, wie man die Zunge daran hindern kann, an einem kranken Zahn herumzuspielen, so sehr sich dieser auch durch Schmerzen wehrt.
Brontes, der einäugige Kerkermeister, markierte das Maß der Tage durch sein allabendliches Erscheinen, wenn er die Essensration unter dem Türgitter hindurchschob. Aber das war auch schon alles an täglicher Abwechslung. Bis auf eine einzige Ausnahme.
Am Morgen nach der Gefangennahme hatte ihnen Semiramis die Ehre erwiesen. Mit rauschenden Gewändern und zwei ekelhaften Alptraumwesen im Schlepptau war sie bei Xexanos Sondergefangenen erschienen. Sie brachte ihre Freude darüber zum Ausdruck, dass Oliver seinen Weg nach Amnesia gefunden hatte. Mehr aber als für den vollschlanken Knaben interessierte sie sich für den Weisen vom Annahag. Sie gab sogar offen zu, dass sie lange an seiner Existenz gezweifelt habe. Der einstige Hohepriester beantwortete ihr offenherziges Bekenntnis mit einem Kosenamen, den zu nennen an dieser Stelle sicher nicht schicklich wäre. Zudem war seine Wortschöpfung so bizarr, dass wohl nur Eingeweihte aus den Tagen des irdischen Dreiergespanns, bestehend

aus Nimrod, Semiramis und dem Hohepriester Reven, ihre volle Bedeutung zu begreifen vermochten. Die Königin der Nemon jedenfalls wandte sich darauf mit einer unbeherrschten Geste ab und stob, ohne sich weiter zu verabschieden, dem fernen Ausgang des Kerkers entgegen.

Wie erwähnt, war nach Semiramis' ergreifendem Auftritt der Zyklop lange Zeit der einzige Akteur auf der finsteren Bühne des Verlieses gewesen. Als Brontes am Morgen des fünften Kerkertages die Gittertür öffnete, hatte Oliver nur wenig geschlafen. Es überraschte ihn kaum noch, wie leicht er inzwischen den Entzug von Nahrung und Schlaf verkraftete.

Ein tönerner Wachposten informierte Oliver, dass er nun in den Genuss einer Privataudienz beim goldenen Herrscher kommen würde. Man führte ihn aus der Zelle, und sobald der Gang weiter wurde, setzte man ihn auf den Rücken eines Zentauren. Oliver nahm es mit einer gewissen Erleichterung hin, dass er den langen Weg zur Spitze des Turms nicht zu Fuß zurücklegen musste.

Als die Gelegenheit günstig war, fragte er sein Reitgeschöpf vorsichtig, ob es Xexano aus freien Stücken diene. Zu seiner Erleichterung erfuhr er, dass auch der Zentaur nur ein Sklave des goldenen Herrschers war. Ob er es denn für möglich halte, dass sich das Volk gegen Xexano erheben werde, fragte er dann das Pferd mit dem menschlichen Oberkörper. Dieses antwortete, dass vor wenigen Tagen erst im Sklavenlager von einem solchen Plan gesprochen worden sei. Einer der Tonsoldaten unterbrach daraufhin die Unterhaltung mit einer unmissverständlichen Drohung, aber Oliver war trotzdem hocherfreut über das, was er erfahren hatte. Pegasus und Nippy hatten sich also schon ans Werk gemacht.

Oliver erkannte den Flur von Xexanos Thronhalle sofort wieder. Hier, in einem verwinkelten Nebengang, hatte sie der Sammler gestellt. Oliver schärfte seine Sinne, doch er konnte keinen eisigen Hauch feststellen, der die Gegenwart dieses abscheulichen Wesens verriet.

Im Thronsaal ließ ihn die Eskorte allein. Nur an der breiten Eingangstür standen noch zwei Terrakotta-Krieger, die ihn mit wachsamen Augen fixierten. Da Xexano noch nicht zugegen war, studierte Oliver aufmerksam den prunkvoll ausgestatteten Raum, in den er schon vor fünf Tagen durch ein Loch in der Wand der geheimen Kammer herübergespäht hatte.

Xexanos »Arbeitszimmer« war in vielerlei Hinsicht äußerst beeindruckend. Die Länge betrug mindestens dreißig Meter, die Breite ungefähr zwanzig. Kostbare Materialien wie Gold, Edelsteine und seltene Hölzer waren zur Gestaltung von Boden, Wänden und der Decke eingesetzt worden. Auf der Mittelachse des Raumes stand ein großes rundes Aquarium, in dem bunte Fische schwammen. Ihm gegenüber befand sich die Bronzefigur eines Pazuzu. Einige Augenblicke lang starrte Oliver gebannt auf die reglose Gestalt des Sturmdämons, aber als sich das Bildnis weder rührte noch der obligatorische Eiswind zu spüren war, entspannte er sich wieder. Xexano wollte wohl mit dieser Statue nur seiner besonderen Wertschätzung für den ersten seiner Diener Ausdruck verleihen. Schließlich war der Sammler ja seine eigene Schöpfung; somit konnte diese naturgetreue Abbildung seines Lieblings getrost auch als ein dickes Eigenlob verstanden werden.

Dem Standbild gegenüber, dicht an der Westwand des Saales, stand ein goldener Thron. Dahinter hing – hatte Nippy nicht erzählt, Xexano habe alle zerstören lassen? – ein großer rechteckiger Spiegel. Seltsam, dachte Oliver, den hier kann er ja wohl kaum vergessen haben. Spiegel dienen dazu, sich selbst zu prüfen und, wenn nötig, einen Mangel zu beseitigen. Das aber ist nur möglich, wenn man sich an den richtigen Zustand erinnert. Ohne Spiegel dagegen kann man leicht vergessen, wer man wirklich ist. Man muss sich dann auf andere verlassen, die einem sagen, was richtig und was falsch ist. Dieser Gedankengang schien Oliver plausibel: Der Spiegel als Symbol der Selbstbestimmung *musste* Xexano in seinem Allmachtswahn einfach ein Dorn im Auge sein. Nur für sich selbst nahm er dieses Recht in Anspruch. Deswegen hatte er diesen Spiegel hier auch übrig gelassen – bezeichnenderweise direkt hinter seinem Thron.

Oliver zwang sich, den Blick von seinem eigenen Spiegelbild zu nehmen. Er ließ seine Augen wieder über den goldenen Thron wandern. Zu beiden Seiten des Herrschersessels wachten die gleichfalls goldenen Figuren zweier Schlangendrachen. Das gehörnte Schlangenhaupt, die vorderen Löwenpranken und die Adlerfüße an den Hinterläufen, dazu der Schwanz mit dem Skorpionstachel – kein Zweifel, dies war der Mushussu, das Emblemtier des Gottes Marduk, das Oliver von den Reliefziegeln des Ischtar-Tores her kannte. Sein Blick wanderte weiter und blieb an der Südwand der Halle hängen. Er sah auf ein riesiges Wandgemälde und wusste sofort, dass er vor dem geheimnisvollen Zwielichtfeld stand. Reven hatte erklärt, es schwebe wie eine durchlässige Membran zwischen Quassinja und der Erde. War es möglich, über dieses Gemälde Botschaften zwischen den beiden Welten auszutauschen? Im Grunde kannte Oliver das Bild schon aus dem Pergamonmuseum. Alles war vorhanden: in der Mitte der gewaltige Turm, die darüber kreisenden Vögel, die vielen Fabelwesen, die Schlachten und Felder, aber auch der Stille Wald. Dennoch stimmte etwas nicht an diesem Bild. In all seiner realistischen Lebendigkeit wirkte es irgendwie falsch.

Nachdenklich entfernte sich Oliver von dem Bild, um es aus größerem Abstand zu betrachten. Die Augen der Wachposten verfolgten jeden seiner Schritte. Während er sich der Nordwand des Saales näherte, streifte sein Blick die bogenförmigen Lichtöffnungen, die es dort gab. Zwischen den Fenstern befand sich eine Tür, die auf einen Balkon hinausführte; ihre beiden Flügel waren nach innen hin geöffnet und in der Ferne konnte man den See der Verbannten Erinnerungen funkeln sehen. Was Oliver aber viel mehr gefangen nahm, war das, was im offenen Bogendurchgang vor dem Balkon stand. Staunend betrachtete er das wunderschöne Instrument.

»Es ist eine Windharfe«, sagte plötzlich eine Stimme hinter ihm.

Erschrocken fuhr Oliver herum. Xexano stand nur vier Schritte von ihm entfernt. Selbst die sonderbaren Klötze, die an den Füßen der Goldfigur hingen, machten sie nicht wesentlich größer.

»Ich hatte Euch gar nicht kommen hören«, sagte Oliver. Er wusste nicht recht, wie er sich gegenüber seinem ärgsten Feind verhalten sollte.

»Sie hat mich schon immer in ihren Bann geschlagen«, fuhr Xexano fort, ohne auf Olivers Äußerung einzugehen. Er sprach offenbar immer noch von der Äolsharfe. »Dieses Instrument gehorcht nicht einmal mir, seinem Herrn, sondern nur dem Wind. Dies ist für einen Herrscher, der den absoluten Gehorsam seiner Untertanen gewohnt ist, nicht leicht zu akzeptieren.«

»Das kann ich mir vorstellen.«

Xexanos funkelnde Goldaugen musterten Oliver kalt. Während er sprach, schien sein Rachen zu glühen. »Offen gestanden ist mir alles zuwider, was sich meinem Willen widersetzt. Die Harfe, das Bild dort an der Wand, du und dein Vater.« Er stieß ein schreckliches Lachen aus. »Aber wie du siehst, haben eure Umtriebe euch wenig genützt. Im Gegenteil, deinem Vater verdanke ich meine Rückkehr nach Quassinja. Eigentlich schade. Er hätte mir mit seinem Wissen ein wertvoller Hohepriester sein können. Doch bald spielt das alles keine Rolle mehr. Wenn das Jahr sich wendet, werden dein Vater und du die Ersten sein, die meine neue Mühle kennen lernen. Betrachtet dies als eine Ehre, als Privileg. So wie euch werde ich alle zerbrechen, die sich meinem Willen widersetzen. Auch diese Harfe dort und das verfluchte Bild an der Wand werden mir irgendwann nachgeben müssen.«

Oliver verstand nur die Hälfte von dem, was der goldene Herrscher da sagte, aber er glaubte dennoch, eine Schwäche Xexanos entdeckt zu haben. »Wie mir scheint, wollt Ihr alles besitzen, was es in Quassinja und auf der Erde gibt«, merkte er herausfordernd an.

»Ich werde beide Welten beherrschen. Schon bald! Also gehört mir sowieso alles.«

»Was wäre es Euch wert, Eurem Ziel ein Stückchen näher zu kommen?«

Wieder zögerte Xexano, bevor er antwortete. »Versuchst du deinen Kopf aus der Schlinge zu ziehen, Knabe?«

»Vielleicht. Ich kann Euch zwar nicht das Bild in die Hand geben, aber was die Windharfe betrifft, könnte ich Euch möglicherweise behilflich sein.«

»Wenn du etwas zu sagen hast, dann sprich es aus. Ich habe keine Zeit für sinnlose Plaudereien.«

»Aber *Ihr* habt mich schließlich hergerufen«, begehrte Oliver plötzlich auf. »Und wenn ich Euch langweile, dann sollte ich wohl besser wieder gehen.« Er wandte sich schon zur Seite, um sich wieder den Wachen anzuvertrauen, aber Xexanos Zischen hielt ihn zurück.

»Du wirst dich erst dann entfernen, wenn ich es dir befehle. Was nun dein Hiersein betrifft, so wollte ich dir nur persönlich mitteilen, welches Schicksal auf dich und deinen Vater wartet. Tatsächlich wollte ich dir auch Gelegenheit zu einem Geständnis geben, falls du auf der Erde etwas zu meinem Schaden veranlasst hast.«

»Selbst wenn es so wäre, würde ich Euch nichts verraten.«

»Das dachte ich mir. Aber deine Antwort stellt mich trotzdem zufrieden. Nun zu deinen Andeutungen. Was hattest du vorhin im Sinn, als du von der Äolsharfe sprachst?«

»Einen Handel.«

»Du amüsierst mich. In deiner Lage willst du noch schachern? Na schön. Ich hatte gerade heute eine unerquickliche Debatte mit einer ziemlich selbstbewussten Frau. Da kann ich ein bisschen Abwechslung gut vertragen. Wie lautet dein Vorschlag?«

»Ich werde die Harfe ein Lied deiner Wahl spielen lassen, dafür schenkst du meinem Vater und mir das Leben und sagst uns deinen wahren Namen.«

Eine ganze Weile lang sah Xexano wirklich nur wie eine leblose Statue aus. Sein Gesicht war Oliver zugewandt, aber es wirkte kalt und ausdruckslos. Unvermittelt fing der goldene Herrscher an zu lachen, böse und krächzend klang es und doch auch auf eine beängstigende Weise belustigt. »Findest du nicht, dass du deinen Preis unangemessen hoch angesetzt hast?«

»Nein, denn zum Tausch wirst du etwas erhalten, was du ohne meine Hilfe niemals bekommen könntest.«

»Ich will dir einen anderen Vorschlag machen. Das mit der Mühle werde ich mir noch einmal überlegen, wenn du wirklich die Harfe nach meinem Willen erklingen lässt. Außerdem kannst du gerne von mir hören, wo mein wahrer Name zu finden ist.«

Oliver dachte nicht lange nach. Es war mehr, als er erwartet hatte. »Gut. Dann dürft Ihr Euch jetzt ein Lied wünschen.«

Xexano zog mit der Hand eine unsichtbare Linie durch die Luft. Gleich darauf war der Laut einer einsamen Flöte zu hören. Es klang wie ein Hirtenlied. Die Melodie war einfach und eingängig. Oliver hatte sie sofort verinnerlicht.

Er lächelte die Goldmaske an, versuchte dabei selbstsicher zu wirken. Dann erschuf er das passende Bild in seinem Kopf. Er sah das Landschaftsgemälde von Homer Dodge Martin. *The Harp of the Winds* wurde in seinem Geist Realität. Jeder Baum in dem Gemälde war eine Harfensaite. Spielerisch strich ein erster Windzug über die Saiten des Instruments, das gleich neben Xexano am Boden stand. Oliver brauchte noch einige Saiten mehr. Schnell vervollständigte er sein Gedankenbild und versuchte es ein weiteres Mal. Mit Fingern aus Wind zupfte er das Instrument. Er war zufrieden mit der Wirkung.

Xexano verfolgte mit einer gewissen Ehrfurcht das Konzert der Äolsharfe. Er kannte den Wind nur als willkürliche Kraft, die sich niemandem beugte. Hier aber griff sie derart planvoll in die Saiten, dass sein Lied in bezauberndem Klang ertönte.

Als die letzte Saite verstummt war, sagte der goldene Herrscher: »Du bist wirklich ein großer Künstler, Oliver. Wie bedauerlich, dass du nicht zu meinen treuen Dienern gehörst. Ich hätte bestimmt Verwendung für dich.«

»Daran habe ich keinen Zweifel, aber ich muss leider dankend ablehnen.«

»Schade. Du hättest auf der Siegerseite stehen können. Wie du am Beispiel der Harfe siehst, werde ich früher oder später der ganzen Schöpfung meinen Willen aufzwingen.«

Noch ehe Oliver recht wusste, was geschah, hatte Xexano die Harfe ergriffen und sie – obwohl sie doch größer als er selbst war –

in die Höhe gestemmt. Mit vier kurzen Schritten stand er auf dem Balkon. Dann warf er das Instrument in die Tiefe. Die Äolsharfe, deren Klang eben noch Olivers Herz gerührt hatte, fiel im Spalt, der den Turm vom Fundament bis zur Spitze durchzog, hinab in den Mühlenschacht. Dort zerbarst sie in Abertausende von Splittern.

Oliver starrte Xexano sprachlos an. Er spürte ein schmerzhaftes Ziehen in der Magengrube, war wütend, aber zugleich auch entsetzt – zum einen wegen des brutalen Gewaltakts, den der Herrscher gegen dieses prächtige Instrument verübt hatte, zum anderen aber auch, weil Xexano ihn noch immer fixieren konnte. Diese boshafte Goldfigur besaß ja zwei Gesichter: eines, das sich an der Zerstörung der Harfe weidete, und ein anderes, das Oliver kalt und hämisch angrinste. Xexanos Zweitmund öffnete sich.

»Du würdest mich jetzt sicher gerne hinunterstoßen, nicht wahr?«

»Könnt Ihr Gedanken lesen?«, knurrte Oliver zurück.

»Nur Gesichter«, bekannte der Goldene amüsiert. »Doch nun ist es Zeit, dass du in deinen gemütlichen Kerker zurückkehrst. Deine Freunde werden sich sonst Sorgen machen.«

Oliver tat drohend einen Schritt auf Xexano zu, verharrte aber sogleich wieder. »Ihr habt Euer Versprechen nicht eingelöst.«

»Welches Versprechen?«

»Ihr wolltet mir Euren wahren Namen nennen.«

Noch einmal fraß sich das ätzende Gelächter Xexanos in Olivers Gehörgänge. »Davon war nie die Rede. Ich habe dir lediglich versprochen, dir den Ort zu nennen, wo du meinen Namen finden kannst.«

Dieses Detail in Xexanos Antwort war Oliver entgangen. Seine Hände ballten sich zu Fäusten. Wie hatte er nur so naiv sein und von diesem hinterlistigen Goldfatzke irgendein ehrliches Angebot erwarten können?

»Na gut«, zischte Oliver. »Wenn Euer Wort schon so gespalten ist wie die Zunge Eurer Schlangendrachen, dann haltet es wenigstens.«

»Das will ich gerne tun«, antwortete Xexano belustigt. »Doch sollst du für deinen Ritt in den Kerker hinab auch noch etwas Stoff zum Nachdenken bekommen. Ich werde dir mein Geheimnis in Form eines Rätsels verraten. Es lautet wie folgt: ›Jeder will meinen Namen tragen, doch *ich*, ich trete ihn mit Füßen.‹«

Was hatte er damit nur gemeint? Während Oliver auf dem Rücken des Zentauren in seinen Kerker zurückkehrte, konnte er an nichts anderes denken. Was sollte dieser merkwürdige Rätselspruch Xexanos? Spiegelte nicht der wahre Name das wirkliche Wesen einer Person wider? Wie konnte der Herrscher dann das, was ihm von allem das Wichtigste war, mit Füßen treten?

Oliver beschloss, die Angelegenheit sofort mit seinem Vater und den Freunden zu besprechen. Reven wusste bestimmt einen Rat. Mit einem Mal konnte sein Zentaur gar nicht schnell genug in die Tiefe traben. Kurz bevor der Pferdemensch am Kerker anlangte, flüsterte Oliver ihm den Namen Revens ins Ohr: »Er ist der Weise vom Annahag und will euch in die Freiheit führen. Sein Name ist das Zeichen zum Aufbegehren. Wenn ihr ihn aus der Stadt vernehmt, dann geht es Xexano an den Kragen. Werdet ihr, du und deine Mitgefangenen, mitmachen?«

»Das ist allemal besser, als in der Mühle zu enden«, antwortete das Mischwesen, ohne zu zögern. »Wir sind dabei.«

Die letzten engen Gänge bis zum Verlies legte Oliver in persönlicher Begleitung von Brontes zurück. Schon sah er das Licht des Kerkers vor sich, erkannte die schemenhaften Gestalten seiner Gefährten im Schimmer der einzelnen Kerze, als plötzlich ein seltsames Beben durch den Fels am Fuß des Turmes ging. Es klang wie ein einzelner titanenhafter Keulenschlag, der da das Gebirge traf.

Sogleich vollzog sich eine merkwürdige Veränderung in dem Gitterwerk des Kerkerlochs. Die Stäbe wanden sich, als wären sie nur ein loses, vom Wind bewegtes Gumminetz. Gleichzeitig begannen sie von innen heraus zu leuchten. Zahlreiche kleine Lichtpünktchen eilten über das Gitter wie in einem spektakulären

Hochspannungsexperiment. Plötzlich schien die Lichterflut regelrecht zu explodieren: Die eisernen Stangen und Stäbe begannen sich zu drehen, ein glitzernder Wirbel hing mitten im Raum.

Die unfreiwilligen Beobachter dieses ungeheueren Farbenschauspiels standen regungslos an ihren Plätzen. Selbst der Zyklop hatte die Augen aufgerissen und schien jedes Interesse an seinem Gefangenen verloren zu haben.

Auf einmal fiel die Starre von Thomas Pollock ab. Nur von ihm allein! Wie ein Schlafwandler ging er auf das wirbelnde Licht zu. Oliver erblickte den flackernden Widerschein des Strudels auf dem Gesicht des Vaters. Es sah seltsam friedlich aus. Doch dann veränderte sich dessen Miene gleich mehrmals in schneller Folge: Zuerst war da Verunsicherung, der jähes Erkennen folgte, ein so heftiges Gefühl, dass es an den Ausdruck von Schmerz erinnerte; gleich darauf spülte Wut jede andere Regung aus Thomas Pollocks Gesicht. Spontan machte er einen Schritt vorwärts.

Für einen kurzen Augenblick umstrahlte noch ein gleißendes Licht seinen Körper. Als es in sich zusammenfiel, war Olivers Vater spurlos verschwunden. Zurück blieb nur – wie das Trugbild einer erloschenen Kerzenflamme – die flirrende Gestalt eines Einhorns, die allmählich verblasste.

11. KAPITEL

DIE VIRTUELLE ANTWORT

Toleranz wird zum Verbrechen,
wenn sie dem Bösen gilt.

Thomas Mann

Jessica war wie betäubt. Das, was sich da eben in Miriams Wohnzimmer abgespielt hatte, raubte ihr fast die Sinne. Sie fühlte ohnmächtige Wut. Als die Polizisten endlich abgezogen waren, brach es aus ihr heraus.

»Das ist alles nur meine Schuld!«

Miriam, welche die Polizisten zur Tür gebracht hatte, kam schnell ins Wohnzimmer zurückgelaufen. Jessica stand einfach nur da, die Arme eng an den Körper gepresst, die Hände zu Fäusten geballt.

»Komm, setz dich erst einmal«, sagte Miriam besänftigend. Sie nahm Jessica in den Arm und streichelte ihren Rücken.

»Jetzt bist du deine Arbeit los. Und alles nur wegen mir.« Jessica wollte sich nicht beruhigen lassen. Erst das Verschwinden ihrer Familie, dann die unheimlichen Entdeckungen im Museum und jetzt auch noch diese Geschichte. Bittere Tränen bahnten sich ihren Weg.

Miriam drückte Jessica noch ein wenig fester an sich. »Mich regt die Hinterhältigkeit Hajduks fiel mehr auf als die Sache mit meinem Job. Eine neue Arbeit finde ich bestimmt.«
»Und was für eine? Etwa als Museumsdiebin?«
»Komm, Jessi. Das klärt sich bestimmt schnell auf.«
»Wenn sie wenigstens deine Notizen nicht mitgenommen hätten. Jetzt wird es uns sicher nie gelingen, János Hajduk, diesem fiesen Doppelgesicht, seinen Betrug nachzuweisen.«
»Aber sie haben sie doch gar nicht mitgenommen.«
Jessica strich sich mit dem Handrücken die Tränen aus dem Gesicht und schaute Miriam verwundert an.
Die Irin lächelte geheimnisvoll, ging um den Esstisch herum und schlug die Tischdecke zurück. Darunter kamen drei beschriebene Bogen Papier zum Vorschein. Miriam hob sie hoch und wedelte damit in der Luft herum. »Meine Aufzeichnungen habe ich noch in Sicherheit gebracht, bevor die Herren Ordnungshüter hereingekommen sind.«
Jessica konnte dem schalkhaften Ausdruck in Miriams Gesicht einfach nicht widerstehen. Auch sie musste plötzlich grinsen. Ihre Freundin war anscheinend bereit alles für sie zu tun.

Der Sonntagmorgen brachte weitere beunruhigende Nachrichten. Jessica saß am Frühstückstisch und las aus einer Tageszeitung vor. Neue Informationen aus gewöhnlich gut unterrichteten Kreisen bestätigten alte Gerüchte, stand da. Der noch nicht einmal im Amt befindliche Kultursenator habe ein Auge auf den Sessel des Berliner Oberbürgermeisters geworfen. Und einflussreiche Köpfe in der Partei unterstützten seine Ambitionen.
Am Rande dieser Schlagzeile bemerkte Jessica einige andere Merkwürdigkeiten. Da wurde doch tatsächlich in einem kleineren Artikel behauptet, das Bundesarchiv in Koblenz werde schon nach dem Jahreswechsel beginnen alle Dokumente aus dem Dritten Reich zu vernichten. Ein diesbezüglicher Beschluss sei bereits am Freitag vom Parlament verabschiedet worden. Ebenso, hieß es in dem Artikel, sei auch beschlossen worden, die von Joachim Gauck

geleitete Behörde zur Verwaltung der Akten der Staatssicherheit der DDR aufzulösen.

»Aber das würde ja bedeuten, dass sie alle Schweinereien von Hitler bis Honecker einfach im Klo runterspülen«, ereiferte sich Jessica. »Sogar die Akte von Doppelgesicht – wenn es denn eine gibt – würde dabei vernichtet ...« Sie hielt abrupt inne. »Ob *er* dahinter steckt?«

Miriam war um den Tisch herumgekommen und schaute über Jessicas Schulter in die Zeitung.

»Langsam halte ich alles für möglich. Heißt es in den Versen der Inschrift nicht, Xexano würde nach seiner Rückkehr ›jeden Gedanken nehmen, den er begehrt‹? Anscheinend ist er schon nach Kräften dabei.«

»Sogar mit *wachsenden* Kräften, wie es aussieht. Erst diese schauderhaften Nachrichten aus Berlin und jetzt scheint das Vergessen schon das ganze Land zu befallen. Stell dir das einmal vor: Alle Dokumente der Nazis und der Stasi werden vernichtet!«

»Mich erschreckt bald noch mehr die hinterhältige Art, mit der er dabei vorgeht. Sieh doch nur, wie ein Abgeordneter im Bundestag das Ganze rechtfertigt.« Miriam deutete auf den betreffenden Absatz in der Zeitung. »Er meinte, Toleranz und freie Meinungsentfaltung seien nicht länger gewährleistet, wenn bestimmte Völker oder Volksgruppen auf ihren Opferstatus pochten und deshalb einseitig bevorzugt würden, während andere durch jahrzehntelange Vorverurteilung von vornherein als Bösewichter der Weltgemeinschaft abgestempelt seien.«

»Ich finde, man kann in seiner Toleranz auch ein bisschen zu weit gehen.«

Miriam nickte mit ernster Miene. »John Gray – ich habe ihn auf der Uni in Oxford kennen gelernt – sagte einmal, wirkliche Toleranz sei ›eine Tugend, die in letzter Zeit selten geworden ist‹. Gerade deshalb finde ich die Argumentation des Abgeordneten in diesem Artikel auf eine geradezu hinterhältige Weise doppelbödig. Er benutzt die Toleranz als Deckmantel, um in Wirklichkeit eine neue Engstirnigkeit zu schaffen. Stell dir das nur einmal vor:

Durch die Vernichtung der Nazi- und Stasi-Dokumente würden nicht nur die Täter, sondern auch all die Opfer namenlos werden. Wer könnte dann noch verhindern, dass so etwas wie damals bald wieder geschieht?«

Den Rest des Tages verbrachten die beiden damit, ihren unterschiedlichen Forschungsprojekten nachzugehen. Jessica arbeitete fieberhaft an ihrem Computerprogramm und Miriam folgte den verschlungenen Lebenspfaden von László Horthy, dem einstigen Mitarbeiter von Robert Koldewey. Irgendwann am Nachmittag blickte die Irin von ihrer Arbeit auf.

»Weißt du, was mir gerade einfällt?«

»Keine Ahnung.«

»Ich habe doch ein Telefax verschickt, in dem ich um Informationen über den Horthy-Clan bat. Wenn die Antwort jetzt im Museum eingeht, bin ich nicht mehr da, um das Fax abzufangen.«

»Garantiert hat Hajduk schon alles veranlasst, damit er deine ganze Post bekommt.«

»Ich muss so schnell wie möglich noch ein Fax versenden. Geht das eigentlich auch mit deinem Computer?«

»Ich hab einen Scanner, einen Drucker und ein Modem.«

»Und was heißt das?«

»O Miriam! Es bedeutet, dass ich dir so viele Telefaxe versenden, empfangen und auch ausdrucken kann, wie du nur willst.«

»Ach tatsächlich?«

»Komm, wir fangen gleich damit an.«

Montag früh hatte Miriam einen schweren Gang zu tun. Sie musste zur Vernehmung aufs Polizeirevier. Oberwachtmeister Hammelsprung nahm persönlich das Protokoll auf. Er versicherte ihr noch einmal mit fast väterlich klingenden Worten, dass eine Anklage wegen Diebstahls auf sehr wackligen Füßen stehe. Aber Miriam habe trotzdem die Regeln ihres Chefs missachtet. Nun müsse sie auch die Folgen tragen. Zuletzt schockierte er sie noch mit einer erschreckenden Neuigkeit: János Hajduk sei gerade dabei, seine frisch erworbene politische Autorität für die

Abschiebung erwerbsloser Ausländer in die Waagschale zu werfen.

Miriam verstand natürlich sofort, dass auch sie unter diese neue Regelung fallen würde. Sollte sich Hajduk aber wirklich nur für solch eine Maßnahme einsetzen, um eine einzelne unbequeme Zeugin loszuwerden? Oberwachtmeister Hammelsprung meinte, die Entscheidung über diese Angelegenheit liege zwar nicht in der Kompetenz eines Kultursenators, aber dieser Museumsdirektor sei schon jetzt eine politische Bombe, die wohl kaum noch einer entschärfen könne.

Als Miriam das Polizeirevier verließ, fuhr sie gleich zur Humboldt-Universität. Immerhin hatte sie noch einige gute Freundinnen dort. Eine beschaffte ihr das, was sie suchte: die kompletten Studienverzeichnisse der Universität aus den Fünziger- und Sechzigerjahren.

Es war Samstag, der 12. Dezember, als János Hajduks Lebenslauf vor Miriam und Jessica offen ausgebreitet lag. Sie hatten die Hoffnung schon fast aufgegeben gehabt, überhaupt noch eine Antwort aus Budapest zu bekommen. Dabei hatte Miriams ehemaliger Studienkollege sogar sehr schnell auf ihr Telefax reagiert. Da das Material, das er ihr schickte, sehr umfangreich war, hatte er den normalen Postweg gewählt.

Der große braune Briefumschlag mit den bunten Briefmarken darauf ließ das Blut der beiden Freundinnen in Wallung geraten. Sie hatten noch beim Frühstück gesessen, als der Briefträger die Post brachte. Mit zittrigen Fingern öffnete Miriam das Kuvert. Jessica saß neben ihr. Abwechselnd schaute sie auf Miriams leuchtende Augen und auf die Papiere in deren Hand.

»Was ist?«, fragte sie ungeduldig. »Können wir damit etwas anfangen?«

»Pscht! Ich lese noch.«

Jessica trommelte mit den Fingern auf der Tischplatte.

»Könntest du mir schnell meine Aufzeichnungen holen, die auf dem Schreibtisch liegen, Jessi? Bring bitte auch die Listen mit.«

Alles war besser als dieses elendige Warten. Jessica sprang auf und holte die gewünschten Dokumente. Es dauerte dann noch mindestens zehn Minuten, bis Miriam einen tiefen Seufzer ausstieß.

»Ich platze gleich«, beschwerte sich Jessica. »Was ist denn nun mit diesem Horthy?«

»Es ist unglaublich.«

»Ach ja? Du kannst ja trotzdem versuchen es mir zu erklären.«

»Also, pass auf.« Sie legte sich verschiedene Zettel auf der Tischdecke zurecht, warf noch einmal einen prüfenden Blick darauf und begann: »Ich erzählte dir ja schon vor einer Woche, dass Miklós Horthy lange Jahre an der Spitze der ungarischen Regierung stand.«

»Als Reichsverfauler, ich weiß.«

»Reichs*verweser*.«

»Mir auch recht. Und weiter?«

»Miklós stammt aus einer angesehenen protestantischen Familie. Als er geboren wurde, gehörte Ungarn noch zur K.-u.-k.-Monarchie. Im Ersten Weltkrieg war er ein Kriegsheld der Marine; mehrmals hat er zum Beispiel die Seeblockade der Alliierten durchbrochen. Am 1. März 1920 wurde er dann zum Reichsverweser. Er blieb vierundzwanzig Jahre an der Macht. Erst seine wankelmütige Haltung gegenüber Hitler brachte ihn zu Fall.«

»Inwiefern?«

»Anscheinend konnte er Hitler nicht besonders leiden. Aber er unterstützte dennoch den ›deutschen Kreuzzug gegen den Bolschewismus‹, wie es hier heißt. Er wollte sich allerdings nicht von den Nazis mit in den Krieg hineinziehen lassen.«

»Verständlich.«

»Deshalb wurde er 1944 kurzerhand von den Deutschen entführt und interniert. Im Mai 1945 setzten ihn die Alliierten wieder auf freien Fuß. Er ging später nach Portugal, verfasste dort seine Memoiren und starb am 9. Februar 1957.«

»Und was hat das alles mit János Hajduk zu tun?«

Miriams Mundwinkel zuckten belustigt. »Ganz einfach: Doppelgesicht ist so eine Art Großneffe von Miklós.«

»Was?«

»Du hast dich nicht verhört, Jessi. László Horthy war der Bruder von Miklós und das schwarze Schaf der Familie. Die beiden Brüder standen sich nicht sehr nahe. Im Gegensatz zu Miklós mit seiner ehrenvollen militärischen Karriere war László eher ein Schöngeist mit einer etwas chaotischen Lebensplanung. Sein Vater jagte ihn schon früh aus dem Haus. Irgendwie schaffte László es aber doch, ein Studium der Architektur und der Klassischen Archäologie zu absolvieren. Daheim ein Geächteter, suchte er sein Glück im Ausland. Auf Umwegen gelangte er eines Tages in den Kreis der Mitarbeiter von Robert Koldewey. Bald leitete er ganze Sektionen bei den Ausgrabungen in Babylon.«

»Lass mich raten: zufällig auch den Abschnitt, in dem sich das Ischtar-Tor befand?«

»Soweit ich aus den Dokumenten unserer eigenen Museumsbibliothek ersehen konnte, hatte er tatsächlich die Leitung über diese Sektion. Als im Laufe des Ersten Weltkrieges die Ausgrabungsarbeiten in Babylon eingestellt werden mussten, kehrte László Horthy zusammen mit Koldewey nach Berlin zurück. Schon im Jahr der deutschen Kapitulation, also 1918, wurde dort auch Lászlós Sohn Gyula geboren. Der Vater des Kleinen blieb in deutschen Diensten und setzte sich nach wie vor für die Erforschung vorderasiatischer Altertümer ein. Er hatte maßgeblichen Anteil an den Verhandlungen mit den Irakern, in denen es um die Überführung der Funde von Babylon nach Deutschland ging. Im März 1939 errichteten die Deutschen dann das Protektorat Böhmen und Mähren; zwischen dem 14. und 16. März marschierten deutsche Truppen in Prag ein. László muss wohl befürchtet haben, dass als Nächstes sein Land in Hitlers Faust verschwinden würde und er dann wegen des Krieges nicht mehr heimkehren könnte. Vielleicht war es auch ein plötzlicher Anfall von Patriotismus oder einfach nur die Furcht vor dem wachsenden Ausländerhass in Deutschland – er hatte schließlich eine Frau und einen mittlerweile einundzwanzigjährigen Sohn. Also kehrte er nach Ungarn, unter die Fittiche seines Bruders zurück.«

»Ich denke, die beiden konnten sich nicht leiden.«

»Es ist wohl doch eher ein Problem von Vater und Sohn gewesen. Nach so vielen Jahren versöhnten sich jedenfalls die beiden Brüder wieder. Das kann man schon daran erkennen, dass Miklós seinem Bruder László einen Posten im Museum der bildenden Künste in Budapest verschaffte – es ist unter anderem auch für seine Sammlung altägyptischer Kunst bekannt.«

»Wusste László von dem Geheimnis des Ischtar-Tores?«

»Darüber habe ich, wie du dir denken kannst, nichts Konkretes herausgefunden. Aber ich entdeckte einige Aufträge an Handwerker und Planungsdokumente, aus denen eindeutig hervorgeht, dass in erster Linie László den Aufbau des Ischtar-Tores im damaligen Museumsneubau leitete.«

»Dann *muss* er von dem inneren Tor gewusst haben.«

»So sehe ich das auch. Wenn du hörst, wie unsere Familiensaga weitergeht, wirst du verstehen, warum ich ihn sogar für den eigentlichen Drahtzieher von Hajduks Intrigen halte.«

»Da bin ich aber gespannt.«

»Gyula, der Sohn von László Horthy, war ein für damalige Verhältnisse sehr frühreifer junger Mann. Er liebte das weibliche Geschlecht. Noch bevor er volljährig wurde, erwartete seine jüngste Flamme ein Kind von ihm. Da die Glückliche auch aus dem Kreis ungarischer Emigranten stammte, beschloss der Vater kurzerhand, dass sein Sohn sie heiraten und mit nach Budapest nehmen solle. Am 3. Dezember 1939 – der Zweite Weltkrieg war gerade drei Monate alt – wurde der kleine József geboren. Nun war László Großvater geworden.«

»József Horthy, József Horthy«, murmelte Jessica. Ihr war, als stünde sie vor einem riesengroßen Plakat, das sie nur deshalb nicht lesen konnte, weil ein Lieferwagen davor angehalten hatte.

»Der kleine József kam ganz nach dem Großvater«, fuhr Miriam fort. »Er war überaus intelligent, übersprang zwei Schuljahre – was in der Nachkriegszeit vielleicht auch noch ein wenig leichter war – und erhielt mit siebzehn ein Stipendium, das es ihm ermöglichen sollte, an der Berliner Humboldt-Universität zu studieren.«

»Klonnnng!«, machte Jessica. »Die Freiheitsglocken klingen und mir geht ein Lichtlein auf.«

Miriam bedachte sie mit einem besorgten Blick, fuhr dann aber unbeirrt fort. »József Horthy verschwand – anders kann man es wohl nicht nennen – am 1. November 1956 aus Budapest.«

»Du betonst das so eigenartig.«

»Zu dieser Zeit tobte in Ungarn ein Volksaufstand. Für jemanden, der sich gerne in Luft auflöst, hätte es keine besseren Umstände geben können. Am Montag, dem 5. November 1956, erschien ein junger Mann namens János Hajduk im Sekretariat der Humboldt-Universität. Er legte ein Schreiben des gerade auf so brutale Weise von den Sowjets in den Sattel gehobenen Regimes vor, in dem erklärt wurde, József Horthy habe zu den Rebellen des Volksaufstandes gehört. An seiner statt habe man nun János Hajduk, einem mehrfach ausgezeichneten Schüler, die Förderungsmaßnahmen zugesprochen. Damit saß Hajduk in Berlin.«

»Unglaublich. Aber es passt: József Horthy, János Hajduk – dieselben Initialen.«

»Derselbe Mensch, Jessi.«

»Ich wette, dass ihm sein lieber Opa vor dem Einschlafen anstelle von Gutenachtgeschichten über Zwerge und Gnome öfter etwas über die schnellen Wege zur Macht erzählt hat.«

Miriam nickte. »Und über das Ischtar-Tor. Vielleicht hat János von Großvater László sogar die Tonscherbe erhalten, die Pietro della Valle einst in Babylon fand. Das würde die Zielstrebigkeit erklären, mit der János Hajduk seinen Plan von Anfang an verfolgt hat.«

»Meinst du, die Beweise gegen Hajduk reichen aus, um ihn zur Strecke zu bringen?«

»Ich weiß nicht. Möglicherweise sind sie bedeutend genug, um ihn politisch unmöglich zu machen oder zumindest für eine gewisse Zeit zu bremsen ...«

»Aber?«

»Oliver und dein Vater befinden sich noch immer in Xexanos Hand. Wir haben selbst gesehen, dass Hajduk der wichtigste

Handlanger Xexanos ist; er spielt ihm die Erinnerungen zu. Bestimmt ist er auch dafür verantwortlich, dass dein Vater nach Quassinja entführt wurde.«

»Ich verstehe, was du damit andeuten willst. János könnte unser einziges Mittel sein, meinen Vater und Oliver zurückzuholen.«

»Ich bin jedenfalls dafür, dass wir zumindest noch ein paar Tage warten. Vielleicht bringt uns ja deine Internet-Aktion ein Ergebnis.«

»Ich komm mit dem Programm schon noch zu Rande«, erklärte Jessica gereizt.

»Hast du vor einer Woche nicht schon so etwas Ähnliches gesagt wie: ›Kein Problem, in zwei oder drei Tagen bin ich damit fertig‹?«

»Es hat eben ein bisschen länger gedauert. Schließlich bin ich nicht allein daran schuld.«

»Gehört das eigentlich beim Programmieren dazu, sich so zu verschätzen?«

»Es ist das Alltäglichste von der Welt. Aber morgen werde ich bestimmt fertig.«

»Na, dann dürfen wir ja noch hoffen. Wenn deine Internet-Familie uns wirklich hilft, würde uns dies ein gutes Stück voranbringen. Wir könnten vielleicht deinen Vater und Oliver aus eigener Kraft in unsere Welt zurückführen. Dann hätte János Hajduk keinen Trumpf mehr gegen uns in der Hand.«

Jessica seufzte. »›Wenn‹, ›vielleicht‹ – diese Ungewissheit macht mich noch wahnsinnig! Wie ich Hajduk inzwischen einschätze, zieht er selbst mit leeren Händen noch einen Trumpf aus dem Ärmel.«

Das Mädchen hatte grüne Haare, trug eine Art Weltraumanzug und bewegte sich mit kleinen Flügeln fort, die auf ihrem Rücken saßen. Im Raum befanden sich auch noch einige andere Gestalten, die kaum weniger merkwürdig aussahen, so etwa eine hyperaktive Vogelscheuche mit Kürbiskopf. Albert Einstein in Jeans und mit Rollerskates an den Füßen ruhte sich gerade auf einem Sofa aus.

»Und du willst mir wirklich weismachen, dass das kein Computerspiel ist?«, fragte Miriam. Sie stand hinter Jessica und starrte gebannt auf den Monitor.

»Es ist ein Chat. Wie oft soll ich dir das noch sagen?«

»Ich wusste gar nicht, dass Vogelscheuchen so nervöse Geschöpfe sind.«

»Das liegt daran, dass du hier ein ganz besonderes Chat vor dir hast. Jeder der Teilnehmer kann sich selbst eine eigene Gestalt geben; ich bin die mit den grünen Haaren.«

»Darauf wäre ich nie gekommen.«

»Diese Figuren bewegen sich, wie du siehst, in einem virtuellen Raum.«

»Sehe ich das?«

»Das heißt, der Raum ist nicht wirklich da. Er existiert nur in der Software und in den Chips des Computers, auf dem das Chat abläuft. Unsere Stellvertreterfiguren sind da schon beweglicher. Wenn ich will, kann ich meinen Avatar rund um die Welt schicken.«

»*Avatar*? Ist das ein Name oder eine Berufsbezeichnung?«

»Das Wort stammt aus dem Sanskrit und steht für das Hinübergehen eines höheren Wesens in den Körper einer anderen Person.«

»Hört sich ja gruselig an.«

»*Ich* hab mir das nicht ausgedacht.«

»Und was macht so ein Avatar?«

»Er kann für mich im Netz spazieren gehen und Informationen sammeln, oder er kann, wie hier, in einem virtuellen Raum sitzen und sich mit anderen Avataren unterhalten. Natürlich sagt er nur das, was sein Cybernaut ihm einflüstert.«

»Und dieser Cybernaut, das bist du.«

»Exakt. Im Moment führe ich den Avatar wie eine Marionette an elektronischen Fäden, die von hier bis Berkeley reichen. Wenn ich den PC nachher ausschalte, dann verschwindet auch der Avatar.«

»Wie schön wäre es doch, wenn man ähnlich mit Xexano verfahren könnte.«

»Ich fürchte, jetzt stehe ich auf der Leitung.«

»Na, irgendwie ist er doch auch ein Avatar: Ein höheres Wesen – der Mensch Nimrod – hat der leblosen Goldfigur seine Persönlichkeit eingehaucht. Wer weiß, vielleicht machen uns deine Avatare irgendwann in der Zukunft genauso viel Schwierigkeiten wie Xexano.«

»Du liest zu viele Sciencefictionromane. Darf ich jetzt weitermachen? Ich fühle mich nämlich ziemlich mies. Einstein wird schon ganz unruhig, weil ich seit Minuten nichts mehr gesagt habe.«

»Okay, ich bin ja still.«

Jessica führte ihr virtuelles Plauderstündchen nun ungestört zu Ende. Sie erläuterte ihren Freunden mit Hilfe der Tastatur das kryptologische Problem der unbekannten Inschrift und händigte ihnen die von ihr vorbereiteten Dateien aus: das Programm, das sumerische Wörterbuch und einige zusätzliche *control files*, wie sie sie nannte. Im Laufe der Unterhaltung kamen noch weitere Besucher hinzu und auch sie zeigten sich interessiert an Jessicas Aufgabenstellung. Zum Abschluss bat sie alle Anwesenden möglichst viele Freunde mit einzuspannen. Je mehr Rechner sich an der Lösungsfindung beteiligten, desto schneller würde man zu einem Ergebnis kommen.

Als Jessica den PC ausschaltete und sich umdrehte, sah sie furchtbar blass aus. Sie hatte in der vergangenen Woche, wenn sie nicht gerade in der Schule war, ununterbrochen an ihrem Programm gearbeitet. Das elektronische Wörterbuch für die Übersetzung von sumerischen Keilschriftzeichen in die englische Sprache hatte Jessica auch erst am Donnerstag in ihrem E-Mail-Briefkasten gefunden. Drei Tage war sie dann damit beschäftigt gewesen, die Wörterliste so aufzubereiten, dass ihr Programm in der gewünschten Weise damit umgehen konnte. Jetzt war ihr Körper ausgelaugt und holte zum Gegenschlag aus.

Sie hatte kaum etwas gegessen und sich schon für die Nacht

bereitgemacht, als sie unvermittelt ins Badezimmer stürzte. Kurz vor der Toilettenschüssel versagte ihr Wille: Der Magen stülpte sich um und entledigte sich seines Inhalts. Jessicas blauer Schlafanzug war im Nu übersät mit abscheulich stinkenden braunen Flecken.

Miriam sorgte für Abhilfe. In Ermangelung eines passenden Ersatzpyjamas steckte sie ihre Patientin kurzerhand in ein viel zu langes weißes Nachthemd.

»Ich sehe aus wie ein Gespenst«, beschwerte Jessica sich schwach.

»Das passt wenigstens zu deinem kreidebleichen Gesicht«, entgegnete Miriam streng. In einer verwinkelten Ecke ihres Bewusstseins gab sie Jessicas Computer die Schuld an diesem unerwarteten Zusammenbruch. Nachdem sie ihr Pflegekind mit einer Wärmflasche im eigenen Federbett vergraben hatte, schlief Jessica augenblicklich ein.

Später in dieser Nacht zum Montag hatte Jessica einen seltsamen Traum. Sie trug ein langes weißes Nachthemd, das ihr zu groß war (so weit stimmte die Geschichte ja noch), und stand in einem unheimlichen Sumpf. Aus der Ferne hörte sie Geräusche, die weder eindeutig einem Menschen noch einem ihr bekannten Tier zuzuordnen waren. Vor ihr hing ein Lichtkreis in den Nebelschwaden, und als einmal für kurze Zeit die Sicht klarer wurde, glaubte sie eine bekannte Gestalt zu erkennen.

»Olli?«

Ihre eigene Stimme klang sonderbar verzerrt, irgendwie lang gezogen und so, als spräche sie in eine große Badewanne hinein.

Ihr Bruder war zwar zusammengezuckt, aber seinen Kopf zu ihr hingedreht hatte er nicht. Jessica rief noch einmal.

»Oliver!«

Der Dämel reagierte nicht. Er zog sich nur seine Jacke fester um den Leib und ignorierte sie einfach. Das machte Jessica wütend. Sie stapfte über eklig nasse Sumpfgrasbüschel auf ihn zu. Als sie sich nahe genug glaubte, sagte sie: »Olli, warum antwortest du mir nicht?«

Diesmal hatte er sie gehört. Er war vor Schreck von seinem Felsen gerutscht und auf dem Boden gelandet. Die Überraschung stand ihm ins Gesicht geschrieben. Er starrte sie an wie ein Gespenst.

»Jessica!« Oliver sprang auf und lief zu ihr herüber. »Jessi, was machst du denn hier?«

Sie interessierte sich im Augenblick viel mehr für eine ganz andere Frage. »Wo bin ich?«

»In den Sümpfen von Morgum.«

»Ist das in Berlin?«

Olivers Mundwinkel zuckten, aber er hielt sein Lachen zurück. »Nein, in Quassinja … oder in deinen Träumen … ehrlich gesagt, weiß ich auch nicht so genau, wo es wirklich ist. Aber die Tatsache, dass du mich siehst, beweist, dass du mich noch nicht völlig vergessen hast.«

»Wie meinst du das?«

»Weil nur die Gedanken und Träume hierher kommen können, die auf der Erde noch nicht völlig verloren sind.«

»Wir haben inzwischen einiges über Xexano und Quassinja herausbekommen.«

Oliver nickte. Er sprach nun ungewöhnlich schnell. »Das denke ich mir. Nur deshalb kannst du dich wahrscheinlich wieder dunkel an mich erinnern – wenigstens in deinen Träumen. Aber wer ist ›wir‹?«

»Miriam und ich.«

»Die Wissenschaftlerin aus dem Museum?«

Jessica lächelte. »Wir beide sind richtig dicke Freundinnen geworden.«

»Siehst du. Ich habe dir doch gleich gesagt, dass sie in Ordnung ist.«

»Hast du?« Jessica wusste nicht, was er meinte. War das vielleicht auch so eine verlorene Erinnerung?

»Na ja, das spielt im Augenblick auch keine Rolle«, sagte Oliver. Seine Zunge stolperte nun fast. »Ich muss dir etwas Wichtiges mitteilen: Du darfst dich auf *keinen Fall* zu sehr beeilen, Jessi!«

Jessica wollte ihren Ohren kaum trauen. Sie hatte sich abgemüht wie ein Packesel, war zuletzt sogar zusammengeklappt und nun sagte ihr Bruder, sie solle sich ja nicht zu sehr beeilen? Wütend stemmte sie die Fäuste in die Seiten. »Was heißt denn das nun schon wieder? Ich mach mir Sorgen wie sonst was, weil mir die Tage bis zum Jahresende zwischen den Fingern zerrinnen, und du ...« Sie hielt abrupt inne. »Hast du mir die Nachricht geschickt, dass wir nur noch bis zum 31. Zeit haben?«

Olivers Antwort kam zögernd. »Wir sind Zwillinge. Vielleicht sogar ganz besondere. Hast du mir nicht beim Abschied versprochen, dass du irgendwie immer bei mir sein wirst? Dann brauchst du dich nicht zu wundern, dass ... Jessi!« Irgendetwas musste Oliver erschreckt haben.

»Was ist?«

»Du siehst aus wie ein Gepenst in einem schlecht gemachten Horrorfilm.« Jetzt überschlug sich Olivers Stimme tatsächlich. »Du musst dir noch Zeit lassen. Mindestens ...«

Er verblasste jäh vor Jessicas Augen, wurde jedoch gleich darauf noch einmal sichtbar.

»... eine Woche«, hörte sie und er verschwand wieder. Nur noch ganz leise nahm sie seine Stimme wahr. »... besser zehn Tage. Ich habe Vater noch nicht gefunden. Aber wir sind dicht dran. Wenn du dich zu früh ...«

»Jessi, wach auf! Du träumst nur.«

Jessica schlug die Augen auf und blickte entgeistert in Miriams Gesicht.

»Und du bist dir sicher, dass er von *zehn* Tagen gesprochen hat?« Miriam war deutlich anzusehen, dass Jessicas Traumgeschichte ihr ganz und gar nicht gefiel.

»Wenn ich es dir doch sage! Er meinte, er habe Vater noch nicht gefunden, sei aber ganz dicht dran.«

Miriam wand sich. »Ich weiß nicht, Jessi. Ich will dir nicht wehtun, aber vergiss doch bitte nicht, dass du gestern Abend so etwas wie einen Zusammenbruch hattest. Du hast dich tagelang geplagt, weil dein Programm nicht rechtzeitig fertig wurde. Da ist es nur normal, wenn die Zeitnot dich selbst bis in deine Träume verfolgt.«

»Aber es war kein normaler Traum!«, beteuerte Jessica. »Ich weiß das. Außerdem hat Oliver mir ja auch nicht gesagt, dass ich zu spät dran bin, sondern dass ich noch warten soll.«

»Dein Keilschriftprogramm ist doch gerade erst im Netz. Wer weiß, ob wir so bald eine Antwort erhalten. Ich finde, wir sollten deinen Traum nicht überbewerten, sondern erst mal sehen, ob überhaupt etwas zurückkommt.«

»Du glaubst, ich phantasiere nur, nicht wahr?«

»Jessi, diese Frage ist unfair.«

»Na gut. Vielleicht sollten wir uns wirklich nicht über ungelegte Eier streiten. Warten wir also ab, was die Cybernauten herauskriegen.«

Das Warten auf die Antwort aus dem Internet wurde allmählich zu einer Tortur. Jedenfalls für Jessica. Miriam schwankte zwischen der Sorge um ihre Freundin und dem befriedigenden Gefühl, im Recht zu sein, was die Unzuverlässigkeit von Computern anbetraf.

So schleppten sich die Tage dahin, die freien Felder auf dem Jahresplaner über dem Esstisch nahmen rapide ab. Jedes Mal, wenn Jessicas Avatar abends den virtuellen Raum im Internet betrat, konnten die anderen »Witzfiguren«, wie Miriam sie inzwischen nannte, nur bedauernd mit dem Kopf schütteln. Die ganze Aktion laufe nur langsam an, erklärten Jessicas Freunde. Noch hätten sich zu wenige Gleichgesinnte gefunden, die bei der Sache mitmachten. Erst wenn die »kritische Masse« erreicht sei, könne man mit einem schnellen Ergebnis rechnen.

Während also die Nachrichten aus dem Internet eher spärlich flossen, überschlugen sich die Schreckensmeldungen in der Presse. Am Mittwoch lautete eine Titelzeile sogar: »Internationaler Ring von Museumsräubern wird immer dreister«. Zum ersten Mal erfuhr Jessica, dass nicht nur im Pergamonmuseum Ausstellungsstücke verschwanden. Auch im Pariser Louvre, im Britischen

Museum in London sowie in mehreren Museen, die der Washingtoner Smithsonian Institution angehörten, hatten sich zahlreiche Exponate scheinbar in Luft aufgelöst. Besonders beklemmend war die Meldung, dass im U.S. Holocaust Memorial Museum Bilder und Namen von Juden und anderen Opfern des Nazi-Regimes buchstäblich vergingen.

Jessica hielt diese Nachrichten zunächst für Zeitungsenten, aber schon am Donnerstag las sie beim Frühstück eine eher kleine Notiz in der Zeitung, die auf bedrückende Weise mit den Meldungen aus der US-amerikanischen Hauptstadt übereinstimmte. Im Berliner Stadtteil Steglitz seien von einer gläsernen Gedenktafel mehrere Namen von Opfern des Dritten Reiches verschwunden – die Tafel war noch da, aber die Namen fehlten. Etwa zur gleichen Zeit mussten auch die Buchstaben auf dem Straßenschild des Emmy-Zehden-Wegs vor der Gedenkstätte in Berlin-Plötzensee verblichen sein, nur noch weiße Emaille war übrig geblieben und über der leeren Tafel ein kleines, nun bedeutungsloses Hinweisschild:

```
* 28. 3. 1900  † 9. 7. 1944
      Widerstandskämpferin
```

Einen vorläufigen Höhepunkt erreichte die Flut schauerlicher Nachrichten dann am Samstag, dem 19. Dezember. Jessica hatte sich erboten, zum nächsten Bäcker zu laufen und die Frühstücksbrötchen zu holen. In Wirklichkeit wollte sie nur einige Minuten allein sein. Das Internet hatte bis jetzt nicht mehr als einige optimistische Durchhalteparolen ausgespuckt. Jessica war nur noch ein Nervenbündel.

Sie lief die Oranienburger Straße entlang und betrachtete die für diese Jahreszeit so typisch verbissenen Gesichter derjenigen, die für ihre Lieben noch schnell ein paar Weihnachtsgeschenke besorgen mussten. Dabei erinnerte sie erst das erschrockene Gesicht der Backwarenverkäuferin daran, dass sie vermutlich selbst auch nicht entspannter dreinschaute. Als sie dann auf dem Rückweg an einem Zeitungsstand vorbeikam, fiel ihr Blick auf eine Schlagzeile, die in überdicken Lettern mit knallrotem Balken darunter verkündete:

PERGAMONALTAR VERSCHWUNDEN!

Sie rannte nach Hause, als wäre Xexano persönlich hinter ihr her.

»Hast du's schon gelesen?«, rief sie Miriam zu, als sie endlich wieder in der Krausnickstraße war.

Anstatt zu antworten, warf Miriam die Zeitung auf den Tisch. »Ich habe sie eben aus dem Briefkasten geholt. Es ist unglaublich!«

Beide ließen die Brötchen liegen und verschlangen stattdessen den Zeitungsartikel. Die Polizei stünde vor einem Rätsel, hieß es da. Alle Wandfriese, Säulen – die ganze Anlage des rekonstruierten Altars aus dem antiken Pergamon hatte sich anscheinend in Luft aufgelöst. Der Saal I der Antikensammlung des Pergamonmuseums gliche einem leeren Flugzeughangar.

»Bald wird es völlig ausgeräumt sein«, kommentierte Miriam sichtlich bedrückt.

Jessica nickte. »Das Museum der gestohlenen Erinnerungen – wenn sich die Schaulustigen erst mal satt gesehen haben, wird bald keiner mehr auf die Spree-Insel kommen.«

»Und bald ist dann all das, woran die Ausstellungsstücke erinnern sollen, vergessen. Mir kommt es fast vor, als nehme Xexanos Macht täglich zu. Anfangs hat er nur Dinge genommen, die schon so gut wie vergessen waren, aber in letzter Zeit werden die ›Erinnerungsstücke‹, die er stiehlt, immer bedeutender. Man könnte fast glauben, dass da eine ganz bestimmte Absicht dahinter steckt.«

»Wie meinst du das?«

»Mir ist aufgefallen, dass er viele Gedanken oder Gegenstände wegnimmt, welche die Menschen an Diktatoren, Willkürherrschaft und menschliches Unrecht erinnern.«

»Ich glaub, ich weiß, woran du denkst. Wenn die Menschen erst einmal vergessen haben, was Machtbesessenheit alles anrichten kann, werden sie viel eher wieder auf einen selbst ernannten Heilspropheten hereinfallen.«

»Genau. Es könnte wieder so sein wie damals nach der Weltwirtschaftskrise: Hitler hat den Menschen Brot und Arbeit versprochen und sie sind ihm scharenweise nachgelaufen.«

Beide schwiegen eine Zeit lang. Jede hing ihren eigenen Gedanken nach.

Plötzlich sagte Miriam: »Wir *müssen* Xexano aufhalten! Es sind nur noch zwölf Tage bis zum Jahreswechsel. Am besten siehst du gleich noch mal in deiner Mailbox nach. Vielleicht ist ja aus dem Internet schon eine Antwort eingegangen.«

»Es ist aber noch nicht sechs Uhr abends. Du hast gesagt, ich soll ›nicht dauernd im Netz herumsurfen‹, weil das zu viel Geld kostet.«

»Vergiss nicht, dass ich heute vor zwei Wochen meinen Job verloren habe. Ich muss sparen und ab sechs ist das Telefonieren schließlich billiger. Aber heute ist Samstag, da gilt der Wochenendtarif. Außerdem zerrinnt uns die Zeit zwischen den Fingern. Also mach schon und wirf deine Kiste an.«

»Die ›Kiste‹, wie du sie nennst, ist ein Hochleistungs-PC. Und der wird nicht angeworfen, sondern gebootet.«

»Meinetwegen. Wenn's hilft.«

Wenige Minuten später startete Jessica ihr E-Mail-Programm mit einem Doppelklick der linken Maustaste. Als sich am Bildschirm das Fenster mit den eingegangenen Nachrichten öffnete, klappte Jessicas Unterkiefer herunter und sie hielt die Luft an. Weil sie keine Anstalten machte, die Atmung wieder aufzunehmen, fragte Miriam: »Bedeutet diese dick hervorgehobene Zeile da, dass du Post bekommen hast?«

Jessica nickte zweimal. Ihr Mund stand immer noch offen.

»Und warum tust du nichts, um die Mitteilung zu lesen?«

»Ich trau mich nicht«, krächzte Jessica, als wären dies ihre allerersten Worte nach sechs Wochen Schweigen.

»Blödsinn«, sagte Miriam und nahm ihr die Maus aus der Hand, um dann die Hinweiszeile der Meldung zweimal schnell hintereinander anzuklicken. Im nächsten Moment erschien eine Reihe von Keilschriftzeichen am Bildschirm:

Jessica starrte verblüfft auf den Monitor. »Die alte Vogelscheuche hat es tatsächlich geschafft!«

Miriam hatte auch schon den Text gelesen, der unter der Keilschriftzeile stand. Sie nickte zufrieden. »Klingt wirklich gut, was dein Freund da entschlüsselt hat. Hör dir das mal an.« Sie trug die Worte laut vor und übersetzte sie dann gleich:

»*Er möge das verlorene Denken zurückbekommen.*«

»Die Botschaft kommt von meinem Freund aus Java«, erklärte Jessica, während sie dessen Kommentar am Bildschirm las. Im Wesentlichen teilte er darin mit, dass zuletzt knapp zweihundert Kryptographiebegeisterte dem Aufruf gefolgt seien und auf ihren Computern einzelne Sequenzen aus dem gesamten Pool der möglichen Lösungen durchgerechnet hätten. Nachdem einige sinnvolle Kombinationen entdeckt worden seien, habe er dann mit Jessicas Semantik-Modul die abschließende Feinarbeit geleistet und hoffe nun der glückliche Sieger ihres Wettbewerbs zu sein.

»Welches Wettbewerbs?«, fragte Miriam verwundert.

»Ich hab dem Gewinner – sozusagen als ideelle Belohnung – einen virtuellen Kuss versprochen.«

»Einen ... *was?*«

Jessica kicherte. »Du siehst richtig komisch aus, wenn du deine Augenbrauen so zusammenziehst.«

»Weich meiner Frage bitte nicht aus, Jessica!«

»Keine Angst, Mama. Das hat nichts mit Cybersex zu tun. Ich hab mal einen Kussmund von mir fotografiert und in den Computer eingescannt. Der Sieger meines Keilschriftwettbewerbs erhält das Bild zusammen mit einer Sound-Datei.«

»Und was kann er damit anfangen?«

»Zum Beispiel meine blutroten Lippen bewundern und sich den dazu passenden Schmatzer anhören, wenn er seinen PC bootet.«

»Du bist unmöglich, Jessi!«

»Ich weiß. Deswegen mögen mich die anderen ja auch so. Die Cybernauten haben alle einen etwas schrillen Humor.«

Miriam musste an die Vogelscheuche und den rollerskatenden Albert Einstein denken. »Den Eindruck habe ich allerdings auch.«

Dann fiel ihr wieder der Keilschrifttext ein. Sie suchte schnell das Blatt mit der Inschrift vom Schlussstein hervor und übertrug die nun endlich entschlüsselte letzte Zeile auf das Papier. Ohne vorherige Probe lasen beide im perfekten Chor den letzten Vers des Fluches.

VERGESST IHN NIE!
Denn niemand, auf den er einmal seine Hand gelegt,
kann sich ihr wieder entziehen, es sei denn,
er möge das verlorene Denken zurückbekommen.

Eine ganze Weile lang betrachteten die Freundinnen gedankenverloren den Text.

»Hört sich irgendwie komisch an«, sagte Jessica endlich.

»Das kann an der Übersetzung liegen. Aber ich glaube, ich weiß, was uns die Abschlussformel sagen will.«

»Und das wäre?«

»Der Vers bedeutet, dass normalerweise alles, was Xexano einmal in die Finger bekommt, auch in seinem Besitz bleibt …«

»Es sei denn …?«

»Man erinnert sich wieder an das Vergessene.«

Jessica starrte ihre Freundin jetzt so an wie vorher die Keilschriftzeichen auf dem Bildschirm.

»Habe ich mich zu kompliziert ausgedrückt?«, fragte Miriam.

»Nein, ich bin ja nicht geistesschwach«, antwortete Jessica verstimmt. »Ich frage mich nur gerade, warum wir nicht selbst darauf gekommen sind.« Sie klatschte sich die Hand an die Stirn. »Die verlorene Erinnerung wiederfinden – das ist die Lösung. Plus und minus vertauschen. Ich bin ein Rhinozeros!«

»Verblüffend.«

Jessica bedachte Miriam mit einem tadelnden Blick. »Nein, ehrlich, es ist sogar irgendwie logisch. Nichts geht verloren. Wie in Einsteins Relativitätstheorie: $E = mc^2$.«

»Bitte verschon mich damit.«

»Nein. Es ist doch ganz einfach. Die Energie eines Körpers errechnet sich aus seiner Masse multipliziert mit dem Quadrat der Lichtgeschwindigkeit. Wenig Masse kann also viel Energie hervorbringen – furchtbar viel, wenn du an die Atombombe denkst.«

»Und was hat das mit Quassinja zu tun?«

»Wenn du die Formel ›umdrehst‹, erhältst du Masse – etwas, was man anfassen kann! Du musst nur genügend Energie einsetzen. So gesehen sind Masse und Energie unvergänglich.«

»Jetzt verstehe ich, worauf du hinauswillst: Unsere Erinnerungen sind genauso unvergänglich, sie ändern nur ihren Zustand.«

»Exakt. Und so wie man theoretisch aus der Masse einer Backpflaume einen Atompilz machen kann und aus dieser Energie dann anschließend eine Marzipankartoffel, so können wir Oliver auch aus Quassinja zurückholen, wenn wir nur die Formel umstellen, die ihn dorthin gebracht hat – also die verlorene Erinnerung für unser Denken wieder gewinnen.«

»Das leuchtet mir ein ...« Miriam hielt inne, weil Jessica plötzlich fieberhaft in dem Aktenhefter blätterte, der alle ihre Dokumente zur »Spur der Namen« enthielt. Seit die beiden von János Hajduks Skarabäus wussten, nahmen sie die Mappe mit den Notizen, Fotos und anderen Papieren überallhin mit.

»Hier.« Jessica deutete auf das eingeklebte Foto. »Das ist die Truhe, in der Vater die Erinnerungsstücke an meine Mutter aufbewahrte. Das umgefallene Glas, das du dort siehst, enthält noch ihre Haarspangen – bis auf eine, wie ich vermute.«

»Du glaubst, Oliver hat sich eine der Spangen eingesteckt, um damit nach Quassinja zu gelangen?«

Jessica nickte so überzeugt, wie man nur überzeugt nicken

kann. Sie tippte mit dem Finger auf die Schlussstein-Inschrift. »›Jedem, der etwas im Herzen Vergessenes bei sich trägt, öffnet Sin das Tor.‹«

»Aber woher willst du so genau wissen, dass er gerade eine Haarspange genommen hat?«

»Ich hätte es genauso gemacht. Oliver und ich sind schließlich Zwillinge.«

Miriam wartete einen Augenblick, ob Jessica dieser Erklärung noch etwas hinzufügen würde. Als dem aber nicht so war, hob sie mit einem resignierenden Seufzer die Schultern und sagte: »Dann sollten wir wohl versuchen herauszubekommen, welche der Spangen er sich ausgesucht hat. Ich vermute, du willst gleich in deine Wohnung fahren und das Glas mit den Spangen holen?«

Jessica nickte. »Je früher, desto besser. Lass mich vorher nur noch eine Ausschnittsvergrößerung von dem Foto machen. Wenn ich dann darauf alle Haarspangen ausstreiche, die noch in dem Glas sind, entdecken wir vielleicht die eine, die jetzt fehlt.«

Auch Miriam nickte zustimmend. »Also gut. So machen wir es.« Ihre braunen Augen leuchteten vor Aufregung und sie rieb sich voller Vorfreude die Hände. »Ich nehme alle Kosenamen zurück, die ich deinem Computer gegeben habe, Jessi. Die virtuelle Antwort ist Gold wert. Jetzt sind wir auf einer wirklich heißen Spur!«

Als der grüne Peugeot mit einem interessanten neuen Geräusch – einem knirschenden Schaben aus der Gegend des rechten Vorderrades – in der Bergstraße ausrollte, wussten Jessica und Miriam sofort, dass etwas nicht stimmte. Vor der Hausnummer 70 standen drei Fahrzeuge, die alle nichts Gutes verhießen: ein grünweißes Auto der Polizei, ein rotweißer Notarztwagen der Feuerwehr und ein rabenschwarzer Mercedeskombi mit Milchglasscheiben im Fond.

Hausmeister Grabulke – er wohnte im Vorderhaus – öffnete in diesem Moment die Toreinfahrt, um den Leichenwagen einzulassen. Beinahe lautlos setzte sich das schwarze Gefährt in Bewegung. Die beiden Freundinnen folgten ihm durch die Hinterhöfe.

»Fast wie ein Todesengel«, murmelte Miriam, den Blick auf das Fahrzeug gerichtet.

»Auf wen er es wohl abgesehen hat?«, erwiderte Jessica nachdenklich. Wie in einem Daumenkino flatterten die Bilder aller bekannten Hausbewohner an ihrem geistigen Auge vorbei. »Hoffentlich nicht auf Frau Waczlawiak.«

»Mal sehen, in welchem Hinterhof er anhält.«

Der Leichenwagen fuhr bis in den letzten Hof und hielt so, dass man ihn leicht beladen konnte, sobald man aus der Haustür trat. Jessica blieb mit klopfendem Herzen stehen. In der Durchfahrt gab es zwei Treppenaufgänge: einen links und den anderen rechts, dort, wo die Pollocks wohnten. Ein Polizist erschien in der rechten Tür und winkte die beiden Männer aus dem schwarzen Wagen ins Haus.

Miriam fing Jessicas bangen Blick auf und legte ihr den Arm um die Schulter. Beide erinnerten sich mit Grauen, wie unangenehm es schon vor zwei Wochen im Hausflur gerochen hatte. Sie konnten ja damals nicht ahnen, dass es der Geruch der Verwesung gewesen war!

»Dürfen wir in das Haus?«, fragte Miriam, als sie an der Tür auf den Polizisten stießen, der die beiden Leichenträger hereingelassen hatte.

»Wohin müssen Sie denn, junge Frau?«

»Zu den Pollocks, in den vierten Stock.«

»Da werden Sie sich wohl dünne machen müssen. Aus dem dritten kommt Ihnen ein Sarg entgegen. Aber dürfte Ihnen ja nicht schwer fallen, Fräulein, Sie sind ja schlank.« Der Beamte griente, als halte er seine Bemerkung für besonders witzig.

Als Mädchen und Frau – beide mit mehr oder weniger hexenrotem Haar – ihm im Vorübergehen giftige Blicke zuwarfen, verflüchtigte sich sein Grinsen schnell.

»Ekliger Kerl«, flüsterte Jessica ihrer Freundin im Hausflur zu.

»Wahrscheinlich nur abgebrüht«, erwiderte Miriam kopfschüttelnd.

Als sie das dritte Stockwerk erreichten, stießen sie auf die Leichenträger mit dem Zinksarg. Der Gestank im Hausflur war so unerträglich, dass Jessica sich ein Papiertaschentuch vor die Nase halten musste, um den Brechreiz zu unterdrücken. Aus einer geöffneten Wohnungstür trat gerade ein Polizist. Er bemerkte die fassungslosen Gesichter von Jessica und Miriam und fragte: »Kennen Sie die alte Dame?«

Jessica schüttelte den Kopf und blickte dem Zinksarg nach. »Wir wohnen zwar direkt darüber, aber ich habe nur manchmal ein paar Geräusche von ihr gehört. Sie sehen ja selbst, sie hatte nicht mal ein Namensschild an ihrer Tür.«

Der Polizist nickte nachdenklich, als hätte Jessicas Bemerkung nur etwas bestätigt, was er ohnehin schon wusste. »Erst verlieren sie ihren Namen und dann verschwinden sie ganz.« Sein Nicken verwandelte sich in ein Kopfschütteln. »Grauhaarig und weise zu sein ist heute nicht mehr zeitgemäß. Für die alten Leute interessiert sich doch keiner mehr. Sie werden einfach vergessen. Komisch, wenn man bedenkt, dass wir doch selbst die Alten von morgen sind ...«

»Vergessen«, wiederholte Jessica das eine Wort wie in Trance.

Miriam hatte ihr einen Seitenblick zugeworfen und fragte den Polizisten: »Kommt so etwas häufig vor, Herr Wachtmeister?«

»Dass Menschen unbemerkt sterben?« Die Bauchdecke des Beamten ruckte unter einem lautlosen Lachen. »Ich bin jetzt schon fast dreißig Jahre in diesem Beruf und habe es schon unzählige Male erlebt – alte, vergessene Menschen, die sterben, ohne dass es jemandem auffällt. Das passiert ständig, und wenn Sie mich fragen, in letzter Zeit immer öfter.«

Miriam nickte. »Danke.«

»Nichts für ungut, junge Frau. Es kann sein, dass wir die Hausbewohner in dieser Angelegenheit noch einmal befragen müssen. Aber so wie der Arzt den Fall sieht, wird das wohl gar nicht nötig sein. Schönen Abend noch allerseits.«

Der Polizist legte seine Finger als Abschiedsgruß kurz an die Mütze, dann machte er sich auf den Weg nach unten.

Jessica und Miriam schauten ihm sprachlos nach.

»Er hat uns einen schönen Abend gewünscht«, sagte Jessica schließlich mit glasigen Augen.

»Komm, lass uns erst mal nach oben in die Wohnung gehen. Sonst fällt mir doch noch das Essen aus dem Gesicht.«

Während Miriam den Fuß auf die erste Treppenstufe setzte, blieb Jessica wie angewurzelt stehen.

»Was ist?«, fragte Miriam. Dann sah sie, dass Jessica etwas betrachtete, das sich in ihrem Rücken befand. Die Irin drehte sich um und entdeckte die alte Garderobe neben der Haustür. Der Zinksarg und der Polizist hatten die beiden Freundinnen so sehr abgelenkt, dass ihnen dieses eher kleine Unglück ganz entgangen war: Der Spiegel in dem Möbelstück war in tausend Scherben zerbrochen.

Es dauerte ein paar Minuten, bis Jessica und Miriam die Eindrücke aus dem Treppenhaus wenigstens halbwegs verdaut hatten. Sie saßen in der Wohnstube der Pollocks und versuchten zu begreifen, was um sie herum geschah.

»Ob Xexano die alte Frau mitgenommen hat?«, fragte Jessica schließlich.

»Das glaube ich nicht«, antwortete Miriam. »Soweit ich die Natur Quassinjas verstanden habe, ist es kein Totenreich. Ein geliebter oder auch gehasster Mensch, der verschieden ist, kann trotzdem noch lange im Bewusstsein der Menschen fortleben. Er stirbt und hört auf zu existieren – aber er ist nicht vergessen. Mit der alten Nachbarin verhielt es sich wohl etwas anders. Wer immer sie hier allein hat sterben lassen, *wollte* sich nicht mehr an sie erinnern, obwohl er ihr Wesen nicht vergessen *konnte*.«

»Trotzdem ist es mir unbegreiflich, wie diese arme Frau ganz alleine sterben konnte. Nicht mal ihr Tod wurde von jemandem bemerkt.«

Miriam nickte ernst. »*Das* allerdings könnte schon mit dem leichtfertigen Vergessen zusammenhängen, das Xexanos Einfluss zu fördern scheint. Bestimmt hatte die alte Dame noch irgendwelche Angehörigen, vielleicht sogar Kinder, aber die waren – davon bin ich mittlerweile überzeugt – zu beschäftigt, um nach ihrer kranken Mutter zu sehen. Wie auch immer, wenn sie sie wirklich vergessen hätten, wäre die alte Dame noch vor ihrem Tod nach Quassinja gekommen.«

»Dann wäre das Verhalten dieser Verwandten aber noch gemeiner, weil sie die Arme ja mit Absicht allein gelassen haben.« Jessicas Bemerkung war eigentlich ein Selbstvorwurf. Sie musste an ihren Vater denken. Auch seine Kinder hatten ihn so gut wie vergessen.

Miriam war nicht entgangen, was ihre Freundin bewegte. »Ich bin überzeugt, dass du und Oliver nicht genauso seid«, sagte sie aufmunternd. »Sicher, ihr habt euch ablenken lassen, und so wie du deinen Vater beschreibst, hat er sich auch nicht gerade viel um eine lebendige Beziehung zu euch gekümmert. Dass er dann tatsächlich nach Quassinja hinüberging, dürfte aber wohl auf das direkte Eingreifen Xexanos zurückzuführen sein. Vielleicht hat János Hajduk entdeckt, wie nah euer Vater ihm und Xexano gekommen war; deshalb haben sie ihn kurzerhand nach Quassinja entführt.«

»Umso wichtiger, dass wir den beiden zeigen, was es heißt, sich mit den Pollocks anzulegen.«

»Und mit den McCullins?«

»Pflegemütter sind natürlich inbegriffen.«

»Danke.«

»Ich gehe schnell zum Dachboden hoch und werde das Glas holen. Am Küchentisch haben wir besseres Licht zum Abzählen der Haarspangen.«

»Ist gut, ich warte solange hier.«

Jessica nahm die Taschenlampe vom Schlüsselbrett und sprintete zum Dachboden hinauf. Für einen Moment fiel ihr das gestohlene Tagebuch ihres Vaters ein und sie befürchtete schon, dass auch die Haarspangen ihrer Mutter verschwunden sein könnten. Als sie aber den Deckel der Truhe öffnete, lag alles noch so da, wie sie es zurückgelassen hatte – wie Oliver es zurückgelassen haben musste, korrigierte sie sich.

Sie hatte die Vergrößerung eines der Fotos vom Inhalt der Truhe mitgenommen. Vorsichtshalber verglich sie noch einmal Bild und Wirklichkeit. Auf den ersten Blick waren keine Unterschiede zu erkennen, selbst die vier Haarspangen, die aus dem Glas gefallen waren, lagen noch genauso in dem geblümten Rechteck der Kiste.

Vorsichtig schob Jessica den durchsichtigen Deckel auf das Glas und hob es aus der Truhe – besser, wenn sich die Spangen nicht verschoben, so konnte sie leichter den Inhalt mit dem Foto vergleichen. Sie wollte sich schon zum Gehen wenden, als ihr Blick noch einmal in die Truhe fiel. Ein Bündel Briefumschläge erregte ihre Aufmerksamkeit. Waren nicht auch Briefe konservierte Erinnerungen? Ohne recht zu wissen, warum, nahm sie den Packen und steckte ihn sich hinten unter den Gürtel ihrer Jeans. Sie warf den Deckel der Truhe zu und machte sich mit behutsamen Schritten auf den Weg zurück in die Wohnung.

An der Dachbodentür drückte sie noch einmal den Lichtschalter zum Hausflur. Diesmal wollte sie sich nicht von jäh einbrechender Dunkelheit überraschen lassen. Schritt für Schritt arbeitete sie sich die Treppe hinab, immer das Glas mit den Spangen im Auge, das sie in den Händen hielt. Auf dem Mittelpodest hielt sie kurz inne. Noch war keine Spange verrutscht. Sie holte einmal tief Luft und nahm die letzten Stufen in Angriff.

Während sie behutsam einen Fuß vor den anderen setzte, öffnete sich unten die Wohnungstür. Miriam war wohl schon in Sorge, weil Jessica sich so viel Zeit gelassen hatte. In diesem Moment hörten beide ein tiefes Brummen. Es war so plötzlich aufgetaucht wie das Geräusch eines defekten Ventilators, den jemand versehentlich eingeschaltet hatte. Gleich darauf huschte eine grüne Silhouette durch Jessicas Gesichtsfeld. Erschrocken blickte sie nach unten, auf ihre Füße, und sah, nein, keine grüne Schildkröte, sondern den Skarabäus, den Xexano János Hajduk anbefohlen hatte. Ehe sie etwas unternehmen konnte, schnappte das Ding nach ihren Beinen und brachte sie zum Stolpern. In einem Reflex, der nicht zu unterdrücken war, ließ Jessica das Glas los, um sich am Treppengeländer festzuhalten. Der durchsichtige Zylinder mit den Haarspangen flog direkt auf Miriam zu, die ihm mit geweiteten Augen und ausgestreckten Händen entgegensprang. Doch zu spät, sie konnte das Glas nicht mehr erreichen. Es zerschellte laut klirrend auf den Treppenstufen.

Jessica hatte sich im letzten Moment noch festklammern können. Während sie auf absurde Weise schräg über der Treppe hing, starrte sie auf die im ganzen Hausflur verstreuten Haarspangen hinab. Erst allmählich wurde ihr wie auch Miriam bewusst, dass der Skarabäus spurlos verschwunden war.

»Ob uns dieser eklige Käfer schon lange beobachtet hat?« Aus Jessicas Stimme sprach offener Abscheu.

»Man muss es fast glauben«, sagte Miriam. Ihr Gesicht war noch immer recht blass.

Die beiden hatten inzwischen bis hinunter ins Erdgeschoss alle Haarspangen aufgelesen und das Treppenhaus von den Glasscherben gereinigt. Frau Waczlawiak war die Einzige, die, von dem Lärm aufgeschreckt, aus ihrer Wohnung geeilt war, um Jessica und Miriam mit guten Ratschlägen zu unterstützen. Sie machte Jessica auch Vorwürfe, weil sie in den letzten Wochen so selten etwas von sich hatte hören lassen, zeigte sich zuletzt aber doch versöhnlich und bot den beiden Freundinnen etwas von dem Pfefferminztee an, den sie zufällig gerade aufgesetzt hatte. Jessica und Miriam lehnten freundlich dankend ab.

Auf dem Küchentisch begutachteten sie schließlich ihre Beute.

»Jetzt ist es natürlich viel schwieriger, die Spangen auszustreichen«, murmelte Jessica, während sie mit einem dicken schwarzen Filzstift in der Hand abwechselnd das Foto und dann wieder den Haarschmuck auf der Tischdecke betrachtete.

Die Arbeit ging langsam voran. Immer wieder diskutierten die beiden Freundinnen, welche Spange auf der Fotografie welchem Original entspräche. Da die einzelnen Stücke im Glas natürlich nicht gut erkennbar nebeneinander gelegen hatten, sondern kreuz und quer durcheinander, waren einige Identifizierungen äußerst strittig. Zuletzt fand man aber immer einen Kompromiss.

Das Foto wurde immer schwärzer, die Tischdecke immer leerer. Für jede Spange, die ausgestrichen wurde, nahm Miriam auch das entsprechende Exemplar vom Tisch. Zuletzt blieben drei Spangen übrig, die sie nicht eindeutig zuordnen konnten. Auf dem Foto waren noch vier zu erkennen. Welche der Haarspangen auf dem Bild war die richtige? Mit der falschen würde sich das Tor nach Quassinja keinesfalls öffnen lassen.

Jessicas Finger tippte im Sekundentakt auf das Grübchen in ihrem Kinn, während sie angestrengt nachdachte. »Die!«, sagte sie unvermittelt mit fester Stimme.

»Warum gerade die und keine von den anderen dreien?«, wollte Miriam wissen.

»*Ich* hätte sie genommen«, erklärte Jessica überzeugt, »und Oliver handelt in solchen Dingen genauso wie ich. Außerdem liegt sie auf dem Foto gleich oben auf. Ich finde, sie springt mich förmlich an, wenn ich auf das Glas schaue. Oliver muss *diese* Spange genommen haben und keine andere.«

»Hoffentlich hast du Recht.«

»Das werden wir bald feststellen.«

»Wieso bald? Wir müssen so schnell wie möglich ins Museum und du musst ganz fest an diese Spange denken.«

»Du vergisst meinen Traum.«

»Welchen ...? Du meinst doch nicht den vom letzten Montagmorgen? Jessica, du warst ein Nervenbündel. Bestimmt hat dir dein Unterbewusstsein nur einen bösen Streich gespielt!«

»Und wenn nicht?« Jessica klang mit einem Mal sehr erregt, beinahe böse. »Wir würden Oliver zurückholen, noch bevor er Vater gefunden hätte. Dann wären wir praktisch so weit wie am Anfang, mit einer Ausnahme: Uns blieben nicht einmal zwei Wochen bis Jahresende.«

»Eben deshalb will ich ja, dass wir *sofort* etwas unternehmen.«

»Ich glaub sowieso nicht, dass uns das Foto von der richtigen Spange allein weiterhilft.« Jessica erschrak, weil sie selbst nicht recht wusste, warum sie das gerade behauptet hatte.

»Wie meinst du das?«

Entgeistert schaute Jessica ihre Freundin an. »Nun ... weil ... Überleg doch mal: Die Worte vom Schlussstein sagen, dass wir das verlorene Denken zurückbekommen müssen. Aber dabei handelt es sich bestimmt nicht nur um die äußere Form der Spange. Nur ›was im Herzen vergessen ist‹ geht nach Quassinja, demnach alles, dessen *wahres Wesen* verloren gegangen ist. Das heißt doch auch umgekehrt, dass dieses wahre Wesen wieder in unsere Erinnerung zurückkehren muss, damit das Verlorene wiedergewonnen werden kann.«

»Könnte es nicht sein, dass sich das ursprüngliche Wesen der Spange geändert hat? Wir verbinden doch viele Erinnerungen mit Gegenständen oder Bauwerken, die früher eine ganz andere Funktion hatten. Ungefähr so wie beim Brandenburger Tor: Ursprünglich war es ein Stadttor, dann ein Wahrzeichen für Touristen, ein Symbol des sowjetischen Sieges über Nazi-Deutschland, ein Mahnmal für das geteilte und schließlich ist es ein Denkmal für das wieder vereinte Deutschland geworden. Wenn Oliver die Spange benutzt hat, um mit ihr nach Quassinja zu gelangen, ist das vielleicht ihre neue, ihre wahre Bestimmung.«

Jessica schüttelte den Kopf. »Glaub ich nicht. Überleg doch mal: Die Haarspange half ihm nach Quassinja zu gelangen, weil ihre *ursprüngliche* Bedeutung verloren gegangen war. Und wenn man ›das verlorene Denken zurückbekommen‹ muss, dann ist damit doch sicher die Erinnerung an dieses *frühere* Wesen gemeint, nicht an irgendeine neue Funktion.«

»Ich muss zugeben, das klingt vernünftig. Und was schlägst du nun vor?«

Jessica bemerkte erst jetzt, wie unbequem sie an der Küchenbank lehnte. Sie beugte sich vor, fasste in ihren Rücken und zog ein Bündel Briefe hervor, mit dem sie demonstrativ vor Miriams Nase wedelte.

»Wir werden heute Abend«, verkündete sie schelmisch lächelnd, »die Liebesbriefe meines Vaters lesen.«

Auf der Heimfahrt in die Krausnickstraße nahm Miriam einen Umweg. Sie wollte wissen, was beim Museum los war. Wie sie erwartet hatte, wimmelte es geradezu von Polizei, Medienvertretern und Schaulustigen auf der Museumsinsel. Die einen wollten unbedingt den leeren Saal I des Pergamonmuseums sehen und die anderen suchten nach irgendwelchen Spuren, um ihn bald wieder füllen zu können. Vermutlich würden sie auch diesmal nichts finden. Xexano hinterließ keine Fingerabdrücke.

Gleichermaßen befriedigt – weil ihre Erwartungen sich erfüllt hatten –, wie auch beunruhigt – weil sie ahnte, dass es fast unmöglich sein würde, bei dieser Bewachung in das Museum einzudringen, um das Ischtar-Tor aufzusuchen – lenkte Miriam den Peugeot schließlich nach Hause.

Miriam hatte anfangs moralische Bedenken. Immerhin gebe es ja so etwas wie ein Briefgeheimnis und außerdem schicke es sich nicht, die innersten Gefühle eines Menschen so schamlos nach außen zu krempeln. Nachdem sie das losgeworden war, teilte sie die Briefe von Thomas Pollock in zwei gleiche Häufchen und nahm sich den zweiten Packen vor.

Jessica suchte irgendeinen Hinweis auf die fehlende Haarspange. Warum hatte Vater sie aufgehoben? Sie wusste, dass er nur wenige persönliche Gegenstände seiner verstorbenen Frau behalten hatte. Jedes Erinnerungsstück in der Truhe hatte seine eigene Geschichte. So musste es auch mit der Haarspange sein, die Oliver nun bei sich trug.

Der Nachmittag war grau und düster. Miriam hatte schon früh die Kerzen angezündet. Auf dem Stövchen stand heißer Tee. Insgesamt mussten sechzehn Briefe durchgearbeitet werden. Wenn Jessica hin und wieder von der Lektüre aufblickte, sah sie das ergriffene Gesicht Miriams. Manchmal glänzten ihre Augen feucht im Kerzenlicht.

Nachdem Jessica auch den letzten Brief zwar bewegt, aber ohne den gewünschten Erfolg gelesen hatte, ließ sie die Hände enttäuscht auf den Tisch sinken.

»Nichts«, war alles, was sie sagen konnte.

»Dein Vater ist ein sehr einfühlsamer Mann, wie mir scheint. Aber in meinem Stapel Briefe steht leider auch nichts über die Spange.«

»Ich hätte schwören können ...« Jessica stockte.

»Was ist?«

»Hast du die Briefe, die ich dir bei mir zu Hause gegeben habe, auch wirklich *alle* in deine Tasche gesteckt?«

»Natürlich.«

»Und hast du sie, als wir vorhin nach Hause kamen, auch wirklich alle wieder herausgenommen?«

»Jessi, was soll das?« Miriam stand mit ärgerlicher Miene auf und ging zu ihrem Schreibtisch. Über der Stuhllehne hing noch die Handtasche – die eher ein unförmiger Sack war. Sie kramte darin herum und brummte so etwas wie: »Als wenn ich nicht mal dazu in der Lage wäre ...« Dann hielt sie inne. Als ihre Hand wieder zum Vorschein kam, klemmte ein schon etwas zerknitterter Briefumschlag zwischen den Fingern. »Woher hast du das gewusst?«

Jessi grinste. »Noch nie was von Murphy gehört?«

»Von wem?«

»Na, kennst du Murphys Gesetze nicht? Das wichtigste lautet: ›Wenn es zwei oder mehr Möglichkeiten gibt, etwas zu tun, und wenn eine davon zu einer Katastrophe führt, dann wird sich irgendjemand für genau diese Möglichkeit entscheiden.‹ Seit Edward Murphy sein Gesetz formulierte, ist es noch durch verschiedene Varianten ergänzt worden, die vor allem unter Computerfreaks so etwas wie unumstößliche Naturgesetze geworden sind. Auf unseren Fall übertragen könnte seine Regel lauten: Wenn du irgendetwas in sechzehn Briefen suchst, wirst du es nicht finden, weil das, wonach du fahndest, im siebzehnten steht, von dem du bisher noch nichts wusstest.«

Miriam bedachte Jessica mit einem skeptischen Blick. Während sie zum Esstisch zurückging, schwenkte sie den Brief und sagte: »Wehe, wenn dein Murphy gelogen hat.«

Das tue er nie, versicherte Jessica. Und es stimmte. Im letzten

Brief, der beinahe in den unergründlichen Tiefen von Miriams Beutel verschollen gegangen wäre, berichtete Thomas Pollock von seinem ersten Rendezvous mit Maja.

»Das ist meine Mutter!«, verkündete Jessica nicht ohne Stolz.

»Ich habe schon acht Briefe an sie gelesen, Jessi!«

Thomas schrieb in seiner schwungvollen Handschrift, er freue sich schon sehr auf das Konzert im Friedrichstadtpalast, aber noch viel mehr darüber, dass Maja endlich seinem Drängen nachgegeben habe. Weil er ihre herrlichen roten Locken so bewundere, wolle er ihr die beiliegende Haarspange schenken. Sie könne ja, wenn sie wolle, diese Spange bei ihrer Verabredung tragen, aber sie müsse natürlich nicht.

»Dein Vater ist ein richtiger Romantiker«, seufzte Miriam, nachdem beide nebeneinander sitzend den Brief gelesen hatten.

»Und er hat uns den Schlüssel nach Quassinja geliefert!«

Miriam nickte bedächtig. »Richtig. Dies ist das wahre Wesen der Haarspange, die Oliver genommen hat: Sie stellt das Siegel des Bandes zwischen deinem Vater und deiner Mutter dar. Darauf gründeten sie später ihre Liebe und noch später ihre Ehe.«

»Komisch.« Jessica betrachtete die Vergrößerung mit den vielen durchgestrichenen Haarspangen. »Wenn man bedenkt, dass Oliver und ich vielleicht nicht existieren würden, wenn es dieses kleine Ding nicht gegeben hätte ... Jedenfalls haben wir jetzt alles, was wir brauchen.«

»Fragt sich nur noch, wie wir in das Museum kommen sollen.«

»Als ich vorhin all die Polizisten gesehen habe, ist mir ganz schlecht geworden. Da Hajduk dich geächtet hat, dürfte es ziemlich schwierig werden, an dieser grünen Schutzmacht vorbeizukommen.«

»Dann machen wir es eben wie Robin Hood.«

Jessica zog verwirrt die Stirn in Falten.

»Na, der hat sich doch auch nie von etwas zurückhalten lassen.«

»Sollen wir uns etwa in grüne Polizeiuniformen werfen und einfach unter das Volk mischen oder in schwarzen Strampelanzügen nachts über Mauern klettern?«

»So was in der Art, ja. Ich dachte allerdings eher an düstere Katakomben und rattenverseuchte Geheimgänge.«

»Danke, ich halte nichts von Abenteuerspielen.«

»Ich mache keine Witze, Jessi.«

Jessica sah verdutzt in das versteinerte Gesicht ihrer Freundin. Miriam meinte es wirklich ernst.

Das Ganze schien absurd. Es klang irgendwie ... *schief:* am 24. Dezember – die ganze Stadt feierte Heiligabend – in ein Museum einzubrechen. Jessica hielt es für keine gute Idee.

Aber es war die einzige Chance, die sie hatten. Miriams Erklärung konnte man nicht so einfach von der Hand weisen. Wenn am sogenannten Heiligen Abend die Bescherung losging, war es in der Stadt so still wie sonst selten. Alle Kinos hatten geschlossen, alle Theater, das Herz Berlins schlug in diesen Stunden wie in einer Art Tiefschlaf – es pochte noch, aber sehr, sehr langsam.

Selbst die Bewachung des Pergamonmuseums war auf das absolute Minimum reduziert worden. Man erwartete wohl, dass die geheimnisvollen Museumsdiebe wussten, was sich gehörte.

»Und wenn er nicht passt?«

»Jetzt hör schon auf, Jessi. Der Schlüssel *wird* passen. Es gibt überhaupt keinen Grund, warum er das nicht sollte.«

»Ist ein geklauter Pergamonaltar etwa kein Grund?«

Miriam seufzte. »Wenn ich eines über deutsches Beamtentum gelernt habe, Jessi, dann dies, dass es sich nicht von solchen Kleinigkeiten aus der Ruhe bringen lässt. Wie sagt ihr Deutschen doch? ›Die Mühlen der Behörden mahlen langsam.‹ Das Museum ist zwar keine Behörde, aber es hängt immer noch fest am Tropf des Staates. Das bleibt nicht ohne Folgen. Und jetzt komm.«

Es war ausgesprochen kalt geworden. Die Luft roch nach Schnee. Jessica und Miriam schlichen über die Monbijoubrücke. Auf der Museumsinsel bogen sie gleich nach links ab. Hinter einer kleinen Eisenpforte befand sich eine Steintreppe, die in die gemauerte Uferbefestigung eingelassen war. Miriam schob die quietschende Gittertür wieder hinter ihnen zu und schloss sie ab. Eine Weile lang standen die beiden Freundinnen im Schatten der Brücke und lauschten. Aber alles war still. Kein Polizist ließ sich in die Kälte hinauslocken.

An diesem Abend sah das Wasser der Spree besonders düster aus, fand Jessica. Als Miriam ihr die Geschichte von dem geheimnisvollen Schlüssel erzählt hatte, war ihr das Ganze wie ein Scherz der weniger guten Sorte vorgekommen. Es gebe da unterirdische Keller, Gänge, regelrechte Katakomben, die sich durch die Museumsinsel zögen wie Rattentunnel durch das Erdreich. Früher, noch bevor das Ischtar-Tor im neuen Vorderasiatischen Museum der Öffentlichkeit übergeben worden war, dienten die Keller des Bodemuseums gewissermaßen als Zwischenlager für die Kunstschätze des geplanten Neubaus. Miriam selbst hatte immer wieder in die unterirdischen Räume und Gänge hinabsteigen müssen, weil noch heute Teile des antiken Museumsinventars dort lagerten. Als vor wenigen Wochen eine sperrige Kiste direkt mit dem Schiff angeliefert worden war, musste sie die Ladung in Empfang nehmen. Sie griff sich den Schlüsselbund, den sie jetzt in Händen hielt. Sie hatte ihn einfach in die Tasche gesteckt und dann nachher versäumt ihn zurückzugeben. Erst landete er am heimischen Schlüsselbrett und da wurde er von Tag zu Tag aufs Neue vergessen.

»Ein Glück, dass er nicht in Quassinja gelandet ist«, sagte Miriam, grimmig lächelnd. Ein Ruck ging durch die verrostete Stahltür, die am Fuß der Steintreppe in die Ufermauer eingelassen war; dann öffnete sie sich mit einem Kreischen, das Jessica die Haare zu Berge stehen ließ.

Schnell schlüpften sie in das feuchte und muffig riechende Verlies. Miriam zog die Tür wieder zu. Im nächsten Augenblick ging ein Licht an. Die Glühlampe befand sich in einem länglichen Glasbehälter, der von einem Drahtgitter an der Decke gehalten wurde. Der gläserne Schirm war so schmutzig, dass er gerade nur ein gespenstisches Dämmerlicht abgab.

»Puh! Richtig unheimlich hier«, sagte Jessica.

»Keine Angst. Das alles hier ist nur alt und verrottet. Ich glaube aber nicht, dass uns eines der Museen gerade heute auf den Kopf fallen wird.«

»Hat dir schon mal jemand gesagt, dass du ab und zu richtig gemein sein kannst?«

»Ja, warum?«

»Ach, nur so.«

Die Decke des Ganges war mit bleichem Schimmel überzogen. Nach kurzer Zeit erreichten die beiden einen größeren Kellerraum. Nun befänden sie sich genau unter dem Bodemuseum, erklärte Miriam. Von dort aus ging es in südöstlicher Richtung weiter. Nach mehreren Kellern unterschiedlicher Größe gelangten sie in einen weiteren Gang. Er war mindestens drei Meter breit und fast genauso hoch. An der gewölbten Decke lief ein verrottetes Rohr entlang, das hin und wieder von Lampen unterbrochen wurde.

»Dieser Gang ist in den Zwanzigerjahren angelegt worden, als man das heutige Vorderasiatische Museum baute«, erläuterte Miriam wie eine Fremdenführerin. Jessica nahm es nur wie von Ferne wahr. Sie fühlte sich nicht wohl hier unten.

Als sie die Hälfte des langen Verbindungstunnels durchlaufen hatten, ertönte plötzlich ein dröhnendes Donnern. Jessica blieb abrupt stehen. Ihre geweiteten Augen verrieten Furcht.

»Keine Sorge«, beruhigte sie Miriam mit ihrem offenen Lächeln. »Das ist nur die S-Bahn. Die Eisenbahnbrücke geht hier mitten über die Insel.«

Unter dem Pergamonmuseum mündete der Gang in weitere Kellerräume. Überall standen Kisten herum. Es gab auch unverpackte Steinfiguren, Reliefs, beschriftete Tafeln, Teile eines zerlegten Metallstandbildes ...

»Das reicht ja noch mal für ein ganzes Museum«, staunte Jessica.

»Was du sagst, ist gar nicht so verkehrt. Die meisten Museen der Welt können immer nur einen Teil ihrer Schätze der Öffentlichkeit präsentieren. Andere Exponate schlummern in den Archiven, bis ein Gebäudekomplex eines Tages erweitert wird, oder sie werden nur anlässlich von Sonderausstellungen aus ihrem Dornröschenschlaf erweckt.«

Jessica schaute ihre Freundin entsetzt an. Ob Miriam wohl bemerkt hatte, was ihr da eben herausgerutscht war? Was, wenn in diesem Augenblick eine der Figuren zum Leben erwachte? »Diese Grüfte hier unten gefallen mir nicht«, flüsterte Jessica, gerade so, als wolle sie ja niemanden aufwecken. »Lass uns endlich wieder nach oben steigen.«

Nun bewegten sie sich nur noch im Licht der Taschenlampe weiter. Sie hofften, dass János Hajduk noch immer die elektronischen Überwachungseinrichtungen neutralisiert hatte, um nicht selbst bei seinen nächtlichen Raubzügen entlarvt zu werden. Aber sicher konnten sie sich nicht sein. Es war ohnehin kaum zu begreifen, wie er es schaffte, im Amt zu bleiben, wo doch schon mehr als die Hälfte der wertvollsten Ausstellungsstücke aus seinem Museum verschwunden waren. Nur durch den gezielten Diebstahl von Erinnerungen konnte ihm das gelungen sein, davon waren die beiden Freundinnen überzeugt.

Jessica hatte längst jede Orientierung verloren. Umso überraschter war sie, als Miriam sie in ein Treppenhaus führte, das direkt auf die babylonische Prozessionsstraße mündete.

»Wir sind hier auf Höhe der Königs- und Beamtenstelen aus Assur«, flüsterte sie.

»Und was bedeutet das?«

Wortlos richtete Miriam den Lichtkegel ihrer Taschenlampe in die Prozessionsstraße. Nun wusste auch Jessica, wo sie sich befanden: unmittelbar vor dem zentralen Oberlichtsaal mit dem Ischtar-Tor.

»Jetzt bist du an der Reihe«, flüsterte Miriam.

Jessicas Herz begann schneller zu schlagen. »Ich brauche Licht.« Miriam gab ihr die Taschenlampe. Jessica zog das Foto mit der Haarspange aus der Jacke hervor und richtete den Lichtstrahl direkt darauf.

Langsam ging sie dann auf die Prozessionsstraße hinaus. Zu ihrer Rechten ragte das Ischtar-Tor im Halbdunkel der Notbeleuchtung auf. Vor ihrem geistigen Auge erwachte eine Szene zum Leben, von der Miriam ihr einmal erzählt hatte. Vor zweieinhalb Jahrtausenden, anlässlich des Neujahrsfestes, waren zwischen diesen glasierten Ziegeln chaldäische Priester entlanggeschritten. Das Volk jubelte der Prozession zu. Auf Wagen, die möglicherweise wie Schiffe aussahen, fuhren die Götter einher. Sie waren aus Kisch, Borsippa und Kuta gekommen, um zusammen mit Marduk den Jahresbeginn zu feiern. Ihr Zug führte sie durch *Ischtar-sakipat-tebischa*, wie das blaue Ziegeltor genannt wurde. Dieser Name bedeutete: ›Ischtar wirft den nieder, der sich gegen sie erhebt‹, und während sich Jessica dem Tor näherte, hoffte sie inständig, dass der Fluch dieses Namens sich nicht an ihr erfüllen möge. Sie musste an Xexano denken. Ob er sie sehen konnte, wie sie hier durch die Straße schlich, der die Babylonier einst den Namen *aiburschabu* gegeben hatten: ›Nicht habe Bestand der heimliche Feind‹? Heimlich war es allemal, was sie zu tun beabsichtigte, aber für Jessica war Xexano der Feind.

Ungefähr drei Meter vor dem Tor blieb sie stehen. Die Spiegeltür stand heute offen, sodass man in den benachbarten Saal blicken konnte. Jessicas Herz trommelte wie das eines Kaninchens. Sie ließ den Lichtfinger der Taschenlampe über die Ziegel des Torbogens wandern. Alles sah ganz normal aus. Dann leuchtete sie auf das Foto. Da war die Spange. Jessica erinnerte sich an sie: golden, mit gelben und roten Halbedelsteinen besetzt und mit erhabenen Linien überzogen, die ihr nun wie geheimnisvolle Runen vorkamen. Doch nicht nur die äußere Erscheinung der Spange musste sie sich in den Sinn rufen, viel wichtiger war das wahre Wesen dieses Kleinods.

»Er möge das verlorene Denken zurückbekommen.« Am Samstag hatten sie endlich die virtuelle Antwort aus dem Internet erhalten und diese letzten Worte der Inschrift vom Schlussstein entschlüsselt. Die Zeit des Wartens, bis heute, bis Donnerstag, war eine echte Qual gewesen. Jeden Morgen das Erwachen in der Unsicherheit, ob es nicht bereits zu spät sein könnte oder ob man nicht doch noch ein paar Tage länger warten sollte. Aber die Zeit bis zum Jahresende war zu knapp, um sie sinnlos zu vergeuden. Und außerdem hatten sie wohl nur diesen einen Abend, an dem das Herz der Stadt einen Schlag aussetzte, um das verlorene Denken hier unter dem Tor wieder heraufzubeschwören.

Jessica hatte die Augen geschlossen. Sie stellte sich vor, wie wohl ihre Mutter zum ersten Mal die Haarspange in den Händen gehalten hatte; sie musste sich sehr darüber gefreut haben. Anschließend der Konzertbesuch, vielleicht ein gemeinsames Essen. Von diesem Tage an hatten Vater und Mutter sich immer besser kennen gelernt. Die Spange, so klein sie auch war, umschloss so viele wunderschöne Erinnerungen ...

Plötzlich öffnete Jessica die Augen. Sie hatte ein dröhnendes Donnern vernommen. Das Tor begann zu leuchten. Obwohl sie diese Verwandlung nun schon kannte, raubte sie ihr doch auch diesmal schier den Atem: die transparent schimmernden Ziegel, die umherhuschenden bunten Lichtpünktchen, der strahlende Wirbel unter dem Torbogen – dies alles war zu außergewöhnlich, um es so einfach in die Schublade mit der Aufschrift »Schon gesehen« zu werfen.

Dann verschwanden die Schatten des Nachbarsaales und Jessica erblickte einen düsteren Raum, der an eine Felsengrotte erinnerte. Ein einsames Licht leuchtete darin, gerade hell genug, um die Schemen dreier Männer erkennen zu lassen. Mit aufgerissenen Augen sah Jessica, wie sich einer der drei in Bewegung setzte. Der Mann kam direkt auf sie zu. Er trug einen offenen Mantel. Wie Oliver sah er auf keinen Fall aus. Wo war sie da hineingeraten? Wen hatte sie gerufen ...?

In diesem Moment konnte Jessica noch zwei weitere Gestalten ausmachen. Genauso wie das Spiegelbild einer Person in einer Glasscheibe schienen auch diese beiden auf merkwürdige Weise substanzlos. Erstaunt stellte Jessica fest, dass eines dieser Phantome ihr Bruder war, während das andere – ein Schrecken fuhr ihr durch die Glieder – sich als ein haariger Hüne mit einem einzigen Auge mitten auf der Stirn entpuppte.

Jessica blickte wieder zu dem Mann hin, der ihr nun schon ganz nahe war. Jetzt hatte das Licht des Ischtar-Tores sein Gesicht erfasst ...

»Vater!« Zu mehr als einem Hauchen war sie nicht in der Lage.

Auch er hatte sie wohl erkannt, doch seine unsichere Miene verriet, dass ihn irgendetwas zurückhielt. In einem fernen Winkel ihres Bewusstseins registrierte Jessica, dass Miriam neben ihr erschienen war. Für einen Augenblick drehte sie den Kopf zu ihr hin, sah, wie sehr sie diese Szene fesselte. Dann musste auch Jessica sich wieder zu ihrem Vater hinwenden.

Sein Gesichtsausdruck hatte sich mit dem Erscheinen Miriams verändert. An die Stelle der Unsicherheit war ein schmerzvolles Erkennen getreten, als würde er noch einmal ein furchtbares Ereignis durchleben. Er kam näher, streckte die Arme aus. Doch dann verwandelte sich seine Miene abermals. Plötzlich stand nur noch Zorn darin.

Die Erinnerungen an Mutters Haarspange stellten nur ein flüchtiges Gebilde in Jessicas Geist dar, waren gerade so zart wie Spinnweben. Angesichts der wutentbrannten Miene ihres Vaters wurden sie nun jäh zerrissen. Doch Thomas Pollock hatte das glitzernde Tor schon durchschritten, nicht um seiner Tochter an die Gurgel zu gehen, wie man aus seinem Gesichtsausdruck hätte schließen können, sondern um mit großen Schritten an Jessica und Miriam vorbeizueilen.

Verblüfft schauten die beiden ihm hinterher. Erst jetzt bemerkten sie, dass sie vor dem Ischtar-Tor nicht allein gewesen waren. János Hajduk stand hinter ihnen – vielleicht war er auch gerade erst gekommen, hatte aber nicht mehr verhindern können, was durch Jessicas Erinnerungen an die goldene Haarspange schon begonnen worden war.

Thomas rannte mit geballten Fäusten auf den Museumsdirektor zu. Der erkannte sofort, dass er bei einer handgreiflichen Auseinandersetzung mit diesem wutschnaubenden Mann nur den Kürzeren ziehen konnte. Deshalb wich er hinkend nach rechts aus. Gleichzeitig rief Hajduk ein Wort, das Jessica nicht verstand. Das Ischtar-Tor warf noch immer sein unruhiges Licht in den Saal.

Plötzlich tauchte aus den Schatten der Prozessionsstraße ein grünes Etwas auf, in dessen metallisch schimmerndem Körper sich die bunten Lichter des Tores vielfach brachen.

»Vater, pass auf, der Skarabäus!«, schrie Jessica gerade noch rechtzeitig, denn der grüne Käfer wäre sonst direkt mit Thomas' Kopf kollidiert. So konnte er sich geistesgegenwärtig ducken und der Pillendreher schwirrte über ihn hinweg. Thomas nahm die Verfolgung des Professors wieder auf. Hajduk hatte sich inzwischen auf das Tor zubewegt.

»Er will nach Quassinja fliehen!«, rief Miriam. Jessica setzte dem Skarabäus nach, der – mit seinen kräftigen Zangen schnappend – immer wieder versuchte zwischen ihren Vater und Hajduk zu gelangen. Sie hatte die Jacke ausgezogen und schlug unentwegt nach dem bissigen Käfer.

Gerade als János Hajduk in den Lichtwirbel des Tores springen wollte, brach dieser lautlos in sich zusammen. Hajduk schwebte schon in der Luft, doch als er wieder landete, war er nur von Babylon nach Milet gehüpft – eine vergleichsweise geringe Distanz, wenn man sich die Kluft zwischen Quassinja und der Erde bewusst machte.

Im Saal III für römische Baukunst wurde die Jagd fortgesetzt. Hajduk humpelte erstaunlich schnell nach links in Richtung auf die große Eingangshalle zu, die vor kurzem noch den Pergamonaltar beherbergt hatte. Als Thomas Pollock – immer wieder den Angriffen des Käfers ausweichend – den Flüchtenden schon beinahe eingeholt hatte, stolperte er und Hajduk konnte sich mit knapper Not seinem Zugriff entziehen. Da Jessica und Miriam – nun gemeinsam den Skarabäus bekämpfend – sofort nachsetzten, musste der Direktor den Plan aufgeben, durch das Foyer zu fliehen. Bestimmt wäre er dort auf Polizisten gestoßen und hätte behauptet, seine drei Verfolger wären die berüchtigten Museumsdiebe. So aber musste er die Pergamonhalle der Länge nach durchqueren, um sich in den benachbarten Ausstellungsraum zu flüchten. Nun wurde der Saal II, der der hellenistischen Baukunst gewidmet war, zum Schauplatz der sonderbaren Hatz.

Thomas stand längst wieder auf den Füßen, aber der durch die Luft schwirrende Skarabäus war trotz seiner Größe so wendig, dass er ständig den peitschenden Jacken von Jessica und Miriam ausweichen und außerdem noch seinen Herrn schützen konnte. Hajduk entschwand nach links in die Archaik.

Die Meute folgte. Die Jagd hatte sich nun auf einen Flügel des Museums verlagert, der aus mehreren vergleichsweise kleinen Räumen bestand, die sich hintereinander reihten wie die Waggons eines Eisenbahnzuges. Hajduk humpelte gerade in das Abteil für klassisch-griechische Originale. Verschiedene Skulpturen, manchmal auch nur Büsten oder Köpfe, wurden hier ausgestellt.

Wieder einmal schnappte der Skarabäus nach Thomas' Gesicht, sodass dieser sich durch eine schnelle Drehung des Oberkörpers retten musste. Dabei verlor er erneut das Gleichgewicht und schlitterte über den Boden. Jessicas Jacke wirbelte durch die Luft. Geschickt wich der Käfer ihr aus, aber diesmal nicht geschickt genug: Er flog mitten durch eine Glasvitrine hindurch. Laut klirrend verteilten sich die Scherben über den Boden. Jessica sah erschrocken auf den zertrümmerten Schaukasten. Kein Alarm schrillte los. Hajduk der Dieb hatte vorgesorgt. Dann bemerkte sie den Frauenkopf.

Ohne lange zu zögern, griff sie in die Auslage und nahm den pampelmusengroßen Alabasterkopf heraus. »Miriam, treib das Ding in die Ecke da!«, schrie sie ihrer Freundin zu.

Die Irin verstand sofort, was Jessica vorhatte. Ihre Jacke wirbelte wie ein Ventilator, während sie sich dem bösartig brummenden Käfer näherte. Noch einmal wog Jessica das Gewicht des Kopfes in ihrer Hand. Sie war sportlich und hatte Ballgefühl. Sie holte weit aus, zielte genau und schleuderte die kostbare Antiquität mit ganzer Kraft von sich weg. Wie in Zeitlupe sah sie den Kopf durch die Luft schweben: Er drehte sich zwei-, dreimal um die eigene Achse und traf dann krachend auf den Skarabäus. Das schillernde Steinwesen explodierte regelrecht. Grüne und weiße Splitter und Scherben flogen durch die Luft. Zum Glück hatten sich Miriam, Jessica und ihr Vater geistesgegenwärtig abgewandt, so konnten die Bruchstücke, die sie trafen, keine Verletzungen verursachen.

Als das Prasseln der herabfallenden Trümmer abgeklungen war, blickte Thomas besorgt zu Jessica hinüber.

»Ist dir auch nichts passiert?«

»Keine Sorge, Papa, mir geht's gut.«

Thomas lächelte erleichtert und bemerkte lapidar: »Ich hoffe, das wird keine neue Marotte von dir. Du hast eben eines der kostbarsten Stücke unserer klassisch-griechischen Sammlung in Staub verwandelt. Es hatte zweitausend Jahre überdauert – bis es dich traf.«

»Ich würde eher sagen, es hat den Skarabäus getroffen. Ich wette, der war auch ziemlich alt.«

»János Hajduk können wir wohl abschreiben«, meldete sich Miriam zu Wort. Sie blickte zur Tür, durch die der Museumsdirektor entkommen war.

Thomas Pollock starrte nun völlig entgeistert auf die junge Frau. Die Jagd nach Doppelgesicht, diesem verhassten Denunzianten, hatte seine ganze Aufmerksamkeit beansprucht. Doch jetzt kehrte die Erinnerung zurück, die ihn eben schon im Kerker unter Xexanos Turm so schmerzlich durchflutet hatte. Tränen bahnten sich ihren Weg. Das konnte doch nicht sein! War auch dies nur ein grausamer Streich, den ihm der goldene Herrscher spielte? Die Figur, das Gesicht, die *roten Locken* – er konnte seine Augen einfach nicht von Jessicas Begleiterin nehmen. Genau wie meine Maja, dachte er. Genau wie ihre tote Mutter.

12. KAPITEL

GEFANGENE IN EWIGER NACHT

*Die größte Sinnestäuschung besteht darin,
an etwas zu glauben,
weil man wünscht, es sei so.*

Louis Pasteur

Das bedrohliche Grunzen des Zyklopen löste das Band der Starre, das alle noch gefangen hielt. Brontes Verstand war wohl nicht groß genug, als dass darin viel Nachdenklichkeit oder Staunen Platz gehabt hätten. Für Oliver und seine Gefährten galt dies dagegen nicht. Sie konnten nur allmählich den Eindruck der Ereignisse abschütteln, die sich da vor ihren Augen abgespielt hatten.

Ein schmerzhafter Stoß in den Rücken trieb Oliver die Luft aus den Lungen. Er stolperte vorwärts und wäre beinahe mit dem Gesicht gegen die Gitterstäbe geschlagen. Brontes zeigte wenig Feingefühl, wenn er einen Gefangenen zu etwas aufforderte.

Als der Zyklop die Kerkertür hinter Oliver zugeschlossen hatte, stampfte er eilig davon.

»Warum ist dein Vater durch das Tor gegangen?«, fragte Kofer verwundert. »Ich dachte, *du* hättest den Schlüssel bei dir.«

Olivers Hand legte sich wie von selbst auf die Hosentasche.

Jetzt fühlte er dort nur noch einen kleinen runden Stein. »Ich habe meinem Vater die Haarspange in die Manteltasche gesteckt.«

»Die Haarspange?«, fragte Reven.

Oliver nickte. »Ein besonderer Gegenstand, der meiner Mutter einmal sehr viel bedeutete.«

»Dann kann ich gut verstehen, dass er dich hierher gebracht hat.«

»Habt ihr auch diesen flüchtigen Schemen des Einhorns gesehen?« Oliver erinnerte sich mit Schaudern. Vielleicht hatte das Biest mit dem spitzen Horn seinen Vater an der Heimkehr zur Erde hindern wollen.

Jetzt nickte auch Reven, er war ziemlich nachdenklich geworden. »Der Wechsel zwischen den Welten ist mit vielen Geheimnissen verbunden. Ich kann mir auch nicht genau erklären, welche Rolle das Einhorn dabei spielt.« Der Weißhaarige sog unvermittelt die Luft ein, als wäre ihm ein schlimmer Gedanke gekommen. »Oliver ... der Zettel! Hast du deinem Vater auch den Zettel in die Manteltasche gesteckt?«

»Ja, warum fragst du?«

Reven schien erleichtert. »Ach, es ist nur so eine Vermutung. Ich will dich nicht beunruhigen, nicht, nachdem du selbst daran gedacht hast.«

»Ich war mir unsicher, aber irgendwie glaubte ich von vornherein, dass es besser wäre, alles aufzuschreiben, was meiner Schwester nützlich sein könnte.« Oliver rieb sich grübelnd das Kinn. »Schade nur, dass wir den wahren Namen Xexanos immer noch nicht kennen.«

»Was habt ihr beiden überhaupt so lange da oben gemacht?«

»Wir haben ein ›Wunschkonzert‹ veranstaltet.«

Reven hob fragend eine Augenbraue.

Oliver erklärte den Freunden, was in der Thronhalle Xexanos geschehen war. Er berichtete von der Windharfe und von Xexanos übermächtigem Wunsch, dieses Instrument zu beherrschen. Leider, so gab Oliver zu, habe er die Tücke des goldenen Herrschers unterschätzt. Er hatte gehofft, dessen wahren Namen zu erfahren, aber Xexano habe ihn betrogen.

»Sei nicht verzweifelt«, munterte Reven Oliver auf. »Dein Vater scheint mir ein sehr kluger Mann zu sein. Bestimmt wird er nach seiner Rückkehr zur Erde sofort alle Hebel in Bewegung setzen, um uns zu helfen.«

»Meinst du wirklich, es wird gelingen, Xexanos Geheimnis zu lüften?«

»Dein Vater verfügt nun über mehr Wissen, als dem goldenen Herrscher lieb sein kann. Wie du weißt, musste Xexano – genauer gesagt Nimrod – einst eine Spur legen, die deutlich genug war, damit er in deiner Zeit zum Leben erweckt werden konnte. In diesem Plan liegt aber gleichzeitig die größte Gefahr für ihn. Sein Wirken und damit sein Wesen sind noch immer in der Erinnerung der Menschen vorhanden, aber versteckt unter vielen Namen und irreführenden Gedankentrümmern. Als sich die Menschen nach der Sprachverwirrung über die Erde verstreuten, nahmen sie das Wissen um Nimrods Wesen mit sich. Es lebte in den verschiedensten Überlieferungen fort, auch in babylonischen Göttern wie Tammuz und Marduk. Aufgrund meiner Studien kann ich sagen, dass es ein paarmal im Laufe der Geschichte fast gelungen wäre, das Geheimnis Nimrods zu lüften. Alexander der Große war ihm dicht auf den Fersen. Er wollte die Herrschaft über die Welt, wie auch Nimrod. Es ist allgemein bekannt, dass er die Anbetung der babylonischen Götter förderte und sogar den großen Turm zu Häupten des Ischtar-Tores wieder aufbauen wollte. Vielleicht besaß Alexander einfach zu viel Ehrgeiz und wäre dadurch möglicherweise kein Helfer, sondern zum Konkurrenten für Nimrod geworden. Jedenfalls starb er plötzlich in Babylon und das Geheimnis der goldenen Statue versank aufs Neue.«

»Hat es noch mehr solche Beinahe-Entdeckungen gegeben?«

»Vor Alexander eroberte Xerxes die Stadt. Er entführte eine der drei goldenen Statuen, die Nimrod einst erschaffen hatte, und ließ das Gerücht verbreiten, er habe das Bildnis des Marduk zerstört. In Wirklichkeit wollte er es für sich gewinnen, um in den Besitz der unumschränkten Macht zu gelangen. Aber auch er scheiterte. Vielleicht war es eine Auswirkung des Fluches, den Nimrod auf seine

Statue gelegt hatte, dass Xerxes' Machtstreben im Krieg mit Griechenland einen gehörigen Dämpfer erhielt. Schließlich war es Alexander der Große, der Darius III. bei Issos bezwang und damit der persischen Großmacht den Todesstoß versetzte.«

»Hat er den Persern die goldene Statue wieder abgenommen?«

»Das weiß wohl nur Xexano selbst. Wie gesagt, viele Geheimnisse ranken sich um seinen Weg durch die Zeit. Ich habe auch erfahren, dass ihm noch ein Mann besonders nahe kam. Es handelte sich hierbei um den chinesischen Kaiser Qin Shihuang ...«

»Doch nicht etwa der mit den Terrakotta-Kriegern?«

»Ebenderselbe. Qin Shihuang wollte in alle Ewigkeit herrschen. Kommt dir das nicht bekannt vor, Oliver?«

»Genauso wie unser Goldjunge.«

»So ist es. Aber selbst er muss für Nimrod ungeeignet gewesen sein. Immerhin nahm er sich Qin Shihuangs Terrakotta-Armee. Sie sind vielleicht nicht Xexanos furchtbarste, aber doch zumindest seine treuesten Diener ...«

Reven hielt abrupt inne.

Oliver und Eleukides sahen ihn fragend an. »Was ...?«

»Still! Hab ihr das gehört?«

»Da ist eine Ratte auf dem Boden«, piepste Tupf, der aus Olivers Brusttasche lugte.

»Ach so.« Oliver atmete erleichtert auf. »Ich dachte schon ...«

»Nicht ...«, unterbrach ihn Reven erneut.

In diesem Moment spürte Oliver auch schon den kalten Luftzug, der verriet, was Reven längst geahnt hatte. Es musste wohl an dem kleinen Körper des Sammlers gelegen haben, vielleicht auch an seinem regungslosen Verharren, dass Oliver der eisige Hauch entgangen war.

Nun, da ihm die Rattenmaske nicht länger nützte, wählte der Sammler seine Lieblingsgestalt. Innerhalb weniger Augenblicke blähte sich der kleine schwarze Körper zu einem ekelhaften Klumpen auf. Am Ende der Verwandlung stand der Schrecken erregende Pazuzu.

»Euer Schöpfer hat Euch jämmerliche Manieren beigebracht«,

begrüßte Reven das vierfach geflügelte Wesen. In seiner Stimme schwang unverkennbar Zorn, weil der Sammler ihr Gespräch belauscht hatte.

»Das, was du Manieren nennst, ist nur ein weiteres Eingeständnis eurer Schwachheit«, erwiderte der Sammler. »Xexano hat mich geschickt, um euch zu fragen, wie ihr das Tor für seinen Lieblingsgefangenen öffnen konntet.« Er wandte sich Oliver zu und grinste schauerlich. »Immerhin verdankt mein Herr deinem Vater seine Wiederkehr.«

»Und?«, versetzte Reven, scheinbar ohne jede Furcht. »Habt Ihr erfahren, was Ihr wissen wolltet?«

»Dein kleiner dicker Freund sagte vorhin, wie schade es doch sei, dass ihr den wahren Namen Xexanos immer noch nicht kennt. Das ist mehr, als ich zu hören hoffte – jedenfalls ohne meinen Dorn einzusetzen.« Der Sammler untermalte seine Bemerkung mit einem lauernden Schwenken seines Skorpionschwanzes.

»Wie schön, dass wir Euch zufrieden stellen konnten«, knurrte Reven.

»Nicht wahr? Ihr habt euch viele Qualen erspart. Ich bin übrigens beeindruckt von deinem Wissen, Reven Niaga. Schade, dass es dir nichts mehr nützen wird.« Das entsetzliche Wesen drehte sich noch einmal zu Oliver. »Mein Herr lässt dir übrigens ausrichten, dass er über euer Windharfengeschäft nachgedacht hat. Die Flucht deines Vaters hat ihm die Entscheidung wesentlich erleichtert. Du und deine Freunde dürft alle seine Mühle einweihen. Sobald das Jahr sich wendet und er euch nicht mehr braucht, werdet ihr zu Staub zermahlen und in das Meer der Vergessenen geschüttet.«

»Bist du sicher, dass er nicht wieder hier irgendwo hockt und uns belauscht?«

Eleukides sah Oliver mit unbewegter Miene an. »Vielleicht als Kellerassel. Das würde famos zu seinem Naturell passen.«

»Ich verstehe gar nicht, dass du das alles so gelassen hinnimmst.«

»Gelassenheit ist der Quell, aus dem die Weisen trinken.«
Reven sah Eleukides fragend an. »Zenon von Kition?«
Der Philosoph lächelte bescheiden. »Falsch. Eleukides.«
»Und warum, wenn ich mich Oliver anschließen darf, nimmst du unsere Lage mit so stoischer Ruhe hin?«
»Weil ich glaube, dass Xexano sich überschätzt. Seine Macht ist gewachsen, das stimmt. Aber er begeht einen Fehler, der den meisten Tyrannen unterlaufen ist: Er hält sich für unbesiegbar. Sein Wunschtraum ist es, über zwei Welten zu herrschen, und deshalb glaubt er, dass ihn niemand davon abhalten kann.«
»Du meinst, er sieht so eine Art Fata Morgana vor sich?«, fragte Oliver.
Eleukides nickte. »Es könnte sich für ihn wirklich als eine tragische Sinnestäuschung erweisen.«
»Ich wünschte, ich hätte deinen Optimismus. Ich hoffe zwar auch, dass das besondere Band, das Jessica und mich verbindet, uns bei der Befreiung aus unserer misslichen Lage helfen wird, aber deshalb fühle ich mich trotzdem ziemlich mies.«
»Ist dies der Grund, warum du deinem Vater die Haarspange in die Tasche stecktest?«
Oliver nickte.
»Ich verstehe. Vielleicht müssen wir genau an diesem Punkt ansetzen.«
Oliver sah den Philosophen verwundert an.
»Eleukides hat Recht«, sagte Reven Niaga. Auch er klang nun wieder zuversichtlicher. »Ich habe nicht hunderte von Jahren in der Bibliothek nach einem Mittel gegen Xexano geforscht, um jetzt so einfach alles hinzuwerfen. Einmal habe ich diesem Machtbesessenen nachgegeben, aber jetzt kann er mich nicht mehr täuschen – niemals wieder!«
»Wir haben immer noch Nippy und Pegasus«, schlug Oliver vor. »Vielleicht können die beiden den Aufstand gegen Xexano in Gang bringen.«
»Das allein wird nicht reichen, Oliver.« Eleukides zwirbelte seinen weißen Bart. »Reven hat einmal gesagt, er wisse bestimmt, wie

der wahre Name Xexanos lautet, er könne nur nicht sagen, welcher von den vielen, die er kennt, der richtige ist.«

Reven begann in der Zelle hin und her zu laufen. »Dein Ansatz ist gut, Eleukides. Wir müssen noch einmal alles durchgehen. Oliver, wiederhole bitte, was *genau* du mit Xexano besprochen hast. Es kommt auf jedes Wort an. Versuche dich an alle Einzelheiten zu erinnern.«

Oliver begann ganz von vorn. Es lag in der Natur Quassinjas, dass es ihm nicht schwer fiel, sich den genauen Hergang der Unterhaltung mit Xexano ins Gedächtnis zurückzurufen. Als er bei dem merkwürdigen Rätsel des goldenen Herrschers angelangt war, unterbrach ihn Reven.

»Warte bitte einen Augenblick, Oliver. Hat er es wirklich so formuliert: ›Jeder will meinen Namen tragen, doch *ich,* ich trete ihn mit Füßen‹?«

Oliver nickte. »Genau so.«

Reven hob die Hand in einer Geste, die um absolute Ruhe bat. Er ging nun schneller im Kerker auf und ab. Sein Arm vollführte regelmäßige Bewegungen, als würde er mit der Faust auf einen unsichtbaren Tisch schlagen wollen. Plötzlich blieb er stehen, wirbelte zu Oliver und Eleukides herum, die ihn verdutzt anblickten, und rief: »Ich hab's!«

Als seine beiden Freunde nichts erwiderten, ihn nicht einmal fragten, auf was er denn gekommen sei, sondern ihn nur sprachlos ansahen, fügte er hinzu: »Xexano tritt seinen Namen mit Füßen, *weil er darauf steht!*«

Jetzt ging auch Oliver ein Licht auf, ein ziemlich helles sogar. »Natürlich! Du hast uns ja selbst erzählt, dass Nimrod an der Sockelunterseite der drei Statuen den prahlerischen Titel ›König der Welt‹ einmeißeln ließ. Ich kann es noch gar nicht glauben, dass ich nicht selbst darauf gekommen bin.«

»Du hast Xexanos Rätsel nur für ein Wortspiel gehalten«, sagte Eleukides nickend.

»Bleibt nur eine Schwierigkeit«, merkte Reven mit ernster Miene an.

»Wieso? Ist denn jetzt nicht alles klar?«

»Nein, Oliver. Sicher erinnerst du dich auch noch, dass ich dir von der Sprachverwirrung erzählt habe. Ich kann nicht sagen, wie die ursprünglichen Worte lauteten, die Nimrod unter seinen Standbildern anbringen ließ. Möglicherweise wurden sie später, als ich schon längst im Kerker saß, sogar noch einmal in eine andere Sprache übersetzt. Das alles bleibt weiterhin unklar.«

Oliver machte große Augen, sein Mund stand offen. »Dann sind wir also immer noch nicht weiter?«

»Doch. Ein großes Stück sogar. Du hast mir doch erzählt, dass dein Vater die Figur schon kannte, als sie auf der Erde noch eine leblose goldene Statuette war.«

»Das ist richtig.«

»Dann wird er auch wissen, welche Zeichen *heute* unter den Füßen Xexanos stehen.«

»Natürlich! Ich erinnere mich noch genau. Er schrieb, dass die Keilschriftzeichen so etwas wie ›König der vier Weltgegenden‹ bedeuteten.«

»Was ja nichts anderes als ›König der Welt‹ heißt«, fügte Reven hinzu. »Hast du auch die Zeichen gesehen, die diesen Namen bilden?«

Oliver schüttelte enttäuscht den Kopf. »Nein, ich habe nur die Übersetzung in seinem Tagebuch gelesen.«

»Na, macht nichts. Ich denke, wir kommen auch so ans Ziel.«

»Und wie wollen wir das schaffen?«

»Erzähl mir noch einmal, was Xexano über das Zwielichtfeld in seinem Thronsaal gesagt hat.«

»Er meinte, dass ihm alles zuwider sei, was sich seinem Willen widersetze. Neben der Windharfe, meinem Vater und mir selbst nannte er auch das Bild an der Wand. Er hätte sich sehnlichst gewünscht, dass ich ihm das Gemälde sozusagen auslieferte, aber meine Traumgabe erlaubte mir nur, die Harfe zu spielen.«

»Was auch völlig ausreichend war.« Reven nickte zufrieden. »Er hat es also noch immer nicht geschafft.«

Oliver runzelte unwillig die Stirn. »Könntest du bitte etwas deutlicher werden? Nach allem, was ich heute durchgemacht habe, brummt mir fürchterlich der Schädel.«

»Das Bild, das du schon aus dem Museum kennst, ist genauso alt wie die Steintafeln, die ich damals in der Höhle fand. Es steckte sozusagen in den Tafeln drin. Als Nimrod das Tor nach Quassinja öffnete, beging er ein Sakrileg, ein schändliches Verbrechen. Er verging sich an der Natur. Erinnerungen wechselten vorher von allein nach Quassinja, aber niemals sollte einer die Gesetze, die das Vergessen und Erinnern lenken, auf so niederträchtige Weise für seine eigenen Zwecke missbrauchen. Unfreiwillig erschuf Nimrod auch das Bild, als er seine ›Gottespforte‹ zum ersten Mal durchschritt. Es ist, wenn du so willst, ein künstliches Zwielichtfeld.«

»Ich fürchte, das ist mir immer noch zu hoch.«

»In dem Bild, Oliver, berühren sich beide Welten.«

»Stimmt, das hast du mir damals in der Bibliothek schon einmal erklärt. Ich sagte, dass niemand auf der Erde davon eine Ahnung hätte, was dieses Gemälde wirklich sei, und du hast darauf geantwortet, dass sich das ja noch ändern könne.«

Reven nickte. »Dieses Bild könnte sich für uns noch als sehr nützlich erweisen. Man kann es von der Erde und von Quassinja aus sehen und das Beste ist: Xexano ist nicht imstande dagegen etwas zu unternehmen, solange er nicht die Macht über *alle* Erinnerungen besitzt. Vergessenes und Erinnertes der ganzen Menschheit sind darin festgehalten – deshalb sieht auch jeder Mensch das Bild ein wenig anders.«

»Das ist mir nie aufgefallen.«

»Kein Wunder. Du bist ja auch nur *ein* Individuum. Für dich hat es immer gleich ausgesehen, und wenn du jemand anderem – sagen wir, deiner Schwester – von dem Bild erzählen würdest, wären die Unterschiede zwischen den jeweiligen Auffassungen wahrscheinlich so gering, dass ihr von haargenau demselben Gemälde zu sprechen glaubtet.«

»Aber wenn sich in dem Bild beide Welten berühren, könnte man es dann nicht nutzen, um damit eine Botschaft zu übermitteln?«

Reven lächelte zufrieden. »Genau das wollte ich dir klarmachen, Oliver.«

»Ich bin wohl ziemlich schwer von Begriff, was?«

»Überhaupt nicht. Und wie mir scheint, bist du gerade der Richtige für diese Aufgabe.«

»Wie das denn?«

»Nun, wir können nicht einfach in großen schwarzen Buchstaben quer über die Wand schreiben: ›Jessica, suche Xexanos Namen unter seinem Sockel.‹ Das würde auffallen.«

Eleukides nickte. »Revens Idee ist famos!«

»Ach.«

»Du bist ein Künstler, Oliver! Ich habe es gesehen, als du auf der *Hendrikshuis* die Bilder von den Seeleuten angefertigt hast. Du könntest den Stil des Gemäldes so genau nachahmen, dass einem flüchtigen Betrachter eine Veränderung gar nicht auffällt. Gleichzeitig kann sich niemand so gut in den Kopf deiner Zwillingsschwester versetzen wie du. Wenn überhaupt jemand voraussagen kann, wo sie in dem riesigen Bild nach einer Botschaft von dir suchen würde, dann bist du das, Oliver.«

»Fragt sich nur, wie ich mit Leiter, Pinsel und Palette in den Thronsaal kommen soll, ohne dass es Xexano oder seine Steingutaufpasser merken.«

Eleukides lächelte mild. »Ihr jungen Leute seid immer so ungeduldig. Wir haben noch eine Woche, Oliver! Eine ganze Woche, um aus dir einen unsichtbaren Maler zu machen.«

In der ewigen Nacht des Kerkers schien die Zeit zu zerfließen, jede Richtung und Gestalt völlig aufzugeben. Ohne seine Armbanduhr hätte Oliver längst jedes Zeitgefühl verloren. Hin und wieder zeichnete er eine Windharfe an die Kerkerwand – er hatte in einem dunklen Winkel des Verlieses einen Stein gefunden, der sich leidlich als Kreideersatz eignete. Jeden Morgen malte er auch einen senkrechten Strich an den Fels, eine Skala, die anzeigte, wie ihm der Mut sank.

Oft dachte er an Pegasus und Nippy. Solange die kleine gläserne

Vogeldame bei ihm gewesen war, hatte sie immer seine Hoffnung bestärkt; darin bestand ja das wahre Wesen Nippys, wie er erst jetzt ganz begriff. Und der weiße Hengst schien ihn verstanden zu haben wie kaum ein anderer. In Nargon, inmitten des Tumults der lärmenden Massen, hatte Pegasus ihn angesehen, als wäre Oliver das einzige Lebewesen an diesem Ort. Er hatte gefühlt, dass sie zusammengehörten.

Nun waren beide nicht mehr da. Sie hatten sich auf den Weg gemacht, Amnesia gegen den eigenen Herrscher aufzuwiegeln. Ob sie vielleicht schon gefangen waren und in einem Verlies wie diesem hier ihrem furchtbaren Ende entgegensahen?

Der Zyklop Brontes ließ sich nur sehen, wenn er abends den Kerkerfraß servierte. Zu Unterhaltungen war er nicht willens – oder einfach nicht fähig. Jedenfalls fand Reven keinen Anhaltspunkt, auf dem man einen Fluchtplan hätte aufbauen können. Selbst der in strategischen Fragen sonst immer so beschlagene Kofer wusste keinen Rat.

Der Mantel hatte zwar vorgeschlagen, dass Oliver einen nächsten Ausflug in den Thronsaal zum Entkommen nutzen sollte, aber Xexano war nicht daran interessiert, seinen »Ehrengast« noch einmal zu empfangen. Weder eine vorgetäuschte Krankheit noch die in Aussicht gestellte Offenlegung geheimen Wissens konnten den goldenen Herrscher zu einer Audienz bewegen. Der Grund hierfür wurde deutlich, als nach fünf Tagen der Sammler im Kerker erschien.

Olivers Uhr zeigte als Datum Dienstag, den 29. Dezember. Der Sammler machte sich diesmal nicht die Mühe, die Gefangenen zu belauschen. Auf seinen Adlerklauen spazierte er seelenruhig vor die Gittertür und erzählte den Eingesperrten, wie prächtig sich alles auf der Erde entwickle. Xexano entführe täglich mehr, größere und wichtigere Erinnerungen, verkündete er hämisch. Seine Macht sei schon jetzt nicht mehr zu bezwingen. Als der Sammler endlich wieder ging, hinterließ er bei Oliver eine tiefe Niedergeschlagenheit.

»Warum hat er uns das alles erzählt?«, fragte er.

»Weil er uns quälen will«, knirschte Reven. »Nichts bereitet ihm größere Freude, als andere Geschöpfe zu quälen.«

»Was sollen wir nur tun? Wenn es uns nicht gelingt, Xexanos Macht zu brechen, dann wird es auf der Erde bald überhaupt keine Erinnerungen mehr geben. Was nicht nach Quassinja verschwindet, wird einer Hand voll gewissenloser Menschen anheim fallen, die wie dieser János Hajduk sind. Sie werden das Blaue vom Himmel herunter versprechen und die Massen werden ihnen folgen. Ohne ihre Erinnerungen sind die Menschen doch vollkommen blind für die Gefährlichkeit solcher Diktatoren.«

»Du darfst auch dem Sammler nicht alles glauben«, merkte Eleukides erstaunlich gelassen an.

»Wie meinst du das?«

»Er sagte, dass Xexano schon jetzt unbezwingbar sei. Aber das stimmt nicht.«

»Eleukides hat Recht«, schaltete sich nun auch Reven ein. »Erst wenn übermorgen der Tag zu Ende geht, hat er gewonnen.«

»Und was sollen wir nun unternehmen?«, fragte Oliver verzweifelt. »Ich habe in Quassinja kein Gramm abgenommen, sonst hätte ich mich schon längst durch die Stäbe hier gezwängt und wäre nach oben gestiegen, um Xexanos Bild zu verunstalten.«

»Wieso musst *du* das tun?«, meldete sich plötzlich ein zartes Stimmchen zu Wort.

Eleukides und Reven blickten Oliver überrascht an, doch der hatte nichts gesagt.

»He, ich habe dich etwas gefragt!«, drängte die helle Stimme, jetzt schon energischer.

Oliver griff in seine Brusttasche und zog einen heftig zitternden Pinsel hervor, der seinem Herzen jetzt erst so richtig Luft machte. »Ich habe sowieso den Eindruck, als ob ich in dieser Geschichte keine allzu große Rolle spiele.«

»Das kommt dir nur so vor, Tupf. Hast du schon vergessen, dass *du* das Pergament beschrieben hast, das mein Vater mit zur Erde nahm? Aber wie hast du deine Frage von eben gemeint?«

»Na, was du malen kannst, das bekomme ich doch genauso gut

hin – wenn du es mir vormachst. Das habe ich doch wohl eindrucksvoll bewiesen, oder etwa nicht?«

»Stimmt«, sagte Oliver verblüfft. »Daran habe ich noch gar nicht gedacht. Aber selbst wenn du ganz allein bis in Xexanos Thronsaal vordringen könntest, wie willst du dir Farben beschaffen und dann auch noch an der Wand hochklettern, um etwas in das Bild zu zeichnen?«

»Ich bräuchte natürlich jemanden, der mir hilft.«

»Dann sind wir nicht um eine Marderhaaresbreite weiter, mein Freund. Wir würden dich ja alle gerne begleiten, aber Xexano lässt uns leider nicht.«

»Wir sollten den Vorschlag von Tupf nicht so vorschnell abtun«, mischte sich Reven ein. »Immerhin hat dir der Zentaur, mit dem du in den Thronsaal getrabt bist, erzählt, dass die versklavten Erinnerungen auf unserer Seite stehen. Es würde mich nicht wundern, wenn Xexano seinen Triumph voll auskosten wollte und dich deshalb noch einmal zu sich rufen lässt, bevor er uns in seine Mühle wirft. Das wäre eine ideale Gelegenheit, um Tupf heimlich abzusetzen. Bestimmt könnte er unter den Sklaven einen finden, der sein Herz an der richtigen Stelle trägt und ihm weiterhilft.«

»Das schaff ich«, sagte Tupf überzeugt.

»Und woher bekommt er die Farbe zum Malen?«, gab Oliver zu bedenken.

»Der ganze Turm ist eine einzige Baustelle«, bemerkte Eleukides. »Ich habe in vielen Räumen, an denen wir vorübergegangen sind, Malerwerkzeug gesehen.«

Oliver nickte fast unmerklich. So konnte es klappen. »Fragt sich nur, wie wir den anderen Teil meines Problems lösen.«

Alle schauten ihn erstaunt an.

»Na«, er warf ratlos die Arme in die Luft, »Xexanos Namen zu enthüllen und ihn damit zu vernichten ist eine Sache, aber wie soll *ich* wieder zur Erde zurückkommen?«

Es verging ein weiterer Tag, ohne dass sich an dem üblichen Einerlei etwas änderte. Der einzige Unterschied war, dass Oliver für seine Zeichenübungen nun Tupf anstelle des Steins benutzte.

Sein geschultes Künstlerauge hatte das Wandgemälde, das den Thronsaal Xexanos mit dem Pergamonmuseum verband, in allen Einzelheiten genau erfasst. Es gab nur eine Stelle, die alle Anforderungen erfüllte. Xexano durfte die Veränderung nicht gleich bemerken, Jessica dagegen musste sie möglichst sofort auffallen. Tupf würde mit einer einzigen Farbe auskommen müssen – Oliver entschied sich für Weiß.

Ein Pergamentblatt, das – wie schon einmal – von Reven beigesteuert wurde, bildete die Übungsfläche für Tupfs Bogen, Schleifen und Pirouetten. Oliver malte die Botschaft im Kopf. Das war das Allerschwierigste an dem Unterfangen. Tupf hatte seine ganze Tinte für die Nachricht verbraucht, die mit Olivers Vater zur Erde hinübergewechselt war. Jetzt musste Oliver ein Gemälde erschaffen, ohne es selbst sehen zu können.

Am Anfang quälte er sich sehr. Er zweifelte, ob er überhaupt etwas zustande bringen würde. Die Versuchung war groß, einfach den Malstein zu nehmen und eine Skizze an die Kerkerwand zu werfen. Aber er widerstand dieser Verlockung; sollte der Sammler noch einmal hier aufkreuzen, könnte er diesen Entwurf entdecken und damit den ganzen Plan durchschauen.

So blieb es also beim blinden Zeichnen. Oliver musste an Ludwig van Beethoven denken. Der war zuletzt taub gewesen und hatte trotzdem noch wahre Tonfeuerwerke komponiert. So schuf auch Oliver sein Werk im Geiste und zog mit dem treuen Pinsel Linien nach, die es nur in seinen Gedanken gab. Am Ende wiederholte Tupf die Übungen aus eigener Kraft. Soweit Oliver es beurteilen konnte, waren seine Züge perfekt.

Auf diese Weise verstrichen die Stunden, bis Brontes frische Kerzen und eine Tagesration Essen brachte. Oliver konnte in der folgenden Nacht sogar gut schlafen. Die Übungen mit Tupf hatten ihn müde gemacht.

Die Gespräche am nächsten Morgen drehten sich wieder um

Olivers Rückkehr zur Erde. Der Kerzenstummel der letzten Nacht war schon fast heruntergebrannt, als plötzlich ein Summen ertönte. Die Freunde erschraken; vielleicht kam der Sammler ja zur Abwechslung mal als dicke Libelle. Als dann völlig unerwartet ein kleiner, fast durchsichtiger Kristall heranschwebte und sich auf Olivers Schulter niederließ, schien das finstere Verlies mit einem Mal von hellem Licht erfüllt.

Es war der Widerschein der Freude. Am liebsten hätten alle vor Verzückung laut losgeschrien, als Nippy zur Begrüßung sagte: »Noch tiefer hättet ihr euch wohl nicht verkriechen können?«

Erstickte Laute des Glücks hallten von den Kerkerwänden. Eleukides streichelte seiner kleinen Freundin zärtlich über das gläserne Gefieder, Reven stand einfach nur da und lächelte, Kofer brummte verzückt und Tupf piepste aufgeregte Willkommensworte.

Olivers Gefühle waren stillerer Natur, aber gewiss nicht weniger heftig. Er ließ den winzigen Kolibri auf seinem Finger Platz nehmen und sah ihn eine ganze Weile einfach nur glücklich an. Aus einem Augenwinkel löste sich eine große glitzernde Träne, rollte ihm über die Wange und als sie von seinem Kinn tropfte, fing sie Nippy mit ihrem langen Schnabel auf.

Die kleine Vogeldame schüttelte sich. »Du schmeckst ziemlich salzig, Oliver Sucher. Aber ich freue mich trotzdem, dich wieder zu sehen.«

»Ich kann gar nicht sagen, wie *ich* mich freue!«, brachte Oliver schließlich mühsam hervor. Seine Lippen bebten und seine Stimme klang sonderbar brüchig.

»Ich bringe euch allen eine gute Nachricht«, trällerte Nippy laut. »Pegasus und ich haben alles wie besprochen vorbereitet. Anfangs war einige Überzeugungsarbeit nötig, um die Furcht der lebenden Erinnerungen zu bezwingen, aber am Ende haben dann immer mehr zugestimmt. Sobald der Name Reven Niagas über der Stadt erklingt, wird Xexano eine unangenehme Überraschung erleben.«

»Das ist mehr, als ich zu hoffen wagte«, gab Reven zu.

»Dann musst du die Botschaft überbringen«, sagte Oliver zu Nippy.

»Welche Botschaft? Ich wollte dich eigentlich nicht mehr allein lassen.«

»Noch einmal ...« Oliver zögerte. Gerade in diesem Moment zuckte ein Geistesblitz durch seinen Kopf. »*Dreimal* noch musst du mich allein lassen, Nippy.«

»Warum denn gleich dreimal?«

»Weil die Überbringung der Nachricht vom Beginn des Aufstands schon unsere *zweite* Trennung sein wird, meine Kleine. Zuvor muss ich dich noch um etwas anderes bitten: Traust du dir zu, Tupf an die Spitze von Xexanos Turm zu tragen?«

»Ich bin kein gewöhnlicher Kolibri, Oliver.«

»Das ist mir nicht entgangen.«

»Fein. Dann hättest du dir ja deine Frage sparen können. Ich schlepp dir Tupf, wohin du willst. Aber mich würde doch interessieren, wozu.«

»Tupf muss ein großes Bild, das sich in Xexanos Thronsaal ...«

»Ich kenne das Wandgemälde. Dort habe ich dich natürlich zuerst gesucht. Als Xexano mit Semiramis über dich sprach, habe ich auch erfahren, dass du hier unten im Kerker steckst.«

»Dann sei froh, dass die beiden dich nicht bemerkt haben.«

»Hihi! Das konnten sie gar nicht.«

»Warum?«

»Weil ich unsichtbar war. Ich habe mich in dem Aquarium versteckt, das in Xexanos Prunkstube steht.«

»Richtig!« Jetzt fiel Oliver alles wieder ein. »Das ist noch besser als der Plan, den ich gehabt habe! So hast du es ja auch damals gemacht, als wir uns im Stillen Wald zum ersten Mal trafen. Ich hatte in das ruhige Wasser geschaut und dich trotzdem nicht gesehen.«

»Und ich dachte damals, du hättest mich bemerkt«, kicherte Nippy.

»Würdest du für mich noch einmal in Xexanos Fischbecken steigen?«

»Wenn du mich ganz lieb darum bittest.«

Oliver streichelte mit dem Daumen über Nippys Köpfchen. »Tu ich das nicht immer, meine kleine Kristallnymphe?«

»Alter Schmeichler. Was soll ich für dich ausspionieren?«

»Du musst herausbekommen, zu welcher Zeit und wie lange der Thronsaal nicht benutzt wird. Vielleicht erfährst du ja, dass Xexano etwas erledigen will, was ihn eine Weile in Anspruch nehmen wird.«

»Und dann?«

»Sobald niemand mehr in dem Saal ist, nimmst du Tupf und trägst ihn zu einer Stelle des Wandgemäldes, die er dir benennen wird. Dort musst du eine Zeit lang still in der Luft stehen, damit er etwas auf das Bild pinseln kann. Wirst du das schaffen?«

»Lebende Erinnerungen haben einen langen Atem, Oliver.«

»Das hatte ich gehofft. Am besten nimmst du Tupf gleich mit und versteckst ihn solange außerhalb des Thronsaals.«

»Ich könnte ihn draußen an die Fassade klemmen. Da gibt es so viele hässliche Steinfiguren, dass er bestimmt nicht auffallen würde.«

»Bist du verrückt?«, meldete sich Tupf entsetzt. »Ich bin nicht schwindelfrei.«

»Dann stopf ich dich eben in einen Farbeimer.«

»Die Idee gefällt mir viel besser. Ich wollte schon lange mal wieder ein Bad nehmen.«

»Such dir bitte weiße Farbe aus«, bat Oliver. »Auf dunklem Untergrund kannst du mit wenigen Pinselstrichen viel bewirken. Du musst mit den Schatten malen.«

»Ich weiß, ich weiß«, sagte Tupf. »Wie Rembrandt. Du hast es so oft mit mir geübt, dass ich heute Nacht schon davon geträumt habe.«

»Übung macht den Meister, Tupf.« Oliver wandte sich wieder der Vogeldame auf seinem Finger zu. »Nippy, sobald das Bild fertig ist, bringst du Tupf in Sicherheit und fliegst anschließend zu Pegasus. Revens Name muss über der ganzen Stadt ausgerufen werden.«

»Und dann kommen wir und holen euch hier raus.«

»Ich hoffe, die Überraschung wird groß genug sein, sodass ihr die Wachen überrumpeln könnt.«

»Der Plan könnte von mir stammen«, bemerkte Kofer anerkennend. »Er ist fast perfekt.«

»Wieso nur fast?«, fragte Tupf.

»Möglicherweise können wir ja Amnesia von Xexanos Schergen befreien, aber was ist mit Oliver? Er wird immer noch in dieser Welt gefangen sein.«

Oliver seufzte tief. Er hatte erst am Morgen seinen Namensstein im Kerzenlicht betrachtet. Die Linien darauf waren beinahe vollkommen ausgebildet. »Vielleicht ist es für mich sowieso schon zu spät«, sagte er traurig. »Immerhin habe ich hier euch als Freunde gewonnen. Ein Leben in Quassinja wäre wahrscheinlich nicht einmal das Schlechteste.«

»Du hörst dich nicht besonders überzeugt an«, sagte Nippy. Sie konnte am tiefsten in Olivers Herz blicken und erkennen, welche Gefühle ihn wirklich bewegten. Der Gedanke, Jessica und den Vater nie mehr wieder zu sehen, war für ihn nur schwer zu ertragen.

Eleukides hatte die ganze Zeit auf einem dreibeinigen Hocker gesessen und schweigend zugehört, nur seine Finger hatten den weißen Bart gekrault. Jetzt meldete er sich zu Wort. »Deine Windharfenbilder sind wirklich famos, Oliver!«

»Das wird ihn wenig trösten«, merkte Nippy an.

»Darum geht es auch gar nicht, Kleines. Oliver, mir ist gerade etwas eingefallen.«

Oliver straffte den Rücken. »Lass hören! Was ist es denn?«

»Ich habe jetzt schon einige Tage lang deine Wandzeichnungen betrachtet – die Bäume, die sich im Wasser spiegeln und dadurch die Illusion von Harfensaiten hervorrufen.«

»Und?«

»Folgen nicht alle Zwielichtfelder dem gleichen Prinzip: Erinnerungen, die noch nicht völlig vergessen sind, schweben sozusagen zwischen den Welten, als könnten sie sich für keine der beiden entscheiden?«

»Das ist richtig«, sagte Reven, der neben dem Philosophen in die Hocke gegangen war, um ihm besser zuhören zu können. »Woran denkst du genau, mein Freund?«

»Mir scheint, man kann das Naturgesetz, das die Zwielichtfelder am Dasein erhält, auch für sich selbst nutzen. Stell dir einmal vor, wir brächten Xexano dazu, das Tor zur Erde hin zu durchschreiten. Zu diesem Zweck müsste er es zumindest für kurze Zeit öffnen. Natürlich würde er es gleich wieder hinter sich zu schließen versuchen. Wenn es uns aber gelänge, die verlorenen Erinnerungen Quassinjas mit den noch lebenden der Erde zu ... zu *mischen*, würde der Spalt möglicherweise länger offen bleiben, als es Xexano lieb sein kann.«

»Vielleicht lange genug, damit Oliver hindurchschlüpfen könnte?«

Eleukides nickte. Auf seinen Lippen stand ein schalkhaftes Lächeln. »So ungefähr hatte ich mir das vorgestellt.«

»Und wie willst du Vergessenes und Erinnertes ›mischen‹?«, fragte Oliver.

»Du hast doch von dem Spiegel erzählt, der hinter Xexanos Thron steht.«

Olivers Augen weiteten sich. »Jetzt weiß ich, worauf du hinauswillst. Wenn wir den Spiegel vor dem Tor aufstellen könnten, das sich zwischen den Welten auftut, dann ... Nein, das funktioniert nicht.«

»*Was* funktioniert nicht?«

»Man kann ja sowieso nach Quassinja hinübersehen, wenn man die Welten wechselt. Und von der anderen Seite sieht man auch die irdische Wirklichkeit. Das allein reicht nicht aus, um Xexano am Schließen des Tores zu hindern.«

»Es sei denn, du schreibst deinem Vater und Jessica, dass sie auf ihrer Seite ebenfalls einen Spiegel aufstellen müssen.«

»Natürlich! Das ist es! Und es gibt sogar schon einen Spiegel dort. Er befindet sich direkt unter dem Ischtar-Tor. Wenn die Bilder beider Welten zwischen den zwei Spiegeln hin und her geworfen werden, können sie sozusagen nicht entkommen.«

»Die Situation, die Eleukides vorhin beschrieben hat, ist gar nicht so unwahrscheinlich«, merkte Reven an. »Xexano könnte tatsächlich das Tor öffnen, um zur Erde zu fliehen, wenn erst der Aufstand losgebrochen ist und er sich in die Enge getrieben fühlt. Er denkt und handelt wie einst Nimrod. Der hatte ja, als die Unruhen nach der Sprachverwirrung begannen, auch nichts Besseres zu tun, als sich nach Quassinja abzusetzen. Diesmal wird genau dasselbe geschehen – nur in umgekehrter Richtung. Der Spiegeltrick wird ihn überraschen. Wenn du schnell genug bist, Oliver, wirst du hinter ihm durch das Tor schlüpfen, bevor er es vor dir zuschlagen kann.«

»Ich bin zwar kein großer Sprinter, aber das dürfte ich gerade noch hinbekommen.«

»Es wird bestimmt alles gut, Oliver.« Keine Zweifel belasteten Nippys Triangelstimme.

Oliver blickte traurig in die Runde seiner Gefährten. »Schade nur, dass ich in jedem Fall verlieren werde.«

»Was meinst du damit?«, fragte Nippy.

»Wenn unser Plan fehlschlägt, verliere ich meine Familie und möglicherweise sogar mein Leben, aber wenn er gelingt, dann verliere ich euch, meine allerbesten Freunde. Das wird das *dritte* und letzte Mal sein, dass du mich verlassen musst, Nippy.«

13. KAPITEL

DAS GESTOHLENE MUSEUM

Die Natur hat uns zwar viele Kenntnisse versagt,
sie lässt uns über so manches
in einer unvermeidlichen Unwissenheit;
aber den Irrtum verursacht sie doch nicht.
Zu diesem verleitet uns unser eigener Hang
zu urteilen und zu entscheiden,
auch da, wo wir wegen unserer Begrenztheit
zu urteilen und zu entscheiden
nicht vermögend sind.

Immanuel Kant

Miriam war die Erste, die wieder einen klaren Kopf bekam. Sie wandte sich direkt an den Mann, der sie anstarrte, als verkörpere sie alle Weltwunder in einer Person.

»Wir müssen fort von hier, Herr Pollock. Wenn Hajduk Alarm schlägt, wird es hier gleich vor Polizisten wimmeln.«

Thomas Pollock schüttelte den Kopf, wie um einen bösen Traum zu verscheuchen. Trotzdem mussten ihn Jessica und Miriam noch schieben und ziehen, bis er sich endlich in Bewegung setzte. Als sie im Licht der Notbeleuchtung die Prozessionsstraße erreichten, erklangen vom großen Eingangssaal her die ersten Befehle. Das Knallen von Stiefeln hallte durch die großen Räume. Dann hatte Miriam schon die Stahltür hinter den beiden Pollocks geschlossen und führte sie zu den Katakomben hinab.

Jessica folgte ihr dicht auf den Fersen, die Hand ihres Vaters immer fest in der eigenen. Sie spürte, dass mit ihm etwas nicht stimmte. Er war in tiefes Schweigen versunken, seit er Miriam nach der Zerstörung des Skarabäus mit diesem seltsamen Ausdruck in den Augen angesehen hatte. Irgendwie wirkte er durcheinander, wie jemand, den man zu schnell aus dem Schlaf gerissen hatte.

Die Durchquerung der unterirdischen Gänge und Keller verlief ohne Komplikationen. Entweder kannten die Polizisten diese alten Tunnel gar nicht oder Hajduk hatte sie bewusst auf die falsche Fährte gesetzt.

Letzteres schien sich zu bestätigen, als die drei am Spreeufer unter dem Bodemuseum wieder ins Freie traten: Aus der Ferne erklangen Sirenen. Offenbar hatte die Notwache ihren Kollegen eine ganz besondere Weihnachtsüberraschung beschert: einen polizeilichen Großeinsatz.

»Ob sie uns suchen werden?«, fragte Jessica, während sie den Weg zu Miriams Wohnung einschlugen.

»Ich glaube fast, dass János Hajduk uns nicht verraten wird«, sagte Miriam. »Überleg doch mal: Er kennt die Keller und Gänge unter dem Museum genauso gut wie ich. Es wäre ein Leichtes für ihn gewesen, die Polizisten hinter uns herzuschicken. Aber niemand ist uns gefolgt.«

»Und warum sollte er uns einfach laufen lassen?«

»Vermutlich hat er mehrere Übel gegeneinander abgewogen und sich für das geringere entschieden. Wir haben genug Beweise, um ihn zumindest in ein ungünstiges Licht zu rücken. Das wird er zumindest ahnen. Er darf kein Risiko mehr eingehen, so kurz vor seinem Ziel. Jetzt, wo wir deinen Vater zurückgeholt haben, hat er noch weniger gegen uns in der Hand.«

Jessica blieb abrupt stehen. »Aber was ist mit Oliver?« Sie schaute ihren Vater fragend an.

Thomas Pollock erwiderte den Blick, aber in seinem Gesicht war nichts als Verwirrung. Er sah erst Jessica an, danach Miriam und sagte dann ganz leise: »Ich habe keine Ahnung, wo Oliver ist.«

Thomas hatte darum gebeten, in seine Wohnung gebracht zu werden, obwohl Jessica und Miriam das für keine gute Idee hielten. Zu dritt stiegen sie das Treppenhaus hinauf, in dem noch immer ein unangenehmer Leichengeruch hing. Jessica erwähnte den Tod der Nachbarin, aber ihr Vater nahm es gar nicht richtig wahr.

In der Wohnung der Pollocks lief Thomas wie ein Schlafwandler umher, ohne festes Ziel. Er wirkte in jeder Beziehung kopflos.

»Was ist mit dir, Papa?«, entfuhr es Jessica, nachdem sie ihm eine ganze Weile mit wachsender Sorge zugeschaut hatte. Miriam stand bei ihr und kam sich irgendwie fehl am Platze vor.

Thomas blieb im Flur stehen und sah zu den beiden hin, die ihm in einigem Abstand gefolgt waren. »Ich kann mich nicht mehr erinnern«, sagte er schließlich, die Augen angstvoll geweitet.

»Aber wir haben dich aus Quassinja zurückgeholt«, rief Jessica beschwörend. »Das Ischtar-Tor hat dich wieder ausgespuckt. Du *musst* dich doch erinnern können!«

Thomas wankte ins Wohnzimmer und ließ sich kraftlos in einen Sessel sinken. Jessica und Miriam folgten ihm und setzten sich ebenfalls.

»Es sah aus, als wären Sie aus einer Höhle oder aus einem Kerker herübergekommen«, schaltete sich nun Miriam ein. »Wissen Sie davon noch etwas?«

Anstatt zu antworten, starrte Thomas die rothaarige Fremde wieder aus großen Augen an. Endlich rang er sich die Worte ab: »Ich kenne Sie doch. Wer sind Sie?«

»Oh!« Miriam lächelte verlegen. »Wir sind Kollegen. Einmal habe ich mich mit Ihnen sogar unterhalten – oder sagen wir, ich habe den Versuch gemacht, es zu tun. Sie waren damals nicht sonderlich an einem Gespräch mit mir interessiert.«

Thomas nickte. Er blickte geistesabwesend auf den Fußboden. »Sie sind diese irische Wissenschaftlerin, nicht wahr?«

»Mein Name ist Miriam McCullin.«

Jessica sah erst Miriam an, dann ihren Vater. »Sie ist ein großer Fan von dir, Papa. Dein Buch steht in ihrem Regal – allerdings auch noch hunderttausend andere.« Für diese Bemerkung erntete sie von ihrer Freundin einen strengen Blick. Gewissermaßen zur Versöhnung fügte sie hinzu: »Ich hab in den letzten Wochen bei Miriam gewohnt. Sie hat sich fast wie eine Mutter um mich gekümmert.«

Thomas schaute wieder zu Miriam hin. »Sie müssen entschuldigen, wenn ich Sie vielleicht etwas seltsam angestarrt habe. Doch Ihre Ähnlichkeit mit meiner verstorbenen Frau ist verblüffend. Komisch, dass mir das früher nie aufgefallen ist. In meiner übergroßen Trauer muss ich wohl blind gewesen sein.«

»Wir haben uns ja nur selten gesehen. Ich glaube, es war sogar immer während des Winters – da ist mein rotes Haar oft unter einer Mütze versteckt. Ach übrigens: Sagen Sie doch bitte Miriam zu mir. Ich habe Jessica inzwischen so lieb gewonnen, dass ich mich irgendwie unwohl fühle, wenn ihr Vater mich so förmlich anspricht.«

Ein erstes, noch schwaches Lächeln zeigte sich auf Thomas' Gesicht. »Gerne, Miss ... Verzeihung – Miriam. Ich heiße übrigens Thomas, aber das wirst du ja inzwischen wohl schon wissen.«

Miriam musste an die Liebesbriefe denken, die sie von diesem Mann gelesen hatte. Sie nickte lächelnd. »Das war mir allerdings schon bekannt. Ich denke, ich kenne dich schon recht gut.«

»Wie habt ihr beiden euch übrigens kennen gelernt?«, richtete Thomas nun wieder das Wort an seine Tochter.

Jessica erzählte in knappen Worten die ganze Geschichte. Ihr Vater war sehr erstaunt, als er erfuhr, dass ihm sieben Wochen seines Lebens so einfach abhanden gekommen waren. Das Letzte, woran er sich noch erinnern konnte, war der Abend des 4. November, als er auf seinem Rundgang am Ischtar-Tor vorbeigekommen war. Er hatte die goldene Xexano-Statue angeblickt und den Entschluss gefasst, sie zu zerstören. Was danach geschah ...

»Es ist wie ein Filmriss«, sagte er, während er sich die Schläfen massierte. »Je mehr ich mich anstrenge, die Erinnerung wiederzugewinnen, desto unwohler wird mir.«

»Das kenne ich«, sagte Jessica. »Mir ging es immer genauso, wenn ich versucht habe mich an dich oder Oliver zu erinnern.«

»Das stellt uns natürlich vor ein Riesenproblem«, sprach Miriam aus, was längst alle wussten. »Wenn du, Thomas, nicht mehr sagen kannst, was du in Quassinja erlebt hast, dann wird es umso schwerer für uns, Xexano das Handwerk zu legen und Oliver zurückzuholen. Am besten fahren wir alle nach Hause und rollen den ganzen Fall bei einer guten Tasse Tee noch einmal auf.«

»Ich *bin* hier zu Hause«, merkte Thomas an.

Jessica sah ihren Vater entgeistert an. Natürlich hatte er Recht. Aber sie hatte sich schon so an das Zusammenleben mit Miriam gewöhnt, dass ihr der Gedanke großes Unbehagen bereitete, jetzt einfach so mir nichts, dir nichts wieder die Wohnung zu wechseln.

»Könntest du nicht trotzdem mitkommen, Papa?«

»Aber wir können hier doch genauso gut reden.«

»Hier stinkt's – im ganzen Haus.«

»Das wirst du bald nicht mehr riechen.«

»Thomas«, schaltete sich nun Miriam ein. Sie hatte unbewusst die Hand auf seinen Arm gelegt und Jessicas Vater schaute sie fast erschrocken an. »Ich würde dir gerne mein Gästebett zur Verfügung stellen, bis das hier alles vorüber ist. Jessica könnte bei mir im Schlafzimmer einziehen. Wenn wir alle zusammenblieben, wäre das sicher mehr als nur praktisch. So könnten wir aufeinander aufpassen. Denk nur an den Skarabäus. Er beweist, dass Xexano uns als Störfaktor sieht und alles daransetzen wird, uns auszuschalten.«

»Dein Angebot ist sehr freundlich, Miriam. Aber ich will nicht, dass dir am Ende noch etwas zustößt, nur weil du dich in Dinge eingemischt hast, die dich eigentlich gar nicht betreffen. Jessica und ich werden das schon alleine durchstehen.«

Miriams Stirn umwölkte sich. »Thomas«, sagte sie und es klang fast drohend, »wir haben uns zwar gerade erst kennen gelernt, aber die Sache ist zu ernst, um ein Blatt vor den Mund zu nehmen. *Ich* habe mich um deine Tochter gekümmert, fast so lange, wie du verschwunden warst. *Ich* habe meinen Job verloren, weil Jessica mir wichtiger war als die Gunst von János Hajduk. Und jetzt kommst *du* daher und sagst, ich würde mich in Dinge einmischen, die mich nichts angingen? Die ganze Angelegenheit betrifft mich mindestens genauso wie jeden von euch. Ich werde mich nicht so einfach von dir aus dem Boot schubsen lassen. Dazu liegt mir zu viel an Jessica.« Das gefährliche Funkeln in ihren braunen Augen ließ ein wenig nach, als sie leise hinzufügte: »Und auch an dir – und Oliver.«

Thomas sah die temperamentvolle Irin eine ganze Weile mit offenem Mund an. Dann sagte er, sichtbar verlegen: »Ich hatte ja keine Ahnung! Entschuldigt bitte – beide. Wenn ihr es so sehr wünscht, dann werden wir eben gemeinsam Xexano zur Strecke bringen.«

Das Hauptquartier wurde in Miriams Wohnzimmer aufgeschlagen. Thomas hatte nicht nur Kleidung zum Wechseln, Bettzeug und einiges andere für den täglichen Gebrauch mitgenommen, sondern auch Dokumente und Notizen, die er auf dem Dachboden versteckt hatte. Es waren die gesammelten Ergebnisse seiner ganz persönlichen Jagd auf Xexano und dessen ersten Diener.

Noch am selben Abend – es war inzwischen fast Mitternacht – erzählte er seine Geschichte. Ähnlich wie Jessica und Miriam war er einer Spur von Namen gefolgt, bis er schließlich auf Nimrod stieß. Im Laufe seiner Recherchen hatte er viele Begebenheiten aus dem Leben dieses machthungrigen Menschen rekonstruiert. Nimrod wollte Unsterblichkeit, aber er wusste, dass er nur ein Mensch war. Er wollte die Herrschaft über die Welt, aber er war sich bewusst, dass seine eigene Macht dazu nicht reichte. Dann fand er, wonach er so lange gesucht hatte: die Steintafeln mit dem Wissen aus der Zeit vor der großen Flut.

»Wer die Legenden der Berber mit alten Keilschriftzeugnissen vergleicht, stößt auf verblüffende Parallelen«, erklärte er. »Im *enuma elisch*, dem babylonischen Weltschöpfungsepos, wird erzählt, dass der Gott Marduk – er ist niemand anderer als der vergöttlichte Nimrod – einst Tiamat mit einem Pfeil tötete und ihrem Geliebten, dem Dämonenfürsten Kingu, die Schicksalstafeln entriss. Die Urmutter Tiamat steht für das Meer schlechthin. Ist das nicht passend, wenn man bedenkt, dass Nimrod seine ›Schicksalstafeln‹ sozusagen einer weltweiten Flut verdankt?«

Miriam wiegte den Kopf hin und her. »Die meisten deiner Kollegen werden dich auslachen, wenn du die Sintflut als ein erdumspannendes Ereignis bezeichnest, Thomas.«

»Und was denkst du?«

Ein scheues Lächeln huschte über Miriams Lippen. »Ich bin deine Schülerin. Fast neige ich dazu, dir Recht zu geben. Aber mich verunsichert, was die Wissenschaft über das Alter der Menschheit herausgefunden hat. Wer an die Sintflut als göttliches Strafgericht glaubt, müsste doch wohl auch die biblische Schöpfungsgeschichte für eine Tatsache halten. Ein Rabbiner hat uns kürzlich erklärt, dass die Menschenwelt gerade mal sechstausend Jahre alt ist. Du weißt, dass wir Archäologen auf Funde menschlicher Kultur gestoßen sind, die deutlich davor datieren, wenn man den Radiokarbonmessungen Glauben schenken darf.«

»Genau darum geht es, Miriam – um *Glauben*. Die Verfechter der Radiokarbonmethode wollen uns weismachen, dass ihre Messungen unumstößlich richtig, genauso zuverlässig seien wie ein Schweizer Uhrwerk. Aber sind sie das wirklich?«

»Etwa nicht?«

»Die C-14-Methode basiert auf dem Vorkommen des radioaktiven Kohlenstoffisotops C 14, das in jedem pflanzlichen oder tierischen Gewebe enthalten ist – natürlich auch im Körper des Menschen. Stirbt ein Organismus, nimmt der C-14-Gehalt mit gleich bleibender Geschwindigkeit ab, und zwar in fünftausendsiebenhundertunddreißig Jahren genau um die Hälfte.«

Miriam nickte. »Deshalb spricht man ja auch von der Halbwertszeit. Man muss also nur den Anteil des radioaktiven Kohlenstoffisotops in einem Stück Holz oder in einem Knochen messen und schon kann man anhand der Restmenge das Alter bestimmen.«

»So weit das Wunschdenken derjenigen, denen die Überlieferungen und Legenden der Menschheit nicht in ihr Weltbild passen.«

»Wunschdenken?«

»Weißt du, wie die C-14-Isotope in die Organismen gelangen?«

»Verschone mich bitte mit technischen Details.«

»Die Kohlenstoff-14-Methode setzt voraus, dass das Angebot an diesem Kohlenstoffisotop in der Lufthülle ständig *gleich* war. Diese Annahme aber ist falsch, wie man heute weiß: Die C-14-Produktion in der Atmosphäre schwankte zeitlich und sicherlich auch regional, da sie von der kosmischen Strahlung beeinflusst wird, die auf der Erdoberfläche auftrifft. Diese Strahlung aber ist keinesfalls immer gleichmäßig gewesen – teils wegen schwankender Sonnenaktivität, teils weil auch das Erdmagnetfeld, das die kosmische Strahlung steuert, sich veränderte. Jetzt stell dir einmal vor, dass die Erde einst unter einem gewaltigen Wasserbaldachin lag. Im Schöpfungsbericht der Bibel, der Genesis, heißt es ja, dass Gott eine Wölbung machte und die Wasser unterhalb und oberhalb davon voneinander schied. Das Oben nannte er ›Himmel‹. Die Konsequenzen, die sich daraus ergeben, sind für unser Schweizer C-14-Uhrwerk fatal. Aufgrund des Wassermantels wäre die kosmische Strahlung vor der Flut *erheblich* geringer gewesen als heute. Somit müssten auch die lebenden Organismen wesentlich weniger Kohlenstoff-14 enthalten haben. Für diejenigen, die das nicht glauben – oder nicht glauben wollen –, müssten diese organischen Funde unter Umständen extrem viel älter erscheinen, als sie es in Wirklichkeit sind.«

Miriam sah Thomas erstaunt an. Sie brauchte einen Moment, um alle diese Fakten zu verarbeiten. »Ich glaube, allmählich begreife ich, warum du der Geschichte mit Nimrods Schicksalstafeln eine solche Bedeutung beigemessen hast.«

»Nicht wahr? Und so könnte ich dir noch viele Beispiele nennen. Ob es dabei nun um die Archäomagnetik oder irgendeine andere Methode geht. Die Wissenschaft ist niemals objektiv und schon gar nicht unfehlbar gewesen – das widerspräche sogar ihrer wahren Natur. Leider haben viele Menschen sie zu einem Glaubensbekenntnis gemacht, um ihr eigenes, sehr subjektives Handeln zu rechtfertigen. So verhält es sich auch mit Marduks Schicksalstafeln. Meine Herren Kollegen stimmen mit mir darin überein, dass diese Tafeln schon im dritten Jahrtausend vor Christus eine bedeutende Rolle spielten – ihr Besitz garantierte den Anspruch auf die Weltherrschaft! Aber während die einen nur lächelnd von einer Legende sprechen, habe ich diese Überlieferungen ernst genommen.«

Jessica hatte der Unterhaltung lange in fasziniertem Schweigen zugehört. Der Gedanke, einen so scharfsinnigen Mann zum Vater zu haben, gefiel ihr gut. Doch jetzt merkte sie an: »Im Grunde ist uns das klar, Papa. Wir haben gesehen, dass Quassinja eine Realität ist. Lass uns bei deinen Erinnerungen weitermachen. Vielleicht finden wir noch den einen oder anderen brauchbaren Hinweis.«

Thomas Pollock registrierte nicht ohne Stolz das selbstsichere Auftreten seiner Tochter. Er nickte und fuhr mit seinem Bericht fort.

Nimrod schuf, so erinnerte er sich, eine oder mehrere Statuen, durch die er in einem späteren Zeitalter wieder aufzuerstehen hoffte. Eines Tages würde sich einer finden, welcher der von ihm ausgelegten Fährte folgte und seine Schlüsse daraus zog. Er, Thomas Pollock, war dieser Spur nachgegangen. Er hatte herausgefunden, dass Nimrod sich selbst zum Gott gemacht hatte, unterstützt durch seine ehrgeizige Mutter. Wenn man wisse, wonach man zu suchen habe, fänden sich Beweise dafür auf der ganze Welt. Sogar in Japan.

Thomas zog eine Fotokopie aus dem Stapel Papiere, den er von zu Hause mitgenommen hatte. Er tippte mit dem Finger auf das Blatt und erzählte von einem gewissen Morris Jastrow, der hier, in seinem Buch *The Religion of Babylonia and Assyria*, schreibe, dass bei den alten Babyloniern »der Tod ... als Tor zu einem anderen Leben« galt. Das sei im Grunde nichts Neues, fügte er hinzu. Interessant seien die Parallelen zu anderen Kulturen. Der Schintoismus beispielsweise messe der Beziehung zwischen der Sonnengöttin und ihrem männlichen menschlichen Nachkommen große Bedeutung bei. In einer rituellen Handlung begebe sich der Kaiser nach Ise zum Schrein der Sonnengöttin, um ihr Bericht zu erstatten. Das, so meinte Thomas, erinnere an das Verhältnis zwischen Nimrod und seiner Mutter, der sogenannten Semiramis. Bemerkenswert sei zudem, dass Semiramis, wie man glaube, die

Tochter der Fischgöttin Atargatis sei, während die Mutter des japanischen Kaisers Dschimmu als Tochter des »Meereskönigs« angesehen wurde. So wäre er noch auf eine ganze Reihe von Hinweisen gestoßen, die alle zu einem bestimmten Punkt in der Vergangenheit führten: zu Nimrod.

Nach der babylonischen Sprachverwirrung verschwand Nimrod spurlos – anscheinend war er in den folgenden Aufständen getötet und verscharrt worden. In Wirklichkeit hatte er sich aber nach Quassinja abgesetzt. Sechs Monate später kehrte er unter dem Namen Mesilim nach Kisch zurück, um seinen Herrschaftsanspruch über die Welt zu erneuern. Seine Mutter, Semiramis, förderte währenddessen eifrig den Irrglauben, Nimrod sei von den Toten auferstanden.

Später wurde Nimrod dann von seinen Feinden tatsächlich getötet, aber der Glaube an eine Reinkarnation war bereits fest verwurzelt. Übrigens sei die Göttin Ischtar die Geliebte des Tammuz gewesen, merkte Thomas an. In Babylon habe man alljährlich um den Tod des Tammuz getrauert und damit die Erinnerung an Nimrod wach gehalten.

»Zu diesem Thema habe ich eine interessante Aussage von Professor Mircea Eliade gefunden«, sagte er dann und hielt eine andere Fotokopie hoch. »Es heißt hier: ›Die Könige, die ihn‹ – damit ist Tammuz gemeint – ›verkörperten, feierten jedes Jahr die Wiedergeburt der Natur.‹ Und ein Stückchen weiter unten ist zu lesen: ›Tammuz verschwindet und taucht sechs Monate später wieder auf. Dieser Wechsel – periodische Gegenwart und Abwesenheit des Gottes – gab Anlass zu den „Mysterien" bezüglich der Erlösung des Menschen, seines Geschicks nach dem Tod.‹ Nochmals etwas später heißt es dann: ›Schließlich konnte jeder Mensch hoffen in den Genuss dieses Vorzugs zu kommen.‹ Wozu das führte, ist ja bestens bekannt. Die Ägypter übernahmen diesen Glauben, von ihnen schrieb der griechische Philosoph Platon ab und später machte sich die Christenheit dessen Vorstellungen zu Eigen. Dabei erkannten nur wenige, was wirklich hinter alldem steckte: Nimrod wollte tatsächlich zurückkehren, aus dem ›Schoß seines Vaters‹, wie die Inschrift vom Schlussstein besagt. Nimrods Vater war nämlich Kusch. Sein ›Schoß‹ ist ein Bild für die Stadt Kisch, die Nimrod nach seinem Vater benannte und in der er die Statue versteckte, die alle für Xexano halten – eigentlich auch nur ein weiterer Name für Nimrod.«

Thomas sah die Gefahr, die in der Rückkehr der Statue unter das Ischtar-Tor lag, erklärte er weiter, aber leider habe er nicht mit Doppelgesicht gerechnet. János Hajduk sei das Bindeglied zwischen dem Nimrod von einst und dem wieder erwachten Xexano. Lange bevor seine Intrigen ihn zum Museumsdirektor machten, habe er schon von den Kollegen seinen Spitznamen erhalten. Der Name János ähnele auf bestechende Weise dem des doppelgesichtigen römischen Gottes Janus, erklärten sie ihre Wahl. Dass damit unfreiwillig auch die Doppelzüngigkeit dieses Verräters beschrieben worden war, erkannte er, Thomas, erst viel zu spät. János schaltete den Einzigen, der seinem Plan gefährlich werden konnte, aus und sorgte dafür, dass Xexanos Statue ihren Platz unter dem Tor einnehmen konnte. Damit erwachte die leblose Figur zum Leben.

»Und an dieser Stelle ist dein Film gerissen«, bemerkte Jessica lapidar.

»Eigentlich schon eine Szene vorher. Ich habe Xexano nie wie ihr in Aktion gesehen – jedenfalls kann ich mich nicht daran erinnern.«

»Dann wird es schwer werden, ihn wirklich in die Enge zu treiben«, meinte Miriam. »Wir haben ungefähr das Gleiche herausbekommen wie du. Fest steht, dass Nimrods ganzes Streben der Erlangung unumschränkter Macht galt. Aber wie sein wahrer Name lautet, der ihn binden kann, wissen wir immer noch nicht.«

»Aber Oliver könnte es wissen«, murmelte Jessica, während ihr Finger an der Kuhle im Kinn spielte.

»Das hilft uns nur nicht weiter, solange er es uns nicht sagen kann.«

»Vielleicht ist es gerade das, worum wir uns als Erstes kümmern müssen«, warf Thomas nachdenklich ein.

»Warte mal.« Miriam saß mit einem Mal so gerade da, als hätte sie ein Lineal verschluckt. »Könnte nicht die Spange uns weiterhelfen?«

»Welche Spange?«

»Na, du musst doch wissen ... Oh, ich glaube, wir haben noch gar nicht darüber gesprochen. Oliver ist mit einer Haarspange von Maja, deiner verstorbenen Frau, nach Quassinja gelangt«, erklärte Miriam.

»Und wir haben dich zurückgeholt, indem ich mich nachts unter das Ischtar-Tor stellte und mich an das wahre Wesen der Spange erinnerte«, fügte Jessica hinzu.

Ihr Vater runzelte die Stirn, erhob sich vom Esstisch und ging in den Flur. Gleich darauf kehrte er mit seinem Mantel zurück, mit einer Hand in den Taschen grabend. Plötzlich begannen seine Augen zu leuchten. Seine Hand kam mit der goldenen Haarspange zum Vorschein.

»Ich fürchte nur, das wird uns nichts helfen«, bemerkte Jessica. »Jetzt ist die Spange ja nichts Vergessenes mehr und ...«

»Warte mal!«, unterbrach sie ihr Vater. »Da ist noch etwas.« Er zog einen gelben gefalteten Bogen aus der Tasche.

»Ein Pergament!«, rief Miriam erstaunt.

»Wollen doch mal sehen, was draufsteht.« Thomas legte den Mantel über eine Stuhllehne, setzte sich neben Miriam an den Tisch und öffnete den doppelt gefalteten Bogen. Staunend riefen beide aus: »Das ist ja Althebräisch!«

Jessica, die sich auf ihren Ellenbogen über den Tisch beugte, bemerkte etwas ganz anderes. »Da steht Olivers Windharfe drunter!«

Eine Zeit lang wechselten ratlose Blicke über den Tisch.

»Vielleicht sprechen in Quassinja ja alle Wesen eine Sprache und schreiben mit denselben Buchstaben«, mutmaßte Jessica.

»Das wäre möglich«, stimmte ihr Thomas zu. »Es wird einige Zeit dauern, bis wir das entziffert haben.«

»Ist etwa irgendjemand von euch müde?«, fragte Jessica, es klang beinahe wie eine Drohung.

»Wo denkst du hin!«, erwiderte Miriam. »Es ist ja gerade erst kurz nach Mitternacht. Außerdem besitze ich ja schon Übung in der Übersetzung solcher Texte.«

Es war schon weit nach vier Uhr morgens, als Miriam und Thomas zufrieden den Text ihrer Übersetzung betrachteten.

Jessicas Kopf lag in ihren auf dem Tisch verschränkten Armen; sie schlummerte tief und fest. Thomas sah besorgt in Miriams müdes Gesicht. Sie lächelte ihn an. Schnell schaute er wieder auf die Notizen hinab.

Sie waren weit gekommen und das Pergament hatte ihnen wichtige Informationen geliefert. Zeit, ein wenig zu ruhen. Behutsam trug Thomas seine Tochter in Miriams Schlafzimmer. Jessica brabbelte irgendetwas Unverständliches, ließ sich aber sonst nicht weiter stören.

Thomas selbst tat sich schwer damit, zur Ruhe zu kommen. Er lag noch lange wach. In der Nacht hatte es zu schneien begonnen. Das frische Weiß war so fein wie Puderzucker auf die Dächer des Kiez gerieselt. Während sich nun die Sonne neugierig über den Häusern der Zuckerbäckerstadt erhob, sank Thomas auf dem quietschenden Klappbett im Wohnzimmer endlich in einen tiefen, traumlosen Schlaf.

Das Frühstück fand um ein Uhr mittags statt. Jessica hatte ihren Schlafvorsprung genutzt und sich um Tee, Saft, Toast, gekochte Eier und Aufschnitt gekümmert. Es war ein seltsames Gefühl für sie, nicht nur eine Freundin zu umsorgen, die ohne weiteres ihre Mutter hätte sein können, sondern auch wieder den passenden Vater dazu zu haben. Als sie freudestrahlend die Eröffnung der Frühstückstafel verkündete, wirkten Miriam und Thomas noch recht zerknittert.

»Ihr seht aus wie zwei Nachtschwärmer, die von der Putzfrau morgens aus dem Lokal gefegt worden sind.«

Miriam riss Augen und Mund auf, schnappte zwei-, dreimal nach Luft und platzte dann heraus: »Du warst es doch, Jessi, die uns gezwungen hat, uns die halbe Nacht um die Ohren zu schlagen und diesen Brief zu übersetzen.«

»Ist er wirklich von Oliver?«

»Im Grunde sind es meine Worte«, erklärte Thomas. »Aber es scheint seine Schrift zu sein, so weit man das bei den ungewohnten Zeichen überhaupt sagen kann.«

»Und was habt ihr herausgefunden? Was steht auf dem Pergament? Nun sagt es doch schon endlich!«

Jessica hörte aufmerksam zu, als ihr Vater die Übersetzung des althebräischen Textes vorlas. Oliver hatte wirklich seinen Vater in Quassinja gefunden. Sie hatten gemeinsam unter Xexanos Turm in einem Kerker gesessen. Noch einiges mehr war in haarfeinen Linien auf dem Pergament festgehalten, aber das Wichtigste kam zum Schluss: Wer Xexanos Namen dreimal unter dem Ischtar-Tor ausrufe, der werde ihn besiegen können.

»Genau wie es auf den Tonscherben von János Hajduk verzeichnet ist.«

Jessicas Vater nickte. »Miriam hat mir davon erzählt. Aus dem Pergament haben wir auch erfahren, woher diese Tontafeln stammen. Ein gewisser Reven Niaga, der einst der Hohepriester Nimrods war, besaß eine Kopie von den vorsintflutlichen Tafeln. Aufgrund dieses Wissens ließ er selbst eine Warnung in Ton ritzen und dicht bei dem Tor verstecken. Doppelgesicht muss später einige Fragmente davon in die Hände bekommen haben.«

»Dann fehlt uns immer noch Xexanos wahrer Name.«

»Ich vermute, Oliver wird einen Weg finden, uns noch eine Nachricht zu übermitteln. In dem Pergament steht, dass Reven Niaga einen Aufstand gegen Xexano plant. Als ich zu euch zurückkam, saßen sie aber ohne Frage noch in ihrem Verlies. Es kann also gut sein, dass die Zeit knapp wird.«

»Knapp ist gar kein Ausdruck«, klagte Jessica. »Heute ist der 25. Dezember. Uns bleibt nicht mal eine Woche. Wie wird uns Olli denn die Nachricht schicken? Etwa per Brieftaube?«

»Jedenfalls nicht über das Internet«, antwortete Miriam, der Jessicas beißender Ton nicht entgangen war.

»Entschuldige«, sagte Jessica kleinlaut. »Ich mache mir nur Sorgen um meinen Bruder. Vielleicht erscheint er mir ja noch mal im Traum.«

»Ich fürchte, darauf können wir uns nicht verlassen«, meinte Thomas. »Wenn ich es mir recht überlege, hat bisher fast immer das Ischtar-Tor eine wesentliche Rolle im Austausch zwischen den Welten gespielt. Wenn Oliver uns eine Nachricht schicken kann, dann wird sie vermutlich im Museum erscheinen.«

Miriam verzog das Gesicht zu einer komischen Grimasse. »Das bewacht die Polizei inzwischen bestimmt genauso scharfäugig wie die Gelddruckmaschinen der Bundesbank, darauf könnt ihr euch verlassen.«

»Wir müssen einfach hineinkommen«, beharrte Thomas.

»Wie denn? Etwa nochmals durch den Keller?«

»Nein, das dürfte inzwischen auch zu unsicher sein. Ich dachte da an einen hochoffiziellen Weg.«

Hermann Kotlitz arbeitete im Kultursenat. Er war das höchste Tier, das Thomas Pollock kannte. Obwohl das Vorderasiatische Museum nicht direkt dem Berliner Senat unterstand, war dieser doch Mitglied in der Stiftung Preußischer Kulturbesitz. Die wiederum verwaltete das Kulturgut des ehemaligen Preußens – und damit auch das Vorderasiatische Museum. Da zudem János Hajduk auf bestem Wege war, sich zum Chef von Hermann Kotlitz aufzuschwingen, lag nichts näher, als den Staatsdiener von seinem Weihnachtsbraten aufzuschrecken.

So weit die Theorie, die Praxis erwies sich als ungemein schwieriger. Das Telefon des Beamten konnte eigentlich nur noch ein zusammengeschmolzener Klumpen Plastik sein, so lange schon hatten Thomas, Miriam und Jessica versucht ihn zu erreichen. Als der Telefonterror im Schichtbetrieb nichts fruchtete, waren sie sogar zum Frontalangriff übergegangen und nach Köpenick gefahren, um Kotlitz persönlich aufzusuchen. Aber niemand hatte auf das Klingeln reagiert. Die Nachbarn erklärten, die ganze Familie sei über die Feiertage ausgeflogen.

Unglücklicherweise waren in diesem Jahr die Feiertage auch noch kurz vor das Wochenende gefallen. Das fruchtlose Warten zerrte an den Nerven. Jeder, der in Miriams Wohnzimmer trat, sah beklommen zu den roten Kreuzen im Wandkalender hin, ein Friedhof totgeschlagener Zeit. Es dauerte ganze vier Tage, bis Thomas überhaupt etwas Konkretes erfahren konnte. Am Montag, dem 28. Dezember, erreichte er endlich jemanden in der Behörde. Schon nach dem neunten Mal war er mit dem richtigen Büro verbunden. Eine Sekretärin mit schriller Stimme sagte ihm, Herr Kotlitz sei noch bis zum 8. Januar im Urlaub.

Thomas wollte schon frustriert den Hörer auf die Gabel werfen, als die hilfsbereite Frau hinzufügte: »Aber am Mittwoch kommt er kurz ins Büro. Wenn es wirklich so lebenswichtig ist, wie Sie sagen, können Sie da ja versuchen ihn abzufangen.«

»Unter allen Damen Ihrer Behörde sind Sie bestimmt die auffallendste Orchidee!«, rief Thomas verzückt in den Hörer.

Miriam bedachte ihn mit einem tadelnden Blick. »Hast du da eben nicht ein bisschen dick aufgetragen?« Es klang fast ein wenig eifersüchtig.

»So dick nun auch wieder nicht. Die Orchideen sind die größte Pflanzenfamilie. Sie wachsen in jedem Morast.«

Miriam lachte glockenhell. »Ich wusste gar nicht, dass Jessicas Vater ein solcher Gauner ist. Nennt eine ahnungslose Beamtin ›Allerweltsmatschblume‹ und sie merkt es nicht einmal.«

Mehrere andere Versuche in das Museum zu gelangen schlugen fehl. Schon wenn Thomas Pollock gegenüber irgendjemand nur die geringste Andeutung machte, was wirklich hinter den geheimnisvollen Museumsdiebstählen steckte, kam es zu Reaktionen, die von einem mitleidigen Lächeln bis zur dringenden Empfehlung einer stationären psychiatrischen Behandlung reichten.

Die Nachrichten in den Zeitungen, im Rundfunk und im Fernsehen wurden währenddessen immer beunruhigender. Die Menschen schienen weltweit zu vergessen, was sie in schmerzvoller Erfahrung über Jahrhunderte hinweg gelernt hatten. Überall hörte man von Scharmützeln zwischen unterschiedlichen Gruppen – ein Wunder, dass zu den zahlreichen Kriegen, die ohnehin schon auf der Welt tobten, nicht noch weitere hinzukamen. Aus Skandinavien meldeten sich Stimmen, die von einer generellen Aufhebung des Walfangverbots sprachen – als wenn nicht schon genug Tierarten ausgerottet wären. In Brasilien wurde ein neues Regierungsprogramm verkündet, dessen erklärtes Ziel es war, den Regenwald nicht mehr wahllos, sondern streng systematisch abzuholzen. »Fehlt nur noch, dass sie in der Antarktis Besichtigungsfahrten zum Ozonloch veranstalten«, wetterte Jessica.

So rückte der Mittwoch heran, ohne dass sie einen nennenswerten Schritt weitergekommen wären.

Schon am frühen Morgen des 30. Dezember saßen Thomas, Jessica und Miriam im Vorzimmer von Hermann Kotlitz. Thomas hatte der »Orchidee vom Kultursenat« gesagt, er sei so etwas Ähnliches wie der Vorgänger ihres zukünftigen Chefs. Die Sekretärin mit den rabenschwarz gefärbten Haaren antwortete darauf, dass sie den alten Kultursenator zufällig kenne – so wie Thomas Pollock sähe der allerdings nicht aus. Thomas lächelte daraufhin gewinnend und erklärte der Dame mit dem durchdringenden Organ, dass er auch nicht vom Kultursenat gesprochen habe, sondern von einer verantwortlichen Position im Vorderasiatischen Museum, dem Noch-Wirkungsbereich von János Hajduk.

So vergingen die Stunden, ohne dass sich Hermann Kotlitz sehen ließ. Den größten Teil der Zeit drückten sich Jessica und die beiden Erwachsenen auf dem Flur herum, da das ständige Mitanhören der Telefonate im Sekretariat weder der Vertraulichkeit dienlich schien noch den Kopfschmerz vertreiben konnte, den die schrille Stimme der Schwarzhaarigen heraufbeschwor.

Endlich, es war mittlerweile zwei Uhr mittags geworden, kam Hermann Kotlitz in Kordhosen und kariertem Hemd den Flur heraufgetrabt. Er war schlank, hatte dunkles, grau meliertes Haar und trug eine Brille. Sein Schritt war federnd. Er wirkte wie jemand, der sich nicht so leicht aus der Ruhe bringen lässt.

Während Thomas sich von der Bank erhob und dem alten

Freund, den er schon aus der Zeit vor dem Fall der Berliner Mauer kannte, entgegensah, lasen Miriam und Jessica im Chor den Text von Hajduks Tonscherben – nur vorsichtshalber, hatten sie Thomas gesagt, falls auch Kotlitz das »xexanische Vergessen« befallen haben sollte.

Es kann nicht mit Sicherheit gesagt werden, ob es nun an dem Tonscherbentext lag oder an Hermann Kotlitz' aufgeräumtem Gedächtnis, jedenfalls erkannte der Beamte Thomas ziemlich schnell wieder. Nur einen kurzen Moment zeichnete sich Ratlosigkeit auf seiner Miene ab, als er in das Gesicht des Mannes blickte, der ihm da den Weg verstellte, dann lächelte er und rief: »Thomas? Thomas Pollock? Bist du es wirklich? Warte mal, wie lange ist das jetzt her? Mindestens sechzehn Jahre, oder etwa nicht?«

Thomas verkniff sich einen Vorwurf. Er wollte in diesem Augenblick nicht an die mangelnde Unterstützung seines lieben Freundes während einer Zeit erinnern, da Hajduk ihn der Stasi ans Messer geliefert hatte. Stattdessen antwortete er: »Dein Gedächtnis ist frappant, Hermann!«

»Ich trainiere es auch regelmäßig in der Schachgruppe unserer Kleingartenkolonie!«

»Was du nicht sagst! Aber ich bin eigentlich gekommen, um etwas Wichtiges mit dir zu besprechen.«

»Das denke ich mir. Und wer sind die beiden Damen, die du mitgebracht hast?«

Thomas stellte Miriam und Jessica vor. Hermann Kotlitz zeigte sich überrascht angesichts der großen Tochter seines Freundes. Als er hörte, welche Position Miriam bis vor kurzem noch innegehabt hatte, sagte er: »Das Museum macht uns in letzter Zeit wirklich große Sorgen. Es ist fast so, als wenn dieser internationale Ring von Museumsdieben hier bei uns in Berlin sein Handwerk gelernt hätte, bevor er in alle Welt auszog.«

»Damit könntest du gar nicht so Unrecht haben«, sagte Thomas.

Hermann Kotlitz runzelte die Stirn und bat die Gäste in sein Büro. Die »Orchidee vom Kultursenat« erhielt den Auftrag, Kaffee und – auf ausdrücklichen Wunsch der Damen – Tee zu bringen.

»Also, wie war das vorhin gemeint, als du andeutetest, dass tatsächlich hier in Berlin alles angefangen haben könnte?«, setzte der Beamte das Gespräch da fort, wo es auf dem Flur abgebrochen worden war.

»Ich bin der Überzeugung, dass Professor János Hajduk hinter den Diebstählen steckt.«

Hermann Kotlitz erlitt einen schweren Hustenanfall. Als er sich endlich wieder von Thomas' Äußerung erholt hatte, fragte er: »Wie kommst du denn darauf? Weißt du, dass du mit deiner Behauptung meinen baldigen neuen Chef ziemlich schwer belastest? Hast du irgendwelche Beweise?«

»Das Ganze ist eigentlich eine uralte Geschichte. Sie beginnt kurz nach der Sintflut und hängt mit dem Turmbau zu Babel zusammen.«

Hermann Kotlitz lachte kurz und trocken. »Das kann doch nur ein Scherz sein, Thomas. Du bist doch nicht wirklich gekommen, um mir etwas über ein paar alte Legenden zu erzählen, an die heute niemand mehr glaubt.«

»Du hast schon früher immer zu Verallgemeinerungen geneigt, Hermann. Ich bin nicht der Einzige, der an einen wahren Kern in den Legenden glaubt. Auch Professor Hajduk tut es ohne Frage und außer ihm noch ein paar Millionen andere Menschen auf dieser Welt. Wusstest du, dass es auf allen Kontinenten der Erde hunderte von Flutsagen gibt?«

Hermann Kotlitz wand sich. »Ich weiß nicht, Thomas. Diese Sache mit Noah, seiner Familie, der Arche und den Tieren – das ist zwar eine nette Geschichte für Kinder, aber …«

»Kannst du Chinesisch?«, unterbrach Thomas den skeptischen Beamten.

»Wie bitte?«

»Wenn dem so wäre, wüsstest du, dass das chinesische Schriftzeichen für ›Schiff‹ sich aus den Symbolen für ›Boot‹ und ›acht‹ zusammensetzt. Gemäß dem Bericht aus der Bibel waren es *genau acht* Personen, die in der Arche die Sintflut überlebten.«

Hermann Kotlitz sah mit einem Mal erstaunt aus.

»Mit dem Turmbau zu Babel verhält es sich ähnlich«, setzte Thomas nach. »Doktor McCullin kann dir das bestätigen. Sie ist eine angesehene Archäologin.«

Miriam nickte eifrig.

»Willst du nun wirklich besten Gewissens behaupten, das alles seien nur Hirngespinste phantasiebegabter Primitiver, die rein zufällig auf der ganzen Welt übereinstimmen?«

»Na ja, vielleicht gibt es ja tatsächlich so etwas wie einen wahren Kern an der ganzen Sache. Aber was hat das alles mit János Hajduk zu tun?«

Thomas erzählte in kurzen Zügen die Geschichte Nimrods bis zum Verschwinden der Xexano-Statue aus dem Pergamonmuseum. Er erwähnte auch, dass ein gewisser László Horthy eine bedeutende Rolle in Robert Koldeweys Babylon-Team gespielt hatte. Dann ließ er die Bombe platzen und präsentierte die fragwürdige Familiengeschichte der Horthys bis hin zu János Hajduk, der sich 1956 unter falschem Namen an der Humboldt-Universität hatte einschreiben lassen. Zuletzt knallte Thomas die Akte, die Miriam über den Museumsdirektor angefertigt hatte, auf Hermann Kotlitz' Besuchertisch und sagte: »Da steht alles drin. Lies es nach. Wir müssen diesen Hajduk unbedingt stoppen. Sonst wird er ein noch viel größeres Unglück anrichten, als er es ohnehin schon getan hat.«

Hermann Kotlitz war zuletzt blass geworden. Fassungslos schaute er seinen alten Freund an. Als er endlich wieder zu Worten kam, gelang es ihm, Thomas, Jessica und Miriam zu überraschen. »Professor Hajduk ist seit sechs Tagen unauffindbar.«

»Aber das bestätigt doch nur unsere Geschichte«, sagte Jessica nach einer Weile; ihrem Vater hatte es offenbar die Sprache verschlagen. »János Hajduk ist eine Ratte. Er hat sich in sein Loch verkrochen und will warten, bis alles vorüber ist.«

»Du solltest noch ein bisschen an den Umgangsformen deiner Tochter feilen«, bemerkte Hermann Kotlitz beiläufig zu Thomas. Er schien über irgendetwas sehr intensiv nachzudenken.

In diesem Moment hörte man draußen im Sekretariat das Telefon klingeln. Die Stimme der Sekretärin fräste sich durch die Bürotür. Ganz deutlich war zu verstehen, dass sie den Anrufer dreimal seinen Satz wiederholen ließ, weil offenbar *sie* nicht verstanden hatte. Dann flog plötzlich die Tür zu Hermann Kotlitz' Büro auf.

»Herr Kotlitz«, sagte die Sekretärin im Brustton tiefster Empörung, »da ist so ein Verrückter am Telefon, der sich nicht abwimmeln lässt. Er behauptet von der Stiftung Preußischer Kulturbesitz zu sein und sagt, das Pergamonmuseum sei heute Nacht verschwunden.«

Als sie es endlich geschafft hatten – wegen des Schnees manchmal schlitternd, wegen der Schaulustigen ständig hupend –, in Miriams Peugeot die Museumsinsel zu erreichen, trauten sie zuerst ihren Augen nicht. Da, wo man von der Straße Am Kupfergraben über eine große brückenartige Treppe zum Pergamonmuseum hinübergelangte, sah man nur noch ein großes Loch. Die umstehenden Gebäude standen noch an ihrem Platz, nur dasjenige, in dem einmal der Altar von Pergamon und die Antikensammlung untergebracht war, fehlte. Das heißt, nicht ganz. Der Teil des ursprünglich u-förmigen Komplexes, der die Prozessionsstraße mit dem Ischtar-Tor barg, existierte noch.

Die Polizei mühte sich redlich, der Lage Herr zu werden. Doch sie war auf allen Abschnitten der hier tobenden Schlacht unterlegen. An dem gestohlenen Museum konnte sie ohnehin nichts mehr ändern. Nur die Spurensuche tat noch so, als würde sie nach Fingerabdrücken fahnden. Jessica fragte sich, ob dieses Verhalten so eine Art angeborener Reflex war, wie ihn zum Beispiel auch Katzen zeigten, wenn sie versuchten in der Wohnung den Futternapf zu verscharren, obwohl es doch weder Sand noch Laub zum Zudecken gab.

Eine andere Gruppe von Polizisten beschäftigte sich mit den Medienvertretern, die wie eine Meute hungriger Hyänen nach Fotos und Interviews jagten – zwei, drei Reporter lenkten jeweils einen Beamten ab, damit die anderen ungehindert zuschnappen konnten.

Mit Schieben, Stoßen und unter Einsatz ihrer Ausweise (Miriam besaß den ihren noch immer) erreichten Jessica und die drei Erwachsenen endlich den Rand des Loches am Museumsvorplatz. Entsetzt starrten sie nach unten.

»Er hat sogar den Keller geklaut«, meinte Jessica erstaunt. Man konnte in dem Erdloch ganz deutlich den Tunnel erkennen, der zum Bodemuseum hinüberführte.

Thomas drehte sich zu Hermann Kotlitz um und sagte: »Zweifelst du immer noch daran, dass es Dinge zwischen Himmel und Erde gibt, die sich unserem Verstand entziehen?«

Der Beamte schüttelte den Kopf. Es fiel ihm sichtlich schwer, die passenden Worte für das zu finden, was er fühlte und was er sah. »Ich kann es einfach nicht glauben. Ich habe mich geirrt – natürlich gebe ich das zu. Aber ich kann es trotzdem nicht glauben.«

»Vermutlich liegt es daran, dass dein Verstand sich weigert, etwas zu akzeptieren, was er eigentlich für unmöglich hält. Das ist das Wesen vieler Irrtümer. Kannst du etwas unternehmen, damit man uns zum Ischtar-Tor durchlässt?«

Ohne den Blick von dem Loch wenden zu können, nickte Hermann Kotlitz ruckartig. »Selbstverständlich, ich spreche mit dem zuständigen Mann.«

Beim Einsatzleiter der Polizei traf Hermann Kotlitz' den Bekannten von der Stiftung Preußischer Kulturbesitz, der ihn in seiner Behörde angerufen hatte. Kotlitz erklärte kurz, dass Thomas Pollock und Miriam McCullin ehemalige Wissenschaftler des Museums seien und möglicherweise zur Klärung dieses Phänomens beitragen könnten. Daraufhin ließ der Polizeibeamte Passierscheine ausstellen, die es Thomas, Jessica und Miriam ermöglichten, sich ungehindert auf der gesamten Museumsinsel zu bewegen.

Das Ischtar-Tor stand völlig unberührt in dem südöstlichen Flügel des Museums. Die Spiegeltür im Durchgang war geschlossen; so konnte man nicht sehen, dass sich der Saal dahinter fast völlig in Luft aufgelöst hatte. Auch am anderen Ende der babylonischen

Prozessionsstraße klaffte ein riesiges Loch in der Mauer. Der Raum mit den Funden aus Syrien und Kleinasien fehlte völlig.

Jessica war aufgefallen, dass die Bruchstellen zum nun verschwundenen Museumsteil seltsam glatt aussahen. Die Abrisskanten präsentierten sich völlig makellos, gerade so, als hätte jemand jeden Stein mit großer Sorgfalt aus dem Mörtel gekratzt und anschließend den verbleibenden Mauerrest auch noch mit der Bürste gesäubert.

Ein eisiger Wind zog durch die Prozessionsstraße. Jessica und ihre erwachsenen Begleiter waren ein wenig ratlos. Was sollten sie tun? Hermann Kotlitz verabschiedete sich bald: Er habe genug gesehen und wolle noch einige wichtige Dinge János Hajduk betreffend in die Wege leiten.

»Wie nur könnte Oliver uns eine Nachricht schicken?«, sagte Thomas immer wieder, während er in dem zentralen Oberlichtsaal, der Halle zwischen dem Ischtar-Tor und der Prozessionsstraße, auf und ab ging. Er hatte sich den Mantelkragen hochgeklappt, um dem kalten Luftzug zu trotzen.

Jessica wusste keine Antwort darauf.

Es verging eine geraume Zeit, in der sie mal ratlos dastanden und einfach nur froren, dann wieder hin und her liefen, um ihren steifen Gliedern etwas Bewegung zu verschaffen. Plötzlich durchbrach Miriams Stimme die Stille.

»Das Wandgemälde!«

Jessica und Thomas blieben stehen und drehten sich fragend zu ihr um.

»Was ist damit?«, fragte Jessica.

»Ich erinnere mich an das Foto, das du gemacht hast. Aber es stimmt irgendwie nicht.«

Thomas ging mit wenigen Schritten auf die Irin zu und fasste ihre Hand, wie wenn er sie beruhigen wollte. »Wie meinst du das, Miriam? Was ist dir aufgefallen?«

Miriam sah erst ihn an, dann wieder das Wandgemälde. Sie schüttelte den Kopf. »Ich kann es nicht genau sagen.« Dann lachte sie einmal kurz auf, als könne sie ihren Gedanken selbst nicht recht ernst nehmen. »Es ist fast so, als würde dieses Bild leben. Ich glaube, es hat sich von selbst verändert.«

Jessica horchte auf. »Wie das denn?«

»Nun, ich hätte gedacht, der Turm sei auf dem Bild, das du gemacht hast, nicht so hoch gewesen. Auch andere Teile kommen mir verwandelt vor.«

»Ich hatte schon immer das Gefühl, dieses Bild sei auf irgendeine Art lebendig. Aber das lässt sich ja ganz einfach feststellen.« Jessica nahm ihren Rucksack ab und holte einen Hefter hervor. Seit sie und Miriam von dem Skarabäus wussten, nahmen sie die Ergebnisse ihrer Spurensuche ja überallhin mit. Sie suchte die Seite mit dem aufgeklebten Foto. »Hier«, sagte sie.

Alle drei steckten die Köpfe in den Schnellhefter. Mit zunehmender Häufigkeit hoben sie die Augen, schauten auf das Wandgemälde gegenüber dem Ischtar-Tor und versanken wieder in der Fotografie. Es war ein sonderbares Gefühl, das jeder auf seine ganz eigene Weise spürte, eine Art innere Unruhe, die aus dem Empfinden erwuchs, etwas deutlich vor Augen zu haben und es doch nicht zu sehen.

»Miriam hat Recht«, brach schließlich Thomas das Schweigen. »Der Turm ist tatsächlich größer geworden.«

»Kann es denn sein, dass jemand das Gemälde nachträglich verändert hat?«, fragte Jessica.

Miriam schüttelte den Kopf. »Jedenfalls nicht, als ich noch hier tätig war. Normalerweise hätte ich es auch mitbekommen, wenn irgendwelche Bau- oder Renovierungsvorhaben am Museum geplant worden wären. So ein Bild zu überarbeiten ist schließlich keine kleine Schönheitsreparatur. Ohne ein großes Gerüst kommt man gar nicht bis an die Spitze des Turms da oben.« Sie deutete mit der Hand in die obere Bildmitte.

»Bis auf die Größe des Turms hat sich aber anscheinend nichts verändert«, fasste Jessica das Resultat ihrer Beobachtungen zusammen.

Miriam sah sie erstaunt an. »Was soll das heißen? Siehst du nicht, dass die Gebäude des Dorfes dort in der Ecke ganz anders stehen als auf dem Foto? Und auf dem Feld sind auch nicht dieselben Personen.«

Jetzt wunderte sich Jessica ebenfalls. Nicht, weil Miriam sie auf etwas aufmerksam gemacht hätte, was ihr bisher noch nicht aufgefallen war, ganz im Gegenteil. Sie konnte keine der Veränderungen entdecken, die Miriam beschrieben hatte. Als sie ihr das sagte, meldete sich Thomas zu Wort.

»Wartet mal. Ist euch beiden eigentlich nicht der Trauerzug aufgefallen, der dort von dem Dorf aus zum Friedhof zieht?«

»Was für ein Friedhof …?«, sagten Jessica und Miriam wie aus einem Munde. Sie hielten jäh inne und Jessica bedeutete ihrer Freundin, dass zuerst sie sprechen solle.

»Ich sehe die Masten von Fischerbooten bei dem Dorf, aber da ragt nichts auf, was nach Kreuzen oder Grabsteinen aussieht«, schilderte Miriam ihre Beobachtungen.

»Masten?«, fragte Jessica daraufhin erstaunt. »Du meinst sicher den Zaun, der da am Weg entlangläuft.«

Wieder trat eine Pause ein. Jeder vergewisserte sich noch einmal der eigenen Beobachtungen und wunderte sich, wie die jeweils anderen dieses realistische Gemälde nur so falsch interpretieren konnten. Die Köpfe im Nacken, stießen sie kleine Dampfwölkchen aus, die ein eisiger Luftzug durch die Prozessionsstraße davontrug. Schließlich war es Jessica, deren geflüsterte Worte der Wahrheit am nächsten kamen.

»Dieses Bild verändert sich wirklich. Und was das Komischste ist: Jeder sieht es anders.«

Thomas und Miriam rissen sich von dem Wandgemälde los und blickten sie verdutzt an. Jessica meinte tatsächlich, was sie gesagt hatte. Wieder die Gesichter dem Bild zugewandt mussten sie ihr schließlich Recht geben.

»Vielleicht hängt es irgendwie mit dem Tor zusammen«, wagte Thomas einen ersten Erklärungsversuch.

»Ich möchte fast wetten, dass Hajduk dieses Bild ungewollt erschaffen hat, als er die Xexano-Statue zum Leben erweckte«, spekulierte Jessica.

»Die Frage ist, ob uns das weiterhilft«, warf Miriam einen praktischen Gesichtspunkt in die Runde.

Thomas zuckte die Achseln. »Vermutlich nicht. Wenn es sich wirklich so verhält, wie Jessica gesagt hat, dann ist dieses Gemälde nur so eine Art Nebeneffekt, ein faszinierendes Phänomen zwar, aber nichts weiter.«

»Wir sollten nach Hause fahren und noch einmal alles genau durchdenken«, schlug Miriam vor. »Hier können wir uns bestenfalls den Tod holen.«

Jessica sah sie erschrocken an.

»Ich rede von der Kälte«, fügte Miriam erklärend hinzu, doch das schien Jessica kaum zu interessieren.

Sie richtete den Blick wieder auf das Wandgemälde und flüsterte: »Bist du dir da so sicher?«

Der Einsatzleiter der Polizei hatte sich bereit erklärt, alles ihm Mögliche zur Aufklärung des Museumsdiebstahles zu unternehmen. Thomas machte den Vorschlag, man solle doch einen Beamten mit einer Videokamera vor dem Ischtar-Tor postieren und jedes auch noch so geringe Anzeichen einer Veränderung filmen. Außerdem hinterließ er Miriams Telefonnummer und drang darauf, informiert zu werden, sollte etwas Auffälliges geschehen.

Wieder zurück in der Wohnung richtete man sogleich ein Krisenzentrum ein. Tee und Brote, Papier und Stifte, die komplette Xexano-Akte – alles wurde auf Miriams Esstisch verteilt. Das Fernsehen lieferte die aktuellen Nachrichten aus Stadt, Land und Welt.

Die Beklemmung, die Jessica, Miriam und Thomas aufgrund der jeweils neuesten Schreckensmeldungen aus dem Äther empfanden, schien fast schon zu etwas Normalem geworden zu sein. Auch an diesem Tag waren auf der ganzen Erde Dinge verschwunden. Im Vordergrund der Berichterstattung stand natürlich das beinahe komplett abhanden gekommene Pergamonmuseum. Aber auch aus anderen Museen und vielen weiteren Institutionen hatten sich wieder Erinnerungsstücke davongemacht. Immer mehr Archive meldeten die jähe Auflösung von Namen, Fotografien oder Lebens- und Leidensgeschichten. Elektronische Datenbanken schienen sich wie von allein zu löschen. In KZ-Gedenkstätten waren Bildwände, auf denen man noch tags zuvor die Fotos von Nazi-Opfern sehen konnte, plötzlich so gut wie leer.

»Kein Wort von János Hajduk«, sagte Thomas verärgert, als eine aktuelle Sendung zu Ende ging. Er drehte den Fernseher leise. »Hat irgendjemand von euch eine Idee, wie wir Kontakt zu Oliver aufnehmen oder sonst den wahren Namen Xexanos herausbekommen können?«

Die Antwort war ratloses Schweigen.

»Das dachte ich mir«, fuhr er fort. »Mir geht es genauso – fast jedenfalls.«

Miriam horchte auf. Unwillkürlich ergriff sie Thomas' Arm und fragte: »Hast du etwa eine Idee?«

Jessica war diese so belanglos wirkende Berührung nicht entgangen; es war nicht die erste in den vergangenen Tagen. Sie wusste nicht, was sie davon halten sollte. Miriam war ein sehr spontaner Mensch. Vielleicht hatten diese kleinen Gesten nichts zu bedeuten. Und wenn doch? Seltsam, dass sie erst jetzt bewusst darüber nachdachte – aber eigentlich gefiel es ihr, wenn Vater und Miriam sich so gut verstanden.

Thomas schien noch zu überlegen, ob er den Gedanken, der ihm im Kopf herumging, herauslassen sollte. Erst blickte er Miriam an, dann Jessica, schließlich sagte er: »Der Schlussstein – vielleicht enthält er noch einen Hinweis, den Robert Koldewey aus irgendeinem Grund nicht in seine Aufzeichnungen übernommen hat. Ich werde gleich morgen früh alles Notwendige in die Wege leiten.« Er suchte nach einer Reaktion in Jessicas und Miriams Gesicht, sah aber nur, wie sie ihn entgeistert anstarrten. Ein verlegenes Lächeln huschte über seine Lippen. »Ihr habt mich schon richtig verstanden: Wir müssen das Ischtar-Tor aufbrechen!«

An diesem Morgen machte Jessicas Vater das Kreuz. Er legte den roten Filzstift beiseite und schaute nachdenklich auf den Wandkalender.

»Nur noch ein leeres Kästchen«, sagte er.

»Es muss auch leer bleiben«, erwiderte Miriam. Sie strich sich eine Locke aus dem Gesicht und schaute auf den Jahresplaner.

»Leider werden uns gut gemeinte Wünsche allein nicht ans Ziel bringen. Wenn heute die Sonne untergeht, bricht die letzte Nacht an, in der Oliver das Tor durchschreiten kann. Morgen wird der 1. Januar eines neuen Jahres sein.« Thomas' Gesicht verhärtete sich, wohl als Folge eines schmerzlichen Gedankens. »Euch ist sicher bekannt, dass der Monat Januar seinen Namen Janus verdankt, dem römischen Gott nicht nur der Tore und Durchgänge, sondern auch aller Anfänge. Dies ist die Nacht, in der Xexano endgültig die Herrschaft über die Erde gewinnen muss, um nicht erneut für mindestens tausend Jahre in Machtlosigkeit zu versinken.«

Jessica sah über den Frühstückstisch hinweg, wie Miriam ihrem Vater die Hand auf die Schulter legte. »Du denkst an János Hajduk, nicht wahr?«

Thomas wich ihrem Blick aus.

»Doppelgesicht hat dir und deiner Familie viel Leid zugefügt«, sagte Miriam. »Aber wir dürfen jetzt nicht aufgeben. Noch ist der Tag nicht vorüber, Thomas. Er hat noch nicht einmal richtig angefangen. Wir werden Oliver wieder zurückholen. Bestimmt!«

Für einen langen Moment sahen sich die beiden in die Augen und Jessica versuchte zu entschlüsseln, was da in diesen Blicken hin und her ging. Doch ihre kryptographischen Kenntnisse reichten nicht aus, um diesen Code zu knacken. »Wolltest du nicht heute früh telefonieren?«, sagte sie unverwandt zu ihrem Vater.

Der blinzelte wie jemand, den man gerade aus einen Tagtraum gerissen hatte. »Natürlich. Am besten mache ich es gleich.«

Thomas Pollock wusste genau, was er wollte, nur der Mann am anderen Ende der Leitung schien Probleme mit seiner Auffassungsgabe zu haben. Jessica und Miriam lauschten interessiert der Hälfte des Telefongespräches, die auf ihrer Seite lag.

»Natürlich weiß ich, dass heute Silvester ist. – Was? – Sie glauben gar nicht, wie egal mir das ist. Holen Sie die Leute aus dem

Urlaub oder schnitzen Sie meinetwegen das Ding selbst. Sie wissen, dass ich mit der Aufklärung dieses Phänomens betraut bin; ich weiß, was ich tue. – Wie bitte? – Nein, wenn es länger als zwei Stunden dauert, kann ich Ihnen nicht garantieren, dass Ihr Haus samt Weihnachtsbaum sich nicht morgen genauso in Luft auflösen wird, wie es das Museum bereits getan hat. – Ja. Danke. Bis dann.«

Thomas ließ den Hörer auf die Gabel fallen. Er atmete tief durch, aber sein Gesichtsausdruck war noch immer grimmig.

»Dem hast du's aber gegeben.« In Jessicas Augen lag ein Ausdruck von Bewunderung. Sie konnte sich überhaupt nicht erinnern, ihren Vater jemals mit solchem Durchsetzungsvermögen sprechen gehört zu haben.

»Hast du nicht ein bisschen dick aufgetragen?«, merkte Miriam an.

»Was meinst du?«, erwiderte Thomas.

»Na der aufgelöste Weihnachtsbaum. Du hast mir ja letztens selbst erklärt, der immergrüne Baum sei ein Symbol für die Unsterblichkeit der Seele und damit eine Erfindung von Nimrod. Er würde doch wohl kaum sein eigenes Patent stehlen!«

Thomas musste grinsen. »Das kann ich dem Einsatzleiter ja ein anderes Mal erzählen.«

Miriam schenkte dem entschlossenen Mann ein tiefgründiges Lächeln. »Deine Art gefällt mir, Thomas Pollock.«

Jessica schmunzelte. Sie musste an listige Schlangen und arglose Tauben denken.

Zwei Stunden später standen Jessica, Miriam und Thomas im zugigen Oberlichtsaal des Pergamonmuseums. Immerhin hatte die Einsatzleitung für einen riesigen Heizlüfter gesorgt, der die jetzt schon eine Woche andauernde Dezemberkälte etwas erträglicher machte. Die drei schauten zu, wie das Gerüst zusammengesetzt wurde.

»Du willst es also wirklich tun?«, fragte Miriam.

Thomas beobachtete jeden Handgriff der Arbeiter. »Es ist unsere letzte Chance.«

»Dieses Tor ist ein einmaliger Kunstschatz.«

Endlich riss sich Thomas von dem Anblick des fast fertigen Baugerüsts los und sah Miriam in die Augen. »Es gibt Schätze, die wertvoller sind als das.«

Die Irin hob in einem tiefen Atemzug die Schultern, schaute schnell wieder zum Tor empor und sagte: »Na ja, im Grunde ist das meiste daran sowieso nur Attrappe.«

»Das ist richtig. Oben im Torbogen wurden gar keine echten Reliefsteine verarbeitet. Aber ehrlich gesagt, wäre mir das jetzt auch egal. Babylon hat uns lange genug mit seinem Glanz geblendet. Es wird Zeit, dass wir ihm die Maske abreißen, damit sichtbar wird, wer sich wirklich darunter befindet.«

»Wir sind fertig, Herr Pollock«, sagte der Vorarbeiter der Gerüstbaufirma, die das Stützwerk aus Rohren und Schellen zusammengefügt hatte.

»Vielen Dank – Ihnen allen!«, rief Thomas in die Halle, um dann an den Leiter des Trupps gerichtet fortzufahren: »Ich weiß, dass ich viel von Ihnen verlangt habe, als ich Sie bat Ihren Urlaub zu unterbrechen, aber glauben Sie mir, es wird nicht nur für die Stadt, sondern auch für Sie von Nutzen sein.«

»Schon gut, Herr Pollock. Wenn ich mir ansehe, was hier mit dem Museum passiert ist, denke ich, dass Sie jede Unterstützung gebrauchen können. Kommen Sie, ich zeige Ihnen, wie man das Gerüst bewegt.«

Der Vorarbeiter demonstrierte nun mit einigen wenigen Handgriffen, an welchen Stellen die Sicherung der Rollen gelöst werden musste, damit man das Gerüst verschieben konnte. Thomas bedankte sich noch einmal bei allen Helfern und schickte sie dann fort.

»So«, sagte er daraufhin entschlossen, »nun wollen wir sehen, welches Geheimnis das Ischtar-Tor wirklich birgt.«

Er bewaffnete sich mit Hämmern und Meißeln verschiedener Größe und kletterte auf das Gerüst. Direkt am Scheitelpunkt des Torbogens machte er sich an die Arbeit.

Anfangs fuhr er schwere Geschütze auf. Mit einem Vorschlaghammer zertrümmerte er die blau glasierten Ziegel im oberen Mittelbereich des Tores. Dann gelangten die Meißel und kleineren Hämmer zum Einsatz. Bald hatte er die Deckschicht entfernt, die das innere Tor verbarg. Zuletzt arbeitete er mit feinen Spachteln und Bürsten. Ein schwarzer Stein kam zum Vorschein.

»Ist das Basalt?«, rief Miriam von unten herauf.

Thomas stand direkt unter dem Schlussstein und betrachtete ihn aufmerksam. »Sieht fast so aus. Ungewöhnlich für diese Region Mesopotamiens. Der Stein muss von weit her nach Babylon gebracht worden sein. Die benachbarten Steine des versteckten Tores sehen wie ganz normale Tonziegel aus.«

»Warte, wir kommen mit unserer Akte zu dir nach oben. Dann können wir die Inschrift überprüfen.«

Jessica kletterte flink wie ein Eichhörnchen das Gerüst empor. Miriam brauchte kaum länger. Gemeinsam verglichen sie nun jedes einzelne Keilschriftzeichen mit der Fotografie der Tagebuchseiten, die Jessicas Vater einst beschrieben hatte. Alles stimmte haargenau überein, selbst die abschließende verschlüsselte Zeile war bis zur letzten Kerbe exakt kopiert worden.

Thomas ließ sich kraftlos in die Knie sinken. »Und kein einziges Zeichen zusätzlich. Nicht eine einzige Kerbe! Der Schlussstein ist bis auf die uns bekannte Inschrift völlig leer.«

»›Vergesst ihn nie!‹«, wiederholte Jessica leise die Worte, mit denen jeder der vier Verse begann. In ihrem Kopf tobte ein Sturm. Es *musste* einen Weg geben, mit Oliver in Verbindung zu treten. Er kannte bestimmt den Namen Xexanos oder wusste, wo er zu finden war.

Thomas wandte seiner Tochter ein graues Gesicht zu. Er wirkte mit einem Mal unendlich erschöpft. Die Verse des Schlusssteines beschäftigten auch ihn. Vor allem die Worte, die ihm nun voller Verbitterung über die Lippen kamen: »›Denn sonst wird er, noch bevor das Jahr sich wendet, über zwei Welten herrschen – die der lebenden und die der verlorenen Erinnerungen.‹«

Miriam spürte das Gewicht der Verzweiflung, das auf Vater und Tochter lastete. Sie wollte etwas tun, wollte sie ermuntern. Vorsichtig schob sie sich zwischen die beiden, legte ihnen die Arme um die Schultern und drückte sie an sich. »Gebt noch nicht auf. Noch ist der Tag nicht vorüber!«, sagte sie mit eindringlicher Stimme. »Wir müssen hier wachen und das Tor im Auge behalten. Die Nacht des Wechsels bricht erst an. Wenn überhaupt noch einmal etwas mit diesem Tor passiert, dann heute.«

Die Dunkelheit senkte sich über die Stadt wie ein riesiges Leichentuch. Mond und Sterne versteckten sich hinter einer dichten Wolkendecke. Es roch wieder nach Schnee.

Thomas hatte das Gerüst zur Seite gerollt und den Einsatzleiter der Polizei gebeten, sie nicht mehr zu stören. Das schnarrende Geräusch des Heizlüfters erfüllte die Halle wie das Zirpen einer exotischen Grillenart. Aus der Ferne klang das Pfeifen von Feuerwerkskörpern und das Krachen von Silvesterböllern herüber. Es gab immer ein paar Ungeduldige, die nicht warten konnten, bis der kleine Zeiger auf die Zwölf gewandert war.

»Berlin scheint zu feiern, als wäre nichts passiert«, sagte Jessica ohne einen besonderen Grund; sie wollte wohl einfach das lastende Schweigen durchbrechen.

»Als hätte es all die schlimmen Nachrichten in letzter Zeit gar nicht gegeben«, stimmte ihr Miriam zu.

»Die Menschen sind Weltmeister im Verdrängen«, reihte sich Thomas in das Glied der Schwarzseher. »Die Meldungen können noch so abscheulich sein, sie werden sie doch innerhalb kürzester Zeit vergessen haben.«

»Aber das hier«, Jessica machte eine umfassende Geste, »müsste sie doch aufgerüttelt haben.«

Thomas wuschelte durch ihr rotblondes Haar. »Du bist noch jung, Jessi, und hast noch Träume. Wenn es jemals gelänge, das alles hier doch noch zum Guten zu lenken, würden die Menschen es trotzdem bald vergessen haben.«

»Vielleicht sollte man ein Museum bauen«, grübelte Jessica, »ein ›Museum der gestohlenen Erinnerungen‹.«

Thomas lächelte seine Tochter an. »Wenn du eine Stiftung gründest, bin ich der Erste, der etwas spendet.«

Sie blickten zum Ischtar-Tor hinauf. Nur eine einzelne Baulampe, die am seitlich stehenden Gerüst hing, beleuchtete das blaue Bauwerk. Das innere Leuchten, das Jessica jetzt schon mehrmals – wie oft eigentlich? – gesehen hatte, blieb aus.

Die Stunden rannen dahin wie Blut aus einer lebensgefährlichen Wunde. Es war die Welt selbst, die hier ihren Lebenssaft verlor, und sie merkte es nicht einmal. Xexano hatte die Droge des Vergessens über die Menschen gebracht. Sie verloren unmerklich ihre wertvollsten Erinnerungen und feierten diese Tragödie auch noch mit Sekt und Böllerschüssen.

Etwa um halb zwölf wurde der Lärm, der von draußen hereindrang, immer lauter. Es war fast so, als würden die Bewohner der Stadt hysterisch werden, wenn nicht endlich das Glockengeläut um Mitternacht begann. Die Stimmung unter den drei einsamen Personen im zentralen Oberlichtsaal des einstigen Pergamonmuseums war auf einem Tiefpunkt angelangt. Nichts war geschehen, nicht das Geringste.

Die Gedanken in Jessicas Kopf hatten so lange nach einem Ausweg gesucht, waren so oft umeinander gekreist, dass sie mittlerweile einen dicken Knoten bildeten. Sie wusste nicht mehr, was sie denken sollte. Wenn sie in diesem Augenblick jemand nach ihrem Namen gefragt hätte, wäre ihre Antwort wohl nur ein Schulterzucken gewesen. Vielleicht vergaß sie wirklich gerade, wer sie war. Na und? Es machte ihr kaum etwas aus. Es gab nur noch eines, was sie vor dem endgültigen Absturz in das Loch des gleichgültigen Vergessens zurückhielt, und das war Oliver.

Sie kannte ihren Bruder nur noch von Fotos, vom nachdenklichen Betrachten seines Zimmers, durch das, was er geschrieben hatte. Aber dies reichte aus, um ihr noch einmal die Kraft zu geben, sich gegen Xexanos kalte Klauen des Vergessens aufzubäumen.

Jessi, denk nach!, sagte sie in Gedanken zu sich selbst. Oliver und ich, wir beide sind Zwillinge, die ein besonderes Band verbindet. Wir fühlen genauso und denken genauso – sehr oft jedenfalls. Was würde ich tun, wenn ich an Olivers Stelle wäre?

Oliver würde alles nur Erdenkliche unternehmen, um ihr eine Nachricht zu senden; hinter diesem Punkt machte sie im Geiste einen Haken. Sicher würde er dazu einen Weg wählen, der ihrer Aufmerksamkeit gar nicht entgehen konnte, der gewissermaßen offen vor ihren Augen liegen musste. Die ganze Zeit hatte sie auf das Ischtar-Tor gestarrt, auf die Ziegel, die Schlangendrachen und die Stiere, aber nichts war ihr aufgefallen, was man auch nur im Entferntesten als eine Botschaft hätte deuten können. In diesem Augenblick überlief sie ein Schauer. Jessicas Nackenmuskeln verhärteten sich, die Augen waren geweitet. Das Wandgemälde!

Ganz langsam, als könne das Bild sie anspringen, wenn sie eine zu hastige Bewegung machte, drehte sie sich um. Das entging natürlich auch Thomas und Miriam nicht, aber irgendetwas an Jessicas Verhalten – vielleicht ihr angespannter Körper oder ihre aufgerissenen Augen – hielt die beiden davon ab, sie anzusprechen.

Angestrengt suchte Jessica das Gemälde ab – es war so riesig groß! Sie begann links und ließ ihre Augen auf unsichtbaren Linien nach rechts wandern, dann sprang sie wieder nach links und begann die Suche ein Stückchen weiter unten von vorn. Kostbare Minuten verstrichen. Obwohl es – trotz des Heizlüfters – unangenehm kühl war, traten Schweißtropfen auf ihre Stirn. Doch sie zwang sich, gewissenhaft zu sein, tastete jeden Quadratzentimeter mit ihren Augen ab.

Gerade erreichte sie den stillen, so unendlich alt wirkenden Wald, der nun den rechten Bildrand ausfüllte, als sie verharrte. Wieder schauderte sie. Plötzlich sah sie eine Situation vor ihrem geistigen Auge, die nun fast acht Wochen zurücklag: Nach Olivers Verschwinden war sie ins Museum gegangen, um János Hajduk aufzusuchen. Hier unter dem Ischtar-Tor hatte sie ihn, umzingelt von Journalisten, aufgespürt. Dabei war ihr das Bild an der Wand aufgefallen. Sie hatte gespürt, dass an dem Gemälde etwas nicht stimmte, sich irgendetwas verändert haben musste. Aber so nahe sie sich auch der Lösung gefühlt hatte, war es ihr doch nicht gelungen, das verloren gegangene Bildelement beim Namen zu nennen. Jetzt wusste sie es.

Das Einhorn war verschwunden. Doch – da war etwas anderes an seine Stelle getreten, das sie vor acht Wochen noch nicht bemerkt hatte. Schnell trat sie näher an die Wand heran. Als sie erkannte, wer dieser mit dünnen weißen Pinselstrichen gezeichnete Schemen war, überfiel sie ein plötzliches Schwindelgefühl.

Sofort waren Thomas und Miriam bei ihr, um sie zu stützen, doch sie hielt sie mit einer abwehrenden Geste zurück. Nichts sollte in diesem Augenblick die Stimmung stören und damit vielleicht das Bild verscheuchen. Nur wie aus der Ferne hörte sie ihren Vater Miriam fragen, warum Jessica denn so gebannt auf die dunklen Bäume des Waldes starre. Die geflüsterte Antwort ihrer Freundin war nichts als Unverständnis.

Jessica legte eine Hand neben das Bildnis ihres Bruders, um es genauer studieren zu können. So vage, so unwirklich wie zuvor das Einhorn aus dem Wald geschaut hatte, blickte nun Oliver zwischen den Bäumen hervor. Die feinen Linien waren mit einer einzigen Farbe gezogen, doch gerade in seiner Sparsamkeit wirkte das Gesicht bedrückend real. Er sah besorgt aus, schaute eindringlich wie jemand, der eine wichtige Botschaft zu überbringen hatte. Endlich konnte sich Jessica für einen Moment von den flehenden Augen ihres Bruders losreißen. Im selben Augenblick bemerkte sie das Schild.

Die Tafel lehnte an dem Baum, der Olivers Körper Deckung bot. Es standen fremde Zeichen darauf, die Jessica nicht entziffern konnte. Doch inzwischen kannte sie diese Schrift gut genug, um sie als Althebräisch identifizieren zu können.

»Schnell«, sagte sie nach hinten, ohne die Augen von der Tafel zu nehmen. »Ich brauche ein Stück Papier und einen Stift. Sucht auch das althebräische Wörterbuch heraus. Wir müssen etwas übersetzen.«

Auf Miriam und Thomas wirkte das Benehmen Jessicas reichlich sonderbar. Sie sahen nur gemalte Bäume und verstanden nicht, warum diese Jessicas Aufmerksamkeit mit einem Mal derart fesselten. Aber auch sie hatten ja am Nachmittag erlebt, wie leicht man auf dem Wandgemälde ganz unterschiedliche Dinge entdecken konnte. War es möglich, dass Jessica eine Botschaft erblickte, die nur sie allein wahrnahm?

Nachdem Jessicas zurückgestreckte Hand die angeforderten Utensilien in Empfang genommen hatte, begann sie sofort fieberhaft die ungewohnten Buchstaben zu kopieren; die Wand benutzte sie dabei als Schreibunterlage. Sie wünschte sich, sie hätte nur ein wenig von dem zeichnerischen Talent ihres Bruders besessen, dann wäre ihr diese Arbeit bestimmt leichter gefallen.

»Schreib sie von rechts nach links ab. Dann kann ich sie gleich übersetzen«, flüsterte Miriam ihr zu, dann überließ sie Jessi wieder ihrer schweißtreibenden Arbeit.

Als Jessica endlich alle Zeichen übertragen hatte, riss sie das Blatt förmlich von der Wand und reichte es Miriam. Alle drei knieten sich auf den Boden. Während nun Jessica verschnaufen konnte, musste Miriam fieberhaft in ihrem Wörterbuch die richtige Übersetzung finden.

Die Archäologin hatte Jessica einmal erzählt, dass sie sich im Rahmen ihres Studiums früher intensiv mit dem Althebräischen auseinander gesetzt hätte. Als dann aber immer mehr die akkadischen und sumerischen Altertümer zum Hauptgegenstand ihrer Studien wurden, schwenkte sie auf diese Sprachen um. Seitdem hatte sie viel vergessen, leider. Nun wühlte sie wie vom Wahnsinn getrieben abwechselnd in ihrem Gedächtnis und dann wieder in den Seiten des Wörterbuches. Endlich hatte sie es geschafft. Nur noch zehn Minuten bis Mitternacht. Sie drehte den Zettel herum, damit Jessica die Worte besser lesen konnte.

**Schaut unter seine Füße. Dort findet ihr
Xexanos wahren Namen.**

»Unter seine Füße?« Jessica sah abwechselnd in Miriams und in ihres Vaters Gesicht. »Was meint er damit?«

»Die Statue!«, rief Miriam. »Unter ihrem Sockel befanden sich doch Schriftzeichen.«

»Das ist es!«, brach es aus Thomas hervor. »Ich habe es doch selbst in mein Tagebuch geschrieben. Sein Name lautet ›König der vier Weltgegenden‹! Ich dachte, es sei nur ein Titel, weil auch die Könige in späteren Geschlechtern sich *lugal* nannten. Aber in Wirklichkeit war es am Anfang ein Name, so wie bei Julius Cäsar – auch die Herrscher nach ihm nannten sich Cäsaren und später dann Kaiser, was ja auf dasselbe Wurzelwort zurückgeht. Wenn ich nur wüsste, wie der vollständige Name in Sumerisch …«

Ein plötzliches Aufblitzen ließ Thomas erschrocken innehalten, ein Widerschein wie vom Funkenregen eines Schweißbrenners. Drei Köpfe flogen hoch, sechs Augen richteten sich auf das Ischtar-Tor.

Jessica erkannte das Glühen und Blitzen, die bunt funkelnden Lichter und die umeinander wirbelnden Sterne sofort. Das alles hatte sie nun schon mehrmals gesehen. »Das Tor öffnet sich!«

Sie, Miriam und ihr Vater erhoben sich gleichzeitig vom Boden, die Augen starr auf das funkelnde Innere des Tores gerichtet. Das Leuchten hatte sie völlig in seinen Bann geschlagen. Dann überblendete ein helles Licht die Spiegeltüren unter dem Torbogen und die Umrisse einer kleinen Gestalt mit klobigen Füßen wurde in dem Durchgang sichtbar.

»Wer immer da kommt«, hauchte Thomas voller Entsetzen, »es ist auf keinen Fall Oliver.«

»Nein«, sagte Jessica mit starrem Blick. »Das ist Xexano.«

14. KAPITEL

DIE NACHT DER WECHSEL

*Natürlich war er ein Teil meines Traumes,
aber andererseits war auch ich ein Teil seines Traumes.*

Lewis Carroll

Die Zeit schoss wie über Stromschnellen dahin. Oliver hätte den Zeigern seiner Uhr ein solches Tempo niemals zugetraut. Vielleicht stimmte es wirklich, was Nippy einmal angedeutet hatte, und die Zeit folgte in Quassinja anderen Regeln als auf der Erde. Sie schien mal langsamer zu vergehen, dann wieder rascher – im Augenblick gerade rasend schnell.

Nippy und Tupf waren seit über dreißig Stunden fort. Warum hatten sie sich noch nicht gemeldet? Vielleicht waren sie Xexano in die Falle gegangen – oder gar dem Sammler! Oliver mochte gar nicht daran denken.

Eine Weile hatte er versucht sich abzulenken, hatte mit Eleukides und Reven über ihr Leben auf der Erde gesprochen. Da gab es eine Frage, die Oliver schon länger beschäftigte: Wo waren die Wachsabdrücke geblieben, die Reven einst von den vorsintflutlichen Steintafeln angefertigt hatte? Sie – oder zumindest die Abschrift, die Reven davon in Tontafeln geritzt hatte – waren doch ein

Zeugnis von Xexanos unheilvoller Macht. Konnte es nicht sein, dass auch diese zweite Version längst entdeckt, aber doch in ihrer wahren Bedeutung unerkannt in irgendeinem Museum lag? Reven schüttelte den Kopf. Er habe zwar keine Ahnung, wohin diese gefährlichen Dokumente nach seiner Gefangennahme verschwunden seien, aber er könne sich kaum vorstellen, dass sie die Jahrtausende bis in Olivers Tage überstanden hätten.

Als die letzten sechs Stunden des Jahres anbrachen, war dies alles nicht mehr von Interesse. Ein plötzliches Zittern erschütterte für einen Augenblick Xexanos Turm bis in seine Grundfesten. Hörten sie etwa das Toben des Aufstandes? War er endlich ausgebrochen, mit allem, was dazugehörte: Geschrei, Waffengeklirr und donnernden Explosionen? Als das Beben nicht wieder abebbte, sondern in ein monotones tiefes Vibrieren überging, wussten die vier Freunde, was das bedeutete. Reven fand den Mut, es auch auszusprechen.

»Die Mühle. Xexano hat soeben seine Mühle in Betrieb genommen.«

Oliver sah auf die Armbanduhr. »Ich hasse Leute, deren einzige Tugend die Pünktlichkeit ist.«

»Schläft denn dieser vermaledeite Goldklotz nie!«, machte Eleukides seinen Gefühlen Luft. »Er muss doch wenigstens für eine Weile mal seinen Thronsaal verlassen, damit Tupf seine Arbeit verrichten kann.«

»Vielleicht hat er das Bild längst verändert und meine Schwester findet die Zeichnung nur nicht. Vielleicht sind ja Tupf und Nippy auch entdeckt worden.« Oliver seufzte. »Es gibt so viele Knüppel, die Xexano uns zwischen die Beine werfen kann.«

Es vergingen fast drei weitere Stunden. Das leise Vibrieren der Mühlsteine schien sich zu einem unerträglichem Dröhnen gesteigert zu haben, das auf geheimnisvollen Pfaden direkt in die Köpfe der Gefangenen eindrang und dort einen stechenden Schmerz hervorrief. Oliver wanderte pausenlos in der Zelle auf und ab; Eleukides hatte es längst aufgegeben, ihn mit beruhigenden Worten zu besänftigen. Plötzlich drang ein fernes Donnern in den Kerker hinab.

Die Gefangenen erstarrten. Sie vergaßen selbst das Atmen.

»Habt ihr das auch gehört?«, fragte Oliver, nachdem kein weiterer Laut mehr zu vernehmen war.

»Ich würde sagen, es klang wie eine Kerkertür, die unter einem Rammbock nachgibt«, schlug Kofer fachmännisch vor.

In diesem Moment fanden neue Geräusche den Weg in das tiefe Verlies. Aufgeregte Rufe waren zu hören, auch das helle Singen, wenn Stahl auf Stahl trifft. Dann schallte ein gleichmäßiges Geklapper durch das finstere Labyrinth, das sich anhörte wie …

»Hufe!«, rief Oliver aufgeregt und gleich darauf: »Pegasus!«

»Woher willst du das wissen?«, wollte Eleukides widersprechen, aber schon erschien die schneeweiße Gestalt des geflügelten Hengstes vor der Kerkertür.

»Oliver und ihr anderen – geht es euch gut?«, erkundigte sich Pegasus sogleich; er war dicht an das Gitter herangetreten.

Oliver klopfte liebkosend auf den Hals seines vierbeinigen Freundes. Seine Augen strahlten, nicht nur wegen der Tränen, in denen sich das Kerzenlicht spiegelte. »Danke, den Umständen entsprechend«, antwortete er. »Kannst du uns hier rausholen? Wenn's ginge, sofort?«

»Einen Moment noch. Ich habe jemanden mitgebracht, der das bewerkstelligen kann.«

Schon hörte man das schnelle Trippeln kleiner Füße. Nur wenige Herzschläge später trat eine winzige Gestalt in den Lichtkreis der Kerze. Oliver musste an das Kleine Volk denken, dem er zuerst im Annahag begegnet war.

Wie sich herausstellte, war das kleine Wesen eine Frau mit Namen Jasmida, eine Künstlerin, wie sie selbst betonte. Ihrer Vollledermontur nach hätte Oliver sie eher für eine Motorradfahrerin oder allenfalls für einen weiblichen Schmied gehalten. Letzteres sei genau die Kunst, die sie einst gepflegt habe, erklärte Jasmida selbstbewusst. Sie gehörte tatsächlich zum Zwergenvolk der Tamoren und war schon vor langer Zeit vom Sammler bei einem nächtlichen Streifzug durch die Oberwelt aufgeschnappt und nach Amnesia entführt worden. Wegen der außerordentlichen Kenntnisse, die das Kleine Volk in der Bearbeitung von Metallen und Stein besaß, war sie vor dem Schlimmsten verschont worden. Sie hatte jahrelang als Sklavin gedient, zuletzt bei den wieder aufgenommenen Bauarbeiten am Turm.

»Und wie will Jasmida dieses Gitter hier öffnen?«, fragte Oliver skeptisch. Die knubbelige Kleine sah nicht eben wie eine erbarmungslose Kampfmaschine aus.

»Mein Wunschtraum war es schon immer, dem Metall neue Formen zu geben«, antwortete Jasmida selbst. »Ungewöhnliche Formen. Tretet zurück!«

Oliver und seine Freunde folgten der Aufforderung schnell. Unmittelbar nach Jasmidas Warnung hatten sie nämlich eine große Hitze gespürt, die von dem Eisengitter abstrahlte. Der kleinen Schmiedin schien dies allerdings wenig auszumachen. Sie stand höchstens einen Meter von den inzwischen weiß glühenden Stäben entfernt und blickte diese geradezu liebevoll an.

Plötzlich bemerkte Oliver, wie die Tür sich verformte. Es war anders als vor Tagen, als sich das Tor zur Erde genau an dieser Stelle geöffnet hatte und für einen Moment alles vor seinen Augen verschwommen war. Jetzt sah es fast so aus, als wären die glühenden Gitterstäbe von eigenem Leben beseelt. Sie rissen sich aus der Verankerung los, wanden sich umeinander und trennten sich auch wieder. An einigen Stellen wurden sie zu dicken runden Klumpen, an anderen dagegen so dünn und flach wie Papier. Als das weiche Metall zur Ruhe kam, schauten alle außer Jasmida ziemlich erstaunt drein.

»Was ist das?«, wagte Kofer eine vorsichtige Frage.

»Ich würde es für eine ziemlich große Tomatenstaude halten«, interpretierte Oliver die erkaltende Plastik.

»Es ist ein Nachtschattengewächs«, ließ die Künstlerin ihr Publikum wissen. »Das Kleine Volk scheut seit Generationen das Licht der Sonne. Vielleicht fühlen wir uns deshalb so zu diesen Pflanzen hingezogen.«

»Wir müssen uns beeilen«, drängte Pegasus. »Oben werden wir Zentauren finden, die einen oder zwei von euch tragen können, bis dahin werdet ihr euch auf meinem Rücken zusammendrängen müssen.«

»Geht nur schon voraus«, sagte Jasmida und blickte liebevoll ihre Eisentomate an. »Ich werde mich hier ein bisschen umsehen. Vielleicht finde ich ja noch ein paar Gefangene, die sich ebenfalls gerne befreien lassen. Dann kann ich ganz nebenbei nach einer gemütlichen, hübschen, etwas abgelegenen Zweizimmerwohnung Ausschau halten.«

Oliver sah die kleine Frau verständnislos an. Obwohl auch er in heftigen Phasen kreativer Konzentrationsverschiebungen gelegentlich zur Verschrobenheit neigte, gelang es ihm doch nicht, ihre Idealvorstellung von einer heimeligen Unterkunft mit einem der ihm bekannten Geschmacksmuster in Einklang zu bringen.

Pegasus dagegen schien nicht im Geringsten verwundert. »Tu das«, ermunterte er Jasmida, um gleich darauf seine Freunde wieder zur Eile anzutreiben.

Oliver, Reven und Eleukides mit Kofer halfen sich gegenseitig auf Pegasus' Rücken. Der Weise vom Annahag führte ein kleines silbernes Röhrchen zum Mund und blies hinein. Kein Laut war zu hören, aber Kapitän Hendrik würde trotzdem wissen, dass nun die Stunde der Entscheidung gekommen war. Dann ritten sie in der Dunkelheit des Tunnels davon. In einer Wolke von Kerzenlicht blieb Jasmida zurück und winkte ihnen selig lächelnd nach.

Außerhalb des Kerkers herrschte ein heilloses Durcheinander. Überall tobte der Aufstand der Erinnerungen. Der Himmel über dem nächtlichen Amnesia leuchtete rot, doch die Sonne war bereits lange untergegangen. Die Feuer zahlloser brennender Häuser schufen dieses gespenstische Licht.

Pegasus stieß schon bald auf zwei verbündete Zentauren. Einen von ihnen erkannte Oliver wieder, es war ebendie Fabelgestalt, die ihn zu seiner ersten und einzigen Audienz in Xexanos Thronsaal hinaufgetragen hatte. Reven und Eleukides wechselten auf die

Rücken der neuen Freunde über. Dann setzten sie gemeinsam den Aufstieg zur Spitze des Turmes fort.

»Wir dachten schon, Xexano hätte euch erwischt«, rief Oliver seinem schneeweißen Gefährten zu, gleichzeitig krallte er sich in Pegasus' Mähne.

»Es war nicht leicht, die Erinnerungen zum Aufstand zu bewegen. Viele hatten Angst. Am Anfang konnten wir nur die wenigen für uns gewinnen, die Reven Niagas Namen schon kannten. Diese sprachen mit vertrauten Freunden. Und so wurde der Kreis Williger immer größer. Aber mit jedem, der sich uns anschloss, wuchs auch die Gefahr entdeckt zu werden. Als Nippy endlich Revens Namen als Signal zur Erhebung ausrief, waren schon die ersten Tonsoldaten unterwegs, um die Rebellion im Keim zu ersticken.«

»Dann hat Nippy es also geschafft!«

»Du meinst, das Wandgemälde gemeinsam mit Tupf durch dein Gesicht zu verschönern?« Pegasus warf wiehernd den Kopf nach hinten. »Das war eine prächtige Idee, Oliver! Es hat alles geklappt.«

»Und in der Stadt? Wer wird gewinnen?«

»Mach dir keine Sorgen, Oliver. Der Verrat heute früh kam zu spät für Xexanos Schergen. Die Heftigkeit des Aufstandes hat sie völlig überrascht. Der goldene Herrscher hat vermutlich in seiner blinden Machtbesessenheit nie damit gerechnet, dass sich so viele gegen seine brutale Herrschaft erheben könnten. Er zwang jeden in der Stadt, sein Symbol, ein Fähnchen mit einem Schlangendrachen, außen am Haus zu befestigen, wohl in dem Irrglauben, solche Oberflächlichkeiten wären ein Zeichen treuer Ergebenheit. Sobald Reven Niagas Name heute Mittag über der Stadt erklang, nahmen alle Verbündeten die Fahnen von ihren Häusern ab. Dadurch sahen auch solche, die Xexano bisher nur aus Angst gefolgt waren, dass es eine große Zahl von Gleichgesinnten gab. Diese ließen sich nun ebenfalls anstecken und entfernten die Symbole der geheuchelten Unterwürfigkeit. Bald tobte die ganze Stadt.«

Sie überquerten gerade eine der Brücken, die den keilförmigen Einschnitt an der Nordseite des Turmes überspannten. Tief unter ihnen drehten sich die gigantischen Mahlsteine von Xexanos

Mühle. Oliver sah in das Funkeln des Sees der Verbannten Erinnerungen hinab. Die brennende Stadt lag nun in seinem Rücken.

»Hat es ... Tote gegeben?«

»Du weißt, dass es dazu in Quassinja genau genommen gar nicht kommen kann. Aber die Kämpfe sind sehr staubig, wenn es das ist, wonach du fragst.«

»Staubig?«

»Wenn einer der Terrakotta-Soldaten Xexanos zerschlagen wird, dann springen gleich fünf oder gar zehn Rebellen herbei und hämmern so lange auf die Scherben ein, bis sie nur noch Staub sind. Anschließend fegen sie die Reste in unterschiedliche Gefäße zusammen und schütten sie in den See der Verbannten Erinnerungen.«

»Ich wünschte, es ginge auch anders«, sagte Oliver und unterdrückte ein Schaudern. Unter ihm brauste unvermittelt ein heftiges Rauschen auf, das sogar noch an Lautstärke zunahm. »Was ist das?«

»Die Rebellen haben die Schleusen unter dem Turm geöffnet. Nun können die gefangenen Wasser des Sees der Verbannten Erinnerungen endlich wieder ungehindert ins Meer fließen.«

Oliver musste an den Kleiderständer denken, der in diesem See – wie viele andere Erinnerungen auch – versenkt worden war. Bald würden sie alle frei sein. »Es ist schön, dass Quassinjas Volk endlich wieder nach seiner wahren Natur leben kann.«

»Ich fühle genauso wie du, Oliver. Ich denke, dass es irgendwann ohnehin dazu kommen musste. Weder Xexano noch sein Sammler hätten die lebenden Erinnerungen jemals mit ganzer Seele für sich gewinnen können. So etwas mag vielleicht bei euch auf der Erde gelingen, weil ständig neue Kinder geboren werden, die man in der Lüge aufziehen kann. Die aufsässigen Alten sterben dort früher oder später und eine neue Generation von leidenschaftlichen Irrläufern wächst heran. Hier ist das anders. Xexano konnte die Bewohner Quassinjas zwar unterwerfen, er konnte ihnen sogar kriecherischen Gehorsam abzwingen, aber dennoch ist jede Erinnerung immer ein Bollwerk gegen seine Ungerechtigkeit geblieben. Als Reven Niagas Name heute über der Stadt erscholl, ist das vielen bewusst geworden.«

»Ob auch Xexano endlich einsieht, dass er verloren hat?«

»Noch hat er das nicht, Oliver. Sein Wunschtraum ist und war immer die unbeschränkte Macht. Er weiß Angst und Schrecken zu verbreiten und auf der Erde kann er sich das Vergessen zunutze machen. Noch bleibt ihm eine kurze Frist. Wenn wir seinem Treiben nicht Einhalt gebieten können, wird alles umsonst gewesen sein.«

»Dann bleibt es also dabei: Sein wahrer Name muss auf der Erde dreimal ausgerufen werden.«

»Genau das muss geschehen, ja.«

Oliver straffte die Schultern. »Pegasus, mein Freund, kannst du mich auf deinen Flügeln zur Spitze des Turmes emportragen?«

»Ich bin dein Ross, Oliver Sucher. Für dich kann ich alles tun.«

»Dann flieg! Xexano darf nicht siegen. Wir müssen so schnell wie möglich den Thronsaal erreichen.«

Eine seltsame Stille herrschte in dem goldstrotzenden Saal. Nachdem Eleukides, Kofer und Reven von Olivers Plan unterrichtet worden waren, hatte Pegasus seinen Freund sogleich an die Zinne des Turmes getragen. Oliver hatte ihn darauf unverzüglich wieder zurückgeschickt, damit er die anderen leitete und ihnen, wenn nötig, beistehen konnte.

Einen Moment lang betrachtete er das Wandgemälde. Tupf hatte seine Arbeit hervorragend gemacht. Oliver fand, dass er auf dem Bild gut getroffen war. Er hoffte nur, dass Jessica die Botschaft fand.

Er suchte nach einem Versteck und musste feststellen, dass, so groß der Saal auch war, es kaum Winkel oder Nischen gab, in die man sich verkriechen konnte. Das Standbild des Sammlers ragte bedrohlich über ihm auf, aber es stand mitten im Raum, völlig frei. Dasselbe war von dem Aquarium zu sagen. (Aus den Augenwinkeln sah Oliver, wie ein großer Fisch nach einem kleinen schnappte; als er genauer hinschaute, konnte er nur noch den dickeren der beiden entdecken.) Und der Thron? Nein, auch dort gab es kein Versteck. Im Gegenteil, der Spiegel dahinter gewährte gewissermaßen einen unverstellten Blick auf die Rückseite von Xexanos Lieblingsmöbelstück.

Olivers Augen wanderten zum Balkon, bei dem er das unerfreuliche Gespräch mit Xexano geführt hatte, und verharrten. Vor Überraschung vergaß er ganz zu atmen. Wie konnte das sein? Dort, vor den geöffneten Türen, stand eine Windharfe.

Schnell ging er ein paar Schritte auf das Instrument zu. Es sah tatsächlich genauso aus wie die Äolsharfe, auf der er ein einziges Mal hatte spielen dürfen. Wie gerne hätte er doch damals das Saiteninstrument mit in den Kerker hinabgenommen und dann die Welt um sich herum vergessen. Aber Xexano hatte es anders gewollt. Nachdem er durch Olivers Traumgabe der Harfe seinen Willen aufgezwungen hatte, war sie für ihn nichts mehr wert gewesen. Er hatte sie in seine Mühle hinuntergeworfen; vor wenigen Stunden war sie wohl endgültig zermahlen worden.

Oliver zwang sich innezuhalten. Er stand nun nahe genug vor dem Instrument, um es genauer zu betrachten. Ferne Geräusche drangen an sein Ohr; die Kämpfe in der Stadt wurden noch immer mit unverminderter Heftigkeit geführt. Ein kühler Windzug wehte vom Balkon herein. Der Aufstand kam näher. Bald würde auch der Turm brennen, zur größten Fackel aller Zeiten in Quassinja werden. Er sah wieder zu der Äolsharfe hin.

War sie wirklich zermahlen worden? Was, wenn diese Harfe auch eine lebende Erinnerung war? Dann hatte sie sich vielleicht wieder von dem Sturz erholt und stand nun hier, so intakt und spielbereit wie an dem Tag, als ein unbekannter Meister sie erschaffen hatte.

Für einen Moment vergaß Oliver alles um sich herum. Dieses Instrument hatte ihn seit jeher am meisten verzaubert. Nur noch einmal wollte er den sphärischen Klang seiner Saiten hören. Er streckte die Hand nach der Harfe aus, um sie zärtlich zu berühren – da spürte er jäh die Aura der Kälte, die das hölzerne Instrument umgab.

Sofort zuckte er zurück, gerade noch rechtzeitig, um der zuschnappenden Pranke zu entgehen, die sich plötzlich aus dem Harfenkasten gelöst hatte. Er stolperte einige Schritte zurück und beobachtete entsetzt die grausige Verwandlung, die mit der Windharfe vor sich ging. Wenige Augenblicke später sah er sich dem Sammler gegenüber.

»Du hast wohl nicht mehr damit gerechnet, meinen Anblick noch einmal genießen zu dürfen?«, sagte der Pazuzu mit einem lauernden Grinsen auf seinem fratzenhaften Gesicht.

»Mir genügt ganz und gar dein Standbild da drüben.« Oliver versuchte sich umzublicken. Wohin konnte er fliehen?

»Das würde ich nicht einmal versuchen«, sagte der Sammler drohend.

Oliver tat es trotzdem. Er wirbelte herum und rannte auf den Ausgang des Thronsaales zu. Doch bevor er noch die Mitte der Halle erreicht hatte, landete vor ihm die vierflügelige Gestalt des Sturmdämons. Das schaurige Grinsen hatte er beibehalten.

»Eigentlich müsste ich dir dankbar sein«, sagte er im Ton eines Großwildjägers, dem gerade ein Elefant vor die Flinte gelaufen ist. »Ich sollte dich aus dem Kerker hier hochholen, damit Xexano dich persönlich zur Mühleneinweihung nach unten stoßen kann. Nun hast du mir die Arbeit abgenommen.«

»Dann könntest du mir ja auch einen Gefallen tun«, meinte Oliver. In seinem Magen meldete sich ein schmerzhaftes Ziehen. Wenn der Sammler ihn doch wenigstens nicht auf diese Weise überlistet hätte, nicht mit seinem Trauminstrument, der Windharfe!

»Woran hast du denn gedacht?«, antwortete das Wesen mit dem Skorpionschwanz amüsiert.

Trauminstrument? Die Erinnerung an eine Begebenheit, die er nie vergessen würde, stieg in Oliver auf. Was hatte der Embryo, dem er in den Sümpfen von Morgum begegnet war, doch gleich noch zu ihm gesagt? »Wenn du Xexano besiegen willst, musst du an deine Träume denken. Die Gaben, die tief in dir verborgen liegen, verleihen dir die größte Kraft.« War es nicht immer sein größter Wunschtraum gewesen, die Windharfe zu spielen? Nicht wie Xexano, der nur an Unterwerfung dachte, sondern wie jemand, der sein Instrument mit zarten Händen streichelte und ihm so verzaubernde Klänge entlockte.

Ja! Dieses Ja hallte laut durch Olivers Geist. Natürlich! Darin bestand seine größte Kraft, die er in Quassinja besaß. »Nutze deine Gaben«, hatte Tupf einmal zu ihm gesagt. Oliver konnte den Wind nach Belieben formen und lenken, konnte sowohl die Saiten der Äolsharfe spielen wie auch Seedrachen zu Eis verwandeln.

Und stand nicht der Sammler in seiner »Lieblingsgestalt«, wie es Reven einmal ausgedrückt hatte, nun vor ihm? Jetzt blickte Oliver den Sammler lauernd an. Dieses Wesen war ein Pazuzu, der verkörperte Südost-Sturmwind. Oliver lief so plötzlich los, dass selbst der Sammler für einen Augenblick überrascht war.

Während der Gejagte quer durch den Saal rannte, machte der Jäger wieder einen großen Satz durch die Luft. Der Sammler wollte gerade jenseits des Aquariums niedergehen, als Oliver einen Haken schlug. Jetzt lief er direkt auf den Balkon zu. Für einen winzigen Augenblick verlor der Sturmdämon die stabile Fluglage. In dem Bestreben, Olivers Finte zu parieren, taumelte er ein Stück weit durch die Luft wie ein volltrunkener Schmetterling. Dabei stieß er an das große Aquarium und warf es um. Etliche Fische sahen sich plötzlich ihres Elements beraubt und zappelten entsetzt über den Fußboden. Ihre Mäuler öffneten und schlossen sich, als wollten sie lautlos ihrer Empörung Ausdruck verleihen.

Als Oliver von dem Sammler eingeholt wurde, stand er schon an der steinernen Balkonbrüstung und schaute in die Tiefe. Unten funkelten die körperlosen Erinnerungen, begierig darauf, endlich ihr Gefängnis verlassen zu dürfen.

»Ihr Menschen seid so schwach!« Die Stimme des Sammlers troff vor beißendem Spott. Langsam ging er auf sein Opfer zu. »Wenn ich es mir recht überlege, müssen wir gar nicht auf Xexano warten. Ich kann dich ebenso gut gleich hinunterstoßen und werde ihm nachher erzählen, dass du dir selbst das Leben genommen hast.«

Noch einmal blickte Oliver kurz in die schwindelnde Tiefe. Der Schacht, der zu den sich drehenden Mühlsteinen hinabführte, war in dem unsteten Licht des Sees nur als ein dunkles Karree auszumachen. Dort hinunter hatte Xexano die echte Windharfe gestoßen.

Ein furchtbares Gewitter braute sich in Olivers Kopf zusammen. Es war ein Nordwest-Sturm, den er erschuf. Der Sammler war jetzt nur noch eine Armeslänge von ihm entfernt, schon hob er seine widerlichen Löwenpranken. Da machte sich plötzlich ein tiefer schwingender Laut hinter ihm bemerkbar, wie von einer großen Orgel, die ihre Töne aus Nebelhörnern gewinnt; es war ein einziger unwirklich klingender Akkord.

Der Sammler warf erschrocken den Kopf herum. In diesem einen Augenblick sprang Oliver zur Seite und eine Faust, geschaffen aus dem Nordwest-Sturmwind, traf den Pazuzu mit voller Gewalt. Sein Körper wurde über die Brüstung geschleudert und fiel taumelnd in die Tiefe. Der Sammler kreischte. Verzweifelt versuchte er die Schwingen zu öffnen, doch es gelang ihm nicht. Im eisigen Griff des Sturmes raste er auf den Mühlenschacht zu. Sein wahres Wesen war ihm zum Verhängnis geworden.

Oliver hatte fast zu spät erkannt, dass niemand so gut wie er diesem ersten Diener Xexanos die Stirn bieten konnte. Reven hatte die Offenbarung seiner wahren Gestalt einmal als eine Blöße des Sammlers bezeichnet. Nun hatte Oliver die Macht dieses Unwesens aufgehoben, es einfach neutralisiert, sodass es hilflos zwischen die Mühlsteine am Grund des Turmes fiel. Sein Körper wurde beim Aufprall zerschmettert, und ehe er sich wieder erneuern konnte, hatten ihn auch schon die rauen Steinräder erfasst. Xexanos Konstruktion war auf eine grausige Weise perfekt. Vom Sammler blieb nur noch feines Mehl übrig. Als die staubigen Klumpen sich mit den Wassern des Sees vermischten, wurden sie sogleich auseinander gerissen. Auch die körperlosen Erinnerungen wussten, wem sie ihre Gefangenschaft zu verdanken hatten.

Oliver stand noch immer über die Brüstung gebeugt, als ein plötzliches Geräusch ihn aufschreckte. Ein lautes Poltern war zu vernehmen. Sofort drehte er sich um und blickte in den Thronsaal. Sein Herz schien einen Moment auszusetzen, als er den Urheber des Lärms erkannte. Es war Xexano, der da kopflos in die Prunkhalle gerannt kam und den am Boden zappelnden Fischen auswich.

Der goldene Herrscher sah sich gehetzt um, schien aber Oliver nicht zu bemerken. Gleich darauf begann er mit den Armen sonderbare Bewegungen zu vollführen und noch merkwürdigere Worte auszusprechen. Oliver verstand zwar nicht die Bedeutung dieser Formel, wohl aber ihren Zweck.

Vor dem Wandgemälde fing nämlich fast augenblicklich die Luft an zu flimmern. Die Gestalten, Bauwerke und sonstigen Elemente des Bildes wurden immer undeutlicher und schienen sich plötzlich umeinander zu drehen. In diesem Moment sprengte Reven auf einem Zentauren in den Raum, dicht gefolgt von Pegasus und den in Kofer gekleideten Philosophen.

Der ehemalige Hohepriester des Nimrod sprang von seinem Reitwesen und schwang ein großes Schwert, das er irgendwo auf seinem Ritt nach oben aufgelesen haben musste.

»Auf diesen Moment habe ich viertausend Jahre lang gewartet«, rief der Weise vom Annahag triumphierend.

»Ich wusste von Anfang an, dass auf dich kein Verlass ist«, erwiderte Xexano giftig. Das kreisende Flirren der Luft vor dem Wandgemälde wurde immer heftiger.

Reven machte drei schnelle Schritte vorwärts und führte einen kräftigen Schlag gegen die goldene Statue. Doch die war flinker, als man ihren klobigen Füßen zugetraut hätte. Xexano wich geschickt zur Seite aus.

Oliver lief in den Thronsaal. Er machte einen weiten Bogen um die beiden Kämpfer und eilte zu seinen übrigen Freunden. »Wir müssen Reven irgendwie helfen!«

»Ich glaube, er wird ihn genau dorthin bringen, wo er hingehört«, erwiderte Pegasus gelassen. »Mach dich bereit, Oliver.«

»Bereit? Wozu?«, fragte der verwirrt.

»Na, du musst Xexano folgen.«

Oliver starrte Pegasus mit weit aufgerissenen Augen an. Erst jetzt wurde ihm bewusst, dass er wohl nie so richtig daran geglaubt hatte, diesen Augenblick noch zu erleben. Er erinnerte sich an den Tag seiner Ankunft in Quassinja. Das erste Wesen, dem er begegnete, war das Einhorn. Er hatte es damals für eine bedrohliche Kreatur gehalten, die nur ein Diener Xexanos sein konnte. Aber nun war er sich da nicht mehr so sicher.

Warum bist du Oliver der Sucher? So hatte die geheimnisvolle Frage des Einhorns gelautet. Er war anfangs wie ein neugeborenes Fohlen durch diese Welt getappt und hatte sich gefragt, was er überhaupt hier suchte. Was konnte er schon tun angesichts dieses mächtigen Gegners, der nun direkt vor seinen Augen mit Reven kämpfte? Allmählich hatte er dann begriffen, dass er wirklich Gaben besaß, die Xexano gefährlich werden konnten. Und hatte das Einhorn nicht noch etwas anderes gesagt?

Bevor die Erinnerungen an mir vorübergehen, ist längst entschieden, ob sie verloren oder wiedergewonnen sind. Lange hatte Oliver geglaubt, dieses »Vorübergehen« beziehe sich nur auf den Wechsel von der Erde nach Quassinja. Aber konnte es nicht auch genau das Gegenteil bedeuten? Ja, so musste es sein, denn anders konnten Erinnerungen überhaupt nicht »wiedergewonnen« werden.

Ehe nun Oliver die schlichte und doch so bedeutungsvolle Aufforderung von Pegasus kommentieren konnte, traten zwei neue Akteure auf die Bühne des dramatischen Geschehens. Nippy schwirrte mit Tupf herbei. Der Pinsel in ihren zierlichen Klauen war so weiß wie Pegasus' Fell. Offenbar hatte die Kolibri-Dame ihren haarigen Kameraden tatsächlich in einem Farbeimer versteckt. Jetzt setzte sie ihn vorsichtig auf den Boden. Tupf lief sofort zu Oliver hin, seine quirligen Haarfüßchen hinterließen eine winzige weiße Spur.

»Euch geht es gut!«, rief Oliver erleichtert.

»Hattest du etwas anderes erwartet?«, trällerte Nippy quietschvergnügt.

»Auf Semiramis braucht ihr übrigens nicht zu warten«, fügte Tupf hinzu. »Ein paar hitzige Rebellen haben sie in den See der Verbannten Erinnerungen geschubst. Es hat ziemlich gefunkt, als sie unten ankam. Ich schätze, sie hat im See einige sehr nachtragende Bekannte getroffen.«

Ein lautes Klirren zog die Aufmerksamkeit aller sogleich wieder in Richtung Kampfgeschehen. Revens Schwert hatte einen Arm der Goldstatue getroffen und ihn glatt vom Körper abgetrennt. Aber es floss kein Blut – Xexano hatte ein starres, kaltes Herz.

Mit Beklommenheit beobachtete Oliver, wie die Hand des abgehackten Armes sich öffnete und schloss; langsam bewegte sich das herrenlose Körperteil auf den Luftwirbel zu, der mittlerweile in allen nur denkbaren Farben leuchtete.

Wieder wich Xexano zur Seite und Revens Schwert traf singend gegen das Bein der Pazuzu-Statue. Seine Waffe musste selbst eine lebende Erinnerung sein, denn ihre Wirkung überstieg bei weitem alles, was ein normales Schwert hätte erzielen können. Das Standbild des Sammlers geriet ins Wanken; sein Bein war von Revens Hieb dicht über dem Adlerfuß durchtrennt worden. Der einstige Hohepriester sah seine Chance und schlug ein zweites Mal zu. Ächzend brachen die letzten Metallfasern, die den Sammler noch auf den Füßen hielten. Die große Statue kippte vornüber, vollzog im Sturz noch eine halbe Drehung und begrub Xexano direkt unter ihren Flügeln.

Für einen Augenblick glaubte Oliver tatsächlich, der goldene Herrscher sei unter dem Bildnis seines treuesten Dieners zertrümmert worden. Es herrschte unsichere Stille im Saal. Reven hatte das Schwert sinken lassen und atmete schwer.

Vor dem Wandgemälde tobte inzwischen ein Sturm aus Lichtern. Doch plötzlich öffnete sich ein ovaler Spalt in dem Sternenwirbel. Er wurde schnell breiter, erreichte unten den Parkettboden und bildete oben einen runden Torbogen. Bevor noch die Anwesenden dieses neue Phänomen ganz verarbeitet hatten, sprang Xexano blitzschnell unter der Statue des Sammlers hervor. Er war in den durch die geöffneten Pazuzuschwingen gebildeten Hohlraum geraten und so unbeschädigt geblieben. Mit wenigen polternden Schritten erreichte Xexano das geöffnete Tor. Erst als das flimmernde Licht ihn umflutete, blieb er stehen.

Xexano musste sich nicht umdrehen, um seine Widersacher noch einmal hämisch angrinsen zu können, für solche Zwecke hatte er ja auf dem Hinterkopf sein zweites Gesicht. Mit der Gelassenheit eines Siegers machte er einen Schritt vorwärts und verschwand in dem Tor aus Licht.

Sobald Xexano den Spalt, der zwischen Quassinja und Erde klaffte, durchschritten hatte, entstand große Hektik im Thronsaal. Reven ließ sein Schwert fallen und rief seine Freunde.

»Oliver, Eleukides, schnell! Wir müssen den Spiegel herbeiholen.«

Jeder wusste, was Reven vorhatte. So schnell es ihnen möglich war, liefen sie zur Wand hinter dem Goldthron. Zum Glück war der Spiegel nur an Haken aufgehängt, so konnte er problemlos abgenommen werden. Noch loderte das Lichtertor vor dem Wandgemälde. Doch seine Ränder waberten bereits gefährlich, als wollten sie sich jeden Moment auflösen.

Wenige Augenblicke später hatten die Freunde den großen rechteckigen Spiegel vor das Tor geschafft. Oliver schaute beklommen hindurch. Er sah den Rücken Xexanos. Der aber hatte den Kopf zur Seite gewandt, schien von irgendetwas abgelenkt zu sein. Die Spiegeltür des Museums war nicht zu sehen, aber sie musste da sein. Das hoffte Oliver jedenfalls. Wenn sie in dieser Nacht offen stand, dann ...

»Lass endlich den Spiegel los und spring hindurch«, rief Reven.

Oliver sah verzweifelt in die Runde seiner Freunde. Es gab so viel, das er ihnen noch sagen wollte. »Aber ...«

»Kein Aber, Oliver. Geh! Schnell!«

Tränen rannen über Olivers Wangen. Warum musste der Abschied so hastig, so brutal, so endgültig erfolgen? Obwohl er wusste, wie gefährlich sein Zögern war, machte er einen schnellen Schritt auf Reven zu und umarmte ihn. »Sei Quassinja ein besserer Herrscher«, forderte er ihn auf und es klang wie ein Auftrag, dem selbst der erstaunte Weise nicht zu widersprechen wagte.

Eleukides und Kofer konnte Oliver gemeinsam verabschieden.

Zärtlich streichelte er dann mit dem Rücken des Zeigefingers über Tupfs weißen Körper. Er wusste nicht mehr, was er in diesem Moment sagte, es war sicher nur zusammenhangloses Zeug. Dann stand Pegasus neben ihm.

Olivers Herz verkrampfte sich. Sein treuer Freund! Was hatte Pegasus nicht alles auf sich genommen, damit Oliver seinen Vater hatte finden können! Er drückte seine tränenfeuchte Wange ein letztes Mal an Pegasus' Hals, streichelte über das schneeweiße Fell. Dann schreckte ihn wieder Revens eindringliche Stimme auf.

»Oliver! Das Tor kann jeden Moment in sich zusammenbrechen. Du *musst* jetzt hindurchgehen!«

Oliver zögerte. Zunächst verunsichert, dann fassungslos schaute er in die Runde seiner Freunde. »Wo ist Nippy?«

»Dazu haben wir jetzt keine Zeit mehr«, antwortete Reven. »Sie war ja eben noch da. Es geht ihr gut. Du musst jetzt an dich denken, Oliver!«

Bestürzt blickte er in Revens schwarze Augen. Er sah Schmerz darin, Traurigkeit, aber auch eine unnachgiebige Stärke – auf jeden Fall nichts, was ihm noch einen Aufschub gewährte. In diesem Moment fiel ihm etwas ein.

Seine Hand griff in die linke Jackentasche und förderte einen goldfarbenen Knopf zu Tage. Er streckte ihn Eleukides hin, meinte aber Kofer.

»Der gehört dir, Kofer. Beinahe hätte ich ihn mitgenommen. Ich danke dir noch einmal für die vielen wertvollen Ratschläge, die du uns gegeben hast.«

»Behalt ihn nur«, antwortete der Mantel. »Er soll nicht länger ein Pfand sein. Verwahr ihn als ein Erinnerungsstück an mich. Ich suche mir irgendwo einen anderen, vielleicht sogar einen lebendigen.«

Behutsam schob Reven Oliver in Richtung des Tores. »Und nun geh, mein Freund.«

Oliver tat, was Reven von ihm verlangte. Aber es schien seine ganze Kraft zu kosten. Warum nur war Nippy so einfach davongeflogen?

Als Oliver aus dem Ischtar-Tor trat, vergaß er sogleich den Abschiedsschmerz. Zu seiner Rechten entdeckte er Xexano. Noch war der goldene Herrscher nicht besiegt. Im Gegenteil, er trug sogar seinen abgehackten Arm wieder am Körper. Die Statue stapfte langsam auf drei Personen zu, schien sie in die Enge zu treiben.

Nur im Unterbewusstsein registrierte Oliver das Durcheinander in dem zentralen Oberlichtsaal des Museums – das Baugerüst, den röhrenden Heizlüfter und ... das Loch am anderen Ende der Prozessionsstraße. Er stürzte Xexano hinterher. Dessen rückwärtiges Gesicht bemerkte ihn, noch ehe Oliver seine Worte hinausgeschrien hatte.

»Ruft endlich seinen Namen. Dreimal!«

»Das haben wir versucht«, antwortete sein Vater verzweifelt. »Unter seinen Füßen stehen die Worte ›König der vier Weltgegenden‹, aber er bewegt sich trotzdem noch.«

Ein grausames Lächeln umspielte Xexanos Lippen.

Oliver dachte fieberhaft nach. Das konnte doch nicht sein! Reven war sich so sicher gewesen. Er kannte die Schicksalstafeln Nimrods genau. *Schaut unter seine Füße. Dort findet ihr Xexanos wahren Namen.* So lautete Revens Anweisung.

»Natürlich!«, schrie er und hörte verwundert die Stimme, die im selben Augenblick hinter der Goldstatue genau dasselbe Wort hervorstieß. Es war Jessica, die dort am Boden kniete und hektisch in einem Rucksack kramte.

»Du musst den Namen in der Sprache rufen, in der er aufgeschrieben wurde«, rief Oliver über Xexanos erschrockenes Gesicht hinweg.

»Das versuche ich ja gerade«, knurrte Jessica. Ihre Hände wühlten immer noch nervös in der Tasche.

Xexano griff an, versuchte zu retten, was noch zu retten war. Doch Thomas Pollock hatte inzwischen den großen Vorschlaghammer vom Boden aufgehoben und schwang ihn drohend vor einem von Xexanos Gesichtern.

»Komm nur her«, sagte er lockend. »Gold ist weich. Ich mache einen Brieföffner aus dir.«

Endlich hatte Jessica den Hefter zwischen all den Unterlagen und Büchern gefunden, die sie mitgenommen hatten, um auf alle Eventualitäten vorbereitet zu sein. Sie riss ihn heraus und ließ ihre Augen fieberhaft über die schnell aufgeschlagene Seite jagen. Wo in dieser »Spur der Namen« war Xexanos wahrer Name versteckt?

DIE SPUR DER NAMEN

XEXANO: Herrscher Quassinjas, der Welt der verlorenen Erinnerungen
SIN: babyl. Mondgott
ISCHTAR: babyl. Göttin der Liebe und Fruchtbarkeit
IŠTAR: siehe Ischtar
SCHAMASCH: babyl. Sonnengott
MEBARAGESI: erster Sumererkönig in Kisch
NIMROD: erster „Gewaltiger" gemäß der Bibel
MARDUK: Stadtgott Babylons, später Hauptgott im chaldäischen Pantheon
TAMMUZ: babyl. Gott und König, Symbolgeber für das „christliche" Kreuz
DUMUZI: siehe Tammuz
LUGAL-AN-UB-DA-LIMMU-BA: „König der vier Weltgegenden"
MARÁDH: hebr. „rebellieren", macht ganze Welt widerspenstig gegen Gott
N<u>IMRO</u>D   <u>BABYLO</u>N
M<u>A</u>R<u>DU</u>K   <u>BERL</u>IN

<u>NMRD</u>
<u>MRDK</u>
<u>BBLN</u>
<u>BRLN</u>

Dann hatte sie ihn gefunden. Natürlich fast am Ende! Sie sprang auf die Füße, hielt das Blatt mit ausgestreckten Armen vor sich und rief:

Lugal-an-ub-da-limmu-ba

Nichts geschah. Xexano lachte hämisch und machte einen schnellen Ausfallschritt, der ihn vor Thomas' heransausendem Hammer in Sicherheit brachte. Es war ganz deutlich zu erkennen, dass die Goldfigur versuchte sich in Richtung Prozessionsstraße zurückzuziehen.

»Er will fliehen!«, rief Miriam. »Wenn ihm das gelingt, ist alles verloren.«

»*Dreimal!*«, schrie Oliver. »Du musst den Namen dreimal hintereinander aussprechen, Jessica.«

Jessica sah mit aufgerissenen Augen zu ihrem Bruder hinüber. Dann blickte sie abermals auf das Blatt und wiederholte den komplizierten Namen: ein-, zwei- und schließlich dreimal.

Lugal-an-ub-da-limmu-ba
Lugal-an-ub-da-limmu-ba
Lugal-an-ub-da-limmu-ba

Ein schrecklicher Schrei gellte durch die Halle. Die Farbe an Xexanos Körper schien unvermittelt an Glanz zu verlieren. Thomas hatte seinen Angriff mit dem Hammer eingestellt und das schwere Werkzeug zu Boden sinken lassen. Doch noch war Xexano offenbar nicht besiegt. Mit den steifen Bewegungen einer hölzernen Marionette stakste er auf das Tor zu. Schlagartig wurde Oliver bewusst, was Xexano vorhatte. Er versuchte abermals durch das noch immer geöffnete Tor zu springen, erhoffte sich vielleicht auf der anderen Seite eine größere Chance zu überleben.

»Halt!«, rief Oliver und stellte sich mutig der goldenen Figur in den Weg. Ein kalter Schauer durchlief seinen Körper, als er den vom Wahnsinn genährten Hass in den Augen der goldenen Maske sah.

Mit einer Kraft, die ihm niemand mehr zugetraut hätte, stieß Xexano Oliver zur Seite und taumelte weiter auf das Tor zu.

»Er darf nicht entkommen!«, rief Miriam.

Thomas nahm wieder den Vorschlaghammer auf und wollte der Statue hinterhereilen. Da erblickten die vier Menschen plötzlich den Schatten im Tor.

»Das Einhorn!«, entfuhr es Oliver. Xexanos Stoß hatte ihn zu Boden geworfen, wo er immer noch lag. Entsetzt schaute er auf die flache Silhouette des zarten gehörnten Fabelwesens. Kam es Xexano zu Hilfe?

Die goldene Figur stand nun unmittelbar vor dem Tor. Ihr ganzer Körper war von einer weißen Patina überzogen und zitterte. Als würde sie um Hilfe flehen, streckte sie die Arme zum Einhorn aus. Da flammten die Lichter des Tores noch einmal auf. Der schattenhafte Körper des vierbeinigen Hüters wurde für einen Augenblick deutlich erkennbar. Das Einhorn senkte den Kopf, nicht etwa in Ergebenheit vor dem goldenen Herrscher, es war eine unmissverständliche Geste der Zurückweisung.

Oliver starrte erstaunt auf das blitzende Horn der Bronzefigur. Schon bei seiner ersten Begegnung mit dem Einhorn hatte er gespürt, dass dies eine Waffe war, der niemand etwas entgegenzusetzen vermochte. Doch das Einhorn war keiner von Xexanos Schergen. Es hatte seine eigene Aufgabe in der Welt Quassinja. Sein Horn diente nicht nur dazu, die Erinnerungen vor dem Nichts zu schützen, wie Oliver anfangs gedacht hatte, es war auch eine mächtige Waffe, um Schaden von der Welt der verlorenen Erinnerungen abzuwenden.

Mit einem Mal war ihm alles klar. Die Terrakotta-Soldaten, denen Oliver damals im Stillen Wald begegnet war, hatten das Einhorn gefürchtet und nicht gesucht. Xexano hatte mit der Macht der »Schicksalstafeln« einen Weg gefunden, um die Naturgesetze Quassinjas für sich zu missbrauchen. Doch auch er hatte das Einhorn unterschätzt. An dem Tage, als es aus dem Wandgemälde im

Museum verschwunden war, musste es wohl den Stillen Wald verlassen haben – vielleicht, um Thomas Pollock die Rückkehr zur Erde zu ermöglichen, dachte Oliver, während er sich an den Schemen des Einhorns erinnerte, den er für einen kurzen Augenblick im Kerker gesehen hatte. Jedenfalls war nun die alte Ordnung wiederhergestellt. *Bevor die Erinnerungen an mir vorübergehen, ist längst entschieden, ob sie verloren oder wiedergewonnen sind.* Als Xexano zur Erde floh, hatte er das Urteil über sich selbst gesprochen. Der Hüter des Tores sorgte nun dafür, dass dieser Spruch auch vollstreckt wurde.

Die goldene Statue war in Bewegungslosigkeit erstarrt. Noch immer hielt sie die Arme ausgestreckt wie ein kleines Kind, das von seiner Mutter hochgehoben werden will. Oliver blickte zu dem ersterbenden Licht des Tores hin. Noch war das Einhorn zu erkennen. Für die Dauer eines Wimpernschlags glaubte er so etwas wie ein Lächeln auf dem Tiergesicht zu sehen. Bevor der Wirbel aus Licht den Schemen ganz auflöste, hörte Oliver ein Wort. Es war eine unmissverständliche Aufforderung.

»Flieht!«

Oliver sah erschrocken zu Jessica, seinem Vater – und der irischen Wissenschaftlerin? – hin. »Kommt!«, rief er. »Wir müssen weg von hier!«

In seiner Stimme lag ein solcher Nachdruck, dass niemand ihn nach dem Grund zu fragen wagte. Sofort stürzten sie los. Am Eingang der Prozessionsstraße trafen die vier aufeinander. Jessica ergriff Olivers Hand und während sie liefen, drückte sie sie.

Hinter den Flüchtenden brandete das Toben der Lichter noch einmal auf. Ein entsetzliches Beben erschütterte das Museum. Während die vier auf das Ende der Prozessionsstraße zurannten, bemerkten sie, dass etwas nicht stimmte. Thomas war der Erste, dem es gelang, das neue Phänomen in Worte zu fassen.

»Die Wand ist wieder da! Das Museum hat seine alte Gestalt zurückgewonnen.«

»Das heißt, wir stecken in einer Falle«, schlussfolgerte Miriam atemlos.

Hinter ihnen schüttelte ein bebendes Dröhnen die Halle mit dem Ischtar-Tor.

»Hier hinein!«, schrie Thomas und zog Miriam und Jessica nach rechts in den Durchgang, der zu den assyrischen Grüften führte. Oliver hastete hinterher. Stolpernd rasten sie die Treppen hinab. Das ganze Gebäude schien zu zittern. Gerade als sie in den Raum mit dem Steinsarkophag stürzten, ertönte von oben eine gewaltige Explosion.

Der Donnerschlag war so laut, dass er überall in der Stadt gehört wurde. Die meisten Menschen hielten ihn für einen um neunzig Sekunden verfrühten Silvesterknaller, dem wegen seiner Intensität etwas ungemein Offizielles anhaftete, das sich nur schwer ignorieren ließ. Also mussten wohl alle Uhren nachgehen. In diesem Jahr begannen die Berliner eine Minute zu früh den bösen Geistern einzuheizen.

Zitternd hörte Oliver das Knallen und Pfeifen des Feuerwerks. Jetzt, wo der Kampf gegen Xexano vorüber war, überfiel ihn plötzlich eine grenzenlose Erschöpfung. Das Ganze kam ihm nun wie ein einziger böser Traum vor.

Er würde wohl nie erfahren, was das wirkliche Wesen Quassinjas war. Wie von Ferne klangen die Worte des Einhorns durch seinen Geist: *Du fragtest, ob dies Quassinja sei oder ein Traum. Ich dachte mir schon, dass du sehr genau weißt, wo du dich befindest. Quassinja ist nicht einfach nur Quassinja, genauso wenig wie das Horn an meiner Stirn nur ein Horn ist. Es ist eine Welt wie die, aus der du gerade kommst. Aber sie ist in gewisser Hinsicht auch das Reich der Träume.*

Wenn Quassinja nur in den Träumen der Menschen existierte, dann – dessen war sich Oliver sicher – war er für Xexano selbst auch zu einem Traum geworden, zu einem Alptraum sogar. Die Spur der Namen, die Nimrod einst erschaffen hatte, um seinen Wunschtraum der unbeschränkten Macht zu erfüllen, war ihm nun selbst zum Verhängnis geworden.

Noch lag der Schock wie ein alles dämpfender Mantel über den vier Menschen in der dunklen Gruft. In Olivers Geist zog langsam wieder die Traurigkeit ein. Er hatte regelrecht vor seinen Freunden in Quassinja fliehen müssen. Seine rechte Hand tastete sich an der Jacke hinab und schob sie dann über die Hosentasche hoch, um an den Namensstein heranzukommen. Da fühlte Oliver plötzlich etwas Hartes in seinem Parka.

Mit fahrigen Fingern nestelte er an der Klappe über der Jackentasche. Als er endlich mit der Hand hineinfassen konnte, durchlief ihn ein Schauer. Was er da fühlte ... das konnte doch nicht ...!

Unvermittelt ging ein Licht an. Miriam hatte ihre Taschenlampe eingeschaltet. Der Lichtkegel wanderte in die Runde der bleichen Gesichter und blieb schließlich bei Oliver hängen. Über seine Wangen rollten dicke Tränen. Als Miriam auf die Stelle leuchtete, wohin Olivers Augen sahen, bemerkten auch die anderen den kleinen gläsernen Vogel, der reglos auf seiner geöffneten Handfläche saß.

»Warum weinst du, Oliver?« Jessica machte sich große Sorgen um ihren Bruder. Vielleicht war ihm ja in Quassinja der Verstand abhanden gekommen.

»N-Nippy«, stammelte Oliver. Nur dieses eine Wort.

»Ist das der Name dieses Vögelchens?«

»Sie war meine beste Freundin.« Oliver sah Jessica aus tränenfeuchten Augen an. »Jedenfalls in Quassinja.«

»Du meinst, das Kristallvögelchen war einmal lebendig? Und du kannst dich noch daran erinnern?«, entfuhr es Thomas erstaunt.

»Natürlich war sie das. Ich werde sie nie vergessen. *Niemals!*«

»Aber wie kommt das? Als *ich* durch das Tor zurückkehrte, konnte ich mich an überhaupt nichts mehr erinnern, was in Quassinja geschehen war.«

»Vielleicht«, Oliver schniefte, »liegt es an dem Namensstein.« Er nahm den Vogel in die andere Hand und förderte aus seiner Jeans den kleinen runden Kiesel hervor.

Jessica erkannte darauf die gleichen fremdartigen Zeichen wie in Olivers Bildnachricht. »Was ist das – ein *Namensstein?*«, fragte sie verwundert.

»In Quassinja hat jede lebende Erinnerung einen. Wenn man

den Stein zerstört, vernichtet man auch die dazugehörige Erinnerung.«

»Und wenn man ihn zur Erde bringt, nimmt man auch seine Erinnerung mit«, schlussfolgerte Miriam.

Oliver sah sie verwundert an. Er hatte keine Lust zu fragen, warum die freundliche Wissenschaftlerin, der er vor Wochen den Zettel mit der Inschrift anvertraut hatte, hier unter ihnen war. Dunkel erinnerte er sich an Jessicas Erklärung aus den Sümpfen von Morgum, sie und die Irin seien Freunde geworden. Im Moment war ihm das auch völlig egal. Er konnte nur an Nippy denken. Die Augen wieder auf den gläsernen Kolibri gerichtet, sagte er mit bebender Stimme: »Ich hatte ja keine Ahnung, wie sie das meinte.«

»Wovon sprichst du?«, fragte Jessica leise; gleichzeitig streichelte sie die Faust mit dem Namensstein.

»Als Nippy davonflog, um einen gefährlichen Auftrag auszuführen, sagte sie zu mir: ›Tu nicht so, als würden wir uns nicht wieder sehen. Ich habe dich lieb gewonnen wie sonst keinen. Selbst Xexano wird uns nicht wieder voneinander trennen können.‹ Wie konnte ich denn ahnen, dass sie so weit gehen würde!?« Ein Beben ging durch Olivers Körper, er war kaum imstande, sein Weinen zurückzuhalten.

Alle versuchten ihn zu trösten, legten ihre Hände auf seine Schultern. Jessica umarmte ihn, wie sie es früher immer getan hatte, wenn ihren kleinen Bruder großer Kummer plagte. Mit sanften Worten sprach sie auf ihn ein.

»Der Piepmatz muss dich sehr geliebt haben – du hast es ja selbst gesagt. Für ihn hätte es vielleicht ein Leben in ewigem Kummer bedeutet, wenn er allein in Quassinja zurückgeblieben wäre. Deshalb wählte er für sich lieber den zeitweiligen Schlaf als den immer währenden Schmerz.«

»Schlaf?«, wiederholte Oliver schniefend.

Jessica lächelte ihn an. »Na, überleg doch mal. Nippy war schon einmal hier und ging nach Quassinja. Warum sollte sie das nicht wieder tun? So alt du auch wirst, ihr wird das Warten nichts ausmachen. Nur du kennst ihr wahres Wesen. Wenn du dafür sorgst, dass es auch dabei bleibt, wird sie irgendwann wieder nach Quassinja zurückkehren.«

»Bestimmt?«

»Ganz bestimmt, Oliver.«

Jessica hielt einen Karton im Arm und schaute zu den Gesichtern über dem Hauseingang empor. Ein Stuckateur stand auf einem Gerüst und modellierte mit geschickten Händen den weichen Gips. Jetzt erwachten die vergessenen Masken zu neuem Leben, ihre wahre Natur war nun nicht mehr länger ein Rätsel. Erfreut stellte Jessica fest, dass die Gesichter doch eher Engeln glichen als Dämonen.

Es war Samstag früh, der 2. Januar. Schon gestern hatte sich eine drastische Wetterbesserung angekündigt und heute waren die Temperaturen beinahe frühlingshaft. Warum aber die Handwerker es *so* eilig hatten, die Fassade in der Bergstraße 70 wiederherzustellen, blieb Jessica trotzdem ein Rätsel.

Gestern hatten alle noch den Tag – mehr schlecht als recht – in Miriams kleiner Wohnung zugebracht. Es war nicht das neue Jahr, das sie feierten, sondern der Sieg über Xexano. In den Nachrichten überschlugen sich die Meldungen über die zurückgekehrten Erinnerungen. Nicht nur das Pergamonmuseum war nämlich wieder intakt, auch die Figuren, Namen, Bilder und Gedanken, die Xexano und sein Diener János Hajduk gestohlen hatten, waren zurückgekehrt. Jeder Ball, den man von der Erde aufhebt, wird zurück auf den Boden fallen, wenn man ihn der Schwerkraft überlässt. So hatten auch die Naturgesetze Quassinjas von ganz allein dafür gesorgt, dass alles seinen angestammten Platz einnahm, nachdem die Macht des goldenen Herrschers gebrochen war.

Schon auf der Heimfahrt vom Museum hatten die vier Xexano-Besieger neue aufregende Nachrichten aus dem Autoradio erfahren. Von dem wieder erschienenen Pergamonmuseum wurde zwar noch nichts vermeldet, aber der Name János Hajduks plärrte plötzlich aus den kleinen Lautsprechern.

Der Nachrichtensprecher erklärte, der ehemalige Direktor des

Vorderasiatischen Museums sei am Bahnhof Zoo von der Polizei festgenommen worden. Man laste ihm an, maßgeblich an den Vorgängen beteiligt gewesen zu sein, die mit dem Verschwinden wertvoller Ausstellungsstücke und schließlich sogar des größten Teils der Museumsgebäude zusammenhingen.

Zurück im Lagezentrum von Miriams Wohnung, musste Oliver zunächst einmal einen Abriss seiner Erlebnisse in Quassinja liefern. Er nahm sich viel Zeit dafür; immer wieder schaute er auf den kleinen Glasvogel, den seine Finger mechanisch streichelten.

Dann sprach Thomas die Worte, vor denen sich Jessica schon seit Stunden gefürchtet hatte.

»Jetzt, wo alles vorüber ist, werden wir dir nicht länger zur Last fallen, Miriam. Wir gehen in unsere Wohnung zurück.«

»Aber ihr stört mich überhaupt nicht«, beteuerte diese. »Von mir aus könnt ihr so lange bleiben, wie ihr wollt.«

Nur durch das nachhaltige Drängen und Betteln von Jessica wurde die Galgenfrist um einen Tag verlängert. Den 1. Januar wollten sie alle noch zusammen verbringen.

Als man an diesem ersten Tag im Jahr gemeinsam – fast wie im Kreise einer intakten Familie – den aufregenden Nachrichten aus nah und fern lauschte, schien sich für Oliver und Jessica die Welt wirklich geändert zu haben. Doch ihr Vater war weniger optimistisch.

»Wartet es ab, in ein paar Wochen werden sie alles vergessen haben – auch ohne Xexano. So sind die Menschen eben: Ihre Gedanken fließen durch ein ordentlich angelegtes Netz von Kanälen und alles, was nicht in dieses Schema passt, wird sehr schnell verblassen; beinahe so, als wäre es nie geschehen.«

Oliver und Jessica plagten an diesem Tag noch ganz andere Sorgen. Jessica hatte von ihrer Spurensuche zusammen mit Miriam erzählt und aus Olivers Sympathie, die er von Anfang an für die Irin empfunden hatte, war schnell Zuneigung geworden.

Als Thomas und Miriam in der Küche mit dem Wegräumen des Geschirrs beschäftigt waren, konnte Jessica nicht mehr länger an sich halten.

»Olli, meinst du, sie wäre eine passende Mutter für uns?«

Auch Oliver hatte bemerkt, wie gelöst sein Vater in Gegenwart Miriams war. Ein Bild aus den Sümpfen von Morgum schwebte durch seinen Geist. Dann sah er seine eigene Mutter mit den beiden Babys in den Armen und fühlte noch einmal ihre Liebe, wie er sie am See der Verbannten Erinnerungen gespürt hatte. Wehmütig schüttelte er den Kopf, was Jessica zunächst falsch deutete. Aber er sorgte schnell für Klarheit.

»Unsere Mutter kann sie niemals ersetzen. Aber ich denke, dass sie unsere beste Freundin werden könnte – und für Vaters Seele endlich der Trost, den wir beide ihm wünschen.«

EPILOG

*Der Schlüssel zur Zukunft einer Nation liegt
in ihrer Vergangenheit.*
Arthur Bryant

Die Ereignisse überstürzten sich in den ersten Tagen des neuen Jahres. Thomas und Miriam wurden wieder im Vorderasiatischen Museum angestellt. Dabei störte es Miriam überhaupt nicht, dass Thomas nun sogar ihr neuer Chef geworden war. Man hatte sich plötzlich wieder seiner hervorragenden wissenschaftlichen Reputation erinnert. Und die Aufklärung von Doppelgesichts gemeiner Intrige tat ein Übriges zu dieser schnellen Entscheidung.

Die Phänomene rund um das Pergamonmuseum waren Mittelpunkt der Aufmerksamkeit zahlreicher Forschergruppen, die aus aller Welt anreisten, um das Gebäude zu ihrem Laboratorium zu erklären. Sie maßen, fotografierten und führten Interviews. Ihre Gesprächspartner waren überwiegend selbst ernannte Experten, die eine Zeit lang wie Pilze aus dem Boden schossen. Der neue Museumsdirektor sorgte dafür, dass seine Kinder und Miriam McCullin von der informationshungrigen Meute weitgehend unbehelligt blieben.

Schon bald aber verloren die Medien das Interesse an diesem Fall – ganz wie von Thomas Pollock vorhergesagt. Andere Themen waren nun wichtiger: die neueste Steueraffäre eines Ministers, ein Großbrand in einer Gummibärchenfabrik, die rechtsradikalen Neigungen eines Nachrichtensprechers ...

Oliver dagegen beschloss, wachsam zu bleiben. Auch wenn er eine Laufbahn als Künstler anstrebte, wollte er in seinem Leben doch immer die neuesten archäologischen Forschungsergebnisse verfolgen. Er erinnerte sich noch sehr gut an Revens Erzählungen. Es gab viele Fragen, auf die er keine befriedigenden Antworten erhalten hatte: Was war aus der zweiten und dritten Goldstatue geworden, die Nimrod einst formen ließ? Wo befanden sich die Abschriften, die Reven von den »Schicksalstafeln« angefertigt hatte? Konnten die Menschen wirklich sicher sein, dass nie wieder jemand ihre Erinnerungen stehlen würde?

Am Morgen des 27. Januars überflog ein Flugzeug der irakischen Luftwaffe die Gegend südlich von Babylon. Der Pilot glaubte erst an eine Halluzination, als er die gigantische Ruine entdeckte. Ein riesiger runder Turm, der sich nach oben hin in mehreren Stufen verjüngte, ragte da aus dem Wüstensand, als hätte er schon immer dort gestanden. Aber das war unmöglich. Ein solches Bauwerk hätte schon viel früher jemandem auffallen müssen!

Die Maschine zog einige Schleifen um den Turm. Die Spitze war entweder abgebrochen oder nie fertig gestellt worden. Die Besatzung meldete die Entdeckung sofort per Funk nach Bagdad. Von der anderen Seite der Verbindung kamen wütende Worte zurück. Trunkenheit am Steuerknüppel sei ein ernstes Vergehen. Der Pilot wurde sofort zu seiner Basis zurückbeordert.

Als Oliver die Bilder im Fernsehen sah, lief es ihm kalt den Rücken hinunter. Er erkannte Xexanos Turm sofort wieder. Offenbar war auch dieses Bauwerk aus gestohlenen Trümmern errichtet worden, den steinernen Gebeinen von Häusern, die der goldene Herrscher schon vor langer Zeit geraubt hatte. Eine makabre Vorstellung für Oliver, der unwillkürlich an einen Kanibalen denken musste, der sich aus den Knochen seiner Opfer einen Sommersitz zusammengezimmert hatte.

Noch am selben Tag war in der Zeitung eine andere Notiz zu lesen, so klein, dass Oliver sie beinahe übersehen hätte.

Hajduk spurlos verschwunden!

Atemlos verschlang er den kurzen Bericht: Der in Untersuchungshaft befindliche ehemalige Direktor des Vorderasiatischen Museums sei plötzlich aus seiner Zelle verschwunden, hieß es da. Die Behörden erklärten, man habe nicht feststellen können, auf welche Weise Hajduk die Flucht gelungen sei oder wer ihm dabei geholfen haben könnte. Eine Großfahndung nach dem mutmaßlichen Museumsdieb sei bisher ohne nennenswertes Ergebnis geblieben.

»Museumsdieb!«, zischte Oliver verächtlich. Man hatte tatsächlich schon vergessen, dass vor nicht einmal einem Monat etwas viel Bedrohlicheres als nur eine Bande von Dieben in dieser Stadt gewütet hatte.

Zärtlich streichelte er über Nippys starres Gefieder. »Jetzt müssen wir umso wachsamer sein, meine Kleine.«

Die Sanierung des Hauses Bergstraße 22 war schon seit längerer Zeit abgeschlossen. Thomas Pollock hatte Glück gehabt, als er die geräumige Vierzimmerwohnung direkt auf der anderen Straßenseite für sich ergatterte. Der neue Direktor des Vorderasiatischen Museums hatte sich viel vorgenommen für sein zukünftiges Leben.

Oliver und Jessica waren überrascht, als ihr Vater ihnen erzählte, dass er mit der Arbeit an einem neuen Buch begonnen habe. Ein Verlag war nach den Vorfällen im Pergamonmuseum an ihn herangetreten und hatte den Vorschlag unterbreitet, seine wissenschaftlichen Werke wieder aufzulegen.

»Was mir vorschwebt, ist allerdings etwas anderes«, erklärte Thomas sein Vorhaben. »Ein wissenschaftliches Buch würde schnell von den Kollegen in der Luft zerrissen werden. Das, was im Museum passiert ist, passt nicht in ihr Weltbild. Deshalb werden sie es bald als eine große Sinnestäuschung einiger abergläubischer Spinner hinstellen, vielleicht auch zur Massenhysterie erklären – jedenfalls würde mir niemand glauben, wenn ich auf sachliche Art unsere Geschichte erzählte.«

»Wenn es kein Fachbuch wird, was willst du dann schreiben?«, fragte Oliver.

»Einen Roman.«

»Du meinst eine Geschichte für Erwachsene?«

»Sagen wir, für junge Menschen von dreizehn bis hundertdreißig. Ein junger Geist ist noch eher bereit, sich mit ungewöhnlichen Gedanken anzufreunden. Ich werde das Buch *Das Museum der gestohlenen Erinnerungen* nennen. Vor meinem geistigen Auge sehe ich es schon: blau, mit dem Ischtar-Tor auf dem Umschlag – vielleicht sollte man einen Lichtwirbel hineinzeichnen; das wäre bestimmt sehr eindrucksvoll!«

»Da hast du dir ja viel vorgenommen.«

»Wenn ihr beide mir bei meinen Recherchen helft, dann werden wir diese Aufgabe als Team meistern.«

»Also ich bin dabei«, sagte Jessica.

»Auf mich kannst du auch zählen«, fügte Oliver hinzu.

Damit hatte Thomas Pollock bereits einen seiner neuen Vorsätze in Angriff genommen. Er wollte sich nicht völlig von der neuen Arbeit im Museum vereinnahmen lassen. Seine Familie erschien ihm wichtiger als eine Karriere als angesehener Archäologe. Er hatte schmerzlich erfahren müssen, wie flüchtig ein solcher Ruhm sein konnte.

Die neue Wohnung bot ihm und seinen Kindern genügend Raum für ihre Kreativität. Sie war ein neues Zuhause für ein neues Leben, eines, in dem auch noch Platz für eine zusätzliche Person war.

Miriam half beim Umzug mit. Sie war gerade dabei, in der Küche Teller und Tassen einzuräumen. Thomas stand an die Tür gelehnt, trank Tee aus einem Becher und verfolgte jede ihrer Bewegungen.

»Könntest du dir vorstellen, aus der Krausnickstraße wegzuziehen?«, fragte er ganz überraschend.

Miriam richtete sich auf, in der Hand hielt sie einen geblümten Teller. »Es kommt darauf an, wohin.«

»Wie wär's mit der Bergstraße 22?«

Miriam sah Thomas lange aus ihren rehbraunen Augen an. Dann musste sie schmunzeln. »Soll das so eine Art Heiratsantrag sein?«

»Ich habe nicht sehr viel Übung darin. Der letzte liegt schon sechzehn Jahre zurück.«

»Eigentlich kommt es gar nicht auf die wohlgesetzten Worte an. Was das Herz sagt, ist viel wichtiger.«

»Meins schlägt gerade wie verrückt.«

»Das klingt schon viel besser.«

»Ist das jetzt ein Ja?«

Der Teller rutschte aus Miriams Hand und zerschellte auf dem Küchenboden. Seltsamerweise schien das die zwei nicht zu stören. Als Jessica und Oliver herbeigelaufen kamen, fanden sie die beiden in einer innigen Umarmung.

Einen Tag später – der Umzug war bereits in die Endphase eingetreten – durchstöberten Thomas, Miriam und die Zwillinge den Dachboden der alten Pollock-Wohnung. Miriam hatte darauf bestanden, dass Majas Truhe nicht auf dem Sperrmüll landete. Thomas hatte lange mit sich gerungen und war schließlich zu der Entscheidung gelangt, dass er seine junge Ehe nicht mit alten Erinnerungen belasten wollte. Aber Miriam sah das anders. Es machte schließlich keine Umstände, die Truhe weiterhin auf einem Dachboden ruhen zu lassen, und es stellte einen Respektserweis gegenüber wertvollen Erinnerungen dar.

Als Oliver gerade eine Matratze vom Speicher herabschleppte, traf er vor der Tür seiner ehemaligen Wohnung plötzlich auf einen alten Mann in dickem Wintermantel. Der Fremde war nicht viel größer als Oliver. Auf seinem Kopf trug er eine Baskenmütze, das Haar war früher einmal schwarz gewesen, sah jetzt aber wie mit

Puderzucker bestreut aus. Der Alte besaß dunkle, lebendig funkelnde Augen und eine ausgeprägte Nase.

»Guten Tag«, sagte Oliver höflich. »Sie wünschen bitte?«

In diesem Moment kamen auch Jessica, Miriam und Thomas die Treppe herab und blieben erwartungsvoll stehen.

Der alte Mann lächelte schüchtern und nahm seine flache Mütze ab. Er nickte zur Begrüßung und sagte: »Mein Name ist Ruben Rubinstein. Ich habe früher einmal hier gewohnt.«

»Sie meinen, in dieser Wohnung?« Oliver deutete auf die offen stehende Tür seines früheren Zuhauses.

»Ja.« Wieder das bescheidene Lächeln. »Es ist allerdings schon ein halbes Jahrhundert her.«

»Oh! Das ist lang.«

Der Mann nickte. In seinem Gesicht lag ein wehmütiger Ausdruck. »Ich bin Maler«, sagte er. »Früher habe ich hier gearbeitet, obwohl das Licht nicht besonders gut war. Als ich dann plötzlich fliehen musste, habe ich mein ganzes Handwerkszeug auf dem Dachboden zurückgelassen. Ich wollte eigentlich nur nachsehen, ob noch etwas davon da ist.«

Schlagartig erinnerte sich Oliver an Tupfs Geschichte. In Quassinja hatte ihm sein Pinsel doch erzählt, dass er früher einmal einem begnadeten Maler gehört hatte. Nach einer schlimmen Bombennacht war der dann nicht mehr aufgetaucht.

»Wo sind Sie denn die ganze Zeit gewesen?«, fragte Oliver mit beinahe ehrfürchtigem Unterton.

Der Alte lächelte wieder. »Ich konnte in die USA fliehen. Dort habe ich es als Maler zu bescheidenem Ansehen gebracht.«

»Die wirkliche Größe vieler Künstler hat man oft erst nach ihrem Tod erkannt.« Oliver sagte das, weil er glaubte den Mann trösten zu müssen, doch der sah überhaupt nicht betrübt aus.

»Alles, was ich jemals wollte, ist, die Dinge, von denen ich überfließe, mit anderen Menschen zu teilen.«

»Und das ist Ihnen gelungen?«

»Ich denke, ja.«

»Was Ihre Malutensilien betrifft, muss ich Sie leider enttäuschen. Das Letzte, was von ihnen übrig geblieben war, ist ein Pinsel ...«

»Oh?«

»Ich selbst habe mit ihm meine ersten ›Gehversuche‹ auf der Leinwand unternommen. Er hat mir lange treu gedient. Aber jetzt ist er ... sozusagen von uns gegangen.«

Ruben Rubinstein betrachtete nachdenklich Olivers Gesicht. »Das ist nicht so schlimm, mein Junge. Ich wollte nur sehen, ob noch etwas von meinen Erinnerungen, die ich mit diesem Haus verbinde, zurückgeblieben ist. Aber was du mir eben erzählt hast, ist mehr, als ich jemals erwartet hätte.«

Oliver sah den Alten fragend an.

»Wollen Sie nicht mit uns zusammen eine Tasse Tee trinken?«, mischte sich Miriam in das Gespräch ein.

Ruben Rubinstein nahm gerne an. Gemeinsam gingen die fünf hinüber in die neue Wohnung und bald entfachte sich ein lebhaftes Gespräch. Der alte Maler erzählte von der Zeit, da man die Juden in dieser Stadt verfolgt hatte, von seiner Flucht und von seinem Leben als Künstler in New York. Er verriet auch, dass er nach Berlin zurückgekehrt sei, um sich mit der Vergangenheit zu versöhnen. Hier wolle er seinen Lebensabend verbringen, vielleicht auf der Suche nach einigen lernbegierigen jungen Künstlern.

Oliver nahm natürlich sofort die Gelegenheit wahr und zeigte Herrn Rubinstein seine eigenen Werke. Der Maler war sichtlich beeindruckt. Vor allem die Bilder, die Olivers Erlebnisse in Quassinja darstellten, interessierten ihn sehr. Da gab es lebende Steinfiguren, Fabelwesen und äußerst muntere Möbelstücke. Immer wieder tauchte auch seine Mutter in den Bildern auf, eine wunderschöne rothaarige Frau.

»Weißt du was?«, sagte Ruben Rubinstein, nachdem er alle Werke Olivers begutachtet und für sehr viel versprechend befunden hatte. »Wenn du willst, dann zeige ich dir, wie du die Bilder in deinem Geist noch besser auf die Leinwand bringen kannst.«

NACHWORT DES AUTORS

*Die verhängnisvolle Neigung der Menschen,
über etwas, was nicht mehr zweifelhaft ist,
nicht länger nachzudenken,
ist die Ursache der Hälfte aller Irrtümer.*

John Stuart Mill

Es gibt Autoren, die schreiben Bücher, wie andere Leute Holz hacken. Am Ende ihrer Arbeit schauen sie auf einen großen Haufen Scheite, streifen die Späne von ihren Händen und wenden sich ab. Ich gehöre nicht zu dieser Art Schriftsteller.

Das Museum der gestohlenen Erinnerungen ist ein Teil von mir selbst. Dass ich es schreiben durfte, bedeutet mir sehr viel. Wie auch in meiner *Neschan*-Trilogie war es mir sehr wichtig, den Leser in eine Geschichte zu ziehen, die ihn so schnell nicht mehr loslässt. Aber der Roman von Jessica und Oliver sollte mehr sein als nur ein spannendes Buch. Er sollte auch zeigen, wie wichtig die Erinnerung in ihren verschiedenen Spielarten für unser Leben ist, sollte auch ein Appell gegen Intoleranz und Gleichgültigkeit sein. Ich verabscheue kaum etwas mehr als das kritiklose Hinnehmen vorgefertigter Meinungen, nur weil die Mehrheit daran glaubt. Wenn man das meinem Buch anmerkt, stört mich das wenig.

In dem Roman habe ich, wo immer möglich, Fakten verwendet.

Aber einige dieser Tatsachen wurden von mir in einen ungewohnten, manchmal auch neuen Zusammenhang gestellt. Gerade das ist ja auch die Methode, auf der viele Irreführungen basieren. Immer wieder werden Tatsachen so aneinander gefügt, dass sie das gewünschte Ergebnis produzieren. Je mehr etwas im Brustton der Überzeugung verkündet wird, umso wackliger sind oft die Füße, auf denen diese Behauptungen stehen – das ist jedenfalls meine Erfahrung mit »unverrückbaren Tatsachen«. Der Umgang mit Halbwahrheiten erinnert mich manchmal an die Art und Weise, wie die Evolutionisten uns ihre Skelette vorführen – heute belegen sie uns damit jenen Stammbaum und morgen einen anderen, je nachdem, in welcher Reihenfolge sie ihre Sammlung aufgestellt haben. Das willkürliche Zusammenkitten von »Tatsachen« zur Untermauerung neuer Erkenntnisse ist auch eine Übung, die einige Medienvertreter perfekt beherrschen. Die Journalisten zeigen uns im Fernsehen Bilder, die erst durch ihre Kommentare zu einer künstlichen Wirklichkeit erwachen (die langweiligen Widerrufe, die dann später gesendet werden, nimmt gewöhnlich kaum noch einer wahr). *Das Museum der gestohlenen Erinnerungen* soll – das gebe ich gerne zu – das Bewusstsein für solche Irreführungen schärfen.

Selbstverständlich ist mein Roman keine Dokumentation und trotz seiner vielen realen Bezüge auch kein verkapptes Sachbuch. Es gibt weder einen Gott Xexano noch den üblen János Hajduk. Die echte Museumsdirektorin ist ohne Frage sehr viel netter als dieser Schurke. László Horthy hat es ebenfalls nie gegeben, wenn auch sein angeblicher Bruder Miklós eine historische Person ist. Die Pollocks und der Rabbiner der Neuen Synagoge sind ebenfalls Kinder meiner Phantasie.

An anderer Stelle habe ich Elemente aus der uns bekannten Welt mit der Handlung so dicht verwoben, dass es manchmal schwer fällt, die einzelnen Fäden wieder voneinander zu trennen. Aber darin liegt ja gerade das Prinzip dieses Buches. Was ist Wirklichkeit, was nur erdacht? Kann man alle Schlussfolgerungen, zu denen Jessica und Miriam während ihrer Spurensuche kommen, einfach mit einer wegwerfenden Geste abtun?

Um den Roman so real wie möglich auszugestalten, habe ich mir größte Mühe bei den Recherchen gegeben. Jessicas Wanderungen durch die Straßen Berlins und die Räume des Pergamonmuseums haben meine Füße zuerst erlitten. Das ging so weit, dass ich, genauso wie sie, durch die alte Grundschule am Koppenplatz gewandert bin. Nur das freundliche Angebot der echten Mieter, die »Pollock-Wohnung« in der Bergstraße 70 zu besichtigen, habe ich abgelehnt – ein bisschen Privatsphäre braucht schließlich jeder.

Einige authentische Elemente meines Buches hatte ich selbst längst für fast vollständig vergessen gehalten und musste dann nach Abschluss des Romans feststellen, wie präsent sie noch immer sind. Man muss nur mit offenen Augen durch unsere Welt gehen. Ein simples Beispiel hierfür ist die Äolsharfe, die man noch heute in der Emichsburg im Garten des Ludwigsburger Barockschlosses hören oder im Stuttgarter Musikinstrumentenmuseum besichtigen kann.

Was die von mir erwähnten archäologischen Fakten betrifft, muss sicher darauf hingewiesen werden, dass es dazu durchaus verschiedene Meinungen unter den Wissenschaftlern gibt. Die Erkenntnisse, zu denen meine Held(inn)en kommen, würden einige Gelehrte sicherlich brüsk ablehnen – andere jedoch nicht. Die Archäologie ist im Gegensatz zur Mathematik keine exakte Wissenschaft, manchmal sogar eine sehr diffuse.

An dieser Stelle sei besonders Herrn Dr. Joachim Marzahn gedankt, dem Kustos des Vorderasiatischen Museums. Er hat mir durch die geduldige Beantwortung meiner Fragen, durch kritische Hinweise und nicht zuletzt durch das bereitwillige Pinseln von Keilschriftzeichen wertvolle Dienste geleistet. Die Fakten über die verschiedenen Museen und Sammlungen auf der Museumsinsel sowie die Zahl der hier beschäftigten Mitarbeiter stammen teilweise von ihm. Weitere interessante Hintergründe – etwa über die zehn Jahre lang im Irak liegen gebliebenen Kisten mit den Funden aus Babylon – konnte ich seinem hervorragenden Buch *Das Is῾tar-Tor von Babylon* entnehmen. Die Informationen über die Katakomben unter dem Museum taugen allerdings nicht für Museumsdiebe; sie sind größtenteils frei erfunden.

An vielen Stellen tauchen in meinem Buch auch die Namen realer Personen auf, die sich allein durch das, was sie getan, gesagt oder erlebt haben, in die Handlung einfügen. Die ergreifende Lebensgeschichte von Max Liebster ist in diesem Zusammenhang sicher an vorderster Stelle zu nennen. Ihm danke ich von ganzem Herzen. Er lebt heute in Frankreich und ich weiß es sehr zu schätzen, dass er mir gestattete seine furchtbaren Erlebnisse während der Willkürherrschaft der Nazis in der vorliegenden Form zu verarbeiten.

Sollte ich einige Leser mit meinem Buch dazu verleitet haben, sich eingehender mit der Geschichte oder Archäologie zu beschäftigen, dann ist mir das nur recht. Es könnten faszinierende Details zu Tage treten, etwa dass der Gott Marduk sich der Legende nach wirklich in den Besitz der Schicksalstafeln brachte, weil diese als Garant für die Weltherrschaft angesehen wurden. Auch die Forschungsergebnisse über die riesige Terrakotta-Armee des chinesischen Kaisers Qin Shihuang (in der Literatur gelegentlich auch als Ch'ich Yu Shih bezeichnet) sind alles anderes als langweilig.

Jessicas Erfahrungen mit dem Internet entsprechen ebenfalls zum größten Teil den Tatsachen. Ich bin selbst in Oxford und Berkeley herumgesurft, um meine Fakten zu überprüfen. Die geschilderten Leistungen kryptographiebegeisterter Computerfreaks hat es also wirklich gegeben. Nur bei den Avataren habe ich der technischen Entwicklung ein klein wenig vorgegriffen. Aber das, was ich über die Stellvertreter der Cybernauten im Internet geschrieben habe, ist heute tatsächlich schon in der Entwicklung, und wer kann angesichts des manchmal geradezu beängstigenden Tempos, mit dem die Technik voranschreitet, schon sagen, wann meine Schilderungen nur noch ein alter Hut sein werden, frei nach der Devise: »Kann man vergessen – reif für Quassinja.«

Wolfgang Hohlbein / Torsten Dewi
Der Ring der Nibelungen
478 Seiten, ISBN 978-3-570-30403-7

Tamora Pierce
Im Zeichen der Löwin – Die Entscheidung
300 Seiten, ISBN 978-3-570-30384-9

Ralf Isau
Das Museum der gestohlenen Erinnerungen
400 Seiten, ISBN 978-3-570-30385-6

Marion Zimmer Bradley
Das Licht von Atlantis
464 Seiten, ISBN 978-3-570-30379-5

www.cbj-verlag.de